Karl Kraus

Das große Lesebuch

Herausgegeben von
Heinz Ludwig Arnold

Fischer Taschenbuch Verlag

Originalausgabe

Veröffentlicht im Fischer Taschenbuch Verlag,
einem Unternehmen der S. Fischer Verlag GmbH,
Frankfurt am Main, Februar 2010

Für diese Ausgabe:

Satz: MedienTeam Berger, Ellwangen
Druck und Bindung: CPI – Clausen & Bosse, Leck
Printed in Germany
ISBN 978-3-596-90239-2

Unsere Adressen im Internet:
www.fischerverlage.de
www.fischer-klassik.de

Inhalt

I. Sittlichkeit und Kriminalität

II. Die chinesische Mauer

III. Literatur und Lüge

IV. Untergang der Welt durch schwarze Magie

V. Worte in Versen

VI. Weltgericht

VII. Die letzten Tage der Menschheit

VIII. Glossen

IX. Die Sprache

X. Warum die Fackel nicht erscheint

I. Sittlichkeit und Kriminalität

Sittlichkeit und Kriminalität

Tod um Ehbruch? – Nein!
Der Zeisig tut's, die kleine goldne Fliege,
Vor meinen Augen buhlt sie.
Laßt Üppigkeit gedeihn!

»Lear«, IV. 6.

»– – Wenn ihr nur zehn Jahre lang hintereinander alle die hängen und köpfen laßt, die sich in diesem Stücke vergehn, so könnt ihr euch bei Zeiten danach umsehen, woher ihr mehr Köpfe verschreiben wollt. Wenn dies Gesetz zehn Jahre in Wien besteht, will ich das schönste Haus drin für einen Dreier per Tag mieten.«

»Maß für Maß«, II. 1.

»Meiner Sendung Amt
Ließ manches mich erleben hier in Wien:
Ich sah, wie hier Verderbnis dampft und siedet
Und überschäumt. Gesetz für jede Sünde;
Doch Sünden so beschützt, daß eure Satzung
Wie Warnungstafeln in des Baders Stube
Da steht, und was verpönt, nur wird verhöhnt.«

»Maß für Maß«, V. 1.

»Bedenkt, mein werter Richter
(Von dem ich weiß, Ihr seid sehr streng in Tugend),
Ob in der Regung eigner Leidenschaft,
Wenn Zeit mit Ort gestimmt, und Ort mit Wunsch,
Ob, wenn des Blutes ungestümes Treiben
Das Ziel erreichen mochte, das Euch lockte, –
Ob Ihr nicht selber dann und wann gefehlt
In diesem Punkt, den Ihr an ihm verdammt,
Und dem Gesetz verfallen?«

»Maß für Maß«, II. 1.

»Könnten die Großen donnern
Wie Jupiter, sie machten taub den Gott:
Denn jeder winz'ge kleinste Richter würde
Mit Jovis Himmel donnern, – nichts als donnern!
O gnadenreicher Himmel!
Du mit dem scharfen Flammenkeile spaltest
Den unzerkeilbar knot'gen Eichenstamm,
Nicht zarte Myrten: Doch der Mensch, der
stolze Mensch,
In kleine, kurze Majestät gekleidet,
Vergessend (was am mind'sten zweifelhaft)
Sein gläsern Element, – wie zorn'ge Affen,
Spielt solchen Wahnsinn gaukelnd vor dem Himmel,
Daß Engel weinen, die, gelaunt wie wir,
Sich alle sterblich lachen würden.«

»Maß für Maß«, II. 2.

»Der neue Richter
Weckt mir die längst verjährten Strafgesetze,
Die gleich bestäubter Wehr im Winkel hingen,
So lang, daß neunzehn Jahreskreise schwanden,
Und keins gebraucht je ward; und läßt aus Ruhmsucht
Nun dieses schläfrige vergess'ne Recht
Frisch wider mich erstehn: ja, nur aus Ruhmsucht!«

»Maß für Maß«, I. 3.

Du schuft'ger Büttel, weg die blut'ge Hand!
Was geißelst du die Hure? Peitsch dich selbst!
Dich lüstet heiß mit ihr zu tun, wofür
Dein Arm sie stäupt.

»Lear«, IV. 6.

I

Es gibt eine Art unproduktiver Empörung, die sich gegen jeden Versuch, sie literarisch auszudrücken, wehrt. Seit Monatsfrist würge ich an der alle Kulturillusion vernichtenden Schmach, die ein Doppelprozeß wegen Ehebruchs, seine Führung und seine journalistische Behandlung uns angetan hat. Der Zwang, zu jedem Ereignis ein Sprüchlein zu sagen, befeuert den nicht, den der Gedanke lähmt an ein Wirrsal von Unwahrscheinlichkeiten, einen Wettlauf von Brutalität und Heuchelei, an das Walten einer Gerechtigkeit, bei der Vernunft Unsinn, Wohltat Plage wird. Jetzt beruhigt die Aussicht, daß des Wahnsinns noch lange kein Ende sein, der Prozeß seine Fortsetzungen finden und der Ehemann das Protokoll im Buchhandel erscheinen lassen werde, das Gewissen des Publizisten, dem im Widerstreit zwischen Abscheu und Pflichtgefühl die Feder entglitten ist. Jetzt stachelt ihn wieder die Furcht vor der Erhaltung einer beschämenden Aktualität aus allen zögernden Stimmungen zu einem vernehmlichen Protest gegen jeden weiteren Versuch, unsere von tausend Sorgen belastete Öffentlichkeit mit den Eifersuchtsanfällen eines Bezirksothello zu belästigen.

Shakespeare hat alles vorausgewußt. Die Dialogstellen aus »Maß für Maß« und »Lear«, die ich zum Motto dieser Betrachtung wählte, enthalten das letzte Wort, das über die Moral, die jenen Prozeß ermöglichte und blähte, zu sagen ist, und selbst der Zufall, der den Dichter für die Eigenart einer moralverpesteten Stadt den Namen Wien finden ließ, mag den Glauben an die in alle Fernen reichende divinatorische Kraft des Genies bestärken. Ich habe den Ruf eines Heutigen: »O Gott, was bist du für ein Shakespeare!« nie für eine Gotteslästerung, wohl aber desselben Autors Behauptung, daß in der Westminsterabtei »Shakespeare und die anderen englischen Könige ruhen«, stets für eine Majestätsbeleidigung Shakespeares gehalten. Von ihm müßten die Moralbauherren aller Völker Werkzeug und Mörtel entlehnen, von seiner Höhe bietet jede Weltansicht, die konservative wie die fortschrittliche, ein dem Schöpfer wohlgefälliges Bild; dort ist Kultur, wo die Gesetze des Staates paragraphierte Shakespearegedanken sind, wo mindestens, wie im Deutschland Bismarcks, Gedanken an Shakespeare das Tun der leitenden Männer bestimmen. Nach seinen Erkenntnissen greife, wer berufen ist, zwischen Gut und Böse die kriminalistische Grenzwand zu errichten oder zu erneuern. Und er wird finden, daß die alte Mauer da und dort nicht die natürliche Linie zog, weil sie an den Hindernissen engstirniger Zeitalter: Schlagwortwahn und Heuchelei, vorbei mußte. So reift ein hundertjähriges Gesetz zur Menschenqual: Der Eifer, der da schützt, was des Menschenschutzes nicht bedarf, hatte es mit der Langmut gezeugt, die gewähren läßt, was dem gesunden Sinn strafwürdig scheint. Aus der Beschränktheit einer Generation erschaffen, hat es dennoch für alle Zeiten, die es währte, gelebt, weil es den Schlechtesten seiner Zeit genug getan.

Wessen Beruf es ist, vor den Gefahren zu warnen, die die Entwicklung der merkantilen Meinungspresse für die allgemeine Kultur und für das Wohl der Nationen heraufbeschwört, wer für die Erhaltung aller konservativen Gewalten gegenüber dem Einbruch einer traditionslosen Horde eintritt, wer selbst den Polizeistaat – und nicht nur im ästhetischen Sinne – der Etablierung einer Willkürherrschaft von der Journaille Gnaden vorzieht, wer es gradaus bekennt, daß er auf allen Gebieten öffentlicher Erörterung schon aus Ressentiment die Partei der Schlechten gegen die Schlechteren ergriffen, ja zuweilen selbst die gute Sache aus Abscheu gegen ihre Verfechter im Stich gelassen hat: der darf hoffen, daß auch ein Bekenntnis, das manchem unerwartet kommen mag, als unverdächtig gewertet und als der reine Ausdruck einer Überzeugung geachtet werde. Und so bekenne ich, daß ich den Standpunkt des Staatsfreundes, der von der Gesetzgebung immer wieder das verlangt, was der manchesterliche Schwindelgeist höhnisch »Bevormundung« nennt, ausschließlich dann beziehe, wenn ich das Geltungsgebiet ökonomischer Werte betrachte. Daß mir hier die strengste Überwachung geboten scheint, daß ich den neuen Formen neue Paragraphen an den

Hals wünsche und nichts für dringlicher halte, als daß mit den tätigen Zerstörern der materiellen Wohlfahrt des Volkes auch die Helfer der Presse in der fester gezogenen Schlinge Platz fänden: dies betonen, hieße Eulen nach Athen, Bauernfänger auf die Börse und Zutreiber in die liberale Presse tragen. Aber mit der Sorge für die wirtschaftliche Sicherheit halte ich die Mission des Gesetzgebers beinahe für erfüllt. Er möge dann noch über der Gesundheit und Unverletzlichkeit des Leibes und des Lebens und über anderen greif- und umgrenzbaren »Rechtsgütern« seine Hand halten. Ich weiß nicht, wie viele ihrer das alte Strafgesetz schützt und ob das neue die Zahl vermehren oder vermindern wird. Aber es sind ihrer zu viele; und wenn Menschen über Menschen richten dürfen, so sollten sie stets der Grenzen ihres Erkenntnisvermögens eingedenk sein. Gerade ein Gesetz, das auch religiöse Gefühle behütet und die Beleidigung des Glaubens straft, dürfte sich nimmer vermessen, in die irdischem Einfluß verschlossenen Tiefen der Menschenbrust langen zu wollen. Und gerade konservative Geister, denen man »klerikale Gesinnung« nachsagt, müßten, anstatt die staatliche Justiz zur Überwachung psychischer Geheimwege anzutreiben, kein anderes Bestreben kennen, als darauf zu achten, daß neben der irdischen Gewalt, die straft, auch dem Vertreter der überirdischen, die ermahnt, Spielraum bleibe. Schon das Gut der »Ehre« ist bei beamteten Wächtern in zweifelhafter Hut, und mindestens wäre hier – unter Vermeidung der Gefahr einer Cliquengerichtsbarkeit – der Aufteilung in leichter faßbare Berufs- und Kreisehren das Wort zu sprechen, wäre dahin zu wirken, daß das Gesetz nicht vorweg ein vages »Ansehen«, in dem auch der ärgste Lump »herabgesetzt« werden kann, annehme, sondern den Nachweis des Ansehens – etwa durch Einführung von Leumundszeugen – zulasse, der erst den Nachweis der »Herabsetzung« und die Bestimmung ihres Grades ermöglicht. Von burlesker Wirkung ist ein Sühneverfahren, mittelst dessen der Millionendieb sich durch die unrichtige und unbeweisbare Beschuldigung, auch fünf Gulden gestohlen zu haben, gekränkt fühlen und durch Bestrafung des »Beleidigers« ein vollgültiges Zeugnis der Ehrenhaftigkeit sich verschaffen kann.

Aber wenn die Gesetzgebung, die mit Falstaff-Schläue an der Definierung des Begriffes »Ehre« herumarbeitet, hier gleich dem prahlerischen Taugenichts Vorsicht als der Tapferkeit besseres Teil erkennen muß, so ist sie gegenüber jenem andern Feinde völlig wehrlos, der hinter der Maske »Moral« seine Tücken treibt. Sie ziehe sich zurück und lasse ihn gewähren. Gespenster bannen, liegt nicht in ihrem Machtbereich; sie kreuzen ihr, wo sie's am wenigsten vermutete, den Weg, und wo ihr Fuß hintrat, dort wachsen sie aus der Erde. Und wieder muß Shakespeare heran, der die Narrenweisheit die Geschichte von der albernen Köchin erzählen läßt, die die Aale lebendig in die Pastete tat: »sie schlug ihnen mit einem Stecken auf die Köpfe und rief: hinunter ihr Gesindel, hinunter! ... Ihr Bruder war's, der aus lauter Güte für sein Pferd ihm das Heu mit Butter bestrich«. Solch zweckloser Mühe unterzieht sich die staatliche Aufsicht, die mit Feuer und Schwert der »Unsittlichkeit« an den Leib rückt. Ein grandioses Mißverständnis hat hier die beste Kraft und die lauterste Absicht auf Irrwege geführt. Von der Aufgabe, dem Ärgernis, das öffentliche Unsittlichkeit bereitet, eine rechtliche Sühne zu erwirken, ward der Gesetzgeber zu dem Trugschluß verlockt, daß Unsittlichkeit öffentliches Ärgernis bereitet. Und als das öffentliche Ärgernis wirklich durch die Verfolgung privater Unsittlichkeit gegeben war, hatte der nach Tatbeständen jagende Sinn die Fähigkeit, zwischen Ursache und Wirkung zu unterscheiden, verloren. Wer nach der Schablone denkt, würde es nicht fassen, daß einer für die lex Heinze eintreten und vor jedem Eingriff der Gesetzgebung in das sittenloseste Privatleben warnen könnte; daß man den Staatsanwalt auf Kuppelannoncen hetzen und die »Gelegenheitsmacherei«, die zwei Mündige und Willige zusammenführt, straffrei sehen möchte; daß man zur Schau getragene Unflätigkeit, die den, der nicht will, belästigt und den, der nicht darf, verführt, unter schärfere Kontrolle gestellt wissen möchte und zugleich wünschen, daß jeder im stillen Kämmerlein nach seiner

Fasson selig werde. Aber ein Verstand, der solch gegensätzliche Anschauungen vereinen könnte, geht noch weiter. Er sagt: Das »Rechtsgut der Sittlichkeit« ist ein Phantom. Mit der »Moral« hat die kriminelle Gerichtsbarkeit nichts, hat nur die des Bezirksklatsches zu schaffen. Was die Justiz hier erreichen kann, ist der Schutz der Wehrlosigkeit, der Unmündigkeit und der Gesundheit. Auf diese noch arg verwahrlosten Rechtsgüter werfe sich die Sorge, die heute das Privatleben von staatswegen belästigt. Der Gesetzgeber als schnüffelnder Reporter, der vor der Öffentlichkeit die Dessous des Lebens lüpft; Gerechtigkeit als indiskreter Dienstbote, der an Schlafzimmertüren horcht und durch Schlüssellöcher späht! So wenigstens nach dem Ideal eines heute in Wien wirkenden Professors, der in seinem Schweizer Strafgesetzentwurf sich für den nuancierten Verkehr der Geschlechter interessiert und jede Abweichung vom horizontalen Pfad der Tugend unter Strafsanktion stellt. Man könnte über dergleichen kriminelle Mikoschwitze hell auflachen, wenn sie nicht die Allgewalt jenes Philistersinns, vor dem es kein Entrinnen gibt, mit so erschütternder Deutlichkeit bewiesen. Wie mögen solche Gesetzesweisen vor der philosophischen Einfalt bestehen, die einst aus Kindermund – auf die Frage, was unschicklich sei – das Wort sprach: »Unschicklich ist, wenn jemand dabei ist!« Der erwachsene Gesetzgeber möchte immer dabei sein. Außer ihm errötet über die Vorgänge in einem Alkoven niemand, – wofern man nicht das »öffentliche Ärgernis« aus der bekannten Beobachtung herleiten wollte, daß die Wände Ohren haben, und aus der Vorstellung, daß sie demgemäß auch bis über die Ohren erröten könnten. Die Zudringlichkeit einer Justiz, die die Beziehungen der Geschlechter reglementiert, hat stets noch der ärgsten Unmoral, die vom Strafgesetz nicht zu fassen ist, oder schweren Vergehungen und Verbrechen Vorschub geleistet. Wäre ernstlich zu befürchten, daß jener demokratische Biedersinn, der den Schweizer Entwurf erfüllt, auch auf die bevorstehende Reform unseres Gesetzes Einfluß gewinnen könnte, man müßte bei dem bloßen Gedanken an die Folgen einer Cabinet particulier-Justiz – Züchtung des häuslichen Denunzianten- und Erpressertums – erschrecken.

Immer werden für ein Rechtsgut, das geschützt wird, eines oder mehrere andere preisgegeben; es fragt sich nur, welches relevanter ist: das einer »Sittlichkeit«, deren Gefährdung keines Menschen Auge beleidigt, oder das der Freiheit, des Seelenfriedens und der wirtschaftlichen Sicherheit. Vor solche Wahl gestellt, müßte jeder Gesetzgeber, der den Mut seiner Einsicht hätte, sich sofort etwa für die Straflosigkeit homosexuellen Verkehrs entscheiden. Und er dürfte sich dabei auf die Petition berufen, die seinerzeit ein paar hundert Männer von wissenschaftlichem, künsterischem und sozialem Ansehen, die sicherlich nur die niedrigste Spießbürgergesinnung des »pro domo«-Sprechens verdächtigen könnte, an den Deutschen Reichstag gerichtet haben. Ich weiß nicht, ob in jener Adresse der einzige Gesichtspunkt, von dem auch den Widerstrebenden die Dringlichkeit der Lösung des Problems zu zeigen ist, genügend zur Geltung gebracht wurde. Der Gesetzgeber begnügt sich hier erst recht nicht damit, die Vergewaltigung zu strafen, die Unmündigkeit und die Gesundheit zu schützen; aber er will hier nicht nur der Moral, die ihm verletzt scheint, sondern auch dem natürlichen Geschmack, dem zuwidergehandelt wurde, eine Satisfaktion verschaffen. Er eifert stets dort, wo Trieb und freier Wille mündiger Menschen ein Einverständnis schufen. Bei allen sexuellen Möglichkeiten. Wie erst bei den homosexuellen! Die Moral erhält – wenn der Delinquent nicht zufällig den Besten und Edelsten der Nation angehört (in welchem Fall psychopathische Naturanlage angenommen wird) – ihre Genugtuung: der einer perversen Handlung überführte wird durch die mehrmonatliche Gewöhnung an schlechtere Kost sittlich geläutert. Aber inzwischen blüht auf dem Fettboden der Strafsanktion der Weizen der Erpressung. Ja, wendet der Kriminalist ein, der Erpresser ist doch mitgefangen und muß sogar doppelte Schuld büßen! Natürlich; und der Staatsanwalt kennt nicht einmal die Pflicht der Dankbarkeit gegenüber dem Anzeiger, dessen Prämie wahrhaftig in der Verurteilung wegen zweier Delikte besteht. Wie aber, wenn der Erpresser *nicht* zum Denunzianten wird, wenn der auf das Opfer geübte Druck die gewünschte Wirkung tut und die Unterlassung der Strafanzeige mit täglichen Höllenqualen und dem wirtschaftlichen Ruin erkauft wird? Hier versagt des Nurtheoretikers Weisheit, und gewohnt, auf der Faulenzerunterlage der »Statistik« zu denken, bleibt er die Antwort schuldig, weil es leider noch keine Statistik von nicht erstatteten Anzeigen und von gelungenen Erpressungen gibt. Und da ihm ein dürftiger Besitz an Phantasie und Lebenserfahrung die Zahlenweisheit nicht ersetzen kann, so ahnt er nicht, daß in derselben Stunde, in der er sich einer Weltordnung freut, die Unsittlichkeit und Vergewaltigung unter Strafe setzt, in seines Vaterlandes Gauen tausend unglückliche Menschen in Furcht und Schrecken des nahenden Erpressers harren ... Zwei Delikte auf dem Papier: aber sie machen einander straflos und eines leistet dem anderen Vorschub. Man öffne das Moralventil, und die Erpressungen, die bisher bloß nicht angezeigt und nicht verfolgt wurden, werden auch nicht begangen werden. Oder wollte man auf ein schönes Verbrechen aus dem Grunde nicht verzichten, weil jene Sorte von Kriminalwissenschaft, die vom Zählen zum Denken gelangt, an der Aussichtslosigkeit verzweifeln müßte, eine Statistik der *nicht begangenen* Erpressungen zu erhalten?*

* Der Psychiater Albert *Moll* schrieb: »Den Homosexuellen wird manchmal, auch von Wohlmeinenden, der Vorwurf gemacht, sie agitierten zu viel. Was aber sollen sie tun? Wenn sie nicht agitieren, erreichen sie ihr Ziel niemals. Sie hätten dann höchstens noch einen anderen Weg: sie müßten suchen, nach Art eines rücksichtslosen Feldherrn oder Politikers über einen Berg von Leichen ans Ziel zu kommen. Sie brauchten nur die Namen von Männern öffentlich zu nennen, deren Homosexualität notorisch und jeden Augenblick zu beweisen ist. Sicher würde dann mancher, der die Homosexualität aus tiefster Seele verabscheut, der aber Homosexuellen, ohne deren geschlechtliche Neigung zu kennen, nah steht, über die Enthüllung erstaunt sein. Mancher hohe Beamte, mancher einflußreiche Politiker würde sich schließlich verwundert sagen: ›Ich glaubte stets, die

Im ewigen Reich der sinnlichen Triebe, die selbst älter sind als der Drang nach Heuchelei, wird der Gesetzgeber immer vergebens stümpern. Wenn's glimpflich abgeht, belustigt er in der Melderolle des beflissenen Polizisten, der nächtens auf verschwiegener Stätte »ein beischlafähnliches Geräusch« gehört haben will, oder jenes andern, der einmal einem Wiener Amt buchstäblich die folgende Relation gebracht hat: »Ich kam gerade dazu, wie auf einer Bank im Stadtpark ein Mann einen Soldaten küßte und umarmte. Ich kam leider zu früh und kann darum keinen Unzuchtsakt melden.« Aber der Moralschutzmann kann auch rechtzeitig kommen und Unheil anrichten. Mit Pflastern und Salben deckt er geschäftig moralische Bläschen zu, und der soziale Körper beginnt an inneren Stellen zu eitern. Wie die Verfolgung geschlechtlicher Abarten die Chantage fördert, so löst auch jeder andere Versuch, das Privatleben mit einem Paragraphenzaun zu umhegen, neue Unmoral, neue Strafwürdigkeiten aus. Die pathetisch beklagte Schmach des Mädchenhandels wäre den Kulturnationen erspart geblieben, wenn ihre Gesetzgeber besser erzürnen als erröten könnten, wenn sich an der Debatte über das Thema »Prostitution« die Vertreter der Schamhaftigkeit nie beteiligt hätten. Wucher und Ausbeutung gedeihen, solange

Homosexuellen seien das elendeste Pack der Welt, nun höre ich aber, daß mein Neffe, mein Sohn, mein Freund gleichgeschlechtlich verkehren. Und er ist doch ein so braver, ausgezeichneter Mensch. Wenn er auch so ist, dann muß man doch anders über die Sache denken.‹ Dieser Standpunkt wäre rücksichtslos, und zahllose Existenzen würden dabei sozial vernichtet werden. Einflußreiche Personen aber würden dadurch unmittelbar für die Sache interessiert und ein schneller Erfolg wäre mehr als wahrscheinlich. Trotzdem wäre solches Vorgehen entschieden zu tadeln. Ich erinnere an diesen Weg nur, weil man den Homosexuellen, die ihn nicht beschreiten, nicht verwehren soll, sachlich zu agitieren.« – Und bekannt ist die Außerung eines preußischen Ministers, dem der Polizeichef die Liste jener Personen überreichte, gegen die gerade ein gerichtliches Verfahren im Sinne des § 175 des deutschen Strafgesetzes eingeleitet werden sollte: »Furchtbar feudale Gesellschaft! Man muß sich rein schämen, daß man nicht auch drauf steht ...«

den Liebeshändlern das strafgesetzliche Risiko mitbezahlt werden muß, und auch das Verbot jener harmloseren Vermittlung, die bloß Gelegenheit schafft, nicht vergewaltigt, mehrt nur die Chancen des Zwischenhändlergewinns: es drückt auf den Lohn, der empfangen wird, und treibt den Preis, der gezahlt wird, in die Höhe. Und von grimmigem Humor war die Lehre, die ein Sittlichkeitsexzeß des alten preußischen Landrechts nach sich zog. Um der Prostitution beizukommen, machte man Frauen, denen Geldannahme im Geschlechtsdienst nachgewiesen werden konnte, des Anspruchs auf Alimente verlustig. Was taten die Herren der Schöpfung? Sie zeigten vorweg ihre Noblesse; sie prostitutierten die Frauen und ersparten die Alimente.

Zur bevorstehenden Hundertjahrfeier des österreichischen Paragraphendickichts wäre eine Zusammenstellung aller Verbrechen, Vergehen und Übertretungen lehrreich, deren sich das Gesetz und seine konsequenten Ausleger schuldig gemacht haben. Ich denke nicht nur an jene schmerzhaften Kontraste, wie sie das systemisierte Unrecht auf Schritt und Tritt offenbart: Der hungernde Krüppel, der, zu stolz zum Betteln, von weißen Mäusen »Planeten« ziehen läßt, muß – wegen »Übertretung des Kolportageverbotes« – in den Arrest, und die bestialische Mutter, die ihr Kind »zum erstenmal« röstet, erhält eine Verwarnung ... Nein, dort, wo dies Strafgesetz vom Jahre 1803 sich selbst verurteilt, hätte der feierliche Säkularbetrachter mit einem heitern, einem nassen Auge einzusetzen. Daß es dem Verbrechen der Erpressung in beispielhafter Weise Vorschub leistet, daß es gegen den Paragraphen verstößt, der da verbietet, »öffentlich wider Jemanden ehrenrührige, wenn auch wahre Tatsachen des Privat- und Familienlebens bekannt zu machen«, und dadurch wieder jenes »gröbliche und öffentliche Ärgernis verursacht«, das der Sittlichkeitsparagraph ahndet, sind nur die wichtigsten Fälle, in denen sich die Schlange in den Schwanz beißt. Und bedeutet nicht dort, wo ein »Rechtsgut« verletzt wurde, das kein Rechtsgut ist, die Verhängung der Gefängnisstrafe eine »Beschränkung der persönlichen Freiheit«?

II

Und damit kehre ich zu dem Schulbeispiel gesetzlich geförderter Unmoral zurück, das den entsetzten Blicken der Wiener Öffentlichkeit neulich vorgeführt wurde: Zu dem »Ehebruchsprozeß P.«, wie ihn eine verlotterte Presse, die kein Detail, kein Bruchstück dieser Ehe ihren Lesern vorenthalten wollte, an der Spitze spaltenlanger Berichte diskret genannt hat. Ausgleich, Petroleumkartell und Preßreform, ja selbst die vom Obersten Gerichtshof angetastete »Ehre der Zeitung« hatten den Zerwürfnissen eines Gattenpaares Platz machen müssen, und Arm in Arm mit einem aufgeregten Ehemann raste die Justiz über die Szene, zu der das Tribunal ward. Arm in Arm mit dem Privatkläger, der sich zum Anwalt staatlicher Interessen erhöht fühlen konnte, weil er eine in französischen Possen wie im Leben abgedroschene Kalamität gerichtsordnungsmäßig feststellen ließ. Und wenn man, ermüdet und belästigt von diesem Veitstanz der Gerechtigkeit, bei dem der engagierte Gatte seine Hörner als Schmuck tragen durfte, zwischen Tat und Sühne die Resultante suchte, so gelangte, wer trotz dem Vertrauen in Moralparagraphe das Schämen noch nicht verlernt hat, zu einer grotesken Erkenntnis: Die geständige Ehebrecherin, die lange vorher schon die Martern einer häuslichen Justiz mit Revolver, Peitsche und Haarschere ausgestanden hatte, bot keinen verabscheuungswürdigen Anblick. Was sie gelitten, war häßlicher als was sie getan, und im tiefsten Sinne unmoralischer als Ehebruch war ein gerichtliches Verfahren, das – dank dem Ehrgeiz eines unverbrauchten Gerichtssekretärs – das Publikum zum Zeugen der geheimsten Möglichkeiten, für die ein eheliches Schlafgemach Raum hat, anrief. Wäre der Name »Mayer« nicht ein Sammelname, wahrlich, jener Prozeß hätte ihm zu unverwüstlicher Popularität verholfen. Wenn Meyers Lexikon vergilben sollte, wird Mayers Sittenkodex sich noch sprichwörtlichen Rufes erfreuen und Kulturforschern ein wertvoller Behelf sein bei der Ergründung jener Anschauungen über die Rechte des Gatten und die

Pflichten der Frau, die in Wien am Beginn des zwanzigsten Jahrhunderts maßgebend waren. Ein Schatz von geflügelten Worten bewahrt die Erinnerung an die zwei Tage, da der Strafrichter des Bezirksgerichtes Wieden schwertrasselnd das Rechtsgut der Heiligkeit einer durch den Schadchen geschlossenen Ehe zu schützen unternahm. Noch nie zuvor war ein Geständnis freier und williger abgelegt worden. Die Angeklagte erzählte, wie sie durch Vermittlung zur Ehe und durch Mißhandlung zum Ehebruch gelangte. Ein anderer Richter – von denen, die es in Österreich noch gibt – hätte nach diesem Anfang ein Beweisverfahren für überflüssig erachtet und wäre zur Urteilsfällung geschritten; hätte der Majestät des Gesetzes – o schlotterichte Königin – durch möglichst gelinde Strafbemessung flüchtig Reverenz erwiesen, als mildernd das offenbare Rachebedürfnis des Gatten, zu dessen Befriedigung sich die Justiz nicht hergeben dürfe, gelten lassen, und – ohne weitern Sachverständigenbeweis – mit der Wertlosigkeit der Ehe die Schmerzlosigkeit des Bruchs begründet. Ein anderer Richter hätte, sei es durch Abkürzung, sei es durch absolute Geheimerklärung des Prozesses, der auf Skandal lauernden Journaille, der referierenden und der plaudernden, der der Tages- und jener der Witzblattpresse, es unmöglich gemacht, die sittliche Atmosphäre einer Stadt auf Wochen hinaus zu verpesten und den Flugsand einer Unmoral zu verbreiten, der das Schmutzstäubchen der verhandelten Untat reichlich zudeckt. Vielleicht hätte sogar ein anderer an eigener Lebenserfahrung die Unvollkommenheit des Gesetzes gemessen, an die Verfolgung eines Antragsdelikts nicht prinzipielles Pathos verschwendet und nicht den Kontrast zwischen dem einen angezeigten und den tausend – dem Himmel sei dank – nicht judizierten Fällen zu jenem unsittlichen Grad von Deutlichkeit getrieben, bei dem der Hohn zu fragen beginnt, ob denn in Wiens Bezirken nun jede Ehe gesichert, jeder Ehebruch ausgeschlossen sei ... Anders Herr Mayer.

Seitdem der natürliche Grenzstreit zwischen richterlicher Autorität und Freiheit der Verteidigung zur ständigen Störung der österreichischen Rechtspflege gediehen ist, habe ich keine Gelegenheit versäumt, für die Unabhängigkeit der Justiz nach unten einzutreten und den geplagten Verhandlungsleiter gegen die Zumutungen zu schützen, die immer wieder die Reklamesucht taktloser Phrasendrescher an seine Geduld stellt. So bin ich wohl ein unverdächtiger Beurteiler, wenn ich bekennen muß, daß der Verteidiger mit jedem Wort, das er in jenen beiden Verhandlungen zur Abwehr eines noch nie erlebten Autoritätsexzesses sprach, im Recht war. Und diese Meinung fällt umso schwerer ins Gewicht, als mich selbst die schmerzliche Erfahrung, daß Wiener Tagesblätter sie teilten, nicht von ihr abzubringen vermocht hat. Es war ungeheuerlich. Herr Mayer hat zwar einige Stellen des Verhandlungsberichtes, der in den Zeitungen erschien, richtig gestellt, und fern sei es von mir, ihm den berühmten Dogmensatz: »Ich irre nie« (Herr Mayer sagte bloß: »Ich irre *mich* nie«) noch einmal vorzuwerfen; seine Sinnlosigkeit liegt klar zutage: es irrt der Mensch, so lang er *strebt*, woraus folgt, daß gerade jüngere Gerichtsbeamte sehr häufig Irrtümern ausgesetzt sind. Unbestritten aber ist das Wort geblieben: »Kraft meines richterlichen Amtes bin ich souverän. Eine Verwahrung gegen richterliche Konstatierungen gibt es nicht.« Unbestritten ist, daß Herr Mayer, Leiter einer Prangerjustiz gegen die Frau und eines Rehabilitierungsverfahrens für den Mann, diesem das feierliche Attest ausstellte: »Kraft meiner richterlichen Autorität kann ich Ihnen die Versicherung geben, daß in der heutigen Verhandlung nichts vorgekommen ist, was auch nur den Schein rechtfertigen würde, daß Sie von dem Gebaren Ihrer Frau gewußt und daraus Vorteil gezogen haben!« Man griff sich an den Kopf und fragte, wie denn ein Richter dazukomme, die Rechtsvertretung einer Partei zu übernehmen und geradezu das Urteil eines Ehrenbeleidigungsprozesses zu antizipieren, den der Gatte erst anstrengen müßte, wenn wirklich irgend ein Bezirksverleumder ihn, den steinreichen Mann, des Zuhältertums bezichtigt hätte. Unbestritten blieb, daß Herr Mayer eine Bemängelung der Art, wie die Gegenseite ihre ehelichen Pflichten auffaßte, der

»Ehebrecherin« mit den Worten abschnitt: »*Sie* sollen sich heute verantworten, nicht Ihr Mann!«, daß er Fragen, die sich auf dies Thema bezogen, »als irrelevant und unpassend« nicht zuzulassen erklärte und daß er, der vierzehn Tage später über gewisse Dienstbotenabenteuer des in seiner Familienehre schwer gekränkten Gatten richten sollte, einer auf jede Weise gedemütigten Angeklagten das Wort zurief: »Ich muß bemerken, daß nur Sie Ihren Mann erniedrigt haben.« Irrt Herr Mayer nicht doch? Und wäre das Gesetz nicht völlig um jeden Sinn gebracht, wenn es anginge, heute über Antrag des Gatten mit dem schwersten Geschütz gegen eine Ehebrecherin aufzufahren und morgen über Antrag der Gattin – mit einem allerdings minder schweren – gegen den Ehebrecher? Die »Heiligkeit der Ehe«, die geschützt werden soll, ist naturgemäß die einer Ehe, die bloß von einer Seite bedroht wurde: hier könnte vielleicht von einem Rechtsgut die Rede sein, das des Schützers bedürftig und des Schutzes noch wert ist. Wäre der Ehebruch kein Antragsdelikt und treuloses Verhalten an und für sich und aus öffentlich-sittlichen Rücksichten verfolgbar, so wäre das Einsperren beider Teile und die Etablierung der Strafzelle als Ehegemach immerhin logisch. Herr Mayer aber hätte, da schon die Kompensation, die im gegebenen Fall eintreten müßte, im Gesetz nicht vorgesehen ist, mindestens das Schuldmaß der einander untreuen Gatten vergleichen, beide mit einer kleinen Geldstrafe aus dem Saale weisen und darüber belehren müssen, daß der Geber des Gesetzes zwar an die Möglichkeit seines Mißbrauchs nicht gedacht habe, aber die Justiz es ablehne, ihren Arm der Befriedigung wechselseitiger Rache zu leihen. Herr Mayer hat allerdings den Grundsatz der Wechselseitigkeit nicht allzu stark betont. Der Kläger wurde liebreicher als die Geklagte, der Geklagte milder als die Klägerin behandelt. Von den zahlreichen »Höhepunkten« des Prozesses ist ja noch die folgende Szene in Erinnerung: Die Frau verwahrt sich – mit Recht – dagegen, der Vernehmung der »schwangeren Geliebten« ihres Gatten, einer Köchin, beizuwohnen. Der Richter verhängt über sie »wegen Beschimpfung der Zeugin« eine Geldstrafe von fünfzig Kronen und fordert sie auf, diese Strafe »sofort zu erlegen«; die Angeklagte macht sich des weiteren Verbrechens schuldig, das Geld nicht bei sich zu haben, worauf der Richter mit der »sofortigen Umwandlung der Geldstrafe in eine Arreststrafe« droht; der Verteidiger erlegt den Betrag. Solches geschah in einem Wiener Gerichtssaal am 25. Juli 1902. Vierzehn Tage später fühlt sich der Gatte durch die Zeugenschaft einer Dienstmagd geniert; denn diese ist erschienen, um den mit ihr begangenen Ehebruch zuzugeben. »Alles erfunden«, ruft er, erregt aufspringend, »wie können Sie so etwas sagen?« – Richter: »Mäßigen Sie sich doch, Sie müssen ruhig bleiben!« – Angeklagter: »Ich kann nicht. Bitte, Herr Richter, sehen Sie sich doch die Person an, mit einem solchen Häring soll ich mich vergangen haben?« – Richter: »Aber mäßigen Sie sich doch!« ... Der Standpunkt ästhetischen Alibibeweises schien diesem parteiischen Sittenrichter, der nur die Frau Moralgesetzen unterwirft, zu behagen; denn bald darauf spielte sich die folgende Szene ab: Eine Bonne tritt auf, die den Ehebruch des Hausherrn mit einer Dienstgenossin bestätigt und einen Kosenamen, den diese erhielt, verrät. »Ja, wenn ich gut gelaunt war«, wirft der Gebieter ein, habe ich *allen* solche Scherznamen gegeben, *auch* meiner Frau. Habe ich Sie nicht auch manchmal irgendwie gerufen?« – Zeugin: »Ja, Dudli haben Sie mich gerufen.« – Angeklagter: »Sagen Sie nur die Wahrheit, Sie waren doch die Appetitlichste unter meinem Gesinde, und Sie können trotzdem – –«. Hier brummt der Vertreter der Klägerin die unabweisliche Bemerkung in den Bart: »Harem!« Richter: »Herr Doktor, ich muß Sie energisch aufmerksam machen, daß derartige Äußerungen unzulässig sind!« Der Angeklagte (ermutigt): »Pfui!« Der Advokat: »Nun, nun, beruhigen Sie sich!« Angeklagter: »Pfui! Pfui!« Richter zum Advokaten: »Ich verweise Ihnen die von Ihnen gemachte Bemerkung!« ...

Daß hier eine brüchige Ehe gebrochen ward, daß barbarische Behandlung dem »Treubruch« voranging und dieser im Grunde erst der Scheidungsabsicht helfen sollte, mag Herr Mayer wohl erkannt haben. Vielleicht auch, daß er mit den an den Gatten (der den Liebhaber mißhandelt hatte) gerichteten Worten: »Ihre Frau wollte durch ihr Geständnis das Leben des Geliebten retten, wenn auch um den Preis ihrer eigenen Schande« dieser das höchste Maß ethischer Anerkennung spendete. Dennoch hielt Herr Mayer den Kolportageton der großen Vergeltung, der das Bezirksgericht Wieden zum Weltgericht machen sollte, mit erstaunlicher Zähigkeit fest: »Was dachten Sie sich, als die Frau *ihre eigene Schande preisgab*?« fragte er den Kläger und ließ ihn die schönen Worte sprechen: »Ich dachte, daß sie sich auf den *letzten Gang vorbereiten wolle*«. Mit den Schrecken des jüngsten Gerichtes aber, die damals über die arme Sünderin trotz alledem nicht hereingebrochen sind, sollte erst Herr Mayer, der jüngste Richter, dienen, und er rief ihr gleich zu Beginn ihrer Vernehmung die Worte zu: »*Sie stehen nach langen Irrfahrten vor Ihrem Richter*. Bleiben Sie bei der Wahrheit!« Ich zitiere nach Gerichtssaalberichten, denen der § 19 bisher nicht widersprochen hat; es wäre immerhin möglich, daß in dem auf Kosten des Klägers angefertigten Protokoll der Satz ein wenig anders lautet und daß vor einem Richter, der nie irrt, auch eine Angeklagte gestanden ist, die nie Irrfahrten unternommen hat. Aber der Ton dürfte getroffen sein. Herr Mayer traf allerdings auch den Ton *freiwilligen* Humors. Und daß diesem weitester Spielraum ward, versteht sich von selbst bei dem fortwährenden Kommen und Gehen von beeideten Stubenmädchen, Zimmerkellnern und Gasthofbesitzern, die aus dem Salzkammergut herbeigeeilt waren, nicht um eine Ehebrecherin der Schuld zu überführen, sondern um vor Herrn Mayer deren Geständnis zu bestätigen. »Hat er seine Frau auch aufgefordert, in den See zu gehen?« Eine Köchin antwortet stotternd: »Ja, er hat sie gefragt, ob sie einverstanden ist, daß sie in den See geht.« Richter: »Sie war aber nicht einverstanden!« (Heiterkeit). – Richter zur Angeklagten: »Hat er Sie tatsächlich gezwungen, sich das Haar abzuschneiden?« »Ja, den ganzen Zopf. Was ich hier trage, ist falsches Haar.« Richter: »Es ist sehr unangenehm für Sie, daß Sie diesen Schmuck verloren haben, *aber ich fürchte, daß dies nicht der einzige Schmuck ist, der Ihnen in jener Nacht in Verlust geraten ist.«* Hier sprach dieselbe Delikatesse, die kein Rügewort fand, als aus dem Auditorium ein unflätiges Halloh den in den Saal getragenen Divan begrüßte, auf dem die sich unwohl fühlende Angeklagte – der eifervolle Richter hatte persönlich die Zögernde aus der Krankenstube geholt – Platz behalten durfte. Aber in Schimpf und Ernst sollte dieser Frau keine Demütigung erspart bleiben, und die Ehebrecherin erlitt, an den Pranger einer verhundertfachten Öffentlichkeit gepfählt, Torturen, welche ein Mittelalter, das bloß Daumenschrauben und nicht die *Presse* kannte, nicht zu vergeben hatte. Ein so seltenes Delikt mußte eben exemplarisch bestraft werden, und schon vor der Verhängung der grausamen Strafe von zwei Monaten. Der Richter verlas, nachdem das ehebrecherische Paar längst das Geständnis abgelegt, die Liebesbriefe, die sie miteinander gewechselt hatten, und jedes darin vorkommende »liebe Mausi« weckte das Echo einer mit Entrüstung versetzten Heiterkeit. Dank einem schweren Eingriff in das Privatleben geständiger Angeklagter, der keinem Richter zusteht, schien endlich der Nachweis gelungen, daß Liebesleute einander nicht »Ew. Wohlgeboren« schreiben.

Aus der Zeugenaussage eines Advokaten, mit dessen Hilfe die Angeklagte einst ihre Ehescheidung hatte durchführen wollen, erfuhr Herr Mayer, daß schon lange vor der Verletzung der ehelichen Treue Verletzungen am Oberarm konstatiert wurden und daß der Gatte »die Mißhandlungen nicht in Abrede stellte«; als deren Grund habe er »vermögensrechtliche Dinge« angegeben: die Kränkung darüber, »daß seine Frau ihm nicht das Vermögen zugebracht habe, das ihm versprochen worden sei«; und »stand übrigens auf dem Standpunkt, er sei als Gatte berechtigt, seine Frau so zu behandeln«. Die Mehrzahl der Herren der Schöpfung, die, ach, so oft Herren der Zerstörung sind, mag diesen Standpunkt teilen. Und die Versicherung einer Frau, die Beziehungen zum Geliebten seien ihr »als der einzige Ausweg erschienen«, um aus der »elenden Ehe«, die der Gatte freiwillig nicht lösen wollte, herauszukommen – der Drang, ein Hörigkeitsverhältnis zu verlassen, könnte an sich schon die meisten ein Frevel dünken, der mit zwei Monaten Arrests nicht hart genug gestraft ist. Als Operettenrefrain ist ihnen Nietzsches Weisung, die Peitsche mitzunehmen, wenn sie zum Weibe gehen, geläufig; nicht aber Zarathustras: »Und besser noch Ehe brechen als Ehe biegen, Ehe lügen. So sprach mir ein Weib: Wohl brach ich die Ehe, aber zuerst brach die Ehe mich!« Sie harren in Ungeduld des Ausganges, den der vorläufig vertagte Prozeß gegen den Gatten nehmen wird; daß ein ehrlicher Mann wegen solch unvermeidlicher Ausflüge aus dem ehelichen Schlafgemach ins nahe Dienstbotenzimmer zum Märtyrer werden könnte, wäre wirklich »nur in Österreich möglich« ... Sonst würden der brutalen Männermoral unserer Tage ein Strafgesetz, das alles straft, und eine Exekutive, die eine Auswahl gestattet, gleichermaßen zusagen. Der berühmte Herr P., der an die Freunde gedruckte Einladungskarten zur Gerichtsverhandlung sandte, der die Zeitungen aufforderte, ehrenrührige Tatsachen aus seinem Privat- und Familienleben mitzuteilen, und der in stickluftererfülltem Saale die Heiligkeit seiner Ehe von einem Richter und acht Polizisten bewachen ließ, ist ihr erwachsenster Typus.

Wäre die gesamte Wiener Presse so anständig wie die Neue Freie, die mit zehn vornehmen Zeilen über das Sensationsschauspiel hinwegging, würden alle Zeitungen gleich ihr sich die Verschweigung eines Ehebruchsprozesses mit dem Jahrespauschale des Bankvereins verrechnen lassen – der Schwiegersohn des Präsidenten war nämlich einer der Akteure –, man müßte gegen die Öffentlichkeit derartiger Prozeduren kein Bedenken tragen. Aber alle Erfahrung drängt zu einer gesetzlichen Reform, die richterlichen Losgehern auf dem Moralterrain Zügel anlegt. Nirgends ist Unbefangenheit schwerer zu bewahren, nirgends tritt Lebensunkenntnis oder Verbitterung des Richters leichter in Erscheinung als gerade hier, wo über Allzumenschliches verhandelt wird. Ich will den Donnerer, der neulich Jupiter taub machte, weder der übersättigten Erfahrung noch der freudlosen Unerfahrenheit in Dingen der Geschlechtsmoral zeihen, und fern liegt es mir, seine Persönlichkeit in eine Beziehung zu bringen, die der – natürlich wahnsinnige – König Lear zwischen einem Büttel und einer Buhlerin herzustellen wagt und an die man bei der Behandlung prostituierter Steuerzahlerinnen durch die Organe der Polizei immer denken muß. Ich wollte durch Anrufung Shakespeares nur irdische Richter, die irren können, und nicht Vertreter einer höheren, menschlichen Einflüssen entrückten Gerichtsbarkeit zur Selbstbesinnung mahnen und die schiefe und lächerliche Beziehung zwischen Kriminalität und Sittlichkeit treffen.

Sittlichkeit und Kriminalität: Die große Gelegenheit, ihre Unverträglichkeit zu zeigen, ist der Ehebruchsprozeß. Der Typus der Frau, die zwar zu schön ist, um treu, aber auch zu gesetzeskundig, um untreu zu sein, lebt nur in einer einfältigen Doktrin. Deutsche Philosophen, die in den idealsten Höhen der Sittlichkeit gedacht haben, sind für die Ausscheidung des Ehebruchs aus dem Strafrecht und dafür eingetreten, daß der Frau die Scheidung erleichtert werde. Denn die Heiligkeit der Ehe würde, sobald sie aufhörte »Rechtsgut« zu sein, beträchtlich gemehrt werden. Sie wäre nicht mehr von jener unseligen Heuchelei beleidigt, unter der Menschen fortleben, die längst erkannt haben, daß sie, als sie »in die Ehe traten«, keinen andern »Fehltritt« mehr begehen konnten – man müßte denn das Heraustreten aus allen Dingen, in die einer auf der Lebensstraße treten kann, als Fehltritt bezeichnen ... Aber dies ist vom Standpunkt vergangener und hoffentlich kommender Zeiten gesprochen, nicht aus dem Herzen der Gegenwart. Sie ist beruhigt, ihre Ideale in gesetzlicher Hut zu wissen, und braucht sie darum nicht zu befolgen. Sie sehnt sich nicht nach Reformen. Eine Gesittung, die der zwischen Arbeitstier und Lustobjekt gestellten Frau gleißnerisch den Vorrang des Grußes läßt, die Geldheirat erstrebenswert und die Geldbegattung verächtlich findet, die Frau zur Dirne macht und die Dirne beschimpft, die Geliebte geringer wertet als die Ungeliebte, muß sich wahrlich eines Strafgesetzes nicht schämen, das den Verkehr der Geschlechter ein »unerlaubtes Verständnis« nennt. Die Sitte ist geschützt. Und die Sittlichkeit könnte arg überhandnehmen, wenn's nicht Verbote gegen die Unsittlichkeit gäbe.

Ein Unhold

»Des Himmels Antlitz glüht, ja diese Feste, Dies Weltgebäu, mit trauerndem Gesicht, Als nahte sich der jüngste Tag, gedenkt Trübsinnig dieser Tat …«

März 1904

Johann Feigl, Hofrat und Vizepräsident des Wiener Landesgerichts, hat als Vorsitzender einer Schwurgerichtsverhandlung am 10. März 1904 einen dreiundzwanzigjährigen Burschen, der in Not und Trunkenheit eine Frau auf der Ringstraße attackiert und ihr die Handtasche zu entreißen versucht hatte, zu lebenslänglichem schweren Kerker verurteilt.

Das Datum wird aus der Geschichte der österreichischen Rechtspflege, der märzgefallenen, nicht mehr verschwinden. Wenn wir die Reihe der Sünder im Talar passierten, die in nüchternem Zustand die leibhaftige Gerechtigkeit attackiert, vergewaltigt, geschändet haben, nur einem konnten wir keinen Milderungsgrund zubilligen: Herrn Johann Feigl. Er ist der persönlichen Freiheit der Staatsbürger am gefährlichsten geworden, er, der einzige, der dem Wahnwitz jenes hundertjährigen Gesetzes buchstäblich gerecht ward. Die grauenvollsten Strafgebote hat man, da ein delirantes Parlament die gesetzgeberische Arbeit hindert, auf alle Art zu dämpfen gesucht. Oft gelang's durch einen verzweifelten Freispruch der Geschworenen, der dem Freunde der Rechtssicherheit einen nicht gelinden Schrecken einflößte, als das Wüten des Paragraphenrichters, und auch dem liberalsten Verteidiger des Unfugs »Volksjustiz« zu denken gab. Aber hinter dem Berufsrichter steht jetzt eine von ihrer Modernität begeisterte Regierung und beschwört ihn in allwöchentlichen Erlässen und Festreden, nicht die Strafmaße des unmenschlichen Gesetzes, sondern die seines humanen Fühlens anzuwenden. Ach, man könnte, wenn man diesen Johann Feigl den Wunsch des Ministers in Tat umsetzen sieht, beinah sich zum Glauben bekehren, die alte List österreichischer Staatskunst sei auch hier am Werke und »Küsse auf den Lippen, Schwerter im Busen« der Wahlspruch modernster Justizpolitik. Und der Räuber Karl Moor handelt ethischer als die Heuchlerwelt, die ihn richten wird …

Hat Herr v. Koerber den Mut, das Urteil vom 10. März ungesühnt zu lassen? Wird man aus plötzlichem Respekt vor einem Staatsgrundgesetz, aus einer neuen Rücksicht auf die richterliche Unabhängigkeit, Herrn Johann Feigl seine Attacken auf Menschengefühl und Gerechtigkeit weiter verüben lassen? Weg mit dem österreichischen »Justament nöt«! Weg mit dem törichten Beamtenhochmut, der sich entgegen aller bessern Einsicht nur deshalb sträubt, ein Übel zu beseitigen, weil dessen Beseitigung auch in ein paar »Druckschriften« verlangt wurde! Die Wiener Bevölkerung will Herrn Johann Feigl nicht, und wenn ihre Vertreter in Staat, Land und Gemeinde ihren Wünschen zu horchen verständen, dann würde jetzt in einer Sache, die hundertmal wichtiger ist als der ganze nationale Trödel, ein parlamentarisches Bombardement losgehen, dem die Justizverwaltung nicht lange trotzen dürfte. Nicht der Räuber von der Ringstraße, Herr Feigl werde unschädlich gemacht! Für jenen ein paar Monate Gefängnis, für diesen ein Zivilgericht – damit wäre der Gerechtigkeit Genüge geschehen, der Wiener Menschheit künftig ein Erstarren des Blutes erspart. Wenn man bedenkt, ein wie wertvolles Gefühl der Rechtssicherheit Millionen durch die Kaltstellung eines einzigen Hofrats wiedergegeben werden kann, dann muß man eigentlich staunen, daß eine auf populäre Wirkungen bedachte Regierung nicht öfter die Gelegenheit nützt. Der Papst hat der Unzufriedenheit des kleinen Klerus einen Fürsterzbischof geopfert: kann der österreichische Ministerpräsident auch nur einen Augenblick zögern, für weit ernstere und viel schwerer verletzte Interessen einzutreten? Wir haben es satt, dem Spiel mit Menschenleben und Menschenwürde länger zuzusehen. Und wenn wir ihm – gemäß dem neuesten Erlaß zur Hebung des Ansehens der Justiz – nicht mehr mit Operngucker zusehen dürfen, so wollen wir es überhaupt nicht mehr sehen. Wir haben es satt, diesen Räuschen des Blutdurstes beizuwohnen, in die eine nüchterne Verhöhnung des Angeklagten am Schlusse des Schauspiels verfällt. Wir haben das Walten einer Wiener Kriminalistik satt, die ihren Namen nicht vom »crimen«, sondern vom Kriminal ableitet, und die sich in selbstgefälligem Stumpfsinn als die Wissenschaft vom »Einspirrn« definiert. Wir haben Holzingers Ende nicht vergessen. Und wir ertragen an dürftigen Epigonen nicht, was uns an der stilvollen Persönlichkeit eines großzügigen Sünders entsetzt, nie abgestoßen hat. Holzinger war mehr als ein österreichischer Kerkermeister; jedes seiner Urteile schien eine Schuld der Menschheit zu rächen. Eigene Rache befriedigt, eigener Bosheit frönt Herr Johann Feigl. Ihn erfüllt bloß die Spielerfreude seiner Machtvollkommenheit, das widerliche Behagen an dem Mißverhältnis zwischen einem kleinen Menschen und einem großen Amt. Er ist ganz und gar Shakespeares »winz'ger Richter«, der mit Jovis Himmel donnern möchte, »nichts als donnern«, ganz der »in kurze Majestät gekleidete Mensch«, der, sein gläsern Element vergessend, »wie zorn'ge Affen spielt solchen Wahnsinn gaukelnd vor dem Himmel, daß Engel weinen, die, gelaunt wie wir, sich sterblich lachen würden«. Darum »weckt er die längst verjährten Strafgesetze, die gleich bestäubter Wehr im Winkel hingen«, darum höhnt er den Delinquenten, bevor sein Urteil die Gerechtigkeit höhnt ... Ein norwegischer Strafrechtslehrer, der einmal in Wien einer Verhandlung unter dem Vorsitz des Herrn Feigl beigewohnt hat, versicherte, daß in seiner Heimat kein Staatsanwalt soviel nörgelnde Gehässigkeit gegen den Angeklagten aufbrächte wie hier der über den Parteien stehende Verhandlungsleiter. Und der Wiener Staatsanwalt hat – ein Fall, der, soweit das Gedächtnis der ältesten Juristen reicht, nicht vorgekommen ist – zum Schutze des letzten Opfers Feigl'scher Judikatur Berufung angemeldet. Ich weiß, und bin in der Lage es zu beweisen, wie Richter mit fünf Sinnen, wie hochgestellte Funktionäre über die Tätigkeit Johann Feigls denken. Ist es wirklich unumgänglich, mit verschränkten Armen auch vor der strafgerichtlichen Abteilung des österreichischen Chaos zu stehen? Könntet ihr hier nicht Wandel wirken, wo die Lösung einer Personenfrage beinahe die Reform eines Gesetzes erspart?

Die Verurteilung des Dreiundzwanzigjährigen bis zum Tode, die furchtbarer als die zum Tode ist, wollte man selbst Herrn Feigls bewährter Kerkermeisterschaft nicht glauben. Nur genaueste Lektüre des Verhandlungsberichtes bietet die Möglichkeit, dem Wahnwitz psychologisch beizukommen. Durch Jahrzehnte hat Härte des Urteils den Hohn des Verhörs gekrönt. Aber sie war auch gemildert durch den starken Verbrauch seiner Natur, den eine lange Verhandlung Herrn Feigl erlaubte. Das fühlte er selbst: ein gut Teil der Strafe hat ein Angeklagter überstanden, der eine Verhandlung unter seinem Vorsitz über sich hatte ergehen lassen müssen; wie eine Erlösung wirkte das Urteil. Wie würde es, so hätte man sich längst fragen können, wirken, wie würde es ausfallen, wenn Herrn Feigl einmal die Gelegenheit genommen wäre, mit dem Angeklagten wie die Katze mit der Maus zu spielen? Wenn ihm ein Verzweifelter gegenüberstände, der in Lebensnot sein Selbstbewußtsein nicht verloren hat, den Richter nicht als sein Schicksal betrachtet, nach dessen Mienenspiel nicht ängstlich forscht, sich nicht duckt, dem Spott nicht mit Erröten, dem Schimpf mit Trotz antwortet? Herr Johann Feigl hat seinen Meister gefunden. »Das mag Ihre Ansicht sein, Herr Präsident! Ich teile diese Ansicht nicht« – ruft ihm der Bursche zu, der wegen eines Raubanfalls vor seinem Richtstuhl steht. Einmal, wieder, immer wieder. Herr Feigl stutzt. »Man kommt nach Ihrem Auftreten nahezu auf den Gedanken, daß Sie unverbesserlich sind ... Ihre ungehörige Verantwortung muß ich rügen«. Der Angeklagte verwahrt sich gegen »die spitzen Redensarten des Gerichtshofes«. Das ward in diesem Hause und von Herrn Feigl noch nicht erlebt. Der Kerl kanzelt seinen Anwalt herunter und hält ein Plaidoyer, das als ein hochdeutsches Sammelsurium der bekanntesten Verteidigerphrasen, in dem selbst zum Schluß der Hinweis auf die eigene psychische Minderwertigkeit nicht fehlt, ein parodistisches Meisterwerk genannt werden muß. Mit Hohn war diesem Angeklagten nicht beizukommen, diesem nicht. Also blieb nichts übrig, als ein Urteil zu fällen, das weithin wirke als Exempel – zur Verhütung künftiger Raubanfälle? Nein, zur Verhütung unbotmäßigen Betragens vor Gericht. War gestern in demselben Hause ein Mann, der einem andern ein Messer in den Bauch gerannt hatte, zu fünf Tagen Arrest verurteilt worden, hier mußte mit anderm Strafmaß gemessen werden. In diesem Dreiundzwanzigjährigen war ja noch Leben! Ein Kerl, stark genug, um ein paar Monate Gefängnis, die er redlich verdient hat, zu übertauchen, noch nicht völlig verkommen, der Besserungsfähigkeit dringend verdächtig, und möglicherweise imstande, sich mit seinem Witz noch ehrlich durchs Leben zu schlagen. Vor allem aber – sympathischer als Herr Johann Feigl, der seinerseits mit der Karriere abgeschlossen hat und, wenn er aus dem Landesgerichte herauskäme, nichts Rechtes mehr anzufangen wüßte ... So ward denn Anton Krafft zu lebenslänglichem schweren Kerker verurteilt. »Er war allerdings auch«, bemerkt das ›Deutsche Volksblatt‹ wörtlich, »während der Verhandlung *ungemein keck* und trat sogar dem Vorsitzenden Dr. Feigl entgegen, wo er nur konnte« ... Am 10. März 1904 wurde in Wien lebenslänglicher schwerer Kerker wegen kecken Benehmens im Gerichtssaal diktiert.

Wird Herrn Johann Feigl nicht bang? Es soll irgendwo im Paragraphendickicht eine Möglichkeit verborgen sein, aus der sich die Verhängung der grauenvollsten Pein für den Trunkenheitsexzeß des Minderjährigen, der seiner Not keinen Heller erbeutet hat, formell rechtfertigen läßt, eine Bestimmung, die Herr Feigl bei einigem guten Willen »anwenden« konnte. Wenn Herr Feigl einst sein tatenreiches Leben endet, das etwa zehntausend Jahre, die andere im Kerker verbrachten, umfaßt hat, so mag sich ihm in schwerer Stunde, vor der Entscheidung einer höhern Instanz, die

Beichte seiner schwersten Sünde entringen: »Ich habe mein ganzes Leben hindurch das österreichische Strafgesetz angewendet!«

Ende März 1904

Das Urteil über die Tat des Johann Feigl ist vom Oberlandesgericht augenblicklich gefällt worden. Die Justiz hat mit standgerichtlicher Promptheit gearbeitet. Leider ist die Differenz zwischen »lebenslänglich« und zwölf Jahren, zu der Herr Feigl verurteilt wurde, eine viel zu geringe, und zwölf Jahre für den Streich, den ein halbverhungerter Bursche auf der Ringstraße verübt hat, noch immer zu viel. Wiewohl Herrn Feigl kein mildernder Umstand zugebilligt werden kann, wiewohl er weder minderjährig ist noch in Volltrunkenheit gehandelt hat, wiewohl er sich der Folgen seiner Handlungsweise – Erschütterung des Vertrauens in die Strafjustiz, dauernde Berufsstörung bei Anton Krafft u. s. w. – bewußt sein mußte, hat das Oberlandesgericht sich für bemüßigt gehalten, ihn mit mehr Rücksicht zu behandeln als den andern Angeklagten. Warum, Ihr Herren? Warum wird denn mit den » Jahrln« nur so herumgeschmissen? Es ist ja sehr selbstlos, wenn ein Berufungsgericht einen Teil des Entsetzens, das ein Urteil erregt hat, auf sich nehmen will. Aber schließlich ist doch die Gerechtigkeit auch ein Faktor, auf den in der Judikatur Rücksicht genommen werden sollte, obgleich ich gern einsehe, daß die Kollegialität voranzugehen hat. Das Schicksal eines Angeklagten müßte doch nicht so ganz apathisch zwischen den Höflichkeitsbezeugungen der Instanzen zerrieben werden. »Sollte nicht selbst die Umwandlung des lebenslangen in zwölfjährigen Kerker durch das Oberlandesgericht der gewiß schwer ins Gewicht fallenden Absicht, die Richter der ersten Instanz nicht allzu schroff ins Unrecht zu setzen, entsprungen sein? Dann würde der Fehler, den diese begangen haben, zum Nachteile eines Unglücklichen fortgewirkt haben. Uns scheint, daß der Fall Krafft sich eher zu einer Annäherung an die unterste Grenze der drei Jahre schweren Kerkers empfohlen hätte.« So schreibt Dr. Edmund Benedikt, ein Jurist, dem man die Kompetenz so wenig wie die Sachlichkeit absprechen wird, in den ›Juristischen Blättern‹. Wenn die Empörung fühlender Laien die Maßgebenden nicht aufgerüttelt hat, vielleicht macht sie die Tatsache stutzig, daß dem Fall Feigl gegenüber ein juristisches Fachblatt zum erstenmal aus seiner wissenschaftlichen Reserve heraustritt. Dr. Benedikt schreibt: »Nach der letzten veröffentlichten Statistik wurde in ganz Österreich im Laufe des Jahres 1897 über 28 Personen lebenslänglicher Kerker verhängt, darunter über 21 infolge gnadenweiser Umwandlung der gesetzlichen Todesstrafe. Wenn man die Seltenheit der Hinrichtungen bedenkt, deren Zahl im Jahre 1897 nicht mehr als 5 betrug, so daß die vielleicht ebenso fürchterliche Strafe des ewigen Kerkers bei den verworfensten Mördern an deren Stelle gesetzt wird, während in 41 von im ganzen 67 Fällen todeswürdig erkannter Mordtaten 8- bis 20jähriger Kerker als angemessene Sühne erkannt wurde, so muß die *ungeheure Aufregung*, welche die Verurteilung des Krafft durch einen Wiener Schwurgerichtssenat hervorgerufen hat, selbst vom trockensten Zahlenmenschen geteilt werden.« Nach Benedikts Ansicht hat Herr Feigl nicht einmal die Berufung auf den traurigen Buchstaben des österreichischen Strafgesetzes für sich: »Die Überfallene hatte infolge des Schreckens einen Nervenschock erlitten, der sie durch mehr als zwanzig Tage arbeitsunfähig machte. Es ist bei diesem Tatbestande *zweifelhaft*, ob überhaupt die Sanktion des lebenslänglichen Kerkers zutrifft, ob nicht vielmehr das Gesetz im § 195 eine unmittelbare schwere Verwundung oder Verletzung fordert, so daß der Eintritt eines Nervenschocks, dem sonst die Gerichte nicht allzu freundlich zu sein pflegen, außerhalb dieses Rahmens fällt.« »Aber sei dem wie immer«, fährt der Jurist fort, »die Tatsache, daß die unmittelbar zugefügten Verletzungen ganz leichter Art waren, ist ein höchst wichtiger Milderungsumstand. Dazu kommt die Nichtvollbringung des Raubes, dessen Begehung am hellen Tage in sehr belebter Gegend, also unter möglichst ungefährlichen Umständen, in subjektiver Hinsicht das jugendliche Alter, die Angetrunkenheit und die Not. Und dieses Verbrechen, das verglichen mit den übrigen schweren Straftaten in der Monarchie, kaum in deren oberen Hälfte zu stehen kommen dürfte, wurde mit der fürchterlichsten Strafe belegt, deren Schwere desto größer ist, einen je jüngeren Delinquenten sie trifft. Unter allen begnadigten Mördern des Jahres 1897 war nur *ein* Minderjähriger, dem Kerker auf Lebenszeit zuerkannt wurde, und dieser hatte ein achtjähriges Kind getötet, das er mißbrauchen wollte. *In wie beispielloser Weise* das Urteil des Wiener Schwurgerichtshofes die seit so vielen Jahrzehnten in so vielen tausenden von Fällen hergestellte *Verhältnismäßigkeit zwischen Strafe und Verbrechen gestört hat*, sagt jedem die Erfahrung und bestätigen die Zahlen. Wie immer man über Grund und Zweck der Strafe denken mag, wie sehr man davon überzeugt sein mag, daß eine absolute Gerechtigkeit schon wegen der Inkommensurabilität von Schuld und Strafe niemals erreicht werden kann, man muß daran festhalten, daß jene Proportion, die sich auf Grund der Gesetze durch die Übung der Spruchpraxis herausgebildet hat, nicht verletzt werden darf, wenn man nicht aus der Strafjustiz eine *willkürliche und sinnlose Straferei* machen will.« Und nun werden die Folgen der Feigl'schen Tat erörtert. Das Urteil habe nicht nur die heilsame Assoziation der Vorstellungen von Verbrechen und Strafübel, in der allein die Rechtfertigung der Strafe liege, erschüttert; es »scheint noch eine weitere verwerfliche Wirkung in der kurz darauf unter demselben Vorsitz erfolgten Freisprechung von Funddieben durch die Geschworenen hervorgerufen zu haben. Daß die Jury, wenn ihr Verdikt in einer unerwartet harten Strafbemessung Geltung erhalten hat, durch Absolvierung anderer Angeklagter sich zu salvieren glaubt, ist eine jedem Praktiker bekannte Sache. Aber es irren diejenigen, die sich in gutherziger Weise über solche Geschenke des Schicksals an Schuldige freuen; denn in solchen Freisprüchen liegt eine tiefe Grausamkeit, weil sie die Wurzel des Strafrechtes angreifen und Willkür an Stelle des Urteils setzen.« … Am schärfsten treffen Herrn Feigl die folgenden Worte: »So traurig uns die Überschreitung des Strafmaßes berührt, so können wir doch nicht glauben, daß das Benehmen des Beschuldigten bei der Verhandlung dabei in Betracht gekommen sei. Leider ist ja die Tradition noch nicht bei allen Vorsitzenden verschwunden, daß es richtig sei, zu dem Angeklagten in die Arena hinabzusteigen und ihn *im Ringkampf die geistige Überlegenheit fühlen zu lassen* und jede Auflehnung des Delinquenten oder auch manchmal der Entlastungszeugen gegen dieses oft *grausame Spiel* als Rebellion zu empfinden. Daß Richter eine solche Auflehnung den Verurteilten im Spruche entgelten lassen sollten, können wir nicht glauben. Daß aber der Vorsitzende den minderjährigen Angeklagten, der soeben zu lebenslänglichem Kerker verurteilt worden war, zu einer Strafe, die vielen härter dünkt als der Tod, *sofort mit der Frage übereilte*, ob er berufen wolle, statt ihn ausdrücklich zu warnen, die Erklärung nicht früher abzugeben, bevor er sich nicht mit seinem Verteidiger besprochen und sich die Sache genau überlegt habe, daß er dann die in verbissenem Trotz hervorgestoßene Erklärung, auf die Berufung zu verzichten, als eine unwiderrufliche statuierte, ist ein Vorgang, *den man nicht begreifen kann*. Die Rechtsmittelbelehrung hat den Zweck, den Inkulpaten auf die ihm zustehenden Rechte aufmerksam zu machen und ihm Zeit und auch womöglich die Sammlung zur Überlegung zu gewähren, nicht aber ihn *in der Schlinge der unvermittelt hervorgestoßenen Erklärung zu fangen.« »Wer in solcher Weise«*, schließt Benedikt, *»an dem Verhältnis zwischen Strafe und Tat rüttelt, zerbricht einen der stärksten Pfeiler unserer ohnehin unvollkommenen Gerechtigkeit und lädt eine schwere Schuld auf sich.«*

Und Herr Feigl hat – nachträglich wird es bekannt – über den Wahnsinn des österreichischen Gesetzes hinaus die lebenslängliche Strafe mit einem jährlichen Fasttage verschärft.

Prozeß Blecha. Vorsitzender: Hofrat *Feigl*. Vorgeführt wird der *Zeuge Anton Krafft*. »Während der Einvernahme des Zeugen Krafft bemerkt der Verteidiger zu ihm: Warum sehen Sie so blaß aus? Sind Sie krank? – Zeuge (zögernd): Ich war lange Zeit im Spital. – Verteidiger: Wann werden Sie denn frei? – Zeuge: Im Jahre 1916. – Verteidiger: Lassen Sie sich draußen meine Adresse geben und schicken Sie mir einen Brief aus Stein. Vielleicht kann ich etwas für Sie tun. Ich werde um Ihre Begnadigung einkommen.« Der Gerichtssaalbericht fügt trocken hinzu, Krafft büße eine zwölfjährige Kerkerstrafe wegen Raubes ab. Die Begnadigung durch Tuberkulose scheint gesichert.

Welch ein Wiedersehen! Wer mag blässer gewesen sein? Der Blasse oder der Erblaßte?

*

Am Tage, nachdem ich dieses Wiedersehen geschildert hatte, erhielt ich die folgende Zuschrift:

17. Oktober 1907

Ihre Notiz in der letzten ›Fackel‹ über die Geschichte Krafft-Feigl macht mir diese Episode wieder schmerzlich lebendig. Ich war damals unter den Geschworenen, und ich kann Ihnen bestimmt sagen, daß eine Voreingenommenheit gegen den Angeklagten sich bei uns nicht eingenistet hat – trotz Feigl. Im Gegenteil, es blieb nicht ohne Eindruck auf uns, daß der Krafft einen jämmerlichen alten ex offo-Schwätzer zum Verteidiger hatte, der sich vor dem »Hohen Gerichtshof« in tausend devoten Verbeugungen erging und seinen Schutzbefohlenen, der just nicht das Gleiche tat, indigniert preisgab. Wir standen also dem Krafft ziemlich unbefangen gegenüber. Leider aber auch dem Feigl. Denn wenn wir geahnt hätten – nun, Sie erinnern sich gewiß, wie wir einige Tage später *angesichts des abermaligen Feigl uns durch einen Freispruch Luft gemacht haben*. Allein vorher kannten wir unseren Feigl noch nicht ganz; und da die Ergebnisse der Verhandlung sich mit den Schuldfragen glatt deckten, konnten wir nichts anderes tun, als diese bejahen. Wie dann aber das Wort »lebenslänglich« gefallen ist, sind wir dagestanden, wie vom Donner gerührt und haben einer den andern angestarrt – völlig entgeistert. Ich bin aus dem Saale getaumelt, buchstäblich betäubt und: »Barmherziger Himmel, das haben wir nicht gewollt, nein, das haben wir nicht gewollt« mußte ich fort und fort murmeln. Als nachträglich die Änderung des Urteils bekannt wurde, die über Berufung nicht des Verteidigers, sondern des *Staatsanwaltes* erfolgte, haben wir die Strafmilderung wie eine Befreiung von eigener Schuld empfunden. Und nunmehr muß ich lesen, daß der arme Teufel unheilbarem Siechtum verfallen ist!

Ich weiß, ich kann nichts dafür, und übermäßig sentimental bin ich kaum. Wie denn auch? Mich hat das Leben genau so derb herumgestoßen, wie jeden von uns, bei dem die Druckstellen hart geworden sind. Aber ich erbitte mir von einem gütigen Schicksal, daß es mich vor neuerlicher Auslosung zum Geschwornen bewahre. Für dieses Amt tauge ich seither nicht, wenigstens so lange, als noch der Feigl im Landesgericht haust …

Mein lieber Freund, wenn es nicht ein bloßer Gelegenheitswitz war – blaß wird *der* nicht, da irren Sie sehr! Wenigstens nicht aus solchen Anlässen. Blaß wurde er nur damals – beim Freispruch.«

Epilog

»Der mit dem Titel und Charakter eines Hofrates bekleidete Vizepräsident des Landesgerichtes in Strafsachen Dr. Johann Feigl ist zum Hofrat ad personam unter Belassung auf seinem gegenwärtigen Dienstposten ernannt worden.«

Ethik und Strafgesetz

»Er hat, um einem Universitätsprofessor den Gerichtsskandal zu ersparen und der gekränkten Familienmoral dennoch eine Genugtuung zu verschaffen, über jenen den Verlust des Lehramts nebst mehrjähriger Landesverweisung zu verhängen gewünscht«. Aber das ist doch nicht einmal eine Unanständigkeit?, dachten und sagten die Leser des Artikels »Erpressung«; wie sollte es eine strafbare Handlung sein? Wenn Leser wirklich immer zu lesen verständen, hätten sie auch verstanden, daß ich jene Handlung, da ich sie in dem oben zitierten Satz formulierte, selbst nicht als unanständig werte, hätten sie auch die ausdrückliche Betonung dieser Meinung dort nicht übersehen, wo ich die Möglichkeit offen lasse, eine »bessere Absicht als Gesetzeskenntnis« könne hier bestimmend gewesen sein. Zweifellos hat der Rechtsanwalt und Vater, wenn ihm nicht mehr vorzuwerfen ist als die Tat, deren er sich in einer Zuschrift an die Tagespresse selbst zieh, ethisch einwandfrei gehandelt. Und dennoch strafbar?

Wir können uns nicht daran gewöhnen, Sittlichkeit und Kriminalität, die wir so lange für siamesische Begriffszwillinge hielten, von einander getrennt zu sehen. Vom Tyrannenmörder, der die Not seiner Volksgenossen endet, bis hinunter zum Mitglied des Tierschutzvereins, das seinem Hündchen den Zwang des Maulkorbs ersparen will, erfüllen sie alle das sittliche Gebot, die Selbsthelfer – und können dennoch vor dem Strafgesetz nicht bestehen. Das macht: die schönste Entfaltung meiner persönlichen Ethik kann das materielle, leibliche, moralische Wohl meines Nebenmenschen, kann ein Rechtsgut gefährden. Das Strafgesetz ist eine soziale Schutzvorrichtung. Je kulturvoller der Staat ist, umso mehr werden sich seine Gesetze der Kontrolle sozialer Güter nähern, umso weiter werden sie sich aber auch von der

Kontrolle individuellen Gemütslebens entfernen. Wenn ich mein eigenes materielles, leibliches, moralisches Wohl gefährde, wenn ich hazardiere, von der Eisenbahn abspringe, mich prostituiere, so kann nur die Beschränktheit in Volksschulzucht zurückgebliebener Gesetzgeber mich »schuldig« werden lassen. Aber gerade der Staat, der sich Vormundsrechte anmaßt, wird die familiäre Sorge bis zur Vernachlässigung sozialer Rücksichten treiben. Mit beichtväterlicher Liebe zürnt er meinen Lastern und sieht nicht, entschuldigt es vielleicht, wie meine Tugenden den Wohlstand meines Nächsten gefährden. Ich bin so »anständig«, nicht sofort zum Staatsanwalt zu laufen, wenn ich einen Hausfreund im Verdacht einer kriminellen Handlung habe; ich »begnüge mich«, selbst die Sühne zu bestimmen, die er zu leisten hat. Aber dies kulante Entwederoder, das mir mein Zartgefühl eingegeben hat, bedrückt den Schuldigen, dessen Schuld der Staat vielleicht mit einer geringem Strafe ahnden wird, als ich ihm zuerkenne, peinigt den Unschuldigen. Vor Gericht kann er leugnen und wird vielleicht freigesprochen, vor meinem Privatrichterstuhl muß er sich schuldig bekennen, um der Gnade meines Willkürrechts sicher teilhaftig zu werden. Dies sollte, wenn hundertmal Familienrücksichten und andere sittliche Regungen mich bestimmten, statthaft sein? Nur die Grausamkeit des geltenden Gesetzes hindert uns, in einem Fall, der sämtliche Merkmale jenes Delikts trägt, von dem der Erpressungsparagraph handelt, dessen Anwendung zu wünschen. Wer getan hat, was hier beschrieben ward, ist nun einmal – das Laiengefühl behält ja Recht – kein »Erpresser«, kein »Verbrecher«. Aber sicherlich wäre er, wenn unter Aufrechterhaltung seines Sinns Terminologie und Strafausmaß des Gesetzes vernünftig abgestuft würden, ein »Nötiger«, ein »Übertreter«. Kein sittlicherMakel bliebe an ihm hängen, wenn er, der aus sittlicher Erwägung in das Strafmonopol des Staates eingegriffen hat, entsprechend gestraft würde. Hunde müssen nun einmal, und gehörten sie den zartfühligsten Tierfreunden, Maulkörbe tragen!

Es mag paradox klingen, aber wo kämen wir hin, wenn alle

moralischen Handlungen ungestraft blieben? Und wo *kommen* wir hin, da noch immer so viele unmoralische Handlungen gestraft werden? Ein Gegenstück zu der Erpressung aus Gemüt ist etwa die Gelegenheitsmacherei. Man muß es immer wieder sagen, daß sie als bloße Vermittlung oder Vermietung einer Gelegenheit für den geschlechtlichen Verkehr zwischen zwei willigen und mündigen Menschen kein wirkliches Rechtsgut verletzt, daß ihre Bestrafung eine Dummheit ist, daß eine Gerichtsverhandlung über dieses Delikt nicht die sittliche Läuterung der beteiligten Kreise, sondern höchstens das Bedauern über das zu späte Bekanntwerden einer Adresse zur Folge hat. Wird aber, wer die Kriminalität der Gelegenheitsmacherei leugnet, darum behaupten, daß sie eine ethische Handlung ist? Das wird nicht einmal der Kulturmensch tun, der Menschliches nach Menschenmaß beurteilt, sittliche Entrüstung nur in dringenden Fällen verausgabt und das Seelenheil von alten Weibern, die von den spärlichen Erwerbswegen den bequemsten wählen und einer unausrottbaren Naturnotwendigkeit eine stille Gasse öffnen, für keine soziale Frage hält. Aber nur, wenn wir diese Naturnotwendigkeit, nach dem Buchstaben eines hundertjährigen Gesetzes, *an sich* als ein »unerlaubtes Verständnis« ansehen, wenn wir jenen Akt, ohne den höchstwahrscheinlich kein Gesetzgeber, kein Staatsanwalt und kein Polizeikommissär auf die Welt gekommen wäre, *an sich* für strafwürdig halten, dürfen wir Prostitution und Gelegenheitsmacherei in den Bereich der Kriminalität verweisen. Aber auf dem Gebiete der Sexualmoral können bloß die Unmündigkeit, die freie Selbstbestimmung und die Gesundheit als Rechtsgüter in Betracht kommen, nie und nimmer die Sittlichkeit als solche; und nur für die Schädigung des andern Teils kann ich zur Verantwortung gezogen werden.

Jene Ethik aber, die Rechtsgüter nicht achtet, sondern gefährdet, könnte man die *blinde Ethik* nennen. Wir haben gesehen, daß sie vor allem die »Nötigung« verschuldet, gegen die das harte Gesetz anzurufen man sich scheut, die aber, wenn sie völlig straflos bleibt, das schlimmste Präjudiz der Selbsthilfe schafft. Auch im Problem der »Bestechung« spielt sie eine Rolle. Sich bestechen lassen, ist immer unsittlich. Bestechen ist nur dann unsittlich, wenn der Zweck, zu dem ich's tue, an sich ein unsittlicher ist oder wenn er die Erlangung eines mir zwar gebührenden Vorteils bedeutet, der aber in keinem Verhältnis zu dem der Öffentlichkeit aus der Korruption erwachsenden Nachteil steht. In Österreich wäre nur der Beamte, der sich bestechen ließe, strafbar, nicht der Zeitungsmann und nicht der Parlamentarier. Nur strafbar, wer einen Beamten, nicht wer einen Zeitungsmann oder Parlamentarier zu bestechen versuchte (ich sage »versuchte«, weil an die Möglichkeit eines Gelingens namentlich bei den journalistischen Funktionären nicht zu denken ist). Gewiß ist es wünschenswert, daß ein kommendes Gesetz nicht nur die unparteiische Führung der Staatsgeschäfte als Rechtsgut schützt, sondern auch – da wir nun einmal in einem konstitutionellen Staate leben – die Freiheit der parlamentarischen Abstimmung und – angesichts einer täglich wachsenden Preßmacht – die Unverfälschtheit der öffentlichen Meinung. Aber wenn die Bestechung eines Journalisten auch strafbar würde, müßte sie nicht in jedem Fall unsittlich sein. Sie wäre und ist es nicht, wenn die Besprechung häuslicher Intimitäten nur durch Verabreichung von Schweiggeld hintanzuhalten ist. Sie wäre und ist unsittlich – und ihre Strafbarmachung ein Bedürfnis –, wenn sie die Besprechung einer gefälschten Bankbilanz verhindern soll. Der vergangene Sommer ward von Entrüstungsstürmen, die aus dem Osten kamen, erschüttert. In Ungarn – man denke nur, in Ungarn – sollte der Versuch gewagt worden sein, Abgeordnete zu bestechen. Und noch dazu mit ganz geringen Summen! Die demokratische Meute in Cis und Trans war auf den armen Grafen Szapary losgelassen, den man so frevler Geringschätzung des ungarischen Parlaments beschuldigte. Er hatte der Regierung seine Hilfe geboten, die Mäuler der Obstruktion zu stopfen. Daß er sittlich gehandelt hat, da er in höherem, patriotischem Interesse korrumpieren oder vielleicht bloß Korruption benützen wollte, ist zweifelhaft: nicht die Ethik, nur der Verstand des ungeschickten

Vermittlers, dessen Bemühung ruchbar wurde, konnte durch den Handel kompromittiert sein. Und er hätte auch sittlich gehandelt, wenn er nach dem Gesetz strafbar gehandelt hätte, während das Zuckerkartell oder der Verwaltungsrat einer Bank, die volkswirtschaftliche Redakteure bestechen, auch bei leider unabänderlicher Straflosigkeit gegen die Moral verstoßen.

Nicht immer ist, nicht immer sollte strafbar sein, was unsittlich ist, und das Sittliche nicht immer straflos. Den Grundzug einer modernen Gesetzgebung kann nur die Entlastung individuellen Gemütslebens zu Gunsten sozialer Interessen bilden. Sicherlich würden dabei – der Staatsfreund kann beruhigt schlafen – mehr Rechtsgüter gewonnen als aufgegeben werden.

Diskrete Zusammenkünfte

Die sozialkritischen Verdauungsbeschwerden liebt unsere liebe Presse nicht. Darum schöpft sie von der ungenießbaren Melange der Wiener Ereignisse bloß die Schlagsahne süßen Klatsches ab. Sie beklagt etwa das Schicksal eines Neunundsiebzigjährigen: er »hat sich als Fabrikant ein ansehnliches Vermögen erworben«, und mußte nun ein Abenteuer mit der österreichischen Justiz erleben. Mit der Diskretion einer vornehmen Kupplerin, die ihre den europäischen Dynastien geleisteten Dienste dem Besucher rühmt, schildert die ›Neue Freie Presse‹, wie ein Rendezvous zwischen dem »angesehenen Fabrikanten« und der österreichischen Justiz zustandekam. Bloß das Alter des Klienten interessiert sie; sie verliert kein kritisches Wort über das Alter der Dame, der es noch immer erlaubt ist, staatsbürgerlicher Unschuld Fallstricke zu legen. Daß der Greis einst auf der Bank eines Parkes saß »um sich von der noch warm strahlenden Herbstsonne bescheinen zu lassen«, läßt uns kalt. Wie er das Gespräch mit seiner jungen Nachbarin angeknüpft hat, macht uns auch nicht warm. »Am folgenden Tage machte er sich fröhlich auf den Weg, um der Einladung zu folgen. Schreckt ihn nicht das Los Franz Sikoras zurück, der vor nicht langer Zeit ein gleiches Abenteuer schwer büßte? Warnt ihn die Erinnerung an diesen Greis nicht, der, vielleicht heiter wie er, seinem Schicksale entgegenging und nicht mehr zurückkehrte?« Der diese Frage stellt, muß selbst zugeben, daß unserm Greis nicht ganz so übel mitgespielt wurde wie dem Opfer der Mörderin Klein. Die Dame, die Nachbarin auf der Bank, war harmlos. Aber die österreichische Justiz, die Schlüssellochhorcherin, wurde gefährlich. »Im Namen des Gesetzes, öffnen Sie!« Und noch einmal: »Im Namen des Gesetzes, öffnen Sie, sonst muß ich die Tür einbrechen!« Zwei Polizeiagenten treten ein. Gegen die Wohnungsbesitzerin war die Anzeige erstattet worden, daß sie die Wohnung für »diskrete Zusammenkünfte« vermiete. Verschwörung? Hochverrat? Nein, für strenger verpönte Heimlichkeit. Der Alte soll seinen Namen angeben, weigert sich mit Recht, wird mit der Abführung ins Kommissariat bedroht, und greift in seiner Herzensangst, die ihm die sozialen Schrecken des Bekanntwerdens einer Sexualhandlung ausmalt, zu dem verzweifelten Entschluß, den nicht immer mißlingenden Versuch zu unternehmen, sich in eine Amtshandlung mit einer Zehnguldennote einzumengen. Diesmal hat die Zumutung geringschätziges Lächeln geweckt. Wenn sich die Kupplerin, die das Rendezvous vermittelt, das Strafrisiko mit der Hälfte des »Schandlohns« bezahlen läßt, so könnte die Staatsgewalt, die das Rendezvous vereiteln kann, gewiß mehr als die Hälfte beanspruchen. Wehe dem, der – und noch dazu mit unzureichenden Mitteln – das ethische Hochgefühl eines Spitzels zu erschüttern versucht hat! »Dieser Herr«, ruft er seinem Genossen zu, »hat mich jetzt bestechen wollen, damit ich gegen meine Amtspflicht handle.« Der Greis war der »versuchten Verleitung zur Verletzung der Amtspflicht« angeklagt. Ein jeder von uns würde sie begehen, wenn Büttelneugier sich in die privateste Handlung mischt, wenn ein »unerlaubtes Verständnis« zweier Liebesleute durch das erlaubte Unverständnis zweier Amtspersonen gestört werden soll. Der Richter, dem so menschliche Erwägung nicht ganz fernzuliegen scheint, läßt den Angeklagten mit einer Geldbuße davonkommen. Den Qualen, die er in Erwartung einer Arreststrafe und des Familienskandals ausgestanden hat, gewinnt die ›Neue Freie Presse‹ den Humor der Pikanterie ab. Auch die Justiz verliert bei den Schändlichkeiten, die das Gesetz sie begehen heißt, ihre gute Laune nicht: »Als der Neunundsiebzigjährige in der geheim geführten Verhandlung auf dem ihm zugewiesenen fatalen Platze erschien, zeigte sich«, so erzählt Schmock, »ein Schmunzeln bei den Personen am Gerichtstische«. Und es habe Wirkung geübt, als der Verteidiger »mit Humor schilderte, in welche Nöten der beklagenswerte greise Liebhaber durch sein Abenteuer gelangt sei«.

Die Justiz bedrängt das Privatleben, und die Publizistik müßte dazu ihr prinzipielles Wort sagen. Aber sie ziehen sich gemeinsam ins Gemütliche zurück und schlagen augenzwinkernd das Strafgesetzbuch auf, dort, wo die »pikanten Blätter« beginnen. Wieder eine »Lasterhöhle« ausgehoben! Der unschuldige Leser des Gerichtssaalberichtes glaubt in solchem Falle, daß Prostitution und Kuppelei nunmehr ein Ende haben. Der raffinierte beklagt, daß man eine Adresse zu spät erfährt. Und keiner weiß, daß es der Behörde bloß darum zu tun ist, einigen soliden Firmen – sozusagen Hof- und Kammerlieferantinnen – die lästige Konkurrenz vom Halse zu schaffen. Denn nicht immer und überall dringen Polizeiagenten ins Schlafzimmer: ihren höchsten Vorgesetzten und anderen Herrschaften wäre es nicht erwünscht, zu so ungelegener Stunde gestört zu werden. Als Schutzengel bewachen sie das Haus, auf daß der Beischlaf der Gerechten nicht gestört werde. So oft man liest, daß eine arme Offizierswitwe vor Gericht gezerrt wurde, die als Vermieterin eines Absteigquartiers noch immer mehr Moral beweist als der Staat, der sie durch eine schäbige Pension zu solchem Nebenverdienst zwingt, empfindet man ein Bedauern über die Ungerechtigkeit des Schicksals, das die Straftat der Gelegenheitsmacherei nicht in allen Fällen durch die Vornehmheit der Klientel paralysiert hat. Der Ausspruch einer Anfängerin, der man angesichts der erdrückenden Übermacht der protokollierten Firmen ein schlechtes Prognostikon stellte: »Ach was! Ich habe bereits an das Obersthofmeisteramt geschrieben!« klingt nicht erfunden. Als der – noch nicht ganz neunundsiebzigjährige – König von Spanien nach Wien kam, wurden außer den Schadchen auch die Kupplerinnen Wiens mobilisiert. Und es ist Tatsache, daß von offizieller Seite ein Absteigquartier für den hohen Gast gemietet wurde. Mit Recht. Warum sollte ihm versagt sein, was sich jeder Fremde von geringerer Distinktion mit Hilfe des Hotelportiers verschaffen kann? Noch ist er ja unverlobt. Die Hotelportiers des Obersthofmeisteramtes wissen, wozu sie verpflichtet sind. Und die Polizeiagenten, die die

Mauer machen, werden nicht durch Zehnguldennoten für die Verletzung, sondern durch spanische Orden für die Erfüllung ihrer Amtspflicht belohnt.

Ein Überfall der Justiz

Der Wiener Appellsenat genießt einen Weltruf. Denn seine Methode, schlechte bezirksgerichtliche Entscheidungen zu bestätigen und vernünftige abzuändern, ist unfehlbar. Aber es gehört kein Mut zur Dummheit, wenn viere über einen kommen. Da hat am 25. Mai der Vorstand des Bezirksgerichts Josefstadt, Landesgerichtsrat v. Heidt, wegen Beleidigung des Herausgebers der ›Fackel‹ den Leiter des Cabarets »Nachtlicht«, Herrn Achille Vaucheret, genannt Henry, zu einer einmonatigen Arreststrafe und seine Freundin Marie Biller, genannt Delvard, zu einer Geldstrafe von 300 Kronen verurteilt. Er hat zu solcher Strafbemessung nicht erst der Erinnerung an jenen Ministerialerlaß bedurft, der auf Verhängung von Arreststrafen in Fällen schwerer Ehrverletzung dringt. Er überblickte die ungeheuerliche Situation, in der sich ein Schriftsteller dem artistischen Leiter eines Champagnergeschäftes gegenüber befindet, der ihn wegen einer kritischen Bemerkung angefallen hat und sich dann öffentlich und um dem Geschäft die Preßgunst zu sichern, der Faustschläge, aber nicht der antisemitischen Beschimpfungen rühmt, mit denen er den Schriftsteller regaliert hat. Er mag auch die Situationen erwogen haben, die erst herbeigeführt würden, wenn sich der Überfall auf einen verhaßten Publizisten mit einer Geldstrafe begleichen ließe. Nicht nur daß mancher Rowdy einen Kapitalisten fände, der in seiner Freude über die Verprügelung des Störers der Wiener Gemütlichkeit gern ein paar Hunderter »springen ließe«; vielleicht fände auch manch ein Kapitalist einen Rowdy, der die Arbeit zur Zufriedenheit des Auftraggebers ausführte. »Sitzredakteure« sind für solche Fälle schwieriger aufzutreiben, aber »Verantwortliche«, denen die Strafsumme vom Unternehmer bezahlt wird, gibt es in Fülle. Herr Vaucheret selbst hatte sich, wie gerichtlich festgestellt ist, vorher nach der Höhe der zu gewärtigenden Geldstrafe erkundigt und seine Geneigtheit, sich's eventuell tausend Kronen kosten zu lassen, gesprächsweise kundgegeben. Hatte der Erstrichter zudem jenen Paragraphen im Auge, der ihm ausdrücklich die Berücksichtigung der angegriffenen Person vorschreibt, so war es klar, daß hier dem Sinn der Strafe erst durch die Statuierung eines Exempels Genüge geschehen konnte. Bei einem Wirtshauskonflikt zweier Privatleute mag die Buße das Äquivalent der Tat bedeuten. Ward einem Schriftsteller die Ausübung seines kritischen Berufs brachial vergolten, so soll die Strafe perspektivisch auch als Schutz gegen künftige Möglichkeiten physischer Vergewaltigung aufgefaßt, sollen dem Täter gegenüber die Vorstrafe eines andern, der ähnlich gehandelt hat, und die Neigung anderer, dem Beispiel zu folgen, als erschwerend angenommen werden. Die Tat könnte ein Beispiel sein, also sei die Strafe ein Exempel. Bedenkt man schließlich, daß noch kein Raufer mit einer Tat, die er vor Gericht demütig mit Trunkenheit entschuldigt, in ähnlich berechnender Weise vor der Öffentlichkeit von hundert Zeitungen geprunkt hat, wie jener Herr Vaucheret, so muß man die von der ersten Instanz bemessene Strafe gerecht, wenn nicht milde finden, so drakonisch sie vom Gesichtspunkt einer schlechten Praxis – nicht des Gesetzes, das bis zu sechs Monaten geht – erscheinen mag.

Am 7. September hatte ich endlich das Vergnügen, eine Verhandlung vor dem Wiener Appellsenat aus eigener Anschauung kennen zu lernen. Ich bedaure es nicht. Möchte im Gegenteil wünschen, daß auch einmal der Justizminister, der ja, einem dunklen Gerücht zufolge, ein »moderner Mensch« sein soll, sich die Herrschaften ansehe. Beileibe nicht, um die Unabhängigkeit ihrer Gedankenarmut anzutasten! Aber das Menschenmaterial sollte er kennen lernen, das in Österreich für das Strafrichteramt herangezogen wird. Schon die Verlesung des Referats durch einen Landesgerichtsrat, der jeden französischen Eigennamen als Verkehrshindernis empfindet, ist aufschlußreich. Und diese Physiognomien! Was nützen in solchem Milieu alle modernen Erlässe der Justizverwaltung! Der Pissoirgeruch des Wiener Landesgerichts dringt durch die Tünche, mit der es kürzlich renoviert wurde. Als ich diese Richter sah, wußte ich sofort: Hier wird dem Angeklagten Trunkenheit als wesentlich mildernder Umstand zugebilligt! Ja, auf diesen Gesichtern lag volles Verständnis für das wichtigste Argument der Verteidigung. Übrigens eine ziemlich verbreitete Erscheinung unter österreichischen Richtern. Ein böhmisches Kreisgericht hat einst einem Menschen, der wegen boshafter Sachbeschädigung angeklagt war – er hatte die Einrichtung des Wirtshauses, in dem er zehn Minuten auf das Bier warten mußte, demoliert –, als mildernden Umstand »die begreifliche Aufregung des Angeklagten« zugebilligt. Und im Prozeß Rutthofer wurde neulich der Münchener Psychiater scharf ins Gebet genommen, weil er den getöteten Herrn Landesrat wegen eines täglichen Liters Wein als »Alkoholiker« zu bezeichnen wagte. Im allgemeinen macht man die Erfahrung, daß die österreichische Justiz den Geschlechtsverkehr für ein belastendes, Trunksucht für ein entlastendes Moment ansieht. Wer sich hierzulande Mut zu einer Gemeinheit antrinkt, findet mehr Entgegenkommen bei Gericht, als einer, der den Mut schon hat. Auch wer im Rausch eine größere Gemeinheit begeht, als er nüchtern geplant hat. Er versetzt sich in einen Zustand, in dem er für sein Tun nicht verantwortlich ist, sollte also schwerere Verantwortung tragen. Aber die Justiz straft ihn nicht für seine Verwandlung, sondern entschuldigt sein Tun. Wer Hemmungen ausschaltet und dann zufällig eine Straftat begeht, müßte den Zustand so verantworten, wie die Tat. Wer Hemmungen ausschaltet, um eine Straftat zu begehen, müßte ihn schwerer verantworten. Es ist geistlos, mit Trunkenheit eine Tat zu exkulpieren, aber es ist die ausgemachteste Justiztorheit, mit ihr auch einen Plan zu tilgen. Und in beiden Fällen ist es verfehlt, »Volltrunkenheit« nachsichtiger zu behandeln als »Angetrunkenheit«. Denn weil es unverantwortlich ist, sich unverantwortlich zu machen, müßte es verantwortet werden. Der Einzelrichter des Prozesses Henry, der offenbar von der Meinung ausging, daß Besoffenheit kein besonderes Verdienst sei, wurde von dem Bierrichtersenat des Landesgerichts eines Bessern belehrt. Dieser sprach dem Angeklagten das Verdienst, das ihm die Zeugen bestritten hatten, ohneweiteres zu. Zwar hatte sich Herr Vaucheret ein paar Stunden nach der Tat aller Details erinnert und konnte sie jedem Reporter, der da gelaufen kam, aufzählen; hatte seine Heldenleistung in Interviews des Lippowitzblattes – die Schere putzt das Nachtlicht – besingen lassen und sich bei reichsdeutschen Blättern, die sie nachdruckten, später bedankt. Immerhin machte ihn schon die Ausrede der Trunkenheit dem Appellsenat sympathisch. Und so kam es, daß dieser enunzierte, der erste Richter habe »die hochgradige Aufregung infolge übermäßigen Alkoholgenusses nicht genügend gewürdigt«. Der erste Richter hatte bloß die Zeugen gehört, die aussagten, Herr Vaucheret sei nicht betrunken gewesen. Der Appellsenat hörte den Angeklagten, der ein anheimelndes Zugeständnis machte. Der erste Richter schöpfte sein Urteil aus dem Verhör der Tatzeugen, aus fast unmittelbarer Anschauung der Situation. Der Appellsenat stößt das Urteil um, weil ihm der Angeklagte nach fünf Monaten sagt, es sei doch anders gewesen. Man sieht, wie notwendig die »Überprüfung« des erstrichterlichen Urteils durch einen Appellsenat ist. Aber so eine zweite Instanz ist auch erfinderisch. Warum Herr Henry statt eines Monats 600 Kronen Geldstrafe bekommen mußte, war klargestellt. Wie aber sollte die Umwandlung der 300 Kronen des Fräuleins Delvard in 150 motiviert werden? Keine ihrer Beschimpfungen war in Abrede gestellt worden. Da überraschte der Appellsenat den Verteidiger mit der Entdeckung, das Wort »Pest« sei nicht erwiesen worden. Aber da die Dame nicht wegen eines Wortes, sondern wegen eines Satzes geklagt war, so muß sie in jener Nacht offenbar den Ausruf getan haben: »Wien würde mir danken, wenn ich es von dieser … befreite.« Die Pest als die gefährlichste Krankheit schien dem Appellsenat immerhin 150 Kronen wert, also genau soviel, wie alle anderen Beschimpfungen und Tätlichkeiten zusammen ... Ei nun – ein Überfall der Justiz, durch den sie sich wenigstens die Zufriedenheit des ›Neuen Wiener Journals‹ erworben hat.

Der Fall Riehl

Maudit soit à jamais le funeste imbécile
Qui voulut le premier, dans sa stupidité,
S'éprenant d'un problème insoluble et stérile
Aux choses de l'amour joindre l'honnêteté.

Charles Baudelaire

Ich aber sage euch, die Welt der Christen und anderen Juden hat sich mit der »Sünde« vollgefressen. Denn es bedarf nur des geringsten Anstoßes, um ein moralisches Speikonzert zu provozieren, das uns größere Übelkeit verursacht, als der Anblick sündhaften Tuns eurem von überschüssiger Moralsäure affizierten Magen. Wo aber könnte die Heuchelei besser gedeihen, als in einem beständig von Sensationen umwitterten Klima? Die verruchte Mischung von Sittlichkeit und Neugierde, die dem Wiener eingeboren ist, rückt ihm die dürftigsten Sexualbegebenheiten in ereignisvolle Perspektive und nährt ein Büßerpathos, das nach einer Nacht, in der zwei Menschen von der Norm der Geschlechtsfreuden gewichen sind, den jüngsten Tag angebrochen wähnt. Dieses Leben ist so arm an Orgien geworden, daß wir, Phäaken um jeden Preis, sie durch moralische Völlerei ersetzen müssen, wenn eine Prinzessin mit ihrem Stallmeister durchgeht, ein Universitätsprofessor Knaben photographiert, oder gar ein Bordellbesucher mit der Peitsche sich und seinem Opfer ein Vergnügen schafft. Wie aber soll Entrüstung zu ihren Orgien kommen, wenn die Sünde so schlau ist, die ihren in der Verschwiegenheit eines Alkovens zu feiern? Nun, so laßt uns wieder zu einer alten Kupplerin gehen: Sie heißt Justiz und wird uns in geheimer Verhandlung die öffentliche Meinung als Jungfrau vorstellen. Welch' eine Jungfrau! In Lumpen gekleidet, »lausig und mit schlechten Zähnen«, – wahrlich, Tante Riehl, die die schmutzigste Debutantin in vierzehn Tagen salonfähig machte, hätte sie von ihrer Schwelle gewiesen. Aber die Justiz weiß, was für Spezialitäten sie der Kundschaft schuldet, und macht in geschlossenem Hause die Gelegenheit zu Sensationen, wie sie in ähnlich raffinierter Art eben nur die Unschuld der Wiener Familienpresse dem ehrbaren Geschmack der Wiener Bevölkerung bieten kann.

... In das nach dem Zustand ihrer Straßen und ihrer Gehirne genannte Weichbild dieser Stadt klatscht eine »Affäre«. Die Besitzerin eines konzessionierten Bordells ist der wirtschaftlichen und gesundheitlichen Ausbeutung ihrer Mädchen beschuldigt. Eines Mißbrauchs, den wohl die staatlichen Wächter der Institution entdeckt und dem Gericht überliefert haben? Andernorts ein unbeträchtlicher Fall, wie jeder Übergriff, der die Rechtsbeziehungen zwischen Dienstgebern und Dienstnehmern stört. Beträchtlicher, wenn die Aufsichtsorgane – Gewerbeinspektoren oder Polizisten – die Ungebühr, zu deren Beseitigung sie gerufen waren, festigten und von der Willkür Zinsen nahmen. Haben sie die Autorität mißbraucht, um den Mißbrauch zu autorisieren, haben sie einmal verzichtet, Providenz zu spielen, um Provision zu empfangen – spuckt ihnen ins Gesicht! Denn allzu schmerzlich haben sie euch über euer Unentbehrlichstes, den Autoritätsglauben, hinweggeholfen und einem angemaßten Militärrock, dessen Geschichte neulich die Wahnvorstellung einer Nation ernüchtert hat, das Pendant einer abgelegten Polizeihose geschaffen. Eine Affäre amtlicher Korruption also, öffentlichen Aufsehens würdig. Würdig der Empörung, doch auch einer zweckbewußten Erledigung, die die zweckvergessene Aufsicht schwerer zu treffen hätte, als das Raubsystem einer konzessionierten, privilegierten und mehrfach ausgezeichneten Kupplerin. Aber das »Aufsehen«, das in dieser trostlosen Stadt Kunst und Leben nach ihren stofflichen Werten würdigt, hat vor dem Polizeiskandal ohnegleichen und vor der besonderen Schuld einer Angeklagten den Pikanterien der Bordellsphäre den Vorzug gegeben. Und je nach Geschmack, lärmt Entrüstung oder wispert

Neugierde, webt in allen Fällen Erstaunen um die plötzlich entdeckte Tatsache, daß der Frauenleib, dessen Käuflichkeit der Idiotenglaube doch selbst als eine »soziale« Einrichtung beklagt, in assortierten Lagern feilgehalten wird.

Soweit das Verschulden der Kupplerin und soweit das Verschulden der Amtsorgane reicht, verweist der erste Blick die Angelegenheit in das Sorgengebiet der Verwaltung. Zu krimineller Geltung erwächst sie, wenn hier der Mißbrauch der Amtsgewalt, dort Wucher und sanitäre Übelwirtschaft einer vernünftigen Anklagebehörde einleuchten. Aber für den Mißbrauch der Amtsgewalt wird die Öffentlichkeit mit einer Ehrenerklärung des Polizeipräsidenten abgespeist, die er seinen viertausend Bediensteten ausstellt, von denen nur drei auf Abwege geraten seien, und mit einer stammelnden Bitte um Nachsicht, die besagen will, daß die Beamten des Präsidialbureaus, des Ökonomiereferats, des Verkehrsamtes und des Paßbureaus dem Einfluß der Madame Riehl nicht erlegen sind, und auch mit der berühmten Weisung »Madeln, verführts mir den dicken Kommissär, aber nehmts kein Geld von ihm« nicht gemeint waren. Als ob die Indolenz, die drei amtlich und moralisch subalterne Individuen im Gehege der Sittlichkeit pürschen läßt, nicht sträflicher wäre, als die Toleranz dieser munteren Bordellrevisoren! Wien wird sich beruhigen, wenn eine Kupplerin eingesperrt und ein Polizist davongejagt ist, es wird wieder in der besten aller Halbwelten leben und das Institut, dem Herr Piss angehörte, für eine wahre Bedürfnisanstalt halten. Die Begründung des Urteils, das Frau Riehl für dreieinhalb Jahre ins Gefängnis schickt, verrät, worüber sich die Offiziellen in einem Falle, der uns empfindlicher enthüllt als die Nachbarn ihr Köpenick, Gedanken machen. Man hätte zumindest erwartet, die nachgewiesene Polizeigunst als mildernden Umstand zitiert zu finden. Gefehlt! Die Dame Riehl mußte sich ausdrücklich mit dem Vorwurf belasten lassen, sie habe die Aufgabe der Aufsichtsbehörde »erschwert«, und nicht einmal zu ihren Gunsten, geschweige denn zu Ungunsten der Polizei, wurde angenommen, daß diese die Aufgabe der Riehl erleichtert habe.

Es ist recht uninteressant, ob's in einer Großstadt eine Ausbeuterin mehr oder weniger gibt. Aber wenn die Polizei schon nicht als Angeklagte im Gerichtssaal saß, so hätte wenigstens *eine Amtshandlung als Milderungsgrund für die Schuld einer Räuberin* der Kulturgeschichte überliefert werden sollen. Dabei wäre es gleichgültig gewesen, ob man der Polizei eher Vorschubleistung für die gewalttätige Einschränkung der persönlichen Freiheit, oder für die wucherische Ausbeutung der Bordellinsassinnen zugetraut hätte. Die Anklage gegen Regine Riehl hätte jedenfalls weniger nach Konstruktion gerochen, wenn man sich nach dem Beispiel von Laibach – auch dort war die Polizei an dem Bordellwesen hervorragend interessiert – von allem Anfang an auf die Wahrnehmung des wucherischen Tatbestandes verlegt hätte. Gegen die persönliche Freiheit und die Gesundheit ihrer Mädchen hat sich die Riehl gewiß nicht in so greifbarer Weise vergangen, wie gegen deren wirtschaftliche Sicherheit. Es ist ja allen Dankes wert, daß ein Gerichtshof einmal die Polizei über die Strafgesetzwidrigkeit ihrer Anschauungen vom Bordellwesen belehrt hat. Regine Riehl hat ein Übriges getan, da sie die polizeiliche Anerkennung sich erkaufte. Sie hat sie als konsequente Praktikerin jener Anschauungen redlich verdient und hätte, wäre sie nicht so ungeschickt gewesen, auch die Unschuld etlicher Beamten zu prostituieren, mit Erfolg den »guten Glauben« für sich geltend machen können. Die Polizei handelt als Exekutive der bürgerlichen Moral, wenn sie den Gassenstrich durch die Zucht eines geschlossenen Hauses verdrängen will, dessen Besitzerin sie das »Halten von Prostituierten« unter Kautelen gestattet, unter denen selbst das »Halten von wilden Tieren« erlaubt wäre. Und die Riehl hat als Exekutive der polizeilichen Raison gehandelt, wenn sie jene Fenstergitter an den Käfigen anbringen ließ, über die sich der Staatsanwalt entsetzt, wenn sie jene »Kaserne« schuf, über die sich nur ein Gerichtshof ereifern kann, dem das Schlagwort »Kasernierung der Prostitution« fremd ist oder etwas anderes zu bedeuten scheint als »Einschränkung der persönlichen Freiheit«. Der Bordellportier hat als Zeuge angegeben, daß er den besonderen Auftrag von der Riehl bekommen hatte, das Haus versperrt zu halten, »damit kein Mädchen hinausgehe«: so war der Freiheitsraub erwiesen. Aber der Bordellportier hat auch angegeben, daß dieser Auftrag erfolgt sei, weil »sonst die Riehl einen Anstand mit der Polizei hätte«: so war die Mitschuld der Polizei erwiesen. Und in dem Augenblick, da ein Beamter vor Gericht die denkwürdige Erklärung abgab, es sei nicht Sache der Polizei, die Prostituierten gegen die Kupplerinnen, sondern Sache der Polizei sei es, das Publikum gegen die Prostituierten zu schützen, mußte es klar sein, daß noch nie eine Übeltäterin in besserem Glauben gehandelt hat, als Regine Riehl. Bedeutungsvoll bleibt ja das judizielle Bestreben, einem behördlichen System den Riegel vorzuschieben, das die Vorschiebung von Riegeln an den Wohnungstüren der Prostituierten begünstigt hat. Viel plastischer aber und des letzten Scheins einer bona fides entkleidet, rückt das Moment wucherischer Ausbeutung in die kriminelle Betrachtung. Mag auch das bürgerliche Gesetzbuch, das jedem Journalisten die Klagbarkeit einer Bestechungssumme garantiert, jedem Lumpen es ermöglichen, eine Prostituierte um den bedungenen Lohn zu prellen, so kann doch kein Zweifel darüber bestehen, daß der wucherische Betrug, den die Kupplerin an der Prostituierten verübt, unter strafrechtliche Sanktion falle. Sonst wäre es ja auch erlaubt, den »Schandlohn« – je nach Geschmack und dem Grade der sittlichen Entrüstung – zu stehlen, zu veruntreuen, zu rauben. Wäre freilich unser Strafrecht nicht so hirnverkleistert, im Verbot der Gelegenheitsmacherei eine fabelhafte »Sittlichkeit« zu schützen, nie wären jene Zustände geschaffen worden, die die blutigste Ausbeutung zur typischen Begleiterscheinung der harmlosesten Kuppelei machen. Eine Erkenntnis, die sich täglich bestätigt: Das Kuppeleiverbot hat die Kuppelei mit dem Wucher verkuppelt, hat wie jedes Sexualgesetz Übleres erzeugt, als es verhindern wollte. Ein Sexualgesetz, das, anstatt ausschließlich die freie Willensbestimmung, die Gesundheit und die ökonomische Sicherheit zu hüten, der Moral opfert, setzt Prämien auf die Preisgabe aller Lebensgüter. Es ist die ausbündigste Narrheit von der Welt, um jenes lästigen Idols willen die Kuppelei als solche zu verfolgen: die gewerbsmäßige Vermittlung oder Vermietung einer Gelegenheit an mündige und willige Menschen. Ihre Verfolgung rechtfertigt jeden Preisaufschlag, mit dem die Kupplerin ihr Risiko bewertet; ist die wahre Unterhändlerin des Wuchers, während die Kupplerin bloß den Genuß vermittelt. (Daß der § 512 der Punkt ist, an dem die einzig mögliche Reform der Sittenpolizei anzusetzen hätte, hat Graf Taaffe, der einzig mögliche Ministerpräsident, den Österreich je gehabt hat, und ein hervorragender Kenner des Gassenstrichs, erkannt. Eine Äußerung, die er vor etwa zwanzig Jahren im Budgetausschuß gegenüber dem Verlangen nach einer »Regelung der Prostitution« getan hat, wird jetzt bekannt: »Schaffen sie mir erst diesen Paragraphen vom Halse! Solange er besteht, habe ich nicht Lust, mich zum Mitschuldigen zu machen.«) Wie oft soll es Kriminalistenhirnen noch eingetrichtert werden: So wie die Strafdrohung, die sich der homosexuellen Tat an die Fersen heftet, der Erpressung hilft, so fördert die Verfolgung der Kuppelei die Ausbeutung. Solange das, erlaubte Unverständnis unserer Gesetzgeber den Liebesverkehr ein »unerlaubtes Verständnis« nennt, gewährt es bloß »Unterschleif« der Niedertracht. Sexualjustiz heißt jene besondere Gefälligkeit der Behörde, die den Schlafzimmerschlüssel einem Verbrecher ausliefert. Schraubt die Menschennatur unter den Strafparagraphen, und das Verbrechen kommt zum Vorschein! Und wer außer jenen Tröpfen, die sich den Geschlechtsverkehr bloß auf ethischer Grundlage und nicht auf einem Divan vorstellen können, leugnet, daß auch die Kuppelei einem in der Weibsnatur vorrätigen Trieb entspreche? Als Fortsetzung der Prostitution ist sie zunächst ein psychischer und dann erst ein sozialer Zustand. Wie sollte sie aber, solange sie bloß den für den Geschlechtsverkehr nun einmal unentbehrlichen Ort der Handlung beistellt, ein crimen sein? Wie will es die Ethik mit Naturtrieben, wie die Kriminalistik mit sozialen Notwendigkeiten aufnehmen? Natürlich wird noch häufiger »Not« die alten Weiber zur Kuppelei, als die jungen zur Prostitution treiben, und innerer Beruf häufiger die jungen zur Prostitution, als die alten zur Kuppelei. Aber sollte derselbe Staat, der die Witwen seiner Beamten hungern läßt, sie strafen dürfen, wenn sie ein Zimmer für Stunden vermieten? Und sollte bloß Armut und nicht auch jene Freude an der Sache, die die abgestorbene Sinnlichkeit des alternden Weibes immer noch aufbringt, ein unwiderstehlicher Zwang sein? Alle Sozialpolitiker, die da wähnen, daß sich das Genußleben nach der Statistik richte, scheinen nur die Klosettfrauen, die die soziale Fortsetzung der Prostitution, und nicht auch die Kupplerinnen, die ihre seelische Fortsetzung bilden, gezählt zu haben.

Unter dem Bannfluch der christlichen Moral wird der außereheliche Geschlechtsverkehr zur Sünde, unter dem Damoklesschwert der bürgerlichen Verachtung wird die Prostitution zum »notwendigen Übel« und unter dem Richtbeil des Gesetzes wird die Kuppelei zum Verbrechen. Sie macht ihre Kunden zu »Opfern« und beutet sie – Fall Riehl – zuweilen auch mehr aus, als unbedingt notwendig ist. Das Weib, das seinen Körper verkauft, und die Kupplerin, die sich mit dem berechtigten Lohn für die Bettmiete begnügt, stehen außerhalb der Gesellschaft. Aber im Innersten dieses Asyls haust die räuberische Bordellwirtin, die die Meinung der bürgerlichen Wohlanständigkeit über die Prostitution mit eherner Härte zum Ausdruck bringt! Als jener kleine Journalist namens Bader durch seine Enthüllungen die Polizei aus dem Beischlaf weckte und dem ›Illustrierten Wiener Extrablatt‹ an einem Tage etwa so viel zu verdienen gab, wie die Riehl bis dahin in einem Monat verdient hatte, zweifelte ich, ob es der Weg der Befreiung sei, wenn sich die armen Mädchen aus der Nachtredaktion der Riehl in ein Bordell der öffentlichen Meinung flüchten, und schrieb: »Die wucherische Bordellwirtin ist ein Hilfsorgan der Behörde, ein Exekutivorgan der Sittlichkeit. Die Einrichtung der Freudenhäuser mit all ihrem Mißbrauch der wirtschaftlichen und körperlichen Sicherheit sehen wir tiefer in der Gesellschaftsordnung wurzeln als die Einrichtung der Zeitungsbureaus mit ihrem Mißbrauch der wirtschaftlichen und geistigen Sicherheit. Die Prostituierten der öffentlichen Meinung müßten sich von den Verlegern nicht so schamlos ausbeuten lassen, wie es täglich geschieht. Aber daß die Huren des Leibes von den Kupplerinnen mißhandelt und begaunert werden, verlangt jene liebe Weltordnung, die die Freudengabe mit dem Brandmal der Verachtung belohnt. Der Weizen wucherischer Erpressung blüht, wenn Staat und Gesellschaft den Geschlechtsverkehr in das dunkle Gebiet anrüchiger Verschwiegenheit weisen. Und nur die Gehirnweichheit kann sich über die Abschlachtung einer Prostitution entrüsten, die sie selbst wehrlos dem Henker ans Messer geliefert hat. Humane Bordellbesitzerinnen wären ein Auswurf der bürgerlichen Gesellschaft ...«

Die abscheulichste Feststellung in diesem ganzen Gerichtsverfahren war wohl die, daß die Mädchen Bedenken getragen haben, ihre Klagen über den Mangel an Luft und Freiheit dem untersuchenden Polizeiarzt vorzubringen, »aus Furcht, er könnte es der Frau wiedererzählen«. Welche Schande für dieses rückständige Österreich, daß es auch in Fragen der Bordellhygiene zum Bader statt zum Arzt gehen muß! Welche Schmach, daß erst eine Presse, die gewohnt ist, an den sozialen Übeln zu schmarotzen und die gewiß auch in der Bordellsphäre auf die kostenfreie Zuwendung von Rezensionsexemplaren Wert legt, die Polizei, die die Damen des Hauses Riehl als Pflichtexemplare annahm, zur Wahrung öffentlicher Interessen aufgepeitscht hat! Und dabei war das ›Extrablatt‹ so gut das polizeioffiziöse Journal, wie das Haus Riehl das polizeioffiziöse Bordell. Man müßte die Aussprüche, die in der Verhandlung über die k. k. Sittenwächter getan, ihnen in den Mund gelegt, oder aus ihrem Munde unmittelbar vernommen wurden, als Perlenschnur aneinanderreihen. Und an das eine Ende müßte die Weisung »Madeln, verführts mir den dicken Kommissär«, an das andere die amtliche Anerkennung: »Schauns her, was die Riehl in vierzehn Tagen aus dem Madel gemacht hat!« Dazwischen Erledigungen von Beschwerden, wie: »Die Riehl macht immer solche G'schichten!« oder »Mit solchen Kleinigkeiten können wir uns nicht abgeben!« oder »Da kamma nix machen!« oder »Gehns z'haus und machens Ihnen nix draus!« In die Mitte aber die außeramtliche »Erhebung«, was ein Mädchen gegen einen Polizeikollegen beim Untersuchungsrichter ausgesagt habe, und die außeramtliche Avisierung der Riehl, daß eine Anzeige gegen sie erstattet sei. Vertrauen gegen Vertrauen: »Kusch«, sagte die Riehl zu einem widerspenstigen Mädchen, das sich nicht vollständig ausrauben lassen wollte, »kusch, sonst lasse ich einen Wachmann holen!« In ein besonderes Medaillon gehört die Visitenkarte des Regierungsrates, die er der Riehl mit den Worten überreichte: »Wenn Sie einmal etwas brauchen sollten, kommen Sie zu mir!« Und als Anhängsel wäre die Versicherung zu tragen, die der Bordellreferent gab, als ihn die Gerichtsverhandlung mit den Einrichtungen des Hauses Riehl bekannt machte: »Das ist sanitär ganz unzulässig!« Oder die Antwort des Polizeiagenten Piss auf die Frage, was er denn im Bordell amtlich vorgekehrt habe: »Ich hab' halt so ziemlich die Madeln gezählt.« Lauter kostbare Stücke! Austrias Schmuck, den sich die Betschwester durch Prostitution erworben hat ... Die Weltfremdheit, die am Gerichtstisch saß, hat mit stärkster Emotion zur Kenntnis genommen, daß von den Mädchen »absonderliche Dinge« verlangt wurden. Im Sinne dieser Feststellung wird wohl die Frage des Vorsitzenden an einen Sittenpolizisten: »War Ihre Revision eine normale?« zu verstehen sein. Keiner der revidierenden Herren, auch nicht jener, der die Häupter seiner Lieben zählte, hat die sanitären Greuel der Schlafstätten im Hause Riehl wahrgenommen. Auf die Frage des Präsidenten: »Sind Sie in die Lage gekommen, die Räumlichkeiten zu besichtigen?«, hätte Herr Piss freilich antworten müssen, er habe die Räumlichkeiten zwar besichtigt, sei aber dabei in die Lage gekommen. Jedenfalls weiß er ganz genau, daß zwei in einem Bett lagen ...

Die Weltfremdheit saß am Gerichtstisch. Sie sollte Rechtswidrigkeiten prüfen, aber die Augen gingen ihr über, als sie gewahrte, daß in einem Bordell auch »Naturwidrigkeiten« zur Hausordnung gehören. Daß die Riehl unter anderm wegen Kuppelei verurteilt wurde, ist schließlich ein so heiterer juristischer Kasus, wie die übliche Verurteilung eines Mörders wegen Übertretung des Waffenpatents. Aber der moralische Hochdruck des ganzen Verfahrens schien auf die Erhärtung der Tatsache abzuzielen, daß das Haus Riehl ein Bordell war. Schon die Anklageschrift unterließ es nicht zu betonen, daß die Mädchen »auf Kosten der Gäste konsumieren mußten«. Als aber eine erzählte, sie sei von der Riehl *geschlagen* worden, weil sie ein Glas Champagner, das nicht ihr gehörte, geleert hatte, da konnte sich der Vorsitzende nicht mehr zurückhalten und rief: »Ah, es wurde also Champagner getrunken! War denn Champagner im Hause? Wo ist der Eiskasten gestanden?« Schließlich die tiefgründigste der Fragen: »*Wer* mußte den Champagner zahlen?« Und eine endlose Schar von Zeuginnen zog vorüber, die alle bekundeten, daß Champagner getrunken, daß aber keines der Mädchen von der Riehl gezwungen wurde, ihn für die Herren zu bezahlen. Immer wieder wurde die Beweisaufnahme über Gewalttätigkeit und Veruntreuung durch solche Feststellungen gestützt, und ganz besonders schien den Präsidenten die Frage zu alterieren, ob die Mädchen von ihren Ausgängen mit der Riehl Herren mitgebracht haben. Daß in einem geordneten Staatswesen dem Geschlechtsverkehr bloß ein Tor der Weiblichkeit und auch dieses nur sozusagen bis auf Widerruf freiwillig eröffnet ist, versteht sich von selbst, und darum ist es auch begreiflich, daß sich ein Richter bei jeder Zeugin erkundigt, ob sie etwa zu »irregulärer Betätigung« verleitet worden sei, und daß in einem Urteil die »Heranziehung zu ekelerregenden Dienstleistungen« als belastendes Moment vorkommt. Die Prügel, die die Mädchen von Besuchern erhielten, schienen dem Gerichtshof in nichts von den Mißhandlungen durch die Bordellwirtin unterschieden. Hätte er erfahren, daß viel öfter die Mädchen die Herren geprügelt haben und daß sie dafür noch Geld bekamen, er hätte dies vergebens mit »Notwehr« zu erklären versucht und jedenfalls gefragt, ob nicht auch die Riehl von den Mädchen Prügel bekam ... Richter, Ankläger und Verteidiger überbieten einander in Verblüffung über all die Dinge, die sie noch nicht gewußt haben. Wenn sie schon fünf Tage – wie sagt man doch? – »durch ein Kotmeer waten müssen«, so wollen sie wenigstens etwas davon haben. Keine Lebenskenntnis und keine Phantasie, die die Lebenskenntnis ersetzen könnte. Aber jeder hat ein Werk über Prostitution gelesen. »Ich habe mir die Mühe genommen«, gesteht der Staatsanwalt, »ein zweibändiges Werk ›Zur Geschichte der Prostitution‹ durchzublättern. *Meine Beobachtungen reichen bis zum Jahr 1180.*« Daß die Mädchen gar so viel Geld für die Riehl verdient haben sollen, setzt alle in Erstaunen. »Warum haben Sie das Geschäft nicht in eigener Regie betrieben, wenn Sie eine so große Verdienerin waren?« fragt der Verteidiger, dem die Einnahme von 5000 Kronen in sechs Monaten abenteuerlich scheint. Ob »größeres Honorar gezahlt wird, wenn ein Mädchen jünger ist«, fragt der Vorsitzende. Will der Verteidiger eine Frage stellen, die ihn immerhin einer gewissen Vertrautheit mit dem Prozeßthema verdächtig machen könnte, so bittet er den Gerichtshof schamhaft, bei ihm »nicht auf eine besondere Sachkenntnis in diesen Verhältnissen zu schließen«. Er reinigt sich sofort von dem Verdacht, indem er außer sich vor Staunen gerät, da eine Zeugin erklärt, sie habe früher als Blumenmädchen vier bis fünf Gulden täglich verdient, und der Schmerzensschrei entringt sich seiner Germanenbrust: »Da möcht' ich auch Blumenmädchen werden!« Aber vorläufig hat er's noch nicht notwendig, da ihm die Riehl ein Honorar von 30 000 Kronen zahlt. (Dafür geht er auch kräftig für sie ins Zeug, überrumpelt eine Prostituierte mit der Frage, »woher sie denn weiß, was eine Geschlechtskrankheit ist«, fragt hohnvoll, ob am Ende »die Riehl sie angesteckt habe«, bittet einen Polizeibeamten, ihm auf Ehre und Gewissen zu sagen, ob die Freimädchen »oppositionelle oder aufrichtige Charaktere« seien, und schmettert, nachdem hundertmal festgestellt wurde, daß die Kupplerin den Mädchen sogar das Strumpfgeld abgenommen hat, beim ersten Strumpf, der zufällig nicht untersucht wurde, ein triumphierendes »Na also!« in den Saal. Der Angabe aber, ein Mädchen sei mit dem Pracker geschlagen worden, begegnet er a tempo mit der durchbohrenden Frage: Mit *welchem* Pracker?«) Ein Wettlaufen um den Ehrenpreis der gründlichsten Ahnungslosigkeit. »Da ist er ja dupiert worden!« ruft der Präsident, als die Riehl erwähnt, sie habe einem gutzahlenden Herrn eine »falsche Jungfrau« zugeführt; und schon erwägt der Staatsanwalt, ob er nicht die Anklage auch auf dieses Betrugsfaktum ausdehnen solle, hebt es jedenfalls fürs Plaidoyer auf. (In einer monogamen Weltordnung trägt auch das Bordell dem sittlichen Prinzip monogamer Bedürfnisse Rechnung. Es gibt dort oft mehr »falsche Jungfrauen« als echte Freudenmädchen, und gegenüber dem Vorwurf, sie mache Jungfrauen zu Dirnen, kann sich die Händlerin damit rühmen, daß es ihr viel öfter gelinge, Dirnen in Jungfrauen zu verwandeln! Triumph der Sittlichkeit! Prostitutio in integrum! Denn auch der Normalmensch braucht Illusionen, und wenn er schon in ein Bordell geht, so muß er wenigstens überzeugt sein, daß das Mädchen vor ihm noch keinem andern angehört hat.) Wie der Ochs vor der Grünen Thorgasse steht die Justiz vor der Sphäre, an die sie der Prozeß Riehl geführt hat. Und in dem allseitigen Staunen über die Verdienstmöglichkeiten einer Prostituierten ist es fast begründet, daß der Bruttogewinn der Prostitution in die Tasche der Kupplerin fließt. Hätte Frau Riehl die Mädchen nicht abgesperrt gehalten, rief der immer schlagfertige Verteidiger, so wären am Ende »die Mädchen ausgegangen und hätten das Geschäft auf eigene Rechnung gemacht!« Im Ernst: Nie wird eine Gesellschaft einem Wucher wehren, der eine Verdienstmöglichkeit beschränkt, die sonst »unsere Frauen und Töchter« anlocken und etwa gar die Frau eines Staatsbeamten verleiten könnte, ihrem Gatten auf bequeme Weise eine anständige Aktivitätszulage zu verschaffen! Wahrlich, die Gesellschaft hat die käufliche Liebe unter eine härtere Sanktion gestellt als die eines Paragraphen: unter die Strafe der wucherischen Beraubung.

Ein Zusammenstoß zweier Welten. Nicht alle Gesetze, aber manche sollen für beide gelten. So ist auch das Freudenmädchen verhalten, das »Rechtsgut der prozessualen Wahrheitsfindung«

zu respektieren. Daß der Gerichtshof für die armen Geschöpfe, die vor dem Untersuchungsrichter die Riehl zuerst entlastet und dann belastet haben, nicht unwiderstehlichen Zwang gelten ließ, ist bloß ein logischer Verstoß, durch den er das Fundament seines Urteils, den Glauben an den Terrorismus der Riehl, erschüttert hat. Wesentlich ist, daß sich die gräßliche Beschränktheit jenes strafrechtlichen Geistes, der die Zweiteilung des Menschengeschlechts noch nicht zur Kenntnis genommen hat, an einem starken Beispiel offenbarte. Da wurden Worte darüber gemacht, ob die angeklagten Mädchen durch die Drohungen der Riehl oder durch das Versprechen der Riehl, ihnen schöne Kleider zu schenken, sich zur falschen Zeugenaussage verleiten ließen, und der zweite Verdacht ward von der Verteidigung pathetisch zurückgewiesen. Als ob bei einer Frau nicht schon die Aussicht auf ein neues Kleid den unwiderstehlichen Zwang begründete! Braucht man denn wirklich erst die psychischen Einflüsse des Bordellebens zur Erklärung der antisozialen Regungen eines Weibes heranzuziehen? Bordellmädchen, nein, Weiber sollen es verstehen, daß sie in derselben Gerichtsverhandlung als Beschuldigte lügen dürfen und als Zeuginnen die Wahrheit sagen müssen! Aber das Wort »zeugen« hat im ganzen Bereich der Weiblichkeit aller Kriminalität zum Trotz bloß einen Sinn, und wenn man den geistig-sittlichen Habitus des Mannes für »falsches Zeugnis« verantwortlich machen darf, so könnte man der Frau höchstens eine fausse couche zur Last legen ... Nun, die Prostituierte, der die Polizei ihr Gesetzbüchel in die Hand gibt, in dem nichts von der Heiligkeit des Eides steht, darf sich endlich dort in die Höhe staatsbürgerlicher Geltung gehoben fühlen, wo sie des Rechts teilhaftig wird, wegen eines Verbrechens verurteilt zu werden. Ist's ein Weg aus der Wirrnis, die die gesetzlichen Beziehungen zweier Welten regelt? Die Prostituierte muß Steuer zahlen, darf aber den »Schandlohn« nicht einklagen. Kuppelei ist erlaubt und verboten. Und »Eltern oder Vormünder« müssen »ihre Einwilligung zur Ausübung des Schandgewerbes« geben, werden aber nach dem Vagabundengesetz bestraft, wenn sie sich von ihren

Töchtern oder Mündeln unterstützen lassen. Die Polizei spricht bei der Assentierung der Bordellmädchen ihr »tauglich« oder »untauglich«, und ein Vater, der mit dem Rekrutendrill in der Riehl-Kaserne einverstanden ist, wird bestraft. Die Polizei holt seine »Zustimmung« zur Berufswahl des Kindes ein, und ein Landesgerichtsrat fragt – ob er mit der Einsperrung des Mädchens einverstanden war? – nein, »ob er davon gewußt hat, zu welchem Zwecke seine Tochter im Hause Riehl behalten wurde« …

Eine Welt, der die Geheimnisse des Liebeslebens im Kinderkriegen erschöpft waren, mag jetzt in der Betäubung einer Ohnmacht liegen, als wäre sie von Enthüllungen der Zustände auf dem Mars übertölpelt worden. Und in grotesker Ratlosigkeit rennen ihre Patrone durcheinander: die von amtswegen nicht schlafen dürfen, und die von der öffentlichen Meinung wegen immer das Maul voll haben müssen. Dem Teilnehmer dieser dumpfen Gerichtstage war es eine spannende Beobachtung, wie das Echo der Lebensfremdheit draußen zu einem ungeheuren Chorus erstarkte, wie die Eindrücke bedrohlichere Formen annahmen als das Ereignis. Man glaubte den Schreckensruf zu hören, der einst in das revoltierende Parlament drang: draußen werde geschossen; die Stafetten, die jetzt in den Gerichtssaal flogen, gaben von keiner geringern Verwirrung Kunde. Die Gerechtigkeit schlägt blind um sich und die Sittlichkeit feuert auf die Menschen. Man hört das Zähneklappern der Polizei, sieht ihre Emissäre im Gerichtssal, die von Richtern und Anklägern Schonung erbitten und erkunden sollen, ob die Blamage unerträglich sei. Man erfährt von Fleißaufgaben der Reue, von hastigen Bordellrevisionen und Bordelsperrungen und glaubt ordentlich den Amtseid zu hören, daß nunmehr alle Unmoral ein Ende haben werde. Polizeibeamte erweisen den Vertreterinnen der Liga zur Bekämpfung des Mädchenhandels plötzlich zarte Aufmerksamkeit. Eine wird aus dem Gerichtssaal telephonisch ins Sicherheitsamt gebeten: mit glühenden Wangen kündet sie eiligst den Sitznachbarn, bei einer Masseuse sei ein junges Mädchen

»der Prostitution zugeführt worden«, man »habe die Masseuse bereits«. Gleich den Lessing'schen Mönchen »sprangen, um zu retten«, die Polizisten von den Betten: wo waren sie? Sie waren bei der Hand. Alle Mann an Bord! heißt es jetzt und nicht mehr: Alle Männer im Bordell! Drei Beamte konnten den Verlockungen der Prostitution nicht widerstehen, aber viertausend wird es gelingen, eine Prostituierte auf andere Gedanken zu bringen. Und vielleicht wird an diesem Tag noch manches unerfahrene junge Ding, dem die Lebenslust aus den Augen lacht und das die Gefahren der bürgerlichen Moral nicht kennt, ein Opfer der Liga zur Bekämpfung des Mädchenhandels, jenes Vereines, dessen Mitglieder sich für das »Los der Gefallenen« so sehr interessieren, weil sie die Tragik des Frauenschicksals, nicht gefallen zu haben, so tief empfinden ... Dazwischen schwirrt allerlei Unverbürgtes durch den Saal, man nennt Namen, die die Angeklagte nicht nennen werde, und spricht – nein, *tuschelt* – von einem kulanten Ausgleich der Gerechtigkeit, wenn die Riehl drei eine gerade Zahl sein läßt und sich auch außerhalb des polizeilichen Lustreviers zu einem milden Verfahren gegen – bekannte Täter entschließt. Und schon wird das Zauberwort »Bachrach« genannt und das beruhigende Gerücht verbreitet, es sei dem Advokaten des Hofes und Hinterhauses gelungen, der Riehl für die Jahre ihrer Freiheit eine Bordellkonzession zu erwirken. Aber der offizielle Kriegslärm gilt dem »Laster« ... Wie sie nun sieht, daß der Käuflichkeit des Leibes ein Ende gemacht werden soll, erhebt im Nu die andere Prostitution, die des Geistes, ihr Haupt und ruft: Kauft nur uns! Die Freimädchen der Wiener Presse, die kein Arzt kontrolliert, sind toll geworden, belagern den Gassenstrich und stellen den Passanten ehrbare Zumutungen. »Fort mit der Prostitution, mit der öffentlichen sowohl wie mit der geheimen!« ruft der Kretinismus durch den Mund des ›Deutschen Volksblatts‹, »fort mit dem Gesindel von Dirnen und Zuhältern, die es einer anständigen Frau und einem unverdorbenen jungen Mädchen direkt unmöglich machen, sich zu gewissen Stunden des Tages, vom Abend und der Nacht gar nicht zu reden, in den

Hauptstraßen unserer Inneren Stadt zu bewegen! Unsere Stadt muß wieder ein Hort des Anstands und der guten Sitte werden.« Das hat sich die Riehl zwar auch immer gedacht und darum ihr Haus gesperrt und ihre Fenster vergittern lassen. Aber das Mittel scheint sich nicht zu bewähren, und deshalb ist es gleich besser, mit dem Geschlechtsverkehr, soweit er nicht einen christlich-sozialen Nachwuchs bezweckt, überhaupt aufzuräumen ...

Ein so ungeheurer Abgrund klafft zwischen dem wahren und diesem vom Phantom Sittlichkeit regierten Leben, daß darin tausend Fragen, die jetzt zu erörtern wären, versinken. Man weiß wahrhaftig nicht, wo man aufschreien, vor Entsetzen verstummen, die Augen aufreißen oder sich die Ohren verstopfen soll. Wieder möchte man nicht die Feder, sondern das Tintenfaß ergreifen, wenn man zusieht, wie die staatlichen Vertreter der Sitte im Salböl der Humanität ersticken. Ein Polizeikommissär, der sich mit einer Großtat brüstet, weil er einem Mädchen »den Rat gegeben« hat, sie solle »anständig bleiben«, und ein anderer, der mit unerhörtem Psychologenblick sofort jene, denen er »kein Büchel geben darf«, von solchen, »an denen nichts mehr zu verderben ist«, unterscheidet. Dabei weiß man, daß das stumpfste Geschöpf, das in der Waschküche eines Bordells sitzt, hundert Polizeikommissäre, auch solche, an denen nichts mehr zu verderben ist, an der Nase herumführen kann und daß die abgetakeltste Hure der beamteten Lebensfremdheit eine Jungfrau vormimt. Lüge, Phrase, Dummheit an allen Enden. Das große Wort, das diese Gerichtsverhandlung beherrscht hat, war der »Schandlohn« – in allen Tonarten zwischen Verachtung und Mitleid, in allen Schattierungen eines k. k. Dialekts den angeklagten Opfern der Dame Riehl ins Gesicht gerufen. Selbst ich hätte unserer lieben Justiz nicht zugetraut, daß sie das infame Wort aus dem hundertjährigen Gesetz in eine moderne Verhandlung retten, hätte geglaubt, daß ihrem frommen Sinn der »Sündenlohn« genügen werde. Aber sogar die Protokolle der Mädchen – man sehe, wie lebensecht Protokolle sind – enthielten in allen erdenklichen Variationen die Erklärung: »Ich habe keinen Schandlohn bekommen.« In einem Gemeinwesen, dessen festeste Stützen für Ordensgunst und Pfründen feil sind, dessen große Presse sich vom schmutzigsten Gewinn den Sonntagsbauch mästet, und dessen Polizei in einem Bordell Strumpfgeld kriegt, wagt man es noch, der Öffentlichkeit das Wort »Schandlohn« in Erinnerung zu bringen! Der Gehalt, den der integerste Beamte und den der unbestochenste Journalist für eine Pflichterfüllung bezieht, die ihm nicht vom Herzen geht, der Lohn geistiger Prostitution ist ein viel schlimmerer Schandlohn als jener, den die Frau dafür empfängt, daß sie ihrer glücklichen Organisation entsprechend einen unerwünschten Geschlechtsakt vollziehen kann. Und die Gesellschaft verachtet sie tiefer als den *korrupten* Träger einer öffentlichen Funktion, als den käuflichsten Beamten und den bestechlichsten Journalisten; wütet gegen die Prostitution des Weibes, als ob sie die wichtigsten sozialen Interessen gefährdete, und hält die Korruption des Mannes für eine Angelegenheit individueller Ethik!

Die Verachtung des käuflichen Weibes hat, seitdem sie in die Welt gesetzt ward, nicht bemerkt, daß sie eine Verachtung der primitivsten Logik bedeutet. Denn wäre Prostitution des Frauenleibes wirklich jene innere Schmach, die mit Zentnerlast die Seele drückt, wie das Verbrechen das geistig-sittliche Gefüge des Mannes, nicht drei Tage lang könnte eine Frau das Leben einer Prostituierten ertragen. Prostitution wäre ärger als Verbrechen: die Wiederholung der Tat, nein, die Kontinuierlichkeit, wäre allzusehr erschwerend. Scham und Ekel kämen als Übergewicht dazu. Aber hier urteilt nicht bloß der Neid, auch die Eifersucht des Mannes. Er zieht die Qualität des *Mannes* in Betracht und ein seltsamer Irrtum der Instinkte läßt ihn die Vorstellung, daß sich die schönste Frau mit dem widerlichsten Kerl einläßt, als eine an ihn gestellte Zumutung mit Entrüstung von sich weisen. Bei Tageslicht überdacht, ist der Geschlechtsakt des Andern, auch der harmonischeste, immer abscheulich. Die Herren der Schöpfung aber glauben, daß das Weib mit *ihren* richtenden Sinnen bei der Sache ist, während in Wahrheit der weibliche Geschlechtssinn, selbst dort, wo ihn kein Gefühl erregt, die anderen Sinne betäubt und alle jene Hemmungen ausschaltet, die die stärkste Sexualität des Mannes nicht zu überwinden, höchstens in erotische Hilfen zu pervertieren vermag. Emanzipierten Frauen und zurückgebliebenen Männern darf man's nicht verraten, daß der Geschlechtssinn des Weibes, sicherlich im Momente der Übung, sein *einziger* Sinn ist. Feministen darf man's nicht sagen, die das politische Wahlrecht der Frauen für dringend halten, aber mit dem Raub des sexuellen Wahlrechts der Frau einverstanden sind. Haben die Gehirne, deren Schulweisheit sich von den Dingen, die es zwischen dem Himmel des Genusses und der Erde der Konvention gibt, nichts, aber schon garnichts träumen läßt, haben sie denn nie sich die Frage vorgelegt, wieso es trotz alledem, trotz Schmach und Qual, noch Prostituierte gibt? Die länger als drei Tage, die heiter und gesund – trotzend selbst den körperlichen Gefahren, die nicht die Prostitution, sondern der Geschlechtsverkehr mit sich bringt – ein Leben führen, bei dem Tugend vergeht, aber Schönheit besteht und oft gerade darum die Schönheit besteht, weil die Tugend vergeht. Der authentische Text des Sprichworts mag Vertreterinnen des Vereins zur Bekämpfung des Mädchenhandels zum Trost gereichen. Oder jenen wirklich »Verlorenen«, vor denen ein Verein zur Bekämpfung der Unzulänglichkeit den Mädchenhandel schützen müßte. Die Not kann jeden Mann zum Journalisten machen, aber nicht jede Frau zur Prostituierten. Auf dem Liebesmarkt entscheidet, wie auf keinem andern Gebiete menschlicher Betätigung, die mitgebrachte Gabe. Der »Schutz der Schwachen«, mit dem sich die Guten das Himmelreich zu verdienen hoffen, werde auch hier geübt. Aber warum wird er nicht jenen zahllosen Frauen gewährt, denen das Familienglück ihre gesunden Instinkte verkümmert? Ob die Erziehung zur Tugend, die hinter den vergitterten Fenstern eines klerikalen Pensionats betrieben wird, nicht manchmal schmerzvoller drückt, als die Erziehung zum Laster durch Madame Riehl? Ob nicht manche, die die Wahl hat, das »Buch« oder den »Schleier« zu nehmen, sich nicht trotz den Enthüllungen eines Bordellprozesses unbedenklich für die Geschlechtskarriere entschiede? Ob die Aufgabe nicht unter Umständen schwieriger, die Vergewaltigung grausamer ist, ein Mädchen der Ehrbarkeit zuzuführen, und schimpflicher der Nutzen, den »Eltern oder Vormünder« daraus ziehen? Lieschen König wurde von ihrem Vater geprügelt und »mit der Besserungsanstalt bedroht, so daß sie es vorzog, im Bordell zu bleiben«. Glaubt man, daß es der Riehl gelungen wäre, die Tochter des Herrn König ins Vaterhaus zu prügeln?

Regine Riehl wird für das Urteil, das sie betroffen hat, so wenig Verständnis aufbringen, wie die rächende Moral für die Welt der Regine Riehl, eine Welt der Konsequenz und innern Geschlossenheit. Diese Angeklagte sieht sich plötzlich in einen Konflikt mit der Gesellschaftsordnung verwickelt, mit der sie bisher auf dem besten Fuß gelebt hat. Sie konnte sich für deren Stütze halten, ihr Haus für einen Hort der Ordnung in diesem zerfahrenen Staatswesen, wo es in Parlament, Justiz und Verwaltung drunter und drüber geht. Nicht nur deshalb, weil ihr die Polizei half, die besten Kreise bei ihr verkehrten und hohe Persönlichkeiten, die auf jedem Gebiete Beschützer der schönen Künste sind, ihr offene Gunst gewährten. Der Ausruf, den sie im Gerichtssaal tat: »Herr Präsident, ich habe aus diesen Mädchen erst Menschen gemacht!« war der Protest einer stolzen Seele, die Undank erfährt. Sie zahlte pünktlich ihre Steuer an den Staat, und wenn sie den Herren von der Steuerbehörde den Vorzugspreis von einem Gulden gewährte, so war dies nicht der Versuch einer Bestechung, sondern die Opferwilligkeit einer Patriotin, die auf ihre Weise zur Linderung des Beamtenelends beiträgt. Und kein Polizist ging unbeschenkt von ihrer Schwelle ... Wozu der Lärm? Er ist entstanden, weil einer fühllosen Moral die Vermeidung des »öffentlichen Ärgernisses« wichtiger ist als das Wohl des Individuums, weil die Polizei auf dem Bürgersteig Ruhe haben will und diese Ruhe auch um den Preis erkauft, daß in den Häusern willenlose Menschenkinder stranguliert werden. Wozu der Lärm? Nun habt ihr die Strangulierung und das öffentliche

Ärgernis dazu! »Wehe euch Schriftgelehrten und Pharisäern, ihr Heuchler, die ihr die Becher und Schüsseln auswendig reinlich haltet, inwendig aber ist es voll Raubes und Fraßes!«

– –

Und wieder werden sich die drei Knaben nach Donau-Eschingen begeben und dort eine Quelle mit ihren Daumen zuzuhalten versuchen, damit nicht allzuviel Wasser ins Schwarze Meer komme. Nun wird unter gewaltigem Lärm der Kuppelei, nein, der Prostitution, nein, dem außerehelichen Beischlaf der Krieg erklärt. Das Aufgebot der Heuchelei ist imposant, der Generalstab der Dummheit plant Ungeheures. Alle Vorräte aus sämtlichen sozialen Feldapotheken werden herausgeschafft, und durch eine Blutgasse wälzt sich die Liga zur Bekämpfung des Mädchenhandels, zupft schon die Leinwand von Bordellbetten zu Charpie, um die Gefallenen aufzurichten und in eine bürgerliche Stellung zu bringen. Aber wo es Gefallene gibt, gibt es auch Hyänen. Und die Gefallenen des Lebens haben die bittere Wahl, von den Samariterinnen gerettet oder von den Bordellhyänen gefressen zu werden. Ich glaube, sie werden sich für die Bordellhyänen entscheiden. Und der fade Dunst aus Humanität und Langweile, der sich übers Blachfeld lagert, wird diese rudelweise herbeilokken, und am Horizont taucht die Fata Morgana eines Freudenhauses auf, wo hinter Milchfenstern ein Champagnerglück wohnt und Frau Regine Riehl ihren Lieblingen die Haare streichelt, um zu fühlen, ob nicht ein Strumpfgeld darin versteckt ist. Denn Regine Riehl wird auferstehen, und dieses wird der Friedensschluß sein des Krieges, den man der Prostitution erklärt hat.

– –

Wer den Mut hat, sich einmal tüchtig die Augen zu reiben und dann nachzusehen, wie alle Unsittlichkeit in diese Welt gekommen ist, den wird die Entdeckung blenden, daß alle Sittlichkeit dieser Welt das Übel verschuldet hat. Und mehr als das. Sie hat auch Not und Tod verschuldet. Denn die Moral ist eine venerische Krankheit. Primär heißt sie Tugend, sekundär heißt sie Langeweile, und tertiär heißt sie Syphilis. Und weil eine unerbittlich verzeihende Religion die Tugend den Menschen als Strafe für ihre Laster gegeben hat, sind die führenden Dummköpfe der Menschheit auf die Idee gekommen, die Moral als ethisches Schutzgut zu heiligen. Nun wütet sie in den legitimen Formen der Langweile und der Syphilis gegen die Menschheit. Moral lähmt, steigt ins Gehirn, schlägt mit Blindheit, macht Natursäfte vertrocknen, Arterien verkalken. Aber nichts mehr auf dieser Welt können wir anfassen, kein Handwerk üben, kein Problem lösen, ohne daß sich der korrumpierende Einfluß der Moral geltend machte. Handelt es sich um eine Frage der künstlerischen Entwicklung, so sind wir moralisch; handelt es sich um praktische Neuerungen, so sind wir moralisch; und stirbt einer am Fieber, so stecken wir ihn überdies noch mit Moral an. Und wir sind so moralisch, daß wir nicht ausschließlich unseren Priestern das Vergnügen gönnen, um unser Seelenheil besorgt zu sein, sondern dieses rechtzeitig auch unseren Kriminalisten in Obhut geben, und daß wir darum Dinge, die eigentlich nur vor den obersten Richter gehören und wahrscheinlich nicht einmal ihn interessieren, schon vorher bei drei Instanzen zu vertreten haben. Da ist etwa der bekannte und mit Recht beliebte außereheliche Beischlaf. Durch ihn fühlt sich fast immer die eine oder die andere Behörde beleidigt. Da ist das Naturrecht der Frau, die Summe ihrer ästhetischen Vorzüge an wen sie will zu verschwenden oder von wem sie will sich in eine geltende Währung umsetzen zu lassen. Weil es eine rein moralische Angelegenheit ist, mischt sich die Behörde hinein. Natürlich schämt sie sich ihrer Indiskretion und schützt hygienische Interessen vor. Tut so, als ob sie es wirklich den Seelenheilgehilfen überließe, sich um die Reinheit der Sitten zu bekümmern, und protzt mit der Wahrung gesundheitlicher Interessen. Sie lügt. Ihr Ausdruck »Schandlohn« straft sie Lügen. In Wahrheit hat sie an dem Problem der Prostitution kein anderes Interesse, als mit dem Knüppel der Moral die Hygiene totzuschlagen. Sie begräbt ihre Pestleichen bei Nacht, so daß man zwar angesteckt werden kann, aber wenigstens nicht weiß, woher man die Pest hat. Ihre Prophylaxis heißt Finsternis. Unheilbar liegt die Menschheit an Heuchelei darnieder, und die Ärzte verordnen Quecksilberkuren …

An der Gottesgabe des Weibes, genußspendend zu genießen und ohne zu genießen Genuß zu spenden, übt männliche Unzulänglichkeit, die sich mit geistigen Vorzügen schwerer zur Geltung bringt, ihre Rache. Kläglichster Konkurrenzneid hat die Prostitution als der Übel größtes erklärt, weil ihm die Prostituierbarkeit als der Güter höchstes erscheint, und das Feigenblatt des Neides ist sittliche Entrüstung. In Acht erklärt ist der unschätzbare Besitz der Menschheit an Anmut und elementarster Natur. Um ihn herum ein Stachelzaun, hinter dem die Gesellschaftsordnung beginnt. Aus ihr preschen, wenn's dunkel wird, Scharen der Verächter in jenen unheiligen Bezirk. Die aber darin wohnen, führt kein Weg in die Gesellschaftsordnung. Oft klebt das Blut solcher, die nicht den Stolz des Verbanntseins fühlen können, am Stachelzaun. Immer aber schießen die von der Gesellschaftsordnung hinüber; verachten die Ausgestoßenen bei Tag, weil diese sich nachts ihre Liebe gefallen lassen mußten. So bewahren die drüben eine heroische Passivität seit Jahrtausenden gegen die Gesellschaftsordnung, die täglich neue Tücken gegen sie ersinnt. Sie lassen sich nicht aus den Bahnen ihrer Naturbestimmung weisen. Hätten sie wirklich, wie der Moralistenwahn behauptet, ein ethisches Gut verloren, verwetteten sie durch Preisgabe ihres Leibes wirklich das, was der christianisierte Zulukaffer »Seelenheil« nennt, sie wären wahre Heldinnen der Tat; denn sie opferten lustlos ihr Innerstes fremder Lust. Aber sie spüren einem großartigen Naturwillen zufolge nicht die Insulte der Zärtlichkeit und tragen die Insulte der Verachtung. Sie stehen täglich im Kugelregen des sozialen Hochmuts, der ihnen selbst Krankheiten unbedenklich zuschiebt. Und die den Freudenbecher gewährt, sterben an dem alkoholischen Gifttrunk, den ihnen die christliche Nächstenliebe reicht …

Muß es eine Sittlichkeit in dieser Welt der Finanzdiebe und Journalisten geben, so sei gefragt, ob nicht die Hure, die Ächtung und Ansteckung um einen wahren – Schandlohn riskiert, sittlich tausendmal höher steht, als etwa jene Schufte, die all der Jammer, der sie im Hause Riehl um Hilfe bat, ungerührt ließ und die sich, nach Verabreichung des »Schandlohns« an die Ausbeuterin, aus Rücksicht auf ihre »soziale Position« von ihren menschlichen Verpflichtungen gedrückt haben. Wie grotesk nimmt sich neben der Größe solchen Erduldens die humanitäre Schäbigkeit dieses Polizeialters aus, das sich zu den »Verlorenen« herabläßt, sie mit Sittensprüchen wie »Werden Sie anständig!« oder »Ergreifen Sie einen ehrlichen Beruf!« sozusagen *blitzt*!

»Den Verachtetsten unter den Verachteten Schutz zu gewähren«, heischt eine Verteidigerphrase. Aber »schützen« heißt hier einzig und allein: *Nicht verachten*! Alle Reform der Sittenpolizei, die nicht deren Abschaffung bezweckt, ist von Übel. Der Begriff »Prostitution« ist aus dem Strafgesetz beinah verschwunden, er hat auch aus dem Interessengebiet der Verwaltung zu verschwinden. Immer und immer wieder: Es gilt hier nur Rechtsgüter der Gesundheit, der freien Willensbestimmung und der wirtschaftlichen Sicherheit zu hüten! Die Schamhaftigkeit hat eher in Fragen der Technik dreinzureden, als in Fragen des Geschlechtsverkehrs, und mit Sittensprüchen baut man immer noch eher Eisenbahnen als Freudenhäuser. Ob eine Frau ihren Leib verschenkt, für Stunden oder für Jahre vermietet, sich ehelich oder außerehelich verkauft, geht den Staat nichts an. Ob die Prostitution eine Krankheit der Seele ist, geht ihn nichts an. Aber die venerischen Krancheiten, die ihn angehen, sind nicht eine Folge der Prostitution, sondern des Geschlechtsverkehrs. Da nun ein Verbot des Geschlechtsverkehrs doch ziemlich aussichtslos und einigermaßen gefährlich wäre, müssen andere Mittel gefunden werden, die Infizierung der Menschheit mit den venerischen Giften zu hindern, und gründlicher zu hindern, als es durch revidierende Polizeiärzte bisher geschehen ist. Die Richtung, in der man zu suchen hat, kann nur diese sein: Schaffung eines Gesetzes, das die wissentliche Übertragung einer venerischen Krankheit – namentlich an den Männern – mit schwerer

Ahndung bedroht. Man wird unter anderem einwenden, daß erpresserischem Mißbrauch eine neue Tür geöffnet würde und daß die Schamhaftigkeit die Anzeige unterließe. Solchen Möglichkeiten wäre durch den Meldezwang für venerische Krankheiten bei zukommen, die die Staatsdummheit noch nicht in die Gefahrenklasse von Blattern, Flecktyphus und Diphteritis eingereiht hat. Durch die Aufhebung der Schweigepflicht des Arztes, der heute den Eltern der Braut nicht verraten darf, daß sie ihre Kinder einem syphilitischen Vater verdanken wird. Nicht »Fort mit der Prostitution!«, aber fort mit einer Sexualethik, die die Käuflichkeit der Lust unter die Strafsanktion der Ausbeutung und die Lust unter die Strafsanktion der Ansteckung gestellt, die die Syphilis geradezu als ultima ratio gegen die »Unzucht« sich erhalten hat! Fort mit der Schamhaftigkeit, die die körperliche und geistige Gesundheit der Völker seit fast zwei Jahrtausenden untergräbt! Vor allem die geistige. Denn die Natur hat dem Weib die Sinnlichkeit als den Urquell verliehen, an dem sich der Geist des Mannes Erneuerung hole. Die Gründer der Normen aber haben das Verhältnis der Geschlechter verkehrt, die habituelle Sexualität der Frau in die Konvention geschnürt und die funktionelle Sexualität des Mannes schrankenlos ausarten lassen. So ist die Anmut vertrocknet und der Geist. Der Frau sind Würde und Bewußtheit vorgeschrieben, dem Mann ein tierisches Sichausleben gestattet. Darum kanalisiert er den herrlichen Wildstrom weiblicher Sinnlichkeit für seine uninteressanten Bedürfnisse, und sein Gehirn geht leer dabei aus. Es gibt noch Sexualität in der Welt; aber sie ist nicht mehr die triumphierende Entfaltung einer Wesenheit, sondern die erbärmliche Entartung einer Funktion. Die Natur des Weibes ist geknebelt, und die Schweinerei des Mannes dominiert. Naturalia sunt turpia, und darum stehen die turpia in Flor.

Der Kontrast, in dem heute der Vollbesitz von fünf Sinnen zu einer Lebensanschauung ruht, die noch immer die Natur mit der Mistgabel der Moral austreiben, oder mit der sozialen Heilslehre einschläfern möchte, treibt die Erkenntnis bis an jene Grenze des

Humors, an der die tragische Verzweiflung beginnt. Tamen usque recurret! Das ist die Hoffnung, die uns erhält. Ein Blick aus dem Auge des Freudenmädchens ist siegreicher, als eine Welt in Waffen. Liebe bleibt. Sie ist nur von Gewissensbissen gewürzt; und Gewissensbisse sind die sadistischen Regungen des Christentums. So hatte Er's nicht gemeint. Aber auch gesprochen: »Wahrlich, ich sage euch, Zöllner und Huren werden eher in das göttliche Reich kommen als ihr.« Da sie aber auf Erden das »Ärgernis« vermeiden wollen, und Jene in geschlossenen Häusern verbergen, die vor ihnen in das göttliche Reich kommen werden, so gilt ihnen sein Wort: »Wehe euch, ihr Heuchler, die ihr die Becher und Schüsseln auswendig reinlich haltet, inwendig aber ist es voll Raubes und Fraßes.« Da sie aber die Freude den Menschen neiden, so gilt ihnen sein Wort: »Wehe euch, ihr Heuchler, die ihr das Himmelreich zuschließet vor den Menschen; ihr selbst gehet nicht hinein, und die hinein wollen, lasset ihr nicht hinein« … Lückenlos ist das Gebäude einer Ethik nicht, das ein Naturtrieb in seinem Grund erschüttert und dessen Bewohner stets gern dort hinausfinden, wo der Zimmermannssohn ein Loch gelassen hat.

Wegen Bedenklichkeit

Ehe ein Wort über den Fall Riehl seine niederschlagende Wirkung üben konnte, hatte die durch den Prozeß aufgebrachte Moral ihre Opfer gefordert. Meine Prophezeiung war erfüllt, als ich sie aussprach. Die Polizei hat Postarbeit geleistet. Arglose Spaziergängerinnen, deren Toilette freilich darauf schließen läßt, daß sie das Schaffelreiben nicht als ihren ausschließlichen Lebenszweck betrachten, wurden von Polizisten eingefangen, und die Wachstuben etablierten sich als Salons. In die Tugendhöhle des Landesgerichts aber wurden zwei junge Mädchen geschleppt, die sich an dem Allerheiligsten des österreichischen Staatslebens versündigt hatten: am Meldzettel. Falschmelderin! Der transzendentale Schauder erfaßt einen wieder. »Judex ergo cum sedebit, quidquid latet adparebit, nil inultum remanebit«. Ihr Antlitz wenden Verklärte von dir ab – Hausmeister und Kerzlweiber … Zwei junge Mädchen haben sich für Schauspielerinnen ausgegeben, heißen möglicherweise anders als sie sagen und riechen nach Parfüm. Sie werden wegen Bedenklichkeit verhaftet. Aber Falschmeldung ist neuestens nicht bloß eine »Übertretung«, für die man zehn Kronen Geldstrafe bekommt, sondern eventuell ein erschwerender Umstand bei Mord. Darum muß eine Falschmelderin im Arrest bleiben, bis sie wegen Falschmeldung zum Arrest verurteilt wird. Und die österreichische Sittlichkeit, die durch den Riehl-Prozeß ein wenig beunruhigt wurde, soll sehen, daß man es auf die feine Unterwäsche scharf hat! Einen rechts- und lebenskundigen Mann wie Herrn v. Heidt der Polizei bei ihren Fleißaufgaben nachhelfen zu sehen, ist peinlich. Es gibt noch Richter in Österreich, die eine Falschmeldung durch den »Lebenswandel« des Angeklagten erweisen können. Herr v. Heidt hätte sich der undankbaren Aufgabe nicht unterziehen müssen. Von ihm hätte man eher erwartet, daß er einen Hausmeister, der ihm als Zeuge einer Meldzettelaffäre erzählt, die »auffallenden Kleider« der angeklagten Mädchen seien ihm »bedenklich vorgekommen«, hinauswirft, nicht ohne ihm vorher eingeschärft zu haben, daß es seine Pflicht sei, bei Glatteis aufzustreuen. Herr v. Heidt aber vernimmt sogar einen Polizeiagenten als Autorität in Fragen der Sittlichkeit, findet, daß der falschen Ausfüllung des Meldzettels eine Strafe von drei Tagen strengen Arrests angemessen sei, und trägt der »Bedenklichkeit« der beiden Mädchen, die Ausländerinnen sind, durch die Ausweisung aus den österreichischen Kronländern Rechnung. Der Appellsenat hat *dieses* Urteil des Herrn v. Heidt natürlich nicht abgeändert. Hätte dieser über den französischen Kabarettisten, der mich überfiel, die Ausweisung verhängt, das Landesgericht hätte gewiß ausgesprochen, daß der Berufungswerber lebenslänglich bei Brady »la marche« zu singen habe. Aber – im Vertrauen gesagt – so viele Ausländer kann die österreichische Justiz gar nicht wegen Bedenklichkeit aus den österreichischen Kronländern ausweisen, als Inländer geneigt sind, die österreichischen Kronländer wegen deren Bedenklichkeit freiwillig zu verlassen. Ach, eine ununterbrochene Schubwagenfahrt zwischen Wachstube und Landesgericht ist hierzulande die natürliche Bestimmung einer Frau, die nicht klipp und klar anzugeben vermag, daß der »Schandlohn«, den sie verdient, der Riehl zugute kommt. Die drei Tage Arrest sind bloß die Belohnung für langes Warten in der Untersuchungshaft. Die beiden Schwestern heißen nicht Kastelli und Nesen, sie heißen aber auch nicht Anna und Elise Hofmann, sie sind wahrscheinlich nicht einmal Schwestern, und die angesetzte Paragraphenschraube hat endlich den Verdacht des »Betruges« zutage gefördert. In solchen Fällen sagt man harmlos: »Die Angelegenheit ist in ein neues Stadium getreten.« Und sollte sich vielleicht doch herausstellen, daß die beiden Mädchen Hochverrat begangen haben, so möge man in Gottes Namen außer der Falschmeldung die Spitzenhöschen als erschwerend annehmen!

Und die Frauenrechtlerinnen? Anstatt für die Naturrechte des Weibes zu kämpfen, erhitzen sie sich für die Verpflichtung des Weibes zur Unnatur. Unter einer resoluten »Frauenbewegung« würde ich unter anderm den Protest gegen eine Unbill verstehen, die es der Frau verwehren will, sich zu kleiden, wie sie mag, und die die »Bedenklichkeit« eines Mädchens nicht im Kattun, sondern in der Seide erblickt. Aber der »Allgemeine österreichische Frauenverein« denkt anders. »Er berief«, so sagt der Bericht, »eine allgemein zugängliche Frauenversammlung ein, in der die Affäre Riehl den Gegenstand der Tagesordnung bildete. Beim Einlaß in den Gewerbevereinssaal spielten sich Szenen ab, wie sie sonst nur beim Einlaß in den Schwurgerichtssaal bei Sensationsprozessen zu schauen sind. Schon eine Stunde vor Beginn war der Saal sowohl als die Galerie dermaßen überfüllt, daß das nachrückende Publikum, soweit es nicht in Scharen das Haus wieder verließ, sich auf den Stiegen drängte und im Stiegenhaus auf und ab wogte. An den Türen setzte es erregte Auftritte, da die Damen aus Orten in der Umgebung von Wien nach der Stadt gekommen waren und nunmehr am Ziele umkehren mußten. Da die Andrängenden nicht nachgeben wollten, verkündete ein Ausschußmitglied, daß der Verein beschlossen habe, die Versammlung in der nächsten Woche zu wiederholen. Aber auch jetzt noch wich die festgekeilte Masse nicht und das Gedränge auf den Stiegen wurde lebensgefährlich. Einige Personen erlitten leichte Verletzungen, Kratzwunden und dergleichen. Schließlich mußte die Hausverwaltung telephonisch Wache requirieren, die der Situation im Stiegenhaus durch Verdrängung der Massen ein Ende machte.« Also eine sexuelle Orgie, wie sie unverhüllter noch nicht inszeniert wurde. Oder glaubt einer nicht, daß Geilheit ein stärkeres Agens ist als Sozialpolitik? Glaubt einer, daß nicht die erotische Neugierde in Käfigen gehaltener Hausfrauen, sondern das Mitgefühl mit den Gefangenen der Riehl diese scheußlichen Szenen aufgeführt hat? Man war gekommen, um das Fräulein Auguste Fickert versichern zu hören, daß »die entgeltliche Hingabe an mehrere Männer *etwas Grauenerregendes*« sei; aber man wäre gewiß nicht gekommen, wenn solche Versicherung nicht wieder angenehmere Gefühle zu erregen vermöchte. Denn grauenerregend und weit grauenerregender als die entgeltliche Hingabe des weiblichen Körpers an mehrere Männer ist seine schlecht bezahlte Hingabe an den Dienst in einer Zündhölzchenfabrik. Und allgemein zugängliche Frauenversammlungen, die sich mit dem Arbeitssklaventum der Frau befassen, finden bei weitem keinen so regen Zuspruch. Grauenerregender als die entgeltliche Hingabe an mehrere Männer ist aber vor allem die *unentgeltliche*, wie sie ein System mit sich bringt, das der Moralbestie zu Ehren die Prostituierten unter der Knute der Frau Riehl hält. Und die Moralbestie exzediert in den Versammlungen der heiligen Liga zur Bekämpfung des Mädchenhandels und der sonstigen Vereine der von der Frauennatur emanzipierten Weiber genau so, wie auf Kongressen, wo der bekannte »Blitzmajor« die Forderung stellen darf, man solle die Mädchen schlechter bezahlen, damit sie sich die Prostitution abgewöhnen. Unbefriedigte Weiber, denen Hysterie längst die Traube ihres Geschlechts sauer gemacht hat, entrüsten sich über die Lebenshaltung der Prostituierten. Weg mit den Tugendmegären, bei denen sich verhinderte sexuelle Notwendigkeiten in Sozialpolitik umgesetzt haben! Wenn es sich um den Schutz prostituierter Mädchen gegen Bedrückung handelt, so hat nicht eine »allgemein zugängliche Frauenversammlung« das Wort zu nehmen, sondern eine Versammlung allgemein zugänglicher Frauen!

Aus dem dunkelsten Österreich*

»Eine seltene Anklage wegen Majestätsbeleidigung beschäftigte gestern das Landesgericht Triest. Der Arbeiter Anton Zamparutti war angeklagt, weil er in politischen Wirtshausgesprächen den *Kaiser von Österreich immer nur ›König‹ genannt* hatte. Der Angeklagte erklärte sich nichtschuldig; er sei sich bei Anwendung des Königstitels einer Majestätsbeleidigung nicht bewußt gewesen, noch weniger habe er eine solche beabsichtigt. Die Frage, ob er wisse, daß der Monarch in Österreich immer ›Kaiser‹ genannt werde, bejahte er. Der Staatsanwalt beantragte die Bestrafung des Angeklagten wegen Majestätsbeleidigung. Der Gerichtshof sprach ihn von diesem Verbrechen frei, verurteilte ihn jedoch wegen eines andern Delikts zu drei Wochen Arrest, wobei die mehr als dreimonatliche Untersuchungshaft als mildernd angenommen wurde.«

»Vor dem Bezirksgericht Landstraße fand gestern eine Verhandlung gegen ein junges Mädchen statt, das bei der Polizei angezeigt worden war, weil sie *oft erst spät vom Hause fortgehe, auffällig gekleidet sei* und *oft erst spät abends nach Hause komme*. Da sie schon seit einiger Zeit auch *keine Beschäftigung* hat, faßte die Polizei den *Verdacht*, daß sie geheime Prostitution treibe, und es wurde gegen sie die Anklage nach dem Vagabundengesetz erhoben. Dem Richter gibt sie auf die Frage, wovon sie lebe, an, daß sie einen Freund habe, der sie unterstütze. – Richter: Haben Sie auch hie und da mit anderen Männern verkehrt? – An-

* Dieser Artikel war das Geleitwort zu der Publikation eines nachgelassenen Manuskriptes von *Ferdinand Kürnberger*, »Die Geschichte meines Passes«, in der ›Fackel‹, einer Eingabe an den Minister Belcredi, die die Strafe zehntägigen Polizeiarrestes wegen »unbefugter Abwesenheit im Ausland« von dem Schriftsteller nicht abzuwenden vermocht hat.

geklagte (zögernd): Ja. – Richter: Gegen Entlohnung? – Angeklagte: Nein. – Staatsanwaltschaftlicher Funktionär (streng): Was heißt das, hie und da haben Sie mit anderen Männern verkehrt? *Warum*? Um Geld zu bekommen oder ... – Angeklagte: Nicht des Geldes wegen ... Es werden hierauf einige *Zeuginnen* vernommen, die über die Moralität des Mädchens aussagen sollen. Eine dieser Zeuginnen sagt, daß die Angeklagte einen alten Herrn zum Liebhaber habe. – Staatsanwalt: Ah! ... (Zur Angeklagten): Sie sollen ja auch einen alten Herrn haben! ...– Angeklagte: Jetzt nicht mehr... – Staatsanwalt: *Früher war es ein Alter und jetzt ist es ein Junger*. – Der Hausmeister des Hauses, in dem das Mädchen wohnt, weiß nichts davon, daß dieses oft spät nach Hause kommt. Er sagt, es komme zwar vor, aber nur hie und da und selten. – Staatsanwaltschaftlicher Funktionär (entrüstet): *Ein netter Hausmeister*! – Die Verhandlung wurde schließlich vertagt. Der staatsanwaltschaftliche Funktionär sagte zum Schluß noch zu dem Hausmeister: ›Vielleicht können Sie sich bis zur nächsten Verhandlung *besser erinnern*. Oder sind Sie vielleicht manchmal unzurechnungsfähig?‹«

Keine Woche darf ohne Justizschande vergehen. Vom politischen Größenwahn und von moralischem Verfolgungswahn geblendet, mißt die Gerechtigkeit Männern und Frauen den gleichen Anteil an Qual und Unrecht zu. So wie der Lauf dieser Welt ist, muß es eine Majestätsbeleidigung gegeben haben, bevor es Kaiser gab, und Gott schuf den Hausmeister, damit er Adam und Eva aus dem Paradies jage. Aber die delirante Justiz ist lächerlicher, wenn sie sich moralisch, als wenn sie sich politisch erhitzt. In ihrem Eifer, das Heimlichste zu sehen, reißt sie die Binde von den Augen, um ihre Scham damit zu bedecken.

Wir leben jetzt in der Ära »nach dem Prozeß Riehl«. Kaum ein Tag vergeht, der nicht unter dieser Aufschrift ein Faszikel Verzweiflungsakte aufschlösse, eines verendenden Polizeigeistes, den ein Prozeß niedergeschlagen hat, da er nicht mehr die Kraft hatte, *ihn* niederzuschlagen. Weil er täglich beweisen muß, daß er noch lebt, bleibt ihm nichts übrig, als seinen Eifer dort zu betätigen, wo ihm die Anstrengung nicht schadet. Weil eine Kupplerin junge Mädchen mißhandelt haben soll, mißhandelt er junge Mädchen. Gegen Regina triumphans, die kraft der Lizenz einer heiligen Gesellschaftsordnung Unabsetzbare, vermöchte sein Wüten nichts. Aber an den jungen Mädchen, die durch hartnäkkiges und jahrelang fortgesetztes Erdulden den Skandal verschuldet haben, an ihnen kann er jetzt endlich auch in einer Weise, die ihn mit seinen Amtspflichten nicht in Konflikt bringt, seine Potenz erweisen. Und wir erleben die phantastische Kombination, daß neben der Kunde von der »Enthaftung der Regine Riehl« die beruhigende Nachricht von der Einlieferung alleinwohnender Mädchen zu lesen ist, die im dringenden Verdacht stehen, aus der Hingabe ihres Körpers *für sich selbst* Vorteil gezogen zu haben. Die Geheimnisse jenes tolerierenden Hauses, aus dem Regine Riehl nach ihrer Verurteilung zu dreieinhalb Jahren schweren Kerkers für den vierten Teil jener Summe entlassen wurde, die man von Professor Beer *vor* dessen Verurteilung zu einer vierzehnmal so kleinen Strafe verlangt hat, werden nie ent hüllt werden; – 50 000 Kronen sind von dem Schandlohn der Justiz, für den sie eine Wucherin auf freien Fuß setzen darf, gerade das Strumpfgeld. Jedenfalls aber hat sie es dringend nötig, den Motiven nachzuforschen, warum junge Mädchen auffallend gekleidet gehen, und die Erwerbsquellen aufzuspüren, aus denen sie ihren Luxus bestreiten. Der Polizeipräsident gibt mir freilich bekannt, daß die beiden Ausländerinnen, die durch ihre Falschmeldung den österreichischen Staat in innere Unruhen gestürzt haben, schon seit dem 25. November – seit der ersten Behandlung des Falls in der ›Fackel‹ – enthaftet sind, daß sie also bloß ein paar Wochen wegen eines Delikts gefangen gehalten wurden, für das man manchmal sogar eine Geldstrafe von zehn Kronen riskiert. Somit stand die Kritik, zu der sich schließlich selbst Herr Plötzl erkühnte, nicht mehr auf jener Höhe der Aktualität, auf der sich die Berichterstattung über die zahlreichen »Wendungen der Affäre« bis dahin gehalten hatte und auf der sie sich gewiß erhalten hätte, wenn die Mitteilsamkeit der Behörde sich nicht in

Fällen, die mit einer Blamage enden, auf die tägliche Ration von »Verdachtsmomenten« beschränkte. Wir wissen zwar noch immer nicht, wie die beiden Mädchen heißen, aber wir haben wenigstens die Beruhigung, daß sie der Rechtswohltat, aus Österreich ausgewiesen zu werden, bereits teilhaftig geworden sind. Dafür ist leider die Frage, ob in Angelegenheiten des Geschlechtslebens das Bezirksgericht oder der Hausmeister kompetent ist, oder vielleicht keine der beiden Instanzen, noch immer nicht entschieden. Man hörte zwar den zornigen Ausruf: »Ein netter Hausmeister!« aus dem Munde des Anklägers, aber er galt nicht einem, der nichts gewußt, sondern bloß einem, der nichts gesagt hat. Wiewohl neulich der Polizeipräsident selbst von den Hausmeistern gesprächsweise geäußert haben soll, daß sie »nicht immer gerade die richtigen sind«, man kann's nicht glauben. Es wäre ein trauriges Zeichen der systematischen Untergrabung des Autoritätsglaubens, wenn das Wort des Portiers in Dingen der Moral nicht mehr gehört würde. Es gibt Überzeugungen, an die nicht gerührt werden darf, und solange zwei Sperrsechserl, die ein Mieter zahlt, moralischer sind, als ein Sperrsechserl, das er für sich und seine Begleiterin zahlt, solange wird unser Lebenswandel von jenem Fachmann begutachtet werden, der es sonst gerne unterläßt, vor unserer Tür zu kehren. Und man gibt uns mündigen Staatsbürgern eher das allgemeine Wahlrecht als den Haustorschlüssel. So werden wir zwar in Freiheit vorgeführt, aber dressiert von eben jenem christlich-sozialen Geiste, der die Gefahr der Freimaurerloge für Österreich glücklich durch die Portierloge paralysiert hat.

Man spürt fast etwas wie Herzweh, diesem österreichischen Polizeigeist, der seit dem Ende seiner offiziellen Glanzzeit unter allen möglichen Namen Falschmeldung begeht und unter der Kontrolle der allgemeinen Verachtung von einem Schlupfwinkel in den andern zieht, sich immer wieder öffentlich abmeldet, um sich immer wieder heimlich anzukündigen – man scheut sich, ihm das letzte Asyl zu rauben, in dem er sich wenigstens vor der Obrigkeit Heuchelei gesichert wähnte: das Schlafzimmer. Aber ich habe die Polizei im Verdachte, daß sie, die seit einiger Zeit keine politische Beschäftigung hat, geheime Prostitution treibt. Und darum muß sie hinaus! Es darf nicht geduldet werden, daß sie ihre zweifelhafte Subsistenz von den Märzgefallenen zu den Gefallenen hinüberrettet und weil sie den alten Herrn nicht mehr hat, nämlich den Fürsten Metternich, sich jetzt darauf verlegt, junge Mädchen in ihr Haus zu nehmen.

Wie sie's früher getrieben hat, zeigt ein nachgelassenes Manuskript des größten politischen Schriftstellers, den Österreich je verkannt hat, ein ungedruckter Artikel, durch dessen Übergabe mich die Erben Ferdinand Kürnbergers geehrt haben. Er ist trotz dem scheinbaren Fortschritt eines Polizeigeistes, der heute nicht mehr Pässe verweigert, von stärkster Lebendigkeit, weil er eben die Perspektive in die unsterbliche Wandlungsfähigkeit des Polizeigeistes eröffnet. Nur die Ablösung des stolzen Selbstbewußtseins der Bosheit durch die Demut der Bosheit konnte der Verfasser nicht ahnen. Er konnte nicht wissen, daß eine schlechtere Zeit anbrechen werde, in der Schändlichkeiten wie die gegen ihn verübte, gegen einen Publizisten nicht mehr verübt werden können – weil jener ehrliche Mangel an Respekt vor dem Geiste, zu dem die heutige Amtlichkeit nicht mehr fähig ist, durch eine korrupte Preßfurcht verdrängt wurde. Man würde sich einfach »nicht trauen«. Kürnbergers Worte: »Was mir geschah, geschieht Vielen, geschieht fortwährend, und wird geschehen« sind einer polizeipsychologischen Erkenntnis entsprungen, die diesem Artikel noch über seinen Wert als literarisches und historisches Dokument hinaus seine Bedeutung sichert. Aber das Entsetzliche ist, daß, was einem Kürnberger geschah, heute dem letzten Laufburschen eines Zeitungsgeschäftes *nicht mehr* geschehen könnte. Und immer noch jedem, der nicht über das Machtmittel der Druckerschwärze verfügt! Ja, diese Beschwerde an den Minister Belcredi ist von so unmittelbarer Plastik, daß man noch heute über die Behandlung aufschäumen möchte, durch die dieses Österreich einem der besten Männer, die es je gesehen hat, das Leben verbitterte. Aber man möchte auch aufschäumen über eine journalistische Gegenwart, die mächtig genug wäre, einer Behörde das Leben zu verbittern, die aber im Tauschverkehr des Amtsmißbrauchs ihre öffentlichen Pflichten preisgibt, um an der Willkür zu schmarotzen. Keinen Paß, keine Freikarte, keine Bestechungssumme wagt man ihr heute mehr zu verweigern. Und darum verachtet sie die Männer, die den Ehrgeiz hatten oder haben, die publizistische Macht durch selbstlosen Gebrauch zum Ansehen im Staate zu bringen. Nie hat sie sich beeilt, dem Andenken eines Ferdinand Kürnberger zu vergüten, was man seinem Leben schuldig geblieben ist. Es gibt kein Andenken Ferdinand Kürnbergers! Und wer sollte sich in den Tagen, da der öffentliche Schwachsinn durch dreihundert Aufführungen der »Lustigen Witwe« in Anspruch genommen ist, auch nur daran erinnern, daß ein Mann jenes Namens einmal in Wien gelebt hat?

Die Ära nach dem Prozeß Riehl

Es ist also ausgemacht: der Geschlechtsverkehr soll in Österreich abgeschafft werden. Der Bureaukretinismus hat – wie sagt man doch – »diese Maßnahme nach genauester Pflegung der Erhebungen ins Auge gefaßt«. Zugleich mit der Erhöhung der Postgebühren. Es soll seit dem Prozeß Riehl bewiesen werden, daß »was g'schieht«, und weil herausgekommen ist, daß in der Grünetorgasse Polizeibeamte gratis Geschlechtsfreuden genossen haben, sollen jetzt in anderen Gassen Männer, die keine Amtspflicht beschworen haben, auch nicht mehr dafür bezahlen dürfen. Gelegenheiten, die ehedem gemacht wurden, werden jetzt vereitelt, allgemein zugängliche Weideplätze der Wollust gesperrt, Frauen aller Gesellschaftsklassen auf der Straße nur mehr von Polizisten – die infolge der überhandnehmenden Einbruchsdiebstähle beschäftigungslos sind – angesprochen, und Rendezvous zwischen Junggesellen und ihren Begleiterinnen in die Wachstube verlegt, weil eine Privatwohnung eben nicht mehr die genügende Intimität bietet. Beinahe schon wie in Preußen, wo der normale Geschlechtsverkehr streng bestraft wird. Und wieder ist eine Frau der »Falschmeldung« schuldig und wieder fragt sie der Richter: »Sie sollen auch geheime Prostitution getrieben haben?«, kann sich die Frage nicht versagen, wiewohl er sogleich selbst antwortet: »Ich habe nur über die Falschmeldung zu judizieren«. Fleißaufgaben der Polizei aber, wie die in der folgenden Zuschrift an die ›Fackel‹ besprochene, sind in der Nach-Riehl'schen Epoche nichts besonderes: »Heute morgens stellte sich mir ein Polizeikommissär vor mit der Eröffnung, es sei eine anonyme Anzeige eingelaufen, daß mein Empfang von Damenbesuchen (in der separierten Wohnung eines Hauses, wo außer mir noch eine Partei logiert) öffentliches Ärgernis errege; fragte, ob ›dies den Tatsachen entspricht‹, wie die Dame heiße und ob sie

›nicht vielleicht von geheimer Prostitution lebt‹. Ich erwiderte, daß niemand, auch nicht die Polizei das Recht habe, sich in meine persönlichsten Angelegenheiten zu mischen und daß es mir natürlich nicht einfalle, einen Namen preiszugeben oder eine Auskunft zu erteilen. Der Kommissär entfernte sich mit dem Bemerken, daß ich in dieser Sache eine Vorladung erhalten werde.« Wenn das so fortgeht, meint der Briefschreiber pessimistisch, werde einem jungen Menschen nichts anders übrig bleiben, »als sich im Bedarfsfall an einen Detektiv oder Kommissär zu wenden«. Versteht sich, nur um die behördliche Bewilligung zur Ausübung des normalen Geschlechtsaktes einzuholen.

Viel schwerer noch als den Männern wird's den Frauen gemacht. Der Bureaukretinismus, der jetzt das ›Extrablatt‹ als moraloffiziöses Organ ausersehen hat, gibt täglich Bulletins aus, um der Menschheit das bißchen Vergnügen auch durch publizistische Bedrohung zu stören. Vor allem will er den Konzessionszwang verschärfen. »Minderjährige Mädchen«, so sprach neulich ein »höherer Ressortbeamter« zu sozialpolitischen Frauen, »erhalten nur dann Gesundheitsbücher, wenn *der Beweis ihrer völligen sittlichen Verkommenheit erbracht* ist, das heißt, wenn nachgewiesen wird, daß sie bereits der clandestinen Prostitution ergeben sind, daher an ihnen nichts mehr zu verderben ist«; und: »Die Genehmigung des Vormundes genügt nicht mehr zur Einschreibung des Mündels in die polizeiliche Liste der Prostituierten oder zur Aufnahme der Betreffenden in ein toleriertes Haus. Hiezu ist noch die Einwilligung der Obervormundschaft erforderlich. Die Polizei überweist dann jedes Gesuch, für das die Genehmigung des Vormundes zur Ausübung gewerbsmäßiger Prostitution beigebracht wird, dem zuständigen *Pflegschaftsgerichte zur Entscheidung*.« Ein Gericht also wird künftig die Frage zu entscheiden haben, ob ein Mädchen »das Schandgewerbe« ergreifen darf! Freuen wir uns, daß die öffentliche Vertrottelung in sexuellen Dingen bis zu dieser Kristallform gediehen ist, in der sie auch der Trottel erkennt. Und daß der »Beweis der völligen sittlichen Verkommenheit« erbracht werden muß.

Szene in einem Kommissariat: »Ja, was wollns denn?« ›Ich möchte das Schandgewerbe anmelden!‹ » Ja, könnens denn (hochdeutsch:) den Beweis der völligen sittlichen Verkommenheit erbringen?« (Verlegen:) ›Nein.‹ »Nacher schauns, daß S' weiter kommen! – So a Schlampen!« Ein humaner Kommissär, der mit sich reden läßt, wird der Partei den Rat geben, vorerst ein wenig verbotene Prostitution zu treiben. Aber die ist doch gerade verboten? Natürlich ist sie verboten! Aber sie muß bewiesen sein, um das Recht auf ihre »Ausübung« zu gewährleisten. Protektion hilft natürlich auch da, und der Beweis völliger Verkommenheit wird manchmal als erbracht angesehen werden, wenn einer Petentin sogar nachgewiesen werden könnte, daß an ihr noch etwas zu verderben sei. Dagegen wird streng darauf gesehen werden, daß kein Fall von »clandestiner Prostitution« der behördlichen Kenntnis entzogen bleibe, auch wenn er als Befähigungsnachweis für die Ausübung des Schandgewerbes gar nicht in Betracht kommen sollte. Die Erteilung des Büchls aber ist eine Art Prämie auf die Selbstanzeige wegen geheimer Prostitution. Die Behörde nimmt an, daß sich die Frauen dieses Vorteils bewußt zeigen werden. Wenn eine Frau jenes Naturrecht, für das kein Frauenverein kämpft, betätigt und sich dafür, daß sie immerhin auch dem Manne einen Gefallen erweist, bezahlen läßt (was merkwürdiger Weise noch keine Frau aus ihrem seelischen Gleichgewicht gebracht hat), so wird sie das der Polizei melden, und wenn die Baronin X in momentaner Verlegenheit ihre Schönheit und den erotischen Mehrwert ihrer sozialen Position mit tausend Gulden berechnet, so wird sie nicht zögern, den Kommissär Wossitschek, den Oberkommissär Jerschabek und den Regierungsrat Witlatschil zu verständigen. Dann hat sie Anspruch auf ein »Büchl«, und macht sie von dieser Chance Gebrauch, so steht sie unter dem Schutz der Behörde, wenn sie es nicht doch vorziehen sollte, sich unter den Schutz der Frau Riehl zu stellen. Schwieriger als die Anmeldung des Schandgewerbes ist die Abmeldung. Es muß nämlich auch abgemeldet werden. Eine Prostituierte kam neulich auf den polizeiwidrigen Gedanken, zu ihrer Mutter zurückzukehren. Und was weiter geschah, davon erzählt ein Gerichtssaalbericht. Der Beweis der sittlichen Läuterung muß gleichfalls, und zwar binnen vierundzwanzig Stunden, erbracht werden, und dies hatte das Mädchen unterlassen. Die Polizei machte die Anzeige beim Gericht, und das Gericht verurteilte die Verdächtige wegen unbefugter Ausübung der Ehrbarkeit oder wegen clandestiner Sittlichkeit – ich weiß nicht, wie das Delikt lautet – zu vierundzwanzig Stunden Arrest. Darauf erklärte die Angeklagte, daß sie jetzt wieder das Büchl nehmen werde ... So wird schließlich doch hie und da ein Mädchen, das man fast schon verloren glaubte, durch behördliche Fürsorge vor den Gefahren des soliden Lebenswandels gerettet.

Wäre der Strizzi Staat so ehrlich, zu bekennen, daß er die Kontrolle der Prostitution sich lediglich aus dem Motiv der Gewinnsucht sichern, daß er einfach auf die Steuern der konzessionierten Bordelle nicht verzichten will, seine Lumperei hätte einen gewissen Stil und bedürfte der kläglichen Ausrede auf die Moral nicht (und nicht auf die Hygiene, die noch kein Polizeiarzt beglückt hat). Aber wann hätte je ein Strizzi Farbe bekannt und sich nicht moralisch über seine Aushälterin entrüstet? In den blitzdummen Gerichtsverhandlungen, die in der Ära nach dem Prozeß Riehl arrangiert werden, erfolgt immer pünktlich dann ein Freispruch, wenn der Steuerbogen vorgewiesen wird. Die Polizei toleriert, die Staatsanwaltschaft verfolgt, und die erschütterte Autorität erholt sich an der täglichen Aufdeckung heillosesten Widerspruchs. Wie weit die Konfusion gediehen ist, ersieht man daraus, daß konzessionierte Bordellwirtinnen fortwährend angeklagt werden, weil sie aus dem von ihren Pensionärinnen betriebenen Gewerbe »ihren eigenen Unterhalt bezogen« haben sollen. Nicht wegen Ausbeutung also, sondern bloß wegen Mangels an heroischem Opfermut beim Betrieb eines polizeilich bewilligten Gewerbes. Und ist es nicht toll, daß die Polizei, der die Mitschuld an der Einschränkung der persönlichen Freiheit im Falle Riehl nachgewiesen wurde, nicht die Fenster der Freudenhäuser sperrangelweit aufreißen läßt, sondern das Hinausschauen der Mädchen mit vermehrtem Eifer beanständet? (Die »Damen« werden bei diesen Gelegenheiten nie ohne Anführungszeichen genannt, die Gefangenen von Schmöcken, Richtern, Verteidigern, Anklägern und allen Gutgesinnten auch noch in die Klammern des Hohns gesetzt. Am lieblichsten sind die Scherze der Anwälte, deren einer etwa fragt, ob »im Maison Wolfram eine doppelte Buchführung eingeführt« war.) Nein, die Perversität der normalen Geschlechtsmoral kann sich nicht drastischer offenbaren, als in diesem Spiegel offizieller Gehirnverlorenheit, die immer das Gegenteil von dem tut, was sie gerade tun sollte, in diesem Zerrbild einer Autorität, die in die Feuersbrunst rennt, um, ein tragischer Dummeraugust, mit dem Rufe »Alles gerettet!« zugrundezugehen.

Wo aber Konfusion ist, darf ein Gelehrter nicht fehlen. Im ›Neuen Wiener Tagblatt‹ ergreift der Professor Zeißl, Dermatologe an der Wiener Universität, das Wort. Um etwas Vernünftiges gegen die staatliche Begünstigung der Syphilis zu sagen? Nein, um über die Abnahme der Sittlichkeit zu klagen. Fern sei es von mir, einen Universitätsprofessor darüber belehren zu wollen, daß die beiden Übel – jenes, über dessen Vermehrung, und das andere, über dessen Abnahme er klagt – sich gewissermaßen gegenseitig bedingen. Herr Professor Zeißl ist Spezialist in Dingen der Moral, ich verstehe von der Behandlung der Syphilis überhaupt nichts, und somit wäre jeder Versuch einer Verständigung töricht. Nur eines möchte ich ihm zu bedenken geben. Kein Universitätsprofessor ist verpflichtet, deutsche und logisch geformte Sätze zu schreiben. Wenn er es aber nicht kann, so sollte er sich schon gar nicht dazu zwingen. Man könnte ein tüchtiger Mann in seinem Fach – ich meine jetzt ausnahmsweise die Heilung der Geschlechtskrankheiten – sein und müßte deshalb noch keinen Artikel über die Prostitution schreiben können, weil nämlich *dazu* leider zwei Voraussetzungen unerläßlich sind: daß man schreiben kann und daß man etwas von der Prostitution versteht. Die Schmierkur, die sich in der Therapie der Syphilis bewährt, sollte sich nicht im journalistischen Ehrgeiz eines Geschlechtsarztes erschöpfen. Herr Professor Zeißl macht ja zwischen fünfhundert Unsinnigkeiten hin und wieder einen ganz verständigen Vorschlag (z. B. daß die Steuereingänge der tolerierten Häuser zur Erhaltung von Spitälern für Geschlechtskranke verwendet werden sollen). Zum Schlusse aber gibt er doch die Hauptschuld an der Ausbreitung der Geschlechtskrankheiten der Aufführung der »Rose Bernd« im Burgtheater und fragt, ob es nötig sei, »hysterischen Ekel wie Hedda Gabler oder Fräulein Julie auf die Bühne zu bringen«. Herr Professor Zeißl zählt nämlich diese Werke zur pornographischen Literatur, und die pornographische Literatur sei an der Unmoral und die Unmoral an der Syphilis schuld. Ferner hat bekanntlich die Forschung festgestellt, daß die Syphilis an der Gehirnerweichung schuld ist. Ob aber auch schon die bloße Beschäftigung mit der Syphilis so verheerende Folgen nach sich zieht, bleibt trotz den Darlegungen des Professors Zeißl zweifelhaft. Sie sind so konfus, daß man überhaupt keinen positiven Eindruck von ihnen empfängt und zum Schlusse nicht einmal weiß, ob das Theaterrepertoire die Prostitution erzeugt hat oder ob man sich die Syphilis von einer Betrachtung der Schaufenster unserer Buchhandlungen holt. (Oder am Ende doch eher von dem Anblick des Inseratenteils des ›Neuen Wiener Tagblatts‹!) Ein Arzt, der als Mittel gegen venerische Krankheiten die Moral empfiehlt, beklagt sich über die Heuchelei, mit der das Problem der Prostitution betrachtet wird. Ein Syphilidologe, der sich über die Moralheuchelei beklagt, begnügt sich damit, den Namen der Krankheit, die er ausrotten will, zu unterdrücken und läßt sich erst zum Schlusse seiner langen Ausführungen dazu hinreißen, ganz beiläufig den Lesern des Familienblattes für Kuppelannoncen zu verraten, *welche* »Infektionskrankheit« er eigentlich gemeint habe. Und ein Mann der Wissenschaft, der zugibt, daß ein Trinkgefäß und ein Rasiermesser die Syphilis übertragen, daß »unschuldige Geschöpfe, die nie mit *Deklassierten* in Berührung kamen«, daß vierjährige Kinder durch Zufall infiziert werden können, hält eine Erbauungspredigt gegen »Sittenlosigkeit« und

»Libertinertum«, die in dem praktischen Vorschlag gipfelt, Bordelle gesetzlich zu tolerieren, sie aber »nicht in der Nähe von Schulen, *Gasthäusern, Theatern oder anständigen Vergnügungslokalen*« errichten zu lassen und den Bordellmädchen auf alle Fälle »das *Kartenspiel* und das Abhalten von Tanzunterhaltungen zu untersagen«; »Asyle für erkrankte Dirnen« zu errichten, in denen nicht nur physische, »sondern auch die moralische Gesundung angestrebt würde«, die »Einjährig-Freiwilligen über die Gefahren des Großstadtlebens gemeinverständlich aufzuklären« und vor allem, vor allem, Hedda Gabler vom Repertoire abzusetzen. Welch ein Dermatologe! Und er wurde noch am Tage, da diese Fülle fachlicher Erkenntnis vor den Zeitungslesern ausgebreitet wurde, von Herrn Silberer, dem um die Verbreitung der Sittlichkeit hochverdienten Besitzer des Annahofs, im niederösterreichischen Landtag gepriesen.

Nun hat's die Polizei schwarz auf weiß, daß der Geschlechtsverkehr an allem schuld ist, und nun geht's munter los gegen die »geheime Prostitution«. In keinem Bereich kommerzieller Betätigung schwätzt das Unverständnis der Unbeteiligten so dreist hinein wie in die Affären des Liebesmarkts. Nirgends wird der reelle Handel so sinnlos mit dem unreellen zusammengeworfen, nirgends das Interesse der Händler und Konsumenten weniger berücksichtigt und ausschließlicher das Interesse der zum Kauf oder Verkauf unfähigen Kreise des Publikums. Es gehört ja der ganze Optimismus der ärarischen Lebensfremdheit dazu, zu glauben, daß die vielen Beamtensgattinnen, die sich aus irgendeinem Grunde zu prostituieren wünschen und auf die natürlichste Art von der Welt die Gehaltsaufbesserung herbeiführen, die der Staat ihren Gatten verweigert, das »Büchl« nehmen, und daß die vielen Kupplerinnen, die Geheimräte bei sich empfangen, ihre weit und breit angesehenen Häuser in Bordelle verwandeln lassen werden. Und nichts ist so albern, nichts für die Autorität so gefährlich, wie jene Prozesse gegen kleine Gelegenheitsmacherinnen, die jetzt überhandnehmen. Sie müssen Manöver bleiben, weil ein Krieg gegen die Großfirmen bloß für die angreifende Beamtenschaft riskant wäre. Ich will hier nicht des Näheren begründen, warum ich von der Überzeugung tief durchdrungen bin, daß »die Sachs, die Weiß und die Schön«, daß jene geheimnisvolle Trias, die im letzten kriminellen Unfug berufen wurde, ihren Platz im staatlichen Leben viel besser und zur größeren Zufriedenheit des Publikums ausfüllt als etwa der Ministerpräsident, der Statthalter und der Polizeipräsident, und ihrem gemeinnützigen Beruf viel sachkundiger obliegt als etwa die Herren Benedikt, Singer und Vergani. Doch im Ernst muß gefragt werden, ob diese plötzliche Bedrohung harmloser alter Frauen, die gegen einen noch älteren Paragraphen verstoßen, aber den ältesten Geboten der Menschheit treulich gedient haben, überhaupt einen Sinn hat. Die einzige Vergehung der Kupplerinnen gegen ein öffentliches Interesse wäre die, daß sie an ihrer unentbehrlichen Tätigkeit mehr verdienen, als unbedingt notwendig ist. Oft genug habe ich's ausgesprochen, daß es die Tendenz der behördlichen Neugierde ist, sie auf eben diesen Weg zu drängen. Die Polizei hat die Riehl auf dem Gewissen. Nicht bloß, weil sie sie unmittelbar in ihren strafbaren Handlungen bestärkt hat. Nein, weil sie seinerzeit die solide Vermittlerin von Rendezvous williger und mündiger Menschen, mit der beide Parteien – die höchsten Staatsbeamten und die geachtetsten Ehefrauen bekennen es heute – zufrieden waren, gezwungen hat, ihr Gewerbe »anzumelden«, ein Bordell zu etablieren und sich der ihr oktroyierten unmenschlichen Hausordnung zu fügen. Nur das ›Extrablatt‹, dem seine schwachsinnige Rettermission den Kamm geschwellt, die Auflage erhöht, aber das Deutsch nicht verbessert hat, glaubt heute noch, daß »*die moralische Schädigung derartiger Salons auf die Bevölkerung* eine eminent große, eine größerer noch ist, als *es der Kleidersalon Riehl* gewesen ist«. Welche Gefahr für eine kulturell hochstehende Bevölkerung, deren Analphabeten sogar in der Journalistik tätig sind, wenn die Frau A. sich entschließt, mit dem Herrn B. bei der Frau S. zusammenzutreffen und mit fünfzig Gulden im Portemonnaie wieder fortzugehen! Man lasse uns doch endlich mit diesen Kretinismen ungeschoren. Als ob die Dichter aufhörten, Gedichte zu schreiben, wenn man den Verlegern die Buden sperrte! Als ob nach dem Verkauf des Sofas der Ehebruch unmöglich wäre! Als ob die Handels- und Verkehrsform das Bedürfnis schüfe und nicht das Bedürfnis die Form. Und als ob nicht selbst der »Mädchenhandel« wie jeder andere Handel neben seinen Auswüchsen, die zu bekämpfen sind, seine reale Berechtigung hätte. Man klage die Kupplerinnen an, wenn sie mehr verdienen, und meinetwegen auch, wenn sie mehr lügen als unbedingt notwendig ist. Man schütze den Staatsbürger vor Übervorteilung und vor der Vorspiegelung falscher Tatsachen, vor den Mehrforderungen, die erhoben werden, wenn ihm ein Stubenmädel als die Tochter des Kaisers von Rußland vorgestellt wird. Aber man sperre ihm doch nicht eine der seltenen Gelegenheiten, sein pflichtenvolles Leben freudiger zu gestalten. Denn wenn der Staat auch noch so energisch gegen die Unmoral vorgeht, die eine Wahrheit wird sich nicht aus der Welt schaffen lassen: daß der beste Staatsbürger nicht *immer* nur ins Konskriptionsamt, *nur* ins Militärtaxsteueramt, und nur ins magistratische Bezirksamt gehen will, sondern manchmal auch zu einer Kupplerin.

Und daß vor allem jene hochgebornen Persönlichkeiten, die ihr Leben lieber dem Vergnügen opfern, als es an Verpflichtungen zu vergeuden, der Behörde nicht dafür dankbar sein werden, wenn sie sich von einem Schundblatt zu einer Aktion gegen die unentbehrlichen Mittlerinnen der Daseinsfreude wird aufhetzen lassen ... Sie wird nicht. Der junge Herr von der Staatsanwaltschaft hat zwar im letzten Prozeß außer der vorschriftsmäßigen Frage, ob auch Champagner getrunken wurde, die Bemerkung fallen lassen, die Behörde werde »in allen Fällen von Kuppelei, die ihr zur Kenntnis kommen, unnachsichtig vorgehen«. Aber er hat übertrieben. Er ist jung und weiß noch nicht, daß »die Sachs« der Behörde mehr schaden kann, als die Behörde der Sachs. Er achte auf seine Karriere! Schon erwachsene Kriminalisten sind bei dem törichten Versuch, die Staatsnotwendigkeiten eines in beiden Reichshälften anerkannten Rendezvoushauses mit einem

Strafparagraphen zu stören, gestrauchelt. Man wird sich hüten, die ungarischen Minister, die nach Wien kommen, zu verstimmen. Man wird sich aber auch hüten, die Empfindlichkeit cisleithanischer Gesellschaftskreise zu verletzen. Oder gar der Bequemlichkeit der englischen, spanischen, russischen, ägyptischen und serbischen Dynastien nahezutreten, für die Wien bisher immer noch einige Anziehungspunkte hatte. Man kann im Innern noch so viele Dummheiten machen, von einer Angelegenheit, die die äußere Politik streift, läßt man gerne die Hand. Aber hier ist die Warnung vor diplomatischen Verwicklungen überflüssig. Hier empfiehlt wirklich schon das österreichischeste Interesse die Beachtung des politischen Grundsatzes: Quieta non movere. Als letzthin die Angeklagte endlich die typische Anspielung auf die hochgeborne Wiener Kundschaft machte, erwiderte der Richter mit der typischen Bemerkung: »Lassen wir das!« Wäre aber die Anspielung glaubhaft, es wäre nie zur Verhandlung gekommen. Die Notorietät hoher Beziehungen macht eine Kupplerin immuner als den Beleidiger eines Thronfolgers das Abgeordnetenmandat, und es bedürfte im Ernstfall nicht einmal des Vorweises von Bestellbriefen, um einen Staatsanwalt in seiner Ruhe zu bestärken, dem man mit der Adresse hundertmal unter der Nase herumgefuchtelt hat. Den klassischen Schmerzensruf: »Dank vom Haus Österreich!« hat vorläufig noch keine treue Dienerin ihres Herrn ausstoßen müssen ... Es ist ja im höchsten Grade peinlich, zu sehen, wie bei uns selbst der Grundsatz, daß Allen gleiches Unrecht werde, an der Protektion zuschanden wird, und wie die staatliche Autorität sich immer wieder in einen Kampf engagiert, den ein unsichtbares Palladium zugunsten des Gegners entscheidet. Aber freuen wir uns, daß die Dummheit hierzulande wenigstens *ein* Korrektiv findet: die Korruption!

II. Die chinesische Mauer

Die chinesische Mauer

Ein Mord ist geschehen und die Menschheit möchte um Hilfe rufen. Sie kann es nicht. Sie, die Lärmvolle, immer bereit, mit dem stärksten Schrei den kleinsten Stoß zu rächen, sie, die sich das Maß der Schöpfung dünkt und nur der Mißton ist in der Musik der Sphären, schweigt. Aber wir hören dieses Schweigen, es gellt über Länder und Meere, und wo immer es losbrach, antwortet ihm ein Echo, so stumm wie der Ruf, der einen Mord verkündet. Der Mund der Welt steht offen und aus den Augen starrt die Ahnung, daß sich das Größte begeben hat. Ringsum ist alles gelb. Wie der Tag, an dem der alte Gott sein Gericht hält. Gelb wie eine Chinesenhand und rot wie das Blut einer Christin. Die Hand hat sie gewürgt, daß sie nicht schreien konnte. Die Hand hält uns alle am Hals und läßt uns nicht mehr los. Ist es das Ende einer Moral, die die Fessel als Schmuck trug? Nun hat sie ein gelbes Halsband, das ihr den Atem nimmt. Sie, die nicht beten konnte, ohne zu huren. Sie, die nicht huren konnte, ohne zu beten! Die die Sünde profaniert hat durch die Reue, die Lust versüßt hat durch die Qual. Sie, die in jenem unerforschlichen Trugschluß, der 500 nach Confucius in die Welt gesetzt wurde, ein ewiges Sterben ertrug und um hellerer Hoffnung willen die dunkle Erfüllung in Kauf nahm. Sie, deren Leben Todesangst war und Furcht vor dem Leben. Da geschah es ihr, daß sie, nicht wissend, wo ihre Pflicht und wo ihre Lust sei, gewarnt und verführt, auf dem Wege, wo Herzklopfen die Tür der Freude öffnet, in den Opiumnebel geriet, der lichtere Seligkeit als selbst der Weihrauch ihr verhieß. Da geschah es ihr, daß sie an die gelbe Hand stieß, die sie karessierte, würgte und in den Koffer packte. Die Knie durch Stricke unter das Kinn gezogen, das Gesicht mit ungelöschtem Kalk beworfen – so kam sie aus dem blauen Himmelbett in den Koffer … Und nun riecht es in der Welt nach Verwesung.

Es ist das größte Ereignis, das die moralische Menschheit erlebt hat, seitdem ihr das Ereignis der Moral widerfuhr. Dazwischen lagen Taten oder Zufälle, Entschlüsse des Geistes und Widerrufe der Natur. Siege und Verluste einer erdenstolzen Technik, die durch ein Achselzucken der Erde erst zum Problem erhoben wird. Hier aber hat die himmelsichere Ethik ihr Messina erlebt. Hier ist alles problematisch geworden, was sich seit zwei Jahrtausenden von selbst versteht. Auf einem Krater, den wir erloschen wähnten, haben wir unsere Hütten gebaut, mit der Natur in einer menschlichen Sprache geredet, und weil wir die ihre nicht verstanden, geglaubt, sie rühre sich nicht mehr. Sie aber hat durch all die Zeit ihre heißen Feste gefeiert und an unserer gottseligen Sicherheit ihren Erdenbrand genährt. Wir haben das Geschlecht für verjährt gehalten; wir haben die Konvention getroffen, von ihm nicht mehr zu sprechen. Die angetraute Metze Natur, in sozialer Bindung gezähmt, schien nur so viel Wärme zu spenden, als unserm Behagen unentbehrlich war, und was sie sonst an Feuer hatte, reichte hin, unsere Suppe zu kochen. Da kommen wir ihr darauf, daß sie all die Zeit ihre Wonne nicht unserm Wahn geopfert, nein, unsern Wahn ihrer Wonne dienstbar gemacht hat. Da entdecken wir, daß unser Verbot ihr Vorschub, unser Geheimnis ihre Gelegenheit, unsere Scham ihr Sporn, unsere Gefahr ihr Genuß, unsere Hut ihre Hülle, unser Gebet ihre Brunst war. Was es an Hemmungen der Lust in der Welt gibt, wurde zur Hilfe, und die gefesselte Liebe liebte die Fessel, die geschlagene den Schmerz, die beschmutzte den Schmutz. Die Rache des verbannten Eros war der Zauber, allen Verlust in Gewinn zu wandeln. Schön ist häßlich, häßlich schön, und was den wachen Sinnen ein Abscheu ist, lockt sie in die Betäubung der Wollust. Die Prinzen des Lebens konnten es nicht fassen. Aber die Prinzessinnen lagen bei den Kutschern, weil es Kutscher waren, und weil es die Prinzen nicht fassen konnten. Was immer der Liebe an Greueln widerstrebt, besiegte sie und suchte es auf, um es zu besiegen. Zucht ist ein Pfand der Unzucht, Hoheit die Bürgschaft des Falls. Warnung weckt Wunsch; Entfernung nähert. Der ausgehungerte Eros, dessen Geschmack sublimiert werden sollte, ist nicht wählerischer geworden, aber kriegerischer. Er wählt, was man ihm vorenthält. »Laßt uns ein Lied der Liebe singen! Die Liebe wird uns noch alle zugrunde richten. O Kupido, Kupido, Kupido!« So ging eine Griechenwelt unter. Die christliche ließ kein Lied der Liebe singen, erkannte deren antisozialen Charakter und machte aus ihm ein Genußmittel. Die christliche Liebe konvertiert alles, selbst den Glauben. Der getaufte Eros liebt nicht alles, aber er nimmt mit allem vorlieb. Nichts ist ihm unerreichbar. Er sagt, daß er die Nächstenliebe sei, und weidet sich an verwundeten Kriegern. Er rettet gefallene Mädchen und bekehrt ungläubige Männer. Er ist neugierig und klettert über die chinesische Mauer. Er besucht Opiumhöhlen, um dort zu sagen, wie schön es in den Kirchen sei. Er frißt alles und läßt sich sogar die Kultur des Weibes schmecken, die täuschende Zubereitung verdorbener Weibnatur. Denn Bildung, sozialer Stolz und Frauenrechte finden im Bett so gut ihren Anwert wie ein gepflegter Körper, und Seele ist erst unter den Fäusten des Kuli ein Hochgenuß ... Wir haben uns vermessen, an dem heiligen Feuer, das einst den männlichen Geist zu Taten erhitzte, unsere Füße zu wärmen. Nun zündet es uns das Haus an. Das soziale Gebälk, zu seiner Hut und unserm Schutz errichtet, ist. willkommener Brennstoff. Wir haben einen Ofen um eine Flamme gebaut. Nun verbrennt sie den Ofen.

»Hast du denn kein Urteil? Hast du denn keine Augen? Verstehst du, was ein Mann ist? Sind denn nicht Geburt, Schönheit, gute Bildung, Redekunst, Mannhaftigkeit, Verstand, Menschenfreundlichkeit, Tapferkeit, Jugend, Freigebigkeit und dergleichen die Spezerei und das Salz, um einen Mann zu würzen?« So fragt ein Shakespearischer Kuppler. Und die Schöne antwortet: »O ja, ein Mengelmuß von einem Mann; und so in der Pastete gehackt und gebacken, gibts ein Muß von lauter Mängeln«. Es geht um Troilus, dem sie den Achilles vorzuziehen scheint. Aber sie könnte ihm auch den Thersites vorziehen. Sie braucht nur vor ihm gewarnt zu sein. »Habt ihr Augen?« fragt Hamlet, »die

Weide dieses schönen Bergs verlaßt ihr, und mästet euch im Sumpf? ... Sehn ohne Fühlen, Fühlen ohne Sehn, Ohr ohne Hand und Aug', Geruch ohn' alles, ja nur ein Teilchen eines echten Sinns tappt nimmermehr so zu!« Der Mann vermißt sich, sein Maß unterscheidender Empfindlichkeit an die unteilbare Gewalt der Weibersinne zu legen. Aber das Weib trägt die moralischen und ästhetischen Begriffe, die der Mann ihr spendet, wie jeden andern Schmuck, durch den sie sich begehrlich macht. Der Tragiker, der irren Königen und Narren die Erkenntnisse zuschieben muß, die eine Lügenwelt sprengen könnten, läßt die Tugend als Köder der Lust entlarven:

Sieh dort die ziere Dame,
Ihr Antlitz weissagt Schnee in ihrem Schoß;
Sie spreizt sich tugendlich und dreht sich weg,
Hört sie die Lust nur nennen:
Und doch sind Iltis nicht und hitz'ge Stute
So geil in ihrer wilden Brunst.
Vom Gürtel nieder sinds Centauren,
Obschon darüber Weib.
Nur bis zum Gürtel eignen sie den Göttern,
Alles darunter ist des Teufels Reich,
Dort ist die Hölle, dort die Finsternis,
Dort ist der Schwefelpfuhl, Gestank, Verwesung ...
Gib mir 'ne Unze Bisam, Apotheker,
Meine Phantasie zu versüßen!

Aber die Phantasie selbst ist Bisam, der den männlichen Verstand versüßt und ohne den er es nicht zu Ende denken könnte, daß das Weib aus dem Schwefelpfuhl sich die göttergleiche Schönheit holt. Wer solche Vorstellung nicht dem eigenen Fühlen einzugliedern vermag, zerschellt den Kopf an diesem Rätsel einer englisch-teuflischen Verbindung, und dem nüchternen Untersucher zerfällt sie in ihre Teile. Die christliche Ethik ringt verzweifelt die Hände, daß es ihr nicht gelingt, die Schönheit, soweit sie dem Leben unentbehrlich ist, durch seelischen Zuspruch zu erhalten. Die große Frage, die offen blieb seit dem Tage, da man der Entsagung auf den Geschmack gekommen ist, mahnt uns, wie uns die Erde mahnt, wenn wir sie durch technische Spiele beruhigt glauben: Wie wird die Welt mit den Weibern fertig? Sie sieht, daß jedes seelische Bemühen flugs das Gegenteil bewirkt, einen seelischen Widerstand, der ein Kuppler der Lust ist. Sie sieht, wie nicht Erziehung die Fehler des Weibes wettmacht, deren rechte Gruppierung doch die Anmut schafft, sondern wie die Fehler des Weibes in jedem Ensemble die Erziehung aufheben. Sie sieht, wie Neugierde allein imstande ist, die ganze Arbeit der christlichen Kultur am Weibe rückgängig zu machen. Sie siehts und kanns nicht glauben. Immer wieder dies Staunen über eine Natur, die zwei Geschlechtern nicht mit demselben Maß von Dürftigkeit zugemessen hat; die das Weib geschaffen hat, dem die Lust nur ein Vorschmack ist der Lust, und den Mann, den sie ermattet. Er fühlts und wills nicht wissen. Er hat tausendmal mit dem Anderen gerungen, der vielleicht nicht lebt, aber dessen Sieg über ihn sicher ist. Nicht weil er bessere Eigenschaften hat, aber weil er der Andere ist, der Spätere, der dem Weib die Lust der Reihe bringt und der als Letzter triumphieren wird. Aber sie wischen es von ihrer Stirn wie einen bösen Traum; und wollen die Ersten sein.

Sie können es nicht glauben. Bis sie die ziere Dame, jene, die mit dem Ruf »shocking« auf die Welt kam, in den Laden des chinesischen Wäschers schleichen sehen. Von keiner Garde als von der Moral und etwa dem Vertrauen des liebenden Gatten begleitet. Er ist der Besitzer; er hat ein Recht, nicht zu wissen, was den weiblichen Sinnen, die er reich versorgt hat, der andere Mann bedeutet. Aber wenn er vollends ahnte, wie sie der andere Mann der anderen Rasse beherrscht! Eine Vorstellung, die wie ein Wurm am Gehirn fräße, wenn sie je über die Schwelle dieses Selbstbewußtseins kriechen könnte, wird in dem Wäscherladen von Chinatown täglich hundertmal zur Wirklichkeit. Der Stinkteufel, an dem die weiße Seele erst ihrer Gottähnlichkeit inne wird, hat sich mühelos mit der Frau vergnügt, um die die weiße Seele so oft verschmachtet. Die Schwierigkeit der Verständigung erleichtert den Verkehr zwischen Krämer und Kundin; der Chinese ist ein Muster der Pflichterfüllung. Auch als Kellner stellt er seinen Mann. Seine Teufelsküche hält alle Leckerbissen feil, ja taktvoll geht er selbst auf den Wunsch ein, sich zum Christentum bekehren zu lassen, wenn eine Feinschmeckerin auf das Hors d'oeuvre der ethischen Absicht schon nicht verzichten will. Und aus dem großen Lustbad, das der schmutzigste Winkel der Weltstadt bedeutet, steigen täglich treue Gattinnen und unschuldige Töchter in erneuter Schönheit zum Standard ihrer sozialen Ehre empor. Manchmal bleibt eine und verträumt ihr Leben im Opium, die andere wird einen europäischen Grafen heiraten – den meisten färbt das Glück die Wangen rot, die honeste Langweile ihres Tags um eine Stunde zu betrügen. Was wissen Gatten und Väter davon! Eine starb. Vielleicht, daß ein Prostituierter sein Herz an sie verlor und eifersüchtig wurde; vielleicht hat er sie nicht aus Leid, sondern zur Lust gemordet; vielleicht hat ihre Weigerung, sich prostituieren zu lassen, ihrem Leben den kürzeren Prozeß gemacht. Der Mordfall ist eine Unregelmäßigkeit; er zeigte uns die Einrichtung und beweist nichts gegen sie. Elsie Siegls Tod ruft die moralische Welt in Waffen, aber was er enthüllt, zwingt sie, die Waffen zu strecken. Sie müßte sie gegen ihre Weiber wenden, um aller Enttäuschung für allemal Herr zu sein. Wie anders sollte sie dieser fürchterlichen Bundesgenossenschaft der weißen Frau und der anderen Rasse, dem Einverständnis verstoßener Naturmächte, ein Ende setzen? Sie könnens nicht fassen und ziehen zur Erklärung vielleicht Magie und Zauberei heran. Wenn sie das Nest leer finden, mag ihre Verzweiflung mit den Worten von Desdemonas Vater rufen:

O Gott! Wie kam sie fort? O Blutsverrat! –
Väter, hinfort traut euern Töchtern nie
Nach äußerlichem Tun! – – – –
O schnöder Dieb! Was ward aus meiner Tochter?

Du hast, verdammter Frevler, sie bezaubert;
Denn alles, was Vernunft hat, will ich fragen,
Wenn nicht ein magisch Band sie hält gefangen,
Ob eine Jungfrau, zart und schön und glücklich,
So abhold der Vermählung, daß sie floh
Den reichen Jünglings-Adel unsrer Stadt –
Ob sie, ein allgemein Gespött zu werden,
Häuslichem Glück entfloh an solches Unholds
Pechschwarze Brust, die Grau'n, nicht Lust erregt!
– – – – Ein Mädchen, schüchtern,
Von Geist so still und sanft, daß jede Regung
Errötend schwieg – die sollte, trotz Natur
Und Jugend, Vaterland und Stand, und Allem,
Das lieben, was ihr Grauen schuf zu sehn?

Weil sie den Zaubertrank, den die Sinne selbst bereiten, nicht in ihrer Hausapotheke führen, ist Vätern und Gatten die Erscheinung fremd. Man lügt ihnen die weiße Haut voll, und wenn nicht der Zufall einen Mord ausriefe, würden sie nie erfahren, welches Kolorit der Geschmack ihrer Liebsten war. Der Ernst des Lebens, dieser lächerliche Verwalter ihres geistigen Inventars, hat ihnen das eheliche Vergnügen nur dort gestattet, wo sie es als eheliche »Pflicht« fatieren können. So bedarf es schon starker Reizungen, um ihr Interesse auf ein Lebensgebiet zu lenken, wo der Wechsel der Ereignisse sich nur stiller, nicht spärlicher vollzieht als im Kommerz. Die Leiche im Koffer ist die notwendige Sensation, ohne deren Vermittlung für eine geräuschvolle Zeit Erkenntnisse nicht zu haben sind.

Daß Elsie Siegl starb, ist ein Lokalfall, zu dem die Reporter noch Worte finden mögen. Aber daß bei dem Kellner Leon Ling zweitausend Liebesbriefe von Frauen exquisiter Lebenshaltung gefunden wurden, das macht die Klatschmäuler verstummen und gibt dem Ereignis seine kulturbange Größe. Die Presse, die sich den Kopf der Welt dünkt und nur ihr Schreihals ist, kann uns nicht einmal mit Entrüstung dienen. Kein »Sumpf der Großstadt« ist entdeckt worden; nicht die Fäulnis jener, die die Moral verletzen, ist aufgebrochen, sondern die Fäulnis der Moral. Hier hat Naturnotwendigkeit des Geschehens über die Lüge der Anschauung das Urteil gesprochen. Amerika macht es nur deutlich; es gibt Entwicklungen und Katastrophen das Maß. John ist unbedenklicher als Hans und hat größere Achtung vor der Genußfähigkeit seiner Frau als der gefühlvolle Vetter, der ihr eine Seele gönnt und sie »mit dem Weltganzen verknüpfen« möchte, wenn ihre Sinne hungrig sind. Blaustrümpfe mögen sich der Überzeugung freuen, daß die freiere Fasson der amerikanischen Frau der Grund ihrer Zügellosigkeit sei, und daß der deutsche Mann davor sicherer wäre, vom Chinesen betrogen zu werden. Aber in allen Städten, in denen dunkle Truppen ihre Zelte aufschlugen, haben sich brave Bürger eines Familienzuwachses erfreut, den sie ihr Leben lang mit mischfarbigen Gefühlen besahen. Der Eindruck, den die andere Rasse im plastischen Ton des andern Geschlechts, in der immer formwilligen Sexualität des Weibes erzeugt, ist so mächtig, daß es leiblicher Vermischung nicht bedarf, um auf einen lichten Stamm ein dunkles Reis zu pfropfen. Die rohe Riesenstatue eines Chinesen, um die sich ein Ringelspiel dreht, könnte zu der Erklärung ausreichen, warum mancher Wiener Schusterbub mit Schlitzaugen auf die Welt kam. Und wenn es nur ein Symbol ist, daß sich die Lust um den Chinesen dreht, so schreckt es am heiligen Sonntag die weißen Männer aus dem Weltprater. Der gigantische Hohn, dessen nur die rachsüchtige Natur fähig ist, hat diesen Anschluß des Weibes an das verachtete Blut befehligt. In dem Wäscherladen von Chinatown werden in einer stummen Stunde alle Menschheitsfragen laut: Geschlecht und Rasse paaren sich zu weltproblematischem Grauen.

Aber der weiße Mann, der seine Frau sucht, entdeckt noch, daß sie ihm die Religion mitgenommen hat, als sie zum Chinesen ging. Die Findigkeit des Eros, mit den gegebenen Mitteln auszukommen, ist unerschöpflich. Wenn die Natur ihr Mütchen an der sozialen Welt kühlt, schont sie keines der im Staate anerkannten

Vorurteile, ihr Witz macht fromme Mädchen zu Bettschwestern, und die Mission endet im Bordell. Die Autorität des Gottes Buddha hat nie als Vorwand solcher Spiele gedient. Der Chinese begeht keine Sünde, wenn er sie begeht. Er bedarf der Gewissensskrupel nicht, um in der Lust die Lust zu finden. Er ist rückständig, weil er mit den gedanklichen Schätzen, die ihm Jahrtausende gehäuft haben, noch nicht fertig wurde. Er ist zukunftsfähig und überdauert die Schäden, die in anderen Welten Medizin und Technik zusammenflicken. Er hat keine Nerven, er hat keine Furcht vor Bazillen, und ihm kann auch nichts geschehen, wenn er tot ist. Er ist ein Jongleur, der Leben und Liebe spielend mit dem Finger bewältigt, wo der Athlet keuchend seine ganze Person einsetzen muß. Er arbeitet für ein Dutzend Weiße und genießt für hundert. Er hält Genuß und Moral auseinander und bewahrt dadurch beide vor der Krätze. Von dem, was wir Ausschweifung nennen, kehrt er an Leib und Seele unverändert zu den Normen des Tagwerks zurück, worin er sich höchstens unterbricht, um eine weiße Lady zu bedienen. Er ist unsentimental und hat nicht jenen Mangel an seelischer Ökonomie, den wir Moral nennen. Er kennt die Pflicht der Nächstenliebe nicht, die da verlangt, daß an einem Strick zwei sich aufhängen. Er lebt fern einer bresthaften Ethik, die den Starken schwächt, indem sie ihm den Schutz des Schwachen vorschreibt. Er ist grausam; er begeht Fruchtabtreibung wiewohl er sicher ist, daß auch der unerwünschte Sohn des Himmels dem Gotte ähnlicher würde als jener Bankert aus Hysterie und Journalismus, der sich im Okzident unter der Protektion des Gesetzes auswächst. Aber er lebt in der Fülle und hat die Humanität nicht notwendig. Sein Reich umfaßt mehr als ein Viertel der Gesamtbevölkerung der Erde, seitdem es im letzten Jahrhundert allein einen Zuwachs von neunundneunzig Millionen bekommen hat. Und sie alle haben bloß den Ehrgeiz, Chinesen zu sein und nicht die Affen fremder Eigenart. Während die Japaner an deutschen Universitäten Strafgesetze studieren, sind die Chinesen vollauf damit beschäftigt, sie zu übertreten. Und dieses Volk wahrt und mehrt seine dämonische Lebenskraft durch Verschwendung. Es kennt den Raubbau der Askese nicht, und seine Männer haben Lust am Manne wie am Weibe. Den Chinesen, sagt ein Forscher, habe ihre Päderastie so wenig Abbruch getan, daß die Holländer, als sie zum erstenmal nach China kamen, vor Staunen über die Volksmengen, die sie überall antrafen, immer nur die Frage laut werden ließen, ob denn die chinesische Mutter zwanzig Kinder auf einmal zur Welt bringe. Die Sündenmoral dezimiert ein Volk mehr als das Zweikindersystem. Sie bringt die Pathologie zur Welt und mit ihr jene geborene Homosexualität, die das erbärmliche Widerspiel der erotischen Vielgestalt bedeutet. Der Chinese liebt das Weib, er liebt es im Knaben, und er würde sich nicht das Recht nehmen lassen, die Züge des gesuchten Frauentypus in einem Katzenkopf zu lieben. Aber er sucht nicht den Mann, zu dem die abendländische Perversität tendiert, die keine erotische Bereicherung ist, sondern eine pathologische Folge der Verkrüppelung des Geschlechtslebens durch die Moral. Die Erforscher des männlichen Buhlwesens in China führen die Tatsache an, daß ein junger Schauspieler, der eine anmutige Mandarinin darzustellen hat, »der zierlichste Frauenkopf« genannt wird, »den man in China überhaupt zu Gesicht bekommen könne«. Die chinesische Päderastie sei der öffentlichen Meinung »eine Sache, die durchaus nichts Absonderliches vorstellt und der sich jeder unbedenklich hingibt. Man verhält sich zu dieser Art Wollust völlig indifferent und die öffentliche Moral regt sich über sie nicht im geringsten auf. Weil die Handlung dem, der sie treibt, gefällt und weil der, mit dem sie getrieben wird, damit zufrieden ist, so findet die chinesische Moral hier alles in Ordnung. Das chinesische Gesetz liebt es nicht sehr, sich mit allzu intimen Angelegenheiten zu befassen. Die Päderastie wird sogar als eine Sache des guten Tons, als ein kostspieliger Luxus und ein vornehmer Sport angesehen«. Die Frau ist in China als Ehefrau wie als Hure so unwissend und ungebildet, wie es der wissende und gebildete Mann braucht, der nicht in dem Wahn lebt, das Weib zur ebenbürtigen Partnerin seiner ureigenen Domäne machen zu können, und nicht ihre Notwendigkeiten schmälert, indem er ihr Rechte verleiht. »Da er Verse, Musik und Aussprüche der Philosophen liebt, so verkehrt er, wenn seine Mittel es ihm irgend erlauben, gern in gebildeter männlicher Gesellschaft, wo er gewiß ist, mit literarischen Kenntnissen ausgerüstete und auch zum Beischlaf erbötige junge Männer anzutreffen.« »Priester, Militärpersonen, die Sittenpolizei, Mandarinen, einige Dichter und etliche Kaiser« werden in den wissenschaftlichen Untersuchungen ausdrücklich unter den Praktikern der gleichgeschlechtlichen Liebe angeführt. Die Residenzstadt Peking weise eine Sondereinrichtung: »eine Truppe von Buhljungen für die möglichen Bedürfnisse des Herrschers« auf; »diese Einrichtung amtlicher Beischläfer des Kaisers soll seit langer Zeit als möglichenfalls erforderlich durch den Minister der Kirchengebräuche getroffen worden sein und demnach eine staatliche Anerkennung und Sanktionierung der Päderastie in sich schließen«. Ganz besonders ausgebreitet sei sie unter den Beamten der chinesischen Sittenpolizei, und bei der Militärbehörde erfreue sie sich direkten Schutzes – weil sich noch kein Vaterlandsretter gefunden hat, der das »erweislich Wahre« in diesen Verhältnissen ausspionierte. Auch würden sie ihre Folter nie dazu mißbrauchen, einem herzkranken Greis die Beichte seiner Jugendsünden zu erpressen. Dem Chinesen geht eben in jedem Belang Lebensweisheit über Kenntnisse. Er ist ein Raumkünstler in der Nußschale des Daseins; er nützt es aus und verstellt sich den Weg nicht durch Überflüssiges. Und stellt sich selbst nicht in den Weg. Von seiner Ersetzlichkeit überzeugt, bewährt er im Transzendenten einen sozialen Sinn, der in der abendländischen Ethik verkleideter Egoismus ist. Er weiß Platz zu machen; seine Nächstenliebe wirkt nicht in räumlicher, sondern in zeitlicher Dimension. Er lebt nicht im Wahn der Individualität, die sich an der Tatsachenwelt beweist. Er taucht unter im Gewimmel und ist sich selbst so wenig unterscheidbar wie dem fremden Auge. Weil alle gleich sind, können sie der demokratischen Wohltat entbehren. Ihr Gesetz hat schwerere Strafen, weil der Täter schwerer zu finden ist. Ein Zopf entkam: eine

Ratte ... Das »Verhör des dritten Grades«, das die New-Yorker Polizei anwendet, lockt keinem Volksgenossen ein Geständnis heraus. Die Untersuchung, wer ein Christenmädchen ermordet hat, kann nur das Ergebnis haben: Niemand. Aber die Untersuchung, wer ein Christenmädchen verführt hat, das Ergebnis: Alle!

Und allen wird es ferner gelingen. Die amerikanische Behörde wird in den gelben Bezirken Ordnung machen, und vermehrter Wunsch wird die vermehrte Wachsamkeit überwinden. Das Geheimnis wird den Reizverlust, den es durch die Publizität erlitten haben könnte, durch den Gewinn an Gefahr reichlich hereinbringen. Und der Schrecken selbst – unseliges Erbe der konvertierten Lust! – zieht an, der blutige Schein verführt, und auf die ferne Welt hat die Entdeckung gewirkt, als ob der Taifun über den Ozean eine erotische Glutwelle geworfen hätte. Und bei dem Gedanken an China, vor dieser zauberhaften Individualität der mongolischen Masse, wird jeder weiße Mann zum Hahnrei. Die gelbe Gefahr ist dem Lebensnerv der christlichen Kultur von einer Richtung nahegekommen, in die die Völker Europas nicht gelugt haben. Wenn sie ihre heiligsten Güter, die Reinheit der Gattin und die Virginität der Tochter, wahren wollen, mögen sie dazu schauen! Der Chinese legt auf beide nicht den geringsten Wert, aber er wird sie ohne Schwertstreich erobern. Gegen eine Rasse, die ihre Naturnotwendigkeiten nicht mit der Bagage des Gewissens bepackt hat, ist aller Widerstand hoffnungslos. Ein Volk, das sich daheim nicht in dem Bürgerkrieg der Sitte gegen die Natur zerreiben muß, zieht ungeschwächt ins Feld. Wenn sie kommen, die Weiber werden sich ergeben; und die Männer, die längst Weiber sind, werden sich auch nicht lange sträuben. Eine Nation, die die Virginität verabscheut und ihre neugebornen Töchter durch eine Operation dem künftigen Berufe weiht, ist die legitime Anwärterin des Bereichs einer erledigten Zivilisation. Einer, die beim Fortschritt sich selbst auf die Füße trat, weil sie ohne Moral nicht ausgehen konnte; welche Panzerschiffe gebaut, aber den Tanz um den Fetisch einer Jungfernhaut aufgeführt hat. Wilde Völkerschaften, elektrisch beleuchtete Barbaren wird Asien entdecken. Aber es wird großmütig auf jeden Bekehrungsversuch verzichten. Sie, die dem Weib die einzige Mission zuerkennen, vorwandlos der Freude zu dienen, werden den Ungläubigen keine Missionärinnen ins Bett schicken.

Sie werden auf eine Rasse stoßen, deren Völker einander mit Krieg und Nächstenliebe überziehen und nur einig sind in der Verachtung aller, die nicht ihre Gesichtsfarbe haben und eine andere Ausdünstung. Osten und Westen stellen einander den Teufel vor und halten sich die Nase zu. Aber die Chinesen vertragen mehr. Sie finden, daß die andern – die andern Männer – »einen faden Leichengeruch« ausströmen; und solche Wahrnehmung könnte mehr bedeuten als eine Empfindung der Unlust. Hier lebt etwas in Verwesung, des Erlösers gewärtig, der es vom Leben errettet. Hier siecht eine Lust, deren Arzt die Furcht war und das Leiden. Hier ist etwas bei lebendigem Leib begraben und etwas Totes hält die Grabwacht. Sie werden durch unsere Finsternisse schreiten und den Weg zum Leben nicht verfehlen. Ihre unterirdischen Gänge sind ein Paradies neben den Katakomben, die unsere Liebe sich gemauert hat, seitdem man ihr das Licht nahm. Als die christliche Nacht hereinbrach und die Menschheit auf Zehen zu der Liebe schleichen mußte, da begann sie sich dessen zu schämen, was sie tat. So trat man ihr die Augen aus. Da lernte sie die erotische Blindenschrift. So legte man sie in Ketten. Da liebte sie die Musik der klirrenden Ketten, also die Perversität. Aber sie schämte sich der Gefangenschaft nicht, sondern der Gedanken, auf die sie darin verfiel; nicht der Ketten, aber des Geräusches. Sie hatte sich der Freiheit ihrer geschlechtlichen Natur geschämt, und sie schämte sich der Perversion, welche die Kultur der sexuellen Unfreiheit ist. Sie brannte und verstellte sich den Notausgang. Und trug Stein um Stein herbei, bis eine Mauer ihr Reich der Mitte umgab, ihr himmlisches Reich. Dieses geschah um 500 nach Confucius. Die große chinesische Mauer der abendländischen Moral schützte das Geschlecht vor jenen, die eindringen wollen, und jene, die eindringen wollen, vor dem Geschlecht. So war der Verkehr zwischen Unschuld und Gier eröffnet, und je mehr Pforten der Lust verschlossen wurden, um so ereignisvoller wurde die Erwartung. Da schlägt die Menschheit an das große Tor, und ein Weitgehämmer hebt an, daß die chinesische Mauer ins Wanken gerät. Und das Chaos sei willkommen – denn die Ordnung hat versagt! Eine gelbe Hoffnung färbt den Horizont im Osten, und alle Glocken läuten Sturm. Und überall ein Gewimmel. »Aus dem Rauche des Schlundes kamen Heuschrecken über die Erde und ihnen ward Macht gegeben, wie die Skorpionen auf Erden Macht haben ... Und hatten Haare wie Weiberhaare, und ihre Zähne waren wie die der Löwen ... Und ihre Schwänze waren den Schlangen gleich und hatten Häupter und mit diesen schadeten sie ... Und die Zahl des Heerzuges der Reiterei war zweihundert Millionen. Ich hörte ihre Zahl ...« Ein Fortinbras naht, auf dem Trümmerfeld der Sünde die Herrschaft anzutreten. »Wo ist dies Schauspiel?« Aber damit lebe, was begraben ist, muß er dem Toten erst den Todesstoß geben. Seine Hand greift nach der Kultur, die ihn durch ihr letztes Augendrehn versöhnen möchte, und würgt sie mit Lust. Kein Entrinnen, die Arbeit geht im Hui – die Knie durch Stricke unter das Kinn gezogen, das Gesicht mit ungelöschtem Kalk beworfen, so verschwand eine Leiche im großen Koffer des Chinesen.

Das Erdbeben

Und doch war es nur das dumpfe Rollen einer Ahnung von dem, was kommen wird. In diesem Jahr wird sich die Erde auftun und gegen die vermessene Behauptung, daß der Wiener nicht untergeht, demonstrieren. Könnte es denn anders sein? Die Dummheit ist ein Elementarereignis, mit dem es kein Erdbeben aufnimmt. Ihre inneren Gewalten müssen sich einmal in einer Katastrophe entladen, die das Antlitz dieses Weltkörpers entstellen wird. Denn nie zuvor kann es eine Kulturperiode gegeben haben, in der die Menschen, durch Rasse und Religion getrennt, sich mit solch einiger Begeisterung zur Dummheit bekannt hätten! Vielleicht ist ihnen noch bis zur Betriebseröffnung des Luftschiffs eine Frist gegeben und erst die geistige Verkehrsstörung, die sich dann rapid fühlbar machen wird, als Anfang vom Ende vorgesehen. Ich aber hänge dem Gedanken nach, daß sich noch in diesem Jubeljahr, wenn etwa der Festzug über die Ringstraße geht, große Dinge begeben werden.

Schon vom Faschingsabend des Männergesangvereins hatte ich mir alles Mögliche versprochen, und ich finde einigen Trost bei der Vorstellung, daß wenigstens ein leises Zittern des Bodens die Antwort auf die Enthüllungen war, die dieses Fest den entsetzten Blicken geboten hat. Denn die Saaldekoration zeigte die New-Yorker Freiheitsstatue, wie sie »die ankommenden Wiener mit dem Ausruf: ›O du mein Österreich!‹ begrüßt«, und daneben den Chormeister Kremser, wie er sich »der Zudringlichkeiten eines Indianermädchens mit den Worten erwehrt: ›Da bleib i nöt, da geh i ham‹«. Nicht genug. Einer trug, so meldet der Bericht, »eine geschmackvolle Standarte, darstellend ein gelungenes Geldstück mit der Inschrift: ›Der Krach, der is zwida, Stiribus, Omnibus, Krida‹«. Und: »Unter den ohrenbetäubenden Klängen des Sternenbannermarsches zog die fidele Gruppe der ›Stieren Sternenbanerstierer‹ vorüber«. Es waren, so sagt man, »amerikanische Lächerlichkeiten im Lichte des Wiener Humors«. Ich las es und dachte: Schreckliches wird geschehen. Wir liegen an den letzten Ausläufern der Alpen, und diese werden sich einer alten vulkanischen Verpflichtung erinnern, genau so wie die Polizei, wenn sie sich nicht anders helfen kann, ihr altes Prügelpatent hervorholt. Schon war ein Knistern hörbar ... Man hatte beobachtet, wie auf einem Eislauffest ein Ehepaar »als Gemüse verkleidet« erschien, und zwar die Frau »als gelbe Ruab'n« und der Gatte »als schwarzer Radi«. Bald darauf wurde wieder gemeldet: »Eine recht heitere kleine Gruppe bildete die Familie eines Industriellen« – der Vater »als Blinddarmschneider«, die Mutter »als Modebazillus« und die Tochter »als noch wachsende Kohlennot«. Es war ein Bild rührenden Familienlebens, doppelt ergreifend angesichts der nahen Katastrophe. Und über solche und ähnliche Vorboten äußerten sich liberale und antisemitische Blätter mit der gleichen ahnungslosen Ruhe, die Ausdehnung der Berichte schwankte an jedem Tag zwischen zehn und fünfzehn Spalten, und es war volle Einigkeit darüber, daß Wien Wien bleibt, nur daß nach der Darstellung der einen die Faschingsfröhlichkeit unter der Führung des Herrn Dr. Koritschoner ihren Einzug nahm und der Altwiener Humor mit G'spiel und Musi von den Familien Merores, Verständig und Kulka besorgt ward, während die andern beharrlich daran festhielten, daß dem Magistratsbeamten Bösbauer und dem Ehepaar Hadrawa das Verdienst zukomme. Da, auf einmal, fand irgendwo »eine das Wiener Leben so schön charakterisierende Strophe begeisterten Widerhall in den Herzen der vielen Tausende von Zuhörern«. Sie begann:

> Wiener Mode, Wiener Schick,
> Wiener Pülcher, Burgmusik,
> Wiener Würsteln, Wiener Madeln,
> G'stellt vom Kopf bis zu die Wadeln – –

»Ist dies das verheißne Ende? Sind's Bilder jenes Grauens?« Bezeichnet dies Durcheinander von Pülchern, Würsteln und Madeln, wie Wiens beste Schätze zu liegen kommen werden, wenn das Unabwendbare eintreten sollte? ... Ich sah nach der Magnetnadel. Und richtig, sie zeigte eine merkliche Abweichung der Gehirne. Und kaum war der Bericht im Deutschen Volksblatt erschienen, gab's ein Erdbeben ... Nun, dachte ich, aber jetzt wird für ein Weilchen Ruhe sein. Wir sind gewarnt. Der Wiener wird sehn, daß doch kein Verlaß auf die Geduld des Erdbodens ist, er wird Bescheidenheit lernen und sich darauf einrichten, erforderlichenfalls so unterzugehn, daß kein Aufsehen entsteht ... Gar keine Spur! Jetzt gehts erst los. Die Dummheit stürzt auf die Gasse, rafft an »Beobachtungen« zusammen, wessen sie habhaft werden kann, und läuft in die Redaktionen, um zu melden, daß sie erschrocken ist. Daß sie auch dabei war! Pfosten stürzen, Fenster klirren, Kinder jammern, Mütter irren, und die Väter schreiben Briefe an die Neue Freie Presse. Daß ein Erdbeben stattgefunden hat, geht für die Intelligenz aus dem Gutachten des »Seismologen« beinahe ebenso klar hervor wie aus der Versicherung eines Pikkolo, er habe »nicht g'stößen«, welche ein Kaffeehausgast, dessen Tisch schwankte, eiligst rapportiert. Ein Herr aus der Porzellangasse – die in solchen Fällen für besonders gefährdet gilt –, behauptet in allen Blättern täglich zweimal die ganze Woche hindurch, er wohne in einem Hause, das »auch in normalen Zeiten nicht zu den solidest gebauten gehört«. Ein alter Abonnent gibt zu, er sei sogleich ans Telephon geeilt und habe die Nummer der geschätzten Redaktion verlangt, worauf das Telephonfräulein nur die Antwort gehabt hätte: »Sie wünschen die ›Presse‹ zu sprechen? Es sind leider wegen des Erdbebens alle Nummern besetzt«. »Ich wußte genug«, schließt der Einsender die höchst charakteristische Zuschrift. Alle Nummern besetzt, alle Spalten gefüllt. Tagaus, tagein, heute, morgen, ewig. Bis das Weltgebäude zusammenkracht und auch eine schriftliche Verständigung mit der Redaktion der Neuen Freien Presse nicht mehr möglich ist. Wessen Brief infolge redaktionellen Weltenraummangels nicht untergebracht werden konnte, der muß sich damit begnügen, seinen schlichten Namen in einer täglichen Liste der Erdbebenbeobachter gedruckt zu sehen. Immerhin, man war bisher bloß auf dem Concordiaball bemerkt worden; man hatte höchstens für die Abschaffung des Sperrsechserls seine Stimme erhoben; man war ein schlichter Vertreter des »Rechts auf Stille« gewesen, oder gar nur ein Nichtraucher. Und der Meldezettel ist schon abgeschafft, die Telephongebühren sind ermäßigt und die Blattern erloschen. Ein Herausgeber der Neuen Freien Presse stirbt auch nicht alle Tage. Man braucht gewiß keinen Grund, um seinen Namen auf eine Abortwand zu schreiben, aber es muß schließlich eine Gelegenheit da sein, um ihn in die Neue Freie Presse zu bringen. Und sie sorgt für Gelegenheiten. Gäb's keine Ereignisse, sie würde sie erfinden, damit ihren Abonnenten die Freude werde, dabei gewesen zu sein. Gäb's keine Feuersbrunst, sie zählte dennoch die Häupter ihrer Lieben. Und es ist wieder ganz so wie immer: als ob es sich um nichts geringeres als um die Elegie auf den Tod eines Redakteurs handelte, wird jeder Karfunkelstein, der uns seine Teilnahme am Erdbeben tief erschüttert bekundet, im nächsten Morgenblatt genannt. Ja, hätte der Schwachsinn nie daran gedacht, aus seinem Privatleben hervorzutreten, jetzt ist ihm eine Gelegenheit geboten, die Banalität wird aus ihrem Versteck gelockt, das Durchschnittsmenschentum im Triumph eingeholt. Eine verzehrende Gier hat sich des Herrn Niemand bemächtigt, genannt zu werden. Tausende umlagern die Redaktion, heben die Hände empor zum Mirakel des lokalen Teils und rufen: Ich auch! Ich auch!

Und es ist reinster Idealismus, der diesem Streben entgegenkommt. Man könnte ja argwöhnen, die Geologen der Neuen Freien Presse seien Inseratenagenten und jede Null habe sich erst einen Fünfer zulegen müssen, um verewigt zu werden. Ist doch nachträglich eine solche Deutung der Kondolenzen zum Tode des Mitherausgebers in Umlauf gekommen. Nicht daß es wahr ist, aber daß man es den Überlebenden der Neuen Freien Presse zutraut, macht die Version bemerkenswert. Diesmal glaube ich, daß bloß die Firmentafeln, die durch das Erdbeben ins Schwanken kamen, inseriert werden mußten, daß aber reinstes Verständnis für die Bedürfnisse der Zeit die Nennung der Privatpersonen bewirkt hat, auf die das Erdbeben einen gewissen Eindruck machte. Und daß man in den Varietés und Kabaretts vor aller Gefahr geschützt war, während in der Privatwohnung der Toilettefrau der »Fledermaus« die Uhr stehen blieb, ist gewiß interessant. Doch auch sonst wurde in durchaus selbstloser Absicht jedes Nachtkastel, das gewackelt hat, registriert. Ob es von der Wiener Werkstätte erzeugt, also ohnedies schon etwas unsicher war, oder nicht – der Einsender legt Wert darauf, daß man in der Öffentlichkeit wisse, er *habe* ein Nachtkastel. Es kann auch ein Automobil sein. Denn fürwahr, warum wäre uns sonst gemeldet worden, daß der Chauffeur des Herrn Viktor Leon – der allerdings der Verfasser der »Lustigen Witwe« ist – etwas gespürt hat?

Wie soll das werden! Was wird geschehen, wenn eines Tages die Stöße so rasch aufeinanderfolgen, daß die Presse nicht mehr nachkommen kann? Die Journalisten lassen sich in ihrer irdischen Sicherheit nicht bange machen. Sie werden ein bißchen von den Sesseln gehoben, aber sonst fürchten sie nicht den Tod, hoffen auf Kondolenzen und denken nicht an Prügel, zu denen sich doch einmal ein paar handfeste Kulturfreunde aufraffen könnten. Ich habe eine andere Methode versucht. Eine, deren Möglichkeit ich schon einmal angedeutet hatte. Ich gab ja der Neuen Freien Presse zu bedenken, daß die Zuschriften, die sie nach irgendeinem Elementarereignis aus der Leopoldstadt empfängt, von mir verfaßt sein könnten. Ich habe sie gewarnt. Aber der liebe Leichtsinn will nicht hören, sitzt gemütlich beim Erdbeben, verzeichnet einlaufende Meldungen und glaubt, daß das so schön weitergehen wird. Da nahm auch ich Papier und Tinte und schrieb den folgenden Brief an die Neue Freie Presse:

Ich las gerade Ihr hochgeschätztes Blatt, als ich ein Zittern in der Hand verspürte. Da mir diese Erscheinung von meinem langjährigen Aufenthalt in Bolivia, dem bekannten Erdbebenherd, nur zu vertraut war, eilte ich sogleich zu der Bussole, die ich seit jenen Tagen in meinem Hause habe. Meine Ahnung bestätigte sich, aber in einer Weise, die von meinen Beobachtungen seismischer Tatsachen in Bolivia durchaus abwich. Während ich nämlich sonst ein Abschwenken der Nadel nach Westsüdwest wahrnehmen konnte, war diesmal in unzweideutiger Weise eine Tendenz nach Südsüdost feststellbar. Allem Anscheine nach handelt es sich hier um ein sogenanntes tellurisches Erdbeben (im engeren Sinne), das von den kosmischen Erdbeben (im weiteren Sinne) wesentlich verschieden ist. Die Verschiedenheit äußert sich schon in der Variabilität der Eindrucksdichtigkeit. Bei dieser Art von Erdbeben kommt es vor, daß jemand, der im Nebenzimmer sich aufhält, nichts von all dem merkt, was sich uns unverkennbar offenbart. Meine Kinder, die um jene Zeit noch nicht eingeschlafen waren, hatten nicht das geringste gemerkt, während wieder meine Frau behauptet, drei Stöße gespürt zu haben. Hochachtungsvoll Zivilingenieur J. Berdach, Wien II., Glockengasse 17.

Ein Freund, der dabei war, als ich es schrieb, und dem ich die Mitteilung verdanke, daß in Bolivia bestimmt nie ein Erdbeben stattgefunden hat, meinte: Das wird nicht erscheinen. Ich sagte: Das wird erscheinen! Die Neue Freie Presse wird darüber erfreut sein, daß sie unter so vielen Laien endlich einen Fachmann zu Wort kommen lassen kann, der die Bussole bei der Hand hat, von einer Variabilität der Eindrucksdichtigkeit spricht und vor allem über eine Einteilung in tellurische und kosmische Erdbeben Bescheid weiß. Mein Freund sagte: Aber das »Zittern der Hand« wird den Einsender verraten! Nein, sagte ich, wenn selbst das Zittern der Hand als Begleiterscheinung eines Erdbebens der Redaktion verdächtig vorkommen könnte, so wird es ihr doch wieder den Respekt des Lesers, der die Neue Freie Presse in die Hand nimmt, bedeuten. Nämlich des Respektes, nicht etwa des Ekels oder der Wut. Mein Freund sagte: Sie überschätzen die Dummheit der Leute. Ich sagte: Nein. Aber selbst wenn ich sie überschätze, die Zuschrift ist aus der Glockengasse – und darüber kommt kein Redakteur der Neuen Freien Presse hinweg! … Und die Zuschrift erschien. »Herr Zivilingenieur J. Berdach schreibt uns *aus der Glockengasse*.« Am 22. Februar 1908 … Ich hatte die Neue Freie Presse gewarnt. Meine Schuld ist es nicht, daß sie jetzt eine Zuschrift von mir abgedruckt hat. Aber wenn dieses Erdbebenunglück auch geschehen ist, so kann man ihr doch nicht vorwerfen, daß sie den Brief gedankenlos zum Druck befördert habe. Sie hat ihn redigiert. Sie hat aus den Stößen, die meine Frau gespürt hat, »Erschütterungen« gemacht, weil man eben in so ernster Sache jede Zweideutigkeit vermeiden muß. Sie hat die »kosmischen Erdbeben«, die ihr als eine widerspruchsvolle Bezeichnung erschienen, in »kosmische Beben« verändert; und hat peinlich darauf geachtet, daß in dem Wort »kosmisch« kein Buchstabe verloren gehe. Sie schweigt mich seit zehn Jahren tot; sie ignoriert mich als Satiriker – und läßt mich als Geologen gelten ... Aber die Freude an einem fachmännischen Gutachten sollte nicht ungetrübt bleiben. Ich selbst gedachte, sie ihr zu trüben. Früher schon hatte einer ihrer Beobachter die Oberleitungsdrähte der Straßenbahn beim Erdbeben schwingen gesehen, und sogleich meldete sich ein ernsthafter Namensvetter, der entrüstet erklärte, die Beobachtung stamme nicht von ihm. So, gerade so wollte ichs auch machen. Ich gedachte einen andern Berdach erklären zu lassen, er danke seinem Schöpfer, daß er nicht sei wie dieser. Es war nicht nötig: wer beschreibt meine Überraschung, als ich zwei Tage später die Verwahrung eines Berdach las? Auch den gibts natürlich nicht. Wohl aber scheint es außer mir schon Leser zu geben, die allmählich darauf kommen, was man alles mit einem Intelligenzblatt machen kann. Noch sind freilich der Gläubigen mehr, deren Hand respektvoll zittert, wenn sie bei einem Erdbeben die Neue Freie Presse lesen.

Und es wird weiter beobachtet. Man muß nachtragen, daß ein Herr versichert, die Scherben einer zerbrochenen Vase seien »gegen Süden geflogen« und das verschüttete Wasser habe »eine Strichspur Nordsüd gezeigt«. Daß bei einer Pokerpartie die Karten nach allen Richtungen geflogen seien. Und daß ein Papagei unruhig wurde. Und daß in einer Kegelbahn ein Rollen vernehmbar war. Ich auch! Ich auch! Wer in diesem Sommer nicht geimpft wurde, darf jetzt einen Stoß verspüren. Und wenn die

Redaktionstelephone besetzt sind, teilen sie sichs untereinander mit. Die Wiener begrüßen den Weltuntergang mit einem Halloh, Halloh! »Durch das Erdbeben entstand ein Ansturm der Telephonabonnenten, die Verbindungen haben wollten, um das Elementarereignis anderen mitzuteilen.« Als der erste Ruck kam, trübte kein metaphysischer Gedanke die Reinheit ihres Vorstellungslebens. Ein Volk von Tarockspielern blickte nicht auf, als das Schicksal Ultimo ansagte. Bloß das Mitteilungsbedürfnis, das schon in erdbebenfreien Tagen häuserhoch aufklatscht, wuchs ins Gigantische. Nur nicht hinwerden, ohne daß es der andere erfährt! Da habts mein letztes Kranl – aber in die Zeitung muß es kommen. Nein, das war doch kein tellurisches, das war ein kosmisches Erdbeben. Das war die Dummheit! Und es war eine Probe, wie sich der Wiener beim Weltuntergang, der in diesem Jahre bestimmt stattfindet, aufführen wird. Es kann schön werden. Wir werden uns wieder einmal so benehmen, daß wir uns vor dem Ausland schämen müssen. Eine Schlamperei wird herrschen, die ohne Beispiel sein dürfte. Die Flüsse werden zu spät stehen bleiben und die Erde wird sich unpünktlich öffnen. Und alle werden dabei sein wollen. Wenn die Redaktionen nicht jetzt schon die Präsenzlisten setzen lassen, werden sie den Einlauf nicht bewältigen können. Dazu werden Ausrufe hörbar werden, die einem die Freude am Untergehn verderben könnten. Der Krach, der is zwida!, wird es heißen. Und einer ruft: Da bleib i nöt, da geh i ham – – Kein Entrinnen! Ein Komet taucht auf, zieht vor der Neuen Freien Presse den Schweif ein, verrichtet aber dann sein Werk. Der Himmel fällt auf die Erde, Berge fallen in Meere, und der Reinertrag fällt der Concordia zu. Die Sternenbanerstierer gehen um. Wiener Pülcher, Wiener Würsteln, Wiener Madeln, alles liegt durcheinander. Die wachsende Kohlennot erscheint. Noch einmal zieht der Dr. Koritschoner mit G'spiel und Musi vorüber. Und das Verhängnis kommt mit dem großen Reibsackl … Alles ist hin. Nur der letzte Mensch, ein Lokalredakteur, ruft mit gellender Stimme in das Chaos: Man bemerkte u. a. Angelo Ei – – Weiter kam er nicht.

Das Ehrenkreuz

In Österreich gibt es für junge Mädchen, die sich dem Laster in die Arme werfen, eine Klimax der Strafbarkeit. Man unterscheidet Mädchen, die sich der unbefugten Ausübung der Prostitution schuldig machen, Mädchen, die fälschlich angeben, daß sie unter sittenpolizeilicher Kontrolle stehen, und schließlich Mädchen, die zwar zur Ausübung der Prostitution, jedoch nicht zur Tragung eines Ehrenkreuzes befugt sind. Diese Einteilung wirkt auf den ersten Blick verwirrend, entspricht aber durchaus den tatsächlichen Verhältnissen. Ein Mädchen, das einem Detektiv bedenklich schien – nichts scheint einem Detektiv bedenklicher als ein Mädchen –, gab an, sie stehe unter sittenpolizeilicher Kontrolle. Sie hatte sich nur einen Scherz erlaubt; aber man ging der Sache nach. Da sich ihre Angabe als unrichtig herausstellte, wurde sie wegen unbefugter Ausübung der Prostitution in polizeiliche Untersuchung gezogen. Da sich aber auch dieser Verdacht als ungerechtfertigt erwies und sich demnach herausstellte, daß sie überhaupt keine Prostitution ausübe, so erhob die Staatsanwaltschaft die Anklage wegen Falschmeldung. Das Mädchen hatte sich, wie es in der Anklage hieß, »gegenüber dem Detektiv eine soziale Stellung angemaßt, die ihr nicht zukam«. Sie trieb weder erlaubte noch unerlaubte Prostitution, sie war also eine Schwindlerin, und nur weil sie bei der Verhandlung auf die Frage des Richters, was sie sich dabei gedacht habe, die Antwort gab: »Nichts«, entging sie der Verurteilung. Um also zu rekapitulieren: Sie hatte behauptet, sie stehe unter sittenpolizeilicher Kontrolle. Weil dies eine Unwahrheit war, wurde sie unter dem Verdachte des unsittlichen Lebenswandels in Untersuchung gezogen. Sie konnte nun zwar beweisen, daß sie nicht unsittlich genug sei, um einen unsittlichen Lebenswandel zu führen, aber sie konnte doch wieder nicht beweisen, daß sie sittlich genug sei, um unter sittenpolizeilicher Kontrolle zu stehen. So blieb nichts übrig, als sie wegen Falschmeldung anzuklagen, wegen deren ja schließlich auch die Mörder in Österreich verurteilt werden, wenn man ihnen den Mord nicht beweisen kann. Jetzt gehen wir einen Schritt weiter. Wenn ein Mädchen zur Ausübung der Prostitution befugt ist, so könnte es vorkommen, daß sie es verschweigt und schwindelhafterweise angibt, sie sei zur Ausübung der Prostitution nicht befugt. Sie würde sich also einen unsittlichen Lebenswandel anmaßen, den sie nicht deshalb führt, weil sie dazu befugt ist, sondern den sie führt, wiewohl sie dazu nicht befugt ist, während sie in Wahrheit bloß befugt ist, einen unsittlichen Lebenswandel zu führen, den zu führen sie befugt ist. Solche Fälle kommen in der Praxis selten vor, und die Judikatur des Obersten Gerichtshofes ist schwankend. Am schwierigsten war aber der Fall, der sich kürzlich in Wiener-Neustadt zugetragen hat. In einem dortigen Freudenhause lebte ein Mädchen, das zur Ausübung der Prostitution befugt ist und bisher noch keinen Anstand gehabt hat. Sie hat sich nie einen unsittlichen Lebenswandel angemaßt, den sie nicht führt, und es ist ihr noch nicht einmal nachgewiesen worden, daß sie fälschlich angegeben hat, eine Prostitution nicht auszuüben, zu der sie befugt ist. Aber der Teufel reitet das bisher unbescholtene Mädchen, und sie geht eines Abends im Salon des Hauses mit einem Militärjubiläumsehrenkreuz an der Brust herum. »Dadurch erregte sie bei den Gästen – –«, ja was glaubt man, hat sie dadurch bei den Gästen erregt? Nicht das, was man glaubt, sondern im Gegenteil: Ärgernis. Und wenn ein Freudenmädchen bei den Gästen eines Freudenhauses Ärgernis erregt, dann ist es wohl höchste Zeit, daß die Staatsanwaltschaft einschreitet. Tatsächlich wurde das Mädchen wegen einer Erregung, zu der sie nicht befugt war, angeklagt. Der erste Richter sprach sie frei. Er sagte, das Militärjubiläumsehrenkreuz sei kein Orden und das Ärgernis sei bloß ein solches Ärgernis, das von der Polizei zu ahnden sei. Damit gab er freilich zu, daß das Mädchen schuldig gewesen wäre, wenn sie etwa den Takowaorden getragen hätte. Es liegt nun zwar auf der Hand, daß das unbefugte Tragen eines Ordens vielleicht einen Journalisten, nie aber eine Prostituierte strafbar machen kann. In Wiener-Neustadt jedoch scheint die Frauenbewegung bereits derartige Fortschritte gemacht zu haben, daß man dort beide Geschlechter in gleichem Maße der Ordensstreberei für fähig hält. Immerhin sagte der erste Richter, ein Militärjubiläumsehrenkreuz sei kein Orden. Aber der Staatsanwalt war anderer Ansicht, er berief, und das Landesgericht verurteilte die Angeklagte zu zwanzig Kronen Geldstrafe. Ein Militärjubiläumsehrenkreuz, sagte das Landesgericht, sei als Ehrenzeichen jedem Orden gleichzustellen. Und als besonders erschwerend nahm der Gerichtshof »das Tragen des Kreuzes im Freudenhause« an. Als die Angeklagte gefragt wurde, was sie sich dabei gedacht habe, gab sie zur Antwort: »Nichts«. Aber diesmal nützte die Antwort nichts. Denn eher noch dürfte sich ein anständiges Mädchen die Prostitution anmaßen als eine Prostituierte das Ehrenkreuz. Welche Entschuldigung hatte sie? Ein Zivilist, sagte sie, habe es ihr geschenkt. Er war nobel und gab ihr das Ehrenkreuz als Schandlohn. Aber dann hätte sie es eben in den Strumpf stecken sollen. Das Tragen eines Ehrenzeichens im Freudenhause steht nur dessen Gästen zu, und wenn sie dadurch das Ärgernis der Mädchen erregen sollten, so würden sich die Mädchen einer strafbaren Handlung schuldig machen. Gibt aber ein Gast einem Mädchen statt zwanzig Kronen ein Ehrenkreuz, so darf sie das Ehrenkreuz nicht tragen, oder muß die zwanzig Kronen dem Gericht geben. Denn die Justiz ist eine Hure, die sich nicht blitzen läßt und selbst von der Armut den Schandlohn einhebt!

Die Entdeckung des Nordpols

Die Entdeckung, oder wie sie auch genannt wurde, Eroberung des Nordpols fiel in das Jahr 1909. Sie war das Werk eines kühnen Amerikaners und wurde mit um so größerer Genugtuung begrüßt, als in demselben Jahre durch die Abtretung vieler Amerikanerinnen an chinesische Kellner das nationale Ansehen eine empfindliche Einbuße erlitten hatte. Aber nicht nur in Amerika, nein, in der ganzen Welt fühlte sich das kulturelle Selbstbewußtsein gehoben, man begann wieder Mut zu fassen und einer Vorsehung zu vertrauen, die durch die Entdeckung des Nordpols die zivilisierte Menschheit offenbar für die unerfreulichen Entdekkungen derselben Saison entschädigen wollte. Ein einziger Missionär der Wissenschaft, der heil von den Eskimos wiederkehrt, ist reichlicher Ersatz für ein Dutzend Forscherinnen des Glaubens, die im Chinesenviertel zurückbleiben; und man nahm es dabei nicht als Zufall, sondern als eine besondere Aufmerksamkeit des Schicksals, daß gerade das deutsche Nationalbewußtsein wieder an der Eroberung des Nordpols durch einen Mann, der früher Koch geheißen haben soll, beteiligt war, wie im andern Sinne an der Ermordung der Elsie Siegl. Man schwankte keinen Augenblick, welches von den beiden das größere Ereignis sei; hatte doch das neue vor dem andern allein schon die Annehmlichkeit voraus, daß man endlich wieder das Maul aufreißen konnte. In diesem Punkte mußte man es geradezu als Erholung empfinden. Denn als die Kunde in die Welt ging, daß die gelbe Gefahr der Geschmack der weißen Frau sei, da wurde – unseliges Farbenspiel! – der weiße Mann noch weißer, da hatte er eben noch die Geistesgegenwart, die Moral hervorzuziehen, nicht ahnend, daß gerade sie es war, die ihn so weit gebracht hatte, und nun stritten Scham und Furcht um den Vorrang, der Welt den Mund zu schließen. Es entstand jenes eisige Schweigen, in das endlich der erlösende Ruf drang: Der Nordpol ist entdeckt! Da war es, als ob das Weiß dieser Region der gefundene Hintergrund wäre, auf dem das Antlitz der weißen Kreatur wieder Farbe bekam, und die erstarrte Welt belebte sich, erwarmte, taute auf an der Erkenntnis, daß die Eskimos doch bessere Menschen sind. Man muß nur, so hieß es, ihre Sprache verstehen, ihnen etwas mitbringen oder in die Hand drücken, dann zeigen sie dem Fremden bereitwillig den Weg zum Nordpol. Von ihnen war noch etwas zu hoffen, von den Chinesen alles zu fürchten. Die geben keine Auskunft, wenn man sie nach der Entwicklung fragt, und grinsen nur, wenn ein höflicher Ausländer sich erkundigt, wer von ihnen seine Frau ermordet habe.

Im Jahre 1909 war es, daß die christliche Kultur vor dem Osten zu retirieren und sich nach dem Norden zu konzentrieren begann. Ja, man baute auf die Eskimos. Denn nicht nur als einen Ausweg aus der Verlegenheit, sondern auch als die Erfüllung eines alten Herzenswunsches empfand man die Entdeckung des Nordpols. Seit Jahrhunderten hatte der Menschheit, die immer vorwärts schritt, ein letztes Etwas zu ihrem Glücke gefehlt. Was war es nur? Wovon fieberten Tage und Träume? Was hielt eine Welt in Atem, deren Puls nach Rekorden gezählt wird? Was war das Paradigma aller Begehrlichkeit? Der Trumpf der Streberei? Die Ultima Thule der Neugier? Der Ersatz für das verlorene Paradies? Die große Wurst, nach der auf dem irdischen Jahrmarkt die Wissenschaft alle Schlittenhunde hetzte? Ach es litt die Menschheit nicht beim Tagwerk: der Gedanke, daß da oben ein paar Quadratmeilen waren, die ein menschlicher Fuß noch nicht betreten hatte, schien unerträglich. Freudloser als der »freudlose Fleck«, den es endlich zu finden gelang, war das Leben, solange er nicht gefunden war. Es war eine Blamage, daß wir, denen die Welt gehört, uns ihr letztes Endchen vorenthalten lassen sollten. Wir schämten uns seit der Entdeckung Amerikas und hofften all die Zeit, daß Amerika sich erkenntlich zeigen werde. Es war keine Lust, in einer Welt zu leben, über die man nicht vollständig orientiert war, und mancher Selbstmord aus unbekanntem Motiv geschah vielleicht, weil es auch auf Erden noch ein unentdecktes Land gab, von des Bezirk kein Wanderer wiederkehrte. Und in der Kinderstube der Menschheit scholl der Frage: Was möchtest du werden? immer wieder die Antwort entgegen: Entdecker des Nordpols! Aber das Kind lernt die Ideale ablegen, während der Mensch die kurzen Hosen nicht austrägt. Er muß den Nordpol wirklich haben! Wenn es schon seine Lieblingsvorstellung ist, daß der Nordpol entdeckt wird, so genügt sie ihm nicht: er dringt auf Erfüllung. Doch undankbar wie der befriedigte Idealist nur sein kann, zögert er nicht, der jungfräulichen Natur die Achtung zu versagen, sobald sie seiner Werbung sich ergeben hat. Ich war enttäuscht! ruft Herr Cook, und nennt das Idol der Menschheit einen freudlosen Fleck. Denn an dem Nordpol war nichts weiter wertvoll, als daß er nicht erreicht wurde. Einmal erreicht, ist er eine Stange, an der eine Fahne flattert, also etwas, das ärmer ist als das Nichts, eine Krücke der Erfüllung und eine Schranke der Vorstellung. Die Bescheidenheit des menschlichen Geistes ist unersättlich.

Die Entdeckung des Nordpols gehört zu den Tatsachen, die sich nicht vermeiden ließen. Sie ist der Lohn, den sich die menschliche Ausdauer selbst erteilt, wenns ihr schon zu lange dauert. Die Welt brauchte einen Nordpolentdecker, und wie auf allen Gebieten sozialer Betätigung entschied auch hier weniger das Verdienst als die Konjunktur. Nie war der Moment günstiger gewählt als in den Tagen, da der Geist zur Erde strebte und die Maschine sich zu den Sternen erhob, da der entseelte Fortschritt, gefolgt von einer lustigen Witwe, zu Grabe ging. Als auf Erden nur noch jene Witze verstanden wurden, die aus dem gemeinsten Stoff geschnitzt waren, da geschah die Entdeckung des Nordpols. Sie ist ein wirksames Extempore einer abgespielten Entwicklung. Sie geschah und schlug ein. Man brauchte einen Nordpolentdecker, und er war da. Um keinen Preis der Welt hätte sich die Welt ihn ausreden lassen, sie, die die vollzogenen Tatsachen liebt und über den Zweifeln der Wissenschaft mit der Beruhigung schlafen geht: Seien wir froh, daß wir einen Nordpolentdecker haben! Eine rationalistische Kindsfrau ist es, die dem Kind den Zinnsoldaten, den es umklammert hält, mit der Motivierung zu entreißen sucht, er könne nicht marschieren. Muß man den Nordpol entdecken können, um den Nordpol zu entdecken? Aber die Zweifel der Wissenschaft gehören zu dem Kinderspiel, das sie zu stören sucht. Als Herr Cook erzählte, woher er komme, vollzog sich die Teilung der Welt in Idealisten und Skeptiker. Nie zuvor hatte es so viele Vertreter beider geistigen Richtungen gegeben. Und sie waren einander wert. Die Idealisten, das waren vor allem die Männer, die die Leitartikel zu schreiben und dafür zu sorgen haben, daß der letzte langohrige Abonnent und treue Esel unseres Blattes die Würde des Zeitgenossen zu tragen bekommt. Die Skeptiker, das waren die Männer der Wissenschaft, also die Herren von der Nordpolkonkurrenz. Denn wie auf allen Gebieten sozialer Betätigung entscheidet auch hier – mit einem Wort, die Idealisten waren die sympathischere Partei. Es war erhebend, als ihr Führer, der Redakteur vom Börsenteil, begeistert ausrief, die Entdeckung des Nordpols sei eine Angelegenheit, die jeden einzelnen angehe; als er sie einen moralischen Gewinn der Menschheit nannte und den Idealismus pries, der in dieser von materiellen Interessen beherrschten Welt doch noch stecke. Leider besann er sich aber und begann, sich um das allerletzte noch ungelöste Problem eines arrivierten Zeitalters zu bemühen, das da lautet: Wem gehört der Nordpol? Der Generalstaatsanwalt von Washington nämlich hatte in dieser Situation sofort getan, was Staatsanwälte immer und schon mit einer Reflexbewegung zu tun pflegen: er hatte den Nordpol beschlagnahmt. Der Idealist vom Börsenteil aber meinte, das gelte nicht, sondern die Okkupation müsse »effektiv« sein, und fing an, von der Zeit zu träumen, wo erst der Zinsfuß die Region des ewigen Eises betreten wird. Die Skeptiker waren aber auch nicht faul und verlegten sich darauf, das Vorleben des Herrn Cook zu erforschen, da sie einsahen, daß zu den größten menschlichen Schwierigkeiten nebst der Erreichung des Nordpols der Beweis des Gegenteils gehört. Denn jenes Geschäft, das den höchsten Kredit beansprucht und ihn am leichtesten erhält, ist das des Nordpolfahrers, und auf keinem Gebiet hat die Wissenschaft so sehr mit populären Strömungen und günstigen Winden zu rechnen wie auf diesem. Es gibt Zeiten, wo die Angabe, den Nordpol erreicht zu haben, eine Genietat ist, neben der die Erreichung des Nordpols nur noch als Fleißaufgabe in Betracht kommt, und wo die Behauptung, man sei aus Christiania eingetroffen, Skeptiker findet, und die Versicherung, man komme vom Nordpol, Idealisten. Da ist es denn auch vergebene Mühe, im arktischen Vorleben eines Menschen eine dubiose Besteigung des Mount Mac Kinley zu entdecken, und kein noch so gegründeter Zweifel wäre so bald imstande, der Welt den Nordpolfinder zu entreißen, den sie einmal hat.

Erst wenn ihrer zwei sind, wird die Dummheit mißtrauisch. Das ist der Anfang der Politik. Die Grenze, die die Idealisten von den Skeptikern trennt, verwischt sich, und es bilden sich dafür zwei zielbewußte Parteien, von denen die eine auf Cook, die andere auf Peary schwört, nein, wettet, und vom erledigten Problem des Nordpols beginnt sich der menschliche Geist in die Höhe des welthistorischen Turfskandals zu erheben. Die Duplizität der Ereignisse ist eine wohltätige Einrichtung, die dem Fassungsvermögen der Gehirne entgegenkommt, indem sie ihnen Zeit läßt, selbst noch das Ah des Erstaunens zu buchstabieren. Doppelt hält besser, meinte das gutgelaunte Schicksal, als es mit dem Helden bei der Festtafel anstieß und ihm zu verstehen gab, daß er da oben ein Rendezvous versäumt habe. Entgeistert stand Herr Cook. Entgeistert stand die Zeitgenossenschaft vor einer Kühnheit, die dem Gedanken des unlautern Wettbewerbs bis in die Region des ewigen Eises Bahn gebrochen hat, dort wo der Mensch auf die Vorräte eines andern angewiesen ist und die Benützung fremder Eskimos und Hunde anfängt. Aber allmählich gewann Überlegung die Oberhand und das Volk entschloß sich, die Lorbeern so zu verteilen, daß es einem der beiden Männer unbedingt die Priorität des Nordpolerfinders zuerkannte.

Hätte Pearys Leistung noch auf den Jubel rechnen können,

den Cooks Behauptung eingeheimst hatte? Konnte sich ein schlichter Nordpolentdecker neben einem Manne sehen lassen, der das Bedürfnis der Welt nach einem Nordpolentdecker entdeckt hat? Die Ehren, die man für jenen noch übrig hatte, waren Lampions neben den Flammen der Begeisterung, die ein aktuelles Wort entzündet hatte. So setzt die Welt das Verdienst, den Nordpol erreicht zu haben, auf das verdiente Maß herab. Man hatte sich ja für die Sache begeistert, nicht für die Person. Ob sich da einer zu Unrecht einer Gunst rühmte, die der andere genoß, ob Herr Cook den Sieg davontrug, den Herr Peary errungen hatte, – der gute Ruf des Nordpols war dahin. Das Ideal war erledigt, und alles Interesse gehörte jetzt dem wissenschaftlichen Raufhandel. Cook war unehrlich genug, dem andern Prosit! und Peary ehrlich genug, dem andern Pfui Teufel! zuzurufen. Cook war so loyal, jede Nordpolentdeckung nach der eigenen zu glauben. Er hatte längst das seine getan, den wissenschaftlichen Beweis zu erbringen. Denn er hatte sich nicht damit begnügt, zu versichern, daß er kein Schwindler sei, und die Bitte hinzuzufügen, daß man ihm dies glauben möge, weil man ihm dann auch die Entdeckung des Nordpols glauben würde. Er hatte sich nicht damit begnügt, Proben einer feuilletonistischen Begabung zu erbringen, die auch den nüchternsten Zeitungsleser davon überzeugen mußte, daß er wirklich den »Gipfelpunkt der Erde« erklommen habe. Nein, er hatte ein übriges getan und die Skeptiker geradezu aufgefordert, selbst nach dem Nordpol zu gehen! Auf eine solche Antwort waren sie nicht gefaßt und horchten auf. Am Nordpol, sagt er, könne man eine amerikanische Flagge finden, und unter ihr vergraben, sagt er, eine Metallröhre, in der er eine Urkunde über seine Expedition deponiert habe, sagt er. Da wagte sich nur noch die schüchterne Frage hervor, ob denn das Eis auf dem Nordpol nicht treibe. Dies sei natürlich der Fall, aber er habe ja alles bereits zur Genüge gesagt, sagt er. Was das Eis auf dem Nordpol treibe, das, wollte er offenbar sagen, gehe ihn nichts an, und da hätte er wahrlich recht gehabt. Auf diese Erklärung hin schrie das Volk Hurra!, selbst Frau Cook zweifelte nicht mehr, sondern rief: »Ich wußte, daß es ihm gelingen würde; er war so fest davon überzeugt, als er abfuhr, ich wußte, es konnte ihm nicht mißlingen!«, und ein Varietédirektor bot dem Forscher für zehn Wochen 16 000 Mark. Da aber ein amerikanischer Verleger für eine Depesche das Doppelte bot, so meinte Herr Georg Brandes, Cook wäre ein Narr, wenn er zum Varieté ginge. Von dieser Seite hatten die Idealisten den Nordpol noch nicht betrachtet, und schon begann das liberale Weltblatt, das der Fachmann von der Börse leitet, sich für die Familienverhältnisse des Entdeckers zu interessieren. Frau Cook, hieß es, habe mit ihm seinen Ehrgeiz und ihren Reichtum geteilt. Eine andere Meldung entrollte ein düsteres Familienbild. Die Frau hatte »während der Abwesenheit des Mannes mit materiellen Schwierigkeiten zu kämpfen und mußte Wertgegenstände und Kunstobjekte verkaufen, um sich und ihre Kinder zu ernähren«, während der Hallodri den Nordpol entdecken ging. Nun erreichte ihn sein Schicksal. Frau Peary, so hieß es, habe ihm die Fähigkeit wissenschaftlicher Messungen abgesprochen, und wenn nicht im letzten Moment Frau Rasmussen für ihn Partei ergriffen hätte, die Nachbarinnen der arktischen Zone hätten ihm die Nordpolentdeckung nicht geglaubt. Überhaupt kamen da nette Dinge zur Sprache. Von Peary hieß es, er habe »die Geschmacklosigkeit begangen, zu viele Begleiter zuzulassen«, und er sei nur deshalb nicht als erster hinaufgelangt, »weil er seine Frau und eine Hebamme zum Nordpol mitnahm«. Als dann das Kind kam, fehlte es freilich an der Amme. Cook war auch hierin gewitzter. Er brauchte keine Amme, er wußte, daß man ihm die Erzählungen vom Nordpol auch so glauben werde, und fand richtig einen Verleger, der ihm anderthalb Millionen Mark dafür bot. In der Fülle gewinnender Züge, die uns an dem Familienleben zweier Polarforscher teilnehmen ließen, darf aber die Ansprache nicht vergessen werden, die die Frau Peary vom Balkon ihrer Villa an die Kurgäste eines Seebades hielt und in der sie die Absicht kundgab, ihren Mann »fortan für sich allein zu behalten«. Damit schien wenigstens die Frage, wem der Nordpolentdecker gehört, für alle Zeiten entschieden. Doch wie hart klingt auf so rührendes Bekenntnis aus einem Frauenmund die Rede, die ein Kontre-Admiral plötzlich vernehmen ließ: Peary sei »der größte Schwindler, den Amerika je hervorgebracht habe«. Also auch hier wieder zwei, die um die Palme ringen? Wer hat zuerst den Nordpol nicht entdeckt? Man fängt ernstlich an, sich nicht mehr auszukennen, und hofft täglich von der Wissenschaft das entscheidende Wort zu hören. Denn die Wissenschaft liest genau, was in den Zeitungen steht und achtet auf alle Widersprüche, um sie sich anzueignen. Sie gibt Gutachten ab, sobald ihr ein erfundenes oder entstelltes Telegramm unter die Nase gehalten wird, sie fühlt sich vor dem Reporter verantwortlich, und sie weiß, daß sie wirklich nicht den Nordpol erreicht haben muß, um zu Ehren zu kommen, sondern bloß die unwirtliche Gegend einer Nachtredaktion. Und nur einem glücklichen Zufall hat es die Welt zu verdanken, daß von der Wissenschaft die Meldung nicht approbiert wurde, Herrn Cook sei es gelungen, »eine von Wilden reich bevölkerte Gegend zu entdecken«. Diese Meldung stand nämlich in einem von der Wissenschaft weniger gelesenen Blatte, während in dem führenden Organ der Wissenschaft die richtige Fassung zu lesen war, daß die Expedition »ein wildreiches Gebiet entdeckt« habe. Und das muß wahr sein, denn das hat schon Jules Verne behauptet. Trotzdem kann sich auch die Wissenschaft bei einer so schwierigen Materie, wie es der Nordpol ist, und angesichts des Umstandes, daß er vor den Herren Peary und Cook bestimmt noch nicht entdeckt war, nur darauf einlassen, Kredit abwechselnd zu geben oder zu nehmen. Unbeirrt steht sie auf dem Standpunkt, sie sei nicht geneigt, sich mit zwei Eskimos und einer Fahne aufs Treibeis führen zu lassen. Denn noch unverläßlicher als die Fahne seien die Eskimos. Cook hatte sich auf die Herren Itukisut und Avila als Tatzeugen für die Entdeckung des Nordpols berufen, und sie sollten wie die leibhaftigen Schächer sein Martyrium umrahmen, als die Frage laut wurde: Was ist Wahrheit? Dem Einwand Pearys, daß die Eskimos bekanntlich lügen, hatte er heftig gewehrt. Als nun

Peary depeschierte, die beiden Begleiter Cooks hätten ihm gesagt, daß er keine nennenswerte Entfernung in nördlicher Richtung zurückgelegt habe, da blieb Herrn Cook nichts übrig, als sich auf das Axiom zu berufen, daß die Eskimos lügen, nachdem es Herr Peary bereits für ein Vorurteil erklärt hatte, und wieder standen wir vor der Frage: Was ist Wahrheit? Denn das ist das spezifische Geheimnis dieses Geheimnisses, daß die Mitternachtssonne nicht jene ist, die es an den Tag bringt. Sie scheint überhaupt nicht so sehr der Wahrheit förderlich wie der Grobheit. Während nämlich Cook noch vorgab, er sei stolz auf Peary, riet diesem schon ein anderer Arktiker, er solle das Maul halten. Ob aber Herr Cook ein Proviantdieb oder Herr Peary ein Koffereinbrecher sei, darüber ließ man die gelernten Geographen sich die Köpfe zerbrechen, und das Bezirksgericht sollte entscheiden, wer den Nordpol entdeckt habe. Mochten diese Instanzen zusehn, wie sie zwischen Ehrendoktorat und Ehrenbeleidigung die Wahrheit fänden. Die Idealisten verhielten sich zu dieser Seite des Nordpols ablehnend. Die ganze Affäre, deren tägliche Neuheiten die satirischen Erwartungen des Vortags pünktlich erfüllten, versprach keine Überraschungen mehr. Man hatte den Nordpol satt bekommen. Und nie zuvor war ein Sturz aus allen Himmeln so jäh und schmerzhaft erfolgt. Man war zu einem Fest der Menschheit geladen, und es verlief zum Familienkrakeel, bei dem die Heroen einander die Ideale an den Kopf warfen. Eine Kirchweih hatte mit einer Prügelei der Heiligen geendet. Das Volk stob auseinander, der Nordpol war eine so kompromittierte Sache, daß niemand mehr mit ihm zu tun haben wollte, nicht einmal der Präsident der Vereinigten Staaten, und vielfach begann sich bereits die Aufmerksamkeit dem Südpol zuzuwenden... Die Wissenschaft wird einen letzten Versuch machen und ihre Schiedsrichter entsenden. Sie werden hoffentlich feststellen, daß es einen Nordpol wirklich gibt, weil sie ihn vom Hörensagen kennen, und er wird froh sein, wenn er mit heiler Haut aus dieser Affäre herauskommt, dieser selbstzufriedene Punkt, »von dem aus überall Süden ist« und überall Gemeinheit, ein freudloser Fleck, seitdem er mit menschlichen Dingen in Berührung kam.

Denn es steht geschrieben, daß die Welt größer wird mit jedem Tag. Ist sie im Innern so befriedigt, daß sie auf Eroberungen ausgehen kann? Oder führt sie nicht eben der innere Feind, die Dummheit, auf diesen Pfad? Die Presse, der Kropf der Welt, schwillt von Eroberungslust, platzt vor Errungenschaften, die jeder Tag bringt. Eine Woche hat Raum für die kühnste Klimax menschlichen Expansionsdranges: von der Eroberung Niederösterreichs durch die Tschechen über die Eroberung der Luft zu der Eroberung des Nordpols. Kombinationen sind nicht ausgeschlossen, und wenn nicht Herr Cook das Wort gehabt hätte, so wäre der Nordpol sicher vom Zeppelin durch die kaum eroberte Luft erobert worden. Die allgemeine Bereitschaft zum Maulaufreißen findet ein noch nicht dagewesenes Entgegenkommen bei den Ereignissen, und mit der Dimension der Bewunderung wächst die Dimension der Tatsachen, bis im Wettlauf den Gaffern wie dem Schicksal der Atem ausgeht. Und ein Hinauflizitieren aller Werte und Bedeutungen hebt an, von dem sich jene keine Vorstellung machen könnten, die einst wert und bedeutend waren. Der größte Mann des Jahrhunderts ist der Titel einer Stunde, die nächste schon verleiht ihn einem andern. Es ist erreicht!, kaum noch die Devise einer ad astra weisenden Schnurrbartfasson, ist gleich wieder der Gruß, der kühneren, wenn auch nicht weniger bestrittenen Erfindungen entboten wird. Der Fortschritt, der den Kopf unten und die Beine oben hat, strampelt im Äther und versichert allen kriechenden Geistern, daß er die Natur beherrsche. Er belästigt sie und sagt, er habe sie erobert. Er hat Moral und Maschine erfunden, um der Natur und dem Menschen die Natur auszutreiben, und fühlt sich geborgen in einem Bau der Welt, den Hysterie und Komfort zusammenhalten. Der Fortschritt feiert Pyrrhussiege über die Natur. Der Fortschritt macht Portemonnaies aus Menschenhaut. Als der Mensch mit der Postkutsche reiste, kam die Welt besser fort, als da der Kommis durch die Luft fliegt. Was nützt das Tempo, wenn unterwegs das Gehirn ausgeronnen ist? Wie wird man den Erben dieser Zeit die primitivsten Handgriffe beibringen, die notwendig sind, um die kompliziertesten Maschinen in Gang zu setzen? Die Natur kann sich auf den Fortschritt verlassen: er rächt sie schon für die Schmach, die er ihr angetan hat. Sie aber will nicht warten und zeigt, daß sie Vulkane hat, um sich von lästigen Eroberern zu befreien. Ihre Weiber verkuppelt sie mit den Todfeinden der Zivilisation, zündet mit der Moral die Wollust an und schürt sie mit der Rassenfurcht zum Weltbrand. Man tröstet sich und erobert den Nordpol. Aber die Natur klopft ihnen an die Tore der Erde und rüttelt an ihrer angemaßten Hausherrlichkeit. Man tröstet sich und erobert die Luft. Gegen Glatteis hat man noch keine andere Hilfe als das »Aufstreuen«, und wenns regnet, bleibt vorläufig nichts übrig, als den Regenschirm aufzuspannen. Aber sonst hat man es gelernt, der Natur auf die kunstvollste Art zu imponieren. Die Natur liest keinen Leitartikel und weiß darum noch nicht, daß man gerade jetzt damit beschäftigt ist, »die Welt der elementaren Gewalten in ein Vernunftreich zu verwandeln«. Könnte sie hören, daß die Meldung vom erreichten Nordpol bei allen Laufburschen der Erde »das Gefühl der Überlegenheit über die Natur gesteigert« hat, sie hielte sich den Bauch vor Lachen, und Städte und Staaten und Warenhäuser würden dann ein wenig in Unordnung geraten. Sie zuckt ohnedies schon öfter, als es der Überlegenheit ihrer Bewohner zuträglich ist. Binnen ein paar Wochen haben die elementaren Gewalten in einer so deutlichen Weise ihre Bereitwilligkeit bekundet, in ein Vernunftreich einzulenken, daß es auch das große Publikum verstehen muß. Indem sie durch Erdbeben, Springfluten, Taifune, sintflutartige Regen Hunderttausende von Menschen und Millionenhunderte von Vermögen in Amerika, Asien und Australien vernichteten, und nur in Europa den Redakteuren die Hoffnung ließen, daß »der Wille des Menschen« schon demnächst »alle Hebel der Natur bewegen« werde. Jedem Parasiten der Zeit ist der Stolz geblieben, ein Zeitgenosse zu sein. Man führt die Rubrik »Eroberung der Luft« und muß die Nachbarschaft »Erdbeben« nicht beachten, und in dem Jahre von Messina und des täglichen Nachgrollens der Erde bewies der Mensch seine Überlegenheit über die Natur und flog nach Berlin. 1909 opferten die Idealisten den ungnädigen Elementen Makkaroni und schafften für die verlorenen Ideale Ersatz am Nordpol. Denn es ist Sache des Idealismus, sich für den Verlust des Alten damit zu trösten, daß man etwas Neues angaffen kann, und wenn die Welt untergeht, so triumphiert das Überlegenheitsgefühl des Menschen in der Erwartung eines Schauspiels, zu dem nur die Zeitgenossen Zutritt haben.

Die Entdeckung des Nordpols war unabwendbar. Sie ist ein Schein, den alle Augen sehen, und vor allen anderen jene, die blind sind. Sie ist ein Ton, den alle Ohren hören, und vor allen anderen jene, die taub sind. Sie ist eine Idee, die alle Gehirne fassen, und vor allen anderen jene, die nichts mehr fassen können. Der Nordpol mußte einmal entdeckt werden. Denn jahrhundertelang war durch Nacht und Nebel der menschliche Geist gedrungen, in hoffnungslosem Ringen mit den mörderischen Naturgewalten der Dummheit. Den Weg bezeichnen die Blutspuren jener Ungezählten, die für die geistige Tat den Kampf gegen eine erstarrte Menschheit immer wieder gewagt hatten. Wie viele Pioniere des Gedankens waren verhungert und wurden ein Fraß jener wahren Bestien des Eismeers, deren bloßes Dasein die Sperre der geistigen Zone bedeutet! Nicht einen Fußbreit hat Phantasie dem Reich jenes weißen Todes abgewonnen, dort, wo selbst die Hoffnung versank, die Welt der menschlichen Gewalten in ein Vernunftreich zu verwandeln. Man hat so lange den Walrossen Gedichte vorgelesen, bis sie schließlich die Entdeckung des Nordpols mit verständnisvollem Kopfnicken begleiteten. Denn die Dummheit war es, die den Nordpol erreicht hatte, und sieghaft flatterte ihr Banner als Zeichen, daß ihr die Welt gehört. Die Eisfelder des Geistes aber begannen zu wachsen und rückten immer weiter und dehnten sich, bis sie die ganze Erde bedeckten. Wir starben, die wir dachten.

Der Biberpelz

Mein Wiener Dasein ist jetzt wieder reicher geworden, das ewige Sichdiewanddeslebensentlangdrücken, damit man auf dem Trottoir von keinem Trottel angesprochen wird, hat ein Ende, und jeder Tag bringt neue Abenteuer. Durch all die Jahre keine Gesellschaft, kein Theater, kein Blumenkorso – wie hält man das nur aus? Die Zufuhr der wertvollsten Eindrücke abgeschnitten; und wer weiß, wie lange der innere Proviant gereicht hätte. Selbst die Katastrophen der Saison, Komet und Jagdausstellung, schienen an diesem Zustand nichts ändern zu können. Gewiß, ich wills nicht verhehlen, ich erwartete mir einige Anregung vom Weltuntergang. Wenns aber wieder eine Niete wäre? So lebt man dahin auf dem schmalen Pfad, der von immer demselben Schreibtisch in immer dasselbe Lokal führt, wo man immer dieselben Speisen ißt und immer dieselben Menschen meidet. Froher wird man nicht dabei. Die Welt rings ist bunt, und man möchte sich doch an ihr reiben, um zu sehen, ob die Farbe heruntergeht. Man will nicht auf so viel verzichten, ohne zu erfahren, wie wenig man verliert. Nur einmal noch an der vollbesetzten Tafel sitzen, alle Rülpse der Lebensfreude wieder hören, die Schweißhand der Nächstenliebe drücken – ich träumte davon, und eine gütige Fee, wahrscheinlich jene, die den Operettenkomponisten die Lieder an der Wiege singt, hat mich erhört. Ich bin mitten drin, die Erde hat mich wieder – mein Pelz ist mir gestohlen worden!

Nichts hätte mich den Menschen näher bringen können als der Diebstahl meines Pelzes. Ich müßte jetzt schon mit den Mitteln eines Caracalla arbeiten, wenn ich mich ihres Umgangs erwehren wollte. Jetzt gibts kein Zurück mehr in die Lebensflucht, jetzt heißt es in den sauern Apfel beißen und ein Menschenfreund sein! Ich habe mich lange genug verhaßt gemacht; aber nun vergeben sie mir, was sie an mir gesündigt haben. Sie vergeben mir, sie lieben mich, sie bedauern mich, sie bewundern mich, denn es läßt sich nicht mehr verbergen, alles Leugnen hilft nichts – mein Pelz ist mir gestohlen worden! Und in einem unbewachten Augenblick hatte mich da die Geselligkeit beim Wickel. Ich lebte still und harmlos, ich war ein Privatmann, denn ich übte seit vielen Jahren eine literarische Tätigkeit aus. Ich hatte nicht gewußt, daß ich vor allem einen Pelz besaß. Ich schrieb Bücher, aber die Leute verstanden nur den Pelz. Ich brachte mich selbst zum Opfer, und die Leute meinten den Pelz. Als ich ihn nicht mehr hatte, kam die allgemeine Anerkennung. Ich habe durch den Verlust des Pelzes die Aufmerksamkeit des Publikums gerechtfertigt, die ich durch den Besitz des Pelzes erregt hatte. Im Kaffeehaus – wo es geschah – war die erste Wirkung des entdeckten Diebstahls ein chaotisches Durcheinander, worin einige bestürzte Kaffeehausgäste zu zahlen vergaßen, und in dessen Mittelpunkt ich so plötzlich geraten war, daß ich mir erst auf dem Umweg der Überlegung darüber klar werden konnte, daß ich den Pelz bestimmt nicht gestohlen hatte. Man nahm eine Haltung an, als wollte man mir die Kleider, die ich noch hatte, vom Leibe reißen, und von allen Seiten brachen Vorwürfe wegen meiner Sorglosigkeit über mich herein. Auf diese Art schien sich die Empörung über den Dieb, der sich den Folgen seiner Handlungsweise entzogen hatte, Luft zu machen, denn mich hatte man, an mich konnte man sich halten, und wenn ich mich, erschöpft von der Untersuchung des Falles, zurücklehnte, in der rechten geistigen Verfassung, um endlich eine Zeitung zu lesen – dann ging der Chor der Nebenmenschen an mir vorüber und rief: »Nein, so was!« Ich spürte den Stachel des Vorwurfs. Zu spät sah ich ein, daß man, wenn man einen Pelz hat, auch gewisse Pflichten gegen die Welt hat, und es blieb mir nichts übrig, als jetzt jene letzte Pflicht gegen die Welt zu erfüllen, die man noch hat, wenn man keinen Pelz mehr hat: die Pflicht, Rede und Antwort zu stehen. Denn wenn es in solchen Fällen schon nicht mehr möglich ist, zu erfahren, wo der Pelz hingekommen ist, so muß man dem Publikum und der Polizei wenigstens darüber

Auskunft geben, wo er hergekommen ist, wieviel er gekostet hat, wieviel er heute wert ist, ob der Kragen lange oder kurze Haare hatte, und ob die Schlinge aus Tuch oder aus Leder war. Die Polizei fragt außerdem noch, ob man einen Verdacht hat. Ein Verdacht wärmt, wenn man keinen Pelz hat, und ein Verdacht, den man hat, ist nach der Ansicht der Polizei immer eine hinreichende Entschädigung für die Gewißheit, die einem abhanden gekommen ist und die sie einem nie wieder verschaffen wird. Wozu diese Einmischung durch eine Amtshandlung? Ich hatte immer geglaubt, daß sich die Polizei um die öffentliche Sittlichkeit kümmere und nicht um Angelegenheiten des Privatlebens, wie einen gestohlenen Pelz. Aber diese Neugierde! Kaum war mir der Pelz gestohlen worden, waren auch schon drei Vertreter der Polizei im Lokal, drängten sich durch die Wucherer, die meinen Tisch umstanden und ihrer Entrüstung über den Diebstahl Ausdruck gaben, und fragten mich, ob ich einen Verdacht habe. Nun war auch die Nachbarschaft auf den Beinen, denn wie ein Lauffeuer hatte sich in der Großstadt das Gerücht verbreitet, und zahlreiche Passanten, unter denen man u. a. Persönlichkeiten bemerkte, die schon von ihrer Anwesenheit bei Premieren und Erdbeben bekannt sind, wohnten der Amtshandlung bei. So taktvoll und würdig nun sich der Pelzdiebstahl vollzogen hatte, in so marktschreierischer Weise äußerte sich das Mitgefühl des Publikums. Denn während die Pelzdiebe kein Aufsehen lieben, legen die Bankdiebe den größten Wert darauf, überall bemerkt und in den Zeitungen genannt zu werden. Hier freilich hatten sie sich einmal verrechnet. Denn die Zeitungen würden auch von einem Kometen keine Notiz nehmen, wenn sein Schweif meinen Kopf berührt hätte. Aus demselben Grunde mußte ich befürchten, daß sich der Chef des Sicherheitsbureaus dieser Sache nicht so energisch annehmen werde, wie er es in Fällen gewohnt ist, wo die Aussicht auf publizistische Unterstützung ihn zu einer fieberhaften Tätigkeit spornt. Natürlich läßt sich das echte fachmännische Interesse durch solche Bedenken nicht abweisen. Während mich nun die Vertreter der Behörde um Alter, Beschäftigung und Vorstrafen befragten, sprachen einige Gäste immer wieder ihr Bedauern aus, daß sie gerade nicht hingesehen hätten, als der Pelz gestohlen wurde, und vertraten die Ansicht, daß der Dieb sich einen Augenblick gewählt haben müsse, wo er sich nicht beobachtet fühlte. Das Personal wurde mit Fragen bestürmt, aber der Zahlmarkör, der Zuträger, der Pikkolo und der Feuerbursch – sie alle hatten bloß den einen Wunsch: »Wann i nur amal so einen derwischen könnt, den derschlaget i!« Ich bat, sich in Gegenwart von Kriminalbeamten nicht zu gefährlichen Drohungen hinreißen zu lassen, richtete noch an diese das Ersuchen, dafür zu sorgen, daß ich nicht vorgeladen würde, weil ich ja doch nichts anderes aussagen könnte, als daß ich keinen Pelz und keinen Verdacht habe, und entzog mich den Ovationen der Menge, indem ich meinen Hut nahm, der noch da war, und mich zum Ausgang wandte, an der Kassierin vorbei, welche die Hände rang. Draußen grüßten mich die Fiaker, die sich von dem Ereignis des Tages irgendwie einen besonderen Vorteil erhofften. Einer der Polizisten aber holte mich ein und machte mir den Vorschlag, mit ihm zu gehen und das Verbrecheralbum durchzusehen. Ich lehnte diesen Vorschlag ab, weil mir jede Vergleichsmöglichkeit fehle, solange ich den Dieb meines Pelzes nicht gesehen hätte. Die Polizei solle ihn erst zur Stelle schaffen, dann wäre ich gern bereit, ihn nach der Photographie zu agnoszieren. Einer der Kellner aber behauptete plötzlich, einen Verdacht zu haben, und schien entschlossen, mitzugehen. Diese Recherche hat, wie ich später erfuhr, meiner Sache nicht wesentlich genützt, dafür aber anderweitige erfreuliche Resultate ergeben. Der Kellner soll nämlich einige frühere Stammgäste des Kaffeehauses erkannt haben, und noch nie zuvor, heißt es, sei in einer Polizeistube eine so freudige Stimmung des Wiedersehens laut geworden. Schließlich mußte man, da diese Rufe »Jessas, der Herr von Kohn!« und »Nein, der Herr von Meier!« nicht aufhören wollten, dem braven Burschen das Bilderbuch aus der Hand reißen. Am nächsten Tag erhielt ich eine Vorladung, der ich aber nicht Folge leistete. Immer hatte ich es bisher streng zu vermeiden gewußt, daß mir etwas gestohlen würde; denn nichts fürchte ich mehr als Unannehmlichkeiten mit der Polizei. Man hat mir auch tatsächlich nie das Geringste nachweisen können. Sollte ich jetzt wegen des einen Fehltrittes mir eine so peinliche Untersuchung auf den Hals laden? Nimmermehr! Ich stellte mich der Polizei nicht! Wenigstens war ich entschlossen, es nicht eher zu tun, als bis sie den Pelz hätte. Ich hoffte übrigens, daß sie den Fall vertuschen und mich ruhig meiner gewohnten Beschäftigung nachgehen lassen werde.

Als ich somit wieder ins Kaffeehaus kam und meine Leseecke aufsuchen wollte, standen einige Herren davor, die sich sonst nur für Trabrennen interessierten, aber diesmal eine Wette abgeschlossen hatten, ob ich den Pelz bekommen würde oder nicht. Die der Meinung waren, daß ich ihn bekommen werde, sagten: »Nicht wird er ihn bekommen!«; während die andern, die der Meinung waren, daß ich ihn nicht bekommen werde, ein über das andere Mal riefen: »Ja wird er ihn bekommen!« So vermochte ich die beiden Gruppen zu unterscheiden, ohne doch im Meritorischen eine Entscheidung treffen zu können. Ich setzte mich nieder und hörte aus dem Billardzimmer Rufe wie: »Echter Biber, sag ich Ihnen!« »Und ich sag Ihnen, Nerz«, worauf ein dritter mit einem derben »Astrachan, Ihnen gesagt!« in die Debatte fuhr. Ich ließ fragen, ob es die Herren störe, wenn ich Zeitungen lese. Sie verneinten und gingen auf ein anderes Thema über, indem nämlich einer behauptete, sich noch an den Fall zu erinnern, wie dem alten Löw ein Pelz um tausend, sage tausend Gulden gestohlen wurde; und da ein anderer die Frage einwarf: »Welchem Löw?« und die zurechtweisende Antwort bekam: »No, der später in Konkurs gegangen ist!«, fühlte ich, daß die Aufmerksamkeit von mir abgelenkt sei, und war dessen froh. Ich nahm jene Zeitung zur Hand, die seit Jahren das Publikum dadurch zu interessieren weiß, daß sie meinen Namen nicht nennt, und suchte nach einer Notiz, in der davon die Rede wäre, daß einem Privaten ein Pelz gestohlen wurde und daß einer unserer Mitarbeiter Gelegenheit hatte, mit dem in den weitesten Kreisen bekannten

Dieb zu sprechen. Da trat eine fremde Dame auf mich zu, tadelte mich wegen meiner Unachtsamkeit und fragte mich, ob ich noch mit der Familie T. verkehre. Ich antwortete, daß ich mit gar niemand verkehre, und bezahlte meine Zeche. Draußen grüßten mich die Fiaker, wiesen verheißend auf ihre Wagen, und riefen etwas wie »Verkühlns Ihna nur net« hinter mir.

Noch habe ich aber nicht erzählt, wie sich am Tage nach der Tat das Wiedersehen mit meiner Bedienerin gestaltet hat. Sie war eigentlich schuld, denn sie hatte mir, weil wir gerade im strengsten Mai einen Schneefall gehabt hatten, zugeredet, den Pelz anzuziehen, der Winters über beim Kürschner in Aufbewahrung gelegen war. Ich hatte mich gesträubt, denn ein unbestimmtes Gefühl sagte mir, daß bei Neuschnee die Pelzdiebe aus der Erde schießen, während die Schneeschaufler nichts zu tun bekommen, weil die Kommune die Konkurrenz des Tauwetters begünstigt. Aber wiewohl dieses schon eingetreten war, setzte die Frau ihren Willen durch, und richtig, eine halbe Stunde später war der Pelz gestohlen. Nun ist mir nichts peinlicher als Auseinandersetzungen über Dinge, die mit der Wirtschaft zusammenhängen, und so hatte ich, nachdem das Unglück geschehn war, nur die eine Sorge: Wie sage ich's meiner Bedienerin? Es gab eine lebhafte Szene, und ich bekam allerlei zu hören. Denn das Herz der Frauen hängt an irdischem Tand, und sie können sich auch von fremdem Besitz nur schwer trennen, während ich mich erleichtert fühlte, als ich bei Tauwetter ohne Pelz das Kaffeehaus verlassen konnte. Überhaupt hatte mich der Verlust des Pelzes kalt gelassen, und was mir naheging, war nur der Verlust meiner Ruhe. Daß ich im Mittelpunkt der Aufmerksamkeit stand, daß ich in Wien über Nacht berühmt war, und daß die Leute mit Fingern auf mich zeigten: »Dort geht er«, »Kennst' ihn?« »Aber ja, Biber«, »Er hat ihn effektiv nicht gekriegt« – das härmte mich, das fraß an mir wie Motten an einem Pelz, der einem nicht gestohlen wurde. Ich beschloß, die Straße zu meiden, bis ich das Gras über die Sache wachsen hörte. Aber als ich nach einer Woche mich behutsam in das Stammlokal wagte und den Weg von hinten nahm, da trat mir die Toilettefrau entgegen und sagte: »Mir hat's furchtbar leid getan!« Da ich hineinkam, waren aller Augen auf mich und meinen Überrock gerichtet, und da ich ihn an den Kleiderstock hängte, rief's aus einem Winkel: »Aber jetzt heißt's doppelt vorsichtig sein!« und aus dem andern Winkel: »Ja, durch Schaden wird man klug.« Als ein Kellner dazwischentrat und sagte: »Aber der Herr gibt ja so wie so acht«, rief eine Stimme aus dem Spielzimmer: »A gebrenntes Kind fürchtet das Feuer!« Der Kellner sagte: »Wann i nur amal so einen derwischen könnt, den –« Ich zahlte sofort und nahm mir vor, das Lokal nur des Nachts zu besuchen, wenn ein anderes Publikum da wäre. Kaum hatte ich unter veränderten Umständen Platz genommen, drehte sich ein englischer Trainer zu mir herum, schob seinen Sessel vor und begann, die Arme auf die Lehne gestützt: »Einmal mir ist gestohlen ein Pferdedecke …« Ich sah, daß mein Erlebnis über das Mitteilungsbedürfnis der Wiener Bevölkerung hinaus dem internationalen Interesse entgegenkam. Ich fürchtete, daß hier die Hebung des Fremdenverkehrs ansetzen könnte. Ich schloß mich ein, und ich zeigte mich nicht eher, als bis mir die heiße Jahreszeit jede Gedankenverbindung mit einem Pelz auszubrennen schien. Da aber mußte ich es erleben, daß ein Mohr auf mich zutrat, der so perfekt Deutsch sprach, daß er mich fragen konnte, ob ich damals meinen Pelz wiederbekommen hätte. Ich suchte ein anderes Lokal auf – dessen Besitzer mich aber nicht nur durch seinen Gruß belästigte, sondern auch mit den Worten ansprach: »Bei uns wird Ihnen das nicht passieren!«

Ich erkannte, daß es kein Zurück mehr gab. Denn hier war ein Wiener Problem geboren. Hier war einmal eine Tatsache, die einen so plausiblen Reiz, eine so unmittelbare Popularität hatte, daß keine Rücksicht auf den Menschen, der von ihr betroffen wurde, die Leute fernhalten konnte. Hier war eine Solidarität hergestellt durch die in ihrer Einfachheit verblüffende Erkenntnis: daß das jedem von uns passieren kann! Ich war in den Ring einer Gemeinsamkeit einbezogen, die mir den Pelz bewachte, der mir gestohlen war, und die mir mit ihren Blicken das Maß für einen neuen zu nehmen schien, ohne mir ihn zu spenden. Jetzt mußte sich nur noch die Steuerbehörde für den Fall interessieren, die ja bald erhoben haben könnte, daß ich in den Verhältnissen bin, einen Pelz besessen zu haben. Ich begann den Dieb zu beneiden. Nicht weil er den Pelz hatte, sondern weil man ihm nicht draufgekommen war. Weil er auf freiem Fuße leben konnte, während es hinter mir »Aufhalten!« schrie und ich wie ein erwischter Bestohlener von der Dummheit eskortiert wurde ... Ich beschloß, mich aus dem Privatleben zurückzuziehen. Mir war eine Hoffnung geblieben. Daß es mir durch die Herausgabe eines neuen Buches gelingen werde, mich den Wienern in Vergessenheit zu bringen.

III. Literatur und Lüge

Literatur

In einer Zeitungsspalte fällt mein Blick auf die Bemerkung, daß die »zwei ersten« Akte gefallen haben, so daß ich glauben muß, der Rezensent sei gleichzeitig in zwei Theatern gewesen und er stelle nun fest, daß hier und dort der erste Akt gefallen hat. Das ist journalistischer Sprachgebrauch, aber da eine Zeitung auch das Richtige treffen kann, so finde ich schon in der benachbarten Spalte eine Nachricht über die »nächsten zwei« Veranstaltungen eines Vereines. Und hier wieder zeigt sich, wie nichtig alle Form ist, wenn der Inhalt von übel. Denn mein splitterrichterisches Wohlgefallen wurde sogleich erledigt durch die Enthüllung, daß die erste der nächsten zwei Veranstaltungen ein »Servaes-Abend« sei. Um Himmelswillen, was ist das? fragte ich. Was haben die Leute mit uns vor? Servaes-Abend – es kann nicht sein! Gibts denn so etwas? Kann es so etwas geben?

Aber es stand schwarz auf weiß, ein Verein, der den guten Geschmack hat, sich einen Verein für Kultur zu nennen, versprach uns einen Servaes-Abend. Wenn man mir die Frage vorlegte, was denn überhaupt ein Verein sei, so würde ich antworten, ein Verein sei ein Verein gegen die Kultur. Dieser hier aber möchte mich durch die Angabe irreführen, er sei ein Verein für die Kultur. Das gelingt ihm nicht, denn die Rechnung geht schließlich doch glatt auf, indem ein Verein gegen die Kultur für die Kultur sich folgerichtig als ein Verein herausstellt. Da ich nun dem Vereinsleben durchaus fern stehe, da die bloße Vorstellung, daß es einen Männergesang-Verein gibt, mir den Schlaf raubt und noch kein Turnverein zur Erhöhung meines Lebensmutes beigetragen hat, so kann ich darüber nicht urteilen, ob der Verein, um den es sich hier handelt, seinen statutenmäßigen Verpflichtungen betreffs der Kultur gerecht wird. Aber ein boshaftes Luder, wie ich bin, habe ich natürlich keine Anerkennung dafür, daß sich in dieser

Wüste allgemeiner Kulturlosigkeit eine Oase des Snobtums gebildet hat, daß sich endlich wenigstens ein paar opfermutige Männer zusammengefunden haben, um die Kultur für eröffnet zu erklären, – vielmehr nähre ich meine teuflische Lust an dem Gedanken, daß alles verruinieret sein müsse. Es ist in der Tat schon nicht mehr mit mir auszuhalten. Jetzt hasse ich die Oasen in der Wüste, weil sie mir meine fata morgana verstellen! Publikum in jeder Form macht mir Verdruß, ich meide die Konzertsäle, und wenn sich in einem solchen wirklich einmal Leute drängen, denen man an der schwergebeugten Nase ansieht, daß sie den Hingang der Kultur betrauern, Männer, deren Bart noch die Linse von vorgestern trägt, deren Gilet aber aus Sammet und Sehnsuchten komponiert ist, Weiber, denen man das Haupt des Jochanaan unter der Bedingung geben möchte, daß sie nicht tanzen, – dann bin ichs auch nicht zufrieden! Ja, ich hasse die Häßlichkeit einer genießenden Menge, die nach dem stickigen Geschäftstag die verschlossenen Jalousien des Gemütes öffnet, um Kunstluft hereinzulassen. Aber der ästhetische Mißwachs, der sich an den Pforten der Kultur drängt, treibt mich in die Flucht. Wird mir schon totenübel, wenn ich um elf Uhr abends durch die Augustinerstraße gehe und die Nachklänge einer Wagneroper aus dem Wigelaweia des Ganges und der Hände einer zum Fraß strömenden Begeisterung heraushöre, was steht mir erst bevor, wenn dereinst Herr Richard Strauß seine Versteher findet? Man glaubt gar nicht, wie viele Häßlichkeit die angestrengte Beschäftigung mit der Schönheit erzeugt! Und ihre Art ist in allen Städten dieselbe. Überall, wo nur ein findiger Impresario einen Tempel der Schönheit errichtet, tauchen jetzt rudelweise diese undefinierbaren Gestalten auf, die man in früheren Zeiten dann und wann im Fiebertraum sah, aber nunmehr bei Reinhardt, in den Münchener Künstlerkneipen und in Wiener Kabaretts. Plötzlich steht ein Kerl neben dir, dem Kravatte und Barttracht zu einem seltsamen Ornament verwoben sind, das Motive aus Altwien und Ninive vereinigt, eine Kreuzung aus Biedermeier und dem echten Kambyses. Er sieht Klänge, weil er sie nicht hören kann, er hört Farben, weil er sie nicht sehen kann, er spricht durch die Nase und riecht aus dem Mund, seine Seele ist ein Kammerspiel und man hat nur den Wunsch, daß ihn so bald als möglich ein Bierbrauer totschlage. Denn vor diesem kann sich die Kunst retten, vor jenem nicht! Das Aufgebot verquollener Scheußlichkeit, das seit Jahren hinter den programmatischen Mißverständnissen her ist, macht ein Entrinnen unmöglich. Was sich da im Berliner Westen unter allen möglichen Marken als neue Gemeinschaft von Assyriern, Griechen, guten Europäern und Schmarotzern schlechtweg zusammengetan hat, dieses Gewimmel von einsamen Gemeinsamen, die Theaterreporter von Beruf und Baalspriester aus Neigung sind, bildet ein so unflätiges Hindernis im Kampf gegen den Philister, daß man das Ende aller Kunst und ein Verbot aller Freiheit ersehnt, um nur reines Terrain zu schaffen. Lieber allgemeine Blindheit als die Herrschaft eines Gesindels, das mit den Ohren blinzeln kann! Ein Wiener Greisler für zehn Berliner Satanisten! Das Udelquartett gegen einen Verein für Kultur! Selbst wenn er uns einen Servaes-Abend bringt.

Denn wir wissen ja nicht einmal, was das für ein Abend ist. Wir in Wien schätzen die Institution der Hopfnertage und der Riedlnächte, aber wir glauben nicht, daß sich die Servaes-Abende einbürgern werden. Was bedeutet das ungebräuchliche Wort Servaes? Ich erinnere mich dunkel, daß es einst ein Merkwort war, wenn man an das drollige Quiproquo eines Kunstkritikers der Neuen Freien Presse erinnern wollte. Da hatte einer in der Beschreibung des Guttenberg-Denkmals eine Buchdruckerpresse mit einem Fauteuil verwechselt oder umgekehrt, – das weiß ich nicht genau, da ich das Denkmal aus Antipathie gegen den dargestellten Mann und weil es eine Prostituiertengasse verschandelt, nie angesehen habe. Aber ich weiß genau, daß der Kunstkritiker, der zur aufmerksamen Betrachtung verpflichtet war, irgend etwas verwechselt hat. Ein anderesmal hat er in der Beschreibung eines ausgestellten Bildes Wüstensand mit Schnee verwechselt, was doch so bald keinem Kamel passieren dürfte.

Infolgedessen wurde der Mann nur noch dazu verwendet, Berichte über Wohnungseinrichtungen zu stilisieren, die die Firmen der Administration bezahlten und in denen die Fauteuils genau bezeichnet waren. Da aber, wie erzählt wird, eine Verwechslung zwischen Portois und Fix vorkam, so sei nichts übrig geblieben, als dem Mann die Literaturkritik zu überantworten.

Denn hier kann einer machen, was er will, niemand wird daran Anstoß nehmen. Hier, in der Literatur, ist jede Verwechslung von Wüstensand und Schnee, von Fauteuil und Presse, von Portois und Fix erlaubt. Hier kann ein Mensch, der keine blasse Ahnung von Stil hat, über Werke der Sprache in einem impertinenten Ton aburteilen, für den man ihm in jeder besseren Gesellschaft auf den Mund schlüge. Hier dünkt sich ein Reporter, dem man keinen Gerichtssaalbericht anvertraute, einen Gott. Es soll vorkommen, daß solche Leute an auswärtige Revuen Beiträge schicken und wenn sie ihnen abgelehnt werden, mit den Waffen ihrer kritischen Hausmacht zu spielen beginnen. Daß sie dann in ihrem Gehege sich für alle Zurücksetzungen, die ihrer Talentlosigkeit widerfahren, für alle Enttäuschungen ihres Ehrgeizes, für alle Verbitterung schadlos halten, ist nur zu begreiflich. »Servaes«, das ist die Chiffre, die man überall dort findet, wo sich Mangel an Temperament austoben und Ledernheit sprudeln möchte. Da erscheint zum Beispiel ein Roman, zu dessen Empfehlung ich nicht mehr sagen kann, als daß ich ihn ausgelesen habe: »Sonjas letzter Name«, eine Schelmengeschichte von Otto Stoessl. Aber die besten kritischen Köpfe Deutschlands haben ihn nicht nur gelesen, sondern auch erhoben. Stünde ich der epischen Kunstform nicht wie einem mir Unfaßbaren gegenüber, ich fühlte mich wohl versucht, über die vielerlei seltenen Schönheiten in Sprache und Gestaltung, die ich mir dort angemerkt habe, zu sprechen; über einen ideenvollen Humor, der sich meinem Gefühl nur in den reflektierenden Pausen entrückt, in denen er sich nach sich selbst umsieht; und über jene herzhafte Entdekkung romantischer Gegenden in konventioneller Welt, von der dem kritischen Flegel nur die »Unwahrscheinlichkeit« in Händen bleibt. Darüber würde ich etwas sagen, und nicht verschweigen, daß es ein Mitarbeiter der Fackel ist, dem ich solche Freude verdanke. So aber obliegt mir bloß die traurige Pflicht, zu sagen, daß die Mitarbeit an der Fackel einem Künstler bei der Borniertheit geschadet hat. Es wäre ein beruhigender Gedanke, daß kritischer Unverstand keine Rankünе braucht, um sich lästig zu machen. Einem Autor, der in Deutschland geachtet wird, kann es ohnedies leicht zustoßen, daß ihm in Wien ein Ziegelstein auf den Kopf fällt; denn in Wien ärgern sich die Ziegelsteine darüber, daß die Passanten ihren Weg gehen. Ich bin der einzige, dem es nicht geschehen kann, weil bekanntlich der Dachdecker den Auftrag gegeben hat, mich mit stiller Verachtung zu strafen. Aber es könnte immerhin möglich sein, daß es die Dummheit auf jene abgesehen hat, die mit mir gehen. Und damit der nächste auch nicht stolpere, muß man solch einen Ziegelstein mit einem Fußtritt aus dem Wege räumen. Und wieder habe ich an ihm das Zeichen »Servaes« gefunden. Was soll das bedeuten? Ich komme schließlich dahinter, daß es die Signatur einer Geistlosigkeit ist, die stets verneint. Dafür kann sie im allgemeinen nichts. Daß sie aber im besondern Falle die Schöpfung eines Autors als »Anregung« für die Sudler feilbietet, daß sie einem Schriftsteller, der jenseits der feuilletonistischen Gangbarkeit produziert, seine Werte entwinden möchte und die »leichte Hand« der Literaturdiebe herbeiwinkt, auf daß eine vorrätige Idee nach dem Geschmack des Gesindels zubereitet werde, ist beinahe dolos. Als ob man heutzutage die Diebe rufen müßte! Freilich, um diesem Verleiter zu folgen, dazu werden sie sich zu vornehm dünken. Kein Nachahmer hat es nötig, sich von solchem Geist beraten zu lassen, und ich wette hundert Schelmenromane gegen einen, daß jeder Rudolph Lothar, der auf sich hält, es verschmähen wird, eine Quelle zu benützen, die ihm schon im Voraus nachgewiesen wurde. Immerhin ist diese Art öffentlicher Hehlerei ein Novum in der Literaturkritik, diese Manier, am lichten Sonntag, wo sich die jungen Literaten auf dem Marktplatz drängen, den Ruf auszustoßen: Haltet den Bestohlenen! Solche Gesinnung ist schlimmer als Unverstand, der nur die äußere Stofflichkeit benagt. Diesem kann man das Recht, lästig zu sein, so wenig absprechen wie jedem andern Zufall. Mein Gott, es gibt eben Literaturkritiker, die den Wert eines Kunstwerkes deshalb mit Vorliebe vom stofflichen Gesichtspunkt beurteilen, weil sie nach den harten Zeiten der Tapezierer-Reklame endlich einmal freie Hand haben, die Echtheit von Stoffen anzuzweifeln. Ihre kunstkritische Herkunft verleugnen sie auch in der Literaturkritik nicht: sie prüfen die Leinwand, wenn sie über ein Gemälde urteilen sollen. Aber sie sind nicht einmal in diesem Punkte sachverständig.

Glaubt man nach all dem, daß unsere Kritik im Argen liegt? Dafür gedeiht unsere Produktion. Denn unter dem Namen Servaes wird nicht nur gerichtet, sondern auch bewiesen, daß man es selber besser machen kann. Nur so ist die Gründung von Vereinen für Kultur und die Institution der Servaes-Abende zu erklären, an denen ja nicht Inserate, sondern Dichtungen vorgelesen werden. Wir haben einen Peter Altenberg, der fünfzig Jahre alt wird, die deutsche Literaturkritik leistet allerorten den Salut, doch unser Intelligenzblatt bringt Feuilletons und Romane eines schlechtgefärbten Blaustrumpfs und unser Kulturverein veranstaltet einen Servaes-Abend. Nein, es will mir nicht stimmen, daß dieses wundervolle Wort »Abend«, welches Zeitenende und Sonnenuntergang, Fest und Weihe bedeutet und in dem ein Hauch aller Dichtung atmet, jene sonderbare Verbindung eingehen konnte. Ein schlechtes Beispiel mag einmal die guten Sitten des Wortes verdorben haben. Denn:

Eines Abends noch sehr spöte
Gingen Wassermaus und Kröte
Einen steilen Berg hinan.

Übersetzung aus Harden

Seit Jahren gehen die deutschen Leser der ›Zukunft‹ des eigentlichen Genusses verlustig. Sie haben das Gefühl, daß hier die wertvollsten Gedanken in einer fremden Sprache vorgetragen werden, von der sie nur ahnen können, daß sie viel schöner ist als die ihnen geläufige. Wiederholt ist deshalb die dringende Bitte an mich ergangen, ein Lexikon anzulegen, welches, wenngleich mit Preisgabe des dichterischen Moments, das gerade für den politischen Leitartikel unentbehrlich ist, über den Sinn der einzelnen Sätze trockenen Aufschluß gibt. Ich habe dem allgemeinen Drängen nachgegeben und will die Arbeit durchführen, soweit es mir bei dem Stand meiner Bildung möglich ist und soweit neugriechische und hyperboräische Sprachelemente, die den deutschen Satzbau erst zu seiner ornamentalen Geltung bringen, mir nicht unüberwindliche Hindernisse in den Weg legen. Ich muß mindestens für den ersten Versuch um Nachsicht bitten. Mancher Stelle konnte ich nur mit einiger Freiheit der Auffassung beikommen; manche blieb unübersetzbar. Anderseits glaube ich nicht fehl zu gehen, wenn ich gewisse Bezeichnungen, die der Autor anzuwenden liebt, wie z. B. »Fritzenstaat« oder »Reussenkaiser« als Telegrammadressen auffasse und in solchen Fällen die Klarheit der Kürze vorziehe. Durchwegs aber möchte ich die Verantwortung ablehnen, wenn etwa mit der Fremdartigkeit auch der aparte Reiz einer Wendung verloren ginge.

Der vom württembergischen Wahlkreis Biberach Abgeordnete	Der Abgeordnete von Biberach
Der meininger Müller	Der Abgeordnete Müller-Meiningen

Der Heilbronner	Der Abgeordnete von Heilbronn
Freisinnshäuflein	Die Freisinnigen
Genossenfraktion	Die Sozialdemokraten
Wallotbräu	Deutscher Reichstag
Herr Gröber runzelt über dem Bartdickicht die Stirn	Herr Gröber, der einen dichten Bart hat, runzelt die Stirn
Wahrscheinlich, daß nur jähe Wut den schwäbischen Tort gebar	Wahrscheinlich, daß der schwäbische Abgeordnete nur im Zorn Unrecht tat
Wie Herr Landgerichtsrat Gröber, wenn er in Kätchens Heimat auf der Sella säße, darüber urteilen würde	Wie Herr Gröber als Richter in Heilbronn darüber urteilen würde
Die denunciatio des Herrn Müller	Die Denunziation des Herrn Müller
Korypho	Korfu
Die Stadt Konstantins	Konstantinopel
Den Sitz Konstantins erklettern	Den byzantinischen Thron besteigen
Die Beute des geflügelten Markuslöwen werden	Von Venedig besiegt werden

Johannes Zimiskes, der im cubiculum die brünstige Theophano umarmt, wehrt dem Romäerreich die Slavengefahr ab	?
Unter den Kalimafkon, dem prächtig wallenden Trauerschleier, verwest der Leib des von großen Kriegern und Organisatoren geschaffenen Staates	??
Von dem Basileus erbt der Zar der Moskowiter, der die Palaeologentochter freit, den Stirnreif des Konstantinos Monomachos	???
Der Kongreß der von Bonapartes Tatze zerstückten Europa	Der Wiener Kongreß
Ein vom deutschen Volk Abgeordneter	Ein deutscher Abgeordneter
Der vom Sultan Gesandte	Der türkische Gesandte
Das Tier mit den zwei Pigmentschichten unter der Chagrinhaut	Das Chamäleon
Die für den Kaiser gedeckte Tafel wird mit allen Wundern südlichen Lenzes geschmückt	An der Hoftafel wird junges Gemüse serviert

Unterm Wonnemond ein borussisches Sodom bezetern	Im Mai über preußische Sittenverderbtheit klagen
Onans Schatten schleicht durch Schulen und Internate	In Schulen und Internaten gehts zu
Schnellschreiber	Reporter
Der oft gebüttelte Milchmann Riedel	Der Milchhändler Riedel, der oft mit der Polizei zu tun hatte
Schritt vor Schritt	Schritt für Schritt
Die Kränkelnden	Die Päderasten
Der Skalde, Fasanenjäger und Krückensimulant wird mit seinem Girren dem Reich nicht mehr schaden	Fürst Eulenburg wird mit seinem süßlichen Wesen keinen Schaden mehr stiften
Vier Häupter sanken bleichend vom Rumpf	Vier Personen sind unmöglich gemacht
Unterm Sonnensegel den Lehren alter Geschichte nachträumen	Vor einem Zettelkasten seekrank werden

*

Auf dem Gerichtstisch der Kruzifixus	Auf dem Gerichtstisch das Kruzifix
Ein Wort den Hirnzentren einprägen	Ein Wort sich merken

Hundertmal ist aus keuchender Brust auf Eissprossen die Furcht in den Kopf geklettert, *nicht zu dauern*, bis all dies Grausig-Skurrile den Mitlebenden erzählt ist	?
In dem rotwangigen Weißkopf zitterts vor verhaltener Erregung	Bernstein ist aufgeregt
Der Antaios, der wieder auf heimischen Boden ringt	Bernstein plaidiert wieder in München
Ein gutmütiger Oberbayer, der Zunge und Faust nicht gern feiern läßt, wenn ihm ein Läuslein über die Leber gelaufen ist	Der resolute Milchhändler Riedel, der die Wahrheit sagen muß, wenn ihm Herr Harden über eine tiefer unten liegende Partie gelaufen ist
Ein Vergnügen, dem Mann zu lauschen. Hold wuchs ihm der Schnabel nicht; aber er ziert sich auch nicht und jedes Wort hat den Schmack des Erlebten	Er ist ein Grobian; aber wenn er erzählt, was er vor fünfundzwanzig Jahren erlebt hat, so lauscht jeder Schmock mit Vergnügen
Unser Richter sucht bei der Übertragung ins Hochdeutsche dem Wort seinen Wesensruch zu wahren	Mayer sucht bei der Übertragung ins Hochdeutsche dem Wort seinen wesentlichen Gestank zu wahren, was schwerer ist als bei der Übertragung ins Desperanto

Ungefähr dreißigmal haben Polizei und Gerichte ihn gepönt	Der Riedel ist leider vorbestraft
Nicht für schlimm makelnde Tat	Nicht für entehrende Handlungen (z. B. sexuelle)
Des Sexualtriebes Befriedigung hat die junge Seele schon gekitzelt	Der Riedel war keine Unschuld mehr
Er ging ins Zivile	Er quittierte
Der Zeigfinger	Der Zeigefinger
Der Feldafinger	Der Riedel
Seit diesen Vorgängen ist viel Wasser durchs Würmbett gelaufen	Lang, lang ist's her
Der in der Thurmstraße Gebietende	Isenbiel
»Was gings Dich an, Tropf, damischer?« fragt Frau Riedel	(Überaus seltene Dialektwendung der Grunewaldbauern, ähnlich nur noch bei den Kuhmägden von Mürzzuschlag, die bekanntlich seinerzeit über den Bezirkshauptmann Hervay sagten: »Der kann in der Brautnacht ein Mensch nicht von einer Jungfer unterscheiden und

	will im Mürzbezirk hier der Höchste sein!«)
Die Augen mühen sich, dem Ausfrager zu sagen: »Redst damisch daher, Tropf Du, eiskalter«	(Siehe oben)
Das Gehirn assoziiert im Gangliondunkel die Möglichkeiten	Der Fischerjackl hofft doch noch, daß nichts herauskommen wird
Wer scharf hinschaut, ahnt in dem ganglion ciliare die Furcht, hinter dem pupillarischen Spottversuch die bange Frage, was die nächste Minute wohl bringen könne	Dem Fischerjackl wird entrisch zu Mut
Die Herren, die vom Mann heischen, was dem Normalen das Weib gewährt	Die Homosexuellen
Vor Gericht die Spinatgartenschande ausspreiten	Als päderastischer Zeuge von Herrn Harden geführt werden
Das Ohr läßt von außen her keine Schallwelle durch das ovale Fenster ins knöcherne Labyrinth	Man hört nichts
Die Magennerven langen nach Futter	Man ist hungrig

Das Gefäß, dem ein Kindlein entbunden werden kann, mag Eifersucht bewachen	Auf eine Frau kann man eifersüchtig sein
Die im Pflichtbett lieblos gezeugte Brut	Die Kinder verheirateter Homosexueller
Die Gefühlsdominante bergen	Seine Anlage verheimlichen
Die weit von der Norm abbiegende Wesenskurve verhüllen	Den homosexuellen Trieb verbergen
Küsse, die von Gethsemane her unter Männern in Verruf sind	Judasküsse nach § 175
Im Hagestolzenheim, das dem Tarifeden einer Luxusdirne ähnelt, neben dem breiten Himmelbett das neuste Buch des just in die Mode gelotsten Sexualmystagogen haben	In seiner eleganten Junggesellenwohnung sich auch geistig beschäftigten (Tarifeden lies Tarif-Eden)
Soll der Schoß deutscher Frauen aus edel gezüchtetem, unerschöpftem Stamm verdorren, weil dem Herrn Gemahl Ephebenfleisch besser schmeckt?	Sollen die deutschen Hausfrauen unbefriedigt ausgehen, weil sie einem kultivierten Geschmack zu langweilig sind?
Der Ruch der Männerminne	Der Verdacht der Homosexualität

Der Justizrat fältelt die Wange	Bernstein wird nachdenklich
Britenfräuleinromane	Gouvernantenromane
Zwei Interviews aus der ersten Maidekade	Zwei Interviews vom Anfang Mai
Der Schänder ehrlich reifender Mannheit	Eulenburg
Die zurückgestaute Wahrheit stürzt über die Beinpfosten der Mundschleuße	Einer beeilt sich, auszusprechen was ist

Und wenn der geistige Unflat des neuen Deutschland eimerweise auf den Markt geschüttet wird, man befaßt sich doch immer wieder gern mit jenen seltenen Büchern, die nicht erscheinen. Wie steht's, so fragt man, mit den gesammelten Schriften Ludwig Speidels? Es ist, als ob der Journalismus die wertvollste Beute, die er je errafft hat, nie mehr herausgeben wollte. Grauenhaft, zu denken, daß es für einen Künstler, den der Tag als Geisel der Unsterblichkeit gefangen hielt, auch nach dem Tod keine Befreiung geben soll. Er starb, aber aus dem Sarg der Zeitlichkeit, in dem er gelebt hatte, durfte er nicht auferstehen. Und kein deutscher Verleger findet sich, der den Journalisten den Schatz entrisse, den sie so sorglich hüten, weil er ihre angestammte Armut verraten könnte. Nie zuvor und nie seither hat die Sprachkunst eine ähnliche Gastrolle auf den Schmieren des Geistes gespielt. Das Leben Speidels mag die Presse als einen Zwischenfall empfinden, der störend in das von Heine begonnene Spiel trat. Er schien es mit dem leibhaftigen Sprachgeist zu halten; er lud ihn an Feiertagen auf die Stätte der schmutzigsten Unterhaltung, damit er sehe, wie sie's treiben. Nie war ein Kollege bedenklicher als dieser. Wohl konnte man mit ihm Parade machen; aber sein Lebenswerk, führte man es heute vor, es brächte jene Demütigung, die man damals eßlöffelweise als Stolz einnahm. Man hat ihm die Unsterblichkeit des Tages, wie er sein Feuilleton nannte, gegönnt; aber eine Sammlung seiner Feuilletons könnte den Tag der Unsterblichkeit einläuten. Und die Journalisten handeln pietätvoll, berufen sich auf seine Bescheidenheit, die ihm eine Buchausgabe versagte, und gehen hin und schenken uns ihre eigenen Bücher.

*

Denn es ist das böse Zeichen dieser Krise: der Journalismus, der die Geister in seinen Stall getrieben hat, erobert ihre Weide. Markierte Personen, die jahrelang unter dem Strich gelebt haben, drängen sich in die gute Gesellschaft. Tagschreiber möchten Autoren sein. Es erscheinen Feuilletonsammlungen, an denen man nichts so sehr bestaunt, als daß dem Buchbinder die Arbeit nicht in der Hand zerfallen ist. Brot wird aus Brosamen gebacken. Was ist es, das ihnen Hoffnung auf die Fortdauer macht? Das fortdauernde Interesse an dem Stoff, den sie sich »wählen«. Wenn einer über die Ewigkeit schwätzt, sollte er da nicht gehört werden, solange die Ewigkeit dauert? Von diesem Trugschluß lebt der Journalismus. Er hat immer die größten Themen und unter seinen Händen kann die Ewigkeit aktuell werden; aber sie wird ihm auch ebenso leicht wieder inaktuell. Der Künstler aber gestaltet den Tag, die Stunde, die Minute. Sein Anlaß kann zeitlich und lokal noch so begrenzt und bedingt sein, sein Werk wächst um so grenzenloser und freier, je weiter es dem Anlaß entrückt ist. Es veralte im Augenblick: es verjüngt sich in Jahrzehnten. Was vom Stoff lebt, stirbt vor dem Stoff. Was in der Sprache lebt, lebt mit der Sprache. Wie leicht lasen wir jenes Geplauder am Sonntag, und nun, da wirs aus der Leihbibliothek beziehen können, vermögen wir uns kaum durchzuwinden. Wie schwer lasen wir die Sätze der ›Fackel‹, selbst wenn uns das Ereignis half, an das sie anknüpften. Nein, weil es uns half! Je weiter wir davon entfernt sind, desto verständlicher wird uns, was darüber gesagt war. Wie geschah dies? Der Fall war nah und die Perspektive war weit. Es war alles vorausgeschrieben. Es war verschleiert, damit ihm der neugierige Tag nichts anhabe. Nun heben sich die Schleier.

*

Dawider vermag die wertverschiebende Tendenz des Journalismus nichts auszurichten. Er kann den Uhren, die er aufzieht, Garantiescheine für ein Säkulum mitgeben: sie stehen schon, wenn der Käufer den Laden verlassen hat. Der Uhrmacher sagt, die Zeit sei schuld, nicht die Uhr, und möchte jene zum Stehen bringen, um den Ruf der Uhr zu retten. Er macht die Stunde schlecht oder schweigt sie tot. Aber ihr Genius zieht weiter und macht hell und dunkel, obschon das Zifferblatt es anders will. Wenn es zehn schlägt und elf zeigt, können wir im Mittag halten, und die Sonne lacht über die gekränkten Uhrmacher.

*

Daß doch alle Überhebung der Mechanik, die sich mit dem Ruhm sozialer Nützlichkeit nicht bescheiden will, die Naturnotwendigkeiten nicht zu »richten« vermag! Die Journalisten versichern einander, ihre Werke seien unsterblich, aber nicht einmal die Versicherung bleibt erhalten, wiewohl sie wahrlich Anspruch darauf hätte. Daneben hat ein Geheimnis die Kraft, sich selbst in aller Mund zu bringen. Österreich ist das Land, wo am lautesten gesprochen wird und wo die Geheimnisse am strengsten gewahrt werden. Es ist das Land, in dem Festzüge veranstaltet und Tropfsteinhöhlen entdeckt werden. »Dabei stellte es sich heraus, daß man es nicht mit einer der vielen unbedeutenden Höhlen, wie sie im Kalkgebirge häufig vorkommen, sondern mit gewaltigen unterirdischen Räumen, die sich stundenweit ins Innere des Berges erstrecken, zu tun habe. Die Höhle führt zunächst so regelmäßig wie ein Eisenbahntunnel durch festes Gestein horizontal in den Berg und kann bis zur Tiefe von dreihundert Meter ohne jede Gefahr von jedermann begangen werden. Auch weiterhin sind die Schwierigkeiten des Eindringens nicht erheblich und stehen gar nicht im Verhältnis zu dem wunderbaren Anblick, der sich dem Beschauer bietet. Ein Spitzbogengewölbe von unabsehbarer Höhe umschließt herrliche Tropfsteinbildungen. Auf dem Boden liegen ganz absonderlich geformte Gebilde aus Kalzit und noch nicht erstarrter Bergmilch. An den Seitenwänden finden sich zarte Figuren von weißer und blauer Struktur, Bergkristall und Eisenblüte. Die Forscher drangen stundenweit gegen die Mitte des Berges vor und konnten in den Gängen und Stollen kein Ende finden …« Ist dies die Sprache der Höhlenkunde oder der Literaturforschung? Wir sind andere Sehenswürdigkeiten gewohnt: Festzüge, die das Auge der Zeitgenossen blenden wie ein Gebilde aus Wunder und Krida.

*

Kein Zweifel, Herr Felix Salten besitzt das riesigste Sortiment der Monarchie. Er ist wohl schon Kommerzialrat. Bedeutet das nicht die Unsterblichkeit in diesen Kreisen? Oder bedeutet die Unsterblichkeit in diesen Kreisen etwas anderes? In einer Berliner Revue, der ›Schaubühne‹, war davon zu lesen. Ich habe mir's gemerkt, denn es ist mein Fluch, mich mit den Kleinigkeiten abzugeben, die diese Zeit zu Größen macht. Herr Salten hat eine Feuilletonsammlung erscheinen lassen und der Kritiker erweist Ludwig Speidel die Ehre, seiner bei diesem Anlaß zu gedenken. Man kann sagen, daß Speidel gut bei dem Vergleich wegkommt, denn es wird ihm eine Ähnlichkeit mit einem Teil Saltenscher Wesensfülle zugeschrieben, die auch noch den ganzen Sarcey nebst den Herren Bahr und Muther in sich schließe und durch welche die Formel der Madame de Staël: c'est un esprit neuf et hardi …, für »einen andern Dichter-Kritiker«, nämlich Lessing, erdacht, erst »lebendige Wahrheit geworden« sei. Ich sehe die ›Schaubühne‹ gern. Nicht nur, weil mir – die Ausschließlichkeit des Theaterinteresses und die Verwissenschaftlichung des Tinterltums vorausgesetzt – mancher Beitrag Freude gemacht hat, sondern auch weil ihr Notizenteil eine gute Handhabe bietet, sich jeweils über den Stand des psychologischen Schmocktums in Deutschland zu informieren. Dabei lassen sich namentlich die Fortschritte überblicken, welche die subtilen Persönlichkeiten, die in den Wiener Redaktionen nicht recht reüssieren konnten, auf Berliner Boden machen. Der Journalismus in Wien bringt's über den Geschichtenträger und Gebärdenspäher nicht hinaus. Er ist Amüseur oder Beobachter. In Berlin darf er's mit der Psychologie halten. Nun ist es das Verhängnis allen Geistes aus zweiter Hand, daß sein Unwert dort leichter in die Augen springt, wo er sich der schwereren Leistung vermessen möchte.

Der Plauderer ist gewiß eine der schalsten Kreaturen, die in unserem geistigen Klima fortkommen. Aber er hängt immer noch eher mit dem schöpferischen Wesen zusammen als der Beobachter und vollends der Psychologe, die bloß den Hausrat der Chuzpe benützen müssen, den die technische Entwicklung des Geisteslebens ihnen in die Hand gespielt hat. Der Amüseur sticht durch eine wertlose Begabung von der Geschicklichkeit des Beobachters ab, so wie sich dieser wieder von der wertlosen Bildung des Psychologen vorteilhaft abhebt. Das sind so die Grundtypen des geistigen Elends, zwischen denen natürlich ebensoviele Varietäten Platz haben, als die organische Welt des Geistes Gelegenheiten zum Abklatsch bietet. Nah dem Beobachter steht der Ästhet, der durch Liebe zur Farbe und Sinn für die Nuance ausgezeichnet ist und an den Dingen der Erscheinungswelt so viel noch wahrnimmt, als Schwarz unter den Fingernagel geht. Er kann aber auch mit dem Psychologen zu einer besonderen Art von feierlichem Reportertum verschmelzen, zu jenem zwischen Wien und Berlin, also etwa in Prag beliebten Typus, der aus Zusammenhängen und Möglichkeiten zu neuen Sehnsuchten gelangt und der in schwelgerischen Adjektiven einbringt, was ihm die Natur an Hauptworten versagt hat. Bei dem jähen Übergang, den gerade dieser Typus von der kaufmännischen Karriere in die Literatur durchmacht, wäre ein Dialog wie der folgende nicht bloß kein Zufall, sondern geradezu die Formel für die Komplikationen eines fein differenzierten Seelenlebens: »Hat Pollak aus Gaya bezahlt?« »Das nicht, aber er hat hieratische Gesten.«

*

Oder zum Beispiel: »Es gibt Tagesschriftsteller, deren expansiver Wille die aktuelle Einfallslinie in die Sphäre des Unendlichen und Ewigen schwingt«. Und diesen scheint, wenn ich den Text richtig verstehe, Herr Salten zuzugehören. Soweit es in solchen Dingen auf den expansiven Willen ankommt, dürfte der Mann in der ›Schaubühne‹ recht haben. Der expansive Wille, der die Persönlichkeit von Westungarn nach Wien oder direkt nach Berlin schleudert, vermag manches. In Wien sichert er einem ungemein anstelligen Beobachter, der vor ein paar Jahren noch von der »Erfindung des Dampfes und der Elektrizität« gesprochen hat und heute bereits für dieLuftschiffahrt schwärmt, sein »unsterblich Teil«, macht ihn zum Rekommandeur der modernen Kultur, läßt seine Seele, ja wahrhaftig seine Seele, »scharf gespannt unter den leisesten Vibrationen der Strömungen unsrer Gegenwart erbeben« und macht sie zur »willigen Resonanz für alles Große und Schöne der neuzeitlichen Promethiden«. In Berlin selbst macht er – der expansive Wille – einen schlauen Theaterkassier zu »einem unserer feinsten Kulturmenschen«. Es ist gar kein übler Zufall, daß die zweispaltige ›Schaubühne‹ just neben der Entdekkung des Herrn Salten auch für die Offenbarung der Wesensechtheit des Herrn Reinhardt Platz hat. Nein, es genügt eben nicht, den Dampf und die Elektrizität zu erfinden, man muß sie auch entdecken, wenn anders die Menschheit den Glauben an sie nicht verlieren soll. Herr Reinhardt ist kein Literat, sondern ein Theaterdirektor. Aber der expansive Wille hätte ihn ebenso zum Literaten machen können, und er hätte auch als solcher seinen Mann gestellt und sich auch in dieser Karriere einen Koch für sechstausend »Em« halten können. Dies lediglich als Beispiel für eine gelungene Willensexpansion; aber durch solches Gastmahl des Trimalchio hat sich jetzt die Berliner Dramaturgie durchzufressen. Ganz Deutschland macht lange Zähne, und ich muß warten, bis die ›Fackel‹ in ganz Deutschland gelesen wird, um zu sagen, was nur jene angeht, die es heute nicht hören würden.

*

In diesen Tagen, da Herr Bahr nicht nur Dalmatien erobert, sondern auch die Erneuerung Österreichs durchgesetzt hat, da gegenüber den Forderungen des Verlags S. Fischer (Willensexpansion Budapest–Berlin) Nachgiebigkeit ein Gebot der Klugheit war und am Wiener Hofe die Friedenspartei siegte, in diesen Tagen ist es von nicht zu unterschätzender Wichtigkeit, der vermittelnden Mission des Herrn Salten zu gedenken. Ist er doch wie kein zweiter Feuilletonist in Österreich mit der habsburgischen Tradition verwachsen. Die Intimität, die ihn an allen Geschicken des Erzhauses teilnehmen läßt, so daß die ›Zeit‹ als das erste Blatt in der Lage war, Leopold Wölflings Vorgeschichten zu publizieren und seine Photographie im Depeschensaal auszustellen, diese hohe Kennerschaft hat ihn auch dazu befähigt, über die Rangserhöhung der Fürstin Hohenberg ein kompetentes Wort zu sagen. Erstaunlich war da vor allem die Vorurteilslosigkeit, die einen in der höfischen Sphäre heimischen Feuilletonisten sein bedingungsloses Ja zu der Eheschließung des Thronfolgers sprechen ließ: »Wir unterscheiden nicht so genau, rechnen nicht nach, daß die Choteks kaum zweihundert Jahre lang die Grafenkrone tragen, wägen die Vorrechte der Ebenbürtigkeit nicht allzu sorgfältig ab«. Bereit, das Familieninteresse den staatlichen Rücksichten unterzuordnen, erkennt er, daß »diese Ehe andauernd ein Ereignis bleibt« und daß sie »wichtig bleibt für uns in Österreich, für unsere Gegenwart wie für unsere Zukunft«. Freilich mußte er erkennen, daß eine Komtesse Chotek nicht Erzherzogin von Österreich werden kann und warum sie es nicht werden kann. Aber mit ehrlicher Teilnahme hat er »den Weg gemessen, den sie seit ihrem Hochzeitstag zurückgelegt hat: Fürstliche Gnaden ... Durchlaucht ... Herzogin ... Hoheit ...«, und kann heute, zurückblickend, von den Schwierigkeiten sprechen, von dem »unendlichen Aufwand an Takt und Taktik, an Energie und Widerstandskraft«, den es gekostet haben mag. »Wir haben's nicht gewußt; aber jetzt erkennen wir's«, sagt er schlicht, mit verhaltener Empfindung, um sich dann erst in erschöpfender Aufzählung das Herz einer Herzogin zu erleichtern. Wir haben's nicht gewußt. »Merken jetzt erst, daß es keineswegs etwas Selbstverständliches war, wenn usw.« »Erinnern uns jetzt erst, was es zu bedeuten hatte, daß der Erzherzog mit seiner Frau jahrelang im Burgtheater nur eine gewöhnliche Loge einnahm, und was es bedeutet, daß er jetzt mit ihr in der Hofloge Platz nimmt.« Rose Bernd durfte bekanntlich überhaupt nicht mehr ins Burgtheater, aber der Seufzer »Was muß die gelitten haben!« liegt uns auch im vorliegenden Fall nahe. »Es hat neun Jahre gedauert«, sagt Salten nicht ohne Bitterkeit; »es mag schon nicht leicht gewesen sein.« Nu juju, – nu neenee ... Und dabei weiß man nicht einmal, »wie das Wesen dieser Frau ist«, kann »nur vermuten, daß sie ungewöhnliche Eigenschaften besitzt, eine starke und eigenartige Persönlichkeit ist.« Und in den Grenzen der Vermutung kann man wieder nur raten. »Hinter all dem mag eine große Kraft des Wollens sein, eine eiserne Festigkeit des Charakters, oder eine unwiderstehliche Güte, oder eine tausendfältige Weisheit des Lebens, oder eine geniale Feinheit der Instinkte, oder auch Urwüchsigkeit, oder selbst völlige Passivität, Zielbewußtsein oder gelassenes Vertrauen auf das Glück. Wir wissen es nicht.« Der suchende Geist resigniert vor den letzten Dingen. Wer löst das Problem der Herzogin von Hohenberg? »Das berechtigte Interesse ist dieser Frau stürmisch zugewendet«: wird sie hervortreten, wird sie nicht hervortreten? Wir wissen es nicht. »Vielleicht ist jetzt der Kampf vorüber. Wir vermögen ja auch das nicht zu beurteilen; wissen nicht, was noch geschehen muß, damit die Frau des Thronfolgers auch äußerlich all die Rechte üben darf, die sie, menschlich genommen usw.« Mit einem Wort, wir sehen, daß wir nichts wissen können. Also hoffen wir! »Sie wird und sie muß den größten Einfluß und die erste Stimme haben, dereinst beim Kaiser.« Und wenn sie auch nicht seinen Titel teilen wird, »die Kinder, die zu unserem künftigen Monarchen Vater sagen, nennen sie: Mutter«. So entläßt uns der pessimistische Denker doch mit einem tröstlichen Hinweis auf die Entwicklung. Freilich nicht ohne mit einer aus seiner Weltanschauung geholten Maxime zu schließen: »Der Herzogin von Hohenberg gehört die Zukunft Österreichs an. Aber kein Mensch weiß, was die Zukunft bringt.« ... Dieses ist Herr Felix Salten. Man sagt, seine Seele sei eine willige Resonanz für alles Große und Schöne der neuzeitlichen Promethiden.

*

Aber tun wir einem tüchtigen Menschen nicht Unrecht. Ziehen wir ihn aus der Unsterblichkeit zurück und lassen wir ihn hienieden sich nützlich machen. Scheiden wir endlich die soziale Funktion des Journalismus von den Müßigkeiten der Literatur. Kein besseres Beispiel kann uns solche Einsicht empfehlen. Der beste Journalist Wiens weiß über die Karriere einer Gräfin wie über den Aufstieg eines Luftballons, über eine Parlamentssitzung wie über einen Hofball zu jeder Stunde das Wissenswerte auszusagen. In Westungarn kann man nachts Wetten abschließen, daß der Zigeunerprimas binnen einer halben Stunde mit seinem ganzen Orchester zur Stelle sein wird; man läßt ihn wecken, er tastet nach der Fiedel, weckt den Cymbalschläger, alles springt aus den Betten, in den Wagen, und in einer halben Stunde geht's hoch her, fidel, melancholisch, ausgelassen, dämonisch und was es sonst noch gibt. Das sind unerhörte praktische Vorteile, die nur der zu unterschätzen vermag, der die Bedürfnisse der Welt nicht kennt oder nicht teilt. In Bereitschaft sein ist alles. Wenn nur die Welt selbst nicht ungerecht wäre! Sie sagt, einer sei der beste Journalist am Platz, und er ist es zweifellos. Sie sagt aber nie, einer sei der bedeutendste Bankdisponent. Und doch dient er ihr so gut wie jener, und steht den Müßigkeiten der Literatur genau so fern.

*

Mit den perfekten Feuilletonisten ließe sich leben, wenn sie es nicht auf die Unsterblichkeit abgesehen hätten. Sie wissen fremde Werte zu plazieren, haben alles bei der Hand, was sie nicht im Kopf haben, und sind häufig geschmackvoll. Wenn man ein Schaufenster dekoriert haben will, ruft man nicht den Lyriker. Er könnte es vielleicht auch, aber er tut's nicht. Der Auslagenarrangeur tut's. Das schafft ihm seine soziale Position, um die ihn der Lyriker mit Recht beneidet. Auch ein Auslagenarrangeur kann auf die Nachwelt kommen. Freilich nur, wenn der Lyriker ein Gedicht auf ihn macht.

Die Grenzen der Persönlichkeit scheint indes auch der Berliner Psychologe zu spüren. Salten führe »nie über das Sicht- und Hörbare hinaus in das Reich der Mütter«. Ein Mangel, den man zum Beispiel Willi Handl nicht nachsagen könne. Ein andermal weiß man aber in Berlin auch wieder die Spannweite der Persönlichkeit zu erfassen. Jede künstlerische Äußerung trage von selbst – wie wahr! – das Zeichen der innern Eigenart, » durch das der Kunstsinnige trotz mancher Gemeinschaft einen vollgültigen Teniers von einem anerkannten Breughel und einen guten Salten von einem echten Polgar unterscheidet«. Ins Reich der Mütter aber führen Handl und etwa noch Willi Shakespeare. Jenem bin ich bereits in einer Würdigung begegnet, die unser Psycholog dem Lebenswerk des Feuilletonisten Hevesi angedeihen ließ. Damals hob Ferdinand Kürnberger viel Ehre auf, denn es hieß, zwischen Kürnberger und Handl könne man noch »Stammbäume legen«. Um ihn aber, Hevesi, »ist die große Stille; er trägt seinen Anfang und Ausgang in sich«. Dies nun möchte ich nicht so ganz unterschreiben. Herr Hevesi ist ein älterer Herr, der vom jüngeren Nachwuchs abstammt und sich immer weiter entwickelt. Er hat mehr Einfälle, als seinen Jahren ziemt, was entschieden ein Vorzug wäre, wenn er nicht auch mehr Eindrücke hätte, als er verarbeiten kann. So muß er manchmal einen Kalauer unterdrücken, sehr zum Schaden der augenblicklichen Wirkung des Feuilletons und ohne durch solche Abgeklärtheit seinen Büchern zu nützen. Denn sein Stil ist zwar prickelnd, aber obschon Sodawasser bekanntlich den Vorteil bietet, daß man es auch stehen lassen kann, so schmeckt es darum doch nicht, wenn man es nach Jahren wieder trinkt. Ein Flaneur älteren Stils, den die Muse über und über mit Konfetti beworfen hat und der sich nun schüttelt und mit kurzem Atem die Freude hervorpustet, daß er bei solchen Unterhaltungen noch mittun darf, wobei er der Losen eine ganze Menge von Fremdwörtern, griechischen Zitaten und Fachausdrücken nachwirft. Denn er ist kein Spielverderber, wohl aber ein Polyhistor. Sein Humor ist von einer Frische der Senilität, die wieder auf den Nachwuchs ansteckend wirkt, und seine Weisheit ist eine fröhliche Wissenschaft, die schon hüpft. Wenn wir aber dem Berliner Psychologen glauben wollen, so liegt der Kernpunkt seines Wesens in dem »Vagieren zwischen den Zwielichtgierden des Bluts und den Zwitterstimmungen der Seele«. »Sein Assozion« – ein Fremdwort, das selbst Herrn Hevesi unbekannt sein dürfte – werfe seltsame Schnörkel. »Sonnensystem und Bazillus« seien in seinem Hirn »bloß zwei Gedanken verschiedener Stärke, aber nicht verschiedener Art. Auf überirdischer Höhe schwinden die Unterschiede zwischen Welt und Spinne, Stern und Sternchen auf einem Stern, und beide werden nur Spielball einer göttlichen Phantasie. Er hat das große Gelächter über Leben und Tod, Jehovah und Menschlein ...« So sah ich unsern Hevesi nie. Nicht einmal damals, als er einer verstorbenen Ballberichterstatterin die Charakteristik nachrief: »Dämonische Automatik des modernen Reportertums, in einer das Aparte streifenden, oft im Exklusiven sich bewegenden Sondersphäre« ...

*

Der ihn hauptsächlich auf dem Gewissen hat, ist der Hermann Bahr, der hierzulande noch die Jugend jeden Alters verdorben hat. Die »dampfenden Jünglinge« aber, die er seinerzeit entdeckte, sind längst Journalisten geworden, die überall Kritiken über Bahrs Bücher unterbringen können, und das neue Österreich ist fertig. »So viele Stimmen im Staate sein mögen, aus allen dringt nur ein Ruf: der Jugend werde Kraft, Mut, Freiheit! Nur ein Gefühl pulst in unserem Österreich: eine freie, starke, ehrliche Jugend erstehe unserer Zukunft!« Der Starke, der es zur Einführung des Bahrschen »Buchs der Jugend« sagt, ist jener Zeuge, der bei meiner Verurteilung im Prozeß Bahr-Bukovics ohnmächtig wurde. Zuerst verließ ihn die Erinnerung, später auch die Besinnung. Ich hatte mich, ohne ihn zu kennen, seiner angenommen und sein Autorenerlebnis als typischen Fall besprochen. Ich hatte behauptet, ihm sei vom Theaterdirektor ein Ehrenwort nicht gehalten worden. Drei Zeugen, die es aus seinem

Mund gehört haben wollten, stützten die Behauptung. Er sagte, er könne sich nicht erinnern. (Noch im Gerichtssaal wurde vom beeideten Kläger die Aufführung des Stückes versprochen. Es ist bis heute nicht aufgeführt worden. Fast zehn Jahre sind es her. Er wird sich nicht erinnern können.) Aber er will ein neues Österreich und eine Jugend, die Kraft und Mut hat. Das sind berechtigte Ansprüche. Wie sich Herr Bahr ihre Erfüllung denkt, zeigt er in dem Buch, das eben jenen typischen Vertreter des neuen Österreich begeistert hat. Es enthält eine Vorrede, die an ein zweiundeinhalbjähriges Kind gerichtet ist und ihm bestätigt, daß es sich von den österreichischen Mächten noch nicht habe kirre machen lassen. Der kleine Karli hätte nämlich vor Herrn Bahr, als er auf Besuch kam, einen »schönen Diener« machen sollen. Er aber wollte nicht (aha!) und seine »Nänä« war bös darüber. Bahr war begeistert. »Mach keinen Diener! Nie sollst du und niemandem den Diener machen!« Natürlich, meint Bahr, sind darüber die Nänäs alle sehr bös, denn die Nänäs glauben ja noch, die Macht in Österreich zu haben. »Aber die Nänäs werden vertrieben werden, und keiner wird einen schönen Diener machen, dann werden aus euch Menschen werden. Auf diese warte ich. Und mein ganzes Sein und Tun ist immer nur ein solches Warten auf die menschlichen Menschen in Österreich. Beeilt euch doch ein bißchen, beeilt euch heranzuwachsen! Ich möchte so gern erleben, daß eine Jugend kommt, die mich erkennt und spricht: Seht, das ist der, der auf Österreich gewartet hat! Denn, wenn dir die Nänäs sagen, daß ich ein schlechter Österreicher sei, ist das eine Lüge«. Nachdem er nun noch dem kleinen Karli – dem Sohn des Gründers der »Wiener Werkstätte« – erzählt hat, daß Österreich in den Künsten stark genug sei, es mit allen Völkern aufzunehmen, schließt er: »Habt den Mut zu Österreich! Seit Jahren rufe ich hinaus: Habt den Mut zu Österreich!« So steigt diese Anrede von einer herzigen Symbolik zu den erschütternden Tönen eines ganz alten Attinghausen empor. Was werden aber die Nänäs dazu sagen, daß man die zweieinhalbjährigen Kinder auffordert, sich ans Vaterland, ans teure anzuschließen? Man mag begierig sein, wie sie sich daraufhin entwickeln. Oh, ich sehe es kommen. Mit drei Jahren fangen sie an, Feuilletons zu schmieren. Mit vier bringen sie ihre ersten Stücke an. Zehn Jahre warten sie auf die Aufführung. Mit zwanzig fallen sie im Gerichtssaal um. Dann aber gehen sie hin und haben den Mut – zu Österreich. Karli! Karli! Ich kenne dich nicht mehr.

Razzia auf Literarhistoriker

Wo ich geh' und steh', wimmelt es jetzt von Literarhistorikern, also von Historikern, die in keinem Zusammenhang mit der Literatur stehen und darum nur Literarhistoriker heißen. Was soll ich mit den Leuten anfangen? Ich will die, die es schon sind, verstümmeln und darum die nachfolgenden verhindern. Ich will das Handwerk verächtlich machen. Ich will den Totengräbern zeigen, daß der Henker mehr Ehre aufhebt. Ich sammle die Fälle und bitte um Unterstützung. Stille Kreuzottern zu töten, ist schnöde und der steirische Landtag zahlt für jede zwölf – (hier will sich mir eine unerwünschte Ideenassoziation mit Herrn Rudolf Hans Bartsch ergeben). Ich zahle für jeden Literarhistoriker dreizehn Heller. Man folge mir in die Seminare, aber man scheue auch die Redaktionen nicht. Gerade dort nisten sie.

*

Wer es aber riskieren will, gar die Konversationslexika auf Literatur hin anzusehen, kann sich um diese verdient machen. Ich meide den Anblick von Supplementbänden. Ich fürchte, daß darin Biographien von Lothar, Müller und Wertheimer enthalten sind.

*

Einmal habe ich mich dafür interessiert, wann Lawrence Sterne gestorben sei und wann – da es doch nun einmal der Fall ist – Max Kalbeck geboren. Ich fand, daß über diesen genau so viel stand, wie über jenen. Seit damals glaube ich, daß der Brockhaus, wenn er über die Entfernung der Kassiopeia von der Erde Auskunft gibt, von einer Clique bedient ist.

*

Über Jean Paul fand ich die Bemerkung, er sei eigentlich kein Dichter gewesen, bezeichnend sei ja hiefür, daß er keine Verse geschrieben habe. Seit damals glaube ich, daß die Sphärenmusik von Charles Weinberger ist und das Buch der Schöpfung von Buchbinder.

*

Einer, der's gut mit mir meint, vermißte meine Biographie. Er teilte mir mit, er habe die Firmen Meyer und Brockhaus darauf aufmerksam gemacht, daß sie von ihren Vertretern am Wiener Platz infam belogen werden, weil die Fackel, wenn schon nicht, wie viele glauben, für den Geist, so doch für das Wiener Geistesleben mehr in Betracht komme, als die Werke des Herrn Dörmann. Die Firmen antworteten, daß sie sich auf ihre Vertreter verlassen müßten, und es blieb dabei, daß die Fackel selbst in der Rubrik »Wiener Zeitungswesen«, dem sogar die ›Pschüttkarikaturen‹ nachgerühmt wurden, fehlte. Zweifelt einer noch, daß ich die persönliche Sache aus anderen Motiven führe als weil sie das beste Beispiel für die allgemeine Unsachlichkeit ist? Glaubt einer noch, daß ich einen besseren Schulfall fände als mich? Mein Lebenslauf fühlt sich nur wohl dabei, wenn er von den Herren Walzel und Hauser nicht durch Beachtung aufgehalten wird. Der Strom mündet ins Meer und mit ihm fließt der Kehricht. Der Kehricht tut so, als ob's ihm der Strom zu danken hätte. Aber es dürfte wohl das Gegenteil der Fall sein.

*

Es werden erst dann bessere Zeiten kommen, wenn das Publikum endlich glauben lernen wird, daß ein Schuster echtere Beziehungen zur Lyrik hat, als eine Schuhfabrik oder gar ein Redakteur. Da solcher Glaube aber nie einreißen wird, so werden nie bessere Zeiten kommen. Also werden noch viele schlechte Lyrik-Anthologien kommen. »Deutsche Lyrik aus Österreich seit Grillparzer« hat einer ausgewählt und eine Berliner Verlagsfirma hat sie herausgegeben, jene, die den vornehmen Entschluß hatte, Speidel zu verlegen, den schlechten Geschmack, ihn von Herrn Wittmann zusammenstellen und von Herrn Benedikt einleiten zu lassen, und noch den traurigen Witz, ihm den Dichter Zifferer nachzusenden. Die deutsche Lyrik aus Österreich aber hat ein anderer Redakteur besorgt. Und so ist es möglich geworden, daß in einer Anthologie österreichischer Lyrik keine einzige der Begabungen vertreten ist, die sich in der Fackel geäußert haben. So ist es möglich geworden, daß in einer lyrischen Anthologie Redakteure vertreten sind. Daß Herr Salten in ein Lyrikbuch gehört, ist noch begreiflich; denn er gehört auch in eine epische, in eine dramatische, in eine satirische und überhaupt in jede bessere kommerzielle Anthologie, ist er doch in der achtfachen Buchführung zuhause wie nur einer. Aber noch von vielen anderen Herren, denen man's bisher nicht zugetraut hätte, wird man mit Staunen erfahren, daß sie's über sich gebracht und für den guten anthologischen Zweck sich zur Lyrik entschlossen haben. Nicht so sehr durch das also, was sie vermeidet, als durch das, was sie bringt, ist diese Anthologie eine gegen die Fackel gerichtete Anthologie. Sonst werden solche Sammelwerke ziemlich unbedenklich zusammengestellt. Hier ist ein Gesichtspunkt, und nicht nur die Dichter, sondern auch der Herausgeber hat ein Profil. Recht erstaunt war ich jedoch, als ich bemerkte, daß Moritz Necker nicht drin ist. Er ist eben doch kein Lyriker. Aber er hat sich wenigstens drüber geäußert. Zum Beispiel: daß die Verleger das Buch »mit vielen Porträts und erlesenem Geschmack ausgestattet haben«. Er dafür bespricht es mit Anerkennung und Stilblüten. Auch meint er, daß sich nunmehr »die deutsche Lyrik in Österreich ebenbürtig neben ihre Brüder im deutschen Reiche stellen darf.« Ich dachte, sie habe dort nur einen und der sei eine Schwester. Kenne sich der Teufel heutzutage mit den Geschlechtern aus! Wer vermöchte einen Literarhistoriker von einem Blaustrumpf zu unterscheiden? Wie Kraut und Rüben in einer Anthologie, liegen heute die Unwerte des Lebens durcheinander, und was man nicht definieren kann, ist eben Lyrik. Das Dichterbuch aus Österreich könnte so bleiben wie es ist: nur mein Name müßte auf dem Titelblatt stehen. Auch ich habe ja die Handel-Mazzetti und Herrn Bartsch als Lyriker zur Geltung gebracht. Ich würde auch die Proben des Herrn Felix Dörmann nicht scheuen, den Necker – frisch gewagt ist halb gewonnen – den »Schüler Baudelaires« nennt. Auch ich ließe mich bei der Auswahl der österreichischen Dichter »von rein künstlerischen Gesichtspunkten leiten«. Es sollte mir ein Kontoauszug der Betriebsamkeit werden, und ich wette, er gliche aufs Haar der »Deutschen Lyrik aus Österreich seit Grillparzer«. Necker brauchte sich um keinen neuen Waschzettel zu bemühen. Und vor allem ein Satz, den er geschrieben hat, wäre eines buntbewegten Inhalts treffender Ausdruck. Einer von jenen Sätzen, die ewig sind durch die Unbewußtheit dessen, was sie enthalten. Er spricht nämlich von Lyrikern, »die sich schon jeder ihren Platz auf dem Parnaß gesichert haben«. Welch ein Januskopf von einem Satz! Hier hat die Sprache einen Reporter verzaubert, und das Wunder geschah, daß einer, der ausging zu segnen, den stärksten Fluch fand, der eine Horde von Parnaßeinbrechern treffen konnte. Gewiß, sie haben sich schon jeder ihren Platz auf dem Parnaß gesichert. Im Vorverkauf, mit Agio, mit Überredung, mit Rippenstößen, mit Protektion. Weil sie sich angestellt oder weil sie die Billeteure des Parnaß bestochen haben. Oder weil ihr penetrantes Dasein jeden Widerstand hoffnungslos macht.

*

Noch unwirtlicher aber ist's jetzt auf dem Semmering. Nicht wegen der Tuberkeln, aber wegen der Talente. Ein Berliner Verleger ist angekommen und nunmehr sollen die Hotels dort oben den deutsch-österreichischen Anthologien gleichen. Herr Sami Fischer könne keine Stunde mehr am Busen der Natur ruhen, ohne daß ihm die Literatur den ihren hinhält. Zweihundert fein differenzierte Begabungen, die aber voneinander nicht zu unterscheiden sind, haben sich schon jede ihr Zimmer gesichert. Lungern ihm vor der Tür, laufen voran, lauern hinter Bäumen, machen Waldzauber. Führen dem Verleger die Wunder der Natur vor, kopieren den Hahnenschrei, um ihn zu wecken, machen ihm das Echo, melken ihn. Auf den Waldwegen, wo sonst nur Stullenpapiere und Kurszettel vorkamen, liegen jetzt Manuskripte und Kontrakte herum, und der Semmering, diese idyllische Zuflucht der Börseaner, ist zur Börse geworden. Das hat der Mann vor fünfundzwanzig Jahren sich nicht träumen lassen, und wenn er, nachdenklich wie er ist, die Zeiten vergleicht, mag er finden, daß zwar die Literatur mehr trägt, aber die Kommittenten der Möbelbranche bessere Manieren hatten. Wie verkennt mich der anonyme Esel, der mich neulich der Gemeinheit für fähig hielt, dem Manne einen »Vorwurf« daraus zu machen, daß er früher ein anderes Geschäft hatte. Es war kein Angriff auf die Möbelbranche, die ich für nützlich, ja für unentbehrlich halte und vor allem für ein ehrlicheres Geschäft als die Literatur. Ich habe ihr aber den Vorwurf nicht ersparen können, daß sie ihre Leute nicht halten kann und daß einer der Ihren und sicherlich der Besten einer sich auf Romane geworfen hat. Jetzt sieht er, in welche Gesellschaft er geraten ist.

*

Am Sonntag treibt ein L. Hfld. gottlose Dinge. Allen Warnungen zum Trotz behauptet er:

Das ganze ist in einem hübschen, fabulierenden Ton erzählt, halb poetisch, halb *nachdenklich*, und namentlich die galanten Erfahrungen des ahnungslosen jungen Königs sind von liebenswürdiger Anmut. … Kein lauter, übermütiger Humor, sondern einer von der stilleren, *nachdenklichen* Art, die lächeln macht. L. Hfld.

Ein anderer gleichen Namens, der sich aber schon L. Fld. nennt, behauptet wieder, daß der nachdenkliche Blick des Kainz-Monuments auf dem Totenschädel Yoricks ruht, weil Kainz den Blick immer nachdenklich auf den Totenschädel gerichtet gehabt habe. Auch da und dort noch wird Ähnliches gewagt. Selbst von der stillen oder zärtlichen Wiener Landschaft wird gesprochen. Mit mir werden die Herren aber nicht fertig werden. Ich werde es dahin bringen, daß man auf jeden, der sich so fein benimmt, mit Fingern zeigt. Wie wenn einer irgendwo in eine stille Landschaft hineingetreten ist und darauf diskret aufmerksam gemacht wird, so wird es künftig sein: Ein Herr wird ersucht, sich ohne Aufsehen zu entfernen, und wenn er noch nach den Gründen fragt und es selbst nicht spürt, wird ihm gesagt werden: »Sie haben etwas Nachdenkliches an sich, die andern Herrschaften beschweren sich.« Und wenn er remonstriert, wird ihm bedeutet werden, daß er von stiller Anmut sei, die lächeln macht, und dann wird er hinausgeworfen. Wir wollen doch sehen, ob wir im Literaturteil nicht die Zimmerreinheit durchsetzen können, die sich im letzten Beisel von selbst versteht!

*

Von Herrn Otto Hauser, einem Übersetzungsbureau, heißt es:

Otto Hauser ist eine Art Kardinal Mezzofanti für die deutsche Literatur, niemand weiß genau zu sagen, wieviel Sprachen er eigentlich beherrscht (einige davon so vollendet, daß er sogar eigene Gedichte in fremden Idiomen wagen durfte), aber nach seinen bisherigen Publikationen und der staunenswerten Leistung seiner Geschichte der Weltliteratur dürften es wohl mehr als zwanzig sein.

Ich möchte bei Hauser nicht übersetzen lassen, finde aber sein Wagnis, eigene Gedichte in fremde Idiome zu übersetzen, sympathisch. Mit den Übersetzern ist's eine eigene Sache. Sie glauben immer, es genüge, wenn sie die andere Sprache können. Darum ist es wirklich nicht viel, wenn Hauser zwanzig Sprachen beherrscht, und wir, die nur deutsch sprechen, können uns dann eben zwanzigmal schwieriger mit ihm verständigen. Was haben wir denn davon, daß Hauser Gedichte des Li-Tai-Po lesen konnte? Übersetzt er sie in eine ihm fremde Sprache, so ist es ein Trugschluß, zu glauben, sie seien nun deutsch geworden, weil sie nicht mehr chinesisch sind. Zwanzig Sprachen zu beherrschen, ist eine traurige Eigenschaft, die den, der sie besitzt, früh welken macht. Was hat er von seinem Leben, wenn er immer Acht geben muß, daß ihm keine Verwechslung passiert? Unter allen Umständen mag eine solche Gabe den Betroffenen oft in Verlegenheit bringen, weil sich die Passagiere nur zu leicht versucht fühlen, ihn auch nach den Zugsverbindungen zu fragen. Nie jedoch würde es mir in den Sinn kommen, mir von einem athenischen Hotelportier die Odyssee übersetzen zu lassen. Am tragischen Fall Trebitsch hat es sich gezeigt. Zwischen dem Englischen und dem Deutschen war plötzlich jede Verständigung unterbrochen, und wenn wir auch nicht gerade bedauern mußten, daß uns die Kenntnis des dubiosen Herrn Shaw erschwert wurde, so war doch am Deutschen eine unerlaubte Handlung verübt worden. Wozu übersetzen? Es heißt eine Fliege mit zwei Schlägen treffen. Die Herren sollen, wenn sie Courage haben, in Privathäusern Lektionen geben. Mir kann's ja egal sein, was mit dem Portugiesischen geschieht; daß sich mit dem Deutschen nicht spassen läßt, weiß ich zufällig. Wenn sich aber zwanzig Sprachen von Herrn Hauser beherrschen lassen, so geschieht ihnen recht.

*

Aus einer Literaturkritik:

Kein Zweifel, die Novellenfolge bietet ein gutes Diner: die obligate Suppe, diskret, nur ein paar Löffel, ein Glas Sherry darin – ein sanfter Fisch, ein leicht verdauliches Entree, ein sorgsam gebratenes Fleisch mit der Jahreszeit entsprechenden Gemüsen – noch eine Platte Spargel, dann Eis –; aber, wie nach solchen Diners, ist man am Ende des Buches noch hungrig. Es war alles ganz gut, aber es war nichts, wobei man sagen müßte: deliziös! Oder, *um diesen prosaischen Vergleich zu beenden*: Der »Falke« dieser Novellen ist ein ausgestopfter, ein konservierter Falke .... Sorrent, das Meer – das ist mit echter Meisterschaft gemalt. Knapp, statt gedankenvoll. Lassen die anderen Erzählungen zuweilen daran denken, daß die Vorwürfe zu ihnen Brosamen von einem reichen Tisch sind – der »kindliche Knabe« ist vollwertige Produktion.

Bitte auch etwas Speisepulver!

*

»Dichtung und Dichter der Zeit. Eine Schilderung der deutschen Literatur der letzten Jahrzehnte« von Albert Soergel. Mit 345 Abbildungen. A. Voigtländers Verlag, Leipzig. »Meiner Braut gewidmet.« – Solche Intimitäten werde ich dem Herrn bald abgewöhnt haben. Daß die Fortpflanzung der Literarhistoriker nicht erwünscht ist und tunlichst erschwert werden soll, habe ich bereits zu verstehen gegeben. Heiratet dennoch einer, so erspare er dem Publikum die Anzeige! Wäre ich ein Weib und fiele auf mich die Wahl, den Sörgel glücklich zu machen, weiß Gott, ich überlegte mir's nach diesem Buch und täte es nicht. Über den Stil ist weiter nichts zu sagen, als daß die Befassung des Herrn Sörgel mit der deutschen Literatur der letzten Jahrzehnte purem Übermut entspringt. Oberflächlich wie ich bin, habe ich nur geblättert. Das tue ich immer und muß bekennen, daß ich mich eigentlich nur in meine eigenen Bücher vertiefen kann und auch nur, solange sie noch nicht erschienen sind. Hotelrechnungen und Literaturgeschichten überfliege ich; und merke doch sogleich, wenn dort etwas zu viel aufgeschrieben ist und hier etwas zu wenig. Und kenne doch den Sörgel weit besser als irgendeiner, der ihn studiert hat. Versenkte ich mich in ihn, so wäre ich bald unten durch; aber wenn ich ihn nur flüchtig berühre, so haben wir beide einen Jux davon. Ich behaupte also infolge oberflächlicher Kenntnis des neunhundert Seiten starken Werkes, daß es im Stil eines Chef de reception geschrieben ist, der aus den kleinen Verhältnissen von Zwickau (Sachsen) ohne Übergang in ein Hotel in Ostende geriet und sich dort einfach nicht auskennt. Er kommandiert mit den Leuten herum, belagert ihnen die Tür, wenn sie nicht auf die Minute die Wochenrechnung zahlen, will sie – in Ostende – eegalganz auf ihren Leumund prüfen und es kommt überhaupt zu peinlichen Weiterungen zwischen Zwickau und dem großen Leben. So scheint mir das Buch geschrieben. Alles was er über die Schönheit der Gegend in Reisebüchern gefunden hat, weiß das Männeken herunterzuschnattern, und ist dabei objektiv. »Nur so kann, meine ich, der Leser die literarischen Geisteskämpfe wirklich noch einmal erleben – als unparteiischer Zuschauer oder als Mitkämpfer auf der einen oder andern Seite: dem Leser ist oft die Wahl gelassen.« Badeabonnements, Eintrittskarten für den Gletscher besorgt die Direktion, Warmwasserheizung, Freiluft- und Liegekuren, photographische Dunkelkammer, eigene Hochwildjagd, feinstes Orchester, Lift, Forellenfischerei im Hause. Wie gewissenhaft und gerecht aber der Sörgel in der Literatur die Werte unterscheidet, beweist er hinreichend. Zum Beispiel: »Eine Zeitlang *löste* der Name Max Dreyer den Namen Otto Ernst *aus*. Nicht, daß Otto Ernst später als Dreyer *in der Literatur heimisch* wurde, mit ähnlichen Werken wie *der Rostocker, nein*: schon 1888 erschien von dem Hamburger Volksschullehrer Otto Ernst Schmidt ein Band Gedichte, ein Jahr später ein Band Essays ... Aber eine Zeitlang zwang das Volksschullehrerdrama ›Flachsmann als Erzieher‹ an das Schauspiel vom ›Probekandidaten‹ zu *denken* und eins mit dem andern zu vergleichen. *Diese Gedankenverknüpfungen* schwinden jetzt. Das Bild des Dramatikers Otto Ernst verblaßt, *der Plauderer*, der Erzähler, der Lyriker gewinnt. *Zum Glück*.« Über allem aber strahle das »Lächeln eines unbeirrten Optimismus«. Und nicht bloß, weil der Herr Otto Ernst geglaubt hat, »Die Liebe höret nimmer auf« werde im Burgtheater Kassa machen. Von Hermann Bahr »führen manche Fäden« zu dem nur wenig älteren Schnitzler. Aber ich durchschneide sie. Wedekind gegenüber kommt sich natürlich ein Hotelsekretär als Dichter vor. Denn »wenn Wedekinds Personen reden, dann reden sie ein schwulstiges Papierdeutsch, das halb der schlechten Zeitung, halb dem Kolportageroman angehört ... Dieser schwulstige oder stumpfe Stil ist *mit* daran Schuld, daß Wedekinds Dramen, hintereinander gelesen oder gesehen, bald langweilig werden.« Das schreibt der Mann, der sich »gezwungen« fühlt, Flachsmann als Erzieher mit dem Probekandidaten zu vergleichen und an beide zu denken. Solche Schweinerei ist heute in Deutschland möglich und wird dank ihr selbst und dank den schönen Bildeln, die ihr beigegeben sind, massenhaft unter den deutschen Familien abgesetzt. Vom Herrn Sörgel ist eben zu erfahren, was man über die modernen

Dichter und Denker zu sagen hat, denn er hat nicht nur sämtliche Klischees und Waschzettel der letzten Jahrzehnte gelesen, nein, er weiß auch Bescheid, wer bei den Gründungen der Literaturvereine in den achtziger und neunziger Jahren im Gasthaus dabei war und daß eine hochfeine Bowle getrunken wurde. Er weiß Bescheid und tut ihn. Er hat sich sogar ein Porträt des Herrn Felix Holländer verschafft, der Sappermenter! Er weiß auch, daß dem Herrn Hanns Heinz Ewers, dem Commis voyageur ins Transzendente, fünf Seiten gebühren und Peter Altenberg zwei, Herrn Weigand sieben und Heinrich Mann drei, von den »Ausländern, die die deutsche Literatur entscheidend anregten«, d'Annunzio zwei Seiten und *Strindberg eine halbe Zeile*. Er weiß, daß in eine moderne Literaturgeschichte die delle Grazie und die Böhlau gehören, aber beileibe nicht die Else Lasker-Schüler. Er ist objektiv. Über Peter Altenberg hat er einen Geburtstagsartikel aufgepickt und da gelesen, daß ihn die Wachmänner und Marktweiber in Wien kennen; er gibt nicht die Quelle an, aber er bestreitet es wenigstens nicht. Er hat auch erfahren, es sei Altenbergs Wunsch, »daß die Seele durch ihn an Terrain gewinne«; er nimmt Notiz davon. Er weiß auch auf den ersten Blick, den er selbst auf die erste Seite eines Altenbergschen Buches geworfen hat, daß dort Mandarinenschalen gekaut werden; er erkennt, daß es ein sonderbarer Heiliger sei. Dieser Sörgel schreibt einen einheitlichen Stil, nämlich den Stil von fünfhundert gleichwertigen Literaturreportern, deren Meinungen ihm zugänglich und geläufig wurden. Er ist objektiv. Er kann sich die letzten Jahrzehnte ganz ohne mich denken. Während ich so ungerecht bin, mir die letzten Jahrzehnte ohne den Sörgel nicht denken zu können. Er gehört hinein. Ich würde ihn um keinen Preis totschweigen. Daß ich ihn nenne, wird mir bei der Presse nicht schaden. Würde der Sörgel, dem man Uninformiertheit nicht nachsagen kann, meiner Tätigkeit nur mit einer Silbe gedenken, würde er auch nur mit einem Achselzucken zu verstehen geben, daß er um sie weiß, es hätte dem Weihnachtsgeschäft, das mit seiner Literaturgeschichte gemacht wurde, geschadet und wäre bis zur Ostermesse nicht von Vorteil. So muß sich Sörgel damit begnügen, von mir seine Meinung über Herrn Harden zu beziehen. Wenig genug und auch das in plumpster Fasson. »Eine rätselhafte Natur!« schreibt Sörgel zunächst hin. Mehr wußte er nicht. Da kam ich und löste das Rätsel in nichts auf. Noch nannte Sörgel den Mann einen »Meister der Antithese«, aber er wurde durch die Lektüre meiner Aufsätze unterbrochen, in denen an einem von Gesundheit strotzenden Stil der Bandwurm festgestellt erschien. Sörgel, selbst ein Meister der Antithese, verband nun die höchste Anerkennung, die einer Sprache zuteil werden kann, mit einem Tadel, der die Sprache zur lästigen Rede herabsetzt. Er ist eben objektiv. Natürlich fällt es mir nicht ernstlich ein, die Meinungen, die man mir so jahraus jahrein abschöpft, zu reklamieren. Nicht daß die Leute, deren Lippen noch vom Trunke feucht sind, die Quelle nicht nennen, aber daß sie deren Existenz leugnen möchten, vergiftet die Quelle. Solch ein Sörgel hat immer Recht. (Ich kann beeiden, daß an dieser Stelle der Setzer »Tölpel« gesetzt hat, und ich habe den Druckfehler »Sörgel« daraus gemacht.) Er ist objektiv und konsequent. Denn das Benehmen der Leute mir gegenüber, der ihnen nichts getan hat, ist immer die Antwort darauf, daß ich ihnen etwas tun werde. Herr Harden ist im Buche des Sörgel mit der Feder in der Hand photographiert – aha ein Schriftsteller –, von mir ist nur die Feder übernommen und vom Sörgel gar nur die Hand.

*

Man muß ihr für drei Zitate dankbar sein. Zwei davon bringt Sörgel mit ernster Miene. »Wir sind die Dichter des Niedergangs, des Abends, des Versinkens …‹ sagte Verlaine in Paris zu Rudolph Lothar.« Und tief erschüttert über diese ganze Richtung setzt Sörgel schlicht hinzu: »Dichter des Versinkens, Dichter der Décadence!« Im Tone von »Tief gesunken!« Oder wie wenn der Vater in Zwickau dem Sohne vorstellt, was aus ihm noch werden kann. Wenn aber der Rudolph Lothar, zu dem Gottlob viele Leute etwas gesagt haben, nicht Verlaine belästigt und es in einem Blatt des Abends veröffentlicht hätte, wir wären um die ganze Perspektive gekommen. Dagegen ist es dem Tatsachensinn des Autors gelungen, ein Dokument zu entdecken, dessen Komik er zwar nicht versteht, dessen Abdruck aber verdienstlich ist. Es zeigt, aus welchen Hohlräumen anno 87 in Berlin der Vorsatz einer modernen Entwicklung entsprungen ist, wie sinnlos das ganze Geschwätz über Richtungen in der Literatur und wie unerhört etwa die Zumutung ist, die Existenz eines Gerhart Hauptmann auf die damaligen Vereinsbeschlüsse zurückzuführen. Herr Sörgel bringt »zwei Seiten aus dem Protokollheft des Vereins ›Durch‹, Sitzung vom 22. April 1887« in Faksimile. Der verstorbene Leo Berg – der intellektuell gewiß über dem Niveau der Debatte stand – hatte einen Vortrag »über die Begriffe Naturalismus und Idealismus« gehalten:

... Aus der Debatte, welche zahlreiche willkürliche und dem Sprachgebrauch entgegengesetzte Definitionen hervorbrachte, rangen sich schließlich etwa folgende Anschauungen empor, die von Wille, Lenz, Türk und wesentlich auch Münzer vertreten wurden:

1. Idealismus ist eine Richtung der künstlerischen Phantasie, welche die Natur nicht, wie sie *ist*, darstellt, sondern wie sie irgend einem Ideal gemäß sein *sollte*; (Anstandsideale der alten Griechen, des höfischen Rittertums, des modernen Salons).

2. Naturalismus ist die entgegengesetzte Geschmacksrichtung, welche die Natur darstellen will, wie sie *ist*, dabei aber in tendenziöse Färbung verfällt und mit Vorliebe das auswählt, was *nicht* so ist, wie es sein *sollte*, also das ästhetisch und moralisch Beleidigende.

3. Realismus ist diejenige Geschmacksrichtung, welche die Natur darstellen will, wie sie ist, und dabei nicht in Übertreibung verfällt. Der Realist weiß, daß die Wahrheit allein frei macht; sein Ideal ist daher Wahrhaftigkeit in der Darstellung. Durch die objektive Betrachtung der gesellschaftlichen Verhältnisse wird ferner der moderne Realist in eine Gemütsverfassung geraten, welche ihn über die Stoffe seiner Darstellung eine eigentümliche Beleuchtung ausgießen läßt (Gerechtigkeitsgefühl und Erbarmen). Der Realismus ist also ideal, aber nicht idealistisch; er stellt ideal dar, aber nicht Ideale.

Bruno Wille.

Wenn der Referent einer Berufungsverhandlung über die Weltschöpfung den Standpunkt Gottes zu erläutern hätte, er könnte es auch nicht übersichtlicher tun. Man machte sich anno 87 über die Kunst Gedanken. Aber es waren weder die bis dahin schon gedachten noch die eigenen. Dagegen spürt auch ein Sörgel den Humor dessen, was ungefähr um jene Zeit über Herrn Dörmann ernsthaft soll geschrieben worden sein:

Die Wollenskraft, im Durst nach Sensationen zerspellt, hat eine Mischung mit dem potenzierten Kohäsionsbedürfnis eingegangen zu raffinierter Geschlechtlichkeit .... Die sensationale Verdampfung der lebendigen Schwingungseindrücke auf dem Schwingungsskelett entspricht deutlich der Langsamkeit der psychophysischen Tätigkeit.

Vielleicht hat indes Herr Sörgel, der so viel Ernstes nicht humoristisch nimmt, hier eine Parodie ernst genommen. Jedenfalls könnte – in Lob oder Tadel – auch nicht annähernd Ähnliches heute über das Libretto des »Walzertraums« gesagt werden. Woraus man ersehen mag, daß sich die Zeiten ändern und wir mit ihnen, und nur die Literarhistoriker nicht.

*

»Der Dichter muß fähig sein, mit leicht hingaukelnder Phantasie ...«

verlangt der Professor Oskar Walzel. Aber das ist nur die übliche Verwechslung der Dichtkunst mit der Literaturgeschichte.

»Da ist ebensoviel ungewollte Naivität wie frische Keckheit der Erfindung.«

Nie beim Dichter, immer bei der Literaturgeschichte!

»Frei schaltet die Phantasie mit den widerspruchsvollen Stücken der Überlieferung.«

Doch nicht bei einem Dichter, sondern bei der Literaturgeschichte!

»Vom schweren rotgoldenen Haar und der weißen hohen Stirn bis hinab zu den Füßen, die zart gegliedert waren wie ihre Hände, steht die Göttin in jeder ihrer Bewegungen scharf umrissen vor dem Leser.«

Muß ein sauberer Kitsch sein, diese Novelle, wie geschaffen für die Literaturgeschichte.

*

Aus einem Aufsatz des Herrn Professors August Sauer über einen ganzen Viehwagen von Literaturgeschichten:

... Die Urteile im einzelnen sind mitunter ungerecht, so wenn Brentano .... jede künstlerische Zucht abgesprochen, *dagegen Jean Paul zum siebenten Klassiker emporgeschraubt wird.*
... Von Fritz Stavenhagen, Charlotte Niese, Otto Ernst .. Theodor Suse ... Maria Hirsch u. a. *werden sehr anschauliche Charakterbilder entworfen.*
... Neben dem Herausgeber begegnen uns in Stefan Milow, Marie Eugenie delle Grazie und Otto Hauser, die jenen Gegenden entstammen, *Namen von gutem Klang.*
... Die *höchst subjektiven* barocken *Aphorismen Baudelaires* werden dadurch *kaum genießbarer.*
... Unsere Schule kann nur gewinnen, wenn die Schüler nicht bloß mit den Meistern der Vergangenheit, sondern auch mit den großen Geistern der Gegenwart vertraut gemacht werden und *ihr* von den dazu berufenen Lehrern *ein vorläufiger Standpunkt zu den brennenden Fragen unserer Zeit* gegeben wird.

*

Dem verstorbenen Schweizer Dichter J. V. Widmann sind in Wien zwei dicke publizistische Tränen nachgeweint worden. Den Herren Max Kalbeck und Anton Bettelheim war er gestorben. Sie veröffentlichen Briefe und Erinnerungen und ihnen schließt sich Necker an, indem er schreibt:

Die Freunde des liebenswürdigen Dichters der ›Maikäferkomödie‹ konnten sein Andenken nach seinem unerwartet schnellen Tode am 7. November v. J. nicht besser als durch die Veröffentlichung einiger seiner

Privatbriefe ehren ... Man darf voraussagen, daß Widmanns Briefe, einmal gesammelt, sein schönstes Buch bilden werden. Wenn ich nun auch die zwei einzigen Briefe mitteile, die ich von Widmann besitze, so glaube ich, daß sich dies durch den Inhalt selbst rechtfertigen wird.

Auch ich schließe mich an und glaube, daß in der Briefsammlung ein Schreiben nicht wird fehlen dürfen, dessen Publikation sich gleichfalls schon jetzt durch den Inhalt selbst rechtfertigt. Es ist nicht an mich gerichtet, kann deshalb umso bequemer vom Neuen Wiener Tagblatt abgedruckt werden. Es wird aber vor allem die Wiener Korrespondenten Widmanns selbst interessieren, und da nur sie die Vorgeschichte dieses Schreibens kennen dürften, so möchte ich die Herren, die um das Andenken des Schweizer Dichters bemüht sind, um Aufklärung über die folgende Angelegenheit bitten. Widmann, der schon darum ein Dichter war, weil er die Gabe hatte, sich im Bekenntnis seiner Irrtümer zu verjüngen, und der Otto Weininger in vier Essays für ein Feuilleton Abbitte geleistet hat, hatte in seinem ›Berner Bund‹ vom 5. Februar 1911 einen Aufsatz über »Heine und die Folgen« veröffentlicht. Diese in Nr. 317/318 der Fackel zitierte Besprechung enthielt viele Sätze, die Anerkennung bezeigten und fast etwas wie die schamvolle Dankbarkeit des journalistisch gebundenen Künstlers, welcher einem begegnet war, der um Freiheit und Bedingtheit weiß. Merkwürdig widersprachen solchen Zugeständnissen abfällige Wendungen über mein literarisches Vorleben und die offenbare Desorientiertheit, die freudig erstaunt annahm: daß hier, wie's häufig vorkomme, ein ehemaliger Bandit sich als Polizist hervorragend bewähre, daß in »Heine und die Folgen« einer, der selbst das Handwerk betrieben und »vielen trefflichen Männern Österreichs« Unrecht getan habe, nun auf einmal sich zum Richter der üblen Zunft mache, und daß »der als satirischer Denker und schlagfertiger Stilist immer mehr zur Geltung gelangende österreichische Schriftsteller Karl Kraus sich in ehrlichen Stunden – oder wenigstens Minuten – gewiß selbst eingestehen wird, daß auch er als Redakteur usw.«. »Man mag also über Kraus denken, wie man will und kann«, schloß Widmann, »diese seine Broschüre ist eine Leistung u. s. w.«. Ich erwiderte:

Man mag über Kraus denken, wie man will und kann – wenn man denken könnte, würde man schon anders wollen –, das eine muß er sagen: Herr J. V. Widmann hat hier ein rechtschaffenes Bekenntnis abgelegt, das – ein gutes Pendant zu der letzthin zitierten Berliner Meinung – ihm die Ungunst der Feuilletonbuben zuziehen wird. Aber es würde ihm wahrlich nicht gelingen, nachzuweisen, daß ich vom Banditen zum Polizisten avanciert bin und in Erkenntnis meiner »journalistischen Sünden« mich plötzlich und zur allgemeinen Überraschung als Bekämpfer des Journalismus zu etablieren begonnen habe. Ich kann ruhig sagen, daß ich noch keine einzige »ehrliche Stunde« gehabt habe, in der ich mir etwas eingestehen mußte, z. B. ich sei »in den Mitteln sensationeller Tagesschriftstellerei bisher so gar nicht wählerisch« gewesen. Ich ahne nicht, mit wem Herr Widmann mich verwechselt, und ich glaube ernstlich, daß er erst durch den verlegerischen Begleitzettel auf mich aufmerksam geworden ist. Den trefflichen Österreicher nenne er mir, dem ich Unrecht tat. Was ich zu bereuen habe, sind Überschätzungen. Den »schadenfrohen, gassenbubenhaften Wortwitz« Heines weise er mir nach. Einen einzigen Witz, der nicht ein Blutstropfen wäre! Als ob sich Witz gegen Heine wenden könnte, wenn er Witz von seinem Witze wäre! Als ob das Vergnügen, das die Wiener Kaffeehaussippe an ihm hat, ein Beweis wäre für die Gemeinheit seiner Herkunft. Ich glaube, mit dem Satz: »Man mag über Kraus denken, wie man will« muß heute jede Anerkennung beginnen, die die Würde mir spendet. So viel Seiten dreihundertsechzehn Nummern der Fackel haben, so oft habe ich den Satz schon gehört, und immer war eine andere Leistung von dem weiten Gebiet ausgenommen, worin man gegen mich sein durfte. Je nach den Beziehungen, Gewohnheiten und Vorurteilen der vorsichtigen, einschränkenden und zugebenden Herren. Wenn ich diese Dennochs summierte, und nicht schon größenwahnsinnig wäre, ich würde es unfehlbar werden.

Als ich nun kürzlich in Innsbruck eine Vorlesung hielt, war auch Carl Dallago aus Riva anwesend. Der machte mir eine Postkarte zum Geschenk. Und erzählte deren Vorgeschichte. Ihn hatte – es gibt unter zehntausend Schreibern, wenn's hoch kommt, einen, aber der eine findet sich dann: der einen Glauben durchhält, und der bereit ist, sich Feinde zu machen, um einem Andern Freunde zu werben: – ihn also hatte die Meinung Widmanns und hatte meine Antwort verdrossen. Er schätzte beide, glaubte aber nur den einen aufklären zu müssen. Auf ein ausführliches Schreiben erhielt er nach längerer Zeit erst – wenige Monate vor dem Tode Widmanns – die Antwort:

Bern, 11. Juli 1911

Sehr geehrter und lieber Herr!
Mein Schweigen auf Ihren Kraus-Brief hatte keinen andern Grund, als daß ich, mit Anwandlungen körperlicher Schwäche fortwährend kämpfend und doch täglich meine anstrengende Berufsarbeit erfüllend, zu einer Alles erklärenden *ausführlichen* Antwort nicht Zeit und Kraft fand. Meine 70 Jahre machen sich halt geltend. Nur das Eine will ich anführen, *daß ich über Kraus von Wien aus einseitig orientiert war*. In seinem Kampf gegen Harden und Konsorten stehe ich ganz auf seiner Seite.
– – – Mit freundlichem Gruß und Dank für die herzlichen Worte Ihres Briefes vom 9. Juli

Ihr – leider – alter

J. V. Widmann

Und nun soll sich der freiwillig melden, der's getan hat. Ich fixiere scharf den Kalbeck und auch den Bettelheim. Er soll sich melden – sonst bleibt mir die ganze Klasse hier!

Notizen

Ein Brief

Die meisten Briefe, die im Verlag der Fackel geschrieben werden, haben durchaus keinen geschäftlichen Inhalt. Es sind Antworten an Einsender, deren Annäherung als schimpflich empfunden wurde, motivierte Entziehungen des Abonnements, wenn der Abonnent mit Berufung auf diese Würde sich zu weit vorgewagt hatte, Kündigungen des Freiexemplars an Redaktionen, die über die Pflicht hinaus, den »Inhalt« abzudrucken, zu einer Kritik übergegriffen hatten, Zurechtweisungen von Behörden, die sich für verpflichtet hielten, den Herausgeber von einem Abonnement auf die Fackel zu unterrichten, Verweigerungen von Nachdrucken mit Grundlegung zu späteren Haßausbrüchen und dergleichen mehr. Man sieht, es gibt auch im Verlag viel zu tun. Einer dieser Briefe lautet:

Wien, 24. April 1913.

An die Schriftleitung der Deutschen Tageszeitung, Berlin.

Ein Berliner Ausschnittbureau übersendet uns den Artikel, den Sie am 14. April über Peter Altenberg gebracht haben und der mit den Worten beginnt:

»Peter Altenberg, so schreibt Adolf Bartels im 18. Bogen seines deutschen Schrifttums, heißt eigentlich Richard Engländer.«

Sonst zitieren Sie keinen weiteren Ausspruch dieser Autorität, sondern gehen zu einem Nachdruck der Altenberg'schen Skizze »So wurde ich« über, in der des Anteils gedacht ist, den der Herausgeber der Fackel an der Publikation des ersten Altenberg'schen Buches hat, und die mit den Worten schließt: »Und was bin ich geworden?! Ein Schnorrer!« Dazu schreiben Sie: »Nun, Peter mag sich trösten, das ist ein guter alter jüdischer Beruf. *Uns Deutsche interessiert an der Skizze vor allem, wie die Juden ihrem Rassegenossen helfen.* Die sechs älteren »Werke« von Peter Altenberg haben inzwischen die 7., 4., 3., 4., 4., 3. Auflage erlebt, obschon er als Schriftsteller eigentlich »parlamentarisch« kaum zu cha-

rakterisieren ist. Man höre noch zwei Aphorismen von Peter Altenberg: ...«
Daß Sie zwei Aphorismen von Peter Altenberg nicht verstehen und sich überhaupt unfähig fühlen, ihn als Schriftsteller parlamentarisch zu charakterisieren, würde uns natürlich nicht aufregen und gewiß nicht Stoff zu einem Brief an Sie geben. Was uns, den Verlag der Fackel, interessiert, ist nur die Stelle Ihrer Notiz, wo Sie sich erdreisten, das Eintreten des Herausgebers der Fackel für Peter Altenberg als die »Hilfe der Juden für ihren Rassegenossen« darzustellen. Es kann natürlich nicht unsere Sache sein, Ihnen eine bessere Ansicht über diesen Punkt beizubringen oder Ihnen zu versichern, daß jede Zeile, die Sie und jedes deutschantisemitische Blatt je geschrieben haben, jenem jüdischen Drang verwandter war als die Erkenntnis, aus der der Herausgeber der Fackel für Peter Altenberg eintritt, ganz abgesehen davon, daß die Sprache Altenbergs deutscher und sein Inhalt christlicher ist als sämtliche Jahrgänge, die sämtliche deutsch-christlichen Schriftleiter Deutschlands und Österreichs bisher zusammengeschrieben haben. Sie würden's ja doch nicht glauben und beweisen läßt sichs nicht so leicht wie die Konfession. Was uns aber interessiert, ist die Tatsache, daß Sie jene Bemerkung über den Herausgeber der Fackel denselben Lesern vorsetzen, denen Sie durch Jahre in eindringlichen Hinweisen und geradezu begeisterten Notizen die Lektüre der Fackel, wohl zur Aufklärung über die Verworfenheit der jüdischen Presse, empfohlen haben. Nun würde uns dieser Wechsel der Gesinnung nicht besonders aufregen, da wir die Verworfenheit der Presse ohne rassenmäßige oder konfessionelle Nuancen ins Auge fassen und nie daran gezweifelt haben, daß sich die antisemitische Presse von der jüdischen zu ihren Gunsten höchstens durch die geringere Geschicklichkeit unterscheidet. Auch ist der Herausgeber der Fackel der Ansicht, daß die deutsche Treue, jedenfalls insofern sie von den deutschen Schriftleitern strapaziert wird, an Wert hinter der ärgsten jüdischen Pofelware nicht zuweit zurücksteht, und er hat auf die Beständigkeit einer nationalen Anhängerschaft noch nie übertriebene Hoffnungen gesetzt. Das alles ist uns also gleichgültig, und Ihr Tadel kann uns so wenig anhaben wie Ihre Komplimente. Was uns ausschließlich angeht, ist das geschäftliche Verhältnis, in dem wir, wie sich zu unserer Beschämung herausstellt, zu Ihnen stehen und das natürlich nicht durch ein Urteil, wohl aber durch eine Unsauberkeit alteriert werden kann. Es besteht darin, daß Sie von uns ein Freiexemplar ständig erhalten, welches Sie seinerzeit erbeten haben und das Ihnen im Sinne einer rein administrativen Übung bewilligt wurde, der die kostenlose Propaganda

unserer preßfeindlichen Absichten durch die Presse nicht unerwünscht war. Für das Freiexemplar haben Sie die Verpflichtung übernommen, den »Inhalt« der Fackel abzudrucken. Diese Verpflichtung haben Sie wiederholt durch ungeschickte Nachdrucke von Aufsätzen überboten, deren Erlaubnis Ihnen gegeben oder von Ihnen genommen wurde. Wir erinnern uns, daß Ihnen sogar einmal der honorarfreie Abdruck einer umfangreichen Satire »Der Fortschritt«, ausnahmsweise (unter der Bedingung sorgfältigen Druckvergleichs) gestattet wurde. Dies alles bringen wir aber nicht etwa vor, um Ihnen zu beweisen, daß die Schnorrerei nicht nur ein guter alter jüdischer Beruf ist. Wir wollen Ihnen bloß bekanntgeben, daß wir künftig nicht gesonnen sind, undankbaren Vertretern dieses Berufes entgegenzukommen, und darum das Freiexemplar einstellen. Sie mögen sich dann mit Recht darüber beklagen, daß die Juden den Angehörigen einer fremden Rasse nicht helfen wollen.

Der Verlag der Fackel.

Geteilte Ansichten

Die Ansichten der ›Frankfurter Zeitung‹ über mich sind geteilt. Da läßt sie einen schreiben:

.... der ganze Horizont eines Menschen unserer Zeit .... ist durch die tausenderlei Anzeigen, Inserate und Plakate mitgebildet. Deshalb durfte auch der Satiriker Karl Kraus einen seiner stärksten und schärfsten Essays »Die Welt der Plakate« nennen. Indem er die mehr oder minder klug, mehr oder minder geschmackvoll, mehr oder minder aufdringlich, mehr oder minder grotesken Reklamemethoden in einer Art von Phantasmagorie als Welt für sich zeigt, übt er so bittere, aber tiefgehende Kritik an der Welt der »Wirklichkeit«.

Tagszuvor aber hat Herr Ganz, der Wiener Korrespondent, geschrieben:

.... ein Autor, der Mitarbeiter der ›Neuen Freien Presse‹ ist, hat gegen alle die Feindseligkeiten zu kämpfen, die diesem Blatte im Laufe der Jahre mit Recht oder Unrecht erwachsen sind. Der Wiener *Bildungsmob* teilt sich gegenwärtig in zwei Lager, in solche, die noch auf die ›Neue Freie Presse‹, und solche, die schon ebenso blind auf Karl Kraus schwören, und die Literaten in solche, die sich mehr vor der ›Neuen Freien Presse‹, und solche, die sich mehr vor Kraus fürchten. *Solchen Leuten ist ein Autor* und sein Werk *ausgeliefert*, namentlich ein neuer

Mann, der *noch keinen Auslandskredit* hat und für den die Aufnahme, die er in Wien findet, fast ein Lebensschicksal bedeuten kann.

Es sollte mir außerordentlich leid tun, wenn der Glaube, den ich bei einem Teil des Wiener Bildungsmobs schon finde, und die Furcht, die ein Teil der Literaten vor mir hat, der Karriere des Herrn Sil Vara geschadet haben. Aber ich kann nur versichern, daß ich nichts dafür kann. Nie habe ich Wert darauf gelegt, den Wiener Bildungsmob den Armen der Neuen Freien Presse zu entreißen, umsoweniger, als er sich von dem, der auf die Frankfurter Zeitung schwört, nicht wesentlich unterscheidet, und mir, der nicht Machtbestände verrücken will, verwachsen Bildungsmob und Presse zu einem einzigen Vollbart, der auch das Antlitz des Wiener Korrespondenten der Frankfurter Zeitung zieren kann. Aber noch die Ansichten dieses Ganz über mich sind geteilt, denn er hat mich ehedem mit Lichtenberg verglichen und nennt mich jetzt eigentlich einen Schmarotzer an Snobismus und Feigheit. Daß die Furcht vor mir noch keinem Literaten bei mir genützt hat, weiß jeder Literat. Furcht ist im Gegenteil eine Fährte, und jeder trachtet nicht so sehr mir aus dem Weg zu gehen, als mich aus seinem Wege zu bringen. Ich lege ja auch in der Tat viel weniger Wert darauf, daß die Herren mich grüßen, als daß sie keine Schweinereien machen. Furcht ist so verfehlt wie Unerschrockenheit, die Wiener Briefe schreibt. Man kann auch furchtlos Dummheiten begehen. Und ich werde es schon noch dahin bringen, daß die Herren, die das Ausland bedienen, so unreinen Mund über mich halten, wie die Landsleute. Das wäre das weitaus Vernünftigste. Ich werde jede Entstellung und Beschmutzung des Bildes der Fackel in jedem einzelnen Falle nachsichtslos verfolgen. Die Behauptung, daß der halbe Bildungsmob auf mich so blind schwört wie der andere auf ein korruptes Tagblatt, wird von fremden Lesern zu der Vorstellung ergänzt, daß mein Werk ebenso ein Opfer an den Bildungsmob ist und hier eine ähnliche Intimität besteht wie im »andern Lager«. Solchen Leuten ist ein Autor ausgeliefert, der noch keinen Auslandskredit hat! Der Journalist schreibt es nieder, der Tölpel glaubt es. Es korrespondiert etwa mit jenem banalen Zweifel, der sich an die Tatsache meiner Vorlesungen heftet und den Kopf darüber schüttelt, wie ich derselben Schichte, deren Wesenheit mir die Erregung eingebe, die Gestaltung vorlesen könne. Ach, diese Esoteriker, die nicht einmal die Qualität haben, Publikum zu sein, mögen mich nur schalten lassen. Ihnen, den Einzelnen, könnte ich's nicht vorlesen, doch mir selbst bringe ich's zu Gehör und der Masse sage ich's ins Gesicht. Diese mag, wenn es vorüber ist, in Einzelne zerfallen, deren Urteil und Tonfall von neuem die Erregung rechtfertigt, aber im Saal schließen sie sich zu jener Hörfähigkeit, die mein Glossentext nicht entbehren kann. Zwischen Text und Vortrag wäre ein künstlerischer Widerspruch, wenn ich das täte, worauf der Dramenschreiber angewiesen ist: mein Werk von einem andern vortragen zu lassen. Oder wenn ich irgendein anderer der heute lebenden Autoren wäre, die ihre Sachen selbst vorlesen. Die, denen es gilt, hören gut zu. Zwar manche, die ein Grauen überkam, sind dann im Zwischenakt intelligent geworden. Das ist mir recht, das Gesetz der Theaterwirkung ist erfüllt, und der Widerspruch ist nicht in mir. Die Frechheit soll sich nur melden. Was unter und trotz ihr mit nach Hause genommen wird, wirkt nach und stört späterhin Schlaf und Verdauung.

Ähnlichkeit

Ein analytischer Schmock, einer von jenen, die jetzt aus allen Spalten grinsen, berichtet in der ›Frankfurter Zeitung‹ über eine Plauderei, die der bekannte Erotiker Franz Blei in Berlin abgehalten und bei der er Fragen aus dem Auditorium kulant beantwortet hat.

Wie er in schlichten, nichteifernden Worten sein *Bekenntnis* gab, konnte man in den ausdrucksvollen Zügen das feine *Theologengesicht* entdekken, das Max Oppenheimer malte. Verblüffend ist in solchen Momenten auch eine gewisse Ähnlichkeit Bleis *zu* dem *in mancher Hinsicht geistes-*

verwandten Karl Kraus; nur daß *der Wiener Kaffeehaustheologe* ein so strenger Stilkünstler ist, daß er nur vorlesen kann und sich zu solchen Stegreifexperimenten nicht hergibt.

Was die Kaffeehaustheologie anlangt, so könnte man mit Recht jeden Pfarrer einen Kaffeehaustheologen nennen, der keine Köchin hat und deshalb im Kaffeehaus den Kaffee nehmen muß. Was die Geistesverwandtschaft mit Herrn Blei anlangt, so ist sie insofern ersichtlich, als Herr Blei meine Aphorismen mit Interesse gelesen hat. Da ich mich aber für Bilderhandel nicht interessiere, so dürfte die Ähnlichkeit doch wieder nur sehr oberflächlich sein und höchstens eine »zu« mir, aber nicht mit mir. Alles in allem, vermute ich, wird das Gesicht des Herrn Blei meinem Gesicht so verblüffend ähnlich sein, wie ein Porträt des Herrn Oppenheimer einem Porträt von Kokoschka.

Ein Führer

Aus der Fülle der Bewerber, die den Schinder nicht erwarten können, drängt sich einer vor. Er ist auf den ersten Blick der unwahrscheinlichste, wenn nicht die andern, die sich noch gedulden müssen, sich als unwahrscheinlicher herausstellen. Man soll nichts berufen. Max Geißlers »Führer durch die deutsche Dichtung des 20. Jahrhunderts«. Der Verleger, dessen Name preisgegeben werden muß – es ist die Firma Alexander Duncker in Weimar – sagt mit Recht:

Kein Volk darf sich rühmen, ein Werk dieser Art zu besitzen, das an Zuverlässigkeit und Größe der Anlage, oder auch nur der Idee nach, ähnlich wäre Max Geißlers Führer durch die deutsche Dichtung des 20. Jahrhunderts.

Der ›Brenner‹ zitiert unter anderen die folgende Stelle:

Heym, Georg »... Er war das Haupt einer Gruppe *junger Berliner* Dichter, die sich *Neopathiker* nennen. *Zu ihnen gehören auch Verhaeren, Johannes V. Jensen, Whitman* ...«

Ferner ergibt sich diese Perspektive:

Peter Altenberg

»*Eine sehr üble Erscheinung auf dem deutschen Parnaß*, die ein groteskes Spiel mit sich selbst und etwa dem Caféhauspublikum spielt, oder was auf seiner Höhe steht. *Der Dichter als Karikatur*. Aber allem Anschein nach aus *raffinierter Berechnung*. Bohémien in seinem Leben und Schaffen – *ein Gaukler, der in Peter Hille einen Bruder besaß, zu dessen Karikatur er sich hinabarbeitete*. Dabei vergißt er, das Hängekleidchen einer mitunter *recht schlecht gespielten Kindhaftigkeit* abzutun. Aber – warum denn nicht? ... So lang es Publikum gibt, das zu so etwas sich bekehrt und Literaturgeschichtenschreiber, die über seine *Dirnenfreundschaften* und *Dirnenseele* sich entzücken ... warum denn nicht? Er steht sich besser bei dieser Sorte Bohéme als in anderem Kostüm. *Seine Dichtung ist unreif wie die Komödie seines Daseins*, ein Mosaik von *banalen Gemeinplätzen und Frivolitäten*, und *möchte Dirnenmoral auf den Thron setzen*.«

Thomas Koschat

»In Schildereien, Kurzgeschichten und in zahlreichen Liedern aus seiner kärntnerischen Heimat ... hat er ein Denkmal sich errichtet im Herzen seines Volkes, im *Herzen der Menschheit*. Am 13. November 1912 trat er als Hofkapellensänger in den Ruhestand, *Ehrenmitglied* der Wiener Hofoper; 45 Jahre lang hat er als Führer des Opernchores gewirkt und zur Feier des Tages wurde sein Liederspiel ›Am Wörthersee‹ aufgeführt. Sechs *Operndirektoren sah Koschat kommen und gehen*. Ursprünglich für das Studium der Naturwissenschaft bestimmt; er wurde aber *im Angesicht der Kärntenschen Wälder und Seen ein Sänger und Poet*. In seinen 110 Werken *rauschen vor allem* die Quellen des Gefühls und Gemüts; in den meisten Fällen ist er Dichter und Komponist zugleich – ›Verlassen‹ ist die *schmerzvollste und populärste* Schöpfung K's. Sie findet sich in seinem lustigen Liederspiel ›Am Wörthersee‹, ebenso ›*Armes Diandle, tua nit wanen*‹ ... Stürmischer Jubel umbrauste K., als er am Schlusse des Abends *in seiner Nationaltracht* vor dem Vorhange sich zeigte ...«

Und mit so was lebt man auf einem Planeten!

Eine Einladung

Sehr geehrte Redaktion!

Der unterzeichnete Hellerauer Verlag gibt sich die Ehre, Ihre geschätzte Redaktion zu dem Besuche der deutschen Uraufführung von

Paul Claudels »Verkündigung«

für Sonntag, den 5. Oktober, abends ½6 Uhr

ergebenst einzuladen.

Diese Aufführung steht in keinem Zusammenhang zur Bildungsanstalt Jaques-Dalcroze. *Diese* hat nur den Saal zur Aufführung hergegeben und nur *dieser* Saal in seiner Anordnung von Bühne und Zuschauerraum, seiner Beleuchtungsart und der damit gegebenen Bühnenaufgabe steht zu Claudels Stück in einer wesentlichen Beziehung. *Diese* darstellerisch zum Ausdruck zu bringen, soll eben Aufgabe *dieser* Aufführung sein. Im übrigen unterrichtet über die künstlerische Absicht *dieser* Veranstaltung ein Programmbuch, das Ihrer geschätzten Redaktion mit der Übersendung der Eintrittskarten am 1. Oktober zugehen wird. ... Die Hauptprobe zu *dieser* Aufführung findet Donnerstag, den 3. Oktober statt und zwar abends ½6 Uhr bis gegen 10 Uhr, falls es gelingt, die mitwirkenden Kräfte für *diesen* Abend von ihren Verpflichtungen in Leipzig, bzw. Berlin zu befreien, sonst vormittags 11 Uhr. Auch hiezu erlaubt sich .... Mit Rücksicht auf die Eigenart der Aufführung .... mit großem Danke begrüßen, wenn die Besucher der Premiere durch einen kurzen Bericht über die Hauptprobe etwas vorbereitet würden.

Mit vorzüglicher Hochachtung ergebenst

Hellerauer Verlag.

Was hiermit geschieht. Nicht ohne die Bemerkung, daß dieser Hellerauer Verlag es ist, der nicht nur diese Aufführung, sondern auch die deutsche Übersetzung dieses Werkes von Claudel in diese Hand genommen hat.

Mittwoch, 1. Oktober 1913

Er ist doch ä Jud

Geehrter Herr!

Unter dem Eindruck der gestrigen Vorlesung im Musikvereinssaale, möchte ich mir erlauben, Sie auf Ihren persönlichen Mut zu prüfen.

Bitte – versuchen Sie, in Ihrer Fackel, eine Erklärung dafür zu finden, resp. zu geben, daß Ihr Auditorium, Ihr begeistertes Auditorium, fast durchwegs gerade aus jenen Juden besteht, die Sie so heftig angreifen und kritisieren.

Ich muß gestehen, daß ich sowohl von der Wirkung Ihrer Persönlichkeit als Ihrer lebendigen Vortragsart angenehm überrascht war – trotzdem ich seit Anbeginn der Fackel deren treuer Leser bin; nochmehr überrascht war ich über das Auditorium, welches Ihnen, unter dem Banne Ihrer Vortragskunst, frenetischen Beifall zollt – um schon in der Garderobe auszurufen: »Er ist doch ä Jud'!«

Es würde mich freuen, wenn Sie mir dieses psychologische Rätsel lösen könnten, und wäre Ihnen dankbar, wenn dies unter Wahrung des redaktionellen Geheimnisses geschehen könnte. In Hochachtung – –

Ein treuer Leser der Fackel seit Anbeginn sein und erst im fünfzehnten Jahr neugierig, ob ich Mut habe: das ist kurios. Indes, da ich die Angelegenheit nicht so sehr für ein Problem des Mutes als der ästhetischen Einsicht halte, so kann ich zwar antworten, aber ohne zu wissen, ob nicht in fünfzehn Jahren wieder ein Leser mich fragt, ob ich eigentlich Mut habe. Es ist eine herzige Ansicht, daß ich in der Fackel alles ausdrücken könnte, was mich bewegt, mit Ausnahme jener Realität, der ich es vorlese, oder: daß mich die Erscheinungen in dieser nicht bewegen und daß ich blind sei für ihre erschreckende Ähnlichkeit mit dem Leben, das außerhalb des Vortragssaales von mir gesichtet wird. Man muß nicht seit fünfzehn Jahren, sondern nur seit zwei Jahren die Fakkel gelesen haben, um zu wissen, warum ich aus ihr vorlese. Man muß nicht spüren, daß in vielen meiner Arbeiten die Fähigkeit schon enthalten ist, das Geschriebene den Leuten ins Gesicht zu sagen. Aber man muß wissen, daß ich darauf hingewiesen habe; sonst ist man ein so schlechter Leser wie Hörer. Doch selbst einer, der nie eine Zeile gelesen und nur die letzte Vorlesung gehört hat, muß wissen, daß ich mir über die gedankliche Tragweite meines Vortrags keine Illusionen mache und ihr Ende eben dort sehe, wo die Garderobe beginnt. Daß ich unter Hörern wie unter Lesern Hörer und Leser für vorstellbar, möglich und existent halte, die mehr als einen Reiz oder selbst eine Erschütterung durch den Tonfall von etwas, was sie nicht verstehen, mitnehmen, braucht nicht gesagt zu werden. Die Masse kann und soll nicht verstehen. Sie leistet genug, wenn sie sich aus trüben Einzelnen zu jenem Theaterpublikum zusammenschließt, das der unentbehrliche Koeffizient schauspielerischen Wertes ist. Dieses Publikum, wenn es nur richtiges Publikum ist, bewährt sich am wenigsten an solchen geistigen Gestaltungen, deren Stoff ihm geläufig ist, weil es von ihnen kaum mehr als den Humor der stofflichsten Assoziationen, der Nomenklatur (Männergesangverein, Bahr, Concordia, Zifferer, Grubenhund) erfaßt, und bewährt sich am besten dort, wo es von der rhythmischen Wirkung der Pflicht jedes Verständnisses überhoben wird: an den gedanklich schwersten, aber von der dynamischen Welle zu jeder Seele getragenen Stücken, gegen deren Stofflichkeit, deren »Tendenz« die fünfhundert Einzelnen rebellieren müßten. Darum ist es erklärlich, daß die »Chinesische Mauer«, von der kaum ein Wort verstanden wird, den Saal in Aufruhr bringt. Je stärker solche Wirkung auf die empfangende Masse war, desto heftiger ist die Reaktion der sich am Schlusse wiederfindenden Individuen. Es ist vollkommen gleichgültig, ob das Publikum aus Verehrern oder Feinden, Theosophen oder Monisten, Denkern oder Generalkonsuln, Wienern oder Persern, Christen oder Juden besteht. Von welcher Menschenart es ist, zeigt sich erst im Zwischenakt und in der Garderobe. Das psychologische Rätsel besteht in der Anziehung einer Vielheit, der man doch das Gefühl nachrühmen muß, daß sie hier etwas durchzumachen habe, und in der Verwandlung von fünfhundert Männern und Weibern zu der Einheit Weib, die Publikum heißt. Die Reaktion wird je nach dem Grade der Erziehung mehr oder minder geräuschvoll ausfallen. Leute, die durch den Eintritt in die Vorlesungen eine größere Geschmacklosigkeit beweisen als durch die Art ihres Austrittes, werden am heftigsten gegen die ihnen aufgezwungene Pflicht, Teil einer eindrucksgefügen Einheit zu sein, sich auflehnen. Sie sind die lautesten und bringen deshalb das ganze Publikum in Verdacht, das ja wohl auch Personen aufweist, deren Widerstand Anstand bleibt. »Er ist doch ä Jud!« ist das Urteil, das jene schon in die Vorlesung mitbringen, nur widerwillig für 2½ Stunden aufgeben und mit dem Überrock wieder in Empfang nehmen. Man bedenke aber, was es heißt, aus Leuten, die »jeden Früh aufkommen« und dann den ganzen Tag wach und intelligent bleiben, am Abend eine willige Einheit zu machen, als Vorleser, ohne Maske, ohne Orchester. Niemand, zu allerletzt der oben steht, kann es ihnen übelnehmen, daß sie sich hinterdrein salvieren und jene Einwände hervorsprudeln, die ihnen bei der Hand waren, ehe sie sich der Reinigung ihrer Leidenschaften unterwarfen. Wenn sie schon baden gehn müssen, so wollen sie doch nachher wieder schmutzig sein. »Er ist doch ä Jud!« haben sie immer, auch hinter der Erscheinung, deren suggestive Wirkung eine Welt umarmt hat, ausgerufen. Das wäre das geringste. Viel unappetitlicher sind Rufe wie die bereits von mir in satirische Dialoge eingepflanzten: »Was er davon hat, fortwährend mit den Angriffen auf die Presse, möcht ich wissen!« »Alle Welt is für Heine – er muß gegen Heine sein!« Nach Anhörung eines jener Dialoge soll einer bemerkt haben: »Jüdeln kann er wie unsereins, aber schimpfen tut er doch!« Ein anderer resümierte schlicht: »Er wär doch froh, wenn er in die Presse hineingekommen wär!« »Möcht wissen, was *er* sagen möcht, wenn ein *anderer* so über *ihn* vorlesen möcht«, äußerte eine Mädchenblüte. »Die Presse ist doch das bestgeschriebenste Blatt, und wenn er sich auf den Kopf stellt!«, rief eine Matrone. »Ich bitt Sie, Brotneid!«, enthüllt ein Wissender. Man hat auch schon Sätze gehört wie: »Ich hab dir gesagt, ich geh nur zu Salzer!« »Alles niederreißen – treff ich auch.« »Was ist das gegen früher! Er hat sich ausgeschrieben.« »Auernheimer hat er heut in Ruh gelassen.« »Der Gerasch liest im kleinen Finger besser!« »Nichts für junge Mädchen, das nächste Mal bleibst du mir zuhaus.« »Er wird sich noch Feinde machen.« »Schnupfen hat er auch.« »Die was so stark applaudiert haben, das ist die Clique, die Journalisten!« Das letztemal soll bemerkt worden sein: »Sagen Sie mir um Gotteswillen, was will er nur von den Leuten?« »Siehst du, das ist also Karl Kraus der Gemeine, aber – lesen kann er!« »Nicht einmal ein reines Taschentuch hat er!« Und der ärgste und sicher unwahrste von allen Anwürfen: »Ich kenn ihn doch persönlich!« – Glaubt der Einsender, daß ich unter den Leuten, die so wieder zu sich kommen, sitzen könnte? Über ihnen ist's leichter. Vermeinte ich, daß die Wirkung, zu der ich sie zusammenschließe, vorhält, dann müßte ich mich, wie ich's ihnen bei der letzten Vorlesung sagte, wundern, daß nicht entweder die von mir gebrandmarkten Spitzbuben gelyncht werden oder ich. Solche Effekte bleiben aus. Aber daß sich die strafende Wirkung, die auszukosten die einzige Entschädigung für meine Nerven ist, über allen Zerfall und alle Schäbigkeit doch auf unsichtbare Art fortsetzt, ist der Glaube, der mir das Recht auf solchen Genuß und solche Erholung gibt.

Der Wagner-Brief

Der wehmütigen Deutung des Zitats, das die ›Neue Freie Presse‹ gebracht hatte:

»Als ich am letzten Abend«, schrieb Wagner an Jauner, »nach Ihrem üppigen Souper von Ihnen schied, wußte ich, daß ich nie wieder Wien betreten würde.« Und Richard Wagner ist nach dem Januar 1876 auch nicht mehr in Wien gewesen.

ist im letzten Heft durch den Abdruck des »ganzen Briefes« aus dem Glasenapp'schen Werk lebhaft widersprochen worden. Nun stellt sich heraus, daß auch der dort veröffentlichte Text noch nicht der ganze war, und da fast keine Weglassung bezeichnet ist, so liegt die Vermutung nahe, daß der Biograph den Wortlaut nicht selbst verstümmelt, sondern von einer Wiener Seite in verstümmelter Form empfangen hat. Der übernommene Text ist nur unwesentlich verändert; aber es fehlen ganze Sätze, die Wagners Sehnsucht nach Wien, wenn dies nach den bereits bekannten Stellen noch möglich ist, verdeutlichen. Es liegt zutage, daß die ›Neue Freie Presse‹, die Wagners Verzicht sentimental nimmt, *selbst dessen infame Ursache war*. Es ist aber auch ersichtlich, daß die Kulturgeschichte um diesen Beweis, um Wagners Aussage, gebracht werden sollte. Indes hätte man, ohne dem Andenken Wagners nahezutreten, höchstens ein Recht gehabt, das Andenken des bedeutenden Schriftstellers, den er nebst Hanslick angreift, durch eine Punktierung des Namens zu schonen. Das geschieht auch hier, wo die Entstellung, die schon vor der Fälschung begangen wurde, nachgewiesen wird. Wagner mußte jenem umsoweniger gerecht werden, als er an ihm nur die Ungerechtigkeit gegen Wagner sah. Dem Milieu der Wiener Presse aber, in das er ihn einbezogen hat, gebührt die ungekürzte Darstellung durch Richard Wagner, also mit den hier in Sperrdruck gesetzten Stellen, die in der Biographie fehlen:

Mein wertester Gönner und Freund!

Sie Unermüdlicher! Muß ich Ihnen immer wieder auf Ihre freundlichen Einladungen ausweichend antworten, da Sie den richtigen Grund meines Davonbleibens wohl verstehen, aber, wie es scheint, nicht zugeben wollen? Sie haben doch selbst Phantasie; können oder wollen Sie sich die Ergebnisse eines neuerlichen Besuches von mir in Wien nicht ausmalen? Ich dächte wir hätten doch genug davon das letzte Mal erfahren! Glauben Sie, daß die 6 Wochen im Winter 1875 als angenehme Erinnerungen in meinem Gedächtnisse leben? Selbst wenn ich mich gar nicht um die Aufführungen bekümmern, keiner Probe beiwohnen und bloß auf gut Glück bei den Vorstellungen Figur machen sollte, würde ich, wenn ich nur über die Straße gehe oder etwa einem Betteljungen ein Wort sage, *von Eueren herrlichen Zeitungsschreibern im Koth herumgezogen werden*, und – wie die Freunde nun einmal sind – alles von diesen mir wiedererzählen lassen müssen. Nein lieber Freund! Als ich am letzten Abend nach Ihrem üppigen Souper von Ihnen schied, wußte ich, daß ich nie wieder Wien betreten würde. *Dort, wo ungestraft jeder Lumpenhund über einen Mann wie mich herfallen und seine Jauche über mich ergießen kann, da habe ich glücklicherweise nicht mehr mich blicken zu lassen. Nie! Nie! Grüßen Sie den Staatsrat Hanslick und .... und wie das Gesindel heißen mag. Ihnen, das heißt diesen Herren zürne ich nicht, denn ihr Metier scheint ihnen dennoch in Wien Geld einzubringen? Somit scheint das Publikum doch sie lieber zu haben als mich. Also meinen Segen!*

Besten Glückwunsch und herzliche Grüße von Ihrem

stets ergebenen

Bayreuth, 5. September 1879. Richard Wagner

IV. Untergang der Welt durch schwarze Magie

Druck und Nachdruck

Dezember 1909

Nachdruck nur ohne Quellenangabe gestattet!

Im Vertrauen darauf, daß die zeitgenössische Publizistik ohnehin nicht mehr den Mut, die Fackel zu zitieren, und nur noch die Lust, sie zu bestehlen, aufbringen werde, habe ich kürzlich bei der Neuanordnung des Titelblattes auf das Nachdrucksverbot verzichtet. Auf dem Umschlag des vorliegenden Heftes ist es wieder zu lesen. Denn jetzt erst sehe ich, wie notwendig es war. Ein Ausschnittbureau sendet mir nämlich einige Nachdrucke, durch die mir angezeigt wird, daß mein Eigentum nicht gestohlen, sondern verunreinigt ist. Endgiltig gebe man es auf, Respekt vor dem Gedanken zu verlangen, erkenne man, daß mehr als der Beifall für die Meinung auf dem heutigen Leserniveau nicht zu erreichen ist. Nun ist es ja nicht mehr unbekannt, daß ich gerade darauf und auf nichts lieber verzichte in einer durch und durch journalisierten Zeit, der der Geist zur Information dient und die taube Ohren hat für den Einklang von Inhalt und Form. Sie unterscheidet »schreiben können« von »recht haben«, versichert, »zwar nicht mit allem einverstanden zu sein, aber ...«, und hat keine Ahnung von der geheimnisvollen Unmöglichkeit, das, worin ich »recht habe«, anders als eben so zu sagen, wie ich es sage, und darin, wie ich es sage, etwas anderes haben zu können; als Recht. Sie glaubt, es handle sich vorweg um den Inhalt und hinterher komme noch eine Forderung ästhetischer Sauberkeit. Wenn ich ihr sagte, daß ich an drei Seiten eine Stunde und an einer Zeile drei Tage arbeite, diese sprachverlassene Zeit würde es unverständlich finden. Und wenn ich ihr verriete, daß ich um einer Konjunktion willen, die mir während des Druckes zu mißfallen beginnt, die halbe Auflage vernichten lasse, so würde sie sagen, dies sei närrisch, denn sie, auf die es doch ankomme, bemerke den Unterschied sowieso nicht, und ich solle Zeit und Geld an populärere Bestrebungen wenden.

Nun kann man freilich über religiöse Angelegenheiten nicht streiten, und die Zeit muß sich damit abfinden, daß einer, der sich als einen Todfeind des Ästhetentums gibt, das Geheimnis eines Doppelpunkts für wichtiger hält als die Probleme der Nationalökonomie. Wir können darüber nicht streiten, ob der Schöpfer oder der Nützer dem heiligen Geist näher steht; ob es auf den Umfang des Schöpferischen ankommt und ob nicht in der Wonne sprachlicher Zeugung aus dem Chaos eine Welt wird. Aber ich will zugeben, daß der Priester des eigenen Glaubens an den eigenen Gott es am schwersten hat, und es kann sein, daß ich unter allen Autoren, von denen sich der Leser bedienen läßt, der weitaus größte Betrüger bin: das Publikum dankt mir für Brot und ich sage hinterdrein, daß es Steine waren. Wenn ich jemand an meinen Schreibtisch ließe und ihm die Zumutungen zeigte, die mir die Post eines Tages bringt, er würde über die Zähigkeit staunen, die hier an einen Bäckerladen pocht und sich jahraus jahrein mit einer altbackenen Illusion zufrieden gibt. Kein Hund nähme mehr einen Bissen von mir, wenn er wüßte, wie unverdaulich er ist. Eine groteske Erscheinung dieser unbeirrbare Glaube an den Inhalt! Weil »Zyankali« drauf steht, fressen sie's und holen es noch aus der Tabaktrafik. Ich lechze nach dem Zeitpunkt, wo man mir auf die Inkongruenz zwischen mir und meinen Stoffen, mir und meinen Aktualitäten, mir und meiner Verbreitung kommen und mich der Ehre überheben wird, zwischen Trabukkos, Staatslotterielosen, Revolverblättern und Ansichtskarten Aphorismen anzubieten. Bis dahin wirds noch manchmal heißen: *Wo* er recht hat, hat er recht. Ich falle der Entwicklung nicht in den Arm. Die Kenner, die solches Zögern von einer geschäftlichen Raison ableiten – aber wenn ich ihnen sage, daß ich einige Tausend Bogen um eines Wortes willen zerstören lasse, mit der Fabel kommen, daß ich mir's eben leisten könne –, sie sollen auch leben. Inzwischen, bis einmal die Geschichte der Fackel von reinerer Hand geschrieben wird, will ich wenigstens dafür sorgen, daß ihr geistiges Bild nicht entstellt werde.

Es geschieht durch einniederträchtiges System des Nachdrucks, dem ich hiermit den Riegel vorschiebe. Ich habe nichts dagegen, daß man Publikationen, die ich heute unpubliziert wünschte, mit dem richtigen Datum zitiert. Auch was ich verwerfe, gehört zu mir, und ich bin nicht imstande, irgend etwas zu bereuen, was mir heute als Sünde erscheint. Was aus den ersten Jahren der Fackel aufhebenswert ist, kommt in meine Bücher; trotzdem räume ich jedem das Recht ein, mir Irrtümer, Fehler, Widersprüche, so sehr er Lust hat, vorzuhalten. Aber ich gestatte keinem, eine Äußerung von heute in wohlwollendster Absicht zu zitieren, wenn er sich nicht verpflichtet, an die Kontrolle des Nachdrucks wenigstens den hundertsten Teil der Sorgfalt zu wenden, die ich an die Kontrolle des Drucks gewendet habe. Diese Mahnung geht alle an, die mir eine ihnen bequeme Meinung abknöpfen wollen und den Nachdruck mit jener Einleitung versehen, die mich sofort zur entgegengesetzten Meinung hinreißen könnte: »Mit Recht bemerkt der bekannte Herausgeber der ›Fackel‹«. Wenn der Unfug schon geduldet werden soll, so müßte wenigstens der Text, der selbst nach solcher Einleitung seinen künstlerischen Ursprung behaupten könnte, unverändert dastehen. Sie nehmen aber, was ihnen paßt, und markieren die Auslassungen nicht einmal durch Punktreihen. Welchem organischen Ganzen der Teil entrissen war, ist dann nicht mehr zu erkennen. Daß man durch Streichung eine Plattheit in einen Gedanken, aber auch einen Gedanken in eine Plattheit verwandeln kann, verstehen diese sprachverlassenen Meinungssucher nicht. Und sie unterlassen ein Übriges: sie sehen auch nicht nach, wie der Setzer ihr Flickwerk zugerichtet hat. In einer deutschen Monatsschrift, die von einer Dame redigiert wird, ist jeder Satz, mit dem ich angeblich recht habe, verstümmelt oder in sein Gegenteil verkehrt. Daß durch Weglassung der Anführungszeichen in einer Stelle, die noch ein zweitesmal vorkommt, statt einer Wirkung nur eine Wiederholung bewirkt wurde, dafür muß ein Setzer kein Verständnis haben. Aber ein Redakteur, der's auch nicht hat, kennt nicht einmal die Pflicht, dort eine mechanische Kontrolle zu üben, wo ein Anderer gedacht hat. Die Dreistigkeit eines Versuchs, mich zu redigieren, würde ich nicht unverzeihlicher finden als die grundsätzliche Nichtachtung vor geistiger Arbeit, die in der sorglosen Preisgabe an die Gefahren des Drukkes gelegen ist. Ich halte die eigene Maschine auf und zwinge sie, meinen Launen zu dienen, und nach Tagen und Nächten solchen in den Schlaf fortgesetzten Kampfes, solchen auch am fertigen Werk noch wirkenden, nie beruhigten Zweifels, kommt ein anderer, der meine Meinung teilt, und opfert mich einer Maschine auf, die mir unerreichbar ist. Ich habe der Zeitschrift, die es mir angetan hat, eine Berichtigung geschickt. Aber ich habe nicht Lust, in den Druckereien Deutschlands und Österreichs die Arbeit zu verrichten, die mich in einer einzigen kaputt macht. Ein christlichsoziales Tagblatt, das seine Kerzelweiber mit Zitaten aus einer Fackel erfreuen zu müssen glaubt, hat meine Sprache in seine Sprache glatt übersetzt. Hier handelt es sich nicht um Verstöße gegen Stil und satirische Absicht, die ein sorgloser Nachdruck mit sich bringt, sondern um Vorstöße gegen die Grammatik, die ich nicht so schmerzlich empfände, wenn sie nicht eigens für das Fassungsvermögen der Leserschaft berechnet zu sein schienen. Wollte ich den Nachdruck nachdrucken, man würde es nicht für möglich halten, daß ein so lesbares Manuskript, wie es die Seiten einer Zeitschrift ergeben, in einer Druckerei solchen Verheerungen ausgesetzt sein kann. Selbst die Volltrunkenheit des Setzers könnte sie nicht erklären. Bleibt nur die Annahme, daß in christlichsozialen Druckereien ein nüchterner Korrektor angestellt ist, der darüber zu wachen hat, daß nichts Deutsches durchrutscht. Aus der »Behörde, die jetzt den Fall übernommen hat und die durch Tradition und ein veraltetes Gesetz vor den Verlockungen der Reklame geschützt ist« werden »Behörden, die jetzt den Fall übernommen haben und die durch die Tradition und einem veralteten Gesetz vor den Verfolgungen der Reklame geschützt ist«. Eine Person, die »unweit dem Verdachtskreis«

wirkt, ist jetzt eine, die »unweit des Verdachtskreises« wirkt. Hat sie »dem Hauptmann Mader ein zweites Opfer gesellt und in der entfachten Sensation die eigene Spur verwischt«? Nein, sie hat ihm »ein zweites Opfer gestellt, deren entfachte Sensation die eigene Spur verwischt hat«. »Es ist doch wahrscheinlicher, daß .... als daß ....« gilt nicht; sondern: »Es ist jedoch wahrscheinlich, daß .... als daß ....«. Ein »zurechtgelegtes Alibi«? Nein, ein »zusammengelegtes«. Gegen die Schuld Hofrichters sollte »die unwahrscheinliche Dummheit« sprechen, »mit seinem notorischen Handwerkszeug einen Giftmord zu verüben und zu hoffen, daß er dem Verdacht durch Harmlosigkeit begegnen könne«. Jetzt heißt es: »Gegen die Schuld H.'s spricht die unwahrscheinliche Dummheit, mit einem notorischen Handwerkszeug ist nicht Giftmord zu verüben und zu hoffen, daß er den Verdacht.. begegnen könne«. Und an der Spitze die ärgste aller Entstellungen: »Die ›Fackel‹ schreibt«.

Aber sie hat für dieses Pack zu schreiben aufgehört. Von jetzt an ist nur noch das Stehlen erlaubt. Da wird vielleicht auch etwas mehr Sorgfalt auf den Druck verwendet werden, und wenn nicht, so fällts nicht auf mich zurück. Deutschland ist das Land jener Dichter und Denker, die es nicht verhindern können, daß sie dreißig Jahre nach ihrem Tod von den Dummköpfen verhunzt werden. Aber bei Lebzeiten können sie sich wehren. Ein Berliner Sudelblatt, das sich erst kürzlich wegen Erpressung verantworten mußte, kompromittiert sich ganz unnötigerweise durch Zitierung der Fackel. Nur hin und wieder geniert es sich und stiehlt. Es müßte konsequenter sein. Einigen wir uns darauf: Nachdruck nur ohne Quellenangabe gestattet.

*

September 1911

Bitte um Diebstahl

Der Vorteil, den mein Text durch die Zitierung herbeiführen könnte, wird reichlich durch den Nachteil aufgewogen, den er durch die Verstümmelung erleidet. Aber nicht allein die Unmöglichkeit, sich gegen die Gefahren eines unbewachten Nachdrucks zu schützen, nicht die infame Sorglosigkeit, mit der die Redaktionen das Schicksal eines Zitats, auf das sie doch scheinbar Wert legen, den Druckereien überlassen, macht jetzt ein Verbot zur Notwehr. Vielmehr ist es der geistige Anteil der Redaktionen, was mich die empfangene Ehre als Beleidigung empfinden läßt. An einem Auszug, den die Rheinisch-Westphälische Zeitung aus »Heine und die Folgen« macht, offenbart sich wie an einem stilistischen Schulbeispiel – an einem Beispiel, das in einer Stilschule zu entwickeln wäre – die linke Midashand des Journalismus, die jeden Gedanken, den sie berührt, in eine Meinung verwandelt. Dabei kommt die Meinung naturgemäß viel dürftiger heraus, als wenn der Leitartikler über dasselbe Thema schriebe, so daß der eigentliche journalistische Zweck verfehlt wird. Gedanken, die ein Journalist selbst buchstäblich und in tadellosem Druck übernimmt, sind entwertet. Man weiß, daß einem Gold in der Tasche fehlt, und soll das Blech, das der andere in der Hand hält, als sein Eigentum reklamieren. Auch wenn in dem genannten Fall die zitierten Stellen nicht willkürlich zusammengeschoben wären oder der Redakteur sich die Mühe genommen hätte, den gedanklichen Übergang durch Punkte anzudeuten – was er schamlos unterlassen hat –, wäre das Gesicht des Zitats nicht wiederzuerkennen. Ein Journalist oder ein Redner beschwert sich darüber, daß man ihm Stellen »aus dem Zusammenhang reißt«. Seine Meinung leidet, und da es um diese so sehr schade ist und der Mann möglicherweise sein Recht verliert, so hat er ein Recht sich zu beschweren. Er selbst hat aber keine Ahnung davon, was er am Stil verbrechen kann, wenn er die Meinung korrekt von ihm abzieht. Der Kunst kommt es nicht auf die Meinung an, sie schenkt sie dem Journalismus zu eigener Verwertung, und sie ist gerade dann in Gefahr, wenn er ihr recht gibt. Denn er reißt nicht »aus dem Zusammenhang«, sondern aus der Sphäre. Ein Aphorismus, den er zitiert, kann wertlos im Nachdruck sein: sein Wert ist im Buch, dem er entnommen wurde.

Meine Glossen sind unverständlich ohne die Glossen, die früher erschienen sind. Die zwanzig Sätze vollends, die mir ein Redakteur aus »Heine und die Folgen« ausschneidet, leben nur in der Luft aller andern: so ausgesetzt haben sie keinen Atem. Was der Mann selber schreiben kann, ist unter allen Umständen besser. Aus purer Faulheit ist er bescheiden. Solche Feinschmecker glauben Proben eines Organismus liefern zu können. Um zu zeigen, daß ein Weib schöne Augen hat, würden sie sie ihm ausschneiden. Um zu zeigen, daß mein Haus wohnlich ist, setzen sie meinen Plafond auf ihr Trottoir. Das geht nicht. Die Journalisten werden gebeten, die Quelle, die sie vergiften, nicht anzugeben.

Heine und die Folgen

Zwei Richtungen geistiger Unkultur: die Wehrlosigkeit vor dem Stoff und die Wehrlosigkeit vor der Form. Die eine erlebt in der Kunst nur das Stoffliche. Sie ist deutscher Herkunft. Die andere erlebt schon im Stoff das Künstlerische. Sie ist romanischer Herkunft. Der einen ist die Kunst ein Instrument; der andern ist das Leben ein Ornament. In welcher Hölle will der Künstler gebraten sein? Er möchte doch wohl unter den Deutschen wohnen. Denn obgleich sie die Kunst in das Patentprokrustesbett ihres Betriebs gespannt haben, so haben sie doch auch das Leben ernüchtert, und das ist ein Segen: Phantasie gewinnt, und in die öden Fensterhöhlen stelle jeder sein eigenes Licht. Nur keine Girlanden! Nicht dieser gute Geschmack, der dort drüben und dort unten das Auge erfreut und die Vorstellung belästigt. Nicht diese Melodie des Lebens, die meine Musik stört, welche sich in dem Gebrause des deutschen Werktags erst zu sich selbst erhebt. Nicht dieses allgemeine höhere Niveau, auf dem es so leicht ist zu beobachten, daß der Camelot in Paris mehr Grazie hat als der preußische Verleger. Glaubt mir, ihr Farbenfrohen, in Kulturen, in denen jeder Trottel Individualität besitzt, vertrotteln die Individualitäten. Und nicht diese mediokre Spitzbüberei der eigenen Dummheit vorgezogen! Und nicht das malerische Gewimmel auf einer alten Rinde Gorgonzola der verläßlichen Monotonie des weißen Sahnenkäses! Schwer verdaulich ist das Leben da und dort. Aber die romanische Diät verschönert den Ekel: da beißt man an und geht drauf. Die deutsche Lebensordnung verekelt die Schönheit, und stellt uns auf die Probe: wie schaffen wir uns die Schönheit wieder? Die romanische Kultur macht jedermann zum Dichter. Da ist die Kunst keine Kunst. Und der Himmel eine Hölle.

Heinrich Heine aber hat den Deutschen die Botschaft dieses

Himmels gebracht, nach dem es ihr Gemüt mit einer Sehnsucht zieht, die sich irgendwo reimen muß und die in unterirdischen Gängen direkt vom Kontor zur blauen Grotte führt. Und auf einem Seitenweg, den deutsche Männer meiden: von der Gansleber zur blauen Blume. Es mußte geschehen, daß die einen mit ihrer Sehnsucht, die andern mit ihren Sehnsüchten Heinrich Heine für den Erfüller hielten. Von einer Kultur gestimmt, die im Lebensstoff schon alle Kunst erlebt, spielt er einer Kultur auf, die von der Kunst nur den stofflichen Reiz empfängt. Seine Dichtung wirkt aus dem romanischen Lebensgefühl in die deutsche Kunstanschauung. Und in dieser Bildung bietet sie das utile dulci, ornamentiert sie den deutschen Zweck mit dem französischen Geist. So, in diesem übersichtlichen Nebeneinander von Form und Inhalt, worin es keinen Zwist gibt und keine Einheit, wird sie die große Erbschaft, von der der Journalismus bis zum heutigen Tage lebt, zwischen Kunst und Leben ein gefährlicher Vermittler, Parasit an beiden, Sänger, wo er nur Bote zu sein hat, meldend, wo zu singen wäre, den Zweck im Auge, wo eine Farbe brennt, zweckblind aus Freude am Malerischen, Fluch der literarischen Utilität, Geist der Utiliteratur. Das Instrument zum Ornament geworden, und so entartet, daß mit dem kunstgewerblichen Fortschritt in der täglichen Presse kaum noch jene Dekorationswut wetteifern kann, die sich an den Gebrauchsgegenständen betätigt; denn wir haben wenigstens noch nicht gehört, daß die Einbruchsinstrumente in der Wiener Werkstätte erzeugt werden. Und selbst im Stil der modernsten Impressionsjournalistik verleugnet sich das Heinesche Modell nicht. Ohne Heine kein Feuilleton. Das ist die Franzosenkrankheit, die er uns eingeschleppt hat. Wie leicht wird man krank in Paris! Wie lockert sich die Moral des deutschen Sprachgefühls! Die französische gibt sich jedem Filou hin. Vor der deutschen Sprache muß einer schon ein ganzer Kerl sein, um sie herumzukriegen, und dann macht sie ihm erst die Hölle heiß. Bei der französischen aber geht es glatt, mit jenem vollkommenen Mangel an Hemmung, der die Vollkommenheit einer Frau und der Mangel einer Sprache ist. Und die Himmelsleiter, die zu ihr führt, ist eine Klimax, die du im deutschen Wörterbuch findest: Geschmeichel, Geschmeide, Geschmeidig, Geschmeiß. Jeder hat bei ihr das Glück des Feuilletons. Sie ist ein Faulenzer der Gedanken. Der ebenste Kopf ist nicht einfallsicher, wenn er es mit ihr zu tun hat. Von den Sprachen bekommt man alles, denn alles ist in ihnen, was Gedanke werden kann. Die Sprache regt an und auf, wie das Weib, gibt die Lust und mit ihr den Gedanken. Aber die deutsche Sprache ist eine Gefährtin, die nur für den dichtet und denkt, der ihr Kinder machen kann. Mit keiner deutschen Hausfrau möchte man so verheiratet sein. Doch die Pariserin braucht nichts zu sagen als im entscheidenden Augenblick très joli, und man glaubt ihr alles. Sie hat den Geist im Gesicht. Und hätte ihr Partner dazu die Schönheit im Gehirn, das romanische Leben wäre nicht bloß très joli, sondern fruchtbar, nicht von Niedlichkeiten und Nippes umstellt, sondern von Taten und Monumenten.

Wenn man einem deutschen Autor nachsagt, er müsse bei den Franzosen in die Schule gegangen sein, so ist es erst dann das höchste Lob, wenn es nicht wahr ist. Denn es will besagen: er verdankt der deutschen Sprache, was die französische jedem gibt. Hier ist man noch sprachschöpferisch, wenn man dort schon mit den Kindern spielt, die hereingeschneit kamen, man weiß nicht wie. Aber seit Heinrich Heine den Trick importiert hat, ist es eine pure Fleißaufgabe, wenn deutsche Feuilletonisten nach Paris gehen, um sich Talent zu holen. Wenn einer heute wirklich nach Rhodus fährt, weil man dort besser tanzen kann, so ist er wahrlich ein übertrieben gewissenhafter Schwindler. Das war zu Heines Zeit notwendig. Man war in Rhodus gewesen, und da glaubten sie einem den Hopser. Heute glauben sie einem Lahmen, der in Wien bleibt, den Cancan, und mancher spielt jetzt die Bratsche, dem einst kein Finger war heil. Der produktive Anteil der Entfernung vom Leser ist ja noch immer nicht zu unterschätzen, und nach wie vor ist es das fremde Milieu, was sie für Kunst halten. In den Dschungeln hat man viel Talent, und das

Talent beginnt im Osten etwa bei Bukarest. Der Autor, der fremde Kostüme ausklopft, kommt dem stofflichen Interesse von der denkbar bequemsten Seite bei. Der geistige Leser hat deshalb das denkbar stärkste Mißtrauen gegen jene Erzähler, die sich in exotischen Milieus herumtreiben. Der günstigste Fall ist noch, daß sie nicht dort waren; aber die meisten sind leider doch so geartet, daß sie wirklich eine Reise tun müssen, um etwas zu erzählen. Freilich, zwei Jahre in Paris gewesen zu sein, ist nicht nur der Vorteil solcher Habakuks, sondern ihre Bedingung. Den Flugsand der französichen Sprache, der jedem Tropf in die Hand weht, streuen sie dem deutschen Leser in die Augen. Und ihnen gelte die Umkehrung eines Wortes Nestroys, dieses wahren satirischen Denkers: ja von Paris bis St. Pölten gehts noch, aber von da bis Wien zieht sich der Weg! (Wenn nicht auf dieser Strecke wieder die Heimatsschwindler ihr Glück machen.) Mit Paris nun hatte man nicht bloß den Stoff, sondern auch die Form gewonnen. Aber die Form, diese Form, die nur eine Enveloppe des Inhalts, nicht er selbst, die nur das Kleid zum Leib ist und nicht das Fleisch zum Geist, diese Form mußte nur einmal entdeckt werden, um für allemal da zu sein. Das hat Heinrich Heine besorgt, und dank ihm müssen sich die Herren nicht mehr selbst nach Paris bemühen. Man kann heute Feuilletons schreiben, ohne zu den Champs Elysées mit der eigenen Nase gerochen zu haben. Der große sprachschwindlerische Trick, der sich in Deutschland viel besser lohnt als die größte sprachschöpferische Leistung, wirkt fort durch die Zeitungsgeschlechter und schafft aller Welt, welcher Lektüre ein Zeitvertreib ist, den angenehmsten Vorwand, der Literatur auszuweichen. Das Talent flattert schwerpunktlos in der Welt und gibt dem Haß des Philisters gegen das Genie süße Nahrung. Ein Feuilleton schreiben heißt auf einer Glatze Locken drehen; aber diese Locken gefallen dem Publikum besser als eine Löwenmähne der Gedanken. Esprit und Grazie, die gewiß dazu gehört haben, auf den Trick zu kommen und ihn zu handhaben, gibt er selbsttätig weiter. Mit leichter Hand hat Heine das Tor dieser furchtbaren Entwicklung aufgestoßen, und der Zauberer, der der Unbegabung zum Talent verhalf, steht gewiß nicht allzuhoch über der Entwicklung.

Der Trick wirkt fort. Der Verschweinung des praktischen Lebens durch das Ornament, wie sie der gute Amerikaner Adolf Loos nachweist, entspricht die Durchsetzung des Journalismus mit Geistelementen, die aber zu einer noch katastrophaleren Verwirrung führen mußte. Anstatt die Presse geistig trocken zu legen und die Säfte, die aus der Literatur »gepreßt«, ihr erpreßt wurden, wieder der Literatur zuzuführen, betreibt die fortschrittliche Welt immer aufs neue die Renovierung des geistigen Zierats. Das literarische Ornament wird nicht zerstampft, sondern in den Wiener Werkstätten des Geistes modernisiert. Feuilleton, Stimmungsbericht, Schmucknotiz – dem Pöbel bringt die Devise »Schmücke dein Heim« auch die poetischen Schnörkel ins Haus. Und nichts ist dem Journalismus wichtiger, als die Glasur der Korruption immer wieder auf den Glanz herzurichten. In dem Maße, als er den Wucher an dem geistigen und materiellen Wohlstand steigert, wächst auch sein Bedürfnis, die Hülle der schlechten Absicht gefällig zu machen. Dazu hilft der Geist selbst, der sich opfert, und der Geist, der dem Geist erstohlen ward. Der Fischzug einer Sonntagsauflage kann nicht mehr ohne den Köder der höchsten literarischen Werte sich vollziehen, der »Volkswirt« läßt sich auf keinen Raub mehr ein, ohne daß die überlebenden Vertreter der Kultur die Hehler machen. Aber weit schändlicher als diese Aufführung der Literatur im Triumph dieses Raubzugs, weit gefährlicher als dies Attachement geistiger Autorität an die Schurkerei, ist deren Durchsetzung, deren Verbrämung mit dem Geist, den sie der Literatur abgezapft hat und den sie durch die lokalen Teile und alle andern Aborte der öffentlichen Meinung schleift. Die Presse als eine soziale Einrichtung, weils denn einmal unvermeidlich ist, daß die Phantasiearmut mit Tatsachen geschoppt wird, hätte in der fortschrittlichen Ordnung ihren Platz. Was aber hat die Meldung, daß es in Hongkong geregnet hat, mit dem Geist zu schaffen? Und warum erfordert eine arrangierte Börsenkatastrophe oder eine kleine Erpressung oder gar nur die unbezahlte Verschweigung einer Tatsache den ganzen großen Apparat, an dem mitzuwirken Akademiker sich nicht scheuen und selbst Ästheten den Schweiß ihrer Füße sich kosten lassen? Daß Bahnhöfe oder Anstandsorte, Werke des Nutzens und der Notwendigkeit, mit Kinkerlitzchen dekoriert werden, ist erträglich. Aber warum werden Räuberhöhlen von Van de Velde eingerichtet? Nur deshalb, weil sonst ihr Zweck auf den ersten Blick kenntlich wäre und die Passanten sich nicht willig täglich zweimal die Taschen umkehren ließen. Die Neugierde ist immer größer als die Vorsicht, und darum schmückt sich die Lumperei mit Troddeln und Tressen.

Ihren besten Vorteil dankt sie jenem Heinrich Heine, der der deutschen Sprache so sehr das Mieder gelockert hat, daß heute alle Kommis an ihren Brüsten fingern können. Das Gräßliche an dem Schauspiel ist die Identität dieser Talente, die einander wie ein faules Ei dem andern gleichen. Die impressionistischen Laufburschen melden heute keinen Beinbruch mehr ohne Stimmung und keine Feuersbrunst ohne die allen gemeinsame persönliche Note. Wenn der eine den deutschen Kaiser beschreibt, beschreibt er ihn genau so, wie der andere den Wiener Bürgermeister, und von den Ringkämpfern weiß der andere nichts anderes zu sagen, als der eine von einem Flußbad. Immer paßt alles zu allem, und die Unfähigkeit, alte Worte zu finden, ist eine Subtilität, wenn schon die neuen zu allem passen. Dieser Typus ist entweder ein Beobachter, der in schwelgerischen Adjektiven reichlich einbringt, was ihm die Natur an Hauptwörtern versagt hat, oder ein Ästhet, der durch Liebe zur Farbe und durch Sinn für die Nuance hervorsticht und an den Dingen der Erscheinungswelt noch so viel wahrnimmt, als Schwarz unter den Fingernagel geht. Dabei haben sie einen Entdeckerton, der eine Welt voraussetzt, die eben erst erschaffen wurde, als Gott das Sonntagsfeuilleton erschuf und sahe, daß es gut war. Diese jungen Leute gehen zum erstenmal in ein Bad, wenn sie als Berichterstatter hineingeschickt werden. Das mag ein Erlebnis sein. Aber sie verallgemeinern es. Freilich kommt die Methode, einen Livingston in der dunkelsten

Leopoldstadt zu zeigen, der Wiener Phantasiearmut zu Hilfe. Denn die kann sich einen Beinbruch nicht vorstellen, wenn man ihr nicht das Bein beschreibt. In Berlin steht es trotz üblem Ehrgeiz noch nicht so schlimm. Wenn dort ein Straßenbahnunfall geschehen ist, so beschreiben die Berliner Reporter den Unfall. Sie greifen das Besondere dieses Straßenbahnunfalls heraus und ersparen dem Leser das allen Straßenbahnunfällen Gemeinsame. Wenn in Wien ein Straßenbahnunglück geschieht, so schreiben die Herren über das Wesen der Straßenbahn, über das Wesen des Straßenbahnunglücks und über das Wesen des Unglücks überhaupt, mit der Perspektive: Was ist der Mensch? ... Über die Zahl der Toten, die uns etwa noch interessieren würde, gehen die Meinungen auseinander, wenn sich nicht eine Korrespondenz ins Mittel legt. Aber die Stimmung, die Stimmung treffen sie alle; und der Reporter, der als Kehrichtsammler der Tatsachenwelt sich nützlich machen könnte, kommt immer mit einem Fetzen Poesie gelaufen, den er irgendwo im Gedränge an sich gerissen hat. Der eine sieht grün, der andere sieht gelb – Farben sehen sie alle.

Schließlich ist und war alle Verquickung des Geistigen mit dem Informatorischen, dieses Element des Journalismus, dieser Vorwand seiner Pläne, diese Ausrede seiner Gefahren, durch und durch heineisch – möge sie auch jetzt dank den neueren Franzosen und der freundlichen Vermittlung des Herrn Bahr ein wenig psychologisch gewendet und mit noch etwas mehr »Nachdenklichkeit« staffiert sein. Nur einmal trat in diese Entwicklung eine Pause – die hieß Ludwig Speidel. In ihm war die Sprachkunst ein Gast auf den Schmieren des Geistes. Das Leben Speidels mag die Presse als einen Zwischenfall empfinden, der störend in das von Heine begonnene Spiel trat. Schien er es doch mit dem leibhaftigen Sprachgeist zu halten und lud ihn an Feiertagen auf die Stätte der schmutzigsten Unterhaltung, damit er sehe, wie sie's treiben. Nie war ein Kollege bedenklicher als dieser. Wohl konnte man mit dem Lebenden Parade machen. Aber wie lange wehrte man sich, dem Toten die Ehre des Buches zu geben! Wie fühlte man, hier könnte eine Gesamtausgabe jene Demütigung bringen, die man einst eßlöffelweise als Stolz einnahm. Als man sich endlich entschloß, den »Mitarbeiter« in die Literatur zu lassen, erdreistete sich Herr Schmock, die Begleitung zu übernehmen, und die Hand des Herausgebers, verniedlichend und verstofflichend, rettete für den Wiener Standpunkt, was durch eine Gruppierung Speidelscher Prosa um den Wiener Standpunkt zu retten war. Ein Künstler hat diese Feuilletons geschrieben, ein Feuilletonist hat diese Kunstwerke gesammelt – so wird die Distanz von Geist und Presse doppelt fühlbar werden. Die Journalisten hatten Recht, so lange zu zögern. Sie waren in all der Zeit nicht müßig. Man verlangte nach Speidels Büchern – sie beriefen sich auf seine Bescheidenheit und gaben uns ihre eigenen Bücher. Denn es ist das böse Zeichen dieser Krise: der Journalismus, der die Geister in seinen Stall treibt, erobert indessen ihre Weide. Er hat die Literatur ausgeraubt – er ist nobel und schenkt ihr seine Literatur. Es erscheinen Feuilletonsammlungen, an denen man nichts so sehr bestaunt, als daß dem Buchbinder die Arbeit nicht in der Hand zerfallen ist. Brot wird aus Brosamen gebacken. Was ist es, das ihnen Hoffnung auf die Fortdauer macht? Das fortdauernde Interesse an dem Stoff, den sie »sich wählen«. Wenn einer über die Ewigkeit plaudert, sollte er da nicht gehört werden, solange die Ewigkeit dauert? Von diesem Trugschluß lebt der Journalismus. Er hat immer die größten Themen und unter seinen Händen kann die Ewigkeit aktuell werden; aber sie muß ihm auch ebenso leicht wieder veralten. Der Künstler gestaltet den Tag, die Stunde, die Minute. Sein Anlaß mag zeitlich und lokal noch so begrenzt und bedingt sein, sein Werk wächst umso grenzenloser und freier, je weiter es dem Anlaß entrückt wird. Es veralte getrost im Augenblick: es verjüngt sich in Jahrzehnten. Was vom Stoff lebt, stirbt vor dem Stoffe. Was in der Sprache lebt, lebt mit der Sprache. Wie leicht lasen wir das Geplauder am Sonntag, und nun, da wirs aus der Leihbibliothek beziehen können, vermögen wir uns kaum durchzuwinden. Wie schwer lasen wir die Sätze der ›Fackel‹, selbst wenn uns das Ereignis half, an das sie knüpften. Nein, weil es uns half! Je weiter wir davon entfernt sind, desto verständlicher wird uns, was davon gesagt war. Wie geschieht das? Der Fall war nah und die Perspektive war weit. Es war alles vorausgeschrieben. Es war verschleiert, damit ihm der neugierige Tag nichts anhabe. Nun heben sich die Schleier ...

Heinrich Heine aber – von ihm wissen selbst die Ästheten, die seine Unsterblichkeit in einen Inselverlag retten (die zweckerhabenen Geister, deren Hirnwindungen im Ornament verlaufen), nichts Größeres auszusagen, als daß seine Pariser Berichte »die noch immer lebendige Großtat des modernen Journanalismus geworden sind«; und diese Robinsone der literarischen Zurückgezogenheit berufen sich auf Heines Künstlerwort, daß seine Artikel »für die Bildung des Stils für populäre Themata sehr förderlich sein würden«. Und wieder spürt man die Verbindung derer, die gleich weit vom Geiste wohnen: die in der Form und die im Stoffe leben; die in der Linie und die in der Fläche denken; der Ästheten und der Journalisten. Im Problem Heine stoßen sie zusammen. Von Heine leben sie fort und er in ihnen. So ist es längst nicht dringlich, von seinem Werke zu sprechen. Aber immer dringlicher wird die Rede von seiner Wirkung, und daß sein Werk nicht tragfähig ist unter einer Wirkung, die das deutsche Geistesleben nach und nach als unerträglich von sich abtun wird. So wird es sich abspielen: Jeder Nachkomme Heines nimmt aus dem Mosaik dieses Werks ein Steinchen, bis keines mehr übrig bleibt. Das Original verblaßt, weil uns die widerliche Grelle der Kopie die Augen öffnet. Hier ist ein Original, dem verloren geht, was es an andere hergab. Und ist denn ein Original eines, dessen Nachahmer besser sind? Freilich, um eine Erfindung zu würdigen, die sich zu einer modernen Maschine vervollkommnet hat, muß man die historische Gerechtigkeit anwenden. Aber wenn man absolut wertet, sollte man da nicht zugeben, daß die Prosa Heinrich Heines von den beobachterisch gestimmten Technikern, den flotten Burschen und den Grazieschwindlern übertroffen wurde? Daß diese Prosa, welche Witz ohne Anschauung und Ansicht ohne Witz bedeutet, ganz gewiß von jenen Feuilletonisten übertroffen wurde, die nicht nur Heine gelesen, sondern sich extra noch die Mühe genommen haben, an die Quelle der Quelle, nach Paris zu gehen? Und daß seiner Lyrik, im Gefühl und in der korrespondierenden Hohnfalte, Nachahmer entstanden sind, die's mindestens gleich gut treffen und die zumal den kleinen Witz der kleinen Melancholie, dem der ausgeleierte Vers so flink auf die Füße hilft, mindestens ebenso geschickt praktizieren. Weil sich ja nichts so leicht mit allem Komfort der Neuzeit ausstatten läßt wie eine lyrische Einrichtung. Sicherlich, keiner dürfte sich im Ausmaß der Übung und im Umfang intellektueller Interessen mit Heine vergleichen. Wohl aber überbietet ihn heute jeder Itzig Witzig in der Fertigkeit, ästhetisch auf Teetisch zu sagen und eine kandierte Gedankenhülse durch Reim und Rhythmus zum Knallbonbon zu machen.

Heinrich Heine, der Dichter, lebt nur als eine konservierte Jugendliebe. Keine ist revisionsbedürftiger als diese. Die Jugend nimmt alles auf und nachher ist es grausam, ihr vieles wieder abzunehmen. Wie leicht empfängt die Seele der Jugend, wie leicht verknüpft sie das Leichte und Lose: wie wertlos muß eine Sache sein, damit ihr Eindruck nicht wertvoll werde durch Zeit und Umstand, da er erworben ward! Man ist nicht kritisch, sondern pietätvoll, wenn man Heine liebt. Man ist nicht kritisch, sondern pietätlos, wenn man dem mit Heine Erwachsenen seinen Heine ausreden will. Ein Angriff auf Heine ist ein Eingriff in jedermanns Privatleben. Er verletzt die Pietät vor der Jugend, den Respekt vor dem Knabenalter, die Ehrfurcht vor der Kindheit. Die erstgebornen Eindrücke nach ihrer Würdigkeit messen wollen, ist mehr als vermessen. Und Heine hatte das Talent, von den jungen Seelen empfangen und darum mit den jungen Erlebnissen assoziiert zu werden. Wie die Melodie eines Leierkastens, die ich mir nicht verwehren ließe, über die Neunte Symphonie zu stellen, wenns ein subjektives Bedürfnis verlangt. Und darum brauchen es sich die erwachsenen Leute nicht bieten zu lassen, daß man ihnen bestreiten will, der Lyriker Heine sei größer als der Lyriker Goethe. Ja, von dem Glück der Assoziation lebt Heinrich Heine. Bin ich so unerbittlich objektiv, einem zu sagen: sieh nach, der Pfirsichbaum im Garten deiner Kindheit ist heute schon viel kleiner, als er damals war? Man hatte die Masern, man hatte Heine, und man wird heiß in der Erinnerung an jedes Fieber der Jugend. Hier schweige die Kritik. Kein Autor hat die Revision so notwendig wie Heine, keiner verträgt sie so schlecht, keiner wird so sehr von allen holden Einbildungen gegen sie geschützt, wie Heine. Aber ich habe nur den Mut, sie zu empfehlen, weil ich sie selbst kaum notwendig hatte, weil ich Heine nicht erlebt habe in der Zeit, da ich ihn hätte überschätzen müssen. So kommt der Tag, wo es mich nichts angeht, daß ein Herr, der längst Bankier geworden ist, einst unter den Klängen von »Du hast Diamanten und Perlen« zu seiner Liebe schlich. Und wo man rücksichtslos wird, wenn der Reiz, mit dem diese tränenvolle Stofflichkeit es jungen Herzen angetan hat, auf alte Hirne fortwirkt und der Sirup sentimentaler Stimmungen an literarischen Urteilen klebt. Schließlich hätte man der verlangenden Jugend auch mit Herrn Hugo Salus dienen können. Ich weiß mich nicht frei von der Schuld, der Erscheinung das Verdienst der Situation zu geben, in der ich sie empfand, oder sie mit der begleitenden Stimmung zu verwechseln. So bleibt mir ein Abglanz auf Heines Berliner Briefen, weil mir die Melodie »Wir winden dir den Jungfernkranz«, über die sich Heine dort lustig macht, sympathisch ist. Aber nur in den Nerven. Im Urteil bin ich mündig und willig, die Verdienste zu unterscheiden. Die Erinnerung eines Gartendufts, als die erste Geliebte vorüberging, darf einer nur dann für eine gemeinsame Angelegenheit der Kultur halten, wenn er ein Dichter ist. Den Anlaß überschätze man getrost, wenn man imstande ist, ein Gedicht daraus zu machen. Als ich einst in einer Praterbude ein trikotiertes Frauenzimmer in der Luft schweben sah, was, wie ich heute weiß, durch eine Spiegelung erzeugt wurde, und ein Leierkasten spielte dazu die »Letzte Rose«, da ging mir das Auge der Schönheit auf und das Ohr der Musik, und ich hätte den zerfleischt, der mir gesagt hätte, das Frauenzimmer wälze sich auf einem Brett herum und die Musik sei von Flotow. Aber in der Kritik muß man, wenn man nicht zu Kindern spricht, den Heine beim wahren Namen nennen dürfen.

Sein Reiz, sagen seine erwachsenen Verteidiger, sei ein musikalischer. Darauf sage ich: Wer Literatur empfindet, muß Musik nicht empfinden oder ihm kann in der Musik die Melodie, der Rhythmus als Stimmungsreiz genügen. Wenn ich literarisch arbeite, brauche ich keine Stimmung, sondern die Stimmung entsteht mir aus der Arbeit. Zum Anfeuchten dient mir ein Klang aus einem Miniaturspinett, das eigentlich ein Zigarrenbehälter ist und ein paar seit hundert Jahren eingeschlossene altwiener Töne von sich gibt, wenn man daraufdrückt. Ich bin nicht musikalisch; Wagner würde mich in dieser Lage stören. Und suchte ich denselben kitschigen Reiz der Melodie in der Literatur, ich könnte in solcher Nacht keine Literatur schaffen. Heines Musik mag dafür den Musikern genügen, die von ihrer eigenen Kunst bedeutendere Aufschlüsse verlangen, als sie das bißchen Wohlklang gewährt. Was ist denn Lyrik im Heineschen Stil, was ist jener deutsche Kunstgeschmack, in dessen Sinnigkeiten und Witzigkeiten die wilde Jagd Liliencronscher Sprache einbrach, wie einst des Neutöners Gottfried August Bürger? Heines Lyrik: das ist Stimmung oder Meinung mit dem Hört, hört! klingelnder Schellen. Diese Lyrik ist Melodie, so sehr, daß sie es notwendig hat, in Musik gesetzt zu werden. Und dieser Musik dankt sie mehr als der eignen ihr Glück beim Philister. Der ›Simplicissimus‹ spottete einmal über die deutschen Sippen, die sich vor Heine bekreuzigen, um hinterdrein in seliger Gemütsbesoffenheit »doch« die Loreley zu singen. Zwei Bilder: aber der Kontrast ist nicht so auffallend, als man bei flüchtiger Betrachtung glaubt. Denn die Philistersippe, die schimpft, erhebt sich erst im zweiten Bilde zum wahren Philisterbekenntnis, da sie singt. Ist es Einsicht in den lyrischen Wert eines Gedichtes, was den Gassenhauer, den einer dazu komponiert hat, populär werden läßt? Wie viele deutsche Philister wüßten denn, was Heine bedeuten soll, wenn nicht Herr Silcher »Ich weiß nicht, was soll es bedeuten« in Musik gesetzt hätte? Aber wäre es ein Beweis für den Lyriker, daß diese Kundschaft seine unschwere Poesie auch dann begehrt hätte, wenn sie ihr nicht auf Flügeln des Gesanges wäre zugestellt worden? Ach, dieser engstirnige Heinehaß, der den Juden meint, läßt den Dichter gelten und blökt bei einer sentimentalen Melodei wohl auch ohne die Nachhilfe des Musikanten. Kunst bringt das Leben in Unordnung. Die Dichter der Menschheit stellen immer wieder das Chaos her; die Dichter der Gesellschaft singen und klagen, segnen und fluchen innerhalb der Weltordnung. Alle, denen ein Gedicht ihre im Reim beschlossene Übereinstimmung mit dem Dichter bedeutet, flüchten zu Heine. Wer den Lyriker auf der Suche nach weltläufigen Allegorien und beim Anknüpfen von Beziehungen zur Außenwelt zu betreten wünscht, wird Heine für den größeren Lyriker halten als Goethe. Wer aber das Gedicht als Offenbarung des im Anschauen der Natur versunkenen Dichters und nicht der im Anschauen des Dichters versunkenen Natur begreift, wird sich bescheiden, ihn als lust- und leidgeübten Techniker, als prompten Bekleider vorhandener Stimmungen zu schätzen. Wie über allen Gipfeln Ruh' ist, teilt sich Goethe, teilt er uns in so groß empfundener Nähe mit, daß die Stille sich als eine Ahnung hören läßt. Wenn aber ein Fichtenbaum im Norden auf kahler Höh' steht und von einer Palme im Morgenland träumt, so ist das eine besondere Artigkeit der Natur, die der Sehnsucht Heines allegorisch entgegenkommt. Wer je eine so kunstvolle Attrappe im Schaufenster eines Konditors oder eines Feuilletonisten gesehen hat, mag in Stimmung geraten, wenn er selbst ein Künstler ist. Aber ist ihr Erzeuger darum einer? Selbst die bloße Plastik einer Naturanschauung, von der sich zur Seele kaum sichtbare Fäden spinnen, scheint mir, weil sie das Einfühlen voraussetzt, lyrischer zu sein, als das Einkleiden fertiger Stimmungen. In diesem Sinne ist Goethes »Meeresstille« Lyrik, sind es Liliencrons Zeilen: »Ein Wasser schwatzt sich selig durchs Gelände, ein reifer Roggenstrich schließt ab nach Süd, da stützt Natur die Stirne in die Hände und ruht sich aus, von ihrer Arbeit müd'«. Der nachdenkenden Heidelandschaft im Sommermittag entsprießen tiefere Stimmungen als jene sind, denen nachdenkliche Palmen und Fichtenbäume entsprossen; denn dort hält Natur die Stirne in die Hände, aber hier Heinrich Heine die Hand an die Wange gedrückt ... Man schämt sich, daß zwischen Herz und Schmerz je ein so glatter Verkehr bestand, den man Lyrik nannte; man schämt sich fast der Polemik. Ab er man mache den Versuch, im aufgeschlagenen »Buch der Lieder« die rechte und die linke Seite durcheinander zu lesen und Verse auszutauschen. Man wird nicht enttäuscht sein, wenn man von Heine nicht enttäuscht ist. Und die es schon sind, werden es erst recht nicht sein. »Es zwitscherten die Vögelein – viel' muntere Liebesmelodein.« Das kann rechts und links stehen. »Auf meiner Herzliebsten Äugelein«: das muß sich nicht allein auf »meiner Herzliebsten Mündlein klein« reimen, und die »blauen Veilchen der Äugelein« wieder nicht allein auf die »roten Rosen der Wängelein«, überall könnte die Bitte stehen: »Lieb Liebchen, leg's Händchen aufs Herze mein«, und nirgend würde in diesem Kämmerlein der Poesie die Verwechslung von mein und dein störend empfunden werden. Dagegen ließe sich etwa die ganze Loreley von Heine nicht mit dem Fischer von Goethe vertauschen, wiewohl der Unterschied scheinbar nur der ist, daß die Loreley von oben auf den Schiffer, das feuchte Weib aber von unten auf den Fischer einwirkt. Wahrlich, der Heinesche Vers ist Operettenlyrik, die auch gute Musik vertrüge. Im Buch der Lieder könnten die Verse von Meilhac und Halévy stehen:

> Ich bin dein
> Du bist mein
> Welches Glück ist uns beschieden
> Nein, es gibt
> So verliebt
> Wohl kein zweites Paar hienieden.

Es ist durchaus jene Seichtheit, die in Verbindung mit Offenbachscher Musik echte Stimmungswerte schafft oder tiefere satirische Bedeutung annimmt. Offenbach ist Musik, aber Heine ist bloß der Text dazu. Und ich glaube nicht, daß ein echter Lyriker die Verse geschrieben hat:

> Und als ich euch meine Schmerzen geklagt,
> Da habt ihr gegähnt und nichts gesagt;
> Doch als ich sie zierlich in Verse gebracht,
> Da habt ihr mir große Elogen gemacht.

Aber es ist ein Epigramm; und die Massenwirkung Heinescher Liebeslyrik, in der die kleinen Lieder nicht der naturnotwendige Ausdruck, sondern das Ornament der großen Schmerzen sind, ist damit treffend bezeichnet. Jene Massenwirkung, durch die der Lyriker Heine sich belohnt fühlt. Es ist ein Lyriker, der in einer Vorrede schreibt, sein Verleger habe durch die großen Auflagen, die er von seinen Werken zu machen pflege, dem Genius des Verfassers das ehrenvollste Vertrauen geschenkt, und der stolz auf die Geschäftsbücher verweist, in denen die Beliebtheit dieser Lyrik eingetragen stehe. Dieser Stolz ist so wenig verwunderlich wie diese Beliebtheit. Wie vermöchte sich eine lyrische Schöpfung, in der die Idee nicht kristallisiert, aber verzuckert wird, der allgemeinen Zufriedenheit zu entziehen? Nie, bis etwa zur Sterbenslyrik, hat sich eine schöpferische Notwendigkeit in Heine zu diesen Versen geformt, daß es Verse werden mußten; und diese Reime sind Papilloten, nicht Schmetterlinge: Papierkrausen, oft nur eben gewickelt, um einen Wickel vorzustellen. »Das hätte ich alles sehr gut in guter Prosa sagen können«, staunt Heine, nachdem er eine Vorrede versifiziert hat, und fährt fort: »Wenn man aber die alten Gedichte wieder durchliest, um ihnen, behufs eines erneuerten Abdrucks, einige Nachfeile zu erteilen, dann überrascht einen unversehens die klingelnde Gewohnheit des Reims und Silbenfalls ...« Es ist in der Tat nichts anderes als ein skandierter Journalismus, der den Leser über seine Stimmungen auf dem Laufenden hält. Heine informiert immer und überdeutlich. Manchmal sagt ers durch die blaue Blume, die nicht auf seinem Beet gewachsen ist, manchmal direkt. Wäre das sachliche Gedicht »Die heiligen drei Könige« von einem Dichter, es wäre ein Gedicht. »Das Odislein brüllte, das Kindlein schrie, die heil'gen drei Könige sangen.« Das wäre die Stimmung der Sachlichkeit. So ist es doch wohl nur ein Bericht. Ganz klar wird das an einer Stelle des Vitzliputzli:

Hundertsechzig Spanier fanden
Ihren Tod an jenem Tage;
Über achtzig fielen lebend
In die Hände der Indianer.
Schwer verwundet wurden viele,
Die erst später unterlagen.
Schier ein Dutzend Pferde wurde
Teils getötet, teils erbeutet.

Einer indianischen Lokalkorrespondenz zufolge. Und wie die Sachlichkeit, so das Gefühl, so die Ironie: nichts unmittelbar, alles handgreiflich, aus jener zweiten Hand, die unmittelbar nur den Stoff begreift. Im Gestreichel der Stimmung, im Gekitzel des Witzes.

Die Tore jedoch, die ließen
Mein Liebchen entwischen gar still;
Ein Tor ist immer willig,
Wenn eine Törin will.

Diesen Witz macht kein wahrer Zyniker, dem seine Geliebte echappiert ist. Und kein Dichter ruft einem Fräulein, das den Sonnenuntergang gerührt betrachtet, die Worte zu:

Mein Fräulein, sein Sie munter,
Das ist ein altes Stück;
Hier vorne geht sie unter,
Und kehrt von hinten zurück.

Nicht aus Respekt vor dem Fräulein, aber aus Respekt vor dem Sonnenuntergang. Der Zynismus Heines steht auf dem Niveau der Sentimentalität des Fräuleins. Und der eigenen Sentimentalität. Und wenn er gerührt von sich sagt: »dort wob ich meine zarten Reime aus Veilchenduft und Mondenschein«, dann darf man wohl so zynisch sein wie er und ihn – Herr Heine, sein Sie munter – fragen, ob er nicht vielleicht schreiben wollte: dort wob ich meine zarten Reime für Veilchenduft und Mondenschein, und ob dies nicht eben jene Verlagsfirma ist, auf deren Geschäftsbücher er sich soeben berufen hat. Lyrik und Satire – das Phänomen ihres Verbundenseins wird faßlich –: sie sind beide nicht da; sie treffen sich in der Fläche, nicht in der Tiefe. Diese Träne hat kein Salz, und dieses Salz salzt nicht. Wenn Heine, wie sagt man nur, »die Stimmung durch einen Witz zerreißt«, so habe ich den Eindruck, er wolle dem bunten Vogel Salz auf den Schwanz streuen; ein altes Experiment: der Vogel entflattert doch. Im Fall Heine glückt die Illusion, wenn schon nicht das Experiment. Man kann ihm das Gegenteil beweisen; ihm, aber nicht den gläubigen Zuschauern. Er wurde nicht nur als der frühe Begleiter von Allerwelts lyrischen Erlebnissen durchs Leben mitgenommen, sondern immer auch dank seiner Intellektualität von der Jugendeselei an die Aufklärung weitergegeben. Und über alles wollen sie aufgeklärt sein, nur nicht über Heine, und wenn sie schon aus seinen Träumen erwachen, bleibt ihnen noch sein Witz.

Dieser Witz aber, in Vers und Prosa, ist ein asthmatischer Köter. Heine ist nicht imstande, seinen Humor auf die Höhe eines Pathos zu treiben und von dort hinunter zu jagen. Er präsentiert ihn, aber er kann ihm keinen Sprung zumuten. Wartet nur! ist der Titel eines Gedichtes:

Weil ich so ganz vorzüglich blitze,
Glaubt ihr, daß ich nicht donnern könnt'!
Ihr irrt euch sehr, denn ich besitze
Gleichfalls fürs Donnern ein Talent.

Es wird sich grausenhaft bewähren,
Wenn einst erscheint der rechte Tag;
Dann sollt ihr meine Stimme hören,
Das Donnerwort, den Wetterschlag.

Gar manche Eiche wird zersplittern
An jenem Tag der wilde Sturm,
Gar mancher Palast wird erzittern
Und stürzen mancher Kirchenturm!

Das sind leere Versprechungen. Und wie sagt doch Heine von Platen?

Eine große Tat in Worten,
Die du einst zu tun gedenkst! –
O, ich kenne solche Sorten
Geist'ger Schuldenmacher längst.

Hier ist Rhodus, komm und zeige
Deine Kunst, hier wird getanzt!
Oder trolle dich und schweige,
Wenn du heut nicht tanzen kannst.

»Gleichfalls fürs Donnern ein Talent haben« – das sieht ja dem Journalismus ähnlich. Aber von Donner kein Ton und vom Blitz nur ein Blitzen. Nur Einfälle, nur das Wetterleuchten von Gedanken, die irgendwo niedergegangen sind oder irgendwann niedergehen werden.

Denn wie eigene Gedanken nicht immer neu sein müssen, so kann, wer einen neuen Gedanken hat, ihn leicht von einem andern haben. Das bleibt für alle paradox, nur für jenen nicht, der von der Präformiertheit der Gedanken überzeugt ist, und davon, daß der schöpferische Mensch nur ein erwähltes Gefäß ist, und davon, daß die Gedanken und die Gedichte da waren vor den Dichtern und Denkern. Er glaubt an den metaphysischen Weg des Gedankens, der ein Miasma ist, während die Meinung kontagiös ist, also unmittelbarer Ansteckung braucht, um übernommen, um verbreitet zu werden. Darum mag ein schöpferischer Kopf auch das aus eigenem sagen, was ein anderer vor ihm gesagt hat, und der andere ahmt Gedanken nach, die einem schöpferischen Kopf erst später einfallen werden. Und nur in der Wonne sprachlicher Zeugung wird aus dem Chaos eine Welt. Die leiseste Belichtung oder Beschattung, Tönung und Färbung eines Gedankens, nur solche Arbeit ist wahrhaft unverloren, so pedantisch, lächerlich und sinnlos sie für die unmittelbare Wirkung auch sein mag, kommt irgendwann der Allgemeinheit zugute und bringt ihr zuletzt jene Meinungen als verdiente Ernte ein, die sie heut mit frevler Gier auf dem Halm verkauft. Alles Geschaffene bleibt, wie es da war, eh es geschaffen wurde. Der Künstler holt es als ein Fertiges vom Himmel herunter. Die Ewigkeit ist ohne Anfang. Lyrik oder ein Witz: die Schöpfung liegt zwischen dem Selbstverständlichen und dem Endgültigen. Es werde immer wieder Licht. Es war schon da und sammle sich wieder aus der Farbenreihe. Wissenschaft ist Spektralanalyse: Kunst ist Lichtsynthese. Der Gedanke ist in der Welt, aber man hat ihn nicht. Er ist durch das Prisma stofflichen Erlebens in Sprachelemente zerstreut, der Künstler schließt sie zum Gedanken. Der Gedanke ist ein Gefundenes, ein Wiedergefundenes. Und wer ihn sucht, ist ein ehrlicher Finder, ihm gehört er, auch wenn ihn vor ihm schon ein anderer gefunden hätte.

So und nur so hat Heine von Nietzsche den Nazarenertypus antizipiert. Wie weitab ihm die Welt Eros und Christentum lag, welche doch in dem Gedicht »Psyche« mit so hübscher Zufälligkeit sich meldet, zeigt er in jedem Wort seiner Platen-Polemik. Heine hat in den Verwandlungen des Eros nur das Ziel, nicht den Weg des Erlebnisses gesehen, er hat sie ethisch und ästhetisch unter eine Norm gestellt, und hier, wo wir an der Grenze des erweislich Wahren und des erweislich Törichten angelangt sind, hat er vielmehr den seligen Herrn Maximilian Harden antizipiert. In dieser berühmten Platen-Polemik, die allein dem stofflichen Interesse an den beteiligten Personen und dem noch stofflicheren Vergnügen an der angegriffenen Partie ihren Ruhm verdankt und die Heines Ruhm hätte auslöschen müssen, wenn es in Deutschland ein Gefühl für wahre polemische Kraft gäbe und nicht bloß für das Gehechel der Bosheit, in dieser Schrift formt Heine sein erotisches Bekenntnis zu den Worten:

Der eine ißt gern Zwiebeln, der andere hat mehr Gefühl für warme Freundschaft, und ich als ehrlicher Mann muß aufrichtig gestehen, ich esse gern Zwiebeln, und eine schiefe Köchin ist mir lieber, als der schönste Schönheitsfreund.

Das ist nicht fein, aber auch nicht tief. Er hatte wohl keine Ahnung von den Varietäten der Geschlechtsliebe, die sich am Widerspiel noch bestätigt, und spannte diese weite Welt in das grobe Schema Mann und Weib, normal und anormal. Noch im Sterben ist ihm ja die Vorstellung von der Kuhmagd, die »mit dicken Lippen küßt und beträchtlich riecht nach Mist«, geläufig, wiewohl sie dort nur eine bessere Wärme als der Ruhm geben soll und nicht als die warme Freundschaft. Wer so die Seele kennt, ist ein Feuilletonist! Feuilletonistisch ist Heines Polemik durch die Unverbundenheit, mit der Meinung und Witz nebeneinander laufen. Die Gesinnung kann nicht weiter greifen als der Humor. Wer über das Geschlechtsleben seines Gegners spottet, kann nicht zu polemischer Kraft sich erheben. Und wer die Armut seines Gegners verhöhnt, kann keinen bessern Witz machen, als den: der Ödipus von Platen wäre »nicht so bissig geworden, wenn der Verfasser mehr zu beißen gehabt hätte«. Schlechte Gesinnung kann nur schlechte Witze machen. Der Wortwitz, der die Kontrastwelten auf die kleinste Fläche drängt und darum der wertvollste sein kann, muß bei Heine ähnlich wie bei dem traurigen Saphir zum losen Kalauer werden, weil kein sittlicher Fonds die Deckung übernimmt. Ich glaube, er bringt das üble Wort, einer leide an der »Melancholik«, zweimal. Solche Prägungen – wie etwa auch die Zitierung von Platens »Saunetten« und die Versicherung, daß er mit Rothschild »famillionär« verkehrt habe – läßt er dann freilich den Hirsch Hyacinth verantworten. Und dieser Polemiker spricht von seiner guten protestantischen Hausaxt! Eine Axt, die einen Satz nicht beschneiden kann! Seiner Schrift gegen Börne geben die wörtlichen Zitate aus Börne das Rückgrat, aber wenn er darin Börne sprechend vorführt, spürt man ganz genau, wo Heine über Börne hinaus zu schwätzen beginnt. Er tuts in der breitspurigen Porzellangeschichte. Auf

Schritt und Tritt möchte man redigieren, verkürzen, vertiefen. Einen Satz wie diesen: »Nächst dem Durchzug der Polen, habe ich die Vorgänge in Rheinbayern als den nächsten Hebel bezeichnet, welcher nach der Juliusrevolution die Aufregung in Deutschland bewirkte, und auch auf unsere Landsleute in Paris den größten Einfluß ausübte«, hätte ich nicht durchgehen lassen. Die Teile ohne Fassung, das Ganze ohne Komposition, jener kurze Atem, der in einem Absatz absetzen muß, als müßte er immer wieder sagen: so, und jetzt sprechen wir von etwas anderm. Wäre Heine zum Aphorismus fähig gewesen, zu dem ja der längste Atem gehört, er hätte auch hundert Seiten Polemik durchhalten können. Von Börne, der in dieser Schrift als sittlich und geistig negierte Person den Angreifer überragt, sagt er: »Alle seine Anfeindungen waren am Ende nichts anderes, als der kleine Neid, den der kleine Tambour-Maitre gegen den großen Tambour-Major empfindet – er beneidete mich ob des großen Federbusches, der so keck in die Lüfte hineinjauchzt, ob meiner reichgestickten Uniform, woran mehr Silber, als er, der kleine Tambour-Maitre, mit seinem ganzen Vermögen bezahlen konnte, ob der Geschicklichkeit, womit ich den großen Stock balanciere usw.« Die Geschicklichkeit ist unleugbar, und der Tambour-Major stimmt auch. In Börnes Haushalt sieht Heine »eine Immoralität, die ihn anwidert«, »das ganze Reinlichkeitsgefühl seiner Seele« sträubt sich in ihm »bei dem Gedanken, mit Börnes nächster Umgebung in die mindeste Berührung zu geraten«. Er weiß die längste Zeit auch nicht, ob Madame Wohl nicht die Geliebte Börnes ist »oder bloß seine Gattin«. Dieser ganz gute Witz ist bezeichnend für die Wurzellosigkeit des Heineschen Witzes, denn er deckt sich mit dem Gegenteil der Heineschen Auffassung von der Geschlechtsmoral. Heine hätte sich schlicht bürgerlich dafür interessieren müssen, ob Madame Wohl die Gattin Börnes oder bloß seine Geliebte sei. Er legt ja noch im Sterbebett Wert auf die Feststellung, er habe nie ein Weib berühret, wußt' er, daß sie vermählet sei. Aber in dieser Schrift sind auch andere peinliche Widersprüche. So wird Jean Paul der

»konfuse Polyhistor von Bayreuth« genannt, und von Heine heißt es, er habe sich »in der Literatur Europas Monumente aufgepflanzt, zum ewigen Ruhme des deutschen Geistes« ... Der deutsche Geist aber möchte vor allem das nackte Leben retten; und er wird erst wieder hochkommen, wenn sich in Deutschland die intellektuelle Schmutzflut verlaufen haben wird. Wenn man wieder das Kopfwerk sprachschöpferischer Männlichkeit erfassen und von dem erlernbaren Handwerk der Sprachzärtlichkeiten unterscheiden wird. Und ob dann von Heine mehr bleibt als sein Tod?

Die Lyrik seines Sterbens, Teile des Romanzero, die Lamentationen, der Lazarus: hier war wohl der beste Helfer am Werke, um die Form Heines zur Gestalt zu steigern. Heine hat das Erlebnis des Sterbens gebraucht, um ein Dichter zu sein. Es war ein Diktat: sing, Vogel, oder stirb. Der Tod ist ein noch besserer Helfer als Paris; der Tod in Paris, Schmerzen und Heimatsucht, die bringen schon ein Echtes fertig.

> Ich hör' den Hufschlag, hör' den Trab,
> Der dunkle Reiter holt mich ab –
> Er reißt mich fort, Mathilden soll ich lassen,
> O, den Gedanken kann mein Herz nicht fassen!

Das ist andere Lyrik, als jene, deren Erfolg in den Geschäftsbüchern ausgewiesen steht. Denn Heines Wirkung ist das Buch der Lieder und nicht der Romanzero, und will man seine Früchte an ihm erkennen, so muß man jenes aufschlagen und nicht diesen. Der Tod konzentriert, räumt mit dem tändelnden Halbweltschmerz auf und gibt dem Zynismus etwas Pathos. Heines Pointen, so oft nur der Mißklang unlyrischer Anschauung, stellen hier selbst eine höhere Harmonie her. Sein Witz, im Erlöschen verdichtet, findet kräftigere Zusammenfassungen; und Geschmacklosigkeiten wie: »Geh ins Kloster, liebes Kind, oder lasse dich rasieren«, werden seltener. Das überlieferte Mot »dieu me pardonnera, c'est son metier« ist in seiner vielbewunderten Plattheit vielleicht eine Erfindung jener, die den Heine-Stil komplett haben wollten. Aber es paßt zum Ganzen nicht schlecht. Im Glauben und Unglauben wird Heine die Handelsvorstellung nicht los. Selbst die Liebe spricht zum Gott der Lieder, »sie verlange Sicherheiten«, und der Gott fragt, wieviel Küsse sie ihm auf seine goldene Leier borgen wolle. Indes, der Zynismus Heines, diese altbackene Pastete aus Witz und Weh, mundet dem deutschen Geschmack recht wohl, wenn ers auch nicht wahr haben will. Zu Offenbach, in dessen Orchester der tausendjährige Schmerz von der Lust einer Ewigkeit umtanzt wird, verhält sich dieser Schmerzspötter wie ein routinierter Asra zu einem geborenen Blaubart, einem vom Stamme jener, welche töten, wenn sie lieben.

... Was will die einsame Träne? Was will ein Humor, der unter Tränen lächelt, weil weder Kraft zum Weinen da ist noch zum Lachen? Aber der »Glanz der Sprache« ist da und der hat sich vererbt. Und unheimlich ist, wie wenige es merken, daß er von der Gansleber kommt, und wie viele sich davon ihr Hausbrot vollgeschmiert haben. Die Nasen sind verstopft, die Augen sind blind, aber die Ohren hören jeden Gassenhauer. So hat sich dank Heine die Erfindung des Feuilletons zur höchsten Vollkommenheit entwickelt. Mit Originalen läßt sich nichts anfangen, aber Modelle können ausgebaut werden. Wenn die Heine-Nachahmer fürchten mußten, daß man sie entlarven könnte, so brauchten sie nur Heine-Fälscher zu werden und durften getrost unter seinem Namen en gros produzieren. Sie nehmen in der Heine-Literatur einen breiten Raum ein. Aber die Forscher, denen ihre Feststellung gelingt, sind nicht sachverständig genug, um zu wissen, daß mit dem Dieb auch der Eigentümer entlarvt ist. Er selbst war durch einen Dietrich ins Haus gekommen und ließ die Tür offen. Er war seinen Nachfolgern mit schlechtem Beispiel vorangegangen. Er lehrte sie den Trick. Und je weiter das Geheimnis verbreitet wurde, umso köstlicher war es. Darum verlangt die Pietät des Journalismus, daß heute in jeder Redaktion mindestens eine Wanze aus Heines Matratzengruft gehalten wird. Das kriecht am Sonntag platt durch die Spalten und stinkt uns die

Kunst von der Nase weg! Aber es amüsiert uns, so um das wahre Leben betrogen zu werden. In Zeiten, die Zeit hatten, hatte man an der Kunst eins aufzulösen. In einer Zeit, die Zeitungen hat, sind Stoff und Form zu rascherem Verständnis getrennt. Weil wir keine Zeit haben, müssen uns die Autoren umständlich sagen, was sich knapp gestalten ließe. So ist Heine wirklich der Vorläufer moderner Nervensysteme, als der er von Künstlern gepriesen wird, die nicht sehen, daß ihn die Philister besser vertragen haben, als er die Philister. Denn der Heinehaß der Philister gibt nach, wenn für sie der Lyriker in Betracht kommt, und für den Künstler kommt Heines Philisterhaß in Betracht, um die Persönlichkeit zu retten. So durch ein Mißverständnis immer aktuell, rechtfertigt er die schöne Bildung des Wortes »Kosmopolit«, in der sich der Kosmos mit der Politik versöhnt hat. Detlev von Liliencron hatte nur eine Landanschauung. Aber mir scheint, er war in Schleswig-Holstein kosmischer als Heine im Weltall. Schließlich werden doch die, welche nie aus ihrem Bezirk herauskamen, weiter kommen als die, die nie in ihren Bezirk hineinkamen.

Was Nietzsche zu Heine gezogen hat – er hatte den Kleinheitswahn, als er im Ecce homo schrieb, sein Name werde mit dem Heines durch die Jahrtausende gehen –, kann nur jener Haß gegen Deutschland sein, der jeden Bundesgenossen annimmt. Wenn man aber den Lazzaroni für ein Kulturideal neben dem deutschen Schutzmann hält, so gibt es gewiß nichts deutscheres als solchen Idealismus, der die weglagernde Romantik schon fürs Ziel nimmt. Das intellektuelle Problem Heine, der Regenerator deutscher Luft, ist neben dem künstlerischen Problem Heine gewiß nicht zu übersehen: es läuft ja daneben. Doch hier ward einmal Sauerstoff in die deutschen Stuben gelassen und hat nach einer augenblicklichen Erholung die Luft verpestet. Daß, wer nichts zu sagen hat, es besser verständlich sage, diese Erkenntnis war die Erleichterung, die Deutschland seinem Heine dankt nach jenen schweren Zeiten, wo etwas zu sagen hatte, wer unverständlich war. Und diesen unleugbaren sozialen Fortschritt hat man der Kunst zugeschrieben, da man in Deutschland immerzu der Meinung ist, daß die Sprache das gemeinsame Ausdrucksmittel sei für Schreiber und Sprecher. Heines aufklärende Leistung in Ehren – ein so großer Satiriker, daß man ihm die Denkmalswürdigkeit absprechen müßte, war er nicht. Ja, er war ein so kleiner Satiriker, daß die Dummheit seiner Zeit auf die Nachwelt gekommen ist. Gewiß, sie setzt sich jenes Denkmal, das sie ihm verweigert. Aber sie setzt sich wahrlich auch jenes, das sie für ihn begehrt. Und wenn sie ihr Denkmal nicht durchsetzt, so deponiert sie wenigstens ihre Visitkarte am Heine-Grab und bestätigt sich ihre Pietät in der Zeitung. Solange die Ballotage der Unsterblichkeit dauert, dauert die Unsterblichkeit, und wenn ein Volk von Vereinsbrüdern ein Problem hat, wird es so bald nicht fertig. Im Ausschuß der Kultur aber sitzen die Karpeles und Bartels, und wie immer die Entscheidung falle, sie beweist nichts für den Geist. Die niedrige Zeitläufigkeit dieser Debatte, die immerwährende Aktualität antiquierter Standpunkte ist so recht das Maß einer literarischen Erscheinung, an der nichts ewig ist als der Typus, der von nirgendwo durch die Zeit läuft. Dieser Typus, der die Mitwelt staunen macht, weil er auf ihrem Niveau mehr Talent hat als sie, hat in der Kunst der Sprache, die jeder, der spricht, zu verstehen glaubt, schmerzlichen Schaden gestiftet. Wir erkennen die Persönlichkeiten nicht mehr, und die Persönlichkeiten beneiden die Techniker. Wenn Nietzsche Heines Technik bewundert, so straft ihn jeder Satz, den er selbst schrieb, Lügen. Nur einer nicht: »Die Meisterschaft ist dann erreicht, wenn man sich in der Ausführung weder vergreift noch zögert«. Das Gegenteil dieser untiefen Einsicht ist die Sache des Künstlers. Seine Leistung sind Skrupel; er greift zu, aber er zaudert, nachdem er zugegriffen hat. Heine war nur ein Draufgänger der Sprache; nie hat er die Augen vor ihr niedergeschlagen. Er schreibt das Bekenntnis hin: »Der Grundsatz, daß man den Charakter eines Schriftstellers aus seiner Schreibweise erkenne, ist nicht unbedingt richtig; er ist bloß anwendbar bei jener Masse von Autoren, denen beim Schreiben nur die augenblickliche Inspiration die Feder führt, und die mehr dem Worte gehorchen, als befehlen. Bei Artisten ist jener Grundsatz unzulässig, denn diese sind Meister des Wortes, handhaben es zu jedem beliebigen Zwecke, prägen es nach Willkür, schreiben objektiv, und ihr Charakter verrät sich nicht in ihrem Stil«. So war er: ein Talent, weil kein Charakter; bloß daß er die Artisten mit den Journalisten verwechselt hat. Und die Masse von Autoren, die dem Wort gehorchen, gibt es leider nur spärlich. Das sind die Künstler. Talent haben die andern: denn es ist ein Charakterdefekt. Hier spricht Heine seine unbedingte Wahrheit aus; er braucht sie gegen Börne. Aber da er objektiv schreibt und als Meister des Worts dieses zu jedem beliebigen Zwecke handhabt, so paßt ihm das Gegenteil gegen Platen. In ihm sei, »ungleich dem wahren Dichter, die Sprache nie Meister geworden«; er sei »dagegen Meister geworden in der Sprache, oder vielmehr auf der Sprache, wie ein Virtuose auf einem Instrumente«. Heine ist objektiv. Gegen Börne: »Die Taten der Schriftsteller bestehen in Worten«. Gegen Platen: er nenne seine Leistung »eine große Tat in Worten« – »so gänzlich unbekannt mit dem Wesen der Poesie, wisse er nicht einmal, daß das Wort nur bei dem Rhetor eine Tat, bei dem wahren Dichter aber ein Ereignis ist«.

Was war es bei Heine? Nicht Tat und nicht Ereignis, sondern Absicht oder Zufall. Heine war ein Moses, der mit dem Stab auf den Felsen der deutschen Sprache schlug. Aber Geschwindigkeit ist keine Hexerei, das Wasser floß nicht aus dem Felsen, sondern er hatte es mit der andern Hand herangebracht; und es war Eau de Cologne. Heine hat aus dem Wunder der sprachlichen Schöpfung einen Zauber gemacht. Er hat das höchste geschaffen, was mit der Sprache zu schaffen ist; höher steht, was aus der Sprache geschaffen wird. Er konnte hundert Seiten schreiben, aber nicht die Sprache der hundert ungeschriebenen Seiten gestalten. Wenn nach Iphigeniens Bitte um ein holdes Wort des Abschieds der König »Lebt wohl!« sagt, so ist es, als ob zum erstenmal in der Welt Abschied genommen würde, und solches »Lebt wohl!« wiegt das Buch der Lieder auf und hundert Seiten von Heines Prosa. Das Geheimnis der Geburt des alten Wortes war ihm fremd. Die Sprache war ihm zu Willen. Doch nie brachte sie ihn zu schweigender Ekstase. Nie zwang ihn ihre Gnade auf die Knie. Nie ging er ihr auf Pfaden nach, die des profanen Lesers Auge nicht errät, und dorthin, wo die Liebe erst beginnt. O markverzehrende Wonne der Spracherlebnisse! Die Gefahr des Wortes ist die Lust des Gedankens. Was bog dort um die Ecke? Noch nicht ersehen und schon geliebt! Ich stürze mich in dieses Abenteuer.

Nachwort
zu Heine und die Folgen

Die tiefste Bestätigung dessen, was in dieser Schrift gedacht und mit ihr getan ist, wurde ihr: sie fand keine Leser. Ein Gedrucktes, das zugleich ein Geschriebenes ist, findet keine. Und mag es sich durch alle äußeren Vorzüge: den bequemen, noch in feindlicher Betrachtung genehmen Stoff, ein gefälliges Format und selbst durch den billigsten Preis empfehlen – das Publikum läßt sich nicht täuschen, es hat die feinste Nase gegen die Kunst, und sicherer als es den Kitsch zu finden weiß, geht es dem Wert aus dem Wege. Nur der Roman, das Sprachwerk außer der Sprache, das in vollkommenster Gestalt noch dem gemeinen Verstande irgend Halt und Hoffnung läßt, nährt heute seinen Mann. Sonst haben vor dem Leser jene, die ihm mit dem Gedanken im Wort bleiben, einen unendlich schweren Stand neben denen, welche ihn mit dem Wort betrügen. Diesen glaubt er sofort, den andern erst nach hundert Jahren. Und keine irdische Träne aus den Augen, die das Leben vom Tod begraben sehen, verkürzt die Wartezeit. Nichts hilft. Die Zeit muß erst verstinken, um jene, die das sind, was sie können, so beliebt zu machen, wie diese da, welche können, was sie nicht sind. Nur daß dieses Heute noch den besondern Fluch des Zweifels trägt: ob der Kopf, der die Maschine überlebt, auch ihre Folgen überstehen wird. Nie war der Weg von der Kunst zum Publikum so weit; aber nie auch hat es ein so künstliches Mittelding gegeben, eins, das sich von selbst schreibt und von selbst liest, so zwar, daß sie alle schreiben und alle verstehen können und bloß der soziale Zufall entscheidet, wer aus dieser gegen den Geist fortschreitenden Hunnenhorde der Bildung jeweils als Schreiber oder als Leser hervorgeht. Die einzige Fähigkeit, die sie als Erbteil der Natur in Ehren halten: von sich zu geben, was sie gegessen haben, scheint ihnen auf geistigem Gebiet als ein Trick willkommen, durch den es gelingen mag, zwei Verrichtungen in einer Person zu vereinigen, und nur weil es noch einträglichere Geschäfte gibt als das Schreiben, haben sich bisher so viele unter ihnen Zurückhaltung auferlegt und begnügen sich damit, zu essen, was die andern von sich gegeben haben. Wie derselbe Mensch sich in einer Stammtischrunde vervielfacht hat, in der ein Cellist, ein Advokat, ein Philosoph, ein Pferdehändler und ein Maler sitzen, durch den Geist verbunden und nur vom Kellner nach den Fächern unterschieden: so ist zwischen Autor und Leser kein Unterschied. Es gibt bloß noch Einen, und das ist der Feuilletonist. Die Kunst weicht vor ihm zurück wie der Gletscher vor dem Bewohner des Alpenhotels. Einst konnte man den, so rühmten die Führer, mit Händen greifen. Wenn der Leser heute ein Werk mit Händen greifen kann, dann muß das Werk eine üble Seite haben. Der Herausgeber dieser Zeitschrift ist sich durchaus bewußt, daß sie ihr Ansehen großenteils jener Empfänglichkeit verdankt, die sich etwa dem vorzüglichen Romanautor nicht gleich darum entzieht, weil sie vom Hörensagen weiß, daß er auch ein Künstler ist. Er darf sich die Nachsicht getrost zunutze machen. Der Herausgeber der Fackel hat nicht selten das Gefühl, daß er an jener schmarotzt. Sie würde ihm unwiderruflich verweigert, wenn die Leser gar erführen, in welchem Stadium der Unzurechnungsfähigkeit solch witzige Anläßlichkeiten entstehen, von welcher Kraft der Selbstvernichtung diese Treffsicherheit lebt und wie viel Zentner Leid eine leichte Feder tragen kann. Und wie düster das ist, was den Tagdieb erheitert. Das Lachen, das an meinen Witz nicht heranreicht, würde ihnen vergehen! Sähen sie, daß der kleine Stoff, der ihnen zu Gesicht steht, nur ein schäbiger Rest ist von etwas, das sie nicht betasten können, sie gingen endlich davon. Ich bin bei denen, die sich einbilden, meine Opfer zu sein, nicht beliebt; aber bei den Schadenfrohen noch immer weit über Verdienst.

Mag nun die Fackel sich in so vielen unrechten Händen befinden: wenn sich das, was von mir geschrieben ist, in einen andern Druck wagt, so langen wenige darnach. Für eine Sammlung von Satiren oder Aphorismen soll das nicht beklagt sein. Eine solche ist mit den seltenen Lesern zufrieden, denen die textliche Veränderung ein neues Werk bedeutet. Aber an der Schrift »Heine und die Folgen«, die als Manuskript in den Buchverlag kam, hat es sich gezeigt, daß es nicht mehr Leser gibt, als jene wenigen. Und diese Erfahrung kann gerade sie nicht schmerzlos hinnehmen. Denn ihr Wille ist, Leser zu schaffen, und das könnte ihr nur gelingen, wenn sie Leser findet. Sie trägt den Jammer des deutschen Schrifttums aus, und sie ist nicht zufrieden damit, daß ihre Wahrheit sich an ihr selbst erfülle. Darum betritt sie den Weg der Reue, der aus dem Buch zurück in die Zeitschrift führt, und auch diese Notwendigkeit sei ihr gefällig, die Perversität des geistigen Betriebs unserer Tage zu erweisen. Hier, im vertrauten Kreis, wird sie wenigstens den Versuch machen, zu mehr tauben Ohren zu sprechen, als in der großen deutschen Öffentlichkeit zu haben sind.

Denn es ist nicht zu denken, daß sie just für den Gegenstand taub waren, von dem zu ihnen die Rede ging. Von Heine hören sie noch immer gern und wenn sie auch nicht wissen, was soll es bedeuten. Sicherlich würde die Schrift, wenn sie bloß den Lebenswert seiner Kunst verneinte, jenem Zeitgefühl nichts Neues sagen, das sich selbst durch die Verabredungen der Intelligenz nicht betrügen läßt. Sicherlich läßt es sich eher zur Bettelei für ein Heine-Denkmal als zur Lektüre seiner Bücher herumkriegen. Und dem Haß, der dort ansetzte, wo nicht Liebe, nur intellektuelle Heuchelei die Grabeswacht hält, würde zwar einige Erbitterung, aber kein allgemeines Interesse antworten. Diese Schrift indes, so weit entfernt von dem Verdacht, gegen Heine ungerecht zu sein, wie von dem Anspruch, ihm gerecht zu werden, ist kein literarischer Essay. Sie erschöpft das Problem Heine nicht, aber mehr als dieses. Der törichteste Vorwurf: daß sie Heine als individuellen Täter für seine Folgen verantwortlich mache, kann sie nicht treffen. Die ihn zu schützen vorgeben, schützen sich selbst und zeigen die wahre Richtung des Angriffs. Sie sollen für ihre Existenz verantwortlich gemacht werden, und der Auswurf der deutschen Intelligenz, der sich sogleich geregt hat, bewies, daß er sich als die verantwortliche Folge fühle. Es waren Individuen, die durch ihre eigene Lyrik schwer genug gestraft sind oder durch ihre eigene Polemik zu sehr insultiert waren, als daß sie einer besondern Abfertigung bedurft hätten. Die wenigen, die sich geärgert, und die vielen, die nicht gelesen hatten, haben bestätigt, was geschrieben war. Nicht die Gefahr, eine Entweihung Heines zu erleben, wohl aber die Furcht, das Feindlichste zu hören, was diesem Zeitalter der Talente gesagt werden kann, hat dem Ruf ein stärkeres Echo ferngehalten. Nicht eine Wertung Heine'scher Poesie, aber die Kritik einer Lebensform, in der ein für allemal alles Unschöpferische seinen Platz und sein glänzend elendes Auskommen gefunden hat, wurde hier gewagt. Nicht die Erfindung der Pest, nicht einmal ihre Einschleppung wurde getadelt, aber ein geistiger Zustand beschrieben, an dem die Ornamente eitern. Das hat den Stolz der Bazillenträger beleidigt. Hier ist irgendwie die Sprache von allem, was sie einzuwickeln verpflichtet wurde, gelöst, und ihr die Kraft, sich einen bessern Inhalt zu schaffen, zuerkannt. Hier ist in dieser Sprache selbst gesagt, daß ihr der kalligraphische Betrug fremd sei, der das Schönheitsgesindel zwischen Paris und Palermo um den Schwung beneidet, mit dem man in der Kunst und in der Hotelrechnung aus dem Fünfer einen Neuner macht. Das haben sie nicht verstanden, oder als bedenklich genug erkannt, um es nicht hören zu wollen.

Um aber die Unfähigkeit, die eine redliche Wirkung des begabten Zeitgeistes ist, nicht schwerer zu belasten als die Bosheit, die in allen Zeiten die sozialen Möglichkeiten gegen den Gedanken mobilisiert hat, muß gesagt werden, daß noch ein besonderer Verdacht den Autor dazu bestimmt hat, vom Verlag Albert Langen das Recht des Wiederabdruckes dieser Schrift zu erbitten. Sein bekannter Verfolgungswahn, der ihm sogar zugeflüstert hat, daß es ihm in zwölf Jahrgängen nicht gelungen sei, sich beliebt zu machen, ließ ihn an eine absichtliche Unterdrückung der Broschüre glauben. Stellte ihm vor, daß die aufgestöberten Wanzen aus der Matratzengruft sich in Bewegung gesetzt und just dort angesiedelt hätten, wo der ihnen bekannte Weg vom Gedanken in den Handel führt. Die Furcht vor der Presse kann Berge versetzen und Säle verweigern: vielleicht bedarf es nicht einmal der Anregung, um einen Wiener Buchhändler im Vertrieb einer gefährlichen Broschüre, von der nur ein kleiner Gewinn abfällt, lau zu machen. Zumal einen von jenen, die noch heute der Fackel einen autorrechtlichen Prozeß verübeln, den ihr erster Drucker geführt hat. Ist es denn nicht eine Wiener Tatsache eigenster Art, daß nicht nur den Blicken der spazierenden City das Ärgernis meiner Bücher entzogen wird, sondern daß die Hefte der Fackel, die in einer Zeile mehr Literatur enthalten als die Schaufenster sämtlicher Buchhandlungen der inneren Stadt, und an deren letztes Komma mehr Qual und Liebe gewendet ist als an eine Bibliothek von Luxusdrucken eines Insel-Verlags – gezwungen sind, zwischen Zigarren, Losen und Revolverblättern ihre Aufwartung zu machen, um die Kosten zu decken, die eine nie belohnte und nie bedankte Mühe verursacht, während im Chor das Ungeziefer des Humors die Sache für lukrativ hält und sich an dem Begriff der »Doppelnummer« weidet! Eine Zeitschrift, welche die legitimsten administrativen Hilfen wie den Aussatz flieht, so aus sich selbst leben möchte, um so gegen sich selbst zu leben, buchgeboren wie kaum ein Buch im heutigen Deutschland, muß die Stütze des zuständigen Handels, die ihm Pflicht wäre, entbehren und in der österreichischen Verbannung jene Schmach verkosten, die den wegen eines politischen Delikts Verurteilten in die Zelle der Taschendiebe wirft. Ahnt die freigesinnte Bagage, deren kosmisches Gefühl die Gewinnsucht ist und von der man die Gnade erbetteln muß, für irrsinnig gehalten zu werden, wenn man keinen Profit macht, ahnt sie, wie viel Genüsse sie sich mit dem Geld erkaufen könnte, das mein Werk des Hasses verschlingt, bis es die Gestalt hat, mit der ein Selbstverherrlicher nie zufrieden ist – weil es erst dann ihm die Fehler enthüllt, die die andern nicht merken! Aber hier, in sein Archiv, nimmt er, was ihm beliebt, und zieht er ein, was andernorts nicht beliebt hat. Hier kann ihn nichts enttäuschen. Eine Arbeit, die statt zwanzig Auflagen nicht die zweite erlangt hat: hier kann ihr nichts mehr geschehn. Ihr Verfasser, dessen Lust es ist, in die Speichen seines eigenen Rads zu greifen, sich selbst und die Maschine aufzuhalten, wenn ihm ein Pünktchen mißfällt, wird nie mehr einem fremden publizistischen Betrieb seine Hilfe gewähren. Er wirbt nicht um neues Publikum. Die Fackel ist ihm nicht Tribüne, sondern Zuflucht. Hier kann ihn das Schicksal einer Arbeit nur bis zur Vollendung aufregen, nicht bis zur Verbreitung. Was hier gelebt wird, mag im Buche wiedererstehn. Aber es ist Lohn genug, unter dem eigenen Rade zu liegen.

Nestroy und die Nachwelt

Zum 50. Todestage

Wir können sein Andenken nicht feiern, indem wir uns, wie's einer Nachwelt ziemt, zu einer Schuld bekennen, die wir abzutragen haben. So wollen wir sein Andenken feiern, indem wir uns zu einer Schuld bekennen, die wir zu tragen haben, wir Insassen einer Zeit, welche die Fähigkeit verloren hat, Nachwelt zu sein … Wie sollte der ewige Bauherr nicht von den Erfahrungen dieses Jahrhunderts lernen? Seitdem es Genies gibt, wurden sie als Trockenwohner in die Zeit gesetzt; sie zogen aus und die Menschheit hatte es wärmer. Seitdem es aber Ingenieure gibt, wird das Haus unwohnlicher. Gott erbarme sich der Entwicklung! Er lasse die Künstler lieber nicht geboren werden, als mit dem Trost, wenn sie auf die Nachwelt kommen, würde diese es besser haben. Diese! Versuche sie es nur, sich als Nachwelt zu fühlen, und sie wird über die Zumutung, ihren Fortschritt dem Umweg des Geistes zu verdanken, eine Lache anschlagen, die zu besagen scheint: Kalodont ist das Beste. Eine Lache, nach einer Idee des Roosevelt, instrumentiert von Bernhard Shaw. Es ist die Lache, die mit allem fertig und zu allem fähig ist. Denn die Techniker haben die Brücke abgebrochen, und Zukunft ist, was sich automatisch anschließt. Diese Geschwindigkeit weiß nicht, daß ihre Leistung nur wichtig ist, ihr selbst zu entrinnen. Leibesgegenwärtig, geisteswiderwärtig, vollkommen wie sie ist, diese Zeit, hofft sie, werde die nächste sie übernehmen, und die Kinder, die der Sport mit der Maschine gezeugt hat und die Zeitung genährt, würden dann noch besser lachen können. Bange machen gilt nicht; meldet sich ein Geist, so heißt es: wir sind komplett. Die Wissenschaft ist aufgestellt, ihnen die hermetische Abschließung von allem Jenseitigen zu garantieren. Die Kunst verjage ihnen die Sorge, welchem Planeten soeben die Gedanken ihrer Vorwelt zugutekommen. Was sich da Welt nennt, weil es in fünfzig Tagen sich selbst bereisen kann, ist fertig, wenn es sich berechnen kann. Um der Frage: Was dann? getrost ins Auge zu sehen, bleibt ihr noch die Zuversicht, mit dem Unberechenbaren fertig zu werden. Sie dankt den Autoren, die ihr das Problem, sei es durch Zeitvertreib abnehmen, sei's durch Bestreitung. Aber sie muß jenem fluchen, dem sie – tot oder lebendig – als Mahner oder Spielverderber zwischen Geschäft und Erfolg begegnet. Und wenn zum Fluch nicht mehr langt – denn zum Fluchen gehört Andacht –, so langt's zum Vergessen. Und kaum besinnt sich einmal das Gehirn, daß der Tag der großen Dürre angebrochen ist. Dann verstummt die letzte Orgel, aber noch saust die letzte Maschine, bis auch sie stille steht, weil der Lenker das Wort vergessen hat. Denn der Verstand verstand nicht, daß er mit der Entfernung vom Geist zwar innerhalb der Generation wachsen konnte, aber die Fähigkeit verlor, sich fortzupflanzen. Wenn zweimal zwei wirklich vier ist, wie sie behaupten, so verdankt es dieses Resultat der Tatsache, daß Goethe das Gedicht »Meeresstille« geschrieben hat. Nun aber weiß man so genau, wieviel zweimal zwei ist, daß man es in hundert Jahren nicht mehr wird ausrechnen können. Es muß etwas in die Welt gekommen sein, was es nie früher gegeben hat. Ein Teufelswerk der Humanität. Eine Erfindung, den Kohinoor zu zerschlagen, um sein Licht allen, die es nicht haben, zugänglich zu machen. Fünfzig Jahre läuft schon die Maschine, in die vorn der Geist hineingetan wird, um hinten als Druck herauszukommen, verdünnend, verbreitend, vernichtend. Der Geber verliert, die Beschenkten verarmen, und die Vermittler haben zu leben. Ein Zwischending hat sich eingebürgert, um die Lebenswerte gegeneinander zu Falle zu bringen. Unter dem Pesthauch der Intelligenz schließen Kunst und Menschheit ihren Frieden ... Ein Geist, der heute fünfzig Jahre tot ist und noch immer nicht lebt, ist das erste Opfer dieses Freudenfestes, über das seit damals spaltenlange Berichte erscheinen. Wie es kam, daß solch ein Geist begraben wurde: es müßte der große Inhalt seines satirischen Denkens sein, und ich glaube, er dichtet weiter. Er, Johann Nestroy, kann es sich nicht gefallen lassen, daß alles blieb, wie es ihm mißfallen hat. Die Nachwelt wiederholt seinen Text und kennt ihn nicht; sie lacht nicht mit ihm, sondern gegen ihn, sie widerlegt und bestätigt die Satire durch die Unvergänglichkeit dessen, was Stoff ist. Nicht wie Heine, dessen Witz mit der Welt läuft, der sie dort traf, wo sie gekitzelt sein wollte, und dem sie immer gewachsen war, nicht wie Heine wird sie Nestroy überwinden. Sondern wie der Feige den Starken überwindet, indem er ihm davonläuft und ihn durch einen Literarhistoriker anspucken läßt. Gegen Heine wird man undankbar sein, man wird die Rechte der Mode gegen ihn geltend machen, man wird ihn nicht mehr tragen. Aber immer wird man sagen, daß er den Horizont hatte, daß er ein Befreier war, daß er sich mit Ministern abgegeben hat und zwischendurch noch die Geistesgegenwart hatte, Liebesgedichte zu machen. Anders Nestroy. Keinen Kadosch wird man sagen. Keinem Friedjung wird es gelingen, nachzuweisen, daß Der eine politische Gesinnung hatte, geschweige denn jene, die die politische Gesinnung erst zur Gesinnung macht. Was lag ihm am Herzen? So viel, und darum nichts vom Freisinn. Während draußen die Schuster für die idealsten Güter kämpften, hat er die Schneider Couplets singen lassen. Er hat die Welt nur in Kleingewerbetreibende und Hausherren eingeteilt, in Heraufgekommene und Heruntergekommene, in vazierende Hausknechte und Partikuliers. Daß es aber nicht der Leitartikel, sondern die Welt war, die er so eingeteilt hat, daß sein Witz immer den Weg nahm vom Stand in die Menschheit: solch unverständliches Kapitel überblättert der Hausverstand. Blitze am engen Horizont, so daß sich der Himmel über einem Gewürzgewölbe öffnet, leuchten nicht ein. Nestroy hat aus dem Stand in die Welt gedacht, Heine von der Welt in den Staat. Und das ist mehr. Nestroy bleibt der Spaßmacher, denn sein Spaß, der von der Hobelbank zu den Sternen schlug, kam von der Hobelbank, und von den Sternen wissen wir nichts. Ein irdischer Politiker sagt uns mehr als ein kosmischer Hanswurst. Und da uns die Vermehrung unserer intellektuellen Hausmacht am Herzen liegt, haben wir nichts dagegen, daß die irdischen Hanswurste Nestroy gelegentlich zum Politiker machen und ihn zwingen, das Bekenntnis jener liberalen Bezirksanschauung nachzutragen, ohne die wir uns einen toten Satiriker nicht mehr denken können. Die Phraseure und Riseure geben dann gern zu, daß er ein Spottvogel war oder daß ihm der Schalk im Nacken saß. Und dennoch saß er nur ihnen im Nacken und blies ihre Kalabreser um. Und dennoch sei jenen, die sich zur Kunst herablassen und ihr den Spielraum zwischen den Horizonten gönnen, so von der individuellen Nullität bis zur sozialen Quantität, mit ziemlicher Gewißheit gesagt: Wenn Kunst nicht das ist, was sie glauben und erlauben, sondern die Wegweite ist zwischen einem Geschauten und einem Gedachten, von einem Rinnsal zur Milchstraße die kürzeste Verbindung, so hat es nie unter deutschem Himmel einen Läufer gegeben wie Nestroy. Versteht sich, nie unter denen, die mit lachendem Gesicht zu melden hatten, daß es im Leben häßlich eingerichtet sei. Wir werden seiner Botschaft den Glauben nicht deshalb versagen, weil sie ein Couplet war. Nicht einmal deshalb, weil er in der Geschwindigkeit auch dem Hörer etwas zuliebe gesungen, weil er mit Verachtung der Bedürfnisse des Publikums sie befriedigt hat, um ungehindert empordenken zu können. Oder weil er sein Dynamit in Watte wickelte und seine Welt erst sprengte, nachdem er sie in der Überzeugung befestigt hatte, daß sie die beste der Welten sei, und weil er die Gemütlichkeit zuerst einseifte, wenn's ans Halsabschneiden ging, und sonst nicht weiter inkommodieren wollte. Auch werden wir, die nicht darauf aus sind, der Wahrheit die Ehre vor dem Geist zu geben, von ihm nicht deshalb geringer denken, weil er oft mit der Unbedenklichkeit des Originals, das Wichtigeres vorhat, sich das Stichwort von Theaterwerkern bringen ließ. Der Vorwurf, der Nestroy gemacht wurde, ist alberner als so manche Fabel, die er einem französischen Handlanger abnahm, alberner als sich irgendeines der Quodlibets im Druck liest, die er dem Volk hinwarf, das zu allen Zeiten den Humor erst ungeschoren läßt, wenn es auch den Hamur bekommt, und damals sich erst entschädigt wußte, wenn es mit einem Vivat der versammelten Hochzeitsgäste nach Hause ging. Er nahm die Schablone, die als Schablone geboren war, um seinen Inhalt zu verstecken, der nicht Schablone werden konnte. Daß auch die niedrige Theaterwirkung hier irgendwie der tieferen Bedeutung zugute kam, indem sie das Publikum von ihr separierte, und daß es selbst wieder tiefere Bedeutung hat, wenn das Orchester die Philosophie mit Tusch verabschiedet, spüren die Literarhistoriker nicht, die wohl fähig sind, Nestroy zu einer politischen Überzeugung, aber nicht, ihm zu dem Text zu verhelfen, der sein unsterblich Teil deckt. Er selbst hatte es nicht vorgesehen. Er schrieb im Stegreif, aber er wußte nicht, daß der Ritt übers Repertoire hinausgehen werde. Er mußte nicht, wiewohl jede Nestroysche Zeile davon zeugt, daß er es gekonnt hätte, sich in künstlerische Selbstzucht vor jenen zurückziehen, die ihn nur für einen Lustigmacher hielten, und der mildere Stoß der Zeit versagte der Antwort noch das Bewußtsein ihrer Endgiltigkeit, jenen seligen Anreiz, die Rache am Stoff im Genuß der Form zu besiegeln. Er hätte, wäre er später geboren, wäre er in die Zeit des journalistischen Sprachbetrugs hineingeboren worden, der Sprache gewissenhaft erstattet, was er ihr zu verdanken hatte. Die Zeit, die das geistige Tempo der Masse verlangsamt, hetzt ihren satirischen Widerpart. Die Zeit hätte ihm keine Zeit mehr zu einer so beiläufigen Austragung blutiger Fehde gelassen, wie sie die Bühne erlaubt und verlangt, und kein Orchester wäre melodisch genug gewesen, den Mißton zwischen seiner Natur und der nachgewachsenen Welt zu versöhnen. Sein Eigentlichstes war der Witz, der der Bühnenwirkung widerstrebt, dieser planen Einmaligkeit, der es genügen muß, das Stoffliche des Witzes an den Mann zu bringen, und die im rhythmischen Wurf das Ziel vor dem Gedanken trifft. Auf der Bühne, wo die Höflichkeit gegen das Publikum im Negligé der Sprache einhergeht, war Nestroys Witz nur zu einer Sprechwirkung auszumünzen, die, weitab von den Mitteln einer schauspielerischen Gestaltung, wieder nur ihm selbst gelingen konnte. Sein Eigentlichstes hätte eine zersplitterte Zeit zur stärkeren Konzentrierung im Aphorismus und in der Glosse getrieben, und das vielfältigere Gekreische der Welt hätte seiner ins Innerste des Apparats dringenden Dialektik neue Tonfälle zugeführt. Seiner Satire genügte vorwiegend ein bestimmter Rhythmus, um daran die Fäden einer wahrhaft geistigen Betrachtung aufzuspulen. Manchmal aber sieht sich die Nestroysche Klimax an, als hätten sich die Termini des jeweils perorierenden Standesbewußtseins zu einer Himmelsleiter gestuft. Immer stehen diese vifen Vertreter ihrer Berufsanschauung mit einem Fuß in der Profession, mit dem andern in der Philosophie, und wenn sie auch stets ein anderes Gesicht haben, so ist es doch nur Maske, denn sie haben die eine und einzige Zunge Nestroys, die diesen weisen Wortschwall entfesselt hat. Was sie sonst immer sein mögen, sie sind vor allem Denker und Sprecher und immer in Gefahr, coram publico den Gedanken über dem Atem zu kurz kommen zu lassen. Dieser völlig sprachverbuhlte Humor, bei dem Sinn und Wort sich fangen, umfangen und bis zur Untrennbarkeit, ja bis zur Unkenntlichkeit umschlungen halten, steht über aller szenischen Verständigung und fällt darum in den Souffleurkasten, so nur Shakespeare vergleichbar, von dem auch erst Shakespeare abgezogen werden muß, um die Theaterwirkung zu ergeben. Es wäre denn, daß die Mission einer Bühnenfigur, die ohne Rücksicht auf alles, was hinter ihr vorgeht, zu schnurren und zu schwärmen anhebt, vermöge der Sonderbarkeit dieses Auftretens ihres Beifalls sicher wäre. Noch sonderbarer, daß der in die Dialoge getragene Sprach- und Sprechwitz Nestroys die Gestaltungskraft nicht hemmt, von der genug übrig ist, um ein ganzes Personenverzeichnis auszustatten und neben der Wendung ins Geistige den Schauplatz mit gegenständlicher Laune, Plastik, Spannung und Bewegung zu füllen. Er nimmt fremde Stoffe. Wo aber ist der deutsche Lustspieldichter, der ihm die Kraft abgenommen hätte, aus drei Worten eine Figur zu machen und aus drei Sätzen ein Milieu? Er ist umso schöpferischer, wo er den fremden Stoff zum eigenen Werk erhebt. Er verfährt anders als der bekanntere zeitgenössische Umdichter Hofmannsthal, der ehrwürdigen Kadavern das Fell abzieht, um fragwürdige Leichen darin zu bestatten, und der sich in seinem ernsten Berufe gegen einen Vergleich mit einem Possendichter wohl verwahren würde. Wie alle besseren Leser reduziert Herr v. Hofmannsthal das Werk auf den Stoff. Nestroy bezieht den Stoff von dort, wo er kaum mehr als Stoff war, erfindet das Gefundene, und seine Leistung wäre auch dann noch erheblich, wenn sie nur im Neubau der Handlung und im Wirbel der nachgeschaffenen Situationen bestünde, also nur in der willkommenen Gelegenheit, die Welt zu unterhalten, und nicht auch im freiwilligen Zwang, die Welt zu betrachten. Der höhere Nestroy aber, jener, der keiner fremden Idee etwas verdankt, ist einer, der nur Kopf hat und nicht Gestalt, dem die Rolle nur eine Ausrede ist, um sich auszureden, und dem jedes Wort zu einer Fülle erwächst, die die Gestalten schlägt und selbst jene, die in der Breite des Scholzischen Humors als Grundtype des Wiener Vorstadttheaters vorbildlich dasteht. Nicht der Schauspieler Nestroy, sondern der kostümierte Anwalt seiner satirischen Berechtigung, der Exekutor seiner Anschläge, der Wortführer seiner eigenen Beredsamkeit, mag jene geheimnisvolle und gewiß nicht in ihrem künstlerischen Ursprung erfaßte Wirkung ausgeübt haben, die uns als der Mittelpunkt einer heroischen Theaterzeit überliefert ist. Mit Nestroys Leib mußte die Theaterform seines Geistes absterben, und die Schablone seiner Beweglichkeit, die wir noch da und dort in virtuoser Haltung auftauchen sehen, ist ein angemaßtes Kostüm. In seinen Possen bleibt die Hauptrolle unbesetzt, solange nicht dem Adepten seiner Schminke auch das Erbe seines satirischen Geistes zufällt. Nur die fruchtbare Komik seiner volleren Nebengestalten hat originale Fortsetzer gefunden, wie etwa den Schauspieler Oskar Sachs, dessen Art in ihrer lebendigen Ruhe dem klassischen Carltheater zu entstammen scheint. Aber als Ursprung und Vollendung eines volkstümlichen Typus dürfte ein Girardi, der, ein schauspielerischer Schöpfer, neben der leeren Szene steht, die ihm das Bühnenhandwerk der letzten Jahrzehnte bietet, über den theatralischen Wert der Nestroyschen Kunst hinausragen, welche ihre eigene Geistesfülle nur zu bekleiden hatte. Darum konnte auch ein Bühnenlaie wie Herr Reinhardt einem Girardi einen Nestroy-Zyklus vorschlagen. In Girardi wächst die Gestalt an der Armut der textlichen Unterstützung, bei Nestroy schrumpft sie am Reichtum des Wortes zusammen. In Nestroy ist so viel Literatur, daß sich das Theater sträubt, und er muß für den Schauspieler einspringen. Er kann es, denn es ist geschriebene Schauspielkunst. In dieser Stellvertretung für den Schauspieler, in dieser Verkörperung dessen, was sich den eigentlichen Ansprüchen des Theaters leicht entzieht, lebt ihm heute eine Verwandtschaft, die schon in den geistigen Umrissen der Persönlichkeit hin und wieder erkennbar wird: Frank Wedekind. Auch hier ist ein überproduktives, das dem organischen Mangel der Figur durch die Identität nachhilft und zwischen Bekenntnis und Glaubhaftigkeit persönlich vermittelt. Der Schauspieler hat eine Rolle für einen Dichter geschrieben, die der Dichter einem Schauspieler nicht anvertrauen würde. In Wedekind stellt sich – wenn ich von einem mir näher liegenden Beispiel sprachsatirischer Nachkommenschaft absehe – ein Monologist vor uns, dem gleichfalls eine scheinbare Herkömmlichkeit und Beiläufigkeit der szenischen Form genügt, um das wahrhaft Neue und Wesentliche an ihr vorbeizusprechen und vorbeizusingen. Auf die Analogie im Tonfall witzig eingestellter Erkenntnisse hat einmal der verstorbene Kritiker Wilheim hingewiesen. Der Tonfall ist jene Äußerlichkeit, auf die es dem Gedanken hauptsächlich ankommt, und es muß irgendwo einen gemeinsamen Standpunkt der Weltbetrachtung geben, wenn Sätze gesprochen werden, die Nestroy so gut gesprochen haben konnte wie Wedekind.

»Sie steht jetzt im zwanzigsten Jahr, war dreimal verheiratet, hat eine kolossale Menge Liebhaber befriedigt, da melden sich auch schließlich die Herzensbedürfnisse.«

Eine solche biographische Anmerkung würde, wie sie ist, auch von einem der Nestroyschen Gedankenträger gemacht werden, wenn er sich mit dem gleichen Schwung der Antithese über das

Vorleben seiner Geliebten hinwegsetzen könnte. Und im »Erdgeist« könnte einer ungefähr wieder den wundervollen Satz sprechen, der bei Nestroy vorkommt:

»Ich hab' einmal einen alten Isabellenschimmel an ein' Ziegelwagen g'seh'n. Seitdem bring' ich die Zukunft gar nicht mehr aus'm Sinn.«

Vielleicht aber ist hier das absolut Shakespearische solch blitzhafter Erhellung einer seelischen Landschaft über jeden modernen Vergleich erhaben. Es ist ein Satz, an dem man dem verirrten Auge des neuen Lesers wieder vorstellen möchte, was Lyrik ist: ein Drinnen von einem Draußen geholt, eine volle Einheit. Die angeschaute Realität ins Gefühl aufgenommen, nicht befühlt, bis sie zum Gefühl passe. Man könnte daran die Methode aller Poeterei, aller Feuilletonlyrik nachweisen, die ein passendes Stück Außenwelt sucht, um eine vorrätige Stimmung abzugeben. An solchem Satz bricht der Fall Heine auf und zusammen, denn es bietet sich die tote Gewißheit, daß ein alter Isabellenschimmel zu sinnen anfinge: Wie schön war mein Leben früher – Heut' muß ich den Wagen zieh'n – O alter Zeiten Gewieher – Dahin bist du, dahin! – Der Wagen aber sprach munter – Das ist der Welten Lauf – Geht der Weg einmal hinunter – so geht er nicht wieder hinauf ... Und wir wären über die Stimmung des Dichters inklusive der ironischen Resignation vollständig informiert. Bei Nestroy, der nur holperige Coupletstrophen gemacht hat, lassen sich in jeder Posse Stellen nachweisen, wo die rein dichterische Führung des Gedankens durch den dicksten Stoff, wo mehr als der Geist: die Vergeistigung sichtbar wird. Es ist der Vorzug, den vor der Schönheit jenes Gesicht hat, das veränderlich ist bis zur Schönheit. Je gröber die Materie, umso eindringlicher der Prozeß. An der Satire ist der sprachliche Anspruch unverdächtiger zu erweisen, an ihr ist der Betrug schwerer als an jener Lyrik, die sich die Sterne nicht erst erwirbt und der die Ferne kein Weg ist, sondern ein Reim. Die Satire ist so recht die Lyrik des Hindernisses, reich entschädigt dafür, daß sie das Hindernis der Lyrik ist. Und wie hat sie beides zusammen: vom Ideal das ganze Ideal und dazu die Ferne! Sie ist nie polemisch, immer schöpferisch, während die falsche Lyrik nur Jasagerei ist, schnöde Berufung der schon vorhandenen Welt. Wie ist sie die wahre Symbolik, die aus den Zeichen einer gefundenen Häßlichkeit auf eine verlorene Schönheit schließt und kleine Sinnbilder für den Begriff der Welt setzt! Die falsche Lyrik, welche die großen Dinge voraussetzt, und die falsche Ironie, welche die großen Dinge negiert, haben nur ein Gesicht, und von der einsamen Träne Heines zum gemeinsamen Lachen des Herrn Shaw führt nur eine Falte. Aber der Witz lästert die Schornsteine, weil er die Sonne bejaht. Und die Säure will den Glanz und der Rost sagt, sie sei nur zersetzend. Die Satire kann eine Religionsstörung begehen, um zur Andacht zu kommen. Sie wird leicht pathetisch. Auch dort, wo sie ein gegebenes Pathos nicht anders einstellt als ein Ding der Außenwelt, damit ihr Widerspruch hindurchspiele. Ja und Nein vermischen sich, vermehren sich, und es entspringt der Gedanke. Ein Spiel, gesinnungslos wie die Liebe. Das Ergebnis dieser vollkommenen Durchdringung, Erhaltung und Verstärkung polarer Strömungen: eine Nestroysche Tirade, eine Offenbachsche Melodie. Hier unterstreicht der Witz, der es auslacht, das Entzücken an einem Schäferspiel; dort schlägt die Verzerrung einer schmachtenden Mondscheinliebe über die Stränge der Parodie ins Transzendente. Das ist der wahre Übermut, dem nichts unheilig ist.

»Mich hat ein echt praktischer Schwärmer versichert, das Reizendste is das, wenn von zwei Liebenden eins früher stirbt und erscheint dem andern als Geist. Ich kann mich in das hineindenken, wenn sie so dasitzet in einer Blumennacht am Gartenfenster, die Tränenperlen vom Mondstrahl überspiegelt, und es wurd' hinter der Hollerstauden immer weißer und weißer und das Weiße wär' ich – gänzlich Geist, kein Stückerl Körper, aber dennoch anstandshalber das Leintuch der Ewigkeit über'n Kopf – ich strecket die Arme nach ihr aus, zeiget nach oben auf ein' Stern, Gotigkeit, ›dort werden wir vereinigt‹ – sie kriegt a Schneid' auf das Himmelsrendezvous, hast es net g'sehn streift die irdischen Bande ab, und wir verschwebeten, verschmelzeten und verschwingeten uns ins Azurblaue des Nachthimmels ...«

Gewendetes Pathos setzt Pathos voraus, und Nestroys Witz hat immer die Gravität, die noch die besseren Zeiten des Pathos gekannt hat. Er rollt wie der jedes wahren Satirikers die lange Bahn entlang, dorthin wo die Musen stehen, um alle neun zu treffen. Der Raisonneur Nestroy ist der raisonnierende Katalog aller Weltgefühle. Der vertriebene Hanswurst, der im Abschied von der Bühne noch hinter der tragischen Figur seine Spässe machte, scheint für ein Zeitalter mit ihr verschmolzen, und lebt sich in einem Stil aus, der sich ins eigene Herz greift und in einem eigentümlichen Schwebeton, fast auf Jean Paulisch, den Scherz hält, der da mit Entsetzen getrieben wird.

Frau von Zypressenburg: Ist sein Vater auch Jäger? – *Titus:* Nein, er betreibt ein stilles, abgeschiedenes Geschäft, bei dem die Ruhe seine einzige Arbeit ist; er liegt von höherer Macht gefesselt, und doch ist er frei und unabhängig, denn er ist Verweser seiner selbst; – er ist *tot.* – *Frau von Zypressenburg* (für sich): Wie verschwenderisch er mit zwanzig erhabenen Worten das sagt, was man mit einer Silbe sagen kann. Der Mensch hat offenbare Anlagen zum Literaten.

Und es ist die erhabenste und noch immer knappste Paraphrase für einen einsilbigen Zustand, wie hier das Wort um den Tod spielt. Dieses verflossene Pathos, das in die unscheinbarste Zwischenbemerkung einer Nestroyschen Person einfließt, hat die Literarhistoriker glauben machen, dieser Witz habe es auf ihre edlen Regungen abgesehen. In Wahrheit hat er es nur auf ihre Phrasen abgesehen. Nestroy ist der erste deutsche Satiriker, in dem sich die Sprache Gedanken macht über die Dinge. Er erlöst die Sprache vom Starrkrampf, und sie wirft ihm für jede Redensart einen Gedanken ab. Bezeichnend dafür sind Wendungen wie:

»Wann ich mir meinen Verdruß net versaufet, ich müßt' mich g'rad aus Verzweiflung dem Trunke ergeben.«

Oder:

»Da g'hören die Ruben her! An keine Ordnung g'wöhnt sich das Volk. Kraut und Ruben werfeten s' untereinand', als wie Kraut und Ruben.«

Hier lacht sich die Sprache selbst aus. Die Phrase wird bis in die heuchlerische Konvention zurückgetrieben, die sie erschaffen hat:

»Also heraus mit dem Entschluß, meine Holde!« »Aber Herr v. Lips, ich muß ja doch erst ...« »Ich versteh', vom Neinsagen keine Rede, aber zum Jasagen finden Sie eine Bedenkzeit schicklich.«

Die Phrase dreht sich zur Wahrheit um:

»Ich hab die Not mit Ihnen geteilt, es ist jetzt meine heiligste Pflicht, auch in die guten Tag' Sie nicht zu verlassen!«

Oder entartet zu Neubildungen, durch die im Munde der Ungebildeten die Sprache der höheren Stände karikiert wird:

»Da kommt auf einmal eine verspätete Sternin erster Größe zur Gesellschaft als glanzpunktischer Umundauf der ambulanten Entreprise ...«

Wie für solche Absicht die bloße Veränderung des Tempus genügt, zeigt ein geniales Beispiel, wo das »sprechen wie einem der Schnabel gewachsen ist« sich selbst berichtigt. Ein Ineinander von Problem und Inhalt:

»Fordere kühn, sprich ohne Scheu, wie dir der Schnabel wuchs!«

Nestroys Leute reden geschwollen, wenn der Witz das Klischee zersetzen oder das demagogische Pathos widerrufen will:

»O, ich will euch ein furchtbarer Hausknecht sein!«

Jeden Domestiken läßt er Schillersätze sprechen, um das Gefühlsleben der Prinzipale zu ernüchtern. Oft aber ist es, als wäre einmal die tragische Figur hinter dem Hanswurst gestanden, denn das Pathos scheint dem Witz beizustehen. Echte Herzenssachen werden abgehandelt, wenn ein Diurnist zu einer Marschandmod' wie in das Zimmer der Eboli tritt:

»Ihr Dienstbot' durchbohrt mich – weiß er um unsere ehemalige Liebe?«

Witz und Pathos begleiten sich und wenn sie, von der Zeit noch nicht gereizt, einander auch nicht erzeugen können, so werden sie doch nie aneinander hinfällig. Der Dichter hebt zwar nicht den eigenen Witz unverändert in das eigene Pathos, aber er verstärkt ihn durch das fremde. Sie spielen und entlassen sich gegenseitig unversehrt. Wenn sich Nestroy über das Gefühl hinwegsetzt, so können wir uns darauf verlassen, und wenn sein Witz eine Liebesszene verkürzt, so erledigt er und ersetzt er sämtliche Liebesszenen, die sich in ähnlichen Fällen abspielen könnten. Wo in einer deutschen Posse ist je nach der Verlobung der Herrschaften das Nötige zwischen der Dienerschaft mit weniger Worten veranlaßt worden:

»Was schaut er mich denn gar so an?« »Sie ist in Diensten meiner künftigen Gebieterin, ich bin in Diensten ihres künftigen Gebieters, ich werfe das bloß so hin, weil sich daraus verschiedene Entspinnungen gestalten könnten.« »Kommt Zeit, kommt Rat!«

Und wenn es gilt, an Nestroyschen Dialogstellen sein Abkürzungsverfahren für Psychologie zu zeigen, wo steht eine Szene wie diese zwischen einem Schuster und einem Bedienten:

»Ich gratuliere zum heimlichen Terno, oder was es gewesen und, aber auf Ehr', ich war ganz paff.« »Der Wirt gar! Der hat noch ein dümmeres Gesicht gemacht als Sie. Wetten S' 'was, daß ich ihm jetzt zehn Frank' schuldig bleib', und er traut sich nix zu sagen ... Ja, einen Dukaten wechseln lassen, das erweckt Respekt.« »Kurios! (Beiseite.) Aber auch Verdacht ... Unser Herr ist verschwunden. Bei dem Proletarier kommt ein Dukaten zum Vorschein ... Hm ... Sie sind Schuster?« »So sagt die Welt.« »Haben vermutlich einen unverhofften Engländer gedoppelt?« »Ach, Sie möchten gern wissen, wie ein ehrlicher Schuster zu ei'm Dukaten kommt?« »Na ja ... auffallend is es ... Das heißt, interessant nämlich ...« »Als fremder Mensch geht's Ihnen eigentlich nix an ... aber nein, ich betrachte jeden, den ich im Wirtshaus find', als eine verwandte Seele. (Ihm die Hand drückend.) Sie sollen alles wissen.« (In neugieriger Spannung.) »Na, also?« »Seh'n Sie, die Sach' ist die. Es liegt hier eine Begebenheit zu Grunde ... eine im Grunde fürchterliche Begebenheit, die kein Mensch auf Erden je erfahren darf, folglich auch Sie nicht.« »Ja, aber ...« »Drum zeigen Sie sich meines Vertrauens würdig und forschen Sie nicht weiter.«

Solche Werte sind versunken und vergessen. Zeitmangel hat wie überall in der Kunst so vor allem im Theater das Publikum zur Umständlichkeit gewöhnt. Nur diese ermöglichte dem von den Geschäften ermüdeten Verstand, sich auch die Genüsse zu verschaffen, deren Vermittlung er so lange für die Aufgabe der höheren Dramatik hielt: die Fortschritte der neueren Seelenkunde kennen zu lernen, einer Psychologie, die nur Psychrologie ist, die Lehre, sich auf rationelle Art mit den Geheimnissen auseinanderzusetzen, in Spannung gelangweilt von Instruktoren, in Schönheit sterbend vor Langeweile, von der französischen Regel de Tri bis zum nordischen Integral. Kein Theaterbesucher, der es über sich gebracht hätte, ohne die nötige Problemschwere zu Bett zu gehen. Dazwischen der Naturalismus, der außer den psychologischen Vorschriften noch andere Forderungen für den Hausgebrauch erfüllte, indem er die Dinge beim rechten Namen nannte, aber vollzählig, daß ihm auch nicht eines fehle, während das Schicksal als richtig gehende Pendeluhr an der Wand hing. Und all dies so lange und so gründlich, bis sich die Rache der gefesselten Bürgerphantasie ein Ventil schuf in der psychologischen Operette. Im abseitigsten Winkel einer Nestroyschen Posse ist mehr Lebenskennerschaft für die Szene und mehr Ausblick in die Soffitte höherer Welten als im Repertoire eines deutschen Jahrzehnts. Hauptmann und Wedekind stehen wie der vornestroysche Raimund als Dichter über den Erwägungen der theatralischen Nützlichkeit. Anzengrubers und seiner Nachkommen Wirkung ist von der Gnade des Dialekts ohne Gefahr nicht loszulösen. Nestroys Dialekt ist Kunstmittel, nicht Krücke. Man kann seine Sprache nicht übersetzen, aber man könnte die Volksstückdichter auf einen hochdeutschen Kulissenwert reduzieren. Nur Literarhistoriker sind imstande, hier einen Aufstieg über Nestroy zu erkennen. Aber daß dieser, selbst wenn seine Ausbeutung für die niedrigen Zwecke des Theatervergnügens auf Undank stieße, als geistige Persönlichkeit mit allem, was auf der Bühne eben noch Hand und Herz oder Glaube und Heimat hat, auch nur genannt werden darf, wäre doch ein Witz, den die Humorlosigkeit sich nicht ungestraft erlauben sollte. Auf jeder Seite Nestroys stehen Worte, die das Grab sprengen, in das ihn die Kunstfremdheit geworfen hat, und den Totengräbern an die Gurgel fahren. Voller Inaktualität, ein fortwirkender Einspruch gegen die Zeitgemäßen. Wortbarrikaden eines Achtundvierzigers gegen die Herrschaft der Banalität; Gedankengänge, in denen die Tat wortspielend sich dem Ernst des Lebens harmlos macht, um ihm desto besser beizukommen. Ein niedriges Genre, so tief unter der Würde eines Historikers wie ein Erdbeben. Aber wie wenn der Witz spürte, daß ihn die Würde nicht ausstehen kann, stellt er sie schon im Voraus so her, daß sie sich mit Recht beleidigt fühlt. Könnte man sich vorstellen, daß die Professionisten des Ideals eine Erscheinung wie Nestroy vorüberziehen ließen, ohne einen sichtbaren Ausdruck ihres Schreckens zu hinterlassen? Die Selbstanzeigen der Theodor Vischer, Laube, Kuh und jener andern besorgten Dignitäre, die sich noch zum hundertsten Geburtstag Nestroys gemeldet haben, sind so verständlich, wie die Urteilspolitik Hebbels, der Nestroy ablehnt, nachdem Nestroys Witz ihm an die tragische Wurzel gegriffen hat, Herrn Saphir lobpreist, von dem weniger schmerzliche Angriffe zu erwarten waren, freilich auch Jean Paul haßt und Heine liebt. Speidels mutige Einsicht unterbricht die Reihe jener, die Nestroy aus Neigung oder anstandshalber verkennen mußten. Was wäre natürlicher als der Widerstand jener, die das heilige Feuer hüten, gegen den Geist, der es überall entzündet? So einer mußte alle Würde und allen Wind der Zeit gegen sich haben. Er stieß oben an die Bildung an und unten an die Banalität. Ein Schriftsteller, der in hochpolitischer Zeit sich mit menschlichen Niedrigkeiten abgibt, und ein Carltheaterschauspieler mit Reflexionen, die vom Besuch des Concordiaballs ausschließen. Er hat die Katzbalgereien der Geschlechter mit Erkenntnissen und Gebärden begleitet, welche die

Güterverwalter des Lebens ihm als Zoten anstreichen mußten, und er hat im sozialen Punkt nie Farbe bekannt, immer nur Persönlichkeit. Ja, er hat den politischen Beruf ergriffen – wie ein Wächter den Taschendieb. Und nicht die Lächerlichkeiten innerhalb der Politik lockten seine Aufmerksamkeit, sondern die Lächerlichkeit der Politik. Er war Denker, und konnte darum weder liberal noch antiliberal denken. Und wohl mag sich dort eher der Verdacht antiliberaler Gesinnung einstellen, wo der Gedanke sich über die Region erhebt, in der das Seelenheil von solcher Entscheidung abhängt, und wo er zum Witz wird, weil er sie passieren mußte. Wie verwirrend gesinnungslos die Kunst ist, zeigte der Satiriker durch die Fähigkeit, Worte zu setzen, die die scheinbare Tendenz seiner Handlung sprengen, so daß der Historiker nicht weiß, ob er sich an die gelobte Revolution halten soll oder an die verhöhnten Krähwinkler, an die Verspottung der Teufelsfurcht oder an ein fanatisches Glaubensbekenntnis. Selbst der Historiker aber spürt den Widerspruch des Satirikers gegen die Behaftung der Menschlichkeit mit intellektuellen Scheinwerten und hat kein anderes Schutzmittel der Erklärung als Nestroys Furcht vor der Polizei. Der Liberale ruft immer nach der Polizei, um den Künstler der Feigheit zu beschuldigen. Der Künstler aber nimmt so wenig Partei, daß er Partei nimmt für die Lüge der Tradition gegen die Wahrheit des Schwindels. Nestroy weiß, wo Gefahr ist. Er erkennt, daß wissen nichts glauben heißt. Er hört bereits die Raben der Freiheit, die schwarz sind von Druckerschwärze. Schon schnarrt ihm die Bildung ihren imponierenden Tonfall ins Gebet. Wie erlauscht er das Rotwelsch, womit die Jurisprudenz das Recht überredet! Wie holt er die terminologische Anmaßung heraus, mit der sich leere Fächer vor der wissensgläubigen Menschheit füllen. Und statt der Religion die Pfaffen, wirft er der Aufklärung lieber die Journalisten vor und dem Fortschritt die Wissenschaftlhuber. Man höre heute den Gallimathias, den der Kometenschuster im Lumpazivagabundus erzeugt. Nach einem unvergleichlichen Aufblick, mit dem er einer skeptischen Tischlerin nachsieht:

Die glaubt net an den Kometen, die wird Augen machen …

fährt er fort:

Ich hab' die Sach' schon lang heraus. Das Astralfeuer des Sonnenzirkels ist in der goldenen Zahl des Urions von dem Sternbild des Planetensystems in das Universum der Parallaxe mittelst des Fixstern-Quadranten in die Ellipse der Ekliptik geraten; folglich muß durch die Diagonale der Approximation der perpendikulären Zirkeln der nächste Komet die Welt zusammenstoßen. Diese Berechnung is so klar wie Schuhwix …

Und klingt so glaublich, als ob Nestroy das Problem des »Grubenhundes« an der journalistischen Quelle studiert hätte. Der Satz hätte, wie er ist, achtzig Jahre später, als wieder statt eines Kometen die Astronomen sich persönlich bemühten, in der Neuen Freien Presse gedruckt werden können. Ich behalte mir auch vor, ihn gelegentlich einzuschicken. Aber noch jenseits solcher Anwendbarkeit in dringenden Fällen will Nestroy nicht veralten. Denn er hat die Hinfälligkeit der Menschennatur so sicher vorgemerkt, daß sich auch die Nachwelt von ihm beobachtet fühlen könnte, wenn ihr nicht eine dicke Haut nachgewachsen wäre. Keine Weisheit dringt bei ihr ein, aber mit der Aufklärung läßt sie sich tätowieren. So hält sie sich für schöner als den Vormärz. Da aber die Aufklärung mit der Seife heruntergeht, so muß die Lüge helfen. Diese Gegenwart geht nie ohne eine Schutztruppe von Historikern aus, die ihr die Erinnerung niederknüppeln. Sie hätte es am liebsten, wenn man ihr sagte, der Vormärz verhalte sich zu ihr wie ein Kerzelweib zu einer Elektrizitätsgesellschaft. Der wissenschaftlichen Wahrheit würde es aber besser anstehen, wenn man ihr sagte, der Vormärz sei das Licht und sie sei die Aufklärung. Zu den Dogmen ihrer Voraussetzungslosigkeit gehört der Glaube, daß zwar früher die Kunst heiter war, aber jetzt das Leben ernst ist. Und auch darauf scheint sich die Zeit etwas einzubilden. Denn in der Spielsaison, die die erste Hälfte des neunzehnten Jahrhunderts ausfüllt, habe man sich ausschließlich für die Affäre der Demoiselle Palpiti vulgo Tichatschek interessiert, während man jetzt im allgemeinen für die Affäre des Professors Wahrmund schwärmt und nur gelegentlich für die Affäre Treumann. Wenn es sich so verhält, wohl dem Vormärz! Aber der Unterschied ist noch anders zu fassen. Im Zeitalter des Absolutismus war das Theaterinteresse ein Auswuchs des vom politischen Druck aufgetriebenen Kunstgefühls. In der Zeit des allgemeinen Wahlrechts ist der Theatertratsch der Rest der von der politischen Freiheit ausgepoverten Kultur. Unser notorisches Geistesleben mit dem des Vormärz zu vergleichen, ist eine so beispiellose Gemeinheit gegen den Vormärz, daß nur die sittliche Verwahrlosung, die fünfzigtausend Vorstellungen der »Lustigen Witwe« hinterlassen haben, den Exzeß entschuldigen kann. Die große Presse allein hat das Recht, mit Verachtung auf das kleine Kaffeehaus herunterzusehen, das einst mit lächerlich unzulänglichen Mitteln den Personenklatsch verbreitete, ohne den man damals nicht leben konnte, weil die Politik verboten war, während man heute ohne ihn nicht leben kann, weil die Politik erlaubt ist. Ein Jahrzehnt phraseologischer Knechtung hat der Volksphantasie mehr Kulissenmist zugeführt als ein Jahrhundert absolutistischer Herrschaft, und mit dem wichtigen Unterschied, daß die geistige Produktivkraft durch Verbote ebenso gefördert wurde, wie sie durch Leitartikel gelähmt wird. Man darf aber ja nicht glauben, daß sich das Volk so direkt vom Theater in die Politik abführen ließ. Der Weg der erlaubten Spiele geht durchs Tarock. Das müssen die liberalen Erzieher zugeben. Wie sich die Rhetorik des Fortschritts verspricht und die Wahrheit sagt, ist zum Entzücken in der Darstellung eines Sittenschilderers aus den achtziger Jahren nachzulesen, der die alte Backhendlzeit des Theaterkultus ablehnt und den neugebackenen Lebensernst wie folgt serviert:

Die Zeit ist eine andere geworden, als wie sie anno Bäuerle, Meisl und Gleich war, und wenn auch die alte Garde des unvermischten Wienertums, die ehrenwerten Familien derer von »Grammerstädter, Biz, Hartriegel und Schwenninger« ihrem ererbten Theaterdrange insoferne Genüge leisten, als sie bei einer Premiere im Fürstschen Musentempel oder bei einer Reprise der »Beiden Grasel« in der Josefstadt nie zu fehlen pflegen, so ist doch das Gros ihrer Kompatrioten durch die mannigfachsten Beweggründe von dem Wege ins Theater längst abgelenkt worden und widmet die freie Zeit einem Tapper, einer Heurigenkost oder den Produktionen einer Volkssängerfirma, die just en vogue ist – Zeit und Menschen sind anders geworden.

Später wurde dann das Leben noch ernster, es kamen die Probleme, die Gschnasfeste, die geologischen Entdeckungen, die Amerikareise des Männergesangvereins, und für noch spätere Zeiten wird es wichtig sein, daß sie erfahren: Nicht im Vormärz ist in den Wiener Zeitungen die folgende Kundmachung erschienen:

Die gestrige Preiskonkurrenz beim »Dummen Kerl« brachte Fräulein Luise Kemtner, der Schwester der bekannten Hernalser Gastwirtin Koncel, mit dem kleinsten Fuß (19½) und Herrn Moritz Mayer mit der größten Glatze den ersten Preis. Heute werden die engste Damentaille und die größte Nase prämiiert.

So sieht Wien im Jahre 1912 aus. Die Realität ist eine sinnlose Übertreibung aller Details, welche die Satire vor fünfzig Jahren hinterlassen hat. Aber die Nase ist noch größer, der Kerl ist dümmer, wo er sich fortgeschritten glaubt, und die Preiskonkurrenz für die größte Glatze ist das Abbild einer Gerechtigkeit, die die wahren Verdienste erkennt, neben den Resultaten einer Verteilung des Bauernfeldpreises. Ein Blick in die neue Welt, wie sie ein Tag der Kleinen Chronik offenbart, ein Atemzug in dieser gottlosen Luft von Allwissenheit und Allgegenwart zwingt zur vorwurfsvollen Frage: Was hat Nestroy gegen seine Zeitgenossen? Wahrlich, er übereilt sich. Er geht antizipierend seine kleine Umwelt mit einer Schärfe an, die einer späteren Sache würdig wäre. Er tritt bereits seine satirische Erbschaft an. Auf seinen liebenswürdigen Schauplätzen beginnt es da und dort zu tagen, und er wittert die Morgenluft der Verwesung. Er sieht alles das heraufkommen, was nicht heraufkommen wird, um da zu sein, sondern was da sein wird, um heraufzukommen. Mit welcher Inbrunst wäre er sie angesprungen, wenn er sie nach fünfzig Jahren vorgefunden hätte! Wie hätte er die Gemütlichkeit, die solchen Zuwachs duldet, solchen Fremdenverkehr einbürgert, an solcher Mischung erst ihren betrügerischen Inhalt offenbart, wie hätte er die wehrlose Tücke dieses unschuldigen Schielgesichts zu Fratzen geformt! Die Posse, wie sich die falsche Echtheit dem großen Zug bequemt, nicht anpaßt, ist ihm nachgespielt; der Problemdunst allerorten, den die Zeit sich vormacht, um sich die Ewigkeit zu vertreiben, raucht über seinem Grab. Er hat seine Menschheit aus dem Paradeisgartel vertrieben, aber er weiß noch nicht, wie sie sich draußen benehmen wird. Er kehrt um vor einer Nachwelt, die die geistigen Werte leugnet, er erlebt die respektlose Intelligenz nicht, die da weiß, daß die Technik wichtiger sei als die Schönheit, und die nicht weiß, daß die Technik höchstens ein Weg zur Schönheit ist und daß es am Ziel keinen Dank geben darf und daß der Zweck das Mittel ist, das Mittel zu vergessen. Er ahnt noch nicht, daß eine Zeit kommen wird, wo die Weiber ihren Mann stellen und das vertriebene Geschlecht in die Männer flüchtet, um Rache an der Natur zu nehmen. Wo das Talent dem Charakter Schmutzkonkurrenz macht und die Bildung die gute Erziehung vergißt. Wo überall das allgemeine Niveau gehoben wird und niemand draufsteht. Wo alle Individualität haben, und alle dieselbe, und die Hysterie der Klebstoff ist, der die Gesellschaftsordnung zusammenhält. Aber vor allen ihm nachgebornen Fragen – die der Menschheit unentbehrlich sind, seitdem sie die Sagen verlor – hat er doch die Politik erleben können. Er war dabei, als so laut gelärmt wurde, daß die Geister erwachten, was immer die Ablösung für den Geist bedeutet, sich schlafen zu legen. Das gibt dann eine Nachwelt, die auch in fünfzig Jahren nicht zu bereisen ist. Der Satiriker könnte die große Gelegenheit erfassen, aber sie erfaßt ihn nicht mehr. Was fortlebt, ist das Mißverständnis. Nestroys Nachwelt tut vermöge ihrer künstlerischen Unempfindlichkeit dasselbe, was seine Mitwelt getan hat, die im stofflichen Einverständnis mit ihm war: diese nahm ihn als aktuellen Spaßmacher, jene sagt, er sei veraltet. Er trifft die Nachwelt, also versteht sie ihn nicht. Die Satire lebt zwischen den Irrtümern, zwischen einem, der ihr zu nahe, und einem, dem sie zu fern steht. Kunst ist, was den Stoff überdauert. Aber die Probe der Kunst wird auch zur Probe der Zeit, und wenn es immer den nachrückenden Zeiten geglückt war, in der Entfernung vom Stoff die Kunst zu ergreifen, diese hier erlebt die Entfernung von der Kunst und behält den Stoff in der Hand. Ihr ist alles vergangen, was nicht telegraphiert wird. Die ihr Bericht erstatten, ersetzen ihr die Phantasie. Denn eine Zeit, die die Sprache nicht hört, kann nur den Wert der Information beurteilen. Sie kann noch über Witze lachen, wenn sie selbst dem Anlaß beigewohnt hat. Wie sollte sie, deren Gedächtnis nicht weiter reicht als ihre Verdauung, in irgend etwas hinüberlangen können, was nicht unmittelbar aufgeschlossen vor ihr liegt? Vergeistigung dessen, woran man sich nicht mehr erinnert, stört ihre Verdauung. Sie begreift nur mit den Händen. Und Maschinen ersparen auch Hände. Die Organe dieser Zeit widersetzen sich der Bestimmung aller Kunst, in das Verständnis der Nachlebenden einzugehen. Es gibt keine Nachlebenden mehr, es gibt nur noch Lebende, die eine große Genugtuung darüber äußern, daß es sie gibt, daß es eine Gegenwart gibt, die sich ihre Neuigkeiten selbst besorgt und keine Geheimnisse vor der Zukunft hat. Morgenblattfroh krähen sie auf dem zivilisierten Misthaufen, den zur Welt zu formen nicht mehr Sache der Kunst ist. Talent haben sie selbst. Wer ein Lump ist, braucht keine Ehre, wer ein Feigling ist, braucht sich nicht zu fürchten, und wer Geld hat, braucht keine Ehrfurcht zu haben. Nichts darf überleben, Unsterblichkeit ist, was sich überlebt hat. Was liegt, das pickt. Mißgeburten korrigieren das Glück, weil sie behaupten können, daß Heroen Zwitter waren. Herr Bernhard Shaw garantiert für die Überflüssigkeit alles dessen, was sich zwischen Wachen und Schlafen als notwendig herausstellen könnte. Seiner und aller Seichten Ironie ist keine Tiefe unergründlich, seiner und aller Flachen Hochmut keine Höhe unerreichbar. Überall läßt sichs irdisch lachen. Solchem Gelächter aber antwortet die Satire. Denn sie ist die Kunst, die vor allen andern Künsten sich überlebt, aber auch die tote Zeit. Je härter der Stoff, desto größer der Angriff. Je verzweifelter der Kampf, desto stärker die Kunst. Der satirische Künstler steht am Ende einer Entwicklung, die sich der Kunst versagt. Er ist ihr Produkt und ihr hoffnungsloses Gegenteil. Er organisiert die Flucht des Geistes vor der Menschheit, er ist die Rückwärtskonzentrierung. Nach ihm die Sintflut. In den fünfzig Jahren nach seinem Tode hat der Geist Nestroy Dinge erlebt, die ihn zum Weiterleben ermutigen. Er steht eingekeilt zwischen den Dickwänsten aller Berufe, hält Monologe und lacht metaphysisch.

Plan einer Razzia auf Literarhistoriker

April 1911

Historiker sind Leute, die zu schlecht schreiben, um an einem Tagesblatt mitarbeiten zu können. Schreibt einer von ihnen so gut, daß er an einem Tagesblatt mitarbeiten kann, so entsteht eine Sensation in den Kreisen der Historiker und der Journalisten, indem sich zwar keiner über die minderentsprechenden Sitten beklagt, aber die Journalisten über den Fleiß und die Historiker über die äußere Form der schriftlichen Arbeiten staunen. Ein rechter Ausgleich zwischen Hand und Hintern ermöglicht so den »Kampf um die Vorherrschaft«. Dem Problem Friedjung, dem ins Archiv verschlagenen Leitartikler, verwandt ist das Problem Harden, der in den Leitartikel verschlagene Archivar, nur daß dort die Annäherung zweier geistigen Ebenen erreicht ist, während hier ein Abgrund klafft, den ein schwitzender Tourist emporklimmt, um auf die Höhe seiner Fläche zu gelangen. Wenn Journalisten Leute sind, die ihren Beruf verfehlt haben, so haben sie immerhin einen Beruf erreicht, den die Historiker verfehlt haben. Vollends jene unter diesen, die an der literarischen Entwicklung schmarotzen, führen ein unnützes und ärgerliches Dasein. Sollte ich irgendeinmal in den Zustand einer Narkose gelangen, die mich stumpf gegen die Eindrücke des Tages macht und taub vor den Motiven, mit denen ein Zeitungsblatt auf mich eindringt, ja die bloße Vorstellung eines solchen, so gebe ich das Versprechen, daß ich mich nur noch von den Reportern der Historie anregen lassen und die Seminare so gründlich heimsuchen werde wie bis nun die Redaktionen. Traun, da werden Verwandtschaften zutage kommen, von denen man noch keine Ahnung gehabt hat, und es wird ein neues Erlebnis sein, mit germanistischer Lückenlosigkeit die verschiedenen Lesarten derselben Nullität darzustellen. Es wäre nicht unklug, wenn vor der Razzia auf Literaturprofessoren, die ich vorhabe, die Redaktionen rechtzeitig ihren Bedarf decken wollten; denn wenn ich erst einmal die Kathederjournalisten, die da in die Nachwelt hineinstinken, mit nassen Fetzen dorthin jage, wohin sie gehören, in den lokalen Teil, dann könnte ein solches Gedränge in den Redaktionen entstehen, daß der Tagesbetrieb gestört wäre, was beim Publikum, dem die Interessen der Ewigkeit ohnehin etwas fern liegen, einige Beunruhigung hervorrufen möchte. Bis dahin ergötze mich der Typus des literarhistorischen Schmocks, den die Tagespresse schon hat, von Fall zu Fall. Der, den sie noch nicht hat, kommt hinein, das verspreche ich ihm. Aus Fiakern werden Chauffeure, und war es noch voriges Jahr eine Drohung, dem roßbewußten Kutscher zuzurufen, er werde noch einmal ein Automobil lenken müssen, so habe ich es unlängst erlebt, daß mir ein Chauffeur, dem ich wegen Unbotmäßigkeit die Rückverwandlung in einen Fiaker androhte, die Worte zurief: »Dös wern Sö nöt derleben!« Es gibt Kantianer, denen ich es prophezeie, daß sie noch als Warenbörseberichterstatter enden werden, und es gibt Schillerbiographen, denen ein Varietéreferat dringend nötig wäre und nur die Gelegenheit, nicht die Fähigkeit dazu fehlt. Gelingt's einmal, werden sie gar nicht mehr zurück wollen. Literaturgeschichte ist die Unfähigkeit zum Journalismus, aber wenn der Mensch Glück und etwas Ausdauer hat, so kann er es auch in einem schweren Beruf zu etwas bringen.

Februar 1912

Auch mir blüht der unmittelbare, der praktische Erfolg. Den Journalisten deckt die Institution. Dort ist nur ein allgemeiner Ekel groß zu ziehen, freilich so groß, daß die übernächste Generation, wenns eine gibt, mit ihm zur Welt kommen wird. Das werde ich erreichen! Aber solange ich diese Schweine schlachte, wachsen sie nach. Da ist nicht mehr zu wollen. Den Journalisten deckt die Institution, schlage ich ihm das miserable Ich kaputt, flüchtet er in das sichere Wir, dort kann ihm nichts geschehn, und um den Betrieb zum Stillstand zu bringen, müßte ich schon eine

Bande organisieren, die dem geistigen Wink mit der Tat gehorchte. Oft gelüstet's mich. Eine Osternummer zu verhindern, wäre mein Traum. Für ein Sonntagsliteraturblatt, das man mir lebend liefert, würde ich eine Woche lang hungern. Oft denke ich mir, noch ist es Zeit, in ein paar Stunden wird gedruckt, wer jetzt hinginge und ihnen in den Arm fiele – sie überlegten sich's vielleicht. Ich bin überzeugt, daß der ganze Schweinekoben durch einen rauhen Zuruf einzuschüchtern ist. Vor dem gedruckten Wort fürchten sie sich nicht, den Schwindel kennen sie – aber wer sie persönlich anriefe: Was fällt euch denn ein, ihr Steißgeburten der Empuse? Hand weg vom Geist, ihr Bankerte, erschaffen im Übersatz der Natur! Klöße aus Druckerschwärze! Ebenbilder eines Satans, der täglich zweimal das Abweichen hatte, was fällt euch ein? – wer so spräche, ich glaube, der hätte gewonnenes Spiel. Wer's nur aufschreibt, kann ihnen nicht schaden. Sie lachen über den Witz und stinken mehr. Es macht ihnen Reklame, es hilft ihnen zur Karriere. Sie stinken harmonisch mit der Zeit –: ich kann nur über die Generation hinaus wirken. Anders die Schapseln der Unsterblichkeit, die Literarhistoriker. Die sind noch Stück für Stück abzutöten. Hier läßt sich Schrecken verbreiten. Hier kann man noch auf die Herren Eltern einwirken, die es sich zehnmal überlegen werden, ehe sie den Jungen das unsaubere Handwerk ergreifen lassen. Hier habe ich die nervenschmeichelnde Hoffnung auf den unmittelbaren, den praktischen Erfolg. Schließlich braucht unsereiner zu Zeiten auch so was. Ich nehme sie alle einzeln vor und bin meiner Sache sicher. Ich bin entschlossen, die Dezimierung der Literaturgeschichte erbarmungslos binnen kurzem zu vollziehen. Versteht sich, ich will nicht, daß die Professoren brotlos werden. Sie haben nur aufzuhören, vom Blut der Künstler zu leben. Wenn sie Diurnisten werden wollen, lege ich ihnen kein Hindernis in den Weg, und es ist mir nur erwünscht, wenn sie dann den Beruf verfehlen und Journalisten werden. In dieses Gebiet unendlicher Nichtigkeit peitsche ich sie mit Lust! Es macht mich ja so nervös, daß ich die ganze Gesellschaft nicht auf einem Misthaufen beisammen habe. Es zersplittert mich. Wenn alles, was sich heute irgendwie erfrecht, Hand an den Geist zu legen, Journalist geworden sein wird, dann wird mich die Welt weniger ermüden. Und dann gehe ich weiter. Dann bring' ich sie alle in die Neue Freie Presse. Es soll nur diese geben! Alle andern sind überflüssig, tun zum Weltbild nichts Neues oder verwirren es. Es soll nichts sein außer der Neuen Freien Presse. Dann werde ich am siebenten Tage ruhen können.

Und Hauptmann dankt

Breslau, 13. Juni. Die ›Schlesische Zeitung‹ bringt die Nachricht, daß der Kronprinz als Protektor der Breslauer Jahrhundertausstellung sich nach der Lektüre des Hauptmannschen Festspiels darüber in entschiedener Weise ablehnend geäußert habe. Die ›Schlesische Zeitung‹ hat auch Anlaß anzunehmen, daß der Kronprinz die zuständige Instanz von seiner Auffassung in Kenntnis gesetzt habe und daß er bereit sei, die Konsequenzen zu ziehen.

Hauptmann darf sich über diesen Tadel mit dem Bewußtsein trösten, daß er, indem er die Sympathien der Reaktionäre sich verscherzt, diejenigen aller Unabhängigen und Freigesinnten im Lande sich erworben hat. *Wenn er auch durch seine dichterische Leistung* wieder einmal *enttäuscht* hat, *so hat er doch durch seine Gesinnung* die *Erwartungen gerechtfertigt*, die man auf den Dichter der *»Weber«* setzen durfte und man muß es ihm danken, daß er … auch als Verfasser eines vaterländischen Festspieles ein aufrechter Mann geblieben ist.

Wenn Gerhart Hauptmann, nachdem er alle an ihn gerichteten Telegramme sämtlicher Lese- und Redehallen, Monistenbünde, Kultusgemeinden und Gesinnungsgremien persönlich beantwortet hat, die Situation überblickt und dann nicht zu der Einsicht kommt, daß die Unzufriedenheit des Kronprinzen seiner Künstlerwürde weniger nahetritt als die Zufriedenheit des Paul Goldmann, dann müssen wir ihn wohl aufgeben. Dann liegt der Fall vor, daß einem edlen Dichtertum die Kraft gefehlt hat, sich ohne die peinlichste Gemeinsamkeit zu behaupten und jenen erhabenen Mangel an Gesinnung zu bewähren, der jede Verbindung mit liberalen Journalisten unerträglich macht. Dann ist entweder eine von Kunst nicht ganz gedeckte Menschlichkeit von der Phrase gekapert worden oder ein vom Leben verlassenes Artistentum sucht, wie jener Fichtenbaum an die Palme, Anschluß an die Politik. Die zweite Wendung ist die Normalkatastrophe des großstädtischen Literatentums; Hauptmanns Fall dürfte das naivere Schicksal sein. Hier wie dort empfängt die Gesinnungstüchtigkeit einen verlorenen Sohn mit offenen Armen, freut sich, daß er nicht mehr »l'art pour l'art« treibe und hält Gott, der es weiterhin ablehnt, statt Menschen Politiker zu erschaffen, für einen unverbesserlichen Ästheten. Hauptmann war so sehr Dichter, daß selbst ein Gesinnungsstoff wie der der »Weber« ihn nicht in die Gefahr bringen konnte, Gesinnung zu haben. Weil aber das kunstfremde Pack nichts außer dem Stoff schmeckt, so zog sich Hauptmann durch sein Hungerdrama die Sympathie der Goldmänner zu, die er sich später durch stofflich unsoziale Dichtungen bis zum Haß entfremdet hat. Dasselbe Verstandesbewußtsein, das immer bis irgendwohin noch mitgeht, jedoch nicht so weit, um einem Dichter eine Dichtung nicht übelzunehmen, und das »Pippa« und die »Ratten« mit den Eierschalen seines faulen Witzes bewarf, klopft jetzt dem Dichter für einen Beweis seiner Verständlichkeit auf die Schulter – und Hauptmann dankt. Der Mensch Gerhart Hauptmann bringt es über sich, den »Aufrecht- und Geradegesinnten«, bei denen alles bis auf die Nase aufrecht und gerade ist, die Hand zu drücken, die ihn für die Bekenntnisse heiliger Herzensnot geschlagen hat. Wenn dieser Fall nicht anzeigt, wo wir halten und wohin wir im Siegeslauf der Phrase, die Gott, Kunst und Menschenwert wie ihre schäbigen Bollwerke erobert, gelangen werden, dann hat die Phrase alle, die's noch merken konnten, blind und taub gemacht. Könnte man noch lachen, dann müßte man's vor dem Opfermut eines Dichters, in dessen Werke, dort, wo es ging, das Gesindel so viel Gesinnung gelegt hat, daß er sich endlich entschließt, sie zu haben.

Er hört noch auf Reden und spricht nur mehr im Ton von Dringlichkeitsanträgen des Fortschritts gegen die Reaktion. Er hofft, daß es »den Fängen der Parteipolitik nicht gelingen wird, das Antlitz der Wahrheit unkenntlich zu machen«: aber es ist nur die andere Partei gemeint und daß die eigene das Antlitz der Kunst unkenntlich mache, ist nunmehr politische Nebensache. Er merkt gar nicht, warum er so viel neue Freunde hat. Sie protestieren mit der einen Hand dagegen, daß sein Festspiel »statt vom künstlerischen vom politischen Standpunkt« kritisiert werde, und preisen mit der andern die Tendenz, die sie für die künstlerische Wertlosigkeit entschädigt. Politik ist ihrem Künstlersinn verhaßt, wenn sie die andern treiben: über die Mängel der Kunst hilft ihnen die Gesinnung, die sie selbst haben. Die Konservativen sagen, das Stück sei schlecht; darauf antworten die Liberalen mit Recht, das sei Politik, und finden das Stück gut, weil die andern sagen, es sei nur liberal. In solche Diskussion hat sich ein Dichter begeben. Er stellt seinen Kopf unter, wenn Biergläser fliegen. Er ist vom Geist zu den Intellektuellen übergetreten, und ehe er ins Volksbewußtsein einging, kam er in die Volksversammlung. Jetzt hat er ein paar tausend Freunde, weil er keinen hatte, der ihn verwundert ansah, als er den Antrag des Breslauer Magistrats zur Abfassung eines patriotischen Festspiels annahm. Der ihn fragte, ob er denn die Anreger nicht die Treppe hinuntergeworfen habe. Gerhart Hauptmann hört nicht, daß seine Freunde den Breslauer Magistrat an den »Auftrag« erinnern, den er dem Dichter gegeben habe, »das Stück zu dichten« – er hört nur das Lob seiner liberalen Gesinnung. Und Hauptmann dankt.

Sie berufen sich auf den deutschen Geist und auf das bürgerliche Gesetzbuch. Er aber hat sich einem Zweck attackiert, und es gibt keinen Respekt vor dem Geist, wenn es die Frage gilt, ob die Leistung dem Zweck entspreche. Ein Dichter dürfte eher Schuhe als Festspiele liefern, und der Auftraggeber hätte das Recht, ihn einen schlechten Schuster zu nennen. Es hat Zeiten gegeben, in denen die Anregung des Bestellers die Inspiration durch den Genius nicht ausschloß. Gerhart Hauptmann mußte wissen, daß man für heutige Breslauer nicht Verse schreibt und daß das Ergebnis weder den Lieferanten, der aus einer toten Region seines Geistes schöpft, noch den Besteller befriedigen werde. »Nicht weniger als fünfmal«, heißt es, »hatte er die Mitteilung an den Magistrat von Breslau gelangen lassen, daß er das Festspiel lieber nicht schreiben wolle«. Wie kann ein Dichter etwas »lieber nicht schreiben« wollen, anstatt es lieber nicht zu schreiben? Wenn ein Festspiel gemacht werden soll, so hat der Dichter der »Weber« den Herren Lauff und Glücksmann nicht das Brot wegzunehmen, und wenn er fünfmal abgelehnt hat, umso schlimmer für ihn, daß er das sechstemal angenommen hat, anstatt dem Magistrat von Breslau zu sagen, er möge ihn gern haben und zu Ehren des Vaterlandes die Pippa aufführen. Er muß sich jetzt den Hinauswurf gefallen lassen, den er damals unterlassen hat. Aber er sollte ihn nicht für eine schwerere Kränkung halten als die Einladung, die ihm widerfuhr. Wenn er sie angenommen hätte, um ins deutsche Heim, weil wir grad so gemütlich beisammen sind, revolutionäre Gesinnung einzuschmuggeln, wär's eine Taktfrage. Von der Familie Honorar zu nehmen, um gegen sie im Geburtstagsgedicht zu polemisieren, ist vielleicht auch Vertrauens- und Vertragsbruch. Gerhart Hauptmann hat nicht sich vor dem Magistrat und den Magistrat nicht vor sich gewarnt und ist nun empört darüber, daß der Magistrat hereingefallen ist. Junker und Pfaffen sind nun einmal Junker und Pfaffen. Bürger sind Bürger und wollen ein Festspiel. Aber ein Dichter ist kein Dichter, wenn er es schreibt, und ein Festspiel, das er schreibt, ist kein Festspiel. Kriegervereine, die schließlich mehr Daseinsberechtigung haben als Journalistenvereine, Veteranen, die vielleicht ehrlichere Leute sind als Rezensenten, wollen es nun nicht vertragen, daß ihnen zur Feier der Freiheitskriege unter Beweis gestellt wird, daß der Krieg Mord sei, und daß man ihnen mit historischen Enthüllungen über den König von Preußen eine Begeisterung ausreden möchte, die nun einmal da ist und nur etwas Reizung durch poetischen Klingklang gebraucht hat. Solch vorhandenes Pathos, das von dem schlechtesten Vershandwerker am besten bedient wird, steht immer noch über dem Kunstgefühl von Tinterln, die von einem »geschändeten Kunstwerk« sprechen, wenn Besteller sich darüber beschweren, daß ihnen die falsche Tendenz geliefert wurde. Die journalistische Intelligenz, die nicht imstande ist, diesen einfachen Sachverhalt zu erkennen, macht sich über Kriegerverbände lustig, deren jüngstes Mitglied, das noch keine

Schlacht mitgemacht hat, immerhin das Verdienst hat, noch keinen Kriegsbericht geschrieben zu haben.

... Auch Max Reinhardt befindet sich, was selbstverständlich ist, auf Seite der Opposition. Er ist gewillt, des Dichters Widersachern, die zugleich seine eigenen sind, *ein Scharmützel zu liefern*; er hat *den gesamten Festspielfundus aufgekauft* und wird das Spiel in Berlin, in seinem Hause zur Aufführung bringen. Man darf gespannt den Hindernissen entgegensehen, die man der Verwirklichung dieses *Gedankens* in den Weg rollen wird. Was wird alles mobil gemacht werden, Zensur und Kriegerverbände und Jägerwäsche und Veteranenkapellen; aber hoffentlich ist Reinhardts Energie auch diesmal stark genug ...

Er wird sich opfern für die reine Kunst. Er wird, wiewohl er im Bankfach aufgewachsen ist, ein Scharmützel liefern, als ob er einer vom Kriegerverband wär. Er hat, weil er im Bankfach aufgewachsen ist, schon jetzt kein Opfer gescheut und den ganzen Fundus aufgekauft. Nichts wird er davon haben außer hundert volle Häuser. Aber er darf sich die Generalregie der Freiheit, diese ganze Müller-Meiningerei nicht entgehen lassen. Freiheit zieht, aber Freiheit mit Zensur zieht noch besser. Bis dahin hagelt es Kundgebungen. Die Ratten des Freisinns sind los. Alles, was fortschreitet und freimauert, alles, was Fahnen hat und Resolutionen anzettelt, ist zur Stelle. Aus Prag kommt eine sensationelle Meldung:

Die Lese- und Redehalle deutscher Studenten hat an Gerhart Hauptmann ... eine Zuschrift gerichtet, in welcher es heißt: »*Und so drückt Zorn und Empörung uns die Feder in die Hand. Wir, auf deren Fahnen die Freiheit des Geistes* und der Wissenschaft geschrieben steht und die wir in einem Lande leben, wo Haß und Heuchlertum *gar manche* häßliche Erfolge *zu zeitigen vermochten*, wir fühlen mit Ihnen. Wir wissen, was es bedeutet, wenn *falsche Unterwürfigkeit und launische Willkür ungebärdiger Höflinge die Wahrheit in den Staub zu zerren vermag. Doch zu herbstem, bitterstem Ingrimm wächst unser Unmut*, wenn wir *vernehmen*, daß gerade Gerhart Hauptmanns Kunst, dieses von dem stillsten, *zurückgezogensten Dichterfürsten* dem Vaterlande geweihte Werk Niedrigkeit und Unverstand zu weichen hatte.« Die Lese- und Redehalle richtete an Gerhart Hauptmann die Einladung, in Prag einen Vortrag zu halten.

Und Hauptmann dankt. »Mögen Sie nie alt werden in dem, worin Sie jetzt so erquickend jung sind.«

Der Ausschuß der Lesehalle hat diesen Dank Hauptmanns durch Anschlag ans Schwarze Brett zur Kenntnis der Mitgliedschaft gebracht.

Auch das wird telegraphiert. Gerhart Hauptmann wird wohl den Vortrag halten. Auch ich habe dort einmal einen Vortrag gehalten und ich weiß, was es bedeutet, wenn Jugend, die nicht falscher, nur echter Unterwürfigkeit fähig ist, mich in der Pause um hundert Autogramme anbettelt, meinen Namen in das Goldene Buch des Vereins einträgt, mich stürmisch zu einem zweiten Vortrag auffordert, und wenn dann die Freiheit des Geistes zaghaft wird, zurückweicht, sich davon schleicht wie die Bürger im »Egmont«, und sich nicht traut, den gewünschten Vortrag zu veranstalten, weil der zweitzurückgezogenste Dichterfürst, der Hugo Salus, etwas dagegen hat und weil deutsch gesinnte Jünglinge in einem Lande, wo Haß und Heuchlertum – bei den Tschechen! – gar manche Erfolge zu zeitigen vermochten, auf die Gefahr aufmerksam gemacht wurden, daß es ihnen in der Karriere schaden könnte. Es dürfte noch viel Schmalz aus einer Redehalle fließen, ehe Gerhart Hauptmann den Braten riecht. Der »Akademische Verband für Literatur und Musik« in Wien, eingedenk der Hermann Bahr-Feier und der »akademischen Traditionen von 1813«, begrüßt ihn. Und er dankt allen Geradegesinnten, die, wie er sich schon parlamentarisch ausdrückt, »in Breslau noch immer die erdrückende Mehrheit bilden«, »allen aufrecht gesinnten Herren« und besonders dem Herrn Ablaß – die Männer der fortschreitenden Entwicklung heißen in der Regel Zulauf und Ablaß –, und er versichert ihnen, daß die Ehrenstellung, die ihm der Liberalismus eingeräumt hat, identisch sei mit einer »Mission, die ihm das Fatum zuteilt«. Sein Wahlspruch sei: »Geh deines Weges gerade, schenken wird sich dir Gnade«. »Womit ich aber«, fügt er hinzu, »nicht die Gnade von irgend jemand außer Gott meine, der allein sie zu vergeben hat.« Und Gerhart Hauptmann wähnt, daß er auch mit diesem Bekenntnis liberalen Ohren imponieren werde. Bis zu der Ablehnung kaiserlicher Gnade gehen sie noch mit, aber die höhere lehnen sie selbst ab. Gerhart Hauptmann will trotz seinem Gottesglauben Fortschrittsmann werden und er merkt nicht, daß sie bedenkliche Gesichter machen und ihn nur in die Fraktion aufnehmen wollen, wenn er auch den Gottesglauben draußen läßt. Gott? Nich zu machen. Er telegraphiert etwas von der »Nacht des mittelalterlichen Wahnsinns«: Redner wird beglückwünscht.

Oskar Blumenthal richtet im ›Berliner Tageblatt‹ folgendes Gedicht an Gerhart Hauptmann: Du solltest zur Jahrhundertfeier / Aus Versen winden einen Kranz. / Entklingen sollte deiner Leier / Der Freiheitskriege Not und Glanz. / Doch mußte dir dein Werk mißlingen, / Weil du verkannt hast deine Pflicht: / Die Kriege durftest du besingen – / Die Freiheit nur, die Freiheit nicht.

Welch ein Kämpe! Dieser ausgewitzte Kulissenonkel – Moritz Arndt ist ein Börseaner gegen ihn – stellt traun noch immer seinen Mann. Er hat vielleicht noch die Premiere von »Vor Sonnenaufgang« mitgemacht, wo die aufrechten Männer, die gerade und richtiggehenden Berliner eine Geburtszange schwangen. Und Hauptmann hofft im Stillen, daß er seinen Gott doch durchdrücken werde. Und er, der »Hannele« geschrieben hat und die Verse der Engel, dankt. Die Ratten sind über ihn gekommen. Er dankt den Monisten, denselben, die aus einem Arndt'schen Lied Gott entfernt und durch Haeckel ersetzt haben. Gott gebe, daß die nächste Dichtung, die Gerhart Hauptmann wieder auf eigenes Geheiß schreibt, nicht ihren Besteller, wohl aber seine Gratulanten enttäuscht!

V. Worte in Versen

Leben ohne Eitelkeit

Sieh, mein Außenbild ist fügsam,
sieh, mein Haben, so genügsam,
achtet wohl des Gleichgewichts.
Hat es wenig, dankt für viel es,
wahrt des Weges, Maßes, Zieles und Verzichts.

Doch mein Innensein verzichtet,
eh es sich genügsam richtet,
achtet nicht des Geichgewichts.
Immer steig' es oder fall' es,
hat es vieles, will es alles oder nichts.

Bekenntnis

Ich bin nur einer von den Epigonen,
die in dem alten Haus der Sprache wohnen.

Doch hab' ich drin mein eigenes Erleben,
ich breche aus und ich zerstöre Theben.

Komm' ich auch nach den alten Meistern, später,
so räch' ich blutig das Geschick der Väter.

Von Rache sprech' ich, will die Sprache rächen
an allen jenen, die die Sprache sprechen.

Bin Epigone, Ahnenwertes Ahner.
Ihr aber seid die kundigen Thebaner!

Der Irrgarten

Die Sprache ist, dies glaubt mir auf mein Wort,
ein Zwist, bei dem ein Wort das andre gibt.
Es leben Lust und Zweifel immerfort
im Zwiespalt und es neckt sich, was sich liebt.
Was treibt es nur? Geburt zugleich und Mord?
Ich steh' dabei und habe nichts verübt.
Wie kam ich an den zauberischen Ort?
Die Welt ist durch das Sieb des Worts gesiebt.

Goethe-Ähnlichkeit

»Erstaunlich, wie manches an Goethe gemahnt!«
erkannte einer, der es gelesen.
Die Beziehung hab' ich nicht angebahnt,
doch vielleicht ist er wirklich bei mir gewesen.

Gedanklichen Reimspruchs engeres Bett
hat ein für allemal er bereitet.
Nur wie sich die Sprache zu strecken hätt',
sie sich neu die inneren Grenzen erweitet.

Was offen vom eigenen Ursprung kommt,
das führt nicht den fremden Plan im Schilde.
Doch einem lebendigen Ding es frommt,
ist's geschaffen nach Goethes Ebenbilde.

Und wie sich Wesen und Form verzahnt,
und wenn die Sprache des Worts will genesen –
da hat es der Ähnlichkeit selber geahnt,
und ich bin bei Gott bei Goethe gewesen!

Dichterschule

Was sind denn das für ausgelassne Knaben,
die in der Form ein Nichtgenügend haben?
Sie machen heute sichs wie ehedem
in Fleiß und Sitten immerzu bequem,
die nur im Fortgang von der Schule glänzen.

Und froh, daß sie die Syntax nicht beherrschen,
so wetzen sie auf ungegerbten Ärschen
und lassen hier und dort das Komma aus.
Dann aber tragen sie ein Nichts nachhaus,
das sie zuhaus zu einem Dreck ergänzen.

Heißt man zur Strafe sie dada zu bleiben
und ihren Aufsatz zweimal abzuschreiben,
so wird er darum doch nicht besser sein,
und besten Falles fällt es ihnen ein,
daß sie ihn noch beklecksen und betrenzen.

Kein Substantiv steht mehr an seinem Platze,
der Hauptsatz wird zu einem Nebensatze,
der Nebensatz ist nur ein Adjektiv.
die ganze Gotteschöpfung lacht sich schief,
wenn solch ein grüner Lümmel singt von Lenzen.

Hier wirkt Natur in andern Dimensionen,
in solchem Wirrsal wollt' kein Teufel wohnen,
nichts was sie greifen, wächst zur Wortgestalt.
Allein ihr Ethos freilich ist geballt
und sehr dynamisch sind die Impotenzen.

Ein Rattenschwanz im gegenseitigen Loben,
wenn sie in allzu freien Rhythmen toben;
mit uns geht alles bei dem Treiben rund!

Doch schließen sie zumeist den Vers mit Und.
Und dennoch geht es über alle Grenzen.

Seht mir die Rotte von den letzten Bänken,
sie wollen nur den Oberlehrer kränken,
der schwergeprüft in solcher Klasse sitzt.
Was sie nicht konnten, haben sie verschwitzt.
O laßt uns diese Dichterschule schwänzen!

Definition

Was ist
der Journalist?
Beim Element:
Ein unser Denken störender,
mit unsern Ohren hörender,
mit unsern Augen guckender,
uns auf die Zunge spuckender,
uns die Kopfhaut juckender,
unsre Kultur verdruckender,
sich unser Blut verschreibender,
doch uns nichts schuldig bleibender,
ja uns die Zeit vertreibender,
uns blendender und betäubender,
und unsre Felle beizender,
und unsre Hölle heizender,
unsre Nase schneuzender,
unsern Ekel reizender,
mit seinen Händen redender,
aber sonst uns ganz vertretender
Agent.

Arbeit

Es engt mir allen Lebenstag,
es drängt mir zu bis in den Schlaf,
und ob ich auch entrinnen mag:
es denkt in mir ohn' Aufenthalt
und alles was mir einfiel, traf
mich mit vernichtender Gewalt.

Noch ging ich, wenn die Sonne brennt,
noch lange ging ich nicht zur Ruh.
Und ob die Zeit zum Ende rennt,
und ob sie mir vorbeigerannt:
es hält mich ab, es schließt mich zu;
ich bin an meinen Punkt gebannt.

Und was da wird, ob schlecht, ob gut:
ich tat es nicht, ich litt daran,
und weiß nicht, wer es für mich tut.
Er wird es immer weiter tun
und läßt mich, der es nicht getan,
dafür bei Tag und Nacht nicht ruhn.

VI. Weltgericht

In dieser großen Zeit

die ich noch gekannt habe, wie sie so klein war; die wieder klein werden wird, wenn ihr dazu noch Zeit bleibt; und die wir, weil im Bereich organischen Wachstums derlei Verwandlung nicht möglich ist, lieber als eine dicke Zeit und wahrlich auch schwere Zeit ansprechen wollen; in dieser Zeit, in der eben das geschieht, was man sich nicht vorstellen konnte, und in der *geschehen* muß, was man sich nicht mehr *vorstellen* kann, und könnte man es, es geschähe nicht –; in dieser ernsten Zeit, die sich zu Tode gelacht hat vor der Möglichkeit, daß sie ernst werden könnte; von ihrer Tragik überrascht, nach Zerstreuung langt, und sich selbst auf frischer Tat ertappend, nach Worten sucht; in dieser lauten Zeit, die da dröhnt von der schauerlichen Symphonie der Taten, die Berichte hervorbringen, und der Berichte, welche Taten verschulden: in dieser da mögen Sie von mir kein eigenes Wort erwarten. Keines außer diesem, das eben noch Schweigen vor Mißdeutung bewahrt. Zu tief sitzt mir die Ehrfurcht vor der Unabänderlichkeit, Subordination der Sprache vor dem Unglück. In den Reichen der Phantasiearmut, wo der Mensch an seelischer Hungersnot stirbt, ohne den seelischen Hunger zu spüren, wo Federn in Blut tauchen und Schwerter in Tinte, muß das, was nicht gedacht wird, getan werden, aber ist das, was nur gedacht wird, unaussprechlich. Erwarten Sie von mir kein eigenes Wort. Weder vermöchte ich ein neues zu sagen; denn im Zimmer, wo einer schreibt, ist der Lärm so groß, und ob er von Tieren kommt, von Kindern oder nur von Mörsern, man soll es jetzt nicht entscheiden. Wer Taten zuspricht, schändet Wort und Tat und ist zweimal verächtlich. Der Beruf dazu ist nicht ausgestorben. Die jetzt nichts zu sagen haben, weil die Tat das Wort hat,

Gesprochen am 19. November 1914.

sprechen weiter. Wer etwas zu sagen hat, trete vor und schweige! Auch alte Worte darf ich nicht hervorholen, solange Taten geschehen, die uns neu sind und deren Zuschauer sagen, daß sie ihnen nicht zuzutrauen waren. Mein Wort konnte Rotationsmaschinen übertönen, und wenn es sie nicht zum Stillstand gebracht hat, so beweist das nichts gegen mein Wort. Selbst die größere Maschine hat es nicht vermocht und das Ohr, das die Posaune des Weltgerichts vernimmt, verschließt sich noch lange nicht den Trompeten des Tages. Nicht erstarrte vor Schreck der Dreck des Lebens, nicht erbleichte Druckerschwärze vor so viel Blut. Sondern das Maul schluckte die vielen Schwerter und wir sahen nur auf das Maul und maßen das Große nur an dem Maul. Und Gold für Eisen fiel vom Altar in die Operette, der Bombenwurf war ein Couplet, und 15 000 Gefangene gerieten in eine Extraausgabe, die eine Soubrette vorlas, damit ein Librettist gerufen werde. Mir Unersättlichem, der des Opfers nicht genug hat, ist die vom Schicksal befohlene Linie nicht erreicht. Krieg ist mir erst, wenn nur die, die nicht taugen, in ihn geschickt werden. Sonst hat mein Frieden keine Ruhe, ich richte mich heimlich auf die große Zeit ein und denke mir etwas, was ich nur dem lieben Gott sagen kann und nicht dem lieben Staat, der es mir jetzt nicht erlaubt, ihm zu sagen, daß er zu tolerant ist. Denn wenn er *jetzt* nicht auf die Idee kommt, die sogenannte Preßfreiheit, die ein paar weiße Flecke nicht spürt, zu erwürgen, so wird er nie mehr auf die Idee kommen, und wollte ich ihn jetzt auf die Idee bringen, er vergriffe sich an der Idee und mein Text wäre das einzige Opfer. Also muß ich warten, wiewohl ich doch der einzige Österreicher bin, der nicht warten kann, sondern den Weltuntergang durch ein schlichtes Autodafé ersetzt sehen möchte. Die Idee, auf welche ich die tatsächlichen Inhaber der nominellen Gewalt bringen will, ist nur eine fixe Idee von mir. Aber durch fixe Ideen wird ein schwankender Besitzstand gerettet, wie eines Staates so einer Kulturwelt. Man glaubt einem Feldherrn die Wichtigkeit von Sümpfen so lange nicht, bis man eines Tages Europa nur noch als Umgebung der Sümpfe betrachtet. Ich sehe von einem Terrain nur die Sümpfe, von ihrer Tiefe nur die Oberfläche, von einem Zustand nur die Erscheinung, von der nur einen Schein und selbst davon bloß den Kontur. Und zuweilen genügt mir ein Tonfall oder gar nur die Wahnvorstellung. Tue man mir, spaßeshalber, einmal den Gefallen, mir auf die Oberfläche zu folgen dieser problemtiefen Welt, die erst erschaffen wurde, als sie gebildet wurde, die sich um ihre eigene Achse dreht und wünscht, die Sonne drehte sich um sie.

Über jenem erhabenen Anschlag, jenem Gedicht, das die tatenvolle Zeit eingeleitet, dem einzigen Gedicht, das sie bis nun hervorgebracht hat, über dem menschlichsten Anschlag, den die Straße unserm Auge widerfahren lassen konnte, hängt der Kopf eines Varietékomikers, überlebensgroß. Daneben aber schändet ein Gummiabsatzerzeuger das Mysterium der Schöpfung, indem er von einem strampelnden Säugling aussagt, so, mit dem Erzeugnis seiner, ausgerechnet seiner Marke, sollte der Mensch auf die Welt kommen. Wenn ich nun der Meinung bin, daß der Mensch, da die Dinge so liegen, lieber gar nicht auf die Welt kommen sollte, so bin ich ein Sonderling. Wenn ich jedoch behaupte, daß der Mensch unter solchen Umständen künftig überhaupt nicht mehr auf die Welt kommen wird und daß späterhin vielleicht noch die Stiefelabsätze auf die Welt kommen werden, aber ohne den dazugehörigen Menschen, weil er mit der eigenen Entwicklung nicht Schritt halten konnte und als das letzte Hindernis seines Fortschritts zurückgeblieben ist – wenn ich so etwas behaupte, bin ich ein Narr, der von einem Symptom gleich auf den ganzen Zustand schließt, von der Beule auf die Pest. Wäre ich kein Narr, sondern ein Gebildeter, so würde ich vom Bazillus und nicht von der Beule so kühne Schlüsse ziehen und man würde mir glauben. Wie närrisch gar, zu sagen, daß man, um sich von der Pest zu befreien, die Beule konfiszieren soll. Ich bin aber wirklich der Meinung, daß in dieser Zeit, wie immer wir sie nennen und werten mögen, ob sie nun aus den Fugen ist oder schon in der Einrichtung, ob sie erst vor dem Auge eines Hamlet Blutschuld und Fäulnis häuft oder schon für den Arm eines Fortinbras reift – daß in ihrem Zustand die Wurzel an der Oberfläche liegt. Solches kann durch ein großes Wirrsal klar werden, und was ehedem paradox war, wird nun durch die große Zeit bestätigt. Da ich weder Politiker bin, noch sein Halbbruder Aesthet, so fällt es mir nicht ein, die Notwendigkeit von irgend etwas, das geschieht, zu leugnen oder mich zu beklagen, daß die Menschheit nicht in Schönheit zu sterben verstehe. Ich weiß wohl, Kathedralen werden mit Recht von Menschen beschossen, wenn sie von Menschen mit Recht als militärische Posten verwendet werden. Kein Aergernis in der Welt, sagt Hamlet. Nur daß ein Höllenschlund sich zu der Frage öffnet: Wann hebt die größere Zeit des Krieges an – der Kathedralen gegen Menschen! Ich weiß genau, daß es zuzeiten notwendig ist, Absatzgebiete in Schlachtfelder zu verwandeln, damit aus diesen wieder Absatzgebiete werden. Aber eines trüben Tages sieht man heller und fragt, ob es denn richtig ist, den Weg, der von Gott wegführt, so zielbewußt mit keinem Schritte zu verfehlen. Und ob denn das ewige Geheimnis, aus dem der Mensch wird, und jenes, in das er eingeht, wirklich nur ein Geschäftsgeheimnis umschließen, das dem Menschen Ueberlegenheit verschafft vor dem Menschen und gar vor des Menschen Erzeuger. Wer den Besitzstand erweitern will und wer ihn nur verteidigt – beide leben im Besitzstand, stets unter und nie über dem Besitzstand. Der eine fatiert ihn, der andere erklärt ihn. Wird uns nicht bange vor irgend etwas über dem Besitzstand, wenn Menschenopfer unerhört geschaut, gelitten wurden und hinter der Sprache des seelischen Aufschwungs, im Abklang der berauschenden Musik, zwischen irdischen und himmlischen Heerscharen, eines fahlen Morgens das Bekenntnis durchbricht: »Was jetzt zu geschehen hat, ist, daß der Reisende fortwährend die Fühlhörner ausstreckt und die Kundschaft unaufhörlich abgetastet wird!« Menschheit ist Kundschaft. Hinter Fahnen und Flammen, hinter Helden und Helfern, hinter allen Vaterländern ist ein Altar aufgerichtet, an dem die fromme Wissenschaft die Hände ringt: Gott schuf den Konsumenten! Aber Gott schuf den Konsumenten nicht, damit es ihm wohl ergehe auf Erden, sondern zu einem Höheren: damit es dem Händler wohl ergehe auf Erden, denn der Konsument ist nackt erschaffen und wird erst, wenn er Kleider verkauft, ein Händler. Die Notwendigkeit, zu essen, um zu leben, kann philosophisch nicht bestritten werden, wiewohl die Oeffentlichkeit dieser Verrichtung von einem unablegbaren Mangel an Schamgefühl zeugt. Kultur ist die stillschweigende Verabredung, das Lebensmittel hinter den Lebenszweck abtreten zu lassen. Zivilisation ist die Unterwerfung des Lebenszwecks unter das Lebensmittel. Diesem Ideal dient der Fortschritt und diesem Ideal liefert er seine Waffen. Der Fortschritt lebt, um zu essen, und beweist zuzeiten, daß er sogar sterben kann, um zu essen. Er erträgt Mühsal, damit es ihm wohl ergehe. Er wendet Pathos an die Prämissen. Die äußerste Bejahung des Fortschritts gebietet nun längst, daß das Bedürfnis sich nach dem Angebot richte, daß wir essen, damit der andere satt werde, und daß der Hausierer noch unsern Gedanken unterbreche, wenn er uns bietet, was wir gerade nicht brauchen. Der Fortschritt, unter dessen Füßen das Gras trauert und der Wald zu Papier wird, aus dem die Blätter wachsen, er hat den Lebenszweck den Lebensmitteln subordiniert und uns zu Hilfsschrauben unserer Werkzeuge gemacht. Der Zahn der Zeit ist hohl; denn als er gesund war, kam die Hand, die vom Plombieren lebt. Wo alle Kraft angewandt wurde, das Leben reibungslos zu machen, bleibt nichts übrig, was dieser Schonung noch bedarf. In solcher Gegend kann die Individualität leben, aber nicht mehr entstehen. Mit ihren Nervenwünschen mag sie dort gastieren, wo im Komfort und Fortkommen rings Automaten ohne Gesicht und Gruß vorbei und vorwärtsschieben. Als Schiedsrichter zwischen Naturwerten wird sie anders entscheiden. Gewiß nicht für die hiesige Halbheit, die ihr Geistesleben für die Propaganda ihrer Ware gerettet, sich einer Romantik der Lebensmittel ergeben und »die Kunst in den Dienst des Kaufmanns« gestellt hat. Die Entscheidung fällt zwischen Seelenkräften und Pferdekräften. Vom Betrieb kommt keine Rasse ungeschwächt zu sich selbst, höchstens zum Genuß. Die Tyrannei der Lebensnotwendigkeit gönnt ihren Sklaven dreierlei Freiheit: vom Geist die Meinung, von der Kunst die Unterhaltung und von der Liebe die Ausschweifung. Es gibt, Gott sei gedankt, noch Güter, die stekken bleiben, wenn Güter immer rollen sollen. Denn Zivilisation lebt am Ende doch von Kultur. Wenn die entsetzliche Stimme, die in diesen Tagen das Kommando übergellen darf, in der Sprache ihrer zudringlichen Phantastik den Reisenden auffordert, die Fühlhörner auszustrecken und im Pulverdampf die Kundschaft abzutasten, wenn sie vor dem Unerhörten sich den heroischen Entschluß abringt, die Schlachtfelder für die Hyänen zu reklamieren, so hat sie etwas von jener trostlosen Aufrichtigkeit, mit der der Zeitgeist seine Märtyrer begrinst. Wohl, wir opfern uns auf für die Fertigware, wir konsumieren und leben so, daß das Mittel den Zweck konsumiere. Wohl, wenn ein Torpedo uns frommt, so sei es eher erlaubt, Gott zu lästern als ein Torpedo! Und Notwendigkeiten, die sich eine im Labyrinth der Oekonomie verirrte Welt gesetzt hat, fordern ihre Blutzeugen und der gräßliche Leitartikler der Leidenschaften, der registrierende Großjud, der Mann, der an der Kassa der Weltgeschichte sitzt, nimmt Siege ein und notiert täglich den Umsatz in Blut und hat in Kopulierungen und Titeln, aus denen die Profitgier gellt, einen Ton, der die Zahl von Toten und Verwundeten und Gefangenen als Aktivpost einheimst, wobei er zuweilen mein und dein und Stein und Bein verwechselt, aber so frei ist, mit leiser Unterstreichung seiner Bescheidenheit und vielleicht in Uebereinstimmung mit den Eindrücken aus eingeweihten Kreisen und ohne die Einbildungskraft beiseite zu lassen, »Laienfragen und Laienantworten« strategisch zu unterscheiden. Und wenn er es dann wagt, über dem ihm so wohltuenden Aufschwung heldischer Gefühle seinen Segen zu sprechen und Gruß und Glückwunsch der Armee zu entbieten und seine »braven Soldaten« im Jargon der Leistungsfähigkeit und wie am Abend eines zufriedenen Börsentags zu ermuntern, so gibt es angeblich »nur eine Stimme«, die daran Aergernis nimmt, wirklich nur eine, die es heute ausspricht – aber was hilft's, solange es die eine Stimme gibt, deren Echo nichts anderes sein müßte als ein Sturm der Elemente, die sich aufbäumen vor dem Schauspiel, daß eine Zeit den Mut hat, sich groß zu nennen, und solchem Vorkämpfer kein Ultimatum stellt!

Die Oberfläche sitzt und klebt an der Wurzel. Die Unterwerfung der Menschheit unter die Wirtschaft hat ihr nur die Freiheit zur Feindschaft gelassen, und schärfte ihr der Fortschritt die Waffen, so schuf er ihr die mörderischeste vor allen, eine, die ihr jenseits ihrer heiligen Notwendigkeit noch die letzte Sorge um ihr irdisches Seelenheil benahm: die Presse. Der Fortschritt, der auch über die Logik verfügt, entgegnet, die Presse sei auch nichts anderes als eine der Berufsgenossenschaften, die von einem vorhandenen Bedürfnis leben. Aber wenn es so wahr ist wie es richtig ist, und ist die Presse nichts weiter als ein Abdruck des Lebens, so weiß ich Bescheid, denn ich weiß dann, wie dieses Leben beschaffen ist. Und dann fällt mir zufällig bei, an einem trüben Tage wird es klar, daß das Leben nur ein Abdruck der Presse ist. Habe ich das Leben in den Tagen des Fortschritts unterschätzen gelernt, so mußte ich die Presse überschätzen. Was ist sie? Ein Bote nur? Einer, der uns auch mit seiner Meinung belästigt? Durch seine Eindrücke peinigt? Uns mit der Tatsache gleich die Vorstellung mitbringt? Durch seine Details über Einzelheiten von Meldungen über Stimmungen oder durch seine Wahrnehmungen über Beobachtungen von Einzelheiten über Details und durch seine fortwährenden Wiederholungen von all dem uns bis aufs Blut quält? Der hinter sich einen Troß von informierten, unterrichteten, eingeweihten und hervorragenden Persönlichkeiten schleppt, die ihn beglaubigen, ihm Recht geben sollen, wichtige Schmarotzer am Überflüssigen? Ist die Presse ein Bote? Nein: das Ereignis. Eine Rede? Nein, das Leben. Sie erhebt nicht nur den Anspruch, daß die wahren Ereignisse ihre Nachrichten über die Ereignisse seien, sie bewirkt auch diese unheimliche Identität, durch welche immer der Schein entsteht, daß Taten zuerst berichtet werden, ehe sie verrichtet werden, oft auch die Möglichkeit davon, und jedenfalls der Zustand, daß zwar

Kriegsberichterstatter nicht zuschauen dürfen, aber Krieger zu Berichterstattern werden. In diesem Sinne lasse ich mir gern nachsagen, daß ich mein Lebtag die Presse überschätzt habe. Sie ist kein Dienstmann – wie könnte ein Dienstmann auch so viel verlangen und bekommen –, sie ist das Ereignis. Wieder ist uns das Instrument über den Kopf gewachsen. Wir haben den Menschen, der die Feuersbrunst zu melden hat und der wohl die untergeordnetste Rolle im Staat spielen müßte, über die Welt gesetzt, über den Brand und über das Haus, über die Tatsache und über unsere Phantasie. Aber wie Kleopatra sollten wir dafür auch, neugierig und enttäuscht, den Boten schlagen für die Botschaft. Sie macht ihn, der ihr eine verhaßte Heirat meldet und die Meldung ausschmückt, für die Heirat verantwortlich. »Laß reiche Zeitung strömen in mein Ohr, das lange brach gelegen … Die giftigste von allen Seuchen dir! Was sagst du? Fort, elender Wicht! Sonst schleudr' ich deine Augen wie Bälle vor mir her; raufe dein Haar, lasse mit Draht dich geißeln, brühn mit Salz, in Lauge scharf gesättigt.« (Schlägt ihn.) »Gnäd'ge Fürstin, ich, der die Heirat melde, schloß sie nicht.« Aber der Reporter schließt die Heirat, zündet das Haus an und macht die Greuel, die er erlügt, zur Wahrheit. Er hat durch jahrzehntelange Übung die Menschheit auf eben jenen Stand der Phantasienot gebracht, der ihr einen Vernichtungskrieg gegen sich selbst ermöglicht. Er kann, da er ihr alle Fähigkeit des Erlebnisses und dessen geistiger Fortsetzung durch die maßlose Promptheit seiner Apparate erspart hat, ihr eben noch den erforderlichen Todesmut einpflanzen, mit dem sie hineinrennt. Er hat den Abglanz heroischer Eigenschaften zur Verfügung und seine mißbrauchte Sprache verschönt ein mißbrauchtes Leben, als ob die Ewigkeit sich ihren Höhepunkt erst für das Zeitalter aufgespart hätte, wo der Reporter lebt. Ahnen aber Menschen, welches Lebens Ausdruck die Zeitung ist? Eines, das längst ein Ausdruck ist von ihr! Ahnt man, was ein halbes Jahrhundert dieser freigelassenen Intelligenz an gemordetem Geist, geplündertem Adel und geschändeter Heiligkeit verdankt? Weiß man denn, was der Sonntagsbauch einer solchen Rotationsbestie an Lebensgütern verschlungen hat, ehe er 250 Seiten dick erscheinen konnte? Denkt man, wie viel Veräußerung systematisch, telegraphisch, telephonisch, photographisch gezogen werden mußte, um einer Gesellschaft, die zu inneren Möglichkeiten noch bereit stand, vor der winzigsten Tatsache jenes breite Staunen anzugewöhnen, das in der abscheulichen Sprache dieser Boten ihre Klischees findet, wenn sich irgendwo »Gruppen bildeten« oder gar das Publikum »sich zu massieren« anfing? Da das ganze neuzeitliche Leben unter den Begriff einer Quantität gestellt ist, die gar nicht mehr gemessen wird, sondern immer schon erreicht ist und der schließlich nichts übrig bleiben wird, als sich selbst zu verschlingen; da der selbstverständliche Rekord keine Zweifel mehr übrig läßt und die qualvolle Vollständigkeit jedes Weiterrechnen erspart, so ist die Folge, daß wir, erschöpft durch die Vielheit, für das Resultat nichts mehr übrig haben, und daß in einer Zeit, in der wir täglich zweimal in zwanzig Wiederholungen von allen Äußerlichkeiten noch die Eindrücke von den Eindrücken vorgesetzt bekommen, die große Quantität in Einzelschicksale zerfällt, die nur die einzelnen spüren, und plötzlich, selbst an der Spitze, der vergönnte Heldentod als grausames Geschick fatiert wird. Man könnte aber einmal dahinter kommen, welch kleine Angelegenheit so ein Weltkrieg war neben der geistigen Selbstverstümmelung der Menschheit durch ihre Presse, und wie er im Grund nur eine ihrer Ausstrahlungen bedeutet hat. Vor einigen Jahrzehnten mochte ein Bismarck, auch ein Überschätzer der Presse, noch erkennen: »Das, was das Schwert uns Deutschen gewonnen hat, wird durch die Presse wieder verdorben«, und ihr die Schuld an drei Kriegen beimessen. Heute sind die Zusammenhänge zwischen Katastrophen und Redaktionen viel tiefere und darum weniger klare. Denn im Zeitalter derer, die es mitmachen, ist die Tat stärker als das Wort, aber stärker als die Tat ist der Schall. Wir leben vom Schall und in dieser umgeworfenen Welt weckt das Echo den Ruf. In der Organisation des Schalls ist die Schwäche wunderbarer Verwandlung fähig. Der Staat kann es brauchen, aber die Welt hat nichts davon. Bismarck hat zu einer Zeit, wo der Fortschritt in den Kinderschuhen steckte und noch nicht auf Gummiabsätzen durch die Kultur schlich, es geahnt. »Jedes Land«, sagte er, »ist auf die Dauer doch für die Fenster, die seine Presse einschlägt, irgend einmal verantwortlich.« Ferner: »Die Presse ist in Wien schlimmer, als ich mir vorgestellt hatte, und in der Tat noch übler und von böserer Wirkung als die preußische.« Er sprach es aus, daß der Korrespondent, um sich nicht dem Vorwurf auszusetzen, er habe keine guten Verbindungen, entweder die eigenen Erfindungen oder die der Gesandtschaft lanciere. Gewiß, wir alle hängen vor allem von den Interessen dieser einen Branche ab. Wenn man die Zeitung nur zur Information liest, erfährt man nicht die Wahrheit, nicht einmal die Wahrheit über die Zeitung. Die Wahrheit ist, daß die Zeitung keine Inhaltsangabe ist, sondern ein Inhalt, mehr als das, ein Erreger. Bringt sie Lügen über Greuel, so werden Greuel daraus. Mehr Unrecht in der Welt, weil es eine Presse gibt, die es erlogen hat und die es beklagt! Nicht Nationen schlagen einander: sondern die internationale Schande, der Beruf, der nicht trotz seiner Unverantwortlichkeit, sondern vermöge seiner Unverantwortlichkeit die Welt regiert, teilt Wunden aus, quält Gefangene, hetzt Ausländer, macht Gentlemen zu Rowdys. Nur durch die Vollmacht der Charakterlosigkeit, die in Verbindung mit einem schuftigen Willen Druckerschwärze unmittelbar in Blut verwandeln kann. Letztes, unheiliges Wunder der Zeit! Zuerst war alles Lüge, die immer auch log, daß nur anderwärts gelogen werde, und jetzt, in die Neurasthenie des Hasses geworfen, ist alles wahr. Es gibt verschiedene Nationen, aber es gibt nur eine Presse. Die Depesche ist ein Kriegsmittel wie die Granate, die auch auf keinen Sachverhalt Rücksicht nimmt. Ihr glaubt; aber jene wissen es besser, und ihr müßt daran glauben. Die Helden der Zudringlichkeit, Leute, mit denen sich kein Krieger in einen Schützengraben legen würde, wohl aber von ihnen dort interviewen lassen muß, brechen in eben verlassene Königsschlösser ein, um melden zu können: »Wir waren die ersten!« Für Greueltaten bezahlt zu werden, wäre bei weitem nicht so schimpflich wie für deren Erfindung. Bravos im übertragenen Wirkungskreis, die zuhaus sitzen, wenn sie nicht das Glück haben, in einem Pressequartier Anekdoten zu erzählen oder bis in die Front vordringlich zu sein, sie bringen den Völkern Tag für Tag und solange das Gruseln bei, bis diese es mit einiger Berechtigung wirklich empfinden. Von der Quantität, die der Inhalt dieser Zeit ist, fällt auf jeden von uns ein Teil, das er gefühlsmäßig verarbeitet, und das Gemeinsame wird uns durch Draht und Kino so anschaulich gemacht, daß wir zufrieden nachhause gehen. Hat uns aber der Reporter durch seine Wahrheit die Phantasie umgebracht, so rückt er uns ans Leben durch seine Lüge. Seine Phantasie ist der grausamste Ersatz für die, welche wir einmal hatten. Denn haben die einen dort behauptet, daß die andern Frauen und Kinder töten, so glauben es beide und tun es. Fühlt man noch nicht, daß das Wort eines zuchtlosen Subjekts, brauchbar in den Tagen der Manneszucht, weiter trägt als ein Mörser, und daß die seelischen Festungen dieser Zeit eine Konstruktion sind, die im Ernstfall versagt? Hätten die Staaten die Einsicht, mit der allgemeinen Wehrpflicht vorlieb zu nehmen und auf die Telegramme zu verzichten – wahrlich, ein Weltkrieg wäre gelinder. Hätten sie gar den Mut, vor Ausbruch eines solchen die Vertreter des andern Handwerks auf einen international vereinbarten Schindanger zu treiben, wer weiß, jener bliebe den Nationen erspart! Aber ehe Journalisten und die von ihnen benützten Diplomaten abrüsten, müssen Menschen es büßen. »Manches, das in den Zeitungen steht, ist denn doch wahr«, hat Bismarck gesagt. Es gibt ja auch noch etwas unter dem Strich, dort arbeiten unsere braven Feuilletonisten, verrichten Gebete in der Schlacht für Honorar, küssen Bundesbrüder auf den Mund, preisen den herrlichen »Tumult« unserer Tage, bewundern die Ordnung, wie sie früher die Gemütlichkeit verehrt haben, vergleichen eine Festung mit einer schönen Frau oder umgekehrt, je nachdem, und benehmen sich überhaupt der großen Zeit würdig. Da schildert einer, ein Auswärtiger, unter dem Titel »Furchtbare Tage«, serienweise seine Erlebnisse in einer Hauptstadt, die er verlassen mußte. Die äußeren Schrecken bestanden darin, daß man ihm zugeredet hat, abzureisen, ihm für 1000 Mark nur 1200 Francs geben wollte und vor allem, daß kein Taxameter zu haben war, was in andern Verkehrszentren auch schon vor einer allgemeinen Mobilisierung vorkommen soll. Sonst kann er – man traut seinen Ohren nicht – nicht genug Rühmliches von der Ruhe, Rücksicht, ja Barmherzigkeit der einheimischen Bevölkerung aussagen, von der wir doch in Telegrammen erfahren hatten, sie hätte sich wie losgelassene Panther und Wölfe einer bei einem Eisenbahnunglück beschädigten Menagerie benommen, kurz, daß es dort vor dem Krieg annähernd so zugegangen sei, wie anderswo nach einem Konzert. Telegramme sind Kriegsmittel. Mit Feuilletons nimmt man es nicht so genau, da kann die Wahrheit durchrutschen. Aber wenn sie erscheint, ist sie vielleicht wieder unwahr, weil inzwischen Telegramme erschienen sind und das Ihrige getan haben, den Telegrammen recht zu geben und die Wirklichkeit zu berichtigen. Oder meint man, dieser Nordau habe schöngefärbt, weil er sich für den Frieden die Rückkehr auf den Platz schon jetzt sichern wollte? Dann disponiert eben der Journalismus über das Leben, je nachdem er nur seinen Vorteil oder auch den Nachteil der andern sucht. Im allgemeinen läßt sich sagen, daß es in Kriegszeiten außer der Arbeit, welche die solide Waffe verrichtet, noch die Leistungen gibt, die Wort und Gelegenheit vollbringen. Greuel, die die Bevölkerung feindlicher Staaten verübt, sind von gemeiner oder von ganz gemeiner, also gebildeter Herkunft. Pöbel und Presse stehen über den nationalen Interessen. Jener plündert und diese telegraphiert. Und wenn diese telegraphiert, so fühlt sich jener animiert, und was Redaktionen beschlossen haben, vergelten und büßen Nationen. »Repressalien« ist das, womit der Presse geantwortet wird. Sie übertreibt den Zustand der Welt, nachdem sie ihn erschaffen hat. Ist sie sein Ausdruck nur, so ist der Zustand furchtbar genug. Aber sie ist sein Erreger. Sie hat in Österreich den sterilen Zeitvertreib des »Nationalitätenhaders« erfunden und unterhalten, um unbemerkt das Geschäft ihres schändlichen Intellekts hochzubringen; hat sie es so weit gebracht wie sie wollte, so gibt sie für späteren Gewinn ihren Patriotismus in Kost; sie kauft Werte im Zusammensturz, sie ist ein Phönix, der aus fremder Asche farbenprächtig aufsteigt. Laßt mich die Presse überschätzen! Aber wenn ich zu Unrecht behaupte, daß in einer Epoche, die so leicht geneigt ist, die Extraausgabe für das Ereignis zu halten, und die mit entzündeten Nerven sich von Lügen zu Fakten verleiten läßt – wenn es nicht wahr ist, daß aus Telegrammen mehr Blut geflossen ist, als sie enthalten wollten, so komme dieses Blut über mich!

»Möge es das letztemal sein«, rief Bismarck, »daß die Errungenschaften des preußischen Schwertes mit freigiebiger Hand weggegeben werden, um die nimmersatten Anforderungen eines Phantoms zu befriedigen, welches unter dem fingierten Namen von Zeitgeist oder öffentlicher Meinung die Vernunft der Fürsten und Völker mit seinem Geschrei betäubt, bis jeder sich vor dem Schatten des anderen fürchtet und alle vergessen, daß unter der Löwenhaut des Gespenstes ein Wesen steckt von zwar lärmender, aber wenig furchtbarer Natur.« Er sagte es im Jahre 1849. Wie furchtbar ist diese Harmlosigkeit in den 65 Jahren erwachsen! Daß sie vor Taten, die sie angestiftet hat, nicht verstummt, zeigt, für wen sie sie getan hofft. Die Maschine hat Gott den Krieg erklärt und findet zwischen den Leistungen, die ich ihr stets zugetraut habe, immer noch Worte, und die Zeit mißt sich und staunt, wie groß sie über Nacht geworden sei. Aber sie war es wohl immer, und ich habe es nur nicht bemerkt. Also war es ein Fehler meiner Optik, sie klein zu sehen. Indes, »Übelstände« wegzuputzen, die an der Oberfläche wuchern, hinter der ein Großes lebt – die Aufgabe wäre mir zu klein, der fühle ich mich nicht gewachsen. Einer fragte neulich, wo ich denn bleibe, und bat, uns mit Rücksicht auf die neue Zeit von dem alten Schmutz zu befreien. Ich kann nicht. Großes, Elementares muß die Kraft haben, von selber mit den Übelständen fertig zu werden und bedarf dazu nicht der Anregung und Hilfe eines Schriftstellers. Aber dieses Große, Elementare hat, da bereits sein Schein in alle

Augen stach, es noch immer nicht vermocht. Was sehen wir? Das Große hat Begleiterscheinungen. Wenn die Folgen auf ihrer Höhe sein werden, dann Gnade uns! Das Große hat die Begleiterscheinungen nicht über Nacht kaputt gemacht. Daß Bomben mit Witzen abgesetzt werden und Animierkneipen ein 42-Mörser-Programm ankündigen, zeigt uns, wie konservativ und wie aktuell wir sind. Nicht das Vorkommnis, sondern die Anästhesie, die es ermöglicht und erträgt, gibt Aufschluß. Wie der uns eingefleischte Humor mit dem Übermaß des Bluts sich abfindet, wissen wir. Aber der Geist? Wie bekommt es unsern Dichtern und Denkern? Und wenn sich die Welt auf den Kopf stellt, es fällt ihr nichts besseres ein! Und wenn sich die Welt zerfleischt, es kommt kein Geist heraus! Er wird später nicht erscheinen; denn er hätte sich jetzt verbergen, durch verschwiegene Würde sich äußern müssen. Aber wir sehen rings im kulturellen Umkreis nichts als das Schauspiel, wie der Intellekt auf das Schlagwort einschnappt, wenn die Persönlichkeit nicht die Kraft hat, schweigend in sich selbst zu beruhen. Die freiwillige Kriegsdienstleistung der Dichter ist ihr Eintritt in den Journalismus. Hier steht ein Hauptmann, stehen die Herren Dehmel und Hofmannsthal, mit Anspruch auf eine Dekoration in der vordersten Front und hinter ihnen kämpft der losgelassene Dilettantismus. Noch nie vorher hat es einen so stürmischen Anschluß an die Banalität gegeben und die Aufopferung der führenden Geister ist so rapid, daß der Verdacht entsteht, sie hätten kein Selbst aufzuopfern gehabt, sondern handelten vielmehr aus der heroischen Überlegung, sich dorthin zu retten, wo es jetzt am sichersten ist: in die Phrase. Trostlos ist nur, wie die Literatur nicht ihre Zudringlichkeit fühlt und nicht die Überlegenheit des Bürgers, der in der Phrase das ihm zustehende Erlebnis findet. Zu einer fremden und vorhandenen Begeisterung Reime und noch dazu schlechte zu suchen, gegen eine Rotte eine Flotte zu stellen und von den Horden zu bestätigen, daß sie morden, ist wohl die dürftigste Leistung, die die Gesellschaft in drangvoller Zeit von ihren Geistern erwarten konnte. Das unartikulierte Geräusch, das von den feindlichen Dichtern zu uns herüberkam, bedeutet wenigstens einen Beweis für individuell gefühlte Erregung, die den Künstler auf den national begrenzten Privatmann reduziert. Es war wenigstens das Gedicht, das der Aufruhr der Tatsachen aus den Dichtern machte. Der Vorwurf des Barbarentums im Kriege war falsche Information. Aber das Barbarentum im Frieden, das in Reimbereitschaft steht, wenn's ernst wird, und das aus dem fremden Erlebnis einen Leitartikel macht, ist eine nicht wegzutilgende Schmach. Und schließlich kann sich ein Hodler, der unrecht hat, noch immer neben einem Dutzend Haeckels, die recht haben, sehen lassen. Und schließlich ist ein Wutausbruch noch immer kulturvoller als eine Enquete, die die Frage, ob man Shakespeare aufführen darf, zu dessen Gunsten zu entscheiden die Milde hat. Deutschlands größter neuzeitlicher Dichter, Detlev v. Liliencron, ein Dichter des Krieges, ein Opfer jener kulturellen Entwicklung, die vom Siege kam, hätte wohl nicht das Herz gehabt, sich an die noch rauchenden Tatsachen mit einer Meinung anzuklammern, und es bleibt abzuwarten, ob unter jenen, die das Erlebnis dieses Krieges hatten, und jenen, die als Dichter erleben können, einer erstehen wird, der Stoff und Wort zur künstlerischen Einheit bringt. Was sich zeigen wird, ist, ob aus der Quantität, zu der vom seelischen Leben keine Brücke mehr führt, weil sie gesprengt wurde, noch Organisches wachsen kann. Intelligenzen, die sich, wenn Gefahr droht, behend und bequem in den Riß ihres Wesens betten, wird's zum Schweinefüttern geben.

Vielleicht war der kleinste Krieg immer eine Handlung, die die Oberfläche gereinigt und ins Innere gewirkt hat. Wohin wirkt dieser große, der groß ist vermöge der Kräfte, gegen die der größte Krieg zu führen wäre? Ist er eine Erlösung oder nur das Ende? Oder gar nur eine Fortsetzung? – Mögen die Folgen dieser umfangreichen Angelegenheit nicht böser sein als ihre Begleitumstände, die sie nicht die Kraft hatte, von sich zu treten! Möge es nie geschehen, daß die Leere mit Berufung auf ausgestandene Strapazen sich noch breiter macht als bisher, die Faulheit eine Glorie gewinnt, die Kleinheit sich auf den welthistorischen Hintergrund beruft, und die Hand, die uns in die Tasche greift, vorher ihre Narben zeigt! Wie war es möglich, daß im Weltkrieg ein Weltblatt jubilierte? Daß ein Börseneinbrecher sich vor die Millionenschlacht stellte und in tosenden Titeln für das fünfzigjährige Bestehen seines ruchlosen Geschäfts Beachtung forderte und fand? Daß Banken im Moratorium zwar ihren Kunden nicht dienen konnten, aber jenem weit über 400 K für jede der hundert Annoncen seiner Festnummer bezahlten? Daß im Kanonendonner die Huldigung von Zeitungsausträgern gehört wurde und das Aufgebot der Gratulanten wie in einer Verlustliste der Kultur durch Wochen aufmarschierte? Wie war es möglich, daß in Tagen, wo die Phrase schon zu bluten begann, ihr letztes Leben an den Tod hingab, sie noch zum Fensterschmuck dienen konnte an einem Freudenhaus des Freisinns? Daß Fahnen von Schreibern hochgehalten wurden, wo sie schon auf dem Felde waren, und daß ein Bilanzknecht und Freibeuter der Kultur sich von einer hochgestellten Bedientenschar als »Generalstabschef des Geistes« feiern ließ? Möge die Zeit groß genug werden, daß sie nicht zur Beute werde eines Siegers, der seinen Fuß auf Geist und Wirtschaft setzt! Daß sie den Alpdruck der Gelegenheit überwinde, in der der Sieg zum Verdienst der Unbeteiligten wird, die verkehrte Ordensstreberei sich ihrer Ehren entäußert, die gerade Dummheit Fremdwörter und Speisenamen ablegt und in der Sklaven, deren letztes Ziel ihr Lebtag war, Sprachen zu »beherrschen«, fortan mit der Fähigkeit durch die Welt kommen wollen, Sprachen nicht zu beherrschen! – Was wißt ihr, die ihr im Kriege seid, vom Krieg?! Ihr kämpft ja! Ihr seid ja nicht hier geblieben! Auch denen, die für das Leben das Ideal geopfert haben, ist es einmal vergönnt, das Leben selbst zu opfern. Möge die Zeit so groß werden, daß sie an diese Opfer hinanreicht, und nie so groß, daß sie über ihr Andenken ins Leben wachse!

Der soziale Standpunkt vor Tieren

Die sozialdemokratische Presse findet ihr tragisches Durchkommen zwischen jener größeren Organisation, die das Menschentum tief unterhalb allen freiheitlichen Bestandes, also aller politischen Daseinsberechtigung verschüttet hat, und jenem allein bewahrten Rest von Menschlichkeit, der sie auf die Pflicht der Zeugenschaft nicht verzichten lassen will. Diesem Widerspruch, zu bestehen, wo sie nicht mehr bestehen kann, wird sie durch ein Nebeneinander von Strategie und Dokumentensammlung gerecht, so daß vorn entweder die Zufriedenheit der Kölnischen Zeitung oder gar, wenn's die Leistungen eines Unterseebootes gilt, die Einbildungskraft der Neuen Freien Presse erreicht wird, und gleich daneben Tatsachen hinausgestellt werden, deren himmelschreiender Inhalt von jener Sphäre bezogen ist, deren Ereignisse eben noch aus einer denkbar unrevolutionären, sachlich beruhigten oder weltzufriedenen Gemütslage gewürdigt wurden. Ob nicht ein besserer Ausgleich zwischen dem Zustand der Welt und dem durch ihn erledigten Standpunkt der Entschluß gewesen wäre, sich auf eine Sammlung von Tatsachen zu beschränken und auf jede Meinung zu verzichten, die vorweg im Verdacht ist, eine erlaubte Meinung, eine mit dem größten Exzeß der Gesellschaftsordnung zufriedene zu sein, bleibe unerörtert. Jedenfalls ist die gewissenhafte Aufreihung jener Fakten, die der Menschheit den Krieg als ein abschreckendes Beispiel vorführen sollen, der einzige Fall von publizistischer Sauberkeit, den die schmutzigste Epoche aufzuweisen hat, anerkannt auch von deren einsichtigeren Akteuren als ein Beweis, daß die weltflüchtige Menschenwürde sich immerhin in zwei bis drei Wiener Zeitungsspalten niederlassen darf; als eine Ausnahme von jener furchtbaren Regel, nach der diese schwer verwundete Menschheit sich noch eine Blutvergiftung durch Druckerschwärze zuziehen mußte. Und auch diesem Unglück sucht die heilsame Arbeit der sozialdemokratischen Chronik nach Kräften entgegenzuwirken, aus der ehrlichen Erkenntnis, daß die bürgerliche Journalistik die niedrigste Gattung unter jenen Lebewesen vorstellt, die der Krieg übrig gelassen hat. Um so betrüblicher erscheint die daneben beobachtete Neigung, den eigentlichen Tieren gegenüber auf einem vorrevolutionären Standpunkt zu beharren, ihnen nicht nur die von Schopenhauer zuerkannten Rechte, sondern sogar das Erbarmen zu versagen, das der Gerechte aufzubringen hat – ja geradezu dort, wo der Sammler von Menschengreueln auf werktätige Sympathie für Tiere stößt, solche Regungen als Kontraste zum Welttreiben höhnisch abzutun. Er hat nicht genug ironische Punkte und Gedankenstriche, einen englischen Aufruf »zugunsten ... unserer stummen Freunde«, nämlich der Pferde, zu verspotten, der ihm um so lächerlicher erscheint, als der Schutz auf die Pferde aller kriegführenden Länder ausgedehnt werden soll. Aber ganz abgesehen davon, daß dieser internationale Standpunkt eine Kostbarkeit in einer Zeit ist, in der von den drei großen Internationalen nur die journalistische sich ausleben konnte, und daß solcher Gedanke sittlich hoch über der Kriegslyrik eines Richard Dehmel steht, der den deutschen Pferden eine besondere Offensivkraft zugetraut hat – ist es ein Denkfehler, hier bitter zu werden und einen frivolen Gegensatz zu den in den Krieg oder in die Munitionsfabrik gestellten Menschen zu behaupten. Der Unterschied ist ein ganz anderer, nämlich der, daß die Menschen, so unschuldig jeder einzelne von ihnen an seinem Schicksal sein mag, alle zusammen es verschuldet haben, indem sie den Willen hatten, die Maschine zu erfinden, die ihnen den Willen nahm, während doch den Pferden an einer technischen Entwicklung, die ihre Sklaverei verschärft hat, keinerlei Anteil nachzuweisen wäre. Den Pferden ist nicht der Hunger versagt, wohl aber eine Organisation, durch die sie es ihren Vorgesetzten wenigstens kundmachen könnten, daß auch sie im Krieg mehr hungern als im Frieden. So ganz verschlossen sollte sich das Sozialgewissen nicht vor dem Umstand zeigen, daß in dieser Welt, die sich zu helfen weiß, ein Surrogat für Futter auch mehr Peitschenhiebe sein können. Man muß schon die Scheuklappen des Pferdes haben, um nicht täglich auf der Wiener Straße zu sehen, wie sich die Bestialität am Tier für die schlechten Zeiten schadlos hält. Es ist ferner auch vollkommen blicklos, sich über eine deutsche Gräfin, die ihrem magenkranken Hund Suppe gegeben hat und wegen Verfütterung von Brotgetreide gerichtlich verurteilt wurde, über die Krankheit des Hundes also und über dessen Pflege in Sperrdruck lustig zu machen. Wenn wir uns selbst die Verfütterung von Getreide für einen bestimmten Hund als eine Grausamkeit gegen einen unbestimmten Menschen konsequent zu Ende denken könnten, so müßten wir uns doch wieder fragen, ob nicht die Gesamtheit der unschuldigen Menschen, die durch solches Verhalten zu Schaden kommt, mehr Schuld hat an der Misere als die Gesamtheit der unschuldigen Tiere. Zwischen dem mir bekannten Menschen und dem mir bekannten Hund kann ich, wenn's sein muß, entscheiden, welches von beiden Individuen mir »näher steht« – zwischen den beiden Gattungen bleibt mir im Anblick des Benehmens der einen gar nicht die Wahl. Und wie erst, wenn ich zwischen dem mir befreundeten Hund und der menschlichen Gesamtheit zu wählen habe? Dies eine Tier, nicht jener Mensch, dem ich die Nahrung verkürze, steht vor meinen Augen, leidet, und ich mache gar kein Hehl aus dem Zynismus, mit dem ich, jeder sozialpolitischen Phantasie ermangelnd, das Bequemere tue und meine Nächstenliebe dem bedürftigen Nächsten zuwende. Eine weit bessere Phantasie belehrt uns, daß die Menschlichkeit, die dem kranken Hund hilft – und wäre es nur der eigene Hund –, mehr einer Menschheit hilft als alle Organisation der Nächstenliebe, die doch zu schwach war, jene des Nächstenhasses zu verhindern. Solange die Charitas, die eine Pflegerin am Tier betätigt, nicht nachweislich dem Zweck unterstellt ist, es wieder kriegstauglich zu machen, ist gegen ihre Sittlichkeit nichts einzuwenden, und die deutsche Aristokratin, von der die Gerichtssaalrubrik erzählt, hebt sich recht vorteilhaft von jenen

Standesgenossinnen ab, die in der Theaterrubrik erwähnt werden, weil sie an einer Vorstellung des »Hias« mitgewirkt haben. Wenn die deutsche Gräfin, die in der Zeit der Not ihre Hunde nährt, verhöhnt wird, so müßte die deutsche Artistin, die sich in der Zeit der Not von ihren Hunden nährt, Anerkennung finden. Solche Konsequenz würde aber allzu grausam dem Bestreben der Arbeiterzeitung, Spuren von Menschenwürde im Schutt der großen Zeit zu entdecken und zu erhalten, widersprechen. Wenn ich Notizen sehe, die den Titel führen »Pferde und Menschen« oder »Die magenleidenden Hunde der Gräfin«, so fände ich es schön, wenn darin beklagt würde, daß die Pferde jetzt durch die Menschen ins Unglück gekommen sind und daß magenleidende Hunde jetzt nichts zu essen haben. Denn durch die Hilfe, die sie den Tieren entzieht, wird sich die Menschheit nicht auf ihre Beine helfen und nicht von ihren Prothesen.

Die Gerüchte

In Wien waren Gerüchte verbreitet, daß in ganz Österreich Gerüchte verbreitet seien, es seien in Wien Gerüchte verbreitet, mehr wurde über das Wesen der Gerüchte nicht gesagt, als daß das Wesen der Gerüchte eben darin bestehe, daß man es nicht sagen könne, man war nur auf Gerüchte angewiesen, um überhaupt herauszubekommen, was es für Gerüchte eigentlich seien, und so gingen denn in ganz Österreich Gerüchte von Mund zu Mund, die nichts geringeres besagen wollten, als daß in Wien Gerüchte verbreitet seien, es seien in ganz Österreich Gerüchte verbreitet. Dazu kam allerdings noch ein konkreter Umstand, der den Gerüchten die sonst meistens vermißte Nahrung gab, nämlich die Verlautbarung der österreichischen Regierung, welche feststellte, daß Gerüchte verbreitet seien, die ausdrückliche Warnung enthielt, sie zu glauben oder zu verbreiten und die Aufforderung, sich an deren Unterdrückung tunlichst auf das energischeste zu beteiligen. Hiezu kam noch eine ganz gleichlautende Erklärung der ungarischen Regierung, welche davon ausging, daß die Gerüchte auch in Budapest und in ganz Ungarn verbreitet seien, ohne daß man freilich auch dort mehr wußte, als daß Gerüchte verbreitet seien, was bald ein jeder Mensch in Ungarn wie in Österreich gerüchtweise erfahren hatte. Auch dort ergab sich ganz wie hier für die Bevölkerung die loyale Pflicht, den Gerüchten tunlichst auf das energischeste entgegenzutreten, was sich auch jedermann zu Herzen nahm und dergestalt ausführte, daß einer den anderen fragte, ob er schon von den Gerüchten gehört habe, und wenn dies verneint wurde, ihn bat, sie nicht zu glauben, sondern ihnen erforderlichenfalls tunlichst auf das energischeste entgegenzutreten. Diese Prozedur wurde aber namentlich in der diesseitigen Territorialhälfte der Gerüchte mit besonderer Energie durchgeführt. Zuerst erfolgte eine feierliche

Eröffnung der Gerüchte, indem nämlich die Abgeordneten Teufel, Pantz und Waldner, von denen jeder einzelne nur ein Drittel ist und die deshalb nur zusammen ausgehen, beim Ministerpräsidenten Dr. von Seidler erschienen, um ihn auf die seit einigen Tagen in Umlauf befindlichen Gerüchte aufmerksam zu machen. Dr. v. Seidler gab zur Antwort, daß ihm die in Frage stehenden und im Umlauf befindlichen Gerüchte wohl bekannt seien. Bei dieser Gelegenheit erfuhr man zum erstenmal, daß die Gerüchte das angestammte Herrscherhaus betreffen und daß die Verbreiter der Gerüchte den Glauben der Bevölkerung an dasselbe vergiften wollten. Der Ministerpräsident beteuerte, daß diese Gerüchte unwahr seien, was aber die Abgeordneten Teufel, Pantz und Waldner schon wußten und was sich nach dem § 63, bezw. § 64, die ja keinen Wahrheitsbeweis zulassen, von selbst versteht, so daß eigentlich der Dr. v. Seidler, der sich für die Unwahrheit der Gerüchte »verbürgt« hat, gegen diese Paragraphen, die schon die Möglichkeit eines solchen Gedankens ahnden, verstoßen hat. Kein vernünftiger Mensch, meinte der Ministerpräsident, werde an derartigen Unsinn glauben. Trotzdem trat er ihm auf das energischeste entgegen und vergaß nur zu erwähnen, daß Unvernunft hier geradezu ein Verbrechensmerkmal ist, indem das Gesetz vom Staatsbürger nicht so sehr Vernunft als Ehrfurcht verlangt. Interessante Aufschlüsse gab er jedoch, und mit ihm der ungarische Ministerpräsident, über die Provenienz der Gerüchte. Schon in der offiziellen Verlautbarung waren die Gerüchte verzeichnet worden, daß die Gerüchte »im Frieden jeweils von einer einzigen phantasievollen Persönlichkeit ausgingen und es lange Zeit währte, bis sie breitere Massen erfaßten«; anders jetzt. Dasselbe Gerücht sei »zur Ursprungszeit jedesmal an ganz verschiedenen Stellen gleichzeitig zu vernehmen, weshalb die Annahme gerechtfertigt sei, daß man es mit einer Organisation der Gerüchte zu tun habe«. Das war ungemein spannend und es fehlte nur noch eine Andeutung darüber, ob die Gleichzeitigkeit der Verbreitung desselben Gerüchtes durch Lokalaugenschein, Gehörproben oder dergleichen erhoben wurde.

Seidler sowohl wie Wekerle zogen aus den gemachten Wahrnehmungen den Schluß, daß die Verbreitung der Gerüchte »ein neues Zeichen der aus den Reihen unserer Feinde kommenden Versuche« sei, Verwirrung zu stiften; sie gehöre »in das Arsenal unserer Gegner«, die keine Mittel scheuen, um das Gefüge der Monarchie zu erschüttern sowie die Bande der Liebe und Verehrung zu lockern. Diese Vermutung beruht indes ganz bestimmt auf einem übertriebenen Gerücht, das zur Ursprungszeit gleichzeitig in Wien und in Budapest zu vernehmen war, weshalb die Annahme gerechtfertigt ist, daß man es mit einer Organisation zu tun hat. Ich speziell habe schon des öfteren der Ueberzeugung Ausdruck gegeben, daß die Lügen der Entente im allgemeinen lange nicht so gefährlich sind wie unsere Wahrheiten und daß sie deshalb bei weitem nicht so viel Verwirrung anrichten können. Wenn wir den vierjährigen Lügenfeldzug der Entente überblikken, so müssen wir so wahrheitsliebend sein, zuzugeben, daß die Lügen der Feindespresse über unsere Zustände dort, wo sie nicht gerade die Uebersetzung unserer Fakten waren, diesen höchstens um ein paar Tage, Wochen, sagen wir Monate vorausgeeilt sind. Kein Redakteur des »Figaro« wird für seine schadenfrohen, sich am fremden Hunger mästenden Leser Schlimmeres über unsere Ernährungsverhältnisse erfinden können, als der Bürgermeister von Wien dem Grafen Czernin nach seiner Heimkehr vom abgeschlossenen Brotfrieden gesagt hat, und wenn in der ganzen feindlichen Welt als die Tat der Northcliffe-Propaganda allerdings grauenhafte, auf den ersten Blick verleumderische Darstellung des deutschen Fliegerwesens verbreitet wurde, so darf man anderseits nicht übersehen, daß es sich um eine wörtliche Uebersetzung der Schrift des Freiherrn von Richthofen gehandelt hat. Ich habe schon oft gesagt, daß sich statt eines Einfuhrverbots der feindlichen Literatur ein Ausfuhrverbot der vaterländischen sehr empfehlen würde, weil dann die Lügen der Feinde, die heute bloß wir nicht zu lesen kriegen, auch im Auslande nicht verbreitet wären. Was nun die Gerüchte betrifft, so liegt es mir mindestens so fern wie dem Dr. v. Seidler, sie in die

Kategorie jener Wahrheiten zu stellen, die wir uns selbst verdient haben, und ich wäre sogar bereit, wenn ich eine Ahnung hätte, was es für Gerüchte sind, ihnen tunlichst auf das energischeste entgegenzutreten. Das einzige, was ich von ihnen weiß, ist, daß sie zwar Lügen enthalten, aber solche, die ganz wie die Wahrheiten, die uns als Lügen vorkommen, bei uns selbst gewachsen sind und nicht im Arsenal der Entente, sondern in der alldeutschen Presse hergestellt wurden. Dies ist denn auch der einzige Anhaltspunkt, den ich habe, um mir vom Wesen der Gerüchte eine Vorstellung machen zu können. Zum Wesen ihrer Erfinder gehört es sicherlich, sie vorsichtig der Entente zuzuschieben, was immerhin der bessere Teil der Tapferkeit ist, da ohne die Ablenkung durch den Ruf »Haltet den Verleumder!« möglicherweise dessen Feststellung erfolgt wäre. Gerüchte haben nun nicht nur die Eigenschaft, daß sie sich wie ein Lauffeuer verbreiten, sondern daß sogar noch die Löschaktion zur Verbreitung beiträgt, und es ist immerhin die Frage möglich, ob die Verwirrung, die die Feinde bei uns zu allem Überfluß stiften wollten, nicht eher durch geheimnisvolle Andeutungen über solche Absichten herbeigeführt wird. Denn es ist eine Erfahrung, daß in einem ohnedies schon aufgeregten Publikum durch die plötzliche Versicherung, es liege gar kein Grund zur Beunruhigung vor, diese gern entsteht und daß der Ausruf »Es brennt – nicht!« eine panikartige Wirkung hat, in deren Rauch die Negation erstickt. Ferner ist zu bemerken, daß Gerüchte noch mehr als die Katastrophen, auf die sie hinzielen, dem Gesetz der Serie unterworfen sind. Denn kaum hatte der Dr. v. Seidler sich gegen sie gewendet, so wurde alles was er tat zum Gerücht. Er hatte das Malheur, eine nächtliche Konferenz der Parteiführer einzuberufen, die gar keinen und darum auch keinen geheimnisvollen Zweck hatte, wohl aber die Folge, daß sofort »die verschiedenartigsten, ganz abenteuerlichen Gerüchte verbreitet« waren, denen er neuerdings auf das energischeste entgegentreten mußte. Man wird dereinst von ihm sagen können, daß er, ohne die Kolportage in Österreich freigegeben zu haben, doch viel zur Förderung jener Literatur beigetragen hat, der sie hauptsächlich zugute gekommen wäre. Kein Tag ohne Gerüchte. Da geschah es zum Beispiel, daß »in Paris und Rom Gerüchte über einen Wechsel in höheren Kommandostellen der österreichisch-ungarischen Armee verbreitet« wurden, gegen die aber, damit sie nicht auch bei uns eindringen, rechtzeitig in einer amtlichen Erklärung auf das energischeste eingeschritten wurde, in welcher dargelegt war, es handle sich um eine Stimmungsmache der Entente, um ein Manöver unserer Gegner, die, wie schon der Ministerpräsident jüngst betont habe, »kein Mittel scheuen, um das Gefüge der Monarchie zu erschüttern«. In diesem Fall gelang es tatsächlich, das Gerücht zum Schweigen zu bringen, ehe es zur Wahrheit wurde, denn schon ein paar Tage später war die feindliche Lüge mit einer vaterländischen Tatsache identisch, das Manöver beruhte auf einem strategischen Rückzug, und die Enthebung des Conrad von Hötzendorf, die Ernennung eines neuen Heeresgruppenkommandanten und eines neuen Armeekommandanten wurde amtlich gemeldet. In diesem Falle also durfte das Publikum erfahren, was der Inhalt der Gerüchte sei, war aber leider nicht mehr in der Lage, ihnen entgegenzutreten. Was die anderen Gerüchte betrifft, so wäre es immerhin trostvoll, wenn das Arsenal unserer Gegner nichts anderes enthielte als sie. Aber vielleicht besteht doch die Hoffnung, daß es seinen Betrieb nicht später als die alldeutsche Presse den ihren einstellt. Geschähe wenigstens das letztere, so wäre der Fall gewiß seltener zu verzeichnen, daß Gerüchte nicht nur als Kriegsmittel, sondern sogar als Kriegsgrund Verwendung finden. Es besteht kein Zweifel, daß die Bomben, die auf Nürnberg geworfen wurden, ehe Deutschland Frankreich den Krieg erklärte, dem Arsenal der Entente entstammt wären, wenn nicht die Gerüchte, daß sie auf Nürnberg geworfen wurden, dem Arsenal der alldeutschen Kriegspropaganda entstammt wären. Seit dem Tage, an dem diese Gerüchte verbreitet, und noch lange, nachdem sie vom Oberbürgermeisteramt von Nürnberg dementiert waren, sind den Gerüchten Türen und Tore, offene Städte und andere Festungen geöffnet, und gewiß ist, daß durch Gerüchte, die ja imstande sind, einen Krieg zu stiften, wenn's diesen einmal gibt, auch noch Verwirrung gestiftet werden kann. Das ist vornehmlich in Staaten möglich, deren Lebensinhalt die Organisation ist und deren Bürger Maschinen sind, jeder einzelne zum Bollwerk gegen den feindlichen Siegeswillen wie geschaffen. Daß gegen solche Anlagen Versuche, sie zu unterminieren und Verwirrung zu stiften, unternommen werden mögen, ist begreiflich und eine Berufung auf die feindliche Absicht, es durch Gerüchte zu bewerkstelligen, durchaus sinnvoll. Auf Staaten jedoch, deren Lebensinhalt schon in Friedenszeiten der Pallawatsch war und deren Angehörige selbst als Gerüchte umgehen, wären solche Machinationen schwerlich von Einfluß. Der einzige Zustand, der hier, wo sich keine Talente in der Stille und im Strom der Welt keine Charaktere, sondern Gruppen bilden, noch gestiftet werden könnte, wäre nicht der der Verwirrung, sondern der Ordnung. Aber daß der Wunsch, hier Ordnung zu machen, gerade bei den Feinden bestehe, hat noch kein Gerücht und nicht einmal die Beilage der »Leipziger Neuesten Nachrichten« behauptet.

Weltgericht

Der bis zum letzten Hauch von Mann und Roß beschworene Glaube, daß die Welt Gott behüte am deutschen Wesen genesen werde, ist begraben. Die Hoffnung, daß sie vom deutschen Wesen genesen werde, lebt auf. Und gottlob auch die Hoffnung, daß es von sich selbst genesen werde, zurückfinden von dem seinem Wert und seiner Sprache ungemäßen Wahn zu sich selbst und seinen guten Geistern, vom Export zu dem Platz an der Sonne seiner Naturgaben. Ehre einem verunglückten Volk, das sich bis zur Erkenntnis aufgeopfert hat – Schande seinen Verleitern, mag nun Tücke oder Dummheit das größte aller weltgeschichtlichen Verbrechen begangen, das größte aller weltgeschichtlichen Opfer bewirkt haben! Das Erlebnis aber, daß eine Anschauung, zu der man sich als einer von den wenigen bekannt hat, von den vielen geteilt wird und fast gefahrlos geworden ist, und daß es nicht mehr den Kopf kostet, ihn behalten zu wollen; dieses überraschende Abenteuer eines völligen Kurssturzes der Phrase, des Eintretens in das letzte, bitterste und doch beglückende Stadium der Nibelungenreue; diese rapide Verwandlung des Kühnsten in das Selbstverständliche – enthebt mich nicht der Pflicht, es zu bekennen. Man bleibt doch immer der, der schon bei einem Durchbruch von Gorlice und noch früher, ja am ersten Tag dieses Spießrutenlaufs durch das Spalier der mechanisierten Phantasiearmut, an all diesen kriegverlängernden Siegen vorbei, entlang dieser Tobsucht einer Quantität, die nicht den Mut hatte, sich selbst zu berechnen – geahnt, nein gewußt hat, daß mit einer von keinem Shakespeare zu erreichenden tragischen Folgerichtigkeit die Befreiung aus dem Zwang des Idols erfolgen und daß eines Tages, leider noch vor dem leiblichen Jammer, die größere geistige Not beendet sein werde, die da geboten hat, aus der Verächtlichkeit eine Tugend, aus der Verhaßtheit einen Erfolg, aus der Nichtswürdigkeit eine Ehre zu machen. Wollte man in den Gespensterreichen dieser Lebensmittelmächte – gespensterhaft deshalb, weil hier Börseaner die Sprache der Grüfte redeten, und weil darin Macht war, Grüfte zu füllen, die Macht von Technik und Romantik in Einem, die Macht der sich automatisch entzündenden Phrase – wollte man heute hier eine Abstimmung veranstalten, welcher Mitteleuropäer wohl am weitesten von der Möglichkeit entfernt war, einen Wehrmann zu benageln oder gar einem eisernen Hindenburg etwas ins Auge zu stoßen oder dem Geschmack jener Tage sonst was zuliebe zu tun, wo Fibel und Chemie, Ornamentik und Organisation, Schwachsinn und Bestialität Schulter an Schulter ihre unnennbaren Offensiven gegen die Menschenwürde unternahmen – wohl wäre ich einer unter den wenigen, die in die engere Wahl kämen und denen nachgesagt werden müßte, daß sie sich weigernd und wehrend der heiligen Pflicht, diese unheilige Zeit zu vertreiben, entsprochen haben. Man wird mir, wenn man mir in diesen zweitausend Seiten der Kriegsfackel – einem Bruchteil von dem, was technische und staatliche Hindernisse mir begrenzt haben – keine positivere Leistung zuerkennt, immerhin das Zeugnis ausstellen, daß die schmutzige Zumutung der Macht an den Geist: Lüge für Wahrheit, Unrecht für Recht, Tollwut für Vernunft zu halten, von mir tagtäglich mühelos abgewiesen wurde. Denn der bessere Mut war der meine, im eigenen Lager den Feind zu sehen! Und wer die Furcht vor der wirkenden Macht nicht gekannt hat, dem, nur dem, steht es auch zu, kein Mitleid mit der gebrochenen Macht zu kennen. War doch die Gemütsverfassung, mit der ich mich vor das Angesicht dieser höchst subalternen Gewalttäter gestellt habe, durch alle Trauer hindurch, durch allen Schmerz und alle Scham hindurch stets die einer unbesiegbaren Heiterkeit. Und solche Zeugenschaft ist opfervoll genug. Denn gäbe es ein schwereres Durchhalten als lachen zu müssen, wo man aufschluchzend in den letzten Wald rennen möchte, den dieses organisierte Verhängnis noch nicht vergast hat? als das Unvermögen, einer Glorie, die in einer verelendeten, verhungerten, verlausten, verluderten Welt umging und in Rucksäcken ihre Lorbeern trug, die Glorie zu glauben? als den Fluch, standzuhalten diesem elenden Komplott von Schindern und Schiebern, das ein Volk mit dem Fusel des Schlachtruhms besoffen gemacht hat, um es abzuschlachten, und abgeschlachtet hat, um es auszurauben! Diesen Allerhöchstverrätern, die keinen Vorwand vaterländischer Ehre gescheut haben, um sich selbst zuliebe den schuftigen Griff in die fremden Lebensgüter zu begehen; die mit jedem Atemzug jene abgelebten Vorstellungen geschändet haben, in deren Namen sie über Leben, Glück, Jugend, Gesundheit, Freiheit, Ehre, Recht und Besitz der andern verfügten; hinter Fahnen ihr Diebsgeschäft betrieben und, herzlose Verwalter des feigen Maschinentods, die Menschheit an das Vaterland verraten haben und das Vaterland an ihre Niedertracht. Nun aber welche Wendung durch Gottes Fügung! Nun aber welche Atempause! Welch ein Lauschen auf den großen Hammer am Tor dieser Zeit; welch ein Spähen nach dem Licht, das in die Nacht dieser geistigen Burgverließe dringt; welch ein Beben in den Basalten, die nicht zu haben, Amerika es besser hat! Wenn dies keine Wende ist, hat der Planet noch keine erlebt! Wenn hier kein Fortinbras naht, hat es nie Trümmer einer Herrschaft gegeben, war nie eine aus den Fugen gegangene Zeit einzurichten. Wie Horatio empfange ich ihn:

> Und laßt der Welt, die noch nicht weiß, mich sagen,
> Wie alles dies geschah; so sollt ihr hören
> Von Taten, fleischlich, blutig, unnatürlich,
> Zufälligen Gerichten, blindem Mord;
> Von Toden, durch Gewalt und List bewirkt,
> Und Planen, die verfehlt zurückgefallen
> Auf der Erfinder Haupt: dies alles kann ich
> Mit Wahrheit melden.

Und werde, da sie alle schon, diese Macht- und Unrechthaber in der Nachbarschaft ihres Schicksals leben, dazu helfen, daß auch ihre Helfer, ihre Verführer, die Handlanger ruchlosesten Tagwerks, die journalistischen Rädelsführer dieses blutigen Betrugs, die Dekorateure des Untergangs, die Rekommandeure der Leichenfelder, die unfaßbaren Berichterstatter dieses tragischen Karnevals dingfest gemacht werden. Auch verbürge ich mich dafür, daß es dahin kommen wird, daß alle jene, die, soweit das Gehirnweichbild dieser Stadt sich dehnt und solange die Belange dieses Reiches reichen, eine der Blutpressen noch halten, für ehrlos erklärt werden. Weh dem, der den anonymen Henkern das neue Geschäft fördern wollte, ihnen, die nun, weil der wortgeborne Mord nicht mehr Gewinn, sondern Gefahr bringt, schon daran sind, die Menschlichkeit in eine Phrase zu verwandeln! Der panikartige Übergang ganzer Divisionen von Tellerleckern zu Wilson, die elende Bereitschaft, die Konjunktur neuen Weltgefühls auszunützen, wird weder die Parasiten des entthronten Ideals noch deren ganzen Anhang davor schützen, erkannt und nach den Verdiensten ihrer doppelt gezählten Kriegsjahre behandelt zu werden – und so wahr mir Gott helfe, ich werde es mir angelegen sein lassen, daß alle jene, denen vierzehn fernhintreffende Punkte heute fast so imponieren wie gestern ein Hundertzwanzig-Kilometer-Geschütz, für eine Auszeichnung bei der nun weltmaßgebenden Stelle »eingegeben« werden. Gewaltiger als die Reue über die Tat fasse uns der Ekel am Wort und nehme so Besitz von den Gemütern, daß wir uns nie wieder Gut und Blut von jenen unverantwortlichen Organen herauslocken lassen, die den Ruf des Vaterlands mißtönender wiedergaben und die sich nun unter den Stimmen des ewigen Friedens verstecken möchten. Wenn die große Zeit, die in unserer Zone die niedrigste war, nun endlich daran ist, eine große Zeit zu werden, so wird sie es uns sein, wenn wir dem unbrauchbaren politischen Hausrat mit einem zweiten Ruck auch allen geistigen Unrat nachwerfen, allen Trödel ausrangierter Vorstellungen und alles Inventar der professionellen Wortverbrecher und sie selbst! Es kommt der Tag, wo die Embleme und Ornamente der überstandenen Glorie uns zu übernächtigem Grauen anstarren werden wie Faschingsmasken und fahle Schminkgesichter bei Sonnenlicht. Aber wenn wir, großmütig wie wir Menschenkinder sind, weil wir um eines Strahles der Freiheit willen gern alle Fieberträume der Nacht vergessen, die staatlichen Träger und Diener jener tödlichen Ideale pardonnieren möchten, und weil wir Mitleid mit ihrer Dummheit haben – Gott schütze uns vor der Gnade, die wir an die publizistischen Zwischenträger und Nutznießer vergeuden würden, an die Schriftgelehrten, die es schwarz auf rot gaben, als die Menschheit gekreuzigt wurde. Feder für Feder, Schuft für Schuft sollen sie uns das Blutbad, das sie uns gerüstet und gepriesen haben, ausgießen!

die ein Aktenstück heraufbeschworen hat – mag auch ihr strategisches Vorspiel beendet sein –, ist unabwendbar. Alles Märtyrertum dieser heillosen Jahre werde geweiht von dem Heldentum, welches der großen Vergeltung wissend entgegengeht, die als die Idee der blinden Naturgewalt Gerechte wie Ungerechte trifft. Die grauenhafte Offensive des Hungers, der Sturmlauf der durch die unselige Erlaubnis geweckten und abgerichteten, durch ein fluchwürdiges Kommando zugleich niedergehaltenen und verstärkten, durch den Zusammenbruch der elenden Scheinmacht entfesselten Triebe: dies Chaos mag dunkler sein als einer jener Siege, die, mit Gott und Gas errungen, in geraubten Weinfässern ersoffen sind – Hand auf die Stelle, wo selbst dem Kriegsausbeuter ein Herz sitzen soll: ist das da nicht der Krieg als solcher? Der wieder in seine Naturrechte eingesetzte Krieg? Der Krieg, in dem nicht mehr die andern sterben, der Krieg, in dem nicht gelogen wird, der Krieg, den Hunger gewinnt, nachdem ihn Feldherrn und Diplomaten verloren haben, der Krieg, der beginnt, wenn die Generalstabsberichte aufhören? Hand auf das Herz, dessen Habgier vom Welttod Gewinn und Ehre nahm – denn Lügen hilft nur, wenn das Vaterland die andern ruft –: ist es zu Ende, wenn die Glorie auf dem eigenen Schindanger krepiert ist? Sind nicht nach der Auseinandersetzung mit dem »Feind«, der, ein Bundesgenosse der Kriegsleiden, als Individuum immer nur unschuldigstes Opfer seines Mörders ist, sind nicht gemäß dem Diktat der unabsetzbaren Naturmächte alle Feindgefühle aufgespart für einen Haufen von Landsgenossen, die weitab von der Gefahr die Bestialisierung der Menschen bejubelt und bedichtet, die Effekte in Kinogenüssen und Zeitungstiteln erlebt haben und ihren Appetit von keiner Blutvorstellung verderben, von keinem Gedanken an fremden Hunger und an fernen Tod verringern ließen?

Nicht der Zusammenbruch von staatlichen Rumpelkammern und Kriegskartenhäusern, nicht diese Nochnichtdagewesenheit einer Niederlage vor dem Feind, sondern die panikartige Flucht des Vaterlandes vor seinen Beschützern zeichnet einen Ausgang, den die Urheber einer auf Quantität eingestellten Handlung selbst bei völligem Minus an Phantasie hätten berechnen können, wenn dem von Lesebuchidealen erfüllten Staatsgehirn nicht auch das Einmaleins abhanden gekommen wäre und somit die Fähigkeit, die Quantitäten an Menschen, Maschinen und Mehl miteinander zu messen. Überschätzer der Menschheit hätten die Gefahr, die heute den gelernten Siegern droht, schon acht Tage nach Kriegsbeginn von einem Aufstand der Menschenwürde erhofft, und es stellt der seelischen Tragfähigkeit dieser Tiergattung ein bedenklich gutes Zeugnis aus, daß ihre Auftraggeber, die für die Erweiterung von Absatzgebieten über Leben und Glück von Millionen verfügt haben, erst nach mehr als vier Jahren und erst von einer Revolution des Hungers die Geschäftsstörung befürchten müssen. Nun aber, da meine Ansage, die Front werde einmal ins Hinterland verlegt werden, bis zu der Notwendigkeit einer Front gegen sie erfüllt ist, hat die Ideologie abgedankt, die durch ihre einzigartige Gewalt, Sachverhalte auszuschalten, dieses Unglück über uns gebracht hat, und jetzt, da wir sie stimmungshalber erst nötig hätten, da sich das Grauen nicht mehr irgendwo draußen abspielt, wohin wir zum Glück keine Reisegelegenheit hatten, von wo wir aber täglich auf dem Laufenden erhalten wurden, jetzt, da Sengen und Brennen zu einer Angelegenheit des Lokalberichts zu entarten droht, jetzt, da man die Einteilung, wonach die andern starben und die einen logen, brauchen würde, sperrt das Kriegspressequartier zu, versagt die Kunst, die das Durchhalten fremder Leiden ermöglicht hat, verläßt uns die letzte persönliche Qualität, die in diesem Krieg zur Entfaltung kam: eine blutige Welt schönzufärben.

Kriege sind von ihren Folgen unterschieden durch Beschließbarkeit und durch Abwendbarkeit. Die Folgen kann nur der Selbstmord abwenden, das freiwillig dargebotene Bußopfer mildern. So erwächst denn den neuen Vaterländern eine heilige Pflicht zu Schutz und Sühne zugleich. Wenn die neuen Vaterländer, deren Lebensfähigkeit schon von dem Ruin des alten gestützt wird, nicht mit Sünde beladen vor die Welt treten wollen, so mögen sie, vor dem Jux der Zertrümmerung alter Fassaden und vor dem Spiel der Erfindung neuer Wappen, unverzüglich daran gehen, der Rache der geschändeten Mannheit die Grenzen zu bestimmen und zum Schutze der Gerechten Anstalten zu treffen, daß die Ungerechten zwar mit ihrem wertlosen Leben, aber nicht mit ihrer wertvollen Beute das große Unglück, das sie angerichtet oder beifällig betrachtet haben, überleben dürfen. So mag man dazu schauen, daß alles vorbereitet sei zum Empfang jener, die sich der Staatskretinismus vor vier Jahren als die unter den Klängen der Burgmusik einziehenden Sieger vorgestellt hat, mit Auszeichnungen beladen und etwa noch mit Kriegsandenken: Russenlebern und Serbenohren, die ein katholisches Blatt den in der Heimat wartenden Lieben von den Braven im Felde versprochen hatte. Sie mögen, und zerbrächen sie mit den alten Adlern sich die neuen Köpfe, dafür sorgen, daß die im Geschmack der Zeitungsfibel heimkehrenden und nun in der Tat bang erwarteten Helden vor allen in Betracht kommenden Bank- und Bauernhäusern Nahrung, Kleider, Schuhe und Barschaft vorfinden. Eine härtere Vergeltung als diese Lieferpflicht an die Überlebenden und als die wochenlange Angst vor jenen »Eigenen«, zu deren Abwehr dasselbe ruchlose Gesindel, das einst, long long ago »Gott strafe England« gebrüllt hat, heute den Feind herbeirufen möchte – eine Strafe, die im alttestamentarischen Sinn dieser Kriegshandlung auch dem rächenden Gedächtnis der Millionen Hingemordeten gerecht würde, wird der herzquälende Traum der Mütter und Bräute von einem Tod in Flammen oder Gasen auch den verruchtesten Akteuren und Claqueuren dieses Krieges nicht herabflehen.

Wohl aber bliebe, da alles programmgemäß verlaufen ist, und damit der tragische Karneval noch seinen Mittwoch finde, wo die Häupter mit geweihter Asche bestreut werden, die Veranstaltung eines großen Sühntags zu wünschen, welcher den mit Invaliden besetzten Tribünen die Demütigung der Generale, der besseren Kriegsgewinner, der schlechten Kriegsschreiber vorzuführen hätte, kurzum jenes ganzen Packs von Ferntötern und Parforcejägern der Menschheit, dessen Lebensmut sich an gelungenen Durchbrüchen stärkte, das seiner friedlichen Tätigkeit nachging, die Brust voller Orden trug und aus Bordellen und Hauptquartieren Champagnerflaschen zum Fenster hinauswarf, während Millionen Sklaven dieser Ehrlosigkeit in Unterständen auf den Augenblick der Erlösung warteten, wo sie ihre Leiber vom Eisenhagel zerreißen lassen mußten. Nichts wäre so wirksam, um die Unschuldigen vor den Repressalien des Hungers zu schützen und vor der Elementarkraft einer Wut, die aus dem gestohlenen Glück, aus der überwältigten Menschenehre und aus vier beschmutzten Jahren nach Hause rennt, als das Arrangement der Vorführung jener Elenden, die zur Hinausschiebung des unentrinnbaren Endes und zur Fortfristung ihres verkrachten Geschäftes so viel Prothesen brauchten, als sie Orden haben wollten, und so viel Lügen erfinden mußten, als sie Läuse mobilisiert hatten. Ich, der keinen Augenblick seit dem 1. August 1914 sich einen anderen Endsieg als die Verwandlung der Erde in einen Dreckhaufen, keine andere Sühne als die Brandmarkung der Rädelsführer dieses größten Verbrechens der historischen Zeitrechnung vorgestellt, keinen Gedanken der Sympathie für ein Vaterland rotgestreifter Mörder und Diebe, gewalttätiger Kretins und entgegenkommender Schufte gehabt und nie, vom konservativsten, patriotischesten Standpunkt aus, einen andern Wunsch als daß sich die nüchterne, fibelfreie, demokratische Zivilisation der Welt mit den zur Ausrottung dieser Unzucht, zur Abkürzung dieser Blutschande leider Gottes nötigen Behelfen armiere, auf daß sie dem grauen Elend den bunten Rock abziehe und dieses von einer lausigen Glorie ornamentierte Leben in die tabula rasa verwandle, auf der wieder Gottes Gras wächst – ich stelle keine härtere Friedensbedingung und erachte das Weltgewissen für befriedigt, wenn die Befehlshaber und Parasiten unserer in Tod, Not, Ruhm, Syphilis, Hunger, Dreck und Erzlüge verlorenen Tage, wenn die Schinder und Schieber unserer Schulter an Schulter durchgehaltenen, gemusterten, einrückend gemachten, ausgebauten und vertieften Dummheit mit dem Leben und ein paar Ohrfeigen davonkommen. Den Tirpitz zu torpedieren, statt daß ihn das Bild der zwei Kinderleichen von der »Lusitania« durchs Leben begleite; unsere kühnen Luftsieger ihre Wirkungen auf der Erde auskosten zu lassen; die Ritter Krupp, Skoda und den romantischen Manfred Weiß zum Kirchenbesuch zu zwingen, wenn eine 120-Kilometer-Kanone zu arbeiten beginnt – wäre verfehlt, weil erfahrungsgemäß in solchen Fällen nicht die militärischen Objekte, sondern die anständigen Menschen getroffen werden. Wenn aber etwa den Munitionsfabrikanten feierlich eröffnet würde, daß sie den Gesamtertrag ihrer Tätigkeit zugunsten der Invaliden erworben haben und nur noch den Kriegsblinden die Füße zu küssen hätten, so würde ich selbst auf die Erfüllung meines Lieblingswunsches verzichten, Wilhelm II. und seine gesamten Söhne in der von den preußischen Hotelzimmerbildern bekannten Stechschrittübung in einen Käfig abrücken zu sehen. Die befohlene Linie ist erreicht.

Es ist erreicht! Ich, der an die von jenen Siegern geschändete deutsche Sprache glaubt, habe nie verschwiegen, daß ich für das einzige wahre Wort, das in diesen von einem Wolffbüro befriedigten Zeitläuften gesprochen wurde, jenes hielt, das ein russischer Minister am Kriegsbeginn gesprochen hat: daß dieser Krieg Österreichs eine Keckheit ist – und es nur durch die Feststellung ergänzt, daß dieser Krieg Deutschlands eine Frechheit ist, damit das bundesbrüderliche Verhältnis zwischen Räuber und Dieb, Gehaßtem und Verachtetem auch im Punkt der Kriegsschuld zur vollen Anschauung komme. Und ich verschweige nicht, daß ich noch ein wahres Wort aus österreichischen Blättern, am Kriegsende, empfangen habe, das des Czechenführers, der mit jener Schmucklosigkeit, die allein schon deutsche Hirne in Harnisch bringen kann, den klarsten Sachverhalt formuliert hat: daß für einen Krieg, der als eine Aktion der germanischen gegen die slawische Rasse ausgebrüllt wurde, seine Landsleute »keinen Blutstropfen freiwillig geopfert haben«. Die Frage, wieviel Blutstropfen die Deutschen geopfert hätten, wenn ihr Rassekrieg nicht zugleich ein Krieg der allgemeinen Wehrpflicht gewesen wäre, muß in einer Welt, die mit solcher Schmach auch die Pflicht zur Lüge auf sich nimmt, unbeantwortet bleiben. In einer österreichischen Welt, die Bomben in Belgrad, und in einer deutschen Welt, die Bomben auf Nürnberg herstellt, wenn sie sie braucht, und die beiderseits auf Gedeih und Verderb das Blaue vom Himmel heruntergelogen hat, um die Erde rot zu machen, und dabei die Keckheit und die Frechheit hatte, den Ehrenmann unter Staatsmännern, dessen Gestalt abwehrend vor dieser Kriegsschande stand, zum »Lügen-Grey« zu verunstalten. Nie habe ich mich in dieser patriotischen Pestluft anders als mit offenen Augen und zugehaltener Nase bewegt! Hätte dieses Vaterland, dem ich über alle Maße geistiger Kriegserlaubnis hinaus meine Überzeugung in sein Doppelgesicht gesagt habe, es gewagt, meinen Körper anzutasten, ich hätte vor Gott und beim Feldwebel keine Erleichterung dieser Schmach gegen eine Belastung meines Gewissens eingetauscht und der hieramts durch Feigheit gemilderten Tücke bewiesen, welche Gedanken auch der Zwang noch erlaubt und welche man der eigenen Menschheit gegen ein fremdes Vaterland schuldig ist! Ich habe in all den Jahren, da Fibelverbrecher schalteten und Advokaturskandidaten sich ihnen für Enthebung vom Heldentod durch Henkersdienste gefällig zeigten, alle Märtyrer beweint, den Toten auf Feindesseite zuerkannt, daß sie, wenn nicht begeistert, wenn nicht freiwillig, doch im Joch einer Idee und nicht bloß eines schuftigen Willens und eines schlechten Geschäfts gefallen sind, und die belgischen Franktireure für Kämpfer gehalten. Nicht Grenzschwierigkeiten, sondern die Pflicht, vor dem eigenen Feind zu bestehen, das Bewußtsein, im Ertragen des gigantischen Ekels den teuern Opfern auf dieser Seite nahe zu sein, den vielfach tragischen, weil sie gegen dieselbe Erkenntnis, gegen die eigene Erkenntnis gestorben sind – nur dies hat mich, den Untertan der deutschen Sprache, verhindert, die Konsequenz einer Gesinnung zu ziehen, für deren Gefühl und Ausdruck ich von Unrechtswegen tausendfachen Tod durch die Hand eines Peutlschmid verdient habe. Nicht vor dem höchsten Auditor, der einst über die Anstifter und Helfer einer Aktion richten wird, durch welche die Edelsten hingeschlachtet und wie ein Stück Aas irgendwo verscharrt wurden, wo der Tränenblick der Sehnsucht von Müttern, Bräuten, Freunden ein Heldengrab sucht – nicht vor Gott werde ich in Abrede stellen, daß der Kaiser als der erste verpflichtet war, den Fahneneid eines Kriegs zu brechen, dessen Ruhm von einem Schurkenstück der Technik geborgen, dessen Tapferkeit von der Feigheit anonymer Waffen und unsichtbarer Quantitäten ersetzt, dessen Ehre von der Kompagnie der Selbstsucht und der Wissenschaft erstritten wurde, und dessen Verrat ich, immer bereit, der Menschheit gegen das Vaterland, dem Freund gegen den Feind beizustehn, mit vollem Bewußtsein auf mein ethisches Gewissen genommen hätte! Und heute, da ich sagen kann und muß, daß nur die Erbärmlichkeit, deren eine schnöde Gewalt fähig ist, vor den Dokumenten ihrer Schmach und meines Zornes haltgemacht hat; heute, wo ich aussprechen kann, was in vier Jahrgängen der Fackel geschrieben steht, und was ich mit aller Pein der Kenntnis des Auslands entzogen habe, erkläre ich, daß ich, solange ich lebe, dafür besorgt sein werde, das Andenken wachzurufen jener Ungezählten, die für eine Regung kulturellen Abscheus vor dem Blutgeschäft glorreicher Diebe, und der Myriaden, die zur Erhaltung solcher Bestrebungen aus dem Leben gerissen wurden!

Und erkläre: daß ich den wildesten Aufzug befreiter Sklaven für ein geordneteres und Gott gefälligeres Schauspiel halte als den reglementierten Auftrieb von Menschenvieh zum Tod für die fremde Idiotie, für das fremde Verbrechen! Was immer die Zeit, die wohl größer ist als ihr Vorspiel, das im August 1914 begonnen hat, an Enttäuschungen und Leiden noch bringen mag; welche Fieberträume die Ablösung der Macht, die Blut und Hunger schuf, durch Mächte, die den posthumen Kriegsgewinn erwarten, uns noch vorbehält; wie schmählich sich der Tonwechsel jener offenbart, die, im schmutzigen Maul noch den Kriegsgesang, schon den radikalen Inhalt zur Phrase verrufen haben und im nachgemachten Zeremoniell fremder Revolutionen nur mehr Habsbürger gelten lassen; wie überraschend uns die Verwandlung des Kriegspressequartiers in eine Rote Garde kommen mag; wie verächtlich sich die Wagentürlaufmacher von gestern als Barrikadenbauer ausnehmen; wie schäbig die Bereitschaft aller Pöbelinstinkte und die Anschmarotzung der Schadenfreude an die Weltgeschichte anmutet, jene grundsätzliche Niedrigkeit, die nicht die Bedeutung des Sturzes erlebt, sondern sich an der Nichtbedeutung des Gestürzten erhöht; wie scheußlich die Identität solcher, die heute auf Doppeladler Jagd machen, mit jenen sein mag, die einst das Abreißen fremdsprachiger Firmatafeln betrieben haben; welch törichter Unfug es auch sei, Rosetten zu entfernen anstatt gleich Säbel in Verwahrung zu nehmen; wie unerquicklich die Freiheit durch eingeschlagene Fensterscheiben einzieht; wie lästig ihr die Freibeuter aller Gesinnungen zulaufen und wie eifrig die Siegfriede von der vorigen Woche die Republik annektieren; wie peinlich die Hysterie mit der Flamme, wie schrill der nationale Ton mit dem Weckruf der Welt vermengt sein mag – ich beuge mich ehrfürchtig vor dem Wunder dieser Erweckung, und erwachte die Welt erst durch den Tod! Und vor jedem persönlichen Schicksal, das mir noch im letzten Atemzug die Genugtuung gönnte, die schlotterichte Majestät einer gefallenen Kriegsgewalt zu schauen, die im Zusammenwirken von Glorie und Schurkerei gelebt und gegen ihren Plan durch Millionen Qualentode, durch die Labyrinthe des Irrsinns, der Lüge, der Verseuchung, des sittlichen und leiblichen Schmutzes die Menschheit zur Besinnung auf ein gottgemäßeres Leben zurückgeführt hat!

VII. Die letzten Tage der Menschheit

V. Akt, 54. Szene

Der Nörgler am Schreibtisch.

(Er liest.)

»Der Wunsch, die genaue Zeit festzustellen, die ein im Walde stehender Baum braucht, um sich in eine Zeitung zu verwandeln, hat dem Besitzer einer Harzer Papierfabrik den Anlaß zur Ausführung eines interessanten Experiments gegeben. Um 7 Uhr 35 Minuten ließ er in dem der Fabrik benachbarten Walde drei Bäume fällen, die nach Abschälung der Rinde in die Holzstofffabrik transportiert wurden. Die Umwandlung der drei Holzstämme in flüssige Holzmasse ging so schnell vor sich, daß bereits um 9.39 Uhr die erste Rolle Druckpapier die Maschine verließ. Diese Rolle wurde mittels Automobil unverzüglich nach der vier Kilometer entfernten Druckerei einer Tageszeitung geschafft, und bereits um 11 Uhr vormittags wurde die Zeitung auf der Straße verkauft. Demnach hatte es nur eines Zeitraumes von 3 Stunden 25 Minuten bedurft, damit das Publikum die neuesten Nachrichten auf dem Material lesen konnte, das von den Bäumen stammte, auf deren Zweigen die Vögel noch am Morgen ihre Lieder gesungen hatten.«

Von draußen, ganz von weitem her, der Ruf: – – bee!

Also ist es fünf. Die Antwort ist da. Das Echo meines blutigen Wahnsinnes, und nichts mehr tönt mir aus der zerschlagenen Schöpfung als dieser Laut, aus dem zehn Millionen Sterbende mich anklagen, daß ich noch lebe, der Augen hatte, die Welt so zu sehen und dessen Blick sie so getroffen hat, daß sie wurde wie ich sie sah. Wars gerecht vom Himmel, daß es geschah, so wars doch ungerecht, mich nicht eher zu vernichten! Habe ich diese Erfüllung meiner Todesangst vor dem Leben verdient? Was wächst mir da in meine Nächte? Warum ward ich nur ausersehen, den

Thersites zu rehabilitieren, und nicht auch den Achilles zu entehren? Warum wurde mir nicht die Körperkraft, die Sünde dieses Planeten mit einem Axthieb umzulegen? Warum wurde mir nicht die Gedankenkraft, die geschändete Menschheit zu einem Aufschrei zu zwingen? Warum ist mein Gegenruf nicht stärker als dieses blecherne Kommando, das Macht hatte über die Seelen eines Erdenrunds? Ich bewahre Dokumente für eine Zeit, die sie nicht mehr fassen wird oder so weit vom Heute lebt, daß sie sagen wird, ich sei ein Fälscher gewesen. Doch nein, die Zeit wird nicht kommen, das zu sagen. Denn sie wird nicht sein. Ich habe eine Tragödie geschrieben, deren untergehender Held die Menschheit ist; deren tragischer Konflikt als der der Welt mit der Natur tödlich endet. Ach, weil dieses Drama keinen anderen Helden hat als die Menschheit, so hat es auch keinen Hörer! Woran aber geht mein tragischer Held zugrunde? War die Ordnung der Welt stärker als seine Persönlichkeit? Nein, die Ordnung der Natur war stärker als die Ordnung der Welt. Er zerbricht an der Lüge: die Wesenlosigkeit, an die er den alten Inhalt seines Menschentums verloren hat, in den alten Lebensformen zu bewähren. Händler und Held zu sein und dieses sein zu müssen, um jenes zu bleiben. Er vergeht an einem Zustand, der als Rausch und Zwang zugleich auf ihn gewirkt hat. Gibt es Schuldige? Nein, sonst gäbe es Rächer, sonst hätte der Held Menschheit sich gegen den Fluch gewehrt, der Knecht seiner Mittel zu sein und der Märtyrer seiner Notwendigkeit. Und zehrt das Lebensmittel vom Lebenszweck, so verlangt es den Dienst am Todesmittel, um noch die Überlebenden zu vergiften. Gäbe es Schuldige, die Menschheit hätte sich gegen den Zwang gewehrt, Held zu sein zu solchem Zwecke! Den einzelnen, die es befahlen, hätte die Einheit geantwortet. Jene aber sind nicht Tyrannen. Ihr Geist ist aus dem Geist der Masse geschnitten. Wir alle sind einzeln. Wir haben jeder unsern Schmerz und der andere entbrennt nicht daran. Und wir entbrennen nicht an dem Kontrast, den unser Opfer zum Gewinn des andern täglich stellt, zum grausamen Gewinn des andern. Tyrannen wichen dem Schrecken. Wir aber hätten uns unsere Tyrannen immer wieder aus uns selbst ersetzt. Denn uns alle treibt ein hohles Wort, doch nicht des Herrschers, sondern der Maschine. Was frommte der Revolver gegen die Maschine? Der Revolver gibt kein Beispiel gegen sie, wie die Armbrust gegen den Tyrannen. Wir haben das Ding erfunden und was uns im Rücken bedroht, ist nicht das Maschinengewehr, sondern das öde Wunder, daß es dieses gibt. Nicht seine Drohung, sein Dasein lähmt den Entschluß. Wie könnte da das Gegenkommando erstehen, das uns unsere Waffen zerbrechen hieße! Kann ich im Sprechsaal Europas sprechen? So müßt ihr weiter sterben für etwas, was ihr die Ehre nennt oder die Bukowina, und wovon ihr nicht wißt, was es ist, was aber wieder nur die Waffe selbst ist. Wofür seid ihr gestorben? Hättet ihr alle zusammen Geist genug, um die Kontraste zu spüren, ihr hättet den Leib gewahrt. Was Todesverachtung! Warum solltet ihr verachten, was ihr nicht kennt? Wohl verachtet man das Leben, das man nicht kennt. Ihr lernt es erst kennen, wenn der Zufall des Schrapnells euch nicht ganz getötet hat oder wenn die kommandierte Bestie, Schaum vor dem Mund, ehedem ein Mensch wie ihr, euch anfällt und ihr die Minute Bewußtsein habt, nun an der Schwelle zu stehn. Und da wagt die kommandierende Bestie euch nachzusagen, ihr hättet den Tod verachtet? Und ihr habt jene Minute nicht genützt, eurem Vorgesetzten zuzuschreien, daß er nicht der Vorgesetzte Gottes sei, der ihm schaffen könne, Geschaffenes ungeschaffen zu machen? Nein, ihr habt euch von ihm, mit Gott, über die Schwelle jagen lassen, wo das Geheimnis beginnt, dessen Verrat kein irdischer Staat erlangen könnte! Nach dem jeder seine Helden und keiner seine Spione sendet! Hättet ihr doch in dem Augenblick des Opfers um den Gewinn gewußt, der trotz, nein, mit dem Opfer wächst, sich an ihm mästend! Denn nie, bis zu dem unentschiedenen Krieg der Maschinen, hat es so gottlosen Kriegsgewinn gegeben und ihr, siegend oder besiegt, verloret den Krieg, der ein Gewinn eurer Mörder ist. Eurer feigen, technisch avancierten Mörder, die nur in der Entfernung vom Schauplatz ihrer Tat töten und leben können. Wie, du treuer Begleiter meines Worts, mit reinem Glauben zum Himmel der Kunst emporgewandt, mit stiller Wissenschaft das Ohr an ihr Herz legend, du mußtest hinüber? Ich sah dich an dem Tag, da du auszogst. Regen und der Schmutz dieses Vaterlands und seine ruchlose Musik waren der Abschied, als man euch in den Viehwagen pferchte! Ich sehe dein blasses Gesicht in dieser Orgie von Kot und Lüge, in diesem furchtbaren Lebewohl eines Frachtenbahnhofs, von wo das Menschenmaterial versandt wird durch jenes Machtwort, das die Leiber entfesselt und die Geister gebunden hat und das verurteilte Leben in eine Kinderstube verwandelt, in der Viehknechte spielen! Du sahest nicht aus wie solche. Wie konntest du nicht schon daran sterben, daß du diesen Start erleben mußtest, vor dem wahrlich Wallensteins Lager als die Halle eines Palasthotels erschien! Denn schmutzig wird der Maschinenmensch, ehe er blutig wird. So fing deine Italienreise an, du Kunstforscher. Und du, edles Dichterherz, das zwischen den Stimmen der Mörser und Mörder dem Geheimnis eines Vokals oblag – vier Jahre deines Frühlings hast du unter der Erde verbracht, die künftige Wohnstatt zu erproben? Was hattest du dort zu suchen? Läuse fürs Vaterland? Zu warten, bis der Granatsplitter kam? Zu beweisen, daß dein Leib gegen die Leistungsfähigkeit der Schneider-Creuzot-Werke widerstandsfähiger sei, als der eines Turiners gegen den Skoda? Wie, wir sind die Commis voyageurs von Waffenfabriken, die nicht mit ihrem Mund die Tüchtigkeit ihrer Firma, sondern mit ihrem Körper die Minderwertigkeit der Konkurrenz bezeugen sollen? Wo viel Reisende waren, wird es viel Hinkende geben! Mögen sie sich die Absatzgebiete in Schlachtfelder verwandeln. Aber daß sie auch Macht hatten, die höher Gearteten in den Dienst der Schufterei zu zwingen – nie hätte der Teufel gewagt, eine solche Befestigung seiner Herrschaft für denkbar zu halten. Und wenn man ihm nun zugeraunt hätte, im ersten Jahre des Kriegs, in den er die Völker mit der Fibel in der Hand gejagt hat, damit sie sein Geschäft mit mehr Seele betreiben, im ersten Jahr schon werde eine Petroleumraffinerie 137 Prozent Reingewinn vom gesamten Aktienkapital erzielen und der David Fanto 73 Prozent, die Kreditanstalt 19.9 Millionen Reingewinn und die Wucherer an Fleisch und Zucker und Spiritus und Obst und Kartoffeln und Butter und Leder und Gummi und Kohle und Eisen und Wolle und Seife und Öl und Tinte und Waffen würden hundertfach entschädigt sein für die Entwertung fremden Bluts – der Teufel hätte einem Verzichtfrieden das Wort geredet! Und dafür laget ihr vier Jahre in Dreck und Nässe, dafür war der Gruß erschwert, der euch erreichen, das Buch aufgehalten, das euch trösten wollte. Sie wünschten, daß ihr am Leben bliebet, denn sie hatten auf ihren Börsen noch nicht genug gestohlen, in ihren Pressen noch nicht genug gelogen, in ihren Ämtern noch nicht genug drangsaliert, die Menschheit noch nicht genug durcheinandergepeitscht, in allen ihren Gelegenheiten und Tätigkeiten sich noch nicht genug für ihr Unvermögen und ihre böse Lust auf den Krieg berufen, damit ihr Verbrechen sie entschuldige – sie hatten diesen ganzen tragischen Karneval, in dem Männer vor den Augen des weiblichen Kriegsberichterstatters starben und Metzger Philosophen honoris causa wurden, noch nicht bis zu Kehraus und Fasten durchgetanzt! Wie, ihr habt wochenlang unter Minenwürfen gelegen; wart von Lawinen bedroht; hinget 3000 Meter hoch an einem Seil zwischen dem Trommelfeuer des Feindes und dem Maschinengewehrfeuer der »Eigenen« – ein Wort, des Landesverrats wert –; waret hundertfach verlängerter Delinquentenqual, und oft genug ohne Henkermahl, ausgesetzt; mußtet die ganze Varietät des Todes im Zusammenprall von Organismus und Maschine durchleben, durch Sprengminen, Drahtverhaue, spanische Reiter, Dumdumgeschosse, Bomben, Flammen und Gase und alle Höllen des Sperrfeuers – weil Wahn und Wucher ihr feiges Mütchen an euch noch nicht gekühlt hatten? Und ihr solltet in solcher Preisgegebenheit »wehrfähig« bleiben, weil der Menschheit für die ihr geraubte Phantasie noch nicht genug Syphilis eingeimpft war? Und ihr draußen und wir drinnen, wir sollen noch länger in das Grab starren, das wir uns auf höheren Befehl schaufeln mußten – wie den serbischen Greisen geboten war, und aus keinem andern Grunde geboten, als weil sie Serben waren und noch am Leben, also verdächtig! Oh daß man doch, wenn man mit heiler Haut, obschon verhärmt, verarmt, gealtert, aus diesem Abenteuer entkam, durch den Zauber einer allerhöchsten Vergeltung die Kraft empfinge, sie, die stets überlebenden Rädelsführer des Weltverbrechens, einzelweis zur Verantwortung zu ziehen, in ihre Kirchen zu sperren und dort, ganz wie sie es den serbischen Greisen getan haben, jeden zehnten sein Todeslos ziehen zu lassen! Dann aber nicht zu töten – nein, zu ohrfeigen! Und also anzureden: Was, ihr wußtet nicht, ihr Buben, ahntet nicht, daß die Folgen einer Kriegserklärung unter Millionen Möglichkeiten des Schauders und der Schmach auch die wären, daß die Kinder keine Milch, die Pferde keinen Hafer haben und daß man noch fern vom Schuß an Methylalkohol erblinden kann, wenn es denn im Kriegsplan des Wuchers beschlossen wäre? Wie, ihr ermaßet nicht das Unglück einer Stunde vieljährigen Gefangenenleids? Eines Seufzers der Sehnsucht und der beschmutzten, zerrissenen, hingemordeten Liebe? Wart nicht einmal fähig der Vorstellung, welche Höllen aufgetan sind einer Qualenminute mütterlichen Hinaushorchens durch Nächte und Tage, dieses jahrelangen Wartens auf den Heldentod? Und spürtet nicht, wie die Tragödie eine Posse wurde, durch die Gleichzeitigkeit neuen Unwesens und alten Formenwahns eine Operette, eine jener ekelhaften neuzeitlichen Operetten, deren Text eine Insulte ist und deren Musik eine Tortur? Und ihr spürtet nicht, daß der geringste eurer Befehle, ja nur die letzte Folge eures geringsten Befehls, und wäre es bloß die Stupidität, die die Flucht aus eurem Bezirk erschwerte, die eure Kriegsüberwachungsämter, Paßämter, Paßanweisungsämter, Paßklauselämter, Grenzübertrittsbewilligungsämter, Platzkommanden und Grenzschutzkommanden gegen einander losgelassen hat, damit sie einander verwirrten – spürtet nicht, daß die geringste Maßnahme eurer Besessenheit der Menschenwürde ein unauslöschliches Schandmal aufprägen würde? Und ihr hattet übersehn, daß, wenn ihr sämtliche Menschen in die Uniform stecktet, sie nun alle unaufhörlich einander salutieren müßten? Und merktet nicht, daß diese Gebärde eines Tags, plötzlich, nur mehr der Griff an die Stirn war, der den Zweifel an dem wechselseitigen Verstand betraf? Und daß das Kopfschütteln zuckender Invalider euch, nur euch galt? Und ließet nicht ab von dem Zeitvertreib eurer zum Niederbruch verurteilten und dennoch die Welt fortschröpfenden Glorie? Wie, und ihr dort, ihr Gemordeten, standet nicht auf gegen diese Ordnung? Gegen dieses System von Mord und einer Ökonomie, die das Leben für alle Zukunft zum Durchhalten verurteilen mußte, alle Aussicht verhängt und das kleinste Glücksbedürfnis dem Haß der Nationen preisgegeben hat? Sinnlos im Krieg gewütet und grundlos gewütet gegen jeden, weil Krieg war! Armut, Hunger und Schmach gehäuft über Flüchtigen und Seßhaften und alle Menschheit innen und außen konfiniert. Und Staatsmänner, in abschüssiger Zeit einzig berufen, den bestialischen Drang der Menschheit zu hemmen, sie haben ihn entfesselt! Im Frieden zu Tiermord und Kindermord bereit, griff feiger Lebenshaß zur Maschine, um alles Wachstum zu verheeren. Hysterie im Schutze der Technik überwältigt die Natur, Papier befehligt die Waffe. Invalide waren wir durch die Rotationsmaschinen, ehe es Opfer durch Kanonen gab. Waren nicht alle Reiche der Phantasie evakuiert, als jenes Manifest der bewohnten Erde den Krieg erklärte? Am Ende war das Wort. Jenem, welches den Geist getötet, blieb nichts übrig, als die Tat zu gebären. Schwächlinge wurden stark, uns unter das Rad des Fortschritts zu bringen. Und das hat *sie* vermocht, sie allein, die mit ihrer Hurerei die Welt verdarb! Nicht daß die Presse die Maschinen des Todes in Bewegung setzte – aber daß sie unser Herz ausgehöhlt hat, uns nicht mehr vorstellen zu können, wie das wäre: das ist ihre Kriegsschuld! Und von dem Wollustwein ihrer Unzucht haben alle Völker getrunken, und die Könige der Erde buhlten mit ihr. Und er sprach ihr zu, der apokalyptische Reiter, den ich einstens, lange eh ers tat, durch das deutsche Reich rasen sah. Ein Jahrzehnt ist um, seit ich sein Werk erfüllt wußte. »Er ist Volldampf voraus in allen Gassen. Sein Schnurrbart reicht von

Aufgang bis Niedergang und von Süden gen Norden. ›Und dem Reiter ward Macht gegeben, den Frieden von der Erde zu nehmen, und daß sie sich einander erwürgten.‹« Und ich sah ihn als das Tier mit den zehn Hörnern und den sieben Köpfen und einem Maul gleich dem Rachen eines Löwen. »Man betete das Tier an und sprach: Wer ist dem Tiere gleich? Und wer vermag mit ihm zu streiten? Ein Maul ward ihm gegeben, große Dinge zu reden.« Und wir fielen durch ihn und durch die Hure von Babylon, die in allen Zungen der Welt uns überredete, wir wären einander feind und es solle Krieg sein! Und ihr Geopferten standet nicht auf gegen diesen Plan? Wehrtet euch nicht gegen den Zwang, zu sterben, und gegen die letzte Freiheit: Mordbrenner zu sein? Gegen die Teufelei, die die Aufopferung für den Wollmarkt gar unter den Fahnen des sittlichen Pathos vollziehen hieß! Die sich an Gott vergreift, um seine Zeugenschaft für den blutigen Wechsel zu erlangen! Alle Hoheitsrechte und Lebenswerte an die Idee der Materie verschachert. Das Kind im Mutterleib dem Imperativ des Hasses verpflichtet und das Bild dieser kämpfenden Mannheit, ja selbst dieser pflegenden Frauenschaft, gepanzerte Leiber mit Gasmasken, als das einer Horde von Fabeltieren dem Grausen der Nachwelt überliefert hat. Mit Kirchenglocken auf Gläubige geschossen und vor Altären aus Schrapnells nicht bereut! Und in all dem Glorie und Vaterland? Ja, ihr habt das Vaterland erlebt, ehe ihr dafür starbet! Das Vaterland von dem Augenblick an, wo ihr in der Schweiß- und Bierluft des Vorsaals zum Heldentod entkleidet warten mußtet, als sie Menschenfleisch musterten und Menschenseelen zum gottlosesten Schwure zwangen. Nackt waret ihr, wie nur vor Gott und der Geliebten, vor einer Kommission von Schindern und Schweinen! Scham, Scham für Leib und Seele hätte euch dem Vaterland weigern sollen! Wir alle haben dieses Vaterland gesehn und die Glücklichern unter uns, die ihm entfliehen konnten, sahen es noch in der Gestalt des frechen Grenzwächters. Wir sahen es in allen Formen der Machtgier des losgelassenen Sklaven und der Umgänglichkeit des trinkgeldgierigen Erpressers. Nur daß wir andern es nicht in der Gestalt des Feindes, des wahren Feindes, erleben mußten, der mit dem Maschinengewehr euch vor das Maschinengewehr trieb. Aber wenn wir es nur in den Konterfeis dieser scheußlichen Generale gesehen hätten, die sich die große Zeit hindurch, statt der Luxusdamen, in Theaterrevolverblättern inserierten, zum Zeichen, daß nicht immer nur gehurt, sondern auch gemordet werde in der Welt – wahrlich, wir ersehnten diesem Blutbordell seine Sperrstunde! Wie, ihr dort, ihr Gemordeten, ihr Geprellten, standet nicht auf gegen den Betrieb? Ertruget die Freiheit und das Wohlleben der Preßstrategen, Parasiten und Possenreißer, wie euer Unglück und euern Zwang? Und wußtet, daß sie für eure Martern Ehrenzeichen bekamen? Spieet ihnen nicht die Glorie ins Gesicht? Laget in Verwundetenzügen, die das Gesindel abschildern durfte? Brachet nicht aus, desertiertet nicht in den heiligen Krieg, uns hinten von dem Todfeind zu befreien, der uns täglich mit Lügenbomben das Gehirn belegte? Und starbet für dies Geschäft? Lebtet das Grauen durch, um unser Grauen zu verlängern, die wir hier zwischen Wucher und Not hindurchkeuchten und zwischen den marternden Gegensätzen gemästeter Frechheit und lautloser Schwindsucht. Oh, ihr hattet weniger Gefühl für uns als wir für euch, die wir jede Stunde dieser Jahre, welche sie euch aus dem Leben rissen, von ihnen hundertfach zurückfordern wollten und die an euch immer nur die Frage hatten: Wie werdet ihr aussehen, wenn ihr *das* überlebtet! Wenn ihr dem letzten Ziel der Glorie entronnen seid, daß die Hyänen zu Fremdenführern werden, um euere Gräber als Sehenswürdigkeit auszubieten! Erkrankt, verarmt, verludert, verlaust, verhungert, verendet, gefallen zur Hebung des Fremdenverkehrs – dies unser aller Los! Sie haben eure Haut zu Markte getragen – doch auch aus der unsern schnitt sich ihr Lebenssinn seine Geldtasche. Ihr aber hattet Waffen – und zogt nicht in dieses Hinterland? Und kehrtet nicht um, von jenem Feld der Schande in den ehrlichsten Krieg, uns und euch zu erretten? Und steht nicht als Tote aus euern Erdlöchern auf, das Gezücht zur Verantwortung zu ziehen, ihnen im Schlaf zu erscheinen mit dem verzerrten Antlitz, das ihr in der Stunde des Ablebens trugt, mit den glanzlosen Augen eurer heldischen Wartezeit, mit der unvergeßlichen Maske, zu der eure Jugend von dieser Regie des Wahnsinns verdammt ward! So stehet doch auf und tretet ihnen als Heldentod entgegen – damit die gebietende Feigheit des Lebens endlich seine Züge kennen lerne, ihm ins Auge schaue ein Leben lang! Weckt ihren Schlaf durch euern Todesschrei! Stört ihre Wollust durch die Erscheinung eurer Leiden! Sie konnten Weiber umarmen in der Nacht nach dem Tage, an dem sie euch erwürgt hatten! Rettet uns vor ihnen, vor einem Frieden, der uns die Pest ihrer Nähe bringt! Rettet uns vor dem Unglück, heimgekehrten Auditoren die Hand zu reichen und Henkern im Zivilberuf zu begegnen. Denn das Gewissen dieser niedrigen Grausamkeit, der die Hemmung der Phantasie nicht durch Leidenschaft, nur durch Mechanik genommen war, wird sich so rasch zum Tagwerk erholen, wie es sich aus der Banalität der Vergangenheit ins Morden geschickt hatte. Zu Hilfe, ihr Ermordeten! Steht mir bei, daß ich nicht zwischen Menschen leben muß, die aus Ehrsucht oder Selbsterhaltungstrieb Befehl gaben, daß Herzen zu schlagen aufhören und Mütter weiße Haare bekommen! So wahr ein Gott lebt – dies Schicksal wird nur durch ein Wunder heil! Kehret zurück! Fragt sie, was sie mit euch getan haben! Was sie getan haben, als ihr durch sie littet, bevor ihr durch sie starbt! Was sie in euren galizischen Wintern getan haben! Was sie in jener Nacht getan haben, da telephonierende Kommanden keine Antwort von eurem Platz bekamen. Denn vorn war alles ruhig. Und nur später sahen sie, wie ihr brav dastandet, Mann neben Mann, das Gewehr im Anschlag. Denn ihr gehörtet nicht zu jenen, die übergingen, nicht zu jenen, die zurückgingen und denen, weil sie fror, ein Soldatenvater mit Maschinengewehrfeuer einheizen mußte. Ihr habt eure Stellungen gehalten und fielet nicht bei einem Schritt nach hinten in die Mördergrube eures Vaterlands. Vor euch der Feind, hinter euch das Vaterland und über euch die ewigen Sterne! Und ihr habt nicht Reißaus genommen in den Selbstmord. Ihr starbt nicht fürs, ihr starbt nicht durchs Vaterland; nicht durch die Munition des Feinds, nicht durch die eigene – ihr standet und starbt durch die Natur. Welch ein Bild des Ausharrens! Welch eine Kapuzinergruft! Wehrhafte Leichname, Protagonisten Habsburgischen Todlebens, schließt eure Reihen und erscheint ihnen im Schlaf! Erwacht aus dieser Erstarrung! Tretet vor! Tritt hervor, du lieber Bekenner des Geistes und verlange deinen teuren Kopf von ihnen! Du – wo bist du, der im Spitale starb? Sie schickten mir von dort meinen letzten Gruß mit dem Bescheid zurück: »Abgeschoben. Aufenthalt unbekannt«. Tritt vor, ihnen zu sagen, wo du bist und wie es dort ist, und daß du dich nie mehr dazu gebrauchen lassen wolltest! Und du dort, mit dem Gesicht, zu dem du in deiner letzten Minute verurteilt warst, als die kommandierte Bestie, Schaum vor dem Mund, ehedem vielleicht ein Mensch wie du, in deinen Graben stürzte – tritt hervor! Nicht daß du sterben – nein, daß du *das* erleben mußtest, macht künftig allen Schlaf und allen Tod im Bett zur Sünde. Nicht euern Tod – euer Erlebnis will ich rächen an jenen, die es euch aufgebunden haben! Ich habe sie zu Schatten geformt, die sie sind und die sie in Schein umlügen wollten! Ich habe ihnen das Fleisch abgezogen! Aber den Gedanken ihrer Dummheit, den Gefühlen ihrer Bosheit, dem furchtbaren Rhythmus ihrer Nichtigkeit gab ich die Körper und lasse sie sich bewegen. Hätte man die Stimme dieses Zeitalters in einem Phonographen aufbewahrt, so hätte die äußere Wahrheit die innere Lügen gestraft und das Ohr diese und jene nicht wiedererkannt. So macht die Zeit das Wesen unkenntlich, und würde dem größten Verbrechen, das je unter der Sonne, unter den Sternen begangen war, Amnestie gewähren. Ich habe das Wesen gerettet und mein Ohr hat den Schall der Taten, mein Auge die Gebärde der Reden entdeckt und meine Stimme hat, wo sie nur wiederholte, so zitiert, daß der Grundton festgehalten blieb für alle Zeiten.

> Und laßt der Welt, die noch nicht weiß, mich sagen,
> Wie alles dies geschah; so sollt ihr hören

Von Taten, fleischlich, blutig, unnatürlich,
Zufälligen Gerichten, blindem Mord;
Von Toden, durch Gewalt und List bewirkt,
Und Planen, die verfehlt, zurückgefallen
Auf der Erfinder Haupt: dies alles kann ich
Mit Wahrheit melden.

Und hörten die Zeiten nicht mehr, so hörte doch ein Wesen über ihnen! Ich habe nichts getan, als diese tödliche Quantität verkürzt, die sich in ihrer Unermeßlichkeit auf den Unbestand von Zeit und Zeitung beriefe. All ihr Blut war doch nur Tinte – nun wird mit Blut geschrieben sein! Dieses ist der Weltkrieg. Dies ist mein Manifest. *Ich habe alles reiflich erwogen.* Ich habe die Tragödie, die in die Szenen der zerfallenden Menschheit zerfällt, auf mich genommen, damit sie der Geist höre, der sich der Opfer erbarmt, und hätte er selbst für alle Zukunft der Verbindung mit einem Menschenohr entsagt. Er empfange den Grundton dieser Zeit, das Echo meines blutigen Wahnsinns, durch den ich mitschuldig bin an diesen Geräuschen. Er lasse es als Erlösung gelten!

(Von draußen, ganz von weitem her, der Ruf: – – bee!)

(Verwandlung.)

VIII. Glossen

ist der Glaube an meine Feindseligkeit. »Sie zu überzeugen, versuche ich nicht. Aber ich darf trotzdem sagen, daß Sie mir in meinen Motiven und Absichten Unrecht tun.« Oder: »Ich gestehe, daß es mich kränkt, daß Sie mir mit solchem Übelwollen, ja mit solcher Feindseligkeit gegenüberstehen.« Welches Vorurteil! Ich stehe niemand in der Welt gegenüber und bin das Wohlwollen selbst. Ohne Ansehen der Person reagiere ich auf Geräusche, und interessiere mich nicht für die Richtung, aus der sie kommen. Wäre der Inhalt meiner Glossen Polemik, so müßte mich der Glaube, die Menge der Kleinen dezimieren zu können, ins Irrenhaus bringen. »Sie haben mich kürzlich zum Objekt Ihrer Satire genommen«, schreibt einer, streicht »genommen« und setzt dafür »gewählt«. Ich aber kann mit ruhigem Gewissen sagen, daß ich mir noch nie einen zum Objekt meiner Satire genommen oder gar gewählt habe. Hätte ich da etwas dreinzureden, so wäre ich nicht Satiriker und würde eine bessere Wahl treffen. Denn die Satire wählt, nimmt und kennt keine Objekte. Sie entsteht so, daß sie vor ihnen flieht und sie sich ihr aufdrängen. Die Würdigkeit der Objekte mag den Wert der Polemik bestimmen; aber Name oder Andeutung eines Kleinen, oder was irgend von ihm in einer Satire steht, ist Kunstelement. Wie ein Schneuzen, wie die Trompete eines Beiwagenkondukteurs oder wie sonst etwas, das ich mir nicht wähle; wie sonst ein Stoffliches, von dem ich den Stoff nicht wähle, sondern abziehe. Kann ich dafür, daß die Halluzinationen und Visionen leben und Namen haben und zuständig sind? Kann ich dafür, daß es den Münz wirklich gibt? Habe ich ihn nicht trotzdem erfunden? Wäre er Objekt, ich wählte anders. Erhebt er Anspruch, von der Satire beleidigt zu sein, beleidigt er die Satire. Außerhalb dieser mag er ein Dasein haben, aber keine Berechtigung. Der Leumund mag in Ordnung sein, kommt aber für die Satire nicht in Betracht. Motive und Absichten prüfe ich nicht. Die sind unbesehen gut oder schlecht. Nichts ist der Satire egaler. Die Polemik kann es als Einmischung in ihr Amt empfinden, wenn das Objekt sie zu überzeugen versucht, oder sie mag mit sich reden lassen wie ein Amt. Der Satire Vorstellungen machen, heißt die Verdienste des Holzes gegen die Rücksichtslosigkeit des Feuers ins Treffen führen. Nun muß ja freilich der Brennstoff kein Verständnis für die Wärme haben und der Anlaß mag sich so weit überschätzen, daß er sich durch die Kunst beleidigt fühle. Aber das Verhältnis der Satire zur Gerechtigkeit ist so: Von wem man sagen kann, daß er einem Einfall eine Einsicht geopfert habe, dessen Gesinnung war so schlecht wie der Witz. Der Publizist ist ein Lump, wenn er über den Sachverhalt hinaus witzig ist. Er steht einem Objekt gegenüber, und wenn dieses der polemischen Behandlung noch so unwürdig war, er ist des Objektes unwürdiger. Der Satiriker kann nie etwas Höheres einem Witz opfern; denn sein Witz ist immer höher als das was er opfert. Auf die Meinung reduziert, kann sein Witz Unrecht tun; der Gedanke hat immer Recht. Er stellt schon die Dinge und Menschen so ein, daß keinem ein Unrecht geschieht. Er richtet die Welt ein, wie der Bittere den verdorbenen Magen: er hat nichts gegen das Organ. So ist die Satire fern aller Feindseligkeit und bedeutet ein Wohlwollen für eine ideale Gesamtheit, zu der sie nicht gegen, aber durch die realen Einzelnen durchdringt. Das Lamentieren ist unnütz und ungerecht. Die sich beleidigt fühlen, unterschätzen mich; sie halten sich für meine Objekte, und da fühle ich mich beleidigt.

* * *

Ich weiß schon, was meine Eitelkeit ist

»Aber er hat doch eines vortrefflich herausgebracht: eine ganz moderne Gestalt, einen Typ, den wir heute oft genug im Leben beobachten. Eine Begabung, zerstört durch Eitelkeit. Eine starke Persönlichkeit, vernichtet, zerfressen und angehaucht von ihrem lächerlichen Größenwahn.‹

Die schlechten Schriftsteller machen immer Anspielungen auf eitle Schriftsteller. Ich bin so eitel, mich getroffen zu fühlen. Das ist aber auch meine ganze Eitelkeit. Jene Eitelkeit, welche sie dafür halten, besteht doch nur darin, daß ich zu viel von anderen spreche. Größenwahn ist: von den andern eine geringe Meinung haben.

* * *

In den ›Süddeutschen Monatsheften‹ wird eine Stelle aus dem Programm zitiert, das die Münchner Besucher des Hofmannsthalschen Kinodramas zugesteckt bekamen. Der vierte Akt ist wie folgt beschrieben:

Da ist ein häßlicher, böser Winkel einer großen Stadt, Häuser auf Abbruch. In der Mitte zwischen den Häusern führt ein Gäßchen steil hinauf mit Stufen, und oben ziemlich ferne ist dann eine ordentliche, beleuchtete Straße, hier unten ist es ganz dunkel. Da kommt von der Seite durch irgend einen Durchgang die Alte, und der reiche Mann hinter ihr, in seinen Samtmantel gewickelt und mit bloßem Kopf, so wie er vom Hause fortgelaufen war. Da waren schon vorher an Kellerfenstern und hinter Schutthaufen die Gauner sichtbar, und zuvorderst der starke junge Kerl mit der Kappe und dem tätowierten Arm und haben einander zugewinkt und zugepfiffen und sind wieder verschwunden. Da klopft die Alte an eine Haustür, und da zeigt sich ihnen Licht, und sie will in der Tür stehen bleiben und den jungen Herrn vor sich eintreten lassen, aber da stutzt er doch und bleibt außen stehen und hat den Revolver unter dem Samtmantel in der Hand. Da gibt es die Alte auf und läßt ihn draußen und geht hinein, und er wartet, da geht die Türe wieder auf, und sie schicken das Mädchen heraus, damit sie den Fremden hereinbringt. Da sieht das Mädchen in dem bißchen Licht, das durch die Tür herausfällt, und erkennt, wer es ist, und will nicht, macht sich starr. Anstatt daß sie ihn zu sich winkte, wehrt sie ihn ab und gibt ihm zu verstehen, er müsse von ihr ablassen und von ihr fortgehen. Da packen Fäuste sie hinterrücks und reißen sie hinein, und die Tür fällt zu. Da verläßt ihn sein bißchen Vorsicht, und er klopft an die Tür und will nach, da öffnen sie ihm halb die Tür, er geht hinein, und ehe er den Revolver in die Höhe kriegt, ist drin die Lampe umgestürzt, und sie haben sich auf ihn geworfen in dem Hausflur. Da ist niemand zu sehen, wie er dumpf hinschlägt, als draußen der Bucklige, der macht die Mauer und paßt auf, ob niemand vorüberkommt. Da bringen sie den jungen Herrn gleich wieder zur Tür hinaus, aber ausgeraubt, mit einem Knebel im Mund und gebundenen Händen und Füßen und machen sich fort. Da kommt von irgendwo das Mädchen hervorgekrochen, huscht zu dem Regungslosen, da hat es einer noch gesehen und sie sind gleich bös hinter ihr her, sie flieht vor ihnen davon wie ein Wiesel, doch sie wird eingeholt, da pfeift einer gellend den Warnungspfiff, also sind Schutzleute in der Nähe oder Arbeiter auf der Straße, denn es fängt schon an zu tagen. Im Nu sind die Gauner davon, alles liegt da wie ausgestorben. Da kriecht nach einer Weile das Mädchen auf den Gebundenen zu, auf Händen und Füßen, ganz verstohlen wie ein Tier, bis sie fühlt, es lauert niemand.

Da richtet sie sich bei dem Gebundenen auf, sieht ihn an mit Angst und Zärtlichkeit, berührt sein Gesicht, beißt die Stricke durch an seinen Gelenken und bringt ihn ins Leben mit Berühren und Streicheln und Aufrichten. Da kommt er ins Leben mit halbstarren Gliedern noch und wüstem Kopf, und da sind sie einander gegenüber an der Erde, und sie ist da wie eine Frau, und nicht mehr wie ein Kind, und schüttet eine überschwengliche Zärtlichkeit über ihn aus und da stehen sie beide auf ihren Füßen und er will auf sie zu, da wird sie totenbleich und schwankt und fällt ihm vor den Füßen zusammen. Da kniet er bei ihr und kann nicht fassen, wie das alles so jäh nacheinander kommen kann und rührt sie an und spürt, sie ist nicht ohnmächtig, sondern da liegt eine Tote, und sitzt da, wie betäubt, bei der frischen Leiche. Da bleibt er bei dem Felsen stehen mit seinem Abenteuer und seiner Geheimnisvollen und allem, was er erlebt hat, und der innere Frost schüttelt ihn ein wenig auf dem Felsen hin und her, und das tote Mädchen liegt ganz ruhig und schön in der Mitte auf den Steinen und weiß von nichts mehr.

Da legst di nieder. Da denkt sich der Leser, daß sich der Herr von Hofmannsthal wohl selbst bemüht haben dürfte, das Programm zu verfassen, wenn er schon so gefällig war, das Kinostück zu schreiben. Da sagt man sich, daß kein Kolportagedreck so gemein sein kann, daß es nicht möglich wäre, ihn durch ein bißchen Daderadada literaturfähig zu machen. Da stellt ein Wort zu rechter Zeit sich ein. Da gibt es einen guten Klang. Da war's um ihn geschehn. Da wendet sich der Gast mit Grausen.

* * *

Blutunterlaufungen

Vor dem Bezirksgericht Josefstadt war gestern der Friseur Rudolf Matuja und seine Frau Anna wegen Kindesmißhandlung angeklagt. Die Hausbesorgerin Anna Laßman hatte nämlich bei der Polizei angezeigt, daß die beiden ihre vierjährige voreheliche Tochter lieblos behandeln und derart züchtigen, daß das Kind, wenn nicht Abhilfe geschaffen werde, in kurzer Zeit zugrundegehen müsse! Der Polizeiarzt sah an verschiedenen Körperstellen des Kindes von Mißhandlungen herrührende *Striemen* und *Blutunterlaufungen*. In der Verhandlung erklärte die Frau, daß sie die Mizzi nicht schlechter behandle als ihre beiden ehelichen Kinder, daß sie sie jedoch mitunter arg züchtigen müsse, weil das Kind sehr unfolgsam sei. Der Angeklagte gab an, *er sei längere Zeit auf dem Kriegsschauplatz gewesen*, leide an Herzneurose, gerate deshalb *leicht in Aufregung*. Wenn das Kind Strafe verdiene, züchtige er es, aber nicht übermäßig. Der Richter verurteilte die Angeklagten zur Strafe des *Verweises* und trat den Akt an die Pflegschaftsbehörde ab, damit sie für entsprechende Unterbringung des Kindes Sorge trage.

Es ist ja bekannt, daß wir ein Gesetz haben, welches zwischen lebenslänglicher Strafe für einen, der einer Frau eine Handtasche zu entreißen versucht, und dem Verweis für diese selbst, wenn sie ihr Kind mit Erfolg auf dem häuslichen Herd geröstet hat, Verstand und Herz zum Narren hält. Wenn man nun bedenkt, daß das ziemlich allgemeine Privileg, auf dem Kriegsschauplatz gewesen zu sein, gleichwohl eine Umstülpung aller Lebensverhältnisse bewirken und Grund sowohl wie Ausrede jeder Ungebühr bilden wird, so kann man den ziemlich allgemeinen Nachteil, der den Kindern heimgekehrter Väter, zumal den vorehelichen, in Aussicht steht, schon heute mit schmerzlicher Bewegung abschätzen. Es wäre eine kleine logische Entschädigung im Chaos, wenn sich die Gewalt entschließen könnte, noch vor dem Friedensschluß – der wirklich nicht nur für die Verdiener ein Risiko ist – ein Gesetz zu diktieren, das Vätern, die sich für ausgestandene Strapazen dereinst an den Kindern rächen wollten, statt eines Verweises lieber den Galgen androht. Denn es wäre doch zu infam, daß unter einer Menschheit, die es schließlich verdient hat, die Beute ihrer demokratischen Ambition oder das Opfer ihrer törichten Weltpolitik zu sein, die Unschuldigen am schwersten zu büßen hätten. Wehe den Erwachsenen, von deren blutigem Spiel die Unterlaufungen am Rücken der Kinder zeugen!

* * *

Fanatismus

Studenten, die barfuß ins Kolleg gehen. Würzburg, 25. Juni. Die Studenten der hiesigen Universität beschlossen, nur noch barfuß oder in Holzsandalen in die Vorlesungen und auf die Straße zu gehen, um der Bevölkerung ein *gutes Beispiel* zu geben. Die Leiter verschiedener Unterrichtsanstalten haben diesen Beschluß den Schülern der obern Klassen bekannt gegeben in der Erwartung, daß das Vorbild der Akademiker Nachahmung finden möge.

Das wäre uns auch erspart geblieben, wenn die deutschen Universitäten nicht so viel Ehrendoktorate hätten vergeben müssen. Aber seitdem der Sieger vom Skagerrak, dem die Bearbeitung von Goethes »Über allen Gipfeln ist Ruh'« für U-Boot-Zwecke so gut gefallen hat, und zwar unmittelbar darauf, Ehrendoktor der Philosophie in Marburg geworden ist, während der Rektor dieser Universität einem friedensfreundlichen Kollegen ein Verbot des Generalkommandos vorgelesen hat, bin ich mehr als je dagegen, daß – barfuß oder in Schuhen – ins Kolleg gegangen wird. Ich war es schon zu der Zeit, als es noch Leder gab, nämlich außer dem vom Katheder selbst gebotenen. Auf die zweite Möglichkeit, die es noch gibt, statt ins Kolleg zu gehen, zu Hause zu bleiben, verfällt man in Würzburg gar nicht. Man hüte sich, allzu optimistische Erwartungen an das Experiment zu knüpfen; beim herrschenden Ledermangel dürfte sich die Wirkung des herrschenden Seifenmangels kaum so wohltätig fühlbar machen, wie man in Würzburg zu glauben scheint. Es sei. Aber jetzt wird sichs endlich zeigen, ob die Beteuerung, mit der man uns seit Sedan täglich in den Ohren gelegen ist: »Es gibt keine Schweißfüße mehr!«, auf Wahrheit beruht. Eine Zeit wie die jetzige neigt zur

Sektenbildung und wenn das gute Beispiel der Barfüßer von Würzburg durchdringt, wenn es nicht bloß ein akademisches Vorhaben bleibt, so wird der Mann der Tat, der, mit dem Ausruf: Ich hab's gewagt, als erster vorangegangen ist, und in dessen Fußstapfen dann alle andern treten mußten, als Pionier fortleben.

* * *

Der Praeceptor Germaniae

Berlin, 29. Jan. (Wolff) In einer Ansprache, die der Chef des Hauses Krupp, Dr. Krupp von Bohlen und Halbach, zur Feier des Geburtstages des Kaisers an seine Beamten und Arbeiter hielt, sagte er u. a.: »Nach der schnöden Abweisung unseres, in der Sicherheit des vollsten Kraftgefühles abgegebenen Friedensangebotes wußte das deutsche Volk zu Anfang des vorigen Jahres, daß *das Schwert doppelt geschliffen und die Büchse doppelt geladen* werden mußte. Das ist 1917 geschehen. Allerorten regte es sich in deutschen Landen, wie es noch nie vorher gesehen worden war. Gewaltige Bauten schossen *wie Pilze* aus dem Boden. Sie haben ja hier in *Essen* unsere gewaltigen *Hindenburgwerkstätten* vor Augen, die an Ausdehnung alle bisherigen bei weitem überragen. Die Schätze der Erde wurden gehoben, und wo unserer Gegner schadenfrohes Grinsen Mängel und Fehler zu wittern glaubte, häuften sich Lager und Bestände. So wurde aus millionenfachem Zusammenarbeiten Großes erreicht, das den Größten unseres Volkes als Pflicht und Ziel erschienen war – *die Erfüllung des Hindenburgprogramms.* Damit ist die Sicherung unserer kämpfenden Brüder durch *Schild und Waffe* selbst den *Erzeugnissen der ganzen Welt* gegenüber gewährleistet.«

Ganz abgesehen davon, daß der Deutsche beim Wort »Essen« Vorstellungen hat, die ihm der Gedanke an den Herrn Krupp doch nur sehr unvollständig befriedigt, und lieber schon sehen würde, daß aus dem deutschen Boden Pilze wie gewaltige Bauten schießen stattumgekehrt, wobei es aber anerkennenswert ist, daß ein geistiger Führer des Deutschtums, wenn er vergleichsweise sagt, daß etwas aus dem Boden schießt, doch noch an die Pilze denkt statt an die Maschinengewehre, die er erzeugt – ganz abgesehen davon muß man zugeben, daß dieser Cheff des Hauses Krupp wirklich das romantische Bedürfnis der deutschen Seele tadellos effektuiert. Daß er selbst der Erzeuger des doppelt geschliffenen Schwertes und der doppelt geladenen Büchse und somit an der schnöden Abweisung von Friedensangeboten einigermaßen interessiert ist, hindert im nicht nur nicht daran, den Feind zu verunglimpfen, sondern auch die Konkurrenz schlecht zu machen. Aber es geschieht immerhin in der Sprache, die der Auseinandersetzung moderner Mordindustrien den Charakter des Turniers wenigstens auf deutscher Seite sichert, wo man mit Schwert und Büchse, Schild und Waffe, also rechtschaffenen mittelalterlichen Erzeugnissen, ernst aber zuversichtlich den feindlichen Flammenwerfern, Gasgranaten und so Waren gegenübersteht und dennoch leistungsfähig bleibt.

* * *

Berichtigung eines sinnstörenden Druckfehlers

In unsre gestrige Besprechung der Aufführung des »Reigen« in den Kammerspielen hat sich ein *sinnstörender* Druckfehler eingeschlichen. Es soll dort heißen: Und zu diesen *Naturgefühlen* gehört es, daß der Akt, der den Gipfelpunkt sämtlicher Akte des »Reigen« bildet, *im Geheimen* abgetan wird. Es gibt ein *einziges Lebewesen*, das sich an *dieses Naturgebot* nicht hält: *der der Natur entfremdete, degenerierte, rasselose Straßenköter.*

Der Gedanke hat die Berichtigung gelohnt. Denn es ist doch klar, daß die jetzt von der geistvollen Gemeindesteuer betroffenen Rassehunde es im Geheimen abtun und zwar nicht nur, weil das die Herrschaft so veranstaltet, sondern weil sie ein Schamgefühl haben. Keinem Dobermann würde es einfallen, wenn er schon überhaupt so ein widernatürliches Gelüste hat, es vor Leuten zu betätigen. Denn es *ist* widernatürlich. Tuts ja doch nur der »der Natur entfremdete«, degenerierte, rasselose Straßenköter. Es ist gut, daß das richtiggestellt ist. Die Setzmaschine hatte sich zuerst geweigert und die Stelle verhoben, aber nun mußte sie klein beigeben. Die besseren Hunde, die das 8 Uhr-Blatt lesen, werden bestätigen können, daß es so ist und daß sie sich nicht von ihren Herren beschämen lassen, die doch auch nicht gleich in den Animierlokalen sich dem widernatürlichen Trieb, auf dem wie alles in der Welt leider auch das Inseratengeschäft beruht, hingeben. Der Text ist rein. Ein Druckfehler hatte sich, um den Sinn zu stören, eingeschlichen, aber nun ist er draußen. Das Naturgebot verlangt nicht die Begattung, sondern deren Diskretion. Das einzige Lebewesen, das sich an dieses Naturgebot nicht hält, ist der Straßenköter, dieser Proletarier der Natur, und für den hat das 8 Uhr-Blatt so wenig übrig wie für die Proletarier aller Länder. Er ist nicht nur der Auswurf unter den Hunden, sondern unter den Tieren überhaupt. Möge er, ob er vergnügt oder mißvergnügt ist, auf die Straße gehn. Die andern Lebewesen, alle, haben noch ein Schamgefühl und lassen die Öffentlichkeit nicht in ihr Privatleben hineinsehen. Selbst die Fliegen machen's im Zimmer ab, und die Löwen ziehen sich bekanntlich bis in die Wüste zurück, um den Schiebern das Ärgernis zu ersparen. Nur mit Überwindung aller Naturgefühle, die sie im Tabarin befestigt haben, wohnen diese den Aufführungen des »Reigen« bei, von dessen Duldung der Kritiker der Reichspost eine Ausbreitung der Geschlechtskrankheiten befürchtet und dessen Besprechung Wien von allen Seiten auf einem geistigen Niveau gezeigt hat, daß kein Hund so länger leben möchte.

* * *

An Frau Grete Urbanitzky

Wien IV. Viktorgasse 12 A

Herr Karl Kraus hat am 23. Oktober in einem mit Schreibmaschinschrift adressierten Kuvert, das als Absender Ihren Namen trägt, eine Zuschrift des Internationalen Schriftsteller-Klubs (»The P. E. N. Club«) erhalten, dem im Ausland unter anderen

Anatole France, Knut Hamsun, Maeterlinck, Gorki, Nexö, Gerhart Hauptmann und Selma Lagerlöf, in der österreichischen Sektion Richard Kola, Hans Müller, Dr. Moriz Scheyer, Dr. Julian Sternberg, Direktor Skurah, Siegfried Trebitsch und Berta Zuckerkandl angehören. In dieser Zuschrift, die von Herrn Dr. Raoul Auernheimer eigenhändig unterzeichnet und gleichfalls mit der Schreibmaschine geschrieben ist, wird mitgeteilt, daß der Ausschuß der österreichischen Sektion des Londoner P. E. N. Club in seiner letzten Sitzung beschlossen habe, den Adressaten zur Mitgliedschaft einzuladen, woran sich eine Darstellung der Vorteile und Annehmlichkeiten einer solchen Mitgliedschaft anschließt, als da sind: ein allmonatliches gemeinsames Abendessen, allwöchentliche gesellige Nachmittags-Zusammenkünfte und Vorträge, Benützung der Klubräume, in denen außer den Wiener Tagesblättern auch englische Literaturzeitschriften aufliegen, und dergleichen mehr. Der Zuschrift war eine Beitrittserklärung angeschlossen sowie ein Auszug aus den Statuten, worin nebst einer Darlegung des kulturellen Zwecks dieser Vereinigung usw. mitgeteilt wird, daß der Ausschuß berechtigt sei, nach seinem Ermessen Schriftsteller einzuladen, auf deren Mitgliedschaft er besonderen Wert legt.

Wir beehren uns, außer der Tatsache, daß Herr Karl Kraus eine solche Einladung respektive ein solches Schriftstück erhalten hat, auch unsere Vermutungen, wie dies zu erklären sein könnte, zu Ihrer Kenntnis zu bringen. Es gibt nicht weniger als drei Möglichkeiten der Erklärung. Die erste und zugleich wahrscheinlichste wäre die, daß sich jemand, der Zutritt zu Ihren Vereinslokalitäten hat, ein solches von Herrn Dr. Raoul Auernheimer eigenhändig unterschriebenes und an keine bestimmte Person adressiertes Schriftstück sowie ein Kuvert Ihres Klubs verschaffen und den dummen Scherz machen konnte, auf dieses den Namen des Herrn Karl Kraus zu setzen, in der Erwartung irgendeines die Büberei lohnenden Ausgangs, etwa um sowohl ihn, der der ehrenden Einladung nicht widerstehen werde, »aufsitzen zu lassen«, wie den Klub, der seine Beitrittserklärung erhält, zu verblüffen. Für diesen immerhin denkbaren Fall – nicht daß sie erfolgt, sondern daß ein Scherzbold sie herbeiführen wollte – glauben wir uns Ihren Dank zu verdienen, wenn wir Sie auf die Möglichkeit des Mißbrauchs Ihrer Klubpapiere aufmerksam machen. Die zweite Erklärung, die eine geringere Wahrscheinlichkeit für sich hat, wäre die, daß sich der Ausschuß Ihres Klubs selbst und also auch der Unterzeichner der Einladung, Herr Dr. Raoul Auernheimer, einen Scherz erlauben wollte, auf die Gefahr hin, daß Herr Karl Kraus seinen Beitritt anmelden könnte – eine Vermutung, die uns mit dem Ernst Ihrer kulturellen Absichten und mit der literarischen Position der Persönlichkeiten, die an der Spitze Ihres Klubs stehen, keineswegs vereinbar schiene. So bliebe noch die Möglichkeit übrig, die allerdings die unwahrscheinlichste ist: daß es dem Klub mit der Einladung Ernst sei. Für diesen schon völlig unglaubhaften Fall – den anzunehmen wohl eine Erfüllung der spaßhaften Kombination wäre, die wir als die erste Möglichkeit gesetzt haben – beehren wir uns mit Dank zu erwidern, daß Herr Karl Kraus kein Freund des Klublebens, ja den durch ein solches gebotenen geselligen Nachmittags-Zusammenkünften und gemeinsamen Abendessen abhold ist, daß er den Vorteil, englische Literaturzeitschriften lesen zu können, nicht zu benützen vermöchte, da er der englischen Sprache nicht mächtig ist, und daß er es vorzieht, die einzige greifbare Annehmlichkeit, nämlich die Wiener Tagesblätter zu lesen, nicht im Beisein von deren hervorragendsten Mitarbeitern zu genießen. Wir wiederholen jedoch, daß wir keinen Augenblick zweifeln, daß Ihr Klub ganz ebenso wie er selbst von seiner Untauglichkeit, dessen Mitglied zu werden, überzeugt und daß die Einladung oder vielmehr die Übermittlung des Schriftstücks nur auf den dummen Witz eines Außenstehenden zurückzuführen ist.

Vielleicht sind Sie in der Lage, diesen Vorfall aufzuklären, dessen Mitteilung wir indes noch benützen wollen, um Ihre Aufmerksamkeit auf einen andern Umstand zu lenken, der es empfehlenswert erscheinen läßt, die Obsorge der Klubleitung auch auf die textliche Gestaltung der Schriftstücke, die so leicht in unrechte Hände geraten, auszudehnen. Wir möchten Sie nämlich darauf aufmerksam machen – und wir würden uns dies auch erlauben, wenn die Zuschrift Privatcharakter trüge, indem sie ernsthaft Herrn Karl Kraus als dem präsumtiven Mitglied Ihres Klubs zugedacht wäre –: daß durch ein Gesetz der Republik die Adelsbezeichnungen abgeschafft sind und daß somit die Anführung einer Baronin Gisela Berger als einer Angehörigen des Klubausschusses und einer Grete v. Urbanitzky als Gründerin heute weniger werbende Kraft als den Reiz des Verbotenen hat – eine Tatsache, deren Erkenntnis Sie selbst sich nicht zu verschließen scheinen, indem ja der zuletztgenannte Name auf der Rückseite des Kuverts immerhin durch gleichartig große Lettern die Deutung des V. als des Anfangsbuchstaben eines weiblichen Vornamens ermöglicht. Wir sind der Meinung, daß für eine kulturelle Vereinigung von österreichischen Schriftstellern, die einem internationalen Klub angeschlossen ist, die Achtung eines Gesetzes der österreichischen Republik eine Selbstverständlichkeit sein sollte, und hoffen uns durch diesen Hinweis wie durch jenen, der einem Unfug anderer Art gilt, Ihre Dankbarkeit erworben zu haben.

Hochachtungsvoll
Verlag »Die Fackel«

* * *

Die Auswirkungen und Folgen der russischen Revolution für die Weltkultur

(Ein Briefwechsel)

Vorgelesen am 5. Oktober

Berlin, 24. September 1924.

Sehr geehrter Herr Kraus!

Im Auftrage der Redaktion der wöchentlich erscheinenden Moskauer illustrierten »Krassnaja Niva«, der verbreitetsten literarischen Zeitschrift, die von Lunatscharsky (Kommissär für Volksaufklärung) und Stekloff (Redakteur der Zeitung »Iswestija«) redigiert wird, wenden wir uns in folgender Angelegenheit an Sie.

Die »Krassnaja Niva« hat zum Jahrestag der Oktoberrevolution eine Enquete unter den hervorragendsten Persönlichkeiten auf dem Gebiete der Kunst und Literatur unternommen, um auf diesem Wege festzustellen, was die russische Oktoberrevolution 1917 für die Weltkultur geleistet hat. Die Frage ist:

Welcher Art sind Ihrer Auffassung nach die Auswirkungen und Folgen der russischen Revolution 1917 für die Weltkultur?

Wir erlauben uns, Sie höfl. zu bitten, an der Enquete teilnehmen zu wollen und Ihre werte Antwort – zehn bis zwanzig Druckzeilen – wenn möglich mit Ihrem Bild und Autogramm, das gleichzeitig veröffentlicht wird, bis spätestens 10. Oktober an unser Büro einzusenden.

Indem wir Ihnen im Voraus herzlich danken, hoffen wir sehr bald im Besitze Ihrer w. Antwort zu sein, und zeichnen

hochachtungsvoll

Vertreter der »Iswestija« und »Krassnaja Niva«.

J. Gakin

Wien, 4. Oktober 1924.

Sehr geehrter Herr Gakin!

Die Auswirkungen und Folgen der russischen Revolution für die Weltkultur bestehen meiner Auffassung nach darin, daß die hervorragendsten Vertreter auf dem Gebiete der Kunst und Literatur von den Vertretern der russischen Revolution aufgefordert werden, in zehn bis zwanzig Druckzeilen, wenn möglich mit ihrem Bild und Autogramm, das gleichzeitig veröffentlicht wird, also ganz im Geiste des vorrevolutionären Journalismus ihre Auffassung von den Auswirkungen und Folgen der russischen Revolution für die Weltkultur bekanntzugeben, was sich manchmal tatsächlich in vorgeschriebenen zehn bis zwanzig Druckzeilen durchführen läßt.

Hochachtungsvoll
Karl Kraus

* * *

Und 's is alles nicht wahr, und 's is alles nicht wahr!

lautet der Refrain eines Nestroy'schen Couplets, dem ich, wie ich endliche gestehen muß, durch die Jahre in weitem Bogen ausgewichen bin. Die bloße Vorstellung, zu diesem Couplet aller Couplets, das mich durch alle Träume mahnt, Zusatzstrophen machen zu sollen, ist niederwerfend und das Beginnen wäre gleichbedeutend mit dem Entschluß, mich unter den hunderttausend Zeitdokumenten, deren kleinster und wahrscheinlich ungewichtigerer, nur von Laune und Zufall aufgegriffener Teil zweiunddreißig Jahre der Fackel füllte, lebendig begraben zu lassen. Man wird sich damit begnügen müssen, den Refrain einmal als Epilog oder Epitaph zu verwenden.

IX. Die Sprache

Druckfehler

Der Plan, Briefschreibern das Handwerk statt zu legen bloß zu beschränken, indem man ihrem Mitteilungsbedürfnis die Anzeige von Druckfehlern freigibt und ihrem Persönlichkeitsdrang das Bewußtsein, sich nützlich zu machen, war die Idee eines Hexenmeisters, der sich einmal wegbegeben hat, um als sein eigener Zauberlehrling zurückzubleiben und das Chaos einbrechen zu lassen. Da nun die Not groß ist und die ich rief, die Geistlosen, ich anders nicht los werde, so bleibt nichts übrig als die ausdrückliche Zurückziehung jenes Ersuchens, das an und für sich nur eine notgedrungene Erlaubnis war. Fast wird es erträglicher sein, wenn die vazierende Intelligenz, die sich seit jeher durch mich noch mehr gereizt fühlt als umgekehrt und die mich mit dem Balken in ihrem Aug liest, um den Splitter in dem meinen zu bemerken, sich wieder mehr an den Themen der Fackel zu schaffen macht als am Druck. Den wenigen, die in dankenswerter Weise technische Fehler bemerken und mitteilen, stehen die vielen gegenüber, die unter dem Vorwand, auf solche hinzuweisen, ihre Kritik an Sätzen der Fackel erlaubt finden, für deren vermeintliche Fehlerhaftigkeit doch der blindeste Glaube an meine Unfehlbarkeit nicht den Drucker verantwortlich machen könnte. Die Heuchelei aber, die für den eigenen Unsinn nicht mich als den Anreger verantwortlich zu machen wagt, sondern einem offenbar Unbeteiligten die Schuld gibt, ist derart antipathisch, daß die Summe, die man von jedem dieser Zudringlichen für die Kriegsinvaliden einheben müßte, mit dem kürzlich normierten Strafsatz zu niedrig bemessen scheint.

Einer bietet unter der Rubrik »Druckfehler« die Überzeugung an, daß es irgendwo statt: etwas »nicht wahr haben« »nicht für wahr halten« heißen müsse. Er will es nicht wahr haben, daß es jene Wendung gibt. Aber daß er einen so komplizierten

Druckfehler angenommen hat, kann ich nicht für wahr halten; sondern nur hoffen, daß er den sprachlichen Unterschied zwischen einer Tatsache, die er nicht gelten läßt, und einer Behauptung, die ich bestreite, nunmehr anerkennen und Ruhe geben wird.

Ein anderer meint, daß in der Stelle:

> – wie anders steht Ungarn vor der Welt da als wir, wie anders als der Bettlerstaat, der wir mit Ungarns Hilfe geworden sind, steht ein Räuberstaat da, wie anders als ein Staat der Arbeitslosen ein Staat, der den Willen zur Selbsterhaltung durch den Strick befestigt und hierauf durch die Bande der Dynastie!

es richtig heißen soll »ein Staat der Arbeitslosen, ein Staat«. Er hält also das wiederholte Subjekt für ein fortgesetztes Prädikat, identifiziert den Staat der Arbeitslosen mit dem Staat, der den Willen zur Selbsterhaltung durch die Bande der Dynastie befestigt, mit einem Wort, er vereinigt Österreich und Ungarn unter dem Zepter eines Kommas. Mein Satz ist gewiß schwer zu verstehen, aber schwerer mißzuverstehen, und wenn es schon zu verstehen ist, daß einer ihn mißversteht, so ist es doch wieder nicht zu verstehen, warum er glaubt, daß er ihn verstanden hat, und am schwersten zu verstehen, daß er mir's sagt.

Einer »vermutet, daß der Setzer ein Unglück angerichtet hat« in den Versen:

> im Buch des Lammes nicht geschrieben steht,
> das vom Beginn der Welt dem Tod bestimmt ist.

»Der Dativ (Buch) klingt« – ihm – »stärker als der Genitiv (Lammes), so daß der Relativsatz« – ihm – »falsch angeschlossen und sich auf ›Buch‹ zu beziehen scheint«. Die Beobachtung mag für den, der »Buch des Lammes« ausschließlich als biblische Wendung und somit als Einheit übernimmt, gar nicht uneben sein. Vielleicht aber wäre es auch gestattet, das Lamm lebendiger als das Buch zu empfinden, und im übrigen zu fragen, wie der Relativsatz wohl gelautet haben mochte, ehe der Setzer das Unglück angerichtet hat. Aber wenn ich mich lieber selbst beim Ohr nehmen wollte, es hörte doch nicht so fein wie das des Lesers. Immerhin einer, der hören will und darum auch fühlen könnte, daß es unwürdig ist, den Setzer zu schlagen, wenn man den Autor meint.

Etliche haben einen Druckfehler in den Versen entdeckt:

Und ihre Panzer feuerrot,
schwarzblau und schwefelfarbig *und* den Mäulern
brach Feuer, Rauch und Schwefel wild hervor

und alle begnügen sich, das »und« anzustreichen, da sie mit Recht vermuten dürfen, ich würde schon von selbst draufkommen, daß es »aus« (nach einem fehlenden Komma) heißen müsse. Umso unbegreiflicher, daß ich das dem Setzer habe hingehen lassen, der sich schon rein alles mit meinem Text erlaubt und mit ihm verfährt wie nur ich mit der Bibel. Es ist gut, daß noch Verlaß auf die Leser ist, die wenigstens nachträglich feststellen können, daß hervorbrechen in der Regel mit »aus« konstruiert wird.

Anerkennenswert ist auch die Sicherheit, die nicht bezweifeln läßt, daß es in der Stelle:

Die Hände dir zu reichen schauert's den Reinen, und selbst dem Bettler,
der an der Kirchenpforte sitzt …

den Bettler heißen muß. Aber das ist eine Angelegenheit, die sich der Betreffende eigentlich mit Goethe auszumachen hätte.

Ihr Antlitz wenden
Verklärte von dir ab.
Die Hände dir zu reichen
Schauert's den Reinen!

Er hält sie freilich schon für ausgemacht, nämlich daß »den Reinen« ein Akkusativ der Einzahl ist. Daß es, von wegen der Koordinierung mit den »Verklärten«, ein Dativ der Mehrzahl sein könnte, scheint ihm gar nicht in Frage zu kommen; auch nicht, daß hier nur »es schauert mir« und nicht »es schauert mich« gedacht sein kann, welches bloß als absolute Fügung möglich, also mehr Ausdruck der rein körperlichen Empfindung ist – demnach: »es schauert mich«, aber: »es schauert mir, etwas zu tun«. Wen aber Stilgefühl und Syntax nicht beraten, der hätte eine Möglichkeit, sicher zu gehn und zu entscheiden, ob »den Reinen« bei Goethe ein Dativ oder ein Akkusativ ist. Er kann sich beim »Urfaust« Rats erholen und mir die Bestätigung bringen, daß der fortgesetzte Dativ »dem Bettler« richtig war:

Ihr Antlitz wenden
Verklärte von dir ab.
Die Hände dir zu reichen
Schauert's *ihnen*,
den Reinen!

Mit der gleichen unumstößlichen Sicherheit des Nichtwissens wird in einer Zuschrift, deren Humor schon eine Pein ist, in dem Epigramm »Prestige« die Form »Prestigiateure« als Fehler (statt »Prestidigitateure«), versteht sich als Druckfehler angestrichen, und zwar unter ausdrücklicher Berufung auf Meyers Lexikon, »den« nachzuschlagen ich aufgefordert werde. Nun ist Meyers Lexikon, von allen Dummheiten, die »er« enthält, abgesehn, kein Wörterbuch. Nach einem solchen jedoch kommt Prestigiateur = Prästigiator [Taschenspieler, Gaukler] von Prestige [Gaukelei], abgeleitet von praestigia [Blendwerk]; daneben gibt es Prestidigitateur [Schnellfingerer], v. ital. presto, rasch, u. lat. digitus, Finger: »wohl entstanden durch witzige Umbildung von Prestigiateur«.

Weniger seiner Bildung als seiner Intelligenz ringt ein Leser, Jurist, die Erklärung ab, daß es in dem zitierten Brief Rosa Luxemburgs in der Stelle:

Da liege ich still allein, gewickelt in diese vielfachen schwarzen Tücher der Finsternis, Langweile, Unfreiheit des Winters –

»wohl heißen muß«: Unfreiheit, des Winters, »womit die Zahl der schwarzen Tücher sich auf vier erhöht«. Er behauptet zwar nicht, daß es statt »vielfachen«: vierfachen heißen müsse, aber er vermißt das Komma, und er würde seine Auffassung für richtig halten, »selbst wenn sich im Original das Komma nicht fände«. Er stützt sie mit dem Gedanken, es sei kaum anzunehmen, »daß neben den so furchtbar einfachen Vorstellungen der Finsternis und der Langweile auch die einer ›Unfreiheit des Winters‹ in der Adressatin erweckt werden sollte, ohne daß andererseits die durch das Gefangensein bedingte Unfreiheit erwähnt wäre«. Und auch rhythmisch scheint ihm die Stelle vollkommener, wenn das Komma gesetzt wird; »Unfreiheit« noch durch den Artikel vor Finsternis determiniert, »des Winters« unmittelbar zu »Tücher« zu gehören. Mir nicht; es wäre ein arger Stilfehler und die Reihe zerfiele: der undichterischen äußeren Kuppelung der drei Feminina mit dem Maskulinum entspricht die innere Unstimmigkeit, da nach den unverbundenen Abstrakten für den konkreten Winter die Vorstellung des schwarzen Tuches nicht mehr zureicht, während die »Unfreiheit des Winters«, die als Einheit leichter von dem Artikel »der« getragen wird, eine dichterische Fügung ist. Ich möchte sie gegen die furchtbar einfache Vorstellung verteidigen, daß diese Gefangene, und erst an dritter Stelle, sich über ihre »Unfreiheit« beklagen wird, die sie wie Finsternis, Langweile und Jahreszeit als einen der Begleitumstände ihrer Gefangenschaft bezeichnet, und daß sie im Gefolge dessen, was sie als unmittelbare Einhüllung empfindet, der Finsternis und der Langweile, die Gefangenschaft und den Winter schwarze Tücher nennen wird, in die sie »gewickelt liegt«. Ich nehme eher an, daß Rosa Luxemburg nicht über die im Gefängnisleben inbegriffene Unfreiheit gesprochen haben wird, sondern daß sie im Gegenteil ihre auch im Gefängnis bewahrte Freiheit nur durch die allgemeine Schranke der Natur, durch die winterliche Beengung der Seele gefährdet fühlte. Ich würde diese Auffassung für richtig halten, selbst wenn sich im Original das Komma fände.

Nicht immer jedoch sind Leser so anspruchslos, einen Vorzug der Schrift als Fehler des Drucks zu entschuldigen: sie werfen ihn dem Autor auch vor, denn ihnen genügt er beiweitem nicht. Während ich selbst mich zum Beispiel für nichts weiter als einen gewöhnlichen *Satzbauer* halte, unschuldig an aller Lebenswirkung und ethischen Bereicherung, die die Sprache vermag, innerhalb dieser bescheidenen Tätigkeit allerdings mehr Grund zum Größenwahn zu haben glaube als alles was sich heute *Schriftsteller* nennt, aber doch immer nur an einen Satz und nie etwa an einen Roman alle Intensität der Empfindung und der Arbeit wende (und zwar an jeden Satz dieselbe, so daß es gar keinen Wertunterschied zwischen meinen Sätzen geben kann und jeder Bau gleich geschlossen und gefügt erscheint) – stellen die Leser viel höhere Anforderungen an mich. Es handelt sich um einen Witz, der in der Fiktion eines Druckfehlers besteht: »Der ehrliche Funder« (Name des Herausgebers der Reichspost). »Der anspruchsvolle Leser erwartet« (es begibt sich wirklich, daß mir so geschrieben wird) »eine unverrückbare Distanz« zwischen dergleichen und – der Gedankenstrich ist vom anspruchsvollen Leser und bezeichnet plastisch die Distanz der Fackel. Denn dieser Witz einer Verlustanzeige (und er setzt ihn witzig fort) könnte, heißt es, von mir gefunden sein, nachdem er von einem Mitarbeiter des »Blauen Montag«, also wohl von jenem selbst, verloren wurde. Der anspruchsvolle Leser irrt insofern, als der Witz, wenn er wirklich von ihm gemacht wäre, doch von mir wäre und der von ihm gemachte sich von meinem unterschiede wie die Substanz des Meteoriten von der Lufterscheinung oder wie eine Handvoll Wassers vom Element. Mein Erfolg: daß die Witze, die in der Fackel stehen, nicht verbreitet werden können, erfährt erst dadurch seine Bestätigung, daß es selbst dort, wo es auf den ersten Blick möglich scheint, unmöglich ist. Wo das Witzmaterial auf die flache Hand genommen werden kann, glaubt allerdings der Leser, der nicht ahnt, um wie viel anspruchsvoller ich bin als selbst er: daß er damit schon den Witz hat. Aber hätte er nur eine Ahnung vom Witz, vom Satz, von dem Weg zu dem allzu bequemen Ziel (davon, daß die Kreuzung der Linien »Ungarische Dokumente – Verlustanzeige, verlorene Million der Reichspost –

ehrlicher Finder« den Witz des fingierten Druckfehlers ergibt), so würde er nur sich selbst einen Verlust an unverrückbarer Distanz zur Fackel vorwerfen und einen längern Gedankenstrich brauchen, um an sie anzustoßen.

An die Anschrift der Sprachreiniger

Die Literarhistoriker, die den Deutschen ihr »Sprich deutsch!« zurufen, haben, da sie selbst nicht imstande sind, diese Forderung zu erfüllen, auch keine Ahnung, daß sie die andern damit nur bestärken, undeutsch zu sprechen. Denn sie wollen sie bloß vom wohltätigen Gebrauch der Fremdwörter abhalten, der doch allein die deutsche Sprache davor bewahren kann, verhunzt zu werden. Anstatt sich an den unendlichen Ausdrucksmöglichkeiten der deutschen Sprache zu versündigen, ist es hundertmal besser, sich der einfacheren Formen einer fremden zu bedienen. Je mehr Fremdwörter jene gebrauchen, die nie deutsch lernen werden, desto besser. Denn daß sie es eher erlernen würden, wenn ihnen der Gebrauch der Fremdwörter verboten wäre, ist doch eine ausgemachte Dummheit. Wer deutsch kann, hat auch zwischen Fremdwörtern Spielraum, es zu können, und wer es nicht kann, richtet nur im weiteren Gebiet Schaden an. »Sprich deutsch!« ist leicht geraten. Wer kein Fremdwort gebraucht, hat darum noch lange nicht gelernt, der Forderung des Professors Engel zu entsprechen, selbst wenn dieser von der Leistung befriedigt wäre.

Die Fremdwort-Jäger sind allen Ernstes der Meinung, daß sie es in jedem Wortdickicht, in jedem Wortgedicht erlegen können. Aber selbst in einem Wortbericht kann es ihnen schief gehen und so etwas passieren:

Es interessierte, in Herrn Ivos einleitenden Worten zu hören, daß Rilke gegenwärtig auf einem stillen Schlößchen der Schweiz lebe, um, wie der Dichter selbst *an eine Wiener Anschrift* ungefähr geschrieben habe: durch Besinnung und Leistung auszugleichen, was so viele böse Jahre zerstört haben.

Ist es schon fast eine körperliche Pein, den postalischen Terminus »Adresse« (aller guten Dinge sind drei Fremdwörter) zu »Anschrift« eingedeutscht zu sehen – eine traurige Begleiterscheinung des Umsturzes wie jene Steigerung aller Preise um Zehntausend »vom Hundert« –; und habe ich es wirklich einmal erleben müssen, daß mich jemand – mündlich, ohne daß seine Zunge schamrot wurde – um meine Anschrift bat, worauf ich ihm die postalische Rückseite zuwandte: so ist hier der kühne Versuch unternommen, eine Metapher einzudeutschen. Der Berichterstatter hat nicht die Eingebung gehabt, etwa »an einen Wiener Bekannten« zu sagen, sondern kurz entschlossen die Adresse selbst dort verändert, wo sie gar nicht mehr vom Briefträger gesucht werden muß. Denn es handelt sich nicht mehr um das, was auf einem Kuvert steht, sondern schon um den Empfänger selbst, um die Person. Immerhin liegt hier dem Spaß noch die Tatsache zugrunde, daß ja wirklich einmal ein Brief aus der Schweiz an eine Wiener Anschrift gekommen sein muß, worin versprochen wird, durch Besinnung und Leistung (eigentlich Mehrleistung) einzubringen, was die Kriegsjahre gerade an Rilke zerstört haben (wiewohl übrigens nicht einzusehen wäre, wie dichterische Kraft, wenn sie vorhanden ist, durch die Zeit zerstört werden, und wenn sie nicht vorhanden ist, sich an der Zeit erholen könnte). Aber der Verfasser der Notiz hat vollständig vergessen, daß die Anschrift ihre postalische Funktion bereits erfüllt hat und nur mehr die Adresse übrig blieb, an die ein Ausspruch gerichtet ist. Oder er dachte – wenn er überhaupt etwas dachte –: lieber ein Unsinn auf deutsch als eine welsche Metapher, und griff mit jenem stolzen Behagen, das jetzt für die Niederlage an den Fremdwörtern Revanche übt und in dem eigenen Besitz an Mißgeburten Entschädigung findet, nach dem Wort »Anschrift«. Nun liegt die Sache aber so, daß »Adresse« nicht nur alle jene Bedeutungen hat, die »Anschrift« nie haben kann, sondern daß, was der Deutsche als die übertragene Bedeutung fühlt: Adresse als Ziel einer »Richtung«, einer Beziehung, als das Objekt, an das man »sich wendet« (s'adresser), im Französischen die ursprüngliche ist, hingegen der für die deutsche Vorstellung primäre, der postalische Begriff, der abgeleitete. Der Reformer »übersetzt« einfach diesen und hofft, die ursprüngliche Bedeutung werde schon nachkommen. Dazu ist beachtenswert, wie er ihn übersetzt. Wollte er nur das, was auf dem Briefkuvert geschrieben steht, deutsch bezeichnen, so müßte er »*Auf*schrift« sagen. Da alle sonstige Bedeutung sich schon gegen diesen Bezug auf die eine konkrete Vorstellung wehrt, so hofft er es mit »*An*schrift« zu machen, worin er auch die Richtung der Tätigkeit markiert hat. Das verhatschte Wort möchte somit ausdrücken, daß ich an jemand schreibe, und es will den Träger der Adresse vorstellen statt des Briefkuverts; aber da es doch nicht in der Begriffslinie etwa von »Ansprache« steht, vielmehr dort, wo deren Objekt ist – die Ansprache spreche ich an jemanden, die Anschrift aber schreibe ich nicht an ihn, sondern sie ist das, wohin ich schreibe –, so würde es nichts anderes ausdrücken als daß statt auf einem Kuvert »an ein*em*« Menschen was aufgeschrieben erscheint. Das ist natürlich kein Mittel, den Inhalt von »Adresse« hereinzubekommen. (Und selbst der Postdienst leidet. Wie übersetzt man den Adressaten? Wiewohl schon die Adresse das ist, was man anschreibt, bleibt jedenfalls nichts übrig, als ihn den Angeschriebenen zu nennen.) Dieses »an« stellt sichtlich den angestrengten Versuch vor, etwas von dem eigentlichen Richtungssinn zur Geltung zu bringen. Im Französischen ist die Briefadresse die mittelbare Bedeutung von »Adresse«, während man im Deutschen sich bei diesem Wort zuerst das Postwesen vorstellt, weshalb man auch bei diesem mit der Reform eingesetzt hat. Man muß aber erst von der andern Bedeutung zurückkehren, wenn man sagen will, daß man sich an jemandes Adresse »wendet«. Was im Französischen die eigentliche Bedeutung ist, ist in der deutschen Vorstellung von »Adresse« eine Metapher. Wenn ich nun für die Briefadresse »Anschrift« setze, womit ich doch das Wort nur in einem engen Geltungsgebiet, sozusagen in einem Postbestellbezirk, und überdies miserabel (elend) verdeutscht habe, und wenn ich dann diesen Begriff, dem noch die volle Anschauung des Geschriebenen tintenfeucht zugrunde liegt, mechanisch auch in alle weiteren, dem Franzosen näheren Bedeutungen von »Adresse« übernehme, so mute ich dem Sprachgebrauch eine rechte Viechsarbeit zu, nämlich eine konkrete Vorstellung zu unterdrücken, um sie in einer weitabliegenden, abstrakteren Sphäre handhaben zu können. Es ist doch einleuchtend, daß ich eher eine abstrakte Bezeichnung, die mir für Adresse einfiele – zum Glück fällt sie mir nicht ein –, auf den Spezialfall anwenden könnte als umgekehrt. Man ermesse nur den Blödsinn, der herauskommt, wenn man das Wort in diesem Sinn, worin es also ein Wesen bezeichnet und ein solches, an das kein Brief gelangt ist und das nicht als der Träger einer Postadresse gedacht wird, sondern als das Objekt, auf welches sich eine Handlung bezieht (das sie »angeht«, auf das sie speziell abgesehen, abgezielt ist), mit »Anschrift« übersetzt, etwa: den Sack schlägt man und an die Anschrift des Esels ist es gerichtet. Sie müßte erst – was ihr in hundert Jahren nicht gelingen kann – zur Metapher des Sprachgebrauchs werden, zur inhaltslosen Floskel, die keine Handschrift mehr wahrnehmen läßt, um die Adresse im außerpostalischen Sinne zu ersetzen. Man wird, damit dies gelinge, wohl die »Adresse« immer mitdenken müssen, die uns zwar auch vor allem an die Post erinnert, die aber doch schon ursprünglich die Bedeutung hat, die sie bei »Anschrift« erst erlangen könnte, wenn man die Vorstellung des Geschriebenen vergewaltigt. Das wäre freilich nicht die wahre Methode, sich die Fremdwörter abzugewöhnen: daß man sie zwar nicht sprechen dürfte, aber denken müßte, um die deutschen Ersatzwörter zu verstehen, und also eigentlich nicht aus dem Welschen, sondern ins Welsche zu übersetzen hätte. Es ist so, als ob man von Wien nach Linz über Salzburg fahren müßte, weil man in St. Pölten zu tun hat, wohin man gelangt, wenn man sich vorstellt, daß man nach Paris fährt.

Die Originalität dieser Eindeutscher, die doch nie über das Erlebnis der Sprache als eines Verkehrsmittels hinauskommen würden, aber eben dieses erschweren möchten, ist ein gar lästiges

Hindernis. Als ob die Erneuerung der Sprache von einem Entschluß ausgehen würde und nicht von einem Gedicht! Als ob, was sich einzubürgern hat, von Bürgern bestimmt werden könnte! Solange die Dichter Fremdwörter nicht verschmähen – weil ihnen die darin geborgene Vorstellung kein deutsches eingibt, das mit der Macht der Selbstverständlichkeit dastünde, um in den Sprachgebrauch einzugehen –, so lange müssen sich die Pfuscher gedulden, mögen sie auch der Meinung sein, der Erlebnisgehalt des Fremdworts, der ihm eingeborne und der ihm zugewachsene, werde ihrem Zuspruch oder ihrer nationalen Entrüstung parieren. Die Sprachreiniger sind in Wahrheit nur das, was sie auch außerhalb ihrer Funktion sind: Sprachpeiniger; und es besteht zu wenigstens so vom Hundert die Gefahr, daß künftig auch von einer Rede gesagt werden wird, sie sei an eine bestimmte Anschrift gerichtet, zum Beispiel die Mahnung: »Sprich deutsch!« an die meine, von der sie dann allerdings als unbestellbar und mit dem Vermerk zurückkäme: Angeschriebener ins Ausland abgereist.

ist unbeträchtlich genug, um die Nichtigkeit und die Wichtigkeit alles Sprechens über die Sprache anschaulich zu machen. Seine Wichtigkeit wird im Gebiet jener handgreiflich logischen Verschiebung vorweg einleuchten, von der man schon in der Schule an dem Beispiel eines Orakelspruchs gelernt hat, wie sie die Tatsachenwelt zu bewegen vermag. Daß nach einem falschen Komma im Strafgesetz Fehlurteile möglich sind, davon will man auch schon gehört haben. Schwieriger und ein stilproblematischer Grenzfall ist das Folgende. Die Neue Freie Presse hatte, pietätloser gegen ihren Vater, als ich gegen Peter Altenberg, von meinem Prozeß um die Grabrede Notiz genommen und geschrieben:

Die Klage inkriminierte, daß in dem Artikel dem Kläger der Vorwurf gemacht worden sei, er habe den Reinertrag der in Broschürenform herausgegebenen Grabrede, die er bei Bestattung des Dichters Peter Altenberg gehalten habe, *entgegen seiner Ankündigung* nicht wohltätigen Zwecken zugeführt, sondern für sich verwendet.

Ich berichtigte und schrieb:

... Wahr ist vielmehr, daß ein derartiger Vorwurf einer falschen Ankündigung und somit einer betrügerischen Handlung nicht erhoben und nicht inkriminiert wurde. Wahr ist, daß der Angeklagte nur behauptet hat, der Kläger habe die Grabrede verkauft und unter Verschweigung der dem Angeklagten bekannten Tatsache, daß Peter Altenberg Hungers gestorben sei, aus der Pietät Gewinn gezogen.

Die Zeitung hatte somit aus einer Ehrenbeleidigung eine Verleumdung gemacht, die von staatswegen zu verfolgen war und durch keine Abbitte aus der Welt geschafft worden wäre. Denn im Fall der Beleidigung konnte der Angeklagte sagen, er sei schlecht informiert gewesen und jene Ankündigung, von der er nichts gewußt habe, habe ihn eines Besseren belehrt. Im Fall der Verleumdung aber hätte er die Absicht gehabt, eben jene Ankündigung als lügenhaft und betrügerisch darzustellen. Indes, die Behauptung, daß eine Verleumdung gegen mich verübt worden sei – indem ich den Ertrag der Pietät nicht nur für mich verwendet, sondern dies auch »entgegen meiner Ankündigung« getan, also die Öffentlichkeit belogen und die Vereine betrogen haben sollte –, war keineswegs auf eine falsche oder ungenaue Kenntnis des Prozeßinhalts, vielmehr nur auf stilistisches Unvermögen zurückzuführen. Der Berichterstatter wollte das Vorbringen einer Ankündigung, der ich zuwidergehandelt haben soll, nicht dem Angeklagten zuschieben, also ihn zum Verleumder machen, sondern den tatsächlichen Vorwurf des Angeklagten meiner eigenen Ankündigung, die Beleidigung dem wahren Sachverhalt entgegenstellen. Er wollte nicht sagen, jener hätte behauptet, daß ich entgegen der Ankündigung gehandelt habe, sondern er wollte nur sagen, jener habe behauptet, daß ich so und so gehandelt habe, während ich doch selbst das Gegenteil behauptet hätte. Er hatte aber nicht das Talent, diese Darstellung in einem Satz zusammenzufassen. Hier nun wäre ein wenn auch unzulänglicher Behelf die Anbringung zweier Kommata gewesen, von denen das eine, vor »entgegen«, dank der Satzteilung ja schon vorhanden ist und das zweite nach dem Wort »Ankündigung« zu stehen hätte. Zwar würde dies noch immer nicht deutlich genug die Materie des Vorwurfs von dem Inhalt des Berichts absondern, ja unter Umständen, je nach der Einstellung des Lesers, sogar als Hervorhebung des verleumderischen Moments wirken. Immerhin hätte eine Überlegung die Absicht des Berichterstatters, hier einschaltend selbst zu sprechen, hinreichend dargetan.

Eine rein stilistische Entscheidung erfordert die Frage, ob die einschaltenden Beistriche in der folgenden Stelle anzubringen seien:

Von den 5090 Exemplaren der Postkarte »Volkshymne«, die wie es heißt anläßlich der Reise Karls wieder mehr verlangt wurde …

Läge wirklich die Absicht vor, eine Information zu verzeichnen, so wäre »wie es heißt« einzuschalten gewesen. Dieser Nebensatz hat aber hier nur die Beiläufigkeit einer adverbialen Bestimmung, wie etwa »angeblich«.

In Nr. 544/545 der Fackel (»Die Welt ohne Blatt«) wird auf S. 3, Z. 16 v. u., durch das Fehlen eines Kommas eine Lockerung des Satzgefüges bewirkt, die nach allen Richtungen hin eine Gedankenverschiebung zu falschen Zielen anbahnt. Es wird von der Papierdrosselung gesprochen und davon, daß die Angelegenheiten meines Worts und meiner Wirkung auch ohne die Unterstützung der Presse, die sich anmaßt, öffentliche Interessen zu befriedigen, ihre Geltung erlangt haben und sie ohne jede Rücksicht darauf, ob die Zeitungen mehr Papier oder weniger bekommen, auch behaupten werden.

Ja, ich möchte so unbescheiden sein zu sagen, daß gerade diese Interessen, und ihre Befriedigung vor der breitesten Öffentlichkeit, ein Beispiel für die vollkommene Überflüssigkeit der Presse, selbst in ihrem reduziertesten Umfang darstellen.

Hier fehlt nach »Umfang« ein Komma. Die Fülle der Beistriche hätte vielleicht empfohlen, »selbst in ihrem reduziertesten Umfang« zwischen Gedankenstriche zu setzen. Vielleicht auch, die Beistriche vor »und« und nach »Öffentlichkeit« trotz dem Verlust dieser Nuance der Steigerung wegzulassen, um den Objektcharakter von »ein Beispiel« zu sichern. Nun wird dieses zunächst als Apposition gelesen, als ein Nominativ, gleichgeordnet dem Subjekt »Interessen«, was ja dem äußern Sinn nicht zuwider ist, aber freilich das Verbum »darstellen« sinnlos, weil objektlos macht. Nach »Umfang« gehört aber schon aus dem Grund ein Teilungszeichen, weil der mit »selbst« eingeleitete Satzteil zu »Presse« gehört, auf die sich »ihrem« bezieht. Jetzt bezieht es sich auf »Interessen«, was leider wieder einen Sinn, wenn auch einen falschen, ergibt. Es ist vom reduziertesten Umfang der Presse die Rede, der noch überflüssig sei, wenn es die Förderung meiner Sache gilt, und nicht davon, daß diese Interessen selbst in ihrem reduziertesten Umfang ein Beispiel für die Überflüssigkeit der Presse darstellen, was gewiß an und für sich nicht unrichtig wäre, aber irgendwie doch der »breitesten Öffentlichkeit« widerspräche. Durch das Fehlen des Kommas oder eines analogen Zeichens wird also bewirkt, daß die Interessen ein Beispiel nicht darstellen, sondern ein Beispiel sind, und zwar in *ihrem* reduziertesten Umfang, anstatt in dem der Presse. – Wie man somit sieht, gehört dieses Beispiel zu jenen Interessen, bei denen der Leser die vollkommene Überflüssigkeit am liebsten auf sie selbst beziehen wird. Denn hier erscheint bloß ein künstlerisches Gut und kein edlerer Teil verletzt. Zum Glück hängt aber die Entscheidung über die Wichtigkeit solcher Interessen mehr vom Schreiber ab. Bedroht hier das fehlende Komma den Satz nur im sprachlogischen Zusammenhang, so kann die Frage selbst, ob es anzubringen sei, sehr wohl einer rein künstlerischen Erwägung entspringen, und insbesondere könnte der geringfügige Unterschied zwischen einem Komma und einem Strichpunkt Spielraum für mehr Zweifel haben, als einen durchschnittlichen Romanschriftsteller in einem Kapitel zu beschleichen pflegen. Doch gilt ja, wer sich beim Schreiben Gedanken macht, für einen Pedanten; denn der Autor hat es mit dem Prätor gemeinsam, daß er minima non curat, sondern diese dem Drucker überläßt, und die Hauptsache ist auch in der Kunst, daß man gesund ist und keine Kopfschmerzen hat.

Der Apostroph

Einen Leser in Kansas beschäftigt das folgende, gar nicht wildwestliche Problem:

27. August 1924

Schon lange warte ich auf eine weitere Fortsetzung Ihrer »Sprachlehre«. Und würde es dankend begrüßen, wenn Sie es der Mühe wert fänden, sich einmal über Ihre Anwendung des *Apostrophs* zu äußern. Etwa an folgender Stelle von »Traumtheater« (Seite 18)

So ist's, so sei's, so *bleib'* es allzumal:
quäl ich die Lust dir, *mach* zur Lust die Qual!

Ich suche vergebens nach einer ganz befriedigenden Lösung meines Zweifels: warum bei dem Wort »bleib« das Zeichen gebraucht wird, und es bei den Worten »quäl« und »mach« wegfällt. Allerdings fiel mir bald ein, daß die Anwendung im ersten Falle ein typographischer Tempo- und Gewichtsbehelf sein könnte, wie umgekehrt das Weglassen in den beiden anderen Fällen: daß also vielleicht der Apostroph in der ersten Zeile die kleine Verlangsamung markieren, und die Emphase auf jenes Wort ein wenig unterstreichen sollte; während in der folgenden Zeile ein Hinweis auf die Abkürzungen dem beschleunigten Tempo gerade hinderlich wäre. Aber so plausibel diese Erklärung erscheinen mag, ich kann ihr doch nicht recht trauen; sie kommt mir allzu spitzfindig vor. Da sie aber die einzige Antwort ist, die mir mein Zweifel eingab, und ich nicht annehmen darf, daß das Anwenden und Weglassen des Apostrophs bei Ihnen auf Zufall oder gar Willkür beruht, so wäre ich Ihnen von Herzen dankbar, wenn Sie den merkwürdigen Fall gelegentlich behandeln wollten. A. B.

Die Frage wegen des Apostrophs ist mit der gar nicht spitzfindigen Erklärung beantwortet. Sie ist umso weniger spitzfindig, als sie einen Vorgang erläutert, der, meiner Erinnerung nach, kein Überlegungsvorgang war. Ob aber eine solche Unterscheidung – vor allem zwischen dem Positivgehalt des ersten und dem Negativgehalt des zweiten Verses – in allen Fällen mit vollem Bewußtsein geschieht, ist ebenso gleichgültig wie ob sie in ähnlichem Fall ein anderes Mal eintreten würde, wo vielleicht das Gewicht der Worte wieder anders verteilt wird. Grundsätzlich ist, was der Schreiber empfindet, ganz richtig. Doch deckt sich seine Erklärung auch mit einer, die von außen her die gleiche Unterscheidung rechtfertigt. Im allgemeinen vermeide ich die apostrophlose Abknappung, hier, in der zweiten Zeile, ist sie nötig zur Unterscheidung von »bleib'«, dem als einem Konjunktiv der dritten Person der Vokal überhaupt nicht genommen werden kann wie dem Indikativ der ersten (quäl) und gar dem Imperativ (mach), dessen Vokallosigkeit ja eine an und für sich richtige Form ist. Daß der Konjunktiv als solcher das e nicht entbehren kann, deckt sich ganz und gar mit der Auffassung, daß hier eben ein nachdrücklicherer Ton gegeben ist. Jener wäre völlig entwertet, wenn durch Gleichartigkeit – insbesondere bei Setzung aller Apostrophe – das Ganze in das Tempo gemächlicher Spruchweisheit gerückt würde. »Ist's« und »sei's« ist nicht nur aus demselben Gefühl gerechtfertigt, sondern wieder auch von außen her damit, daß – abgesehen von dem bedenklichen Lautbild eines »ists« und »seis« – das darin voll empfundene und im Folgenden gesetzte »es« nicht verkürzt werden darf. Der mir unbekannte und anonyme Schreiber des Briefes, eines der erwünschtesten, die ich je erhalten habe, gehört dem Briefpapier nach der »University of Kansas« an. Mir erscheint die Mücke, die da über den Ozean kam, beträchtlicher und wunderbarer als der Elephant, der ihn kürzlich überflogen hat. So bin ich; so ist's, so sei's, so bleib' es allzumal.

Vom Plagiat

Der anschlägige Kopf, der mich »St. Crausiscus« nannte und der über Scherz, Satire, Ironie ohne tiefere Bedeutung verfügt und demgemäß unerschöpflich ist an Buchstabenwitzen ohne gedanklichen Fond, also ein rechter Einfallspinsel, hat nachgewiesen, daß die Bestandteile meines Gedichtes »Apokalypse« sich in der Offenbarung Johannis vorfinden. Er hat sich aber für den Beweis, daß mir die Tat zuzutrauen war, eine Stelle in dem Versstück »Nach zwanzig Jahren« entgehen lassen, in der wörtlich zwei Zeilen aus »Hamlet« vorkommen. Ich zähle da alle meine Themen und Motive auf und bereichere sie wie folgt:

> Geschlecht und Lüge, Dummheit, Übelstände,
> Tonfall und Phrase, Tinte, Technik, Tod,
> Krieg und Gesellschaft, Wucher, Politik,
> *der Übermut der Ämter und die Schmach,*
> *die Unwert schweigendem Verdienst erweist,*
> Kunst und Natur, die Liebe und der Traum –
> vielfacher Antrieb, sei's woher es sei,
> der Schöpfung ihre Ehre zu erstatten!

Nun wird es gewiß mehr Leute geben, denen das Zitat bekannt ist – und ich rechne sogar meinen Enthüller dazu –, als solche – und zu ihnen rechne ich ihn nicht –, die verstehen werden, daß mein Gedanke geradezu von dieser Voraussetzung lebt, also darin seinen Wert hat, daß er ein Plagiat ist. Wäre dies nicht der Fall, so wäre der Gedanke wertlos und ich hätte mir bloß ein Schmuckstück angeeignet, das meinen eigenen Besitz beschämt. Aber der Gedanke beruht eben nicht in den zwei Versen, sondern darin, daß sie nicht von mir sind, in der Übernahme, und in der Stelle, an der sie nun stehen. Natürlich ist die Liste der Plagen und Klagen, die Hamlet aufzählt, ein wichtigeres Werk als die Liste meiner Themen und der Sprachwert der beiden Zeilen nicht zu verkennen. Aber es handelt sich hier nicht um diesen, sondern einzig darum, daß auch bei mir jedes Thema eine Beschwerde ist und die noch fehlenden zwei: die bedrückende Staatlichkeit und die totschweigende Öffentlichkeit eine Lücke ließen, in die das Zitat einschlüpfen mußte, weil ja ganz sicher ist, daß von keinem Shakespeare hier etwas stärkeres Neues gefunden werden könnte als dieses Shakespeare-Zitat, aber nicht als Inhalt, sondern weil es das Zitat ist. Der künstlerische Wert dieser Einfügung besteht in der selbstverständlichen Deckung mit den noch zu bezeichnenden Themen und die originale Leistung in der Weglassung der Anführungszeichen. Die Sphäre, in die die Worte eingesetzt sind, ist von der Sphäre, der sie entnommen sind, so verschieden, daß auch nicht die Spur einer innern Identität mehr vorhanden ist, und die äußere, also das Plagiat, ist nichts anderes als die Leistung, die solches bewirkt hat. Aber wahrscheinlich wird es leichter möglich sein, vor einem intellektuellen Forum mit der Begründung, daß es ja doch ein unverkennbares Zitat ist, von dem Vorwurf der Aneignung freigesprochen zu werden als ihm plausibel zu machen, daß eben diese der originale Wert ist und daß sich die Produktion hier nicht in den Worten, sondern in ihrer Anwendung, ihrer Einschöpfung vollzieht. Wie diese den Bestandteil der Sprache, das vorhandene Wort, so kann sie auch den Bestandteil des vorhandenen Kunstwerks, der wieder Stoff wurde, betreffen. Ob sie ihn nun in eine solche gedankliche Beziehung bringt, die schon in dem bloßen Anwenden ihr Leben und ihre Berechtigung bewährt, oder ob sie ihm wie jede Nachdichtung neue Werte abgewinnt, sie wird allemal nur dem verdächtig erscheinen, dessen Respekt vor dem Wort sich nur der Distanz dazu verdankt und dessen Materialkennerschaft nicht weiß, worauf es ankommt und daß die Erlaubnis der Nachschöpfung ausschließlich von deren Wert und von der Notorietät des Originals abhängt. Die Übernahme der Shakespeare-Stelle ist durch den Einfall, sie zu übernehmen, berechtigt; die Verwendung von Bibelmotiven erst durch die Entscheidung, daß sie gelungen ist – eine Entscheidung, wie sie schließlich auch jedem andern Gedicht den Eigenwert bestimmt. Wer den Wert des Stoffes vor Nachdichtung behütet, ist zu solcher Entscheidung ebensowenig befugt wie einer, der den Unwert eines Stoffes behauptet. Da das Buch Josua gegen mein »Gebet an die Sonne von Gibeon« bis heute unbeschützt geblieben ist, mag es dankenswert sein, selbst auf jene Quelle zu verweisen, bei deren Benützung ich mich gleichfalls weniger an Luther als an Leander van Eß gehalten habe. Die Stelle vom »Geschrei« ist aus den Abschnitten 5, 10, 16 und 20 des VI. Cap. bezogen. Die Gegenüberstellung soll den Nachweis meines Plagiats erleichtern: ich habe den Lärm von dort genommen, wo er lebendiger ist als im berichthaften »Feldgeschrei« und wo er fast schon den Dialekt meiner Verkürzung hat.

Und wenn man des Halljahrs Horn bläset, und tönet, daß ihr die Posaunen höret, so soll das ganze Volk ein großes Feldgeschrei machen; so werden der Stadt Mauern umfallen, und das Volk soll hinein fallen, ein Jeglicher stracks vor sich.
Josua aber gebot dem Volk, und sprach: Ihr sollt kein Feldgeschrei machen, noch eure Stimme hören lassen, noch ein Wort aus eurem Munde gehen, bis auf den Tag, wann ich zu euch sagen werde: Machet ein Feldgeschrei; so machet dann ein Feldgeschrei.
Und am siebenten Mal, da die Priester die Posaunen bliesen, sprach Josua zum Volk: Machet ein Feldgeschrei, denn der Herr hat euch die Stadt gegeben.

Da machte das Volk ein Feldgeschrei, und bliesen die Posaunen.

Und es soll geschehen, wann man das Jobelhorn bläst, wann ihr den Schall der Trompete höret; so soll das ganze Volk ein großes Geschrei erheben; dann wird die Mauer der Stadt umstürzen an ihrer Stelle; und das Volk soll hinaufsteigen, Jeder vor sich hin.
Und dem Volke gebot Josua, und sprach: Ihr sollet kein Geschrei erheben und nicht hören lassen eure Stimme; kein Wort soll aus eurem Munde gehen, bis zu dem Tage, wo ich euch sagen werde: Erhebet Geschrei! dann erhebt Geschrei.
Und es geschah beim siebenten Male, wie die Priester in die Trompeten stießen, da sprach Josua zu dem Volke: Erhebet Geschrei! denn der Herr hat euch die Stadt gegeben.
Da erhob das Volk Geschrei, und man stieß in die Trompeten. Und

Denn als das Volk den Hall der Posaunen hörte, machte es ein großes Feldgeschrei. Und die Mauern fielen um, und das Volk erstieg die Stadt, ein Jeglicher stracks vor sich. Also gewannen sie die Stadt.

es geschah, wie das Volk den Schall der Trompeten hörte, erhob es ein großes Geschrei; und es fiel die Mauer auf ihrer Stelle; und das Volk stieg hinauf in die Stadt, ein Jeder vor sich hin, und sie nahmen die Stadt ein.

Das Geschrei ist in die folgenden Strophen übernommen:

Und der eifrige Gott, welcher am siebenten Tag
der Zerstörung nicht ruht, hieß sie vollenden, bis
sie der besiegten Welt den Fuß auf den Nacken gesetzt
und ein Geschrei erheben gedurft.

Denn es ward ihnen gesagt, nicht zu erheben so lang
Geschrei, bis ihnen gesagt, daß sie erheben Geschrei,
dieses hielten sie ein, dann aber gingen sie hin,
Geschrei zu erheben wie ihnen gesagt.

Wie das Geschrei nun erscholl, da fiel die Mauer ein,
wie das Volk es sah, daß da die Mauer fiel
auf das Geschrei, das Volk ein großes Geschrei erhob,
herzufallen über die Stadt sogleich.

Nichts ähnliches ist bis heute ob dieser Verwendung laut geworden.

Überführung eines Plagiators

Ich habe das Gedicht »Jugend« gesprochen, damit es als Anschauungsunterricht einem Beitrag zur Sprachlehre diene.

Unter den Lesern der Fackel sind viele Esel. Diese Naturanlage zeigt sich in der Beharrlichkeit, mit der sie Leser bleiben und die immer wieder abgelehnte Annäherung an unfaßbare Standpunkte versuchen. Sie bemühen sich auf jede nur mögliche Art ein Verhältnis zu der Sphäre herzustellen, die ihnen unzugänglich bleibt, weil die Sprache, in der hier gedacht wird, bei aller unbestreitbaren Ähnlichkeit der Laute eine wesentlich andere ist als die ihre, und dieses Bestreben wäre rührend, wenn dort, wo die Potenz fehlt, nicht so gern versucht würde, Ersatz in der Präpotenz zu finden. Ihr durchwaltendes Mißverständnis besteht nicht nur darin, daß sie, weil sie zur Not den Sinn ermitteln können, nun auch glauben, den Zutritt zum geistigen Inhalt zu haben, sondern vor allem in der Vermutung, daß ein geistiger Wert eben dadurch problematisch werde, daß er irgendwo außerhalb ihrer Verstandesebene beruht. Je intelligenter ein solcher Esel ist, umso aussichtsloser verirrt sich dieses Streben und Widerstreben in Gedankengängen, die nun einmal den dort nicht Beschäftigten verschlossen sind. Der so tiefgefühlte Wunsch, keine Briefe von Persönlichkeiten zu erhalten, deren mündliche Ansprache zu den unvorstellbaren Dingen gehört, die ich aus meinem Leben ausgeschaltet habe, muß eben dort vergeblich bleiben, wo eine Fülle von Dummheit leider von einem Mangel an Taktgefühl begleitet ist. Ich habe nicht erwartet, daß ich, je weiter ich mich von dem Niveau, auf dem Meinungen gebildet und übernommen werden, entferne, desto eher Ruhe haben würde. Ich wußte im Gegenteil, daß die Intelligenz umso mehr gereizt wird, je dürftiger der stoffliche Anhalt ist, der ihr geboten wird, und ich habe mich darum keineswegs über die Reaktion gewundert, die meine

Beiträge zur Sprachlehre gefunden haben. Es war durchaus nicht überraschend, daß dieselben Leute, die zum erstenmal erfahren haben, was ein Reim ist, sich auf der Stelle und mit dem mir abgenommenen Rüstzeug der Dialektik an den Versuch machen, mir zu beweisen, daß jene Stelle aus »Faust«, die ich als das Musterbeispiel eines lebensunfähigen Versgedankens und eben darum als das geborene Zitat einer sprachfernen Bildung hinstellte, meinem Begriff vom Reim vollauf entspreche. Denn sie müssen es ja besser wissen. Sie haben mir zwar schließlich bewiesen, daß ich recht habe, es ist ihnen gelungen, mit dem gegenteiligen Bemühen, zu straucheln, und dargetan war die Möglichkeit, daß ein kaum geahntes sprachliches Ungefühl sich auf Verstandeswegen an eben die Probleme heranwagt, zu deren Lösung es auf nichts mehr und nichts weniger ankommt als auf das Fühlen. Aber nichts wird mich vor diesen Monologen schützen, wenn es nicht einmal die von mir inspirierte Erhöhung des Postportos vermag.

Die Unbeirrbarkeit der Versuche also, mich zum Ohrenzeugen einer Opposition zu machen, für die ich nicht die geringste Teilnahme aufbringe, hat nichts Überraschendes. Worüber ich aber noch jedesmal staunen kann, das ist die Unbefangenheit, die an mir satirisch gestimmt wird. Man sollte es nicht für möglich halten, aber es gibt Leute, die Witz haben, wenn sie mir schreiben; einen Witz, zu dessen Vaterschaft ich mich mit Scham bekennen muß und der sich mit echtem Kindesundank gegen seinen Ursprung wendet. Ich weiß ja längst, daß es nichts Abscheulicheres gibt als meinen Stil in fremder Hand, und der Verdruß über solches Unwesen eines angenommenen Wesens beruhigt sich nur bei dem Bewußtsein, daß andere Originale aus dem Grunde keine waren, weil die Nachahmer ihrer Schreibweise diese noch gefälliger ausgestalten konnten, wie ja jede technische Einrichtung es in sich hat, den verwöhnteren Ansprüchen der Neuzeit entgegenzukommen und mit ihnen fortzuschreiten. Wenn Heine die Generation von Talenten, die er in die Welt gesetzt hat, gekannt hätte, so hätte ihn ein Gefühl des Neides erfassen müssen, daß er es nicht so weit gebracht habe, während mich vor meinen Nachbildnern ein Grausen packt, das mich zwar mit voller Beruhigung für mich selbst erfüllt, aber doch auch mit dem Gefühl, Schuld zu tragen an einer geistigen Lebensführung, die den Leuten das Leben erschwert, ohne dazu berechtigt zu sein. Was mich aber gegen diese Erscheinungen, die ohne mich nie erschienen wären, besonders einnimmt, ist, daß sie sich mit der Mission einer Landplage nicht begnügen, sondern auch von dem Ehrgeiz besessen sind, sich vor mir selbst zu produzieren, mir dartun wollen, daß sie sich selbständig gemacht haben, und sich für berechtigt halten, die Quelle zu trüben, der sie entsprungen sind. Echtbürtig an dieser Art Satire ist bloß, daß sie grinst. Denn wenn sie mir alles absehen könnten – die sittliche Position, deren keine andere Lebensäußerung so wenig entraten kann wie die Satire, die Ehrfurcht vor irgendetwas, dem das satirische Opfer dargebracht wird, das sich selbst Verleugnen und sich selbst Bekennen, mangelt denen, die kein heiligerer Geist je als der Zeitgeist inspirieren könnte. Es ist meine ganze Fraglichkeit, daß sich gerade im sumpfigsten Terrain die Spuren meiner Wirkung nachweisen lassen und daß sich die Abhängigkeit der Generation am deutlichsten in der Rache betätigt, die sie dafür an mir nimmt. Sie tun gewiß nicht recht, mir ihre Schlechtigkeit zum Vorwurf zu machen, aber semper aliquid haeret und es wird schon etwas daran sein, daß sie ohne mich anders dagestanden wären, weshalb sie auch genötigt sind, sich mit meiner Hilfe meiner zu erwehren. So werde ich seit Jahr und Tag mit dem mir wohlbekannten Witz, den ich schon daran erkenne, daß sie ihn nicht haben, publizistisch und brieflich verfolgt, und da, gestehe ich, bin ich stets von neuem in Erstaunen zu setzen.

Denn auf alle möglichen Wallungen, die mein öffentliches Handeln bewirken könnte, Haß und Liebe und was so dazwischen Platz hat, bin ich gefaßt; nur daß es auf dieser Erde einen Verstand geben kann, der bei meinem Anblick zu Scherz, Satire, Ironie und tieferer Bedeutung aufgelegt wird, überrascht mich jedesmal, wie wenn ich eben erst in die Literatur getreten wäre, und ich möchte schnell meinen Fuß zurückziehen, als wäre ich in etwas Ähnliches getreten. Der Satiriker geißelt bekanntlich die Schwächen, und die einzige, die mir bisher mit Erfolg nachgesagt wurde, ist die Eitelkeit, die ja so offenkundig ist, daß sie ein Leben lang alle die Märkte wie die Pest meiden konnte, wo sie gemeinhin befriedigt zu werden pflegt. Aber jene Angreifer haben es nicht mehr auf meine Eitelkeit abgesehn, die ihnen vielleicht als ein schon zu populäres satirisches Motiv erscheinen mag, fast so veraltet wie der Drang, in die Neue Freie Presse zu kommen oder weil es nicht gelang, alles niederzureißen anstatt aufzubauen. Derlei ist der überholte satirische Standpunkt jener älteren Generationen, die längst aufgehört haben, mit mir fertig werden zu wollen. Die Satire der Neueren, die bei aller Unreife schon fertig sind, wenn sie mit mir anfangen, zielt auf eine schwächere Seite meines Wesens, nämlich auf meinen geistigen Defekt, dessen immer tiefer empfundenes Bewußtsein mich so oft genötigt hat, bei andern Geistern Anleihen zu machen. Unvergessen bleibt in dieser Hinsicht mein Plagiat an der Apokalypse des Johannes, das ein Schriftsteller enthüllt hat, dem es tatsächlich gelungen ist, nebst meinem Witz auch noch eigenen zu haben. Da ich, wenn ich den seinen hätte, längst Selbstmord verübt haben müßte und es nicht tat, so war die Dauerhaftigkeit seines Witzes schlagend bewiesen. Wir sind beide am Leben geblieben, ich an meinem und er an meinem. Dem Vorbild seiner eigenartigen satirischen Laune folgen nun seit Jahr und Tag Korrespondenten, von denen ich zwar nicht weiß, wie sie aussehen, es mir aber vorstellen kann, und jedenfalls höre ich deutlich, wie sie bei meinem Anblick kichern. Ich hatte mir bisher eingebildet, daß es in den Lachkabinetten dieser Welt keine Linie geben könnte, deren ich nicht habhaft zu werden vermöchte, und nun stellt sich heraus, daß ich meine eigenen Züge nicht wahrgenommen habe, die zu erfassen eben dem schärferen Blicke vorbehalten blieb. Es gibt Satiriker über mich, und wenn auch die Hühner darüber lachen mögen. Ihnen, den Satirikern, werde ich mit den Geheimnissen, die ich dem Wort im Vers abgelauscht zu haben vorgebe, kein Blimelblamel vormachen: denn es stellt sich einfach heraus, daß sie dem Wort im fremden Vers abgelauscht sind. Da habe ich vor gerade zehn Jahren, also zu einer Zeit, wo ich noch nicht wie heute imstande war, dir aus der Art, wie du mit der Sprache umgehst, zu sagen, wer du bist, und umgekehrt aus der Persönlichkeit auf den Wert des Wortes zu schließen, da habe ich damals Verse eines jungen Lyrikers namens Werfel von der Oberfläche einer sympathischen Gesinnung her gewertet und meiner Leserschaft mitgeteilt. Darunter ein Stück, das mir schon bald darauf als ein Beispiel für die Versatilität erschien, mit der junge Prager über den Unterschied zwischen sich und alten Weimaranern hinwegtäuschen können. Dieses Gedicht bringt nichts von innen her mit, aber alles von außenher, von früherher, alles was das Ohr nur mitnehmen kann, und es verwendet jenen Rhythmus, mit dessen Hilfe sich am leichtesten und gewandtesten auf Goetheisch leben läßt. Nun habe ich selber sechs Jahre später das Gedicht »Jugend« geschrieben, dem sich tatsächlich, und da hilft kein Leugnen, das gleiche Versmaß nachweisen läßt. Ein witziger Kopf, der mir eins auf die Kappe geben wollte, hat nun mich, der nach so vielen Jahren endlich hoffen konnte, über diesen Jugendstreich sei Gras gewachsen und man werde die Ähnlichkeit nicht mehr merken, auf eine überaus drastische Art überführt. Er läßt je eine Strophe jenes Werfelschen Gedichtes mit je einer Strophe aus dem meinen alternieren, und die Wirkung ist verblüffend. Wer Ohren hat, zu hören, wird sich ihr nicht entziehen können. Der Scherz, der sichtlich meine Methode an mir üben, mein eigenes satirisches Mütchen an mir kühlen will, ist entsprechend betitelt:

»Weltfreundliche« Worte in Versen
Alle sind mehr als ich,
Sofa und Steine,
Ach, so verbleibt für mich
Sehnsucht alleine.

Pocht es von altersher,
öffn' ich die Sinne,
daß es wie damals wär',
wo ich beginne.

Abendlich angeschwellt,
Will ich enteilen,
In naher Villenwelt
Hügelwärts weilen.

In trüber Lebensluft
voller Gefahren
ahn' ich den Gartenduft
aus frühen Jahren.

Rühmlichsten Pavillon
Will ich ersteigen.
Nacht, sie empfängt mich schon,
Wirtlich zu schweigen.

Da schon die Blätter falb,
will ich nicht säumen,
innen und außerhalb
Frühling zu träumen.

Will ohne Liebesdank
Talhin mich spülen.
Will nichts, als stundenlang
Fühlen und fühlen.

(›Fackel‹ Nr. 339/340 Seite 48
›Fackel‹ Nr. 462/411 Seite 180)

Es ist eine satirische Art, Spreu von Weizen zu sondern, die sich gewaschen hat (und es völlig überflüssig macht zu betonen, welche der verknüpften Strophenreihen dem »Weltfreund« und welche den »Worten in Versen« zugehört; was ja im Fall der Identität notwendig wäre). So mißtrauisch und ablehnend ich von Haus aus jedem Briefkuvert, das ich öffnen soll, gegenüberstehe, so dankbar bin ich für alle Anregungen, die mir in das unermeßliche und immer wieder unerschlossene Gebiet der Sprachlehre zugeflogen kommen. Der anonyme Autor des sanglauten Scherzes ist jedenfalls einer jener Literaten, die, ursprünglich dem Kaufmannsberuf bestimmt, sich ihm später zugewendet haben und deren Existenz wirklich nur einem Zeitalter vorbehalten blieb, das zur Sprache keine andere Beziehung hat als zu den Errungenschaften, mit denen es den Mund voll nimmt. Er ist natürlich auch mit allem intellektuellen Eifer an meiner Sphäre geschäftig und kann die Entfernung von ihr nicht ganz verwinden. Er gehört zu der Jugend, die die Verehrung für mich durchgemacht hat wie die Masern, er trägt sie mir nach, und wenn er vielleicht in meinem Auditorium sitzt, so verrät er sich soeben durch eine Unruhe, die dem Sitznachbarn auffallen muß. Was ihm aber mit dieser Zusammenstellung gelungen ist, dafür kann sich einer bei ihm bedanken. Gewiß zerfallen einem heute die Gedichte des Weltfreunds, wenn man sie als Ganzes nur auf die flache Hand nimmt. Was mit ihnen aber vorgeht, sobald man sie in die Nähe organischen Lebens bringt, was sie erleiden, wenn man sie mit meinen Strophen so unerbittlich konfrontiert, das ist gar nicht zu sagen, dagegen ist die Auflösung in Atome ein fester Aggregatzustand. Und dies, wiewohl doch auch meine Worte von solcher Berührung Schaden nehmen und es sicherlich nicht gleichgültig ist, ob der Vorsatz, Frühling zu träumen, am Eingang einer stürmischen Lebensbeichte steht oder als Punkt eines Abendprogramms sich an den Plan anschließt, rühmlichsten Pavillon zu ersteigen. Aber man würde gar nicht spüren, wie original solche Ausflüchte eines abendlich Angeschwellten und talhin sich Spülenden sind, wenn sie nicht von meinen Sätzen gekreuzt würden. Dank dem Bestreben, mich, den zweifellos späteren Autor, zum Nachahmer des Herrn Werfel zu stempeln, tritt der schon in »Heine und die Folgen« an einem berühmteren Beispiel bezeichnete Fall von Vorahmertum ein. Die Dummheit jedoch, die Identität des Versmaßes für ein Verdachtsmoment zu halten, gewinnt insofern eine Grundlage, als nunmehr erst klar wird, wie weit das Original mit dem Rhythmus an noch älterem Besitz beteiligt ist. Es sei dem Schwachkopf, der einen so guten Fang getan hat, und allen, die auf dem Niveau seiner Sprachkennerschaft stehen, hiemit verraten, wie aus dem Gedicht »Jugend« wirklich ein Plagiat an Herrn Werfel oder vielmehr ein Werfelplagiat an Goethe gemacht werden kann. Die erste Strophe setzt mit dem Erlebnis hastigen Verlangens ein, durchaus Frühling zu erleben:

Da schon die Blätter falb,
will ich nicht säumen,
innen und außerhalb
Frühling zu träumen.

Dieser Vorsatz mag eine lyrische Alterserscheinung sein, wie ein anderer Schwachkopf einmal meine Lyrik genannt hat, aber sie würde damit noch immer nicht auf den alten Goethe hinweisen. Die letzte Strophe trumpft nach allem Protest gegen solches Zeitgelichter den Entschluß auf, jünger als diese Art Jugend zu sein:

Und weil die Blätter falb,
soll es mich laben,
innen und außerhalb
Frühling zu haben!

Als ich das Gedicht geschrieben hatte, fiel mir nun die undenkbare Möglichkeit ein, daß diese letzte Strophe die erste wäre, nämlich so:

Da schon die Blätter falb,
soll es mich laben,
innen und außerhalb
Frühling zu haben.

Dann hätte sie zwar annähernd denselben Wortlaut, aber einen ganz anderen Gefühlslaut. Dann wäre nicht Hast und Trotz, sondern der Alterswunsch gefühlt, daß mich etwas »laben« möge, ganz so gemächlich und behäglich, wie es den jungen Prager labt, den Schlafrock des alten Weimaraners anzutun. Ich habe Zeugen für das nach allen Seiten grausame Sprachexperiment, das ich damals machte und durch welches ich dartun wollte, daß meine Zeilen von Werfel sein könnten, wenn sie dann nicht eben von Goethe wären. Denn mir war der Rhythmus des Werfelschen Gedichts so gut im Ohr wie ihm selbst, aber der meine saß mir tiefer und er war durch den Gleichklang mit solchem Original nicht umzubringen. Die Nachbildung des Nachbildners war erst durch jene Umstellung erreicht, die so recht den angemaßten Gefühlshabitus bezeichnet. Ich erkannte die Möglichkeit, daß ich meine Strophe nur versetzen müßte, damit sie von einem andern wäre, während die seinige, wo immer sie stehen mag, von einem andern ist. Aber was weiß die Literatur vom Wort! Ich könnte hundert Hefte mit diesen Erörterungen füllen, und würde das Gefühl für deren Inhalt dennoch um keinen Zoll weiter gebracht haben. Denn nichts ist schwerer, als sich über die Sprache mit Leuten zu verständigen, die sie sprechen oder gar schreiben.

Eine Richtigstellung

Weniger würdig einer Antwort als ihrer dringend bedürftig ist das Folgende:

Wien, 29. März 1921

In Ihrem Aufsatz ... der den aussichtslosen Versuch unternimmt, den Dichter Anton Wildgans in seiner hervorragenden Bedeutung herabzusetzen, zitieren Sie nach der Reichspost:

Denn immer noch, wenn des Geschickes Zeiger
Des Schicksals große Stunde wies,
Stand dies Volk der Tänzer und der Geiger
Wie Gottes Engel vor dem Paradies.

wobei Sie jedoch die Möglichkeit nicht ausschließen, der *rythmische* Fehler in der 3. Verszeile, den wohl jeder Volksschüler herausfinden und korrigieren könnte, sei auf falsche Wiedergabe zurückzuführen.

Hätte sich der Herausgeber der »Fackel« die Mühe genommen die Strophe im Original nachzulesen (Im Inselverlag, Österr. Bibliothek Nr. 12, S. 12), so wüßte er, daß die betreffende Stelle richtig heißt:

Denn immer noch, wenn des Geschickes Zeiger
Die große Stunde der Geschichte wies,
Stand dieses Volk der Tänzer und der Geiger
Wie Gottes Engel vor dem Paradies.

was ihm allerdings die Feststellung einer »Fülle von Schicksal und Geschick« unmöglich gemacht, ihn aber dahin unterrichtet hätte, daß in dieser geschmähten Lyrik das Gedicht »Legende« enthalten ist; vielleicht hätte er auch in Erfahrung gebracht, daß dieser Kriegsdichter Wildgans der Verfasser des Dramas »Armut« ist, *einem Werke*, das weder in der Reichspost noch in der Neuen Freien Presse abgedruckt war, daher dem Verlag der »Fackel« bisher – gottlob – entgangen zu sein scheint.

– –

Es ist doch der Vorteil des Briefschreibens, daß eine Intimität, die etwa bei einer mündlichen Ansprache nicht über das Lampenfieber hinauskommen könnte, bis zu der Preisgabe dessen, was sich so in einem Gehirn tut und wie es auf Lyrik reagiert, gelangen kann. Und wenn die Bedenken, dergleichen mit dem Hochgefühl des Beachtetseins auszustatten, gewiß nur von der Pflicht einer tatsächlichen Richtigstellung überwunden werden können, so muß man doch auch dankbar sein für jene Anlässe, die, wo immer sie wachsen, in der Zeitung, auf der Straße, in Briefen, mit der Pein der Befassung zugleich die Freude am Typischen gewähren. Und wenn man sich auch mit dem besten Grund von der Welt, dem, daß es ihrer sowieso schon mehr gibt als man bewältigen kann (in der Wirklichkeit und besonders in der Vorstellung), gegen ihren Zudrang wehrt: sobald sie einmal da sind und eben das bringen, was man sonst vielleicht erfinden müßte, kann man sich doch wieder das, was einem das Leben erschwert, jeweils als Berufserleichterung zurechtlegen und es zufrieden sein. Ist es nicht, wenn man schon das Erlebnis hat, von einem Wildgans-Verehrer »gestellt« zu werden (und mithin zu erfahren, daß es solche nicht nur in der Presse, sondern auch in der Natur gibt), jedenfalls eine Annehmlichkeit, authentische Wildgans-Zitate zu bekommen, die einem die Lektüre des Originals ersparen und alles Wissenswerte noch mit dem Unterschied von Lesarten auf einer Briefseite zusammenfassen? Denn die scherzhafte Anspielung darauf, daß mir von der zeitgenössischen Literatur vieles entgeht, was nicht in der Reichspost oder in der Neuen Freien Presse, also nicht fehlerhaft zitiert ist, rührt mit dem Finger an eine Wunde, an eine nie vernarbte Bildungslücke. Was mich einzig entschuldigt, ist meine ungeheure Anregungsfähigkeit, die sich eben, da ihr ja doch nur ein einziges Menschenleben mit seinen Tagen und Nächten zu Gebote steht, gewisse Schranken setzen muß. Denn wenn ich über Müllers »Flamme«, ohne sie zu kennen, neun Seiten schreibe, welche Arbeit müßte ich erst zu bewältigen haben, wenn ich sie kennen lernte? Ein paar Zitate in der Neuen Freien Presse mußten mir genügen, aber selbst das war zu viel, ich hätte, was ich zu sagen hatte, schon auf das bloße Gerücht hin schreiben können, daß ein Stück von Hans Müller aufgeführt wird, wo kein Zoller, sondern a Hur vorkommt. Ich muß mich dessen schuldig bekennen, daß ich Wildgans gegenüber, dessen Drama »Armut« mir tatsächlich unbekannt ist, weil es weder in der Reichspost noch in der Neuen Freien Presse gedruckt oder auch nur zitiert war, nicht gründlicher vorgegangen bin. Aber wenn ich im Begriffe bin, über eine Strophe von ihm, die ich nicht einmal im Original aufsuche, einen Essay zu schreiben, zu wieviel Büchern würde mich erst ein Buch von ihm anregen? Ich gestehe ohne Umschweife, daß ich eigentlich nicht viel mehr von Wildgans weiß als daß er fromm und bieder, wahr und offen für Recht und Pflicht steht, aber als Christ es beiweitem nicht so überzeugend zum Ausdruck bringt wie gerade Hans Müller. Ich kenne seine berühmtesten Gedichte, die ich für einen großen Dreck halte, wobei natürlich mein Sonderstandpunkt berücksichtigt werden muß, von dem aus alles, was nicht Kunst ist, in seiner hervorragenden Bedeutung umso mehr herabgesetzt erscheint, je gefälliger oder virtuoser, kunstgewerblich anziehender und irreführender es sich bietet, im Vergleich mit jeder andern Dilettantenarbeit. Es ist quantitativ wenig, was ich von ihm kenne, aber da es qualitativ nicht viel ist, so ist es mehr als genug. Es gibt Autoren, von denen ich noch weniger kenne und doch ebenso viel, als ich von ihnen halte, nämlich nichts. Womit beileibe nicht gesagt sein soll, daß ich von Wildgans, weil ich mehr von ihm kenne, auch mehr halte. Zwar begnüge ich mich aus Übergewissenhaftigkeit keineswegs damit, aus der bloßen Tatsache, daß einer heute lebt, auf seine Nichtigkeit zu schließen, aber immerhin hat mir schon manchmal eine Zeile genügt, die über einen irgendwo gesagt war, und wenn ich dazu noch eine Zeile von ihm selbst zitiert fand, so glaube ich mehr als genug getan zu haben, um mir ein volles Bild der Persönlichkeit zu machen. Ich würde mir also Unrecht tun, wenn ich sagen wollte, daß ich von den Leuten, die ich für schlechte Dichter halte, gar nichts weiß. Und wer hätte mir denn je nachsagen können, daß ich nicht bescheiden mein Ahnungsvermögen, sondern mein Wissen gegen die heutige Literaturwelt ausgespielt habe? Da ich auch mit jenem schließlich Recht behalte, brauche ich diesem nicht mehr zuzumuten, als meine Nervenkraft, die doch schon mit dem Gefühl solcher Existenz überlastet ist, vertragen könnte. Wohl weiß ich, daß, sobald ich einmal eingestehen wollte, wie wenig ich im Grunde von den heutigen Dichtern weiß und daß ich zum Beispiel von Sternheim lange Zeit nur ein Telephongespräch kannte, also noch weniger als von Wildgans, man mich der Leichtfertigkeit im Tadel beschuldigen würde. Wenn ich mir selbst das Zeugnis ausstelle, »Armut« nicht zu kennen, so darf ich auch sagen, daß es beiweitem keine solche Schande ist wie stolz darauf zu sein, »Armut« zu kennen. Wäre ich Theaterkritiker, so wäre ich freilich verpflichtet, »Armut« zu kennen oder wenn ich mich nach dem ersten Akt entfernte, mein Urteil nicht ohne diesen Umstand dem Publikum mitzuteilen. So aber begnüge ich mich der deutschen Literatur gegenüber mit dem Standpunkt jenes sachverständigen Dr. Kastan, der in Berliner Premieren beim Aufgehen des Vorhangs »Schon faul!« auf die Szene rief und sich sodann entfernte; wenngleich mit dem Unterschied, daß ich auch dem Schauspiel, wie der Vorhang aufgeht, nicht beiwohne. Aber alles in allem, und um nicht nur den Autoren, sondern auch mir selbst gerecht zu werden, muß ich doch sagen, daß ich nach bestem Wissen und Gewissen vorzugehen glaube, wenn man mir eine Strophe eines Lyrikers reicht und ich dann über diesen wie den Dramatiker ein Urteil fälle, ohne jedoch damit auch über seine möglichen Fähigkeiten als Postbeamter zu entscheiden. Denn nur in der Kunst, wo mir eine Zeile die Persönlichkeit aufschließt, scheint mir die Eignung fürs »Fach« keiner weiteren Untersuchung bedürftig, und darüber hinaus gehe ich nicht. Wenn wir uns also an die Lyrik halten, in welcher ja als der engsten und strengsten Sprachprobe das Wesentliche, wenn ein solches da ist, zum Vorschein kommt – und alles andere ist Umweg und Zeitverlust –, so stünde nun die Sache so, daß ich Gelegenheit bekam, Wildgans nach dem Urtext zu prüfen, wenigstens soweit mir ihn ein glaubwürdiger Gewährsmann vermittelt, eine Gelegenheit, für die ich mehr noch dem Zufall dankbar sein muß, der mir ihn ursprünglich verstümmelt überliefert hat. Einer Frivolität, diesen Zufall ergriffen zu haben, weiß ich mich aus dem Grunde nicht schuldig, weil ich in dem einen Punkt selbst auf die offenbare Verslücke hingewiesen habe und was den anderen betrifft, von der Reichspost als einer Kennerin und Schätzerin der Wildgans'schen Lyrik mir eine so schnöde Beiläufigkeit unmöglich versehen konnte. Ebenso wenig aber hätte ich geglaubt – und es enttäuscht mich an Wildgans –, daß der Dichter auf die richtige Wiedergabe seines Textes keinen Wert legen und die Verstümmelung nicht sofort und ehe ich danach langte, an Ort und Stelle berichtigen würde. Dies umso weniger, als er ja im telephonischen Verkehr mit der Tagespresse reichlich Gelegenheit gefunden hätte, auch von ihr eine Gefälligkeit zu erbitten, die nur die Erfüllung einer Pflicht gewesen wäre. Doch sei dem wie immer und wenngleich den Dichter, der offenbar mit Direktionsgeschäften überhäuft ist, selbst die falsche Wiedergabe seiner Verse in der Fackel unberührt läßt – ich zum Beispiel würde sofort die Burgtheaterdirektion hinwerfen, wenn sie mich an der Wahrung des wichtigsten Autorrechts behinderte –, so ist es jedenfalls ein Glück, daß die Wildgans-Verehrer Zeit haben. Sonst erführe man nicht, daß mein Spott über die »Fülle von Schicksal und Geschick« ganz unberechtigt war, weil die Stelle nicht lautet:

> Denn immer noch, wenn des Geschickes Zeiger
> Des Schicksals große Stunde wies

sondern:

> Denn immer noch, wenn des Geschickes Zeiger
> Die große Stunde der Geschichte wies …

Das ist allerdings insofern ein Unterschied, als man in der ersten Fassung, die also die Reichspost gedichtet hat, irgend etwas von einer mißglückten gedanklichen Wendung vermuten konnte –

etwa Geschick als die waltende Instanz, Schicksal als das jeweils Verhängte –, während in der richtigen Fassung die reine Wildgans-Banalität zu ihrem Recht kommt, jene Dichterei, die im tiefsten Einklang mit dem, was das Publikum zu hören wünscht, ihm das einsagt, was es aus Zeitmangel nicht selbst dichtet und was ihm ins Ohr und sozusagen ins Herz geht; das Mund- und Handwerk, das fertige Ornamente zusammenreimt und Phrasen, die dem Zeitungsleser schon verdächtig wären, wieder genußfertig an den Mann bringt. Also die große Stunde der Geschichte! Und die Reichspost, die doch sicher am 1. August 1914 das Wort gefunden hat, der es auf den Lippen lag wie nur einer, ließ sich das entgehen. Daß es platterdings nur die Geschichtsstunde ist und bleiben wird, in der der österreichische Mittelschüler durchfiel, ist ein Moment, das der wirklich bloß noch in einem Wildgansgedicht möglichen Redensart etwas Beize gibt. Dagegen scheint der österreichische Volksschüler in Deutsch gut abzuschneiden. Nicht weil er weiß, daß Wildgans nicht »der Verfasser des Dramas ›Armut‹ ist, einem Werke«, sondern eines Werkes. Wohl aber weil er »sofort herausfinden könnte«, worauf ich mir weiß Gott was zugute tat, nämlich daß es heißen muß:

Stand *dieses* Volk der Tänzer und der Geiger
Wie Gottes Engel vor dem Paradies.

Was freilich der Volksschüler, selbst wenn er schon ein Wildgans-Verehrer wäre und einen rhythmischen Fehler nicht nur herausfände, sondern auch wüßte, daß man ihn mit h schreibt – was er unmöglich herausfinden könnte und was ich nur verschwiegen habe, als ich gleisnerisch dem Wildgans den Wert »dieses« zuerkannte, ist: daß ich es nur als Wildgans-Restaurator, nur in seinem Stil hergestellt habe, und daß das falsche »dies« tausendmal besser ist. Ja, daß die Zeile

Stand dies Volk der Tänzer und der Geiger

schlechthin ein Kunstwerk ist, das sogar mit der widerlichen Vorstellung von d'Geigerbuam, die in d' Cherubim verwandelt sind, fertig wird und das Wildgans keinesfalls hätte schreiben können. Denn nicht weil *mir* eine Silbe gefehlt hat, sondern weil sie dem Dichter gefehlt hat, habe ich sie reklamiert. Im Druck- oder Schreibfehler, in dem rhythmischen Verstoß liegt der Wert. Weiter: in diesem Unterschied zwischen »dieses« und »dies«, in der vollkommenen Beeinflussung des ganzen Gefühlsinhaltes der Zeile durch die Möglichkeit, dies oder dieses zu wählen, in dem Spüren und Wissen, daß die korrekte Auffüllung nur eine leblose Gruppe aus Stearin herstellt, nein, eine schäbige Redensart, die nicht einmal diesen Anblick gewährt, während die Verkürzung die volle, rein lyrische Anschauung eines eben noch heiter bewegten Ensembles darbietet, das sich plötzlich sammelt und steht: darin ist so ziemlich alles enthalten, worauf es in der Kunst ankommt, was die Sprache vermag und was sie Dilettanten wie Epigonen vorenthält, und wer diesen Unterschied durchfühlen kann, dem wird sich der Blick in ein Gebiet auftun, über dessen Angelegenheiten er bisher schwätzen zu dürfen glaubte, weil er ihren oberflächlichen Sinn, ihre Übereinstimmung mit seinen Privatgefühlen, den Geschmack ihrer äußeren Form erfaßt hatte. Ich wußte, daß Wildgans dieses belebenden (und die beabsichtigte Starrheit eben aus dem zuvor Lebendigen bewirkenden) Wörtchens nicht fähig war, und es ihm lassen, hieße ihn mit fremden Federn schmücken. Man achte nur auf den Zauber dieser Veränderung, die das Aufgeben des äußern Rhythmus zugunsten eines innern bedeutet; man beachte, welche Eindringlichkeit dieses »Stand« als erste betonte Silbe mit einem Mal empfängt und wie eben an diesem Halt, durch die eintretende Verkürzung, alles rings herum locker und beweglich erscheint, ganz wie es war, ehe es in die Stellung, die der nächste Vers ihm anweist, überging. So unmittelbar ist die Wirkung, daß sie, ganz entgegen dem Fibelpathos, das die große Stunde der Geschichte wies und pries, heute an die Tragik eines Volkes rührt, dem es bei Gott besser erspart geblieben wäre, aus seinem lockeren Gefüge in die Habtachtstellung von Erzhausengeln zu geraten. Man sieht sie tanzen und man hört sie geigen. Der Ton und das Bild selbst des Geigenstrichs wird lebendig. Aus dem zahmen Gänsemarsch:

◡–◡–◡–◡–◡–◡

wird dieser Tanz:

–◡–◡–◡◡◡–◡

Mit den drei kurzen Füßen: *Tänzer* und der (Tänzerrunde) dreht sich alles, losgebunden von dem ein für allemal gestellten »Stand«. Und nun vergleiche man damit das in die Senkung gefallene »Stand« in Verbindung mit »dieses«: wie öd, wie leer dieses Vergnügungslokal ist und wie nur die animierte Leblosigkeit das »stehende«, herumstehende Volk mit dem der Tänzer und der Geiger verbindet, das eine Feuilletonphrase ist, ein tausendmal durchzitiertes »Volk der Phäaken«, das dasteht wie beim Gotterhalte im Nachtcafé. Und dieser gottverlassene Stand soll der der Engel vor dem Paradies sein! Nun habe ich freilich den Kunstwert der einen Zeile vor Augen, ohne auf die Gräßlichkeit des Vorhergegangenen Bedacht zu nehmen, das ja natürlich auch sie zweifelhaft oder als Zufallswert erscheinen lassen müßte, als einen, der durch die Schlamperei des Dichters so gut wie durch die des Nachdruckers entstanden sein konnte. Ferner wäre die Schwierigkeit zu bedenken, die sich, über das Maß der beabsichtigten Verwandlung hinaus, im jähen Tonwechsel zwischen der dritten und der vierten Zeile ergeben würde. Denn so kostbar der Vers ist, den der Dichter nicht geschrieben hat, so reizvoll die Vorwegnahme des »Stand« wäre, um ihm die Bewegung, die er doch ablöst, rhythmisch noch zu verdanken, so unglaubhaft muß die Ruhe wirken, zu der sie sich gleich wieder zu sammeln hätte. Wäre Wildgans jener Zeile fähig gewesen, so hätte er die drei andern, mindestens die ersten zwei nicht geschrieben und vor allem die Geschichtsstunde geschwänzt. Ich ließ ihm noch einen Ausweg offen: »Da stand – –«, ein Mittelmaß, das weit stärker als der originale Vers ist, schwächer als der falsche (indem zwar das Stehen sichtbar wird, doch nicht die Bewegung, da durch die nach »Volk« ent-stehende Pause die Tänzer und die Geiger auch wieder zur Redensart werden), aber immerhin einen

Übergang des Tones gestattet. Ich wußte, daß er auch dieser Wendung nicht fähig war sondern, daß seine Zeile eben lauten mußte: »Stand dieses – –« und daß alles, was über dieses Niveau emporragt, nur ein Druckfehler sein kann. Ich glaube, daß, wenn ich die Methode meiner Prüfung auf eine größere Quantität von Wildgans'schem Werk anwenden wollte, für die Qualität wenig hinzukäme. Ob das Gedicht »Legende« gut täte, von mir kennengelernt zu werden, bleibe unentschieden. Mir genügt »Infanterie«, das doch eines von denen ist, die bei einem Publikum, bei einer Literaturkritik und bei allen Instanzen, die in sprachlichen Dingen im Gegensatz zu mir kein Vorurteil kennen, sondern alles was sich reimt fressen, den Dichter berühmt gemacht haben. Es hätte mir aber auch die eine Strophe genügt, von der ich nunmehr glaube, daß sie, auf ihren wahren »Stand« gebracht, so richtiggestellt erscheint, als es nur irgendmöglich ist und der hervorragenden Bedeutung des Dichters entspricht, in der ihn herabzusetzen zwar ein aussichtsloser, aber nicht unberechtigter Versuch ist. Ich würde um alles in der Welt der erfrischenden Naivität, mit der das Publikum die Unversehrtheit seiner Lieblinge von mir reklamiert, auch nicht ein Wort, wie es ihr Dichter geschrieben hat, vorenthalten wollen.

Von Humor und Lyrik

In diesem Sommer habe ich die Gelegenheit wahrgenommen, die überwältigende Humorlosigkeit der deutschen Literatur von zahlreichen berühmten Beispielen auf mich einwirken zu lassen. Das Wesen des deutschen Humors, dem Betrachter eine Belustigtheit aufzudrängen, die er selbst dann nicht mitmachen könnte, wenn er auch nur imstande wäre, ihre Ursache zu ergründen, hat sich mir am faßlichsten in Gerhart Hauptmanns »Jungfern vom Bischofsberg« offenbart, einem Lustspiel, das ich aus Furcht vor einer Enttäuschung am Dichter des Hannele und der Pippa seinerzeit gemieden hatte und das mir nun durch das Mitleid mit dem Humor jenes archäologischen Fundes einer Wurst geradezu die Bedingungen einer Gerhart Hauptmann-Tragödie zu erfüllen schien. Es war sicherlich kein Zufall der Wahllosigkeit, daß ich unmittelbar vorher Nietzsche, an den die fröhliche Wissenschaft um dieses blamierte falsche Gelehrtentum sichtlich anknüpft – eine Zopfneckerei, die pedantischer und enger ist als alles Zopftum –, gelesen und mich an Witzen, wie etwa, daß die deutsche Kultur an der »Rhinoxera« leide, delektiert hatte und an ähnlichem polemischen Geist, der nun einmal – ja, so sind sie diese Deutschen – der Unsterblichkeit einverleibt ist. Und mit dem Respektmangel, zu dem einen kein anderer Autor so sehr autorisiert wie der, der Kant einen Idioten genannt hat, darf auch gesagt sein, daß ich unmittelbar darauf zu den höchsten Vorbildern deutschen Mißhumors vordrang, zu den Dioskuren der Witzlosigkeit, deren Xenien ich bis dahin noch nicht in ihrer erschöpfenden Fülle genossen hatte. Ich fand sie in einem merkwürdigen Band »Nachträge zu Goethes sämtlichen Werken, gesammelt und herausgegeben von Eduard Boas, Leipzig, Verlag von L. H. Bösenberg 1841«, der einfach vorbildlich ist für alle falsche Optik, durch die sich die Literaturgeschichte vor jeder andern menschlichen Betätigung auszeichnet. Es muß wirklich so sein, daß schon die bloße Möglichkeit, sich berufsmäßig mit Dingen des Geisteslebens zu befassen, den Menschen dahin bringt, das Kleine groß und das Große klein zu sehen. Die Xenien sind ganz bestimmt nichts anderes als die Ausführung des Vorsatzes zweier Schriftsteller, weil sie sich langweilten, es darum auch andern zu tun, und sie hätten das Jahr ihrer Entstehung kaum überlebt, wenn nicht eben zwei Namen darunter stünden, die wie ein gemeinsamer Schritt vom Erhabenen zum Lächerlichen und doch nicht Lustigen nur dem Staunen Raum lassen, daß es im geistigen Gebiet solche Verwandlungen geben kann. Es ist denn auch wirklich schwer, die Dioskuren auseinanderzuhalten und die Spuren Schillers von jener tieferen Humorlosigkeit, die die Satire »Götter, Helden und Wieland« oder die »Aufgeregten« geschrieben hat, zu unterscheiden und umgekehrt. Verdrießlich ist dabei nicht, daß der Schöpfer der Helena und der Pandora keine Heiterkeit verbreiten konnte, wohl aber daß er es wollte, und erstaunlich ist, daß es ihm gelang. Denn die Urteilslosigkeit der Literaturgeschichte kann sich mit Recht auf die Empfänglichkeit der Zeitgenossenschaft berufen, die von jenem Boas wie folgt vermerkt wird:

Am 31. Oktober 1517 ward die *kirchliche Reformation* in Deutschland begonnen; *im Oktober 1796 nahm die literarische ihren Anfang*. Damals schlug *Luther seine Thesen* zu Wittenberg an, jetzt erschien der *Schillersche Musenalmanach mit den Xenien*. Niemals zuvor hatte Einer den Mut gehabt, alle sanktionierten Dummheiten so schonungslos aufzurütteln, die Heuchler so scharf zu geißeln. *Unermeßlichen Vorteil zog das deutsche Schrifttum aus diesem Ereignis*, und wir wollen hier einen kurzen Abriß seiner Geschichte geben.

– – *Da erzürnten sich endlich die Leuen zu Jena und Weimar heftig*; sie beschlossen, *einmal furchtbar Gericht zu halten*, und Schiller ging mit dem gewohnten Feuer darauf ein, als Goethe den Anschlag zu den Xenien machte. Alles Kraftlose, Gemeine, Altersmorsche und Selbstsüchtige sollte befehdet, *jedoch die Grenze des frohen Humors nicht überschritten* und alles Kriminelle vermieden werden, damit die Musen dem Scharfrichter nicht ins Handwerk fielen. So ging man denn *lustig* ans Werk, und in ganzen Schwärmen, wie Zugtauben, *flatterten* die bunten Epigramme *mit der Botenfrau* zwischen Jena und Weimar hin.

– – Auch *die frische, unbefangene Jugend* jauchzte laut den Xenien entgegen, *und viele derjenigen Literaten*, welche verschont geblieben waren, *freuten sich hämisch der Flamme* auf des Nachbars Dach … *Die aber* (die Dioskuren) saßen lächelnd und unnahbar in ihrer Götterruhe, machten psychologische Studien an der fieberhaften Aufregung ihrer lieben Zeitgenossen, und ließen sich durch alles Gebell und Gewinsel nicht stören ….

In voller Nachlebensgröße tritt hier weniger sympathisch die Doppelgestalt hervor, die, schon in Marmor, psychologische Studien an der Erregung macht, als die ahnungslose Botenfrau, die mit den Epigrammen zwischen Jena und Weimar hin- und herflattern mußte.

Schiller schrieb den 12. Dezember 1796 an Goethe: »Ich werde, wenn der Streit vorbei ist, Cotta vermögen, alles, was gegen die Xenien geschrieben worden, auf Zeitungspapier gesammelt drucken zu lassen, daß es in der Geschichte des deutschen Geschmackes ad Acta kann gelegt werden.« …

In diese Geschichte des deutschen Geschmackes gehört nicht so sehr alles, was gegen die Xenien geschrieben wurde, wiewohl es ja auch trostlos genug sein mag, sondern das Werk selbst und die Begeisterung dafür. Zwar ist die frische, unbefangene Jugend jenes Zeitalters, die sich somit kaum von der heutigen unterschied, sofort als das Literatentum agnosziert, das sich hämisch der Flamme auf des Nachbars Dach freut; aber die Anspruchslosigkeit, die hier eine Flamme gewahrte, zeigt, welches Minimum von Satire damals genügt hat, um den Instinkt der Schadenfreude, der dieser Zunft wie keiner andern eingeboren ist, in Betrieb zu setzen. Das Feuer hätte schon an den schlechten Hexametern ein natürliches Hindernis finden müssen. Gleich das erste Distichon, das den »ästhetischen Torschreiber« fragen läßt:

> Halt Passagiere! Wer seid Ihr? *Weß* Stand*es* und Charakters?
> Niemand passieret hier durch, bis er den Paß mir gezeigt

deutet an, daß hier in der Tat ein großer Widerstand zu überwinden war, um die Grenze des frohen Humors zu überschreiten, und gar nicht so uneben wie solche Distichen war jenes, mit dem einer geantwortet hat:

— ◡ ◡ — — — — — ◡ ◡—◡◡ — —
In Weimar und in Jena macht man Hexameter wie der;
— ◡ ◡ —◡◡— — — — —◡◡—
Aber die Pentameter sind doch noch excellenter.

Gewiß gehört aber in die Geschichte des deutschen Geschmakkes mehr als solche Polemik die Art, wie der Literarhistoriker auf die Gegenschriften reagiert. Unter einem Dutzend, das er anführt, bespricht er eine folgendermaßen:

10. Urian's Nachricht von der neuen Aufklärung, nebst einigen anderen Kleinigkeiten. Von dem Wandsbecker Boten. (Hamburg, 1797.)

Herr Claudius gehörte zu den Leuten, die den Mund gern etwas voll nehmen, und von Allem, was sie betrifft, *recht viel Spektakel machen.* So *freute er sich gewiß auch innerlich über den Xenienangriff*; denn er konnte doch eine Entgegnung schreiben, *und die Leute sprachen nun von ihm.* Zuerst beriditet Herr Urian den Dänen über das neue Licht, das in Frankreich aufgegangen, denn schießt er grobe, plumpe Epigrammenpfeile auf Schiller und Goethe ab. Nur ein witziger Vers steht unter allen:

Der Wilhelm.

Wie er so leidig spielt mit Namen!
Nennt seinen Liebling Nickel,
Und seine Nickels Damen.

Das Xenion aber lautet:

18. Erreurs et vérité.

Irrtum wolltest du bringen und Wahrheit, o Bote von Wandsbeck.
Wahrheit, sie war dir zu schwer; Irrtum, den brachtest du fort!

Dazu die Erläuterung des Herrn Boas:

Matthias Claudius in Wandsbeck, der Übersetzer des Buchs »Des erreurs et de la vérité« von Marquis St. Martin, wovon jener sehr naiv gestand: »Dies Buch ist ein sonderliches Buch, und die Gelehrten wissen nicht recht, was sie davon halten sollen, denn man versteht es nicht. – Ich verstehe es auch nicht.«

Claudius, der sich mithin im Gegensatz zu den zeitgenössischen Literaten der Flamme auf dem eigenen Dach gefreut haben muß, hatte gewiß nicht mehr Humor als dem besten Deutschen von der Natur zugemessen wurde, immerhin etwas weniger gewaltsamen, als in 413 Xenien enthalten ist. Daß aber der Dichter des Abendliedes ein Reklameheld war, diese Entdeckung konnte nur der deutschen Literaturgeschichte gelingen, und daß unter die Leute, die den Mund gern etwas voll nehmen, ein Literarhistoriker Claudius einreihen kann und nicht etwa Claudius den Literarhistoriker, gehört zu den Dingen, die eben nur in der deutschen Literaturgeschichte möglich sind. Noch im Jahre 1841 also, 26 Jahre nach seinem Hingang, konnte über einen Mann, dessen edlen Sinn jedes Wort, das er geschrieben hat, verbürgt und der nicht Goethes Umfang und Größe, aber tiefere lyrische Augenblicke als selbst er erreicht hat, in so niedrigem Ton geschrieben werden. Den Begriff, den jener Boas von der lyrischen Schöpfung hat, offenbart er aber auch in allem, was er für Goethe zu sagen hat; etwa so:

Goethe war eine viel künstlerischere Natur; er *beherrschte* seine Werke immer und warf nichts aufs Papier, ehe es nicht *glatt* und vollendet vor seinem Geiste stand.

Trotzdem gibt's aber Varianten bei Goethe, durch deren Mitteilung sich Boas ja ein Verdienst erworben hat:

– – wir belauschen den Dichter, wie er doch zuweilen noch *glättete,* oder neue Linien eingrub, und finden dadurch ein Mittel, seinem hohen Bildungsgange folgen zu können.

Was nun diese Varianten betrifft, so geht ihre Bedeutung dem Literarhistoriker nicht aus ihnen selbst hervor, sondern:

Übrigens bin ich gegen den Einwand gewaffnet, »daß diese Varianten, sowohl in Hinsicht auf Masse als Inhalt, zu geringfügig seien, um hier mitgeteilt zu werden.«

Ein im deutschen Sprachgebiet, wo man den Wald vor lauter Blättern nicht sieht, wohl möglicher Einwand, dem Boas aber wie folgt begegnet:

Ich denke, es reicht vollkommen hin, wenn ich darauf erwidere: Die Veränderungen müssen doch wohl nicht so ganz bedeutungslos sein, da Goethe sonst gewiß Alles gelassen hätte, wie es früher war.

Ohne Zweifel. Und da geschieht es dem Literarhistoriker, der zuerst die endgültige Fassung von Wanderers Nachtlied mitteilt, daß ihm der Drucker den Schluß so hinsetzt, wie etwa der Ungar in der Anekdote ein Reimwort zitiert.

Über allen Gipfeln
Ist Ruh,
In allen Wipfeln
Spürest du
Kaum einen Hauch;
Die Vögelein schweigen im Walde.
Warte nur, balde
Ruhest *auch du*.

Wird hier durch die Umstellung zweier Worte das Werk entwertet, so zeigt die Urfassung in der Tat, wie wenig Worte verändert werden mußten und wie weit doch der Weg zu einem Gipfel deutscher Lyrik war:

Unter allen Gipfeln ist Ruh;
In allen Wäldern hörest du
Keinen Laut!
Die Vögelein schlafen im Walde;
Warte nur! balde, balde
Schläfst auch du!

(Man hätte nur »Die Vögelein *schlafen*« erhalten gewünscht.)

Dieser Goethesche Ernst rührt doch mit jedem Buchstaben an tiefere menschliche Gründe als der Entschluß, die Grenze des frohen Humors nicht zu überschreiten, aber auch nicht zu erreichen. Und wann wäre dieses Gebiet von einem deutschen Geist jemals betreten worden? Wobei ich natürlich mit dem denkbar größten Respekt jenen Humor außer allen Zweifel stelle, den die Humorlosen als so etwas wie ein metaphysisches Schmunzeln über sämtliche Schwächen der Menschheit definiert wissen wollen und der zwar behaglicher und geruhsamer, aber nicht dankenswerter ist als alle Versuche, sie mit Langeweile zu geißeln.

Man wird schon gemerkt haben, daß ich Humor mit Witz verwechsle, aber ich tue es gern, indem ich tatsächlich nicht weiß, was das Wesen des Humors ist, wenn ihm der Witz fehlt. Ich will ja nicht behaupten, daß ich zur Beurteilung dieser Dinge kompetent sei, aber an den großartigsten Beispielen von deutschem Humor ist er mir als die Eigenart erschienen, keinen zu haben und für diese menschliche Schwäche ein verstehendes Lächeln aufzubringen. Jean Paul, der gewiß in vielem verehrungswürdige und trotz umfassender Bildung unbeschränkte Geist, sagt, daß der Humor, als das umgekehrte Erhabene, nicht das Einzelne, sondern das Endliche durch den Kontrast mit der Idee vernichte; es gebe für ihn keine Toren, sondern nur Torheit und eine tolle Welt. Es wird wohl noch wenigen Lesern gelungen sein, an des Feldpredigers Schmelzle Reise nach Flätz diese Erkenntnis zu überprüfen; aber ich glaube, daß der Witz unzweifelhaft daran festzustellen ist, daß er im Einzelnen das Endliche durch den Kontrast mit der Idee vernichtet, während der Humor eigentlich daran zu erkennen ist, daß er durch die Ausflucht in das Allgemeine dieses Kontrastes gar nicht habhaft und seine Beziehung auf die Idee oder seine Vernichtung des Endlichen nur glaubhaft wird, weil er nicht das Temperament hat, sich zu dem Einzelnen so herabzulassen, daß es nicht mehr vorhanden ist, was diesem doch widerfährt, wenn sich der Witz nur zu regen beginnt. Da ich infolge einer angeborenen Unzulänglichkeit Romane nicht zu Ende lesen kann, indem ich, der imstande ist, sechzehn Stunden ohne Unterbrechung und ohne Ermüdung zu arbeiten, schon beim geringsten Versuch, mir zu erzählen, daß Walter beim Betreten des Vorzimmers auf die Uhr sah, was mich so wenig angeht wie alles was weiter geschah, in tiefen traumlosen Schlaf verfalle, so sind mir sicherlich, nebst allem, was die Menschheit in Spannung versetzt, zahllose Perlen entgangen, die gesammelt ein Schatzkästlein deutschen Humors ergeben würden. Selbst die anerkanntesten Abkürzer – von Kleist, der mit einem »dergestalt daß« über alles Unwesentliche bei der Vergewaltigung der Marquise von O. hinweggeht, bis zu Heinrich Mann, der überhaupt nur jenes Wesentliche andeutet, das ihm die Erscheinungen sowie Hintergründe des mondänen Lebens erschlossen haben – konnten mir's nicht leichter machen, da ich mir eben nichts »erzählen« lasse und mir die letzte Lokalnotiz oder deren Dichtung bei Peter Altenberg stets unendlich mehr gesagt hat als jedes Werk einer Kunstform, die, wie keine andere, der Sprachschöpfung entraten kann (um alles andern willen was nichts mit der Sprache zu schaffen hat, wie Bericht und Psychologie) und in deren unkontrollierbarer Weite die wirkende Persönlichkeit zugunsten der Wirkung abdankt. Es scheint mir überhaupt keine andere Wortkunst zu geben, als die des Satzes, während der Roman nicht beim Satz, sondern beim Stoff beginnt. Dagegen vermöchte ich von der Lyrik nichts Höheres auszusagen, als was mir ein Berliner Raseur, ungefragt aber bedankt, ins Ohr geflüstert hat: »Ja, *der* Bart hats *in* sich!« Im Drama bleibt die reine Schöpfung um die Notwendigkeit verkürzt, sie durch szenische Anweisungen und Behelfe für die reale oder vorgestellte Bühne zu ergänzen. Was die humoristischen Vertreter der Gattung betrifft, so möchte ich gestehen, daß mich seit der Minna von Barnhelm, die bekanntlich ein echt deutsches Lustspiel ist, eine unbestimmte Furcht vor dem Genre beseelt hat, welche durch Freytags »Journalisten« nicht behoben werden konnte, so gern ich einräume, daß es großen Schauspielern gegeben war, in den Rollen solcher Stücke eine gewisse Heiterkeit zu verbreiten. Die typische Hoffnung der Literarhistoriker, daß dieser oder jener Autor dem Publikum endlich »das deutsche Lustspiel schenken« werde, habe ich immer als eine bange Erwartung mitgemacht und erlöst aufgeatmet, sooft nichts daraus wurde. Was Grabbe in seiner maßlos einfältigen Schrift über die »Shakspero-Manie« (die in jeder Zeile belustigender wirkt als ein deutsches Lustspiel und zum Beispiel sein eigenes) gegen den Falstaff sagt, ist so übel nicht: »Ein Charakter, der bloß des Lebensgenusses wegen komisch und witzig ist«, sei »von der Grundlage der deutschen National-Komik, welche auch das Lustige unmittelbar auf Ideale bezieht und daher schon dessen Erscheinung als solche schätzt, weit entfernt«. Das ist er in der Tat. Man vergleiche nur jede Geste dieser Gestalt – die erst in der dem deutschen Publikum bekannten Oper »Die lustigen Weiber von Windsor« zur Leibhaftigkeit ihres Genies herabgekommen ist – mit allem, was das deutsche Lustspiel auf der Grundlage der deutschen National-Komik hervorgebracht hat. Wann aber hätte gerade sie das Lustige auf andere Ideale bezogen als auf das Fressen und Saufen, hinter dessen Komik doch nicht die Spur eines tragischen Zugs, wie er jener ritterlichen Verlumpung anhaftet, wahrnehmbar wird! Siebzig Jahre ›Fliegende Blätter‹, die den Frohsinn einer Nation von deutscher Burschenherrlichkeit zu deutscher Philisterschäbigkeit fortgebracht haben, sprechen wohl ebenso viele Bände für das Wesen deutscher Erlustigung: in Wort und Bild Illuminierung des Umstands, daß »Humor« Feuchtigkeit bedeutet. Die Charaktere, die aus solcher Belletristik in solches Leben hineingewachsen sind und umgekehrt, haben mit dem Falstaff nicht einmal den Lebensgenuß, sondern bloß dessen Mittel gemeinsam; ganz gewiß nicht den Ertrag der Komik und des Witzes. Wenn die deutsche Literatur nur an das Thema des Fressens und Saufens rührt, so stellt sie die lebendige Atmosphäre der Unappetitlichkeit her, die die physische Zeugenschaft dieses Aktes zur Pein macht, und es vollzieht sich alles mit dem Anspruch, daß die Aufnahme von Lebensmitteln an und für sich etwas Bemerkenswertes und Komisches sei. Nichts wird dem deutschen Humoristen zum größeren Erlebnis als die

Vorgänge der Verdauung, und man erinnert sich noch, daß eine deutsche Sängerschar auf einer Ozeanfahrt sich und die Leser in der Heimat mit nichts Besserem zu zerstreuen wußte als mit der gegenseitigen Beobachtung der Seekrankheit und ihrer Begleiterscheinungen. Daß ein Wein gepantscht sein kann, ist ein Motiv, das von jeher deutsche Lustigmacher zu einem Grimm befruchtet hat, der in einem befreienden Lachen seinen versöhnlichen Ausklang zu finden hatte, und der deutsche Humor macht den Säufer nicht zum abschreckenden Beispiel, sondern sich zum Kumpan. In die Kategorie solcher urwüchsigen Geistlosigkeit gehört ein Gedicht, das ich in einer deutschen Zeitschrift, »Die Meister«, finde, die sich die Aufgabe gestellt zu haben scheint, vor deren Lektüre zu warnen. Von Ludwig Anzengruber, den die Liberalen zum Dichter gemacht haben, weil er den »Pfarrer von Kirchfeld« geschrieben hat, und dem, da er längst keiner mehr ist, die Klerikalen noch seine anständige Gesinnung nachtragen, rührt das Folgende her, das als Muster feuchtfröhlicher Fadaise schon ganz geschluckt werden muß:

Herr Wirt

Herr Wirt, was war das nächtens für
Ein gottverfluchter *Tropfe*?
Es schmerzt mich heute morgens schier
Ein jedes Haar am Kopfe!
Wie muß die edle Gottesgab'
Verschändet und ver*hunzt sein*?
Mein Seel, was ich getrunken hab',
Das war wohl eitel *Kunstwein*!

Ei, heb' die Hand beteuernd nicht,
Daß dieser Soff Natur ist.
Man weiß ja doch, verdammter Wicht,
Daß leicht wie Spreu dein Schwur ist.
Üb' lieber Treu und Redlichkeit,
Schreib's an die Etikette,
Damit sich sachte noch beizeit
Ein Christmensch davor rette.

Du hättest nur wie vor und *eh*
'was Kellerei betrieben
Und dir sei an*organische*
Chemie ganz fremd geblieben?!
Hör du, es ist doch ganz *umsunst*,
Hier Lügen zu erstinken,
'ist Kunstwein, denn 's ist eine Kunst,
Von diesem Wein zu trinken.

Von der Banalität abgesehn, die solche Anstrengung braucht, um zu solchem Einfall zu kommen, und nebst aller Versquetscherei ist der Reim »verhunzt sein« und »Kunstwein« bemerkenswert. Es ist aber der typische Reim der deutschen Lustigkeit, den die von ihr Befallenen noch als Reim hören. Heine ist gewiß von anderer Art, da er mit etwas mehr wurzellosem Witz als urkräftigem Behagen die Herzen aller Hörer zwingt. Aber in einer seiner Klapperstrophen, die durch die Lizenz, daß sich der dritte Vers nicht reimen muß, einer Welt von Frechheit Mut zur Satire gemacht haben, reimt sich der vierte folgendermaßen:

Von Köllen bis Hagen kostet die Post
Fünf Taler sechs Groschen preußisch.
Die Diligence war leider besetzt
Und ich kam in die offene Beichais'.

Hier ist wirklich die äußerste Einheit gedanklichen und klanglichen Wertes erreicht. Der Dichter hat getrost einen Hinweis unterlassen können, daß »preußisch« »preußäsch« ausgesprochen werden soll, um den Reim zu ermöglichen. Es hätte ihm ohnedies nichts geholfen, da »Beichais« – man weiß zuerst gar nicht, was das ist – leider nun einmal »Beischäß« und nicht »Beißäsch« ausgesprochen wird. Da kann einer nur das Dichterwort zitieren, daß die Diligence leider besetzt war; bei solchem Mangel an Sorgfalt für das Wort muß man wohl oder übel in die Beichais' kommen. Aber ein Dichterohr merkt keinen Unterschied und eine Kultur hat von der Lieder süßem Mund, der die Vorstellung »preußisch« mit einer »Chaise« in Harmonie bringt, ihren Begriff von Lyrik abgenommen. Und ein erschrockener Wildgans-Verehrer fragt mich, ob ich am Ende auch das Buch jener Lieder meine, das »einen Teil des deutschen Kulturbesitzes ausmacht«, wenn ich von einer Lyrik spreche, die im tiefsten Einklang mit dem, was das Publikum zu hören wünscht, ihm das einsagt, was es aus Zeitmangel nicht selber dichtet. Er hat's erraten, aber ich meine es nicht nur auch, sondern auch nur es, denn alles weitere kommt ja davon, ist ja bereits von einem Publikum, das sich ausnahmsweise Zeit genommen hat und unter die Literaten gegangen ist. Und um den, der die Rechnung ohne den Wirt Humor gemacht hat, beim Wort zu nehmen: wem könnte es ferner liegen, als mir, zu bestreiten, daß die Heine'sche Lyrik einen Teil des deutschen Kulturbesitzes ausmacht.

Nicht zu ihm gehören Couplets von Nestroy, der von diesem Wirt keinen Kunstwein bezieht und dafür auch ein sprachliches Charakterbild von Versoffenheit hergestellt hat, das auf festeren Beinen schwankt als die gesamte deutsche Lustigkeit von Goethe und Schiller bis Anzengruber und Hauptmann. In der Fortsetzung des »Lumpazivagabundus« tritt der schon ganz verkommene Knieriem mit dem folgenden Entree auf die Szene:

Herr Wirt, ein' saubern Slibowitz,
Ich hab' jetzt g'rad auf einen Sitz
Drei Hering' 'pampft in mich hinein,
Drauf 'trunken a vier Halbe Wein,
Hernach hab' ich ein' Heurig'n kost't,
Acht Würsteln und sieb'n Seidel Most,
Dann friß ich, denn das war net gnua,
Fünf Brezeln und ein' Kaas dazua,
Drum möcht' ich, denn ich hab' so Hitz',
Mich abkühl'n mit ei'm Slibowitz.

Hab'n Sie 's schon g'hört, daß s' drent beim Rab'n
Mich heut hinausgeworfen hab'n?
A jede Ripp' in mir hat 'kracht,
Mein Plan zur Rache ist schon g'macht.
Die Gäst' drent hab'n mir d' Freud' verdurb'n,

Jetzt beutl' ich z'Haus den Schusterbub'n,
Und wenn mich jemand hier tuschiert,
Wird heut mein Weib noch malträtiert;
Ich lass' gern, komm' ich schiach nach Haus,
Mein' Zorn an der Familli aus!

Das wiegt natürlich – und kein Mensch kennt es – als Gestalt einen ganzen Schalanter auf und ist einfach das Denkmal eines Volkstums. Vor solcher Vergeistigung des Ordinärsten wird der deutsche Humor der Viktualien kleinlaut. Aber gegen diese Lyrik, in der man nach den Schlägen, die das Weib bekommt, skandieren kann, und gegen dieses versoffene Organ, in dem sich so organisch die Rache mit dem Krachen der Rippen zum Reim fügt, hat halt doch auch die Loreley einen schweren Stand. Nebst den scharfen Spuren, die er bei Lichtenberg und bei Busch hinterließ, dürfte der deutsche Humor, jener, der nicht von der eigenen Belustigung lebt – der Humor der Sprache, nicht der des »Stoffes« (Alkohols) – ganz auf Nestroy aufgegangen sein. Und da er in ihm konzentriertester Spiritus war (und nicht bloß jene Feuchtigkeit, die den deutschen Sinn in Laune versetzt), so ergab er auch den echten Lyriker. Aber zum deutschen Kulturbesitz gehört das Bewußtsein, daß Humor sich dann bildet, wenn der Wein gepantscht ist, und Lyrik, wenn sie wie eine Blume ist. Wiewohl sie dann doch auch nur eine Kunstblume ist.

Dichters Klage

Unsere Sprache hat keine Hüter mehr; keine Gesetze schonen sie; lieblos wird mit ihr verfahren; daher weigert sie auch die Frucht, ihr geschundener Leib gebiert nicht mehr und verwirrt in geheimnisvoller Rache die Sinne und Geister der Menschen.

Solches klagt Herr Jakob Wassermann und zwar – die Sprache hat doch noch ein gutes Wort geboren –: ausgerechnet in der Neuen Freien Presse. Und zu dieser Klage verführt ihn die Begeisterung für die Dante-Übersetzung des Herrn Rudolf Borchardt, der die Sprache wieder gebärfähig gemacht und mit ihr die folgenden Terzinen gezeugt hat (wobei Herr Wassermann »aufmerksam macht, daß der Hiatus beim lauten Sprechen zu verschleifen ist«. Nachträgliche Reklamationen werden nicht berücksichtigt):

Wir lasen eines Tages durch Kurzeweil
Von Lanzelot, wie Minne ihn unterjochte,
Allein selbzweit und wähnten kein Unheil.

Mehr denn einmal die Blicke uns schon verflochte
Zu lesen das, und schuf uns Farbe krankend;
Doch war's ein Punkt nur, der uns übermochte:

Als wir da war'n, wo solchem Freunde dankend,
Kuß ward, was sehnlich Lachen eh gewesen,
Trank mir den Mund, am ganzen Leibe wankend,

na und so weiter, es können auch Druckfehler sein. Herr Wassermann empfing es »wie eine Botschaft, unmißverständliche Versicherung, daß das Gut der Sprache, Gut der Phantasie, also auch Gut des Herzens, um etwas Kostbares und nie wieder zu Verlierendes bereichert worden war«. Natürlich gibt er zu, daß der Leser vor »solcher Fülle des Fremden, fremden Wortes und fremden Bildes, gewaltsamer Struktur und neuartiger oder aus verschütteten Sprachquellen wiedergehobenen Prägung« seine eigene Flüchtigkeit und Ratlosigkeit »zu einem Unvermögen und einer Verschrobenheit des Autors stempeln wird, was in solchen Fällen die Regel ist«. Aber die Ausnahme wäre, daß der Leser nicht recht hätte, und gerade die trifft hier nicht zu. Denn wenn bei Herrn Borchardt wirklich »alles unwegsam, verschlossen, trotzig, von eherner Folgerichtigkeit und granitener Härte« ist, also jener schöpferische Stand erreicht, vor dem der Durchschnittsleser zurückschrickt, so möge er es doch versuchen, zunächst mit diesem das äußere Verständigungsmittel der Sprache gemein zu haben und dann erst unverständlich zu sein! Unwegsamkeit ist spielend zu erzielen, wenn man Dante aus dem Deutschen ins Mittelhochdeutsche übersetzt; aber auf die kommt es keines Unwegs an. »Ein so ungeheures Gedicht wie das Dantesche«, meint Herr Wassermann, könne »in dem Deutsch unserer Epoche ganz unmöglich wiedergegeben, nicht einmal umrissen werden«. Aber auch kein Originalwerk kann demnach in der heutigen deutschen Sprache entstehen. Dies wird offenbar aus dem Umstand erschlossen, daß weit und breit keines entsteht. Nun, Herr Wassermann kann von dieser Schwierigkeit ein Lied singen:

In *diesem Bezuge* sind wir so verarmt, daß von dem Grad der Verarmung nur die wenigen Dichter, *denen es aufgegeben ist*, mit solchem *Handwerkszeug* Bild und Gestalt hervorzubringen, wissen und darunter leiden. Sie müssen sich wegträumen vom hoffnungslos Mittleren und das *ehemals* rein *gewesene Becken* mit *verzweifelten Händen* vom Spülicht des Alltags und Kehricht der Mode erst einigermaßen säubern, ehe sie dazu gelangen können, aus ihm zu schöpfen.

Ist das ein Jammer! Sie müssen sich zugleich wegträumen und säubern. Aber seit wann sind denn die Herrschaften genötigt, wenn sie schaffen wollen, aus einem Schaffel zu schöpfen? (Und aus einem ehemals rein »gewesenen«, das also wohl damals schon nicht mehr rein war.) Und warum verwenden sie denn zur Beseitigung von Spülicht und Kehricht ihre verzweifelten Hände? Und überdies ist ihnen die Sprache auch noch ein Handwerkszeug. Ja, mit der Sprache ist's eben schwer. Bei den anderen Künsten würden Farbe und Stein vielleicht doch nicht mit Pinsel und Meißel verwechselt werden. Aber Herr Wassermann wollte jedenfalls sagen, daß der Dichter *aus* dem *Zeug* der Sprache schaffe, und dieses sei eben minderwertig geworden.

Die Flexionen verlieren ihre Festigkeit, Grammatik und Syntax werden nachgiebiger, die Verba unheilvoll geschwächt und verweiblicht, die substantivische Kraft des Satzgebildes macht mehr und mehr einer adjektivischen Unbestimmtheit Platz.

Aber wenn der l. u. über Wassermann schreibt, ist's doch schön. Und im Feuilletonteil wird die alte Schopenhauerklage angestimmt. Als ob der Zustand nicht bloß die Verluderung der Empfänglichkeit bedeuten würde und den wahren Geber hindern könnte, die Flexionen wieder zu festigen, es mit einer unnachgiebigen Syntax zu halten, die Verba zu stärken und substantivische Kraft statt adjektivischer Unbestimmtheit zu bewähren. Nein, er muß sich statt dessen wie Herr Borchardt »am Mittelhochdeutschen des dreizehnten und vierzehnten Jahrhunderts schulen und in die provençalische und toskanische Minnedichtung versenken«! Herr Wassermann hält sich allerdings in diesem Bezug schon mit etwas Schopenhauer schadlos, spricht von Borchardts Unternehmen, »*als welches* durchaus für sich besteht« und »mit keiner der früheren *Disziplinen* und Fassungen irgend verwandt ist« – was von einer Übersetzung zu sagen ziemlich sinnlos ist und von dem Bestreben kommt, »alt« zu schreiben –, und sagt, es gehe um etwas, »worauf deutsche Augen und Ohren *nicht zuvörderst* eingestellt sind«. Sagte er das alles auf Wassermannisch, es klänge beiweitem nicht so tiefgründig. Den Lesern der Neuen Freien Presse – ausgerechnet – erzählt er, er erblicke in Borchardts Werk (das selbstverständlich »bei der ›Bremer Presse‹ gedruckt ist«) »eine Bereicherung des Goldbestandes unserer Literatur, der keine papierene Fälschung etwas anzuhaben vermag«, und fordert sie zu »Aufblick und Hingabe« auf »und damit Befreiung von den marternden Geschäften und Häßlichkeiten des Tages«. Aber sie werden, wenn mehr denn einmal die Blicke uns schon verflochte zu lesen das, und schuf uns Farbe krankend, gleichwohl nur im Aufblick zum Stagelgrünen Rettung suchen. Ihr Undank bewiese aber nicht das geringste für die sprachschöpferische Qualität des Borchardt'schen Werkes. Denn die Trivialität wird erst zu schanden an der Sprachschöpfung, die, so weit entfernt vom Mittelhochdeutschen wie jene selbst, eben aus dem Zeug der Trivialität Bild und Gestalt hervorbringt. Herr Wassermann und der »engere Kreis von Freunden« um Borchardt mögen zur Kenntnis nehmen, daß das möglich ist. Daß im Zitat eines Zeitungsausschnittes Sprachschöpfung sein kann und mehr als in einer Dante-Übersetzung. Daß die beiden Verse mit dem Naturreim »Wessely – Presse lieh«, deren Verfasser sich keineswegs vom hoffnungslos Mittleren wegträumen mußte, ja daß sogar die Verse:

> man bemerkte u. a. die Persönlichkeit
> der Berta Zuckerkandl

reinste Lyrik sind. Kein Becken mußte da vom Spülicht des Alltags und Kehricht der Mode »zuvörderst« gesäubert werden. Denn es kommt in der Literatur nicht auf das Wort an, sondern darauf, wo und wie es steht. Unverständlich sei das Verständliche. Für verschroben halte philiströse Ratlosigkeit das Einfache. Eben dieses bedarf dreimaliger Lektüre, um die Wortgestalt erkennbar zu machen. Die Herren Dichter brauchen eine andere Sprache? Ich werde ihnen was malen; besser dichten sollen sie, dann wirds schon gehn! Mir ist seit den Tagen, da ich die unbeholfensten Schulaufsätze gemacht habe, selbst der Wortbestand der heutigen Sprache Gottseidank nicht so weit erschlossen wie etwa dem Dichter der Renate Fuchs. Wenn ich ein Substantiv brauche, lasse ich mir ein Fremdwort einfallen, um im Fremdwörterbuch nach Synonymen zu suchen, und wenn ich ein Adjektiv brauche, so schlage ich halt im Ullmann nach. Und doch bin ich auch in Verlegenheit vor dem Reichtum an Wortgestalt, bevor ich das Wort habe, und würde auf Volapük ein besseres Gedicht zustandebringen als die um Borchardt und Wassermann. Es ist freilich sehr beklagenswert, daß die Zeitungswelt, die den Ruhm dieser Herrschaften besorgt, auch die Verflachung der Sprache durchgeführt hat. Aber was der Zustand den Dichter angehen soll, habe ich nie verstanden. Das welkste Wort blüht doch unter seinen Händen, die gar nicht verzweifelt sein müssen, es wäre denn vor der Fülle, die da ersteht, und im Bewußtsein der Nichtempfänglichkeit einer Zeitungswelt vor eben diesem Wunder. Sie spürt nur Papier, und ein und dasselbe Wort ist doch zugleich Papier und Gold. Der große Maler muß auch mit Kot malen können, und dies steht mir noch über der den Philister erschütternden Sicherheit, daß er mit Farbe Kot malen kann. Alles andere sind Ästhetenfaxen, die der Kunst von der andern Seite her so wenig nahe kommen wie der Philistersinn. Von der Relativität des Wortwerts, von der Veränderlichkeit der Wortmaterie zwischen Gestaltung und Nichtgestaltung wie innerhalb der Gestaltung, von dem, was zwischen den Worten Atem, Raum und Leben hat, ist da wie dort keine Ahnung. Was mir die Blicke verflochte zu schreiben das, zwingt mich nicht ins dreizehnte Jahrhundert. Mit Zeug und Handwerkszeug zufrieden, bringe ich aus der Trivialsprache Bild und Gestalt des heutigen Lebens hervor. Aber selbst um ein Liebesgedicht zu machen (das um kein Gran mehr Lyrik enthielte als jeder Satz einer Glosse), habe ich mich nie in die provençalische und toskanische Minnedichtung versenkt.

Die Sprache

Der Versuch: der Sprache als Gestaltung, und der Versuch: ihr als Mitteilung den Wert des Wortes zu bestimmen – beide an der Materie durch das Mittel der Untersuchung beteiligt – scheinen sich in keinem Punkt einer gemeinsamen Erkenntnis zu begegnen. Denn wie viele Welten, die das Wort umfaßt, haben nicht zwischen der Auskultation eines Verses und der Perkussion eines Sprachgebrauches Raum! Und doch ist es dieselbe Beziehung zum Organismus der Sprache, was da und dort Lebendiges und Totes unterscheidet; denn dieselbe Naturgesetzlichkeit ist es, die in jeder Region der Sprache, vom Psalm bis zum Lokalbericht, den Sinn dem Sinn vermittelt. Kein anderes Element durchdringt die Norm, nach der eine Partikel das logische Ganze umschließt, und das Geheimnis, wie um eines noch Geringeren willen ein Vers blüht oder welkt. Die neuere Sprachwissenschaft mag so weit halten, eine schöpferische Notwendigkeit über der Regelhaftigkeit anzuerkennen: die Verbindung mit dem Sprachwesen hat sie jener nicht abgemerkt, und dieser so wenig wie die ältere, welche in der verdienstvollen Registrierung von Formen und Mißformen die wesentliche Erkenntnis schuldig blieb. Ist das, was sie dichterische Freiheit nennen, nur metrisch gebunden, oder verdankt sie sich einer tieferen Gesetzmäßigkeit? Ist es eine andere als die, die am Sprachgebrauch wirkt, bis sich ihm die Regel verdankt? Die Verantwortung der Wortwahl – die schwierigste, die es geben sollte, die leichteste, die es gibt –, nicht sie zu haben: das sei keinem Schreibenden zugemutet; doch sie zu erfassen, das ist es, woran es auch jenen Sprachlehrern gebricht, die dem Bedarf womöglich eine psychologische Grammatik beschaffen möchten, aber so wenig wie die Schulgrammatiker imstande sind, im psychischen Raum des Wortes logisch zu denken.

Die Nutzanwendung der Lehre, die die Sprache wie das Sprechen betrifft, könnte niemals sein, daß der, der sprechen lernt, auch die Sprache lerne, wohl aber, daß er sich der Erfassung der Wortgestalt nähere und damit der Sphäre, die jenseits des greifbar Nutzhaften ergiebig ist. Diese Gewähr eines moralischen Gewinns liegt in einer geistigen Disziplin, die gegenüber dem einzigen, was ungestraft verletzt werden kann, der Sprache, das höchste Maß einer Verantwortung festsetzt und wie keine andere geeignet ist, den Respekt vor jeglichem andern Lebensgut zu lehren. Wäre denn eine stärkere Sicherung im Moralischen vorstellbar als der sprachliche Zweifel? Hätte er denn nicht vor allem materiellen Wunsch den Anspruch, des Gedankens Vater zu sein? Alles Sprechen und Schreiben von heute, auch das der Fachmänner, hat als der Inbegriff leichtfertiger Entscheidung die Sprache zum Wegwurf einer Zeit gemacht, die ihr Geschehen und Erleben, ihr Sein und Gelten, der Zeitung abnimmt. Der Zweifel als die große moralische Gabe, die der Mensch der Sprache verdanken könnte und bis heute verschmäht hat, wäre die rettende Hemmung eines Fortschritts, der mit vollkommener Sicherheit zu dem Ende einer Zivilisation führt, der er zu dienen wähnt. Und es ist, als hätte das Fatum jene Menschheit, die deutsch zu sprechen glaubt, für den Segen gedankenreichster Sprache bestraft mit dem Fluch, außerhalb ihrer zu leben; zu denken, nachdem sie sie gesprochen, zu handeln, ehe sie sie befragt hat. Von dem Vorzug dieser Sprache, aus allen Zweifeln zu bestehen, die zwischen ihren Wörtern Raum haben, machen ihre Sprecher keinen Gebrauch. Welch ein Stil des Lebens möchte sich entwickeln, wenn der Deutsche keiner andern Ordonnanz gehorsamte als der der Sprache!

Nichts wäre törichter, als zu vermuten, es sei ein ästhetisches Bedürfnis, das mit der Erstrebung sprachlicher Vollkommenheit geweckt oder befriedigt werden will. Derlei wäre kraft der tiefen Besonderheit dieser Sprache gar nicht möglich, die es vor ihren Sprechern voraus hat, sich nicht beherrschen zu lassen. Mit der stets drohenden Gewalt eines vulkanischen Bodens bäumt sie sich dagegen auf. Sie ist schon in ihrer zugänglichsten Region wie eine Ahnung des höchsten Gipfels, den sie erreicht hat: Pandora; in unentwirrbarer Gesetzmäßigkeit seltsame Angleichung an das symbolträchtige Gefäß, dem die Luftgeburten entsteigen:

> Und irdisch ausgestreckten Händen unerreich-
> bar jene, steigend jetzt empor und jetzt gesenkt,
> Die Menge täuschten stets sie, die verfolgende.

Den Rätseln ihrer Regeln, den Plänen ihrer Gefahren nahezukommen, ist ein besserer Wahn als der, sie beherrschen zu können. Abgründe dort sehen zu lehren, wo Gemeinplätze sind – das wäre die pädagogische Aufgabe an einer in Sünden erwachsenen Nation; wäre Erlösung der Lebensgüter aus den Banden des Journalismus und aus den Fängen der Politik. Geistig beschäftigt sein – mehr durch die Sprache gewährt als von allen Wissenschaften, die sich ihrer bedienen – ist jene Erschwerung des Lebens, die andere Lasten erleichtert. Lohnend durch das Nichtzuendekommen an einer Unendlichkeit, die jeder hat und zu der keinem der Zugang verwehrt ist. »Volk der Dichter und Denker«: seine Sprache vermag es, den Besitzfall zum Zeugefall zu erhöhen, das Haben zum Sein. Denn größer als die Möglichkeit, in ihr zu denken, wäre keine Phantasie. Was dieser sonst erschlossen bleibt, ist die Vorstellung eines Außerhalb, das die Fülle entbehrten Glückes umfaßt: Entschädigung an Seele und Sinnen, die sie doch verkürzt. Die Sprache ist die einzige Chimäre, deren Trugkraft ohne Ende ist, die Unerschöpflichkeit, an der das Leben nicht verarmt. Der Mensch lerne, ihr zu dienen!

X. Warum die Fackel nicht erscheint

Man frage nicht, was all die Zeit ich machte.
Ich bleibe stumm;
und sage nicht, warum.
Und Stille gibt es, da die Erde krachte.
Kein Wort, das traf;
man spricht nur aus dem Schlaf.
Und träumt von einer Sonne, welche lachte.
Es geht vorbei;
nachher war's einerlei.
Das Wort entschlief, als jene Welt erwachte.

Warum die Fackel nicht erscheint

Anfang Januar bis 12. Februar 1934

Sehr geehrter Herr!

Als Verlag der Fackel bitten wir Sie, die folgende Erklärung entgegenzunehmen, von der wir fürchten, daß Sie sie noch weniger verstehen werden als das, was erklärt werden soll. Aber dann könnte man halt nichts machen, und es kommt doch nur darauf an, daß man alles versucht hat. Wir haben Ihnen also im Namen eines Schriftstellers, der der deutschen Literatur als Außenseiter angehörte, durch polemische Schriften Anteil an den Vorgängen der Umwelt zu nehmen schien und sich nun von deren Dummheit angegriffen, ja bis zur Erkenntnis seines Unvermögens überwältigt fühlt, das Folgende zu sagen:

Da der Herausgeber der Fackel und alleinige Verfasser ihres Textes – wie ihrer Umschlagsnotizen – nun einmal, für das Sie hauptsächlich interessierende Thema, den Vorsatz ausgesprochen hat, stumm zu bleiben und auch nicht »warum« zu sagen; da aus diesem Grunde noch mehr gefragt wird und mithin vielleicht doch ein Hindernis im Weg stände, wenn er tun wollte, was ihm beliebt, nämlich zu den kleinen Themen im Gebiete des Geisteslebens übergehen; da es ihm schwer fällt, die unterbrochene Verbindung mit den Interessen der Sprache, der Kunst, der Menschheit höhern Ranges ohne ein vermittelndes Wort aufzunehmen, so schwer, wie ein solches zu sprechen, womit er eben keinem innern Gebot gehorchte gleich jenem, das die Vermeidung des eigentlichen Themas auf die Dauer seiner Aktualität erzwungen hat; da – aber der Satz würde so lang wie diese, während der Anfang einer begehrteren und gleich in medias res gehenden Abhandlung kurz gelautet hätte: »Mir fällt zu Hitler nichts ein.«

Wohl wäre die Erläuterung, die gerade dieser Notstand erfordert, umfänglich gewesen und von vielerlei Einfällen begleitet, die inzwischen als Kleingeld unter die Leute gekommen sind – geschöpft aus dem Bereich jenes lähmenden Zaubers, der zum erstenmal der politischen Phrase die Tat, dem Schlagwort den Schlag entbunden hat und dem die Stirn zu bieten nicht mehr im Schutz der Metapher gewährt ist. Um diese wahrhaft geistesgeschichtliche Neuerung, um das Ereignis, daß die Faust aufs Auge paßt, hätte sich alle Betrachtung gruppiert. Doch wie könnte solcher Erlebnisinhalt einer Generation, die durch den Bericht um das Erlebnis gebracht ist, nahe gehen? Und er hätte ihr doch so nahe zu gehen, daß sie ihn überhaupt nicht mehr als Lesestoff begehrte! Verstände sie, daß Erschütterung vor dem Unsäglichen den Verzicht erzwingen kann, es zu sagen? Dort ist eine Welt durch die Redensart, die man beim Wort nahm, zur Tat aufgebrochen; hier ist eine zurückgeblieben, die, kaum von Fall zu Fall erlebend, immer noch den Rückweg für gangbar hält, die von ihr verluderte Freiheit mit Worten beschwörend, als lebte sie nicht in der Wirklichkeit, die sie beschreibt, immer noch wähnend, die Tat lasse mit sich reden. Was sich die Zivilisation, unwert ihrer Erfolge, da eingebrockt hat, nimmt sie, wo die Kraft ihrer Lenden protestieren gegangen ist, als »Reaktion« zur Kenntnis, als politischen Rückschlag, den sie »Faschismus« nennt, pochend auf Urväterhausrat einer politischen Opposition, die ein schönes Auskommen mit jener Tyrannei garantierte, deren Verkehrsformen von einem unwiederbringlichen kulturellen Inhalt bezogen waren. Glückliche Anlage einer Demokratie, die noch immer glaubt, sie sei dem Schutze des Publikums empfohlen, wenn nicht gar unter Denkmalschutz gestellt, welchem die deutsche Sozialdemokratie ihr Parteiarchiv vertraute, als Hannibal schon intra portas war. Und vollends die unsrige, die unverwüstliche komische Alte, die sich den Luxus leisten kann, gegen zwei Faschismen zugleich zu »kämpfen«, prinzipiell entschlossen, die Lebensrettung durch den sogenannten »Beelzebub« abzulehnen; dieser Glückspilz unter den Parteien, der nach jeglichem Unwetter phraseologisch gedeiht, von der Natur mit dem Talent ausgestattet, den Zusammenbruch als Unterpfand des Aufstiegs zu betrachten und noch am Grabe den »Wellenberg« aufzupflanzen, wenn man längst im Neandertal angelangt ist. Nein, sie machen keine Phrase, wenn sie sagen: »Wir bleiben die Alten!«

Welche Entmutigung von diesen ungebrochenen Kampfscharen ausgeht zu einem, dem jetzt die Autorschaft der »Letzten Tage der Menschheit« nachgewiesen wird, und selbst dann ausginge, wenn er in der deutschen Katastrophe nicht die Wirklichkeit und Wirksamkeit erkennte, welche diejenigen nicht Wort haben wollen, die nur Worte haben – nicht einmal das läßt sich zur Sprache bringen. Doch was schiert es draufgängerische Leser, die, solange sie unbetroffen bleiben, mit dem angebornen oder erworbenen Mangel an Vorstellung für alles polemische Bedürfnis auskommen, indem sie, was geschehen ist, zwar wissen, aber nicht sehen, und was sie nicht erleben, wenigstens lesen möchten. Denn selbst an die Grippe glaubt einer erst, wenn er sie hat – wenigstens seit der Erfindung des Mittels, das ihre Kenntnis verbreitet. Unerschrocken, weil vom papiernen Schrecken nicht berührt, vermissen sie an einer Prolongierung der letzten Tage der Menschheit, die sie ungefähr ahnen, den literarischen Nachtrag, welchen sie, immer auf die Fortsetzung gespannt, bis zum Hindernis des Giftgaskriegs in der Buchhandlung urgieren. »Wann erscheint endlich –?« »Warum erscheint nicht –?« »Warum schweigt er, wo doch gerade jetzt –?« »Er, der doch bekanntlich im Weltkrieg –«. Die einen geben die Hoffnung nicht auf; die andern stutzen und fangen an, ein »Mutproblem« zu erörtern; die sich lange genug der danklosen Mühsal des Verehrertums (mitunter glühend) unterworfen haben, benützen die Chance der Frechheit: Wanzen, die richtig vermuten, daß wegen größerer Gefahr nicht Licht gemacht wird.

Derlei Anfechtungen – denn es sind Kampfnaturen und stechen, wenn sie vom Vorkämpfer im Stich gelassen sind –; derlei bis zur Sicherheit wachsender ethischer Zweifel aus Regionen, mit denen es noch die Verbindung des Fußtritts gibt; derlei schamloser Versuch, unter Drohung mit Ausschluß aus einer

»Gemeinschaft der Kämpfenden« (als ob man je zu so was gehört hätte) eine Gehirnleistung zu erpressen, von der sie doch nichts als Stoff und Meinung kapieren würden – all das vermag nun eine Haltung und Enthaltung, eine Untätigkeit (die nach Art, Maß, Grund und Ziel ihnen entrückt ist, wie nur das Werk selbst es wäre) wohl zu belästigen, keineswegs zu beeinflussen; zu stören, nicht zu hemmen. Ein geistiges Opfer muß nicht besser verstanden werden als eine geistige Tat, welche – wir verraten ein Redaktionsgeheimnis – gar keine wäre; und zu den tragischen Verlusten der Zeit, von denen die »Kämpfer« die allergeringste Ahnung und die Mitschuldigen kein Gran Bewußtsein haben, wäre es hinzunehmen, wenn sich vollends erwiese, was schon in der Friedenswelt den casus belli der Fackel gebildet hat: daß Leser den Ansprüchen, die sie ans Denken stellen, nicht gewachsen sind. Gleichwohl wurde ihr Wert und Beitrag niemals unterschätzt: wenn die vielen, die nicht auf die Kosten der Lektüre kamen, ihr treu blieben, so erkannten sie wohl die mäzenatische Pflicht, sie den wenigen zu sichern, um deren reinlicher Auswahl willen diese Klarstellung (welche ja gerade einem Verlag zusteht) erfolgen soll. Der Erhaltung einer publizistischen Möglichkeit für den Inhalt, auf den es ankommt, wird keine Konzession gemacht werden. Fünfunddreißig Lebensjahre eines Werkes und sechzig seines Autors gestatten vielleicht, die Unerbittlichkeit seiner geistigen Entscheidung bis zu dem Punkt der publizistischen Existenz zu führen, und Mäzenen, die Ansprüche stellen, könnte die Gelegenheit entzogen werden. Denn nun ist der Fall eingetreten, wo sie vermeinen, daß ihre Erwartung Inspiration, wenn nicht gar Auftrag sei, und ihre Enttäuschung hätte sich gewiß schon als Verzicht aufs Lesen geäußert, wenn sie nicht eben darin läge, daß die Zwanglosigkeit des Erscheinens der Fackel ihren höchsten Grad erreicht hat. Dieser suchen sie jedoch mit einem Zwang entgegenzuwirken, dem eine Zensur, die nur auf die Unterdrückung des Veröffentlichten abzielt, kein Pendant zu bieten hat. Ihr Meinungsdruck wirkt herrischer, weil der Inquisition der Freiheit kein analoges Mittel zu Gebote steht, indem es doch nicht einmal möglich ist, den Bezug einer Zeitschrift aufzugeben, die bloß dadurch Unzufriedenheit erregt, daß sie nicht erscheint. Es liegt aber der im Druckwesen gewiß seltene Fall vor, daß Nachfrage ungünstig einwirkt, Ermunterung einschüchtert und es fast den Anschein hat, daß sich da mit Gewalt überhaupt nichts richten lassen wird. Pflichtartikel einrückend zu machen – dieser Machtmöglichkeit hat sich die Freiheit begeben. So bleibt nichts übrig als das Schreiben von Mahnbriefen und im verschärften Fall deren Drucklegung, der publizistische Ausdruck der Beschwerde, der Enttäuschung, der Empörung darüber, daß im Gehirn eines Autors die Gedanken nicht reifen oder aus ihm nicht in Erscheinung treten wollen, die er pflichtgemäß haben müßte und an deren Identität mit den Gedanken der Erwartenden gar nicht zu zweifeln ist. Daß ihm zu Hitler nichts einfällt und gar aus dem Grunde, weil ihnen schon alles eingefallen ist, das fällt ihnen nicht ein, und nicht einmal den Komplizierteren unter ihnen: daß gut Ding Weile braucht und durch Zuspruch aufgehalten wird; daß einer so grandiosen Konzeption zur Erneuerung der Menschheit, die sich selbst auf Jahrtausende bemessen hat, doch zumindest ein satirischer Fünfjahrplan angepaßt wäre. Was sich Leser und Schreiber unter schriftstellerischer Tätigkeit im Allgemeinen und der seinen im Besondern vorstellen, ist dem Autor der Fackel unbekannt. Bis zu seinem Schreibtisch sind sie noch nicht vorgedrungen, und das ist gut, weil sie sich dann vollends nicht auskennen würden. Er ist ja nicht faul gewesen, und es mag da vielleicht mehr versucht worden sein, als je an solchem Platze vollbracht wurde. Aber wie enttäuscht wären sie doch von dem Bild eines Vorkämpfers, der sich in Protagonie gegen die Zeit befindet, und nur noch imstande, sich selbst den bessern Nachruf zu schreiben als die Dummköpfe, die es unternommen haben. Will man ihn trotzdem nicht in Ruhe lassen? – »Welch ein Tosen! Welch ein Wühlen! ... Wildbewegte Wünsche stürzen aus den überdrängten Herzen, wälzen sich zu mir empor.« Freilich zumeist vom Papier her, zuweilen aus einem rührenden Kinderglauben an das »Wort«, der beschämt würde von der simpelsten Vergegenwärtigung des Sachverhalts wie des Verhältnisses der Kräfte, wenn die Phantasie zu ihr noch fähig wäre. Hie Waffe, hie Wort: mit diesem schlichtsatirischen Hihi könnten wir uns eigentlich nach Hause schicken lassen; um, wenn wir fromm sind, zu beten, daß der Herr uns von dem Übel erlöse, und andernfalls, da wir in der Mehrheit wohl Freidenker sind, auf den Ablauf der Natur zu warten.

Doch statt dessen auf Polemik dringen, das könnte einer Gedankenarmut entsprechen, die unter Umständen an eine Roheit streift, die der innersten Beziehung zum Übel nicht entbehrt. Es gibt einen Punkt der Betrachtung, von dem aus nichts mehr links oder rechts, sondern alles nur dumm erscheint. Der Hohlkopf, der sich überhaupt nichts vorstellt, stellt sich doch eine »Wirkung« vor, die etwas »umwirft«, etwas, dem er zufällig, meinungsmäßig, an der Oberfläche gefühlsmäßig widerstrebt, und womit er im tiefsten Grunde geistesverwandt ist. Als wäre es nicht ein Übel, von dem es leichter ist, umgeworfen zu werden! »Wollt ihr Macht? Der Mächt'ge hat sie.« Dem diente das »Wort« als der mitteilende Helfer der Tat und Untat. Doch zu sich gebracht, in den Bereich seiner Natur zurückgeholt, dem Element wiedergegeben, aus dem sich das Sprachbild von Tat und Untat gestaltet – versagt es die zeitige Gegenwirkung, die sein Teil nicht ist und nie gewesen; bewahrt sich, wenn noch so unmittelbar aus dem Tag erworben, als moralisches Erbe, verkümmert jedoch, bei aufgesparter Fülle, am ungemäßen Anspruch. Dies war immer das Problem der vom Aktuellen bezogenen Satire, welche erst in der Entfernung vom Anlaß wirksam, ja verständlich wird. Wie erst, wenn der Stoff als solcher ihre geistige Möglichkeit negiert, wenn der Gegenstand der Satire spottet und in der zeitlichen Konkurrenz, nach Wesen und Maß, über jeden Versuch triumphiert, seiner habhaft zu werden! Über allem Erlebnis der Gewalt, der Lüge, des Irrsinns steht da, einzig gestaltbar, das Erlebnis des Inkommensurablen, der Unmöglichkeit diese Phänomene zu gestalten – mindestens in der Gleichzeitigkeit des Wirkens –; das Gefühl des Hinschwindens aller

Gestalt als publizistischer Erscheinung, vermöge des ungemäßen Anspruchs auf Wirkung, des unerfüllbaren auf Bewältigung. »Sie töten den Geist nicht, ihr Brüder!« Trost einer Phraseologie, die andere der Gewalt ausgeliefert hat; Zitat aus einem schlechten Kampfgedicht, das unsereinem umsoweniger sagt, als es dem Hingang einer Zeitung gewidmet war. Nicht weit entfernt von jenem unersetzlichen zerbrochenen Krug, mit dessen Eigenart ja alle Logik dieser Parteiwelten auskommt. Denn erstens töten sie den Geist vorbildlich, wenn er in Verkennung der Umstände sich unmittelbar manifestieren wollte; zweitens töten grade die Brüder den Geist, die ihn für sich reklamieren; drittens ist das, was sie so nennen, kein Geist, sondern bestenfalls Wahn, gemeinhin Betrug; und »letzten Endes« – zu welchem Begriff und Terminus sich die Gegner eben dann vereinigen – überlebt er beide, wenn er sich mit dem Geist, den sie begreifen, und mit der Freiheit, die sie meinen, in ihrer Gegenwart überhaupt nicht abgibt, sondern sich auf sich selbst zurückzieht. Ein letztes polemisches Objekt gewährt ihm die Zeit, die am Ende ist: das Geistgesindel, das dieses Problem nicht versteht, nicht wenigstens fühlt, sein Erleiden nicht ahnt, seiner Möglichkeit mißtraut, und doch von den Brosamen fett wird eines Mahls, bei dem ein Schwelger fastet.

Aber bedarf es denn (wieder einmal und wohl zum letzten Mal): vor dem beispiellosen Aufbruch der Problematik des Wortes; vor der Erledigung der Sprache im Namen der Nation, wogegen es doch keinen andern und wirksamern Protest als ihre Aufrichtung gäbe; vor der Vernichtung der Metapher, der das eigentliche Anschauen der Zeitdinge bestimmt wäre – bedarf es der Klarstellung, daß das Wort in seiner Beziehungsfülle sich dichterisch allem verbindet, nur nicht dem, was die Meinenden gemeint haben? Hausväter-Unrat der Mißdeutung: die Worte wären das Register der Sachen! Wenn sich nun die Sprache geflissentlich jenem Anspruch falscher Funktion entzieht, von dem die Gestaltung aus Farben und Klängen verschont bleibt (wofern sie nicht als Plakat, als Gassenhauer zu wirken hat); wenn sie sich an den außerzeitlichen oder zweckfernen Inhalt vergibt – sich etwa im Sprachspiel Shakespearescher Sonette vergeudend –: so scheinen »ihre Gaben, ihre Töne mädchenhaft« gleich Elporens Anbot, und die Zweckhungrigen, die sich nicht abspeisen lassen, werden ungebärdig, die Zeitstoffel werden rebellisch, die sich vorstellen, daß ein Satz aus nichts als ihrem Antrieb entsteht: das auszudrücken, was in ihnen vorgeht! Sind sie, denen dann der Vorwurf des »Ästhetentums« einfällt, nicht die eigentlichen Ästheten, welchen in ihrer Politisiertheit nichts näher liegt als der Wunsch, daß man das Unwirksame, zur Unwirksamkeit Verdammte, schöner als sie zum Ausdruck bringe? Es tritt der Moment ein, wo man nicht nur im akustischen Umkreis die beifällige Herabsetzung des satirischen Sprachwerks auf Ansicht und Anlaß nicht mehr erträgt – älteste aller Beschwerden! –, nein, wo einem in jeglicher Verbindung die »eigenen Schriften« so unliebsam werden wie die Objekte, die sie zufällig betrafen und die ihnen jeweils den Beifall errungen haben; und wie die Subjekte, die, den Sprachwert verschmähend, nur auf dem eigenen Niveau einem begegnen wollen. Weil es hier nichts Mechanisches und nichts Zufälliges gibt, so deckt sich die Unwegsamkeit des Stoffes ganz und gar mit der Verhinderung durch den Leser. Sein Verlangen beweist nicht, wie sehr, sondern wie wenig er den Stoff erlebt hat. Er ist mit nichts als mit der Nervenspannung beteiligt, die den Kriminalaffären – hier einer von weltgeschichtlichem Format – den publizistischen Erfolg sichert; und wie er sonst nichts spürt, so spürt er vor allem nicht, wie wenig solchem Interesse der Anteil des Autors gemäß ist. In nichts leidet der Leser mit ihm: weit entfernt von der Vorstellung, daß einer, den er sich als publizistischen Sammler gegebener Eindrücke wünscht, dem bestürzenden Erlebnis erliege, welches vielleicht als Antrieb wirken könnte, sein Unmögliches zu gestalten, sicher aber als Hindernis aktueller Gegenwirkung.

[...]

Der Autor der Fackel, der es seinen Anhängern durchaus überläßt, die Beziehung zu ihm mit ihren sonstigen, ererbten oder erworbenen Idealen vereinbar zu finden, ist natürlich bereit, sich aus jeder nur möglichen Gemeinschaft, der er nie seinen Eintritt angemeldet, und aus jeder Genossenschaft, der er nie angehört hat, ausgeschaltet zu fühlen, wie überhaupt aus jeder Verbindung, die auf Grund eines Mißverständnisses zustandegekommen wäre, da ihm ja vor allem schon die bloße Zeitgenossenschaft ein Problem ist, das seine gedankliche Arbeit weit mehr behindert, als es so zwischen Podiumerfolgen den Anschein hat. Er hat sich aber nicht aus der Gemeinschaft der Kämpfenden ausgeschaltet, weil er schweigt, sondern er schweigt, weil er sich aus der Gemeinschaft der Kämpfenden ausgeschaltet hat, indem es ihm vor dieser genau so graust wie vor deren Gegnern, im tiefsten geistigen Grunde: als vor der unbesiegbaren Dummheit und unüberwindlichen Frechheit, trotz allem Mitleid, das er noch mit den Schuldigen hat, die zum Opfer einer Gewalt wurden, die planlos und tief unter dem Gedanken ihrer Remedur waltet. Coriolan, der doch um Stimmen wirbt, ist ein Unterwürfling, verglichen mit einem, der nicht kämpft und Spießbürgern der Freiheit Wunden auch dann nicht zeigt, »wenn wir allein sind«. Die an ihre Verehrung Bedingungen knüpfen, können ihn so gern haben, wie es hinterdrein noch möglich ist. Er weiß, daß ihm hienieden nichts zu leisten bleibt als, frei von Marx, bloß mit den Mitteln und im Spiegel der Sprache und der Stimme Formen der Abirrung darzustellen, was ihm vielleicht gelingt, und Formen der Vollendung zu erstreben. Wie hoch oder niedrig man diese Bemühungen einschätzt, berührt ihn so wenig, wie es ihm bis zum letzten Atemzug wichtig sein wird, auf die unverzerrte Herausstellung von Sachverhalten oder Wertbeständen, auf die Anerkennung ihrer Eigenart oder Sonderart zu dringen. Daß die Entschiedenheit solcher Bestrebung in Jahrzehnten, mitten durch eine Welt von Gleichgültigkeit und Folgewidrigkeit, nicht ohne anziehende Wirkung (mit aller unerwünschten Nebenwirkung der Exzitation) bleiben konnte, dürfte nicht unverständlich sein. Die Neigung, sich eine Gefolgschaft um den Preis geistiger Nachgiebigkeit zu erhalten – besteht nicht! Lieber ließe einer seine sämtlichen Schriften, die die Reaktion als ungefährlich oder unverständlich verschont hat, auf dem Scheiterhaufen der Freiheit verbrennen! Der so gelebt hat, ist weder bereit, etwas gedanklich zu vollbringen, weil die Unterlassung enttäuschend wirken könnte, noch seiner geistigen Natur für eine Zeitgemäßheit, die er nicht einholt und doch überholt, Interessen zu eröffnen, deren Ausschließung er ohneweiters als den Mangel seiner Schöpfung, wiewohl vielleicht als schöpferischen Mangel empfindet. Er hat, wenn es ihm von innen gegeben wurde, Sätze gebaut, deren Vorzug es war, nach ihrem Erscheinen nicht fertig zu sein, und er glaubt – ohne zu glauben, daß es das Verdienst heutigen Schrifttums bedeute –, den Möglichkeiten der Wortgestaltung näher gekommen zu sein als irgendein mitlebender Autor, der Anziehenderes oder unmittelbar Wichtigeres zu sagen hatte, kurz, der das Wort »gebraucht« hat, wenn er »etwas ausdrükken« wollte, was er oder die andern gemeint haben. Er dürfte einer Auslese von Generation, die ihre Neigung für diese Besonderheit dargetan hat und die er das Glück hatte, immer nachwachsen zu sehen, noch viel daraus zu geben und darüber zu sagen haben, was sich einmal als Wert oder Schrulle erweisen mag und wofür zunächst der gleichfalls sich immer erneuernde Abfall des profanem vulgus zeugt. Diese Tendenz, die weit nach links reicht, soll gefördert werden, und eine Jugend, die noch immer glaubt, daß ihre geistige Entwicklung mit dem politischen Leerlauf vereinbar sei, dessen Wirkungen sie erlebt, wird sich entscheiden müssen, ob sie eine Unnachgiebigkeit und Unverbundenheit mit Denkgebieten oder Reizzentren, die ihr selbst erschlossen sind – denn der Empfänger ist reicher als der Geber –, nicht als Belastung empfindet und darum von sich abtun soll, gleich jenen, deren freiheitliche Gesinnung der Disziplin gehorsamt, aber dem Zwang, zu denken, widerstrebt. Denn was sich solche Tölpel immer »vorstellen« mögen: unvorstellbar wäre, daß einem, der sich nun als gemeinschaftswidrig erweist, der Reihe nach das Ultimatum gestellt würde, wie Marx auch Wagner, Nietzsche, Freud, womöglich noch Heine mit den Folgen nachzuholen und überhaupt alle Kinderkrankheiten, denen er, geistig (wie den physischen) durch ein Wunder entgangen ist – offenbar doch, weil er den Schuß »Jean Jacques Offenbach« bekommen hatte.

Gewiß, eine Doktrin kann das Gehirn niet- und nagelfest machen gegen alles, was Natur und Vernunft dawiderhaben. Aber es ist ein Irrtum zu glauben, daß das Brett vorm Kopf hinreichenden Schutz gegen die Satire gewähre. Von allem Risiko abgesehen, das Sozialisten mangels Phantasie nicht ermessen können, wenn sie den Herausgeber der Fackel zu seiner Rede stellen, oder zu einer, die sie mit der ihren identisch wähnten – unterschieden nur durch sprachliche Äußerlichkeiten, auf die es doch nicht ankommt –; von allem Verkennen abgesehen, daß im wahren »Kampf« gegen die bürgerliche Lüge die ihrige inbegriffen ist, besteht der Humor dieser Anfechtung in der Promptheit, mit der sie es der Satire ermöglicht, den Kopf auf den Nagel zu treffen. Da wird einem Sokrates, der die revolutionäre Jugend verdorben hat, ein Schierlingsbecher gereicht, der nicht so sehr tödlich ist wie unappetitlich. Die Anklage lautet:

Er hat die bereits Unzufriedenen der revolutionären Bewegung *abgefangen*. Er hat den Empörten mit seinen virtuosen Satiren und Bußpredigten *die bürgerliche Gedankenwelt wieder schmackhaft gemacht*.

Die Bourgeoisie, welche die Fackel im Weltkrieg erscheinen ließ, hat offenbar ihren Dank geerntet, und was deren Autor in Schrift und Rede nach dem Umsturz geleistet hat, war die Erfüllung aller bürgerlichen Herzenswünsche. Dieser Gedankengang entbehrt auch insoferne nicht der Eigenart, als man da förmlich in den Klüngel einbezogen wird, dessen intellektuelles Rotwelsch ja nicht allein dazu dient, den üblen Geruch zu verbreiten, mit dem sie die Bürgerwelt überwinden wollen, nein, noch einander in diesen durch die Verdächtigung zu bringen, jeder stehe mit ihr in Verbindung. Und wie wahr ist es in der Regel! Nur daß hier die Wahrheit nichts für den beweist, der sie sagt. Nach jenem ›Abend‹-Prozeß zu schließen, dessen grausliche Groteske nicht nur die Entehrung des Ideals durch die Lumperei, sondern auch deren königliche Verleugnung durch die Parteilüge umfaßt hat, müßte auch das Freidenkertum einen guten Magen haben. Doch was bedeutet der misch-epochale Dreck, als den sich die Vertretung menschheitlicher Interessen kriminalistisch herausstellt, gegen die ungreifbare Wirksamkeit gemeinschädlichen Denkens? Der eigentliche Schmutz wird nicht durch Korruption verbreitet, sondern durch die intellektuelle Gewinnsucht und das Beharrungsvermögen der Hinaufgelangten. Wer würde sich in diesem System zurechtfinden, einander umzubringen und sich durch Spaltung fortzupflanzen? In diesen Netzen einer Spinnefeindschaft, wo sich ein kahler Intellekt, im Leben kaum zur Advokatur tauglich, bis zur Leidenschaft der Blutrache abzappelt, allen Gegensatz zum gemeinsamen Gegner überbietet und von keiner geistigen Nahrung lebt als vom wechselseitigen Argwohn einer »Konterrevolution«. Es ist, in anderer Branche, der Defektiveffekt, den sich die Poloniusse einer Psychologie herausfetzen, deren dürftige Erkenntnis, von allem sonstigen Gewinn abgesehn, zum Verdacht gewendet wird. Wenn dieser denaturierte Spiritus, der sich Sozialwissenschaft dünkt, nicht schon hinreichend Opfer gefordert hätte – Tonnen Papiers würden die Verlassenheit eines Proletariats bezeugen, dessen Schicksal solchem Ratschluß überantwortet ist und das für die Druckkosten aufzukommen hat, ohne mehr als die Kollektivbeschuldigung gegenseitigen »Verrats« zu entnehmen, da jeder nach seiner Façon die Weltrevolution herbeiführen will. Eine miese Augurenschaft, die selbst vor der erschreckenden Vereinfachung der Dinge, die auf sie reagiert hat, nicht einmal den Takt aufbringt, sich wenigstens zum Teufel zu scheren, bevor er (oder der Beelzebub) sie holt. Der Autor der Fackel, dem die hochmütige, aber ungenügende Beherrschung des Alphabets weit problematischer erscheint als die naturnahe Unkenntnis der Schrift, und der nie ein Hehl daraus gemacht hat, daß er, im Gegensatz zum sozialdemokratischen Hohn, den Zweifel des seligen Bielohlawek an dem Nährwert nationalökonomischer Bibliotheken für Eingebung hält, möchte ihn auf die gesamte »Kampf«-Publizistik ausgedehnt wissen, deren Unfug die Erhaltung der damit Beschäftigten in einen aufreizenden Widerspruch zum Problem der Arbeitslosigkeit bringt. Wenn sich mit dem Wust dieses Gekläres und Gedeutes überhaupt etwas anfangen ließe, so wäre man vor allem für eine statistische Untersuchung empfänglich, ob von dem Vermögen, das da in Papier aufgeht, auch nur ein Nachtmahl für eine Proletarierfamilie resultiert hat. [...]

Man sieht, daß es einem starken Anstoß – oder vielmehr Gegenangriff – wirklich gelingen kann, der Fackel die so lebhaft vermißte Sprache wiederzugewinnen. Wenngleich nicht ganz die begehrte. Was im Denken unserer Freiheitskämpfer, wo es von Papier oder Stroh raschelt, vor allem fehlt, ist das Bewußtsein, daß ihr Eingriff in eine Produktion, die ihren Antrieb von Inhalten und nicht von Forderungen bezieht, an Gewalttätigkeit den des Zensors weit übertrifft, indem es doch gewiß ungebührlicher ist, das was nicht erscheint erzwingen zu wollen, als das was erscheint zu verhindern. Während der Zensor im engen Bezirk des geistigen Objekts amtiert, waltet der Revolutionär freizügig im unbegrenzten Raum seiner Phantasielosigkeit. Solche Beschaffenheit – Teil von jener Unkraft, die das Weltübel der Presse genährt hat, von dem sie wieder dankbar genährt wird –, tritt in unsern kleinen Erlebniskreis eines Verlages schon mit der Zumutung ein, jedem einzelnen zu eröffnen, was man und warum man es publizistisch verschlossen hält. Sie verlangen ein Werk, zu dem, wenn nichts anderes, Zeit erforderlich wäre, und nehmen sie für die Aufgabe in Anspruch, mindestens dies ihnen zu schreiben. Nicht einmal die verständlichere materielle Einbuße respektieren sie; denn als Verlag einer Zeitschrift, deren Umschlagsnotizen nicht auf Gewinn berechnet sind, müssen wir es beklagen, daß solche Korrespondenten ihren Anregungen mehr Gewicht beilegen als Porto. Doch diese rein administrative Erwägung war es natürlich nicht, was uns bestimmt hat, den Text der Fackel dem Zweck der Erklärung zu widmen, daß sie kein Organ der öffentlichen Meinung sei, sondern einer Privatlaune, welche ihrem Wesen gemäß in zwanglose Erscheinung tritt –, sagen wir: als die Funktion eines Kopfes, den die Parteimenschheit so von unten hinauf als den rätselhaften »Eigenbrötler« bezeichnet, von dessen Brocken ihre Kulis gedeihen, oder gar als den mißdeutbaren »Eingänger«, der aber gar nicht daran denkt, Schulter an Schulter mit der Sozialdemokratie einzugehen. Wir verstehen freilich, daß die Leser –, welche wie alle Menschheit, die ihre Phantasie an die Presse verloren hat, die Wirklichkeit nicht sehen – bis zu einem Punkt der Begebenheit aus einem geistigen horror vacui sich's nach einer füllenden Fackel gelüsten lassen konnten. (Zu der unheimlichen Vorstellung, daß sie sie auch in der Straßenbahn zu lesen versucht hätten, mußte es noch nicht reichen, wie auch nicht bei begehrlichen Buchhändlern zu der Erwägung, ob alle, die den Laden »stürmen« würden, Käufer wären.) Bevor es klar sein mußte, daß das Ausbleiben des erwarteten Heftes (888–907) auf einem Grund oder Entschluß beruhe: geistiger und sittlicher Verantwortung, persönlicher Indisposition, erkannter Unzulänglichkeit, mechanischer Verhinderung; oder welchem Motiv immer, das stärker ist als der Wunsch nach Ruhm, Sensation oder sonstigem Literaturgewinn, ja nach einem Erweise geistiger Existenz; bevor deutlich in Erscheinung trat, daß nichts in Erscheinung trat, daß »gerade jetzt«, wo einer »sprechen mußte«, er nicht sprach bevor etwas Nachdenken, etwas Mitfühlen, also etwas Miterleben der Zeit den ganzen Inhalt eines Geschriebenen oder Nichtgeschriebenen und damit die Unmöglichkeit eines Erscheinenden erfassen konnte; bevor der knappe Ausdruck des Schweigens wenigstens jene ansprach, deren geistiges Erlebnis nicht von Stoff und Quantum bestimmt wird – haben wir ja die Mühe nicht gescheut in würdigen Fällen Aufklärung zu versuchen.

[...]

Manche gutartigen Leser, die, gerade weil sie es aus der Zeitung erfahren haben, noch immer nicht wissen, was geschehen ist, waren geneigt, in diesen lukrativen Titeln der Emigrantenpresse: »Karl Kraus' Abschied?«, »Warum schweigt Karl Kraus?«, »Nachruf auf Karl Kraus«, »Zwei Nachrufe von Karl

Kraus«, »Trauriges Ende des Karl Kraus«, »Aus der Gespensterwelt«, den Einklang ihrer Vorstellung zu vernehmen, da es doch immer wohltut, die eigene Gedankenlosigkeit in einem Druckbild zu erkennen, das man selbst mindestens so gut getroffen hätte. Da war ja alles motivisch beisammen, was noch die nachträgliche Kündigung einer Saalgemeinschaft für »Pandora«, »Wintermärchen«, »Perichole« und eigene Sprachliebhabereien empfehlen könnte – und vollends die Entziehung der Lesefrüchte, die für solche Feinschmecker erst wachsen sollen. Wird viel zurückbleiben, wenn all dies Papier abfällt? Das leidet an jenem intellektuellen Hunger, der durch Nahrung wächst: bis der Schwächezustand eben noch die Halluzination gewährt, daß, sobald nur der Autor der Letzten Tage der Menschheit an deren Ausgang »Es lebe die Freiheit!« ruft, sich der Höllenrachen schließen werde. Die ganze unfaßbare Kontrasthaftigkeit des Weltgeschehens offenbart ihnen der Umstand, daß »in einer Zeit, wo Adolf Hitler das große Wort führt, Karl Kraus schweigt«, der seinerseits darin doch den einzigen Punkt erkennt, wo noch etwas von der Harmonie der Sphären vernehmbar ist, und der nur beklagt, sie durch diese Auseinandersetzung stören zu müssen. Haben sich je in menschlichem Denken – förmlich der Natur des Ereignisses gehorchend – Metapher und Wirklichkeit reiner vermählt? Und das erschrickt nicht vor der eigenen gehirnlichen Möglichkeit, die Antithese zu schaffen, sondern findet sie – staunend, daß sie vorhanden sei – »unerklärlich«. Und von der Presse so verwöhnt, daß man das gedruckte Wort als Fertigware von der Fackel begehrt, wird man an dem »Mut« irre, der, jenen Letzten Tagen gewachsen, knapp vor der Entscheidung, ob sich die Menschheit durch Bakterien oder bloß durch Bomben ausrotten werde, zu keinem andern Ausweg kam, als wenigstens die Sprache, die er nie beherrscht, doch stets behütet hat, in Sicherheit zu bringen. Ein Wohlwollender in Paris glaubt comprendre zu können und also pardonieren zu dürfen, indem er das Zitat aus einer alten Gerichtsrede: »Da erstirbt einem das Wort« heranzieht. Ein Scherflein zur Apokalypse; aber die andern beurteilen die Wirkungen des Weltuntergangs nach dem Maß der Redefreiheit. Wie das Völkchen den Teufel nie spürt und wenn er sie beim Kragen hätte, weil sie ja trotz und wegen aller Informiertheit sich nicht vorstellen, was sie nicht bereits erleben (und diese Erkenntnis, beileibe nicht »Mut«, bildet den Inhalt der Letzten Tage der Menschheit!), so überschätzen sie das Heil, das von der Fackel ausgehen könnte, und das sie sich mit literarischer Sehnsucht zunächst als einen »um die Erde gehenden Aufruf« vorstellen, also weit über jenen ›Aufruf‹ hinaus, der um den Prager Graben geht. Denn sie ahnen nicht, daß selbst wenn die papierne Wirklichkeit der papiernen Erwartung entspräche, nur das größte Beispiel für ein Inkommensurables gesetzt wäre, solange doch Hitler zwar das große Wort führt, aber auch die große Tat und seine geistigen Machtmittel im Gegensatz zu denen des intellektuellen Denkens eben die Losbindung der tätlichen Möglichkeit gewährleisten. Das Wort, das nicht die Gegentat bewirkt, es wäre freilich der feinere Unfug vor dem groben, den diese ganze Kampfliteratur bedeutet. Dürfte es aber – wenn es könnte – die adäquate und doch so inadäquate Tat: die Abwehr durch Gewalt, durch das vermehrte Unheil entfesseln? Ach, das Wort soll ja nur Literaten »treffen« – das heißt, nicht um sie zum Schweigen zu bringen, sondern um sie anzuregen! (Eine Hoffnung für den Lebensrest, der das Ausgedinge im Bordell vorzuziehen wäre.) Sollte es denn nicht weit unerklärlicher sein, daß in einer Zeit, wo Adolf Hitler das große Wort führt, eine Intellektuellenschaft nicht schweigt, sondern das kleine Wort führt? Ohne Ahnung der Wirklichkeit, obgleich sie doch wissen müßte, daß sie deren Opfer nicht rettet, vielmehr den Umkreis des Verderbens durch provokante Unbegabung erweitert? Denn das Weltbild des Literaten – worin allzu spät die Enttäuschung an der Fackel durchdringt – ist gleichermaßen von der Nichtvorstellung des Wirklichen wie von der Vorstellung des Unmöglichen bestimmt, und wenn's nicht vom Papier käme, wäre es rührend, wie das »letzte Ende«, das die Welt durch das Wort und das Wort durch die Welt korrumpiert zeigt und jegliche Wirksamkeit auf Kosten der Sprache gewonnen, noch Raum hat für den Wunderglauben, das Wort könnte wieder am Anfang sein. Woher haben sie das nur? Von der Presse, und verlangen es von der Fackel! Diese, der es in aller Gegenwart verhängt ist, über dem Satz die Sache zu versäumen – was kann man für seine Schwäche? –, hat solchen Wahn von Wirkung nie genährt; er entspringt dem Hirnriß einer verbalen Ertüchtigung, die doch eben, in politischer Zucht, dies Schrecknis einer Verwirklichung der Phrase heraufbeschwor, das wir nun erleben. Natürlich ließe sich dem Wort, das einer »führt«, wenn er bloß dieses führte, mit dem Wort begegnen; warum denn nicht, wenn man nur angehört würde und wofern man es sich zutraut, selbst ein Auditorium, das vom Schlagwort zur Tat zu entflammen ist, durch das Pathos geistiger Überredung, durch die persönliche Macht einer Kunstsprache, die nicht verstanden, aber geglaubt würde, zu besiegen. Doch das Wort, dem sich das Wort entgegenstellte, hat es nun einmal in sich, daß es – und dies ist ja der Sinn des Ereignisses – alle bisherige Rede der Politik beim Wort, beim Mord genommen hat und mit sich eben nicht »reden« läßt, wer immer es versuchte; daß es den Versuch einer geistigen Gegenwirkung, jede Regung, die den Gewaltsinn anficht, durch sich selbst, durch seine Natur und nicht erst durch seine Wirkung, aufhebt. Man braucht »den Revolver gegen tollwütige Tiere« – erkennt ein etwas wirres Pseudonym – man wolle ihn »nachtragen«, aber trotzdem auf das »Argument« nicht verzichten. Argument gegen die Tollwut, die sich gegen das Argument richtet, bevor sie noch mit dem Revolver fertig wird! Das Argument dürfte offenbar imstande sein, Sadisten, die Blutsverwandte einander prügeln lassen oder vor denen Gefangene sich als Hund und Katze beißen müssen, die Unzweckmäßigkeit dieser Prozedur zu beweisen und denen, die für eine gefällte »Hindenburgeiche« drei Tage gefastet haben, Entschädigung zu bringen. Wie immer dem sei, während der Revolver bloß ein Mittel der Wirklichkeit vorstellt, wird dem Argument die Zauberkraft der Metapher zugesprochen, indem es gleichsam ein »Instrument« ist, das aber nicht der Anwalt, sondern der Arzt anzuwenden hat, nämlich um eine »Gehirnmetastase« erfolgreich zu behandeln. Dieses Verfahren besteht in der Methode, die »läppischen Widersprüche teutonischen Wesens zu polemischer Schärfe zuzuspitzen« und »den Kern bloßzulegen«, eine medizinische Behandlung, die das Übel offenbar durch Läppischkeit zu überwinden hofft. Der zu Hilfe Gerufene, der nicht so sehr die Bresthaften heilen als die Neugierigen befriedigen soll, weiß aus langjähriger Praxis, daß es ungleich schwerer ist, Arzt als Literat zu sein, er hat sich zu keinem der Berufe entschließen können und zaudert darum auch vor der zweifachen und großen Gelegenheit, die sich jetzt böte. Der Verehrer, der gewiß zu den bestmeinenden Assistenten, wenn nicht Patienten gehört und schon durch sein französisches nom de guerre sich von den läppischen Widersprüchen teutonischen Wesens abhebt (die übrigens die geringste Ursache zur Unzufriedenheit in den Konzentrationslagern geben sollen) ist sehr besorgt. Er fürchtet, daß »die eindringlichste Stimme Europas« verstummt sei, weil am Ende gar »der Barbarenstiefel auch hieher getreten« und bewirkt habe, »daß die Resignation in ein Herz eingezogen ist, das bisher nicht nur frei davon war, sondern alle Gegengifte der Resignation verbreitet und gezüchtet hat«. An dieser Auffassung, die dem Betroffenen fremd ist, muß die Reminiszenz an jene Letzten Tage der Menschheit beteiligt sein, aus deren »Werkstätte« sich die linke Publizistik »viele Waffen (und zwar die besten) aus nichtrostendem Stahl« geholt habe, insofern nämlich, als hier offenbar vermutet wird, der Autor habe in dem Dialog zwischen dem Nörgler und dem Optimisten sich als diesen vorstellen wollen. Die Angabe, daß im »Rüstzeug«, mit dem heute gekämpft wird, so viel von dort »oder aus der Fackel stammt«, mag als Versuch der Schadensgutmachung anerkannt sein, der Besitzer ist bereit, noch mehr herzuschenken, legt jedoch auf etwas Verständnis Wert und somit auf die Feststellung, daß gerade der frische Mut zu den Gütern gehört, die ihm gestohlen werden können. (Da zum Beispiel der ›Vorwärts‹ damit jetzt in Karlsbad losgeht.) In der Imagination, daß »der Ewigjunge nun doch stehen bleibt, den Kopf senkt und die Hand vor die Augen hält«, scheint eine Verwechslung von Sinneseindrücken obzuwalten. Er ist schon oft stehen geblieben, hat das Auge gesenkt und die Hand an den Kopf gehalten. Daß sich »die Souveränität der Sprache, die Freizügigkeit des Geistes in Traumreden geflüchtet« hat, ist seit jeher geschehen, und da bedarfs keines Aufrufers. Die Vorstellung der ewigen Jugend konnte von rechtswegen immer nur von der Intensität in der Gestaltung des Hoffnungslosen bezogen sein, die eben folgerichtig einmal zum letzten Ende gelangt ist, von der wir aber noch hoffen, daß sie sich am Thema des Mißverstands bewähren wird. Vielleicht handelt es sich auch um eine Verwechslung mit Podiumeindrücken, wie dem Vortrag des Gedichtes »Jugend«, Wirkungen, die einer leidenschaftlichen Bejahung von Kulturwerten bürgerlicher Vergangenheit entstammen und jetzt leider durch die Zeitumstände aufgehalten wurden, aber sicherlich die optimistische Erwartung zulassen, daß der Vortragende, Prager Kampfnaturen zum Trotz, sogar noch einmal den Brief der Metella vortragen wird, den er für trostreicher hält als jeden Aufruf gegen Hitler. Was seinen eigenen »Kampf« anlangt, welchen er in einheitlicher Erfassung mit solchen Gaben (die er keiner artistischen Nebenfähigkeit zuschreibt) zwar durch und durch erlebt, doch auf dem Podium gern vermeidet, so ist er sich in dem Maße seiner Niederlage bewußt, als ihm seine Nachkämpfer die Waffen vorhalten, die sie ihm verdanken. Er streckt sie, er streckt sie vor, und er will sie gar nicht mehr zurückhaben.

[…]

ANHANG

Daten zu Leben und Werk

1874
Am 28. April wird Karl Kraus im nordböhmischen Gitschin (Jičín) als neuntes Kind des jüdischen Papierfabrikanten Jakob Kraus und dessen Ehefrau Ernestine (geb. Kantor) geboren.

1877
Übersiedlung der Familie nach Wien.

1880–1892
Besuch der Grundschule und des Wiener Franz-Joseph-Gymnasiums. Tod der Mutter am 24. Oktober 1891.

1892
Erste Veröffentlichung (Rezension zu Gerhart Hauptmanns *Die Weber*). Beginn der Korrespondenz mit Detlev von Liliencron. Bekanntschaft u. a. mit den Autoren Arthur Schnitzler, Hugo von Hofmannsthal und Richard Beer-Hofmann. Immatrikulation an der Juristischen Fakultät der Universität Wien.

1893
Erfolgloser Auftritt in einem Vorstadttheater.

1894
Aufnahme eines Philosophie- und Germanistikstudiums.

1896
Erster Publikumserfolg mit der Satire *Die demolirte Literatur*, die auf Seiten der angegriffenen Autoren zu erbitterten Reaktionen führt.

1898

Abbruch des Studiums. Erscheinen der antizionistischen Satire *Eine Krone für Zion*.

1899

Kraus gründet die kultur- und gesellschaftskritische Zeitschrift *Die Fackel*, in der er einen kompromisslosen Kampf gegen hohle Phrasen, ein korrumpiertes Pressewesen und den Missbrauch der Sprache führt. Zu den Mitbeiträgern gehören bis 1911 Autoren wie Peter Altenberg, Richard Dehmel, Detlev von Liliencron, Else Lasker-Schüler, Heinrich Mann, Arnold Schönberg, August Strindberg, Frank Wedekind und Franz Werfel. Gewaltsame Übergriffe von aufgebrachten Journalisten, bei denen Kraus blutig geschlagen wird. Austritt aus der jüdischen Religionsgemeinschaft. Beginn der Beziehung zu der Schauspielerin Annie Kalmar.

1900

Tod des Vaters am 5. April.

1901

Tod Annie Kalmars. In einer Gerichtsverhandlung unterliegt Kraus Hermann Bahr und Emmerich Bukovics, denen er in der *Fackel* Korruption vorgeworfen hatte.

1902

Angriff auf die Doppelmoral der Gesellschaft in dem Essay *Sittlichkeit und Kriminalität*.

1908

Erscheinen des Essaybandes *Sittlichkeit und Kriminalität*.

1909

Erscheinen der ersten Aphorismensammlung unter dem Titel *Sprüche und Widersprüche*.

1910
Kritik der instrumentellen Sprachauffassung in dem Essay *Heine und die Folgen*. Beginn einer andauernden und äußerst erfolgreichen Serie öffentlicher Lesungen aus eigenen Schriften sowie aus Werken anderer Autoren.

1911
Ab November 1911 werden alle Beiträge der *Fackel* ausnahmslos von Kraus verfasst. Konversion zum römisch-katholischen Glauben.

1913
Beginn der ebenso intensiven wie konfliktreichen Beziehung zu Sidonie Nádherny von Borutin, die für Kraus zu einer wichtigen Korrespondenzpartnerin wird.

1914–1918
Aufgrund der von Kraus eingenommenen pazifistischen und regierungskritischen Haltung mehrfache Beschlagnahmung der *Fackel* sowie Repressalien der Zensur. Veröffentlichung des ersten Bandes der Lyriksammlung *Worte in Versen* (1916). Unter dem Titel *Die letzte Nacht* erscheint 1918 als Sonderheft der *Fakkel* der vorweggenommene Epilog zu *Die letzten Tage der Menschheit*.

1919
Veröffentlichung einer ersten Fassung des Antikriegsdramas *Die letzten Tage der Menschheit* (Erscheinen der Endfassung 1922). Tod des langjährigen Wegbegleiters Peter Altenberg.

1923
Austritt aus der katholischen Kirche.

1925
Kraus hält Vorlesungen an der Pariser Sorbonne, woraufhin französische Professoren ihn für den Nobelpreis vorschlagen.

1926
Der skrupellose Zeitungsherausgeber Imre (Emmerich) Békessy, über mehrere Jahre hinweg das Hauptangriffsziel der *Fackel*, entzieht sich dem Zugriff der Staatsanwaltschaft durch die Flucht aus Wien. Beginn der Angriffe auf den Berliner Theaterkritiker und erklärten Pazifisten Alfred Kerr, den Kraus als einstigen Verfasser blutrünstiger Kriegsgedichte entlarvt.

1927
Scheitern des Versuchs, den für eine Massenerschießung verantwortlichen Polizeipräsidenten Johann Schober zum Rücktritt zu zwingen.

1929
Erscheinen von *Literatur und Lüge*, der letzten vom Autor selbst herausgegebenen Sammlung publizistischer Arbeiten.

1930
Herausgabe des neunten und letzten Bandes der *Worte in Versen*.

1932
Neuübersetzung der Sonette Shakespeares (erschienen 1933).

1933/34
Reflexion der Vorgänge und Hintergründe der nationalsozialistischen Machtergreifung in der Schrift *Die dritte Walpurgisnacht* (erschienen 1952). Um unbeteiligte Dritte vor Racheakten zu schützen, verzichtet Kraus zunächst auf eine Veröffentlichung, doch präsentiert er im folgenden Jahr Auszüge des Textes in der über 300 Seiten umfassenden Darlegung *Warum die Fackel nicht erscheint*.

1934
Intensivierung der Arbeit an dem schon seit langem geplanten Werk über die Sprache, das aber erst postum unter dem Titel *Die Sprache*, 1937 (herausgegeben von Philipp Berger), veröffentlicht wird. Mit seiner Unterstützung des autoritären Dollfußregimes, das er als einzig verbleibendes Bollwerk gegen die bevorstehende Usurpation Österreichs durch Hitler-Deutschland betrachtet, stößt Kraus in den politisch-progressiven Reihen seiner Anhängerschaft auf Unverständnis und Ablehnung.

1936
Erscheinen der letzten Nummer von insgesamt 922 Ausgaben der *Fackel*. Am 12. Juni erliegt Kraus den Folgen eines Herz- und Gehirnschlags. Beisetzung auf dem Wiener Zentralfriedhof. Das Grab wird nachträglich zu einem Ehrengrab der Stadt Wien erklärt.

Aus Kindlers Literatur Lexikon: Karl Kraus, ›Heine und die Folgen‹

Den 1910 erschienenen Essay trug Kraus am 3. Mai desselben Jahres in Wien öffentlich vor. 1911 wurde er um ein »Vorwort« erweitert und 1917 durch das »Schlusswort« »Zwischen den Lebensrichtungen« ergänzt.

Analog zu den Angriffen des Architekten Adolf Loos (*Ornament und Verbrechen*, 1908), der in der ornamentalen Dekorationskunst des Jugendstils die wachsende Beziehungslosigkeit zwischen Form und Gegenstand erkannte und darin ein Symptom für den kulturellen Niedergang dieser Epoche sah, stellt auch Kraus die Polemik gegen Heine in den großen Rahmen einer Diskussion des Form-Inhalt-Problems. Im Gegensatz zwischen romanischer und germanischer Sprachauffassung findet er eine Erklärung für die in seinen Augen verhängnisvolle Entwicklung des modernen Journalismus. In Heine aber erkennt er dessen Ahnherrn: »Seine Dichtung wirkt aus dem romanischen Lebensgefühl in die deutsche Kunstanschauung.« Sie ist »die große Erbschaft, von der der Journalismus bis zum heutigen Tage lebt, zwischen Kunst und Leben ein gefährlicher Vermittler, Parasit an beiden, Sänger, wo er nur Bote zu sein hat, meldend, wo zu singen wäre, den Zweck im Auge, wo eine Farbe brennt, zweckblind aus Freude am Malerischen, Fluch der literarischen Utilität, Geist der Utiliteratur.« Heine habe den Deutschen eine Form gebracht, die »nur eine Enveloppe des Inhalts, nicht er selbst, die nur das Kleid zum Leib ist und nicht das Fleisch zum Geist«. Er habe die zusammengeführt, »die gleich weit vom Geiste wohnen: die in der Form und die im Stoffe leben«, die Ästheten und die Journalisten – mit dem bezeichnenden Ergebnis, dass nun er selbst »von den beobachterisch gestimmten Technikern, den flotten Burschen und den Grazieschwindlern übertroffen« werde. Heine, sagt Kraus, »informiert immer und überdeutlich

[…], die Idee [wird] nicht kristallisiert, aber verzuckert«, seine »Reime sind Papilloten, nicht Schmetterlinge«.

Kraus lässt einzig die »Lyrik seines Sterbens, Teile des *Romanzero*, die ›Lamentationen‹«, den Lazarus gelten. »Heine hat das Erlebnis des Sterbens gebraucht, um ein Dichter zu sein.« Kraus war sich klar darüber, dass »das intellektuelle Problem Heine, der Regenerator deutscher Luft« in dieser Schrift ausgeklammert blieb: »Sie erschöpft das Problem Heine nicht, aber mehr als dieses« – eine Lebensform, ein zeitgenössischer »geistiger Zustand [wird] beschrieben, an dem die Ornamente eitern«.

Dem Heine-Essay folgte 1915 ein Aufsatz, dessen beide Abschnitte mit den Titeln »Die Feinde Goethe und Heine« sowie »Die Freunde Heine und Rothschild« überschrieben sind und der erneut die bereits früher gebrauchte Formulierung, Heine sei »ein Talent, weil kein Charakter«, enthält. Bis heute zählt die diffamierende Polemik gegen Heine zu den umstrittensten Seiten des Werkes von Kraus.

Friedrich Jenaczek

Aus Kindlers Literatur Lexikon: Karl Kraus, ›Literatur und Lüge‹

Diese letzte von Kraus selbst herausgegebene, 1929 erschienene Sammlung publizistischer Arbeiten enthält Texte aus den Jahren 1905–1913, die er schon in seiner Zeitschrift *Die Fackel* veröffentlicht hatte. In Analogie zu früheren Sammlungen *(Sittlichkeit und Kriminalität; Untergang der Welt durch schwarze Magie)* erörtert Kraus auch in diesem Band vor allem die Frage der moralischen Qualität des sich in Literatur und Publizistik offenbarenden öffentlichen Geistes. Kraus versammelte hier die Hauptstücke seiner Polemiken gegen Maximilian Harden und Alfred Kerr, einige kleinere, aus aktuellen Anlässen entstandene satirische »Notizen« über Gestalten und Ereignisse der literarischen Öffentlichkeit, ferner sarkastische Polemiken gegen einige damals einflussreiche Literaturwissenschaftler (»Razzia auf Literarhistoriker«), schließlich kritische Äußerungen über Arthur Schnitzler (»Schnitzler-Feier«) und Hugo von Hofmannsthal (»Warnung vor der Unsterblichkeit«) und positive Würdigungen vor allem von Frank Wedekind (»Die Büchse der Pandora«) und Peter Altenberg.

Die moralische Position Kraus' entfaltet sich weniger in abstrakt formulierten Thesen; sie erschließt sich eher indirekt aus den Apologien und Angriffen, die er vorträgt, und damit aus den positiven oder negativen Anlässen, an denen sich sein publizistisches Temperament entzündet. Der stets zu bitteren Ausbrüchen neigende Zorn erneuert sich immer wieder an der Beobachtung, dass sich hinter den Ornamenten eines feuilletonistischen Impressionismus (z. B. Kerr) und einer patriotisch drapierten journalistischen Pathetik (z. B. Harden) derselbe Ungeist einer zutiefst korrumpierten, weil den Geist der Sprache selbst missachtenden Gesinnung verbirgt, deren pharisäerhafte Selbstgerechtigkeit nur unzureichend ihren wahren Charakter – die scham- und verantwortungslose, schnüfflerische Kommerzialisierung privatester Details – tarnt.

Bezogen auf das Gesamtwerk Kraus' stehen das Grundthema dieser Sammlung und die darin vereinigten Beobachtungen symptomatischer Einzelheiten in einer – von der Zeit ihrer Veröffentlichung her gesehen – bezeichnenden Nähe zu dem apokalyptischen Entwurf *Die letzten Tage der Menschheit*. Für Kraus selbst, der in diesem Stück ein Bild des Ersten Weltkriegs zu zeichnen versuchte, lag in der verlogenen Doppelzüngigkeit einer gesinnungslosen Journaille stets eine, wenn nicht die tiefste Ursache für den Zusammenbruch einer ganzen Epoche.

Rudolf Radler

Aus Kindlers Literatur Lexikon: Karl Kraus, ›Die letzten Tage der Menschheit‹

Eine erste Fassung der vor allem zwischen 1915 und 1917 entstandenen Tragödie (›Akt-Ausgabe‹) erschien in drei Sonderheften der *Fackel* 1919; der Epilog *Die letzte Nacht* wurde bereits 1918 als erstes Sonderheft der *Fackel* veröffentlicht; die Publikation der endgültigen Fassung erfolgte 1922. Eine Bühnenaufführung hatte Kraus anfänglich selbst für nicht möglich gehalten, lediglich der *Epilog* wurde am 4. Februar 1923 an der Neuen Wiener Bühne uraufgeführt. Zu einer Uraufführung des Stücks kam es aber, nach Leseaufführungen von L. Lindtberg in Zürich (1945) und B. Viertel in New York (1947), erst in einer von H. Fischer und L. Lindtberg eingerichteten Kurzfassung am 14. Juni 1964 am Wiener Burgtheater.

Das Stück basiert in großen Teilen auf Glossen, Essays, Aphorismen und Gedichten, die Kraus in seiner Zeitschrift *Die Fackel* veröffentlicht hatte. Die Form des Dramas, so der Autor in einem Vorwort, ist ein Reflex auf das Grauen des Ersten Weltkriegs: »[...] der Inhalt ist von dem Inhalt der unwirklichen, undenkbaren [...] und nur in blutigem Traum verwahrten Jahre, da Operettenfiguren die Tragödie der Menschheit spielten. Die Handlung, in hundert Szenen und Höllen führend, ist unmöglich, zerklüftet, heldenlos wie jene [...] Leute, die unter der Menschheit gelebt und sie überlebt haben, sind als Täter und Sprecher einer Gegenwart, die nicht Fleisch, doch Blut, nicht Blut, doch Tinte hat, zu Schatten und Marionetten abgezogen und auf die Formel ihrer tätigen Wesenlosigkeit gebracht.« Das Drama hat 220 Szenen, in denen mehr als ein halbes Tausend Figuren auftreten. Das Geschehen des Ersten Weltkriegs erscheint als Mosaik von Wirklichkeitsausschnitten, deren verbindendes Element allein die allenthalben entfesselte Unvernunft ist. Überallhin führt Kraus: in die Straßen Wiens und Berlins, in Kanzleien und Kasernen, in Hinterhöfe und großbürgerliche Wohnungen, in Friseursalons und Redaktionen, in Vergnügungslokale und Truppenunterkünfte, in Lazarette und Wallfahrtskirchen, in ein chemisches Laboratorium und ins Kriegsarchiv, in den Wurstelprater und eine Wiener Frauenklinik. Es treten auf, neben dem »Nörgler« und dem »Optimisten«, der deutsche Kaiser Wilhelm II. sowie Österreichs Kaiser Franz Josef, der deutsche Kronprinz und die österreichischen Erzherzöge – daneben Militärs und Zivilisten jeder sozialen Schattierung. Viele dieser Repräsentanten einer entmenschten Menschheit werden von Kraus ins Maskenhaft-Typische stilisiert und durch sprechende Namen fixiert: »Kommerzienrat Wahnschaffe«, »Familie Durchhalter«, »Major Metzler«, »General Gloirefaisant«.

Fünf Akte lassen die Ereignisse je eines Kriegsjahres in bunter szenischer Folge Revue passieren. Schon im Vorspiel, das mit der marktschreierischen Ankündigung eines ›Zeitungsausrufers‹ – »Extraausgabee –! Ermordung des Thronfolgers! Da Täta vahaftet!« – beginnt, wird der durch das ganze Stück verfolgte Zusammenhang von Mediokrität und politischem Verbrechen deutlich. Unablässig wechselt der Schauplatz: Von Wien aus führt Kraus an alle Fronten, blendet Episoden aus der Etappe ein und wendet sich, vom dritten Akt an, mehr und mehr Deutschland und der Kritik des dort herrschenden wilhelminischen Ungeistes zu. Sarkastisch konfrontiert Kraus preußisches und österreichisches Militär, um die groteske Ungleichheit der beiden im Zeichen eines blutrünstigen Patriotismus verbündeten Partner bloßzustellen. Bitter wird registriert, dass »die Suggestion einer von einem abgelebten Ideal zurückgebliebenen Phraseologie« (»Seelenaufschwung«, »deutsche Bildung«, »christliche Zivilisation«) die Gehirne der Massen benebelt und zur Rechtfertigung einer Politik der Unmenschlichkeit führt. Je gespenstischer die darzustellende Wirklichkeit wird, desto häufiger nimmt Kraus beziehungsreiche Allegorisierungen vor. So entsteigen in der letzten, »Liebesmahl bei einem Korpskommando« betitelten Szene dem Wandgemälde »Die große Zeit« Figuren, die auf unheimliche

Weise mit den im Saal anwesenden Militärs identisch sind und geisterhafte Pantomimen des Grauens vollführen. Schließlich, nach der Klage des ›Ungeborenen Sohnes‹, bricht völlige Finsternis herein, eine Flammenwand lodert am Horizont auf, man hört Todesschreie. Der Epilog »Die letzte Nacht« deutet das Kriegsende als Apokalypse der Menschheit: Die »elektrisch beleuchteten Barbaren« dieser Erde werden von Marsbewohnern »ausgejätet«, während – wie in einem mittelalterlichen Weltuntergangsspiel – ein Feuerkreuz am Himmel erscheint und Blut-, Aschen- und Meteorregen auf das Wrack der Welt niederprasselt. Ein langes Schweigen folgt, in das die »Stimme Gottes« den Satz spricht, mit dem der deutsche Kaiser seine Kriegserklärung kommentiert hatte: »Ich habe es nicht gewollt.«

Mehr als ein Drittel des Tragödientextes ist aus Zitaten montiert, die Zeitungsmeldungen, Leitartikeln, militärischen Tagesbefehlen, Verordnungsblättern, Gerichtsurteilen, kommerziellen Anzeigen und Gedichtsammlungen entnommen wurden: »Die unwahrscheinlichsten Gespräche, die hier geführt werden, sind wörtlich gesprochen worden; die grellsten Erfindungen sind Zitate.« Österreich hatte nach Kraus' Überzeugung den Krieg als Präventivkrieg herbeigeführt; schuld an ihm war in seinen Augen die Presse: »Und das hat sie vermocht, sie allein [...]. Nicht daß die Presse die Maschinen des Todes in Bewegung setzte – aber daß sie unser Herz ausgehöhlt hat [...]: das ist ihre Kriegsschuld!« Kraus überführt seine Delinquenten mit ihren eigenen Äußerungen: Die Verschlingung der Dokumente, Zitate und Phrasen mit geringer, frei erfundener Handlung hat die Aufgabe, den Nachweis der Tatsächlichkeit der Geschehnisse in Tat und Wort – und seine Ideen im Medium der Sprache – durch ihr Medium zu gestalten.

Friedrich Jenaczek

Aus Kindlers Literatur Lexikon: Karl Kraus, ›Die Sprache‹

Die 1937 postum erschienene Sammlung von Aufsätzen und Glossen wurde herausgegeben von Philipp Berger, der zum engeren Freundeskreis des Autors gehörte. Bereits 1923 hatte Kraus in seiner Zeitschrift *Die Fackel* das Erscheinen eines Bandes zur »Sprachlehre« annonciert, der die in der *Fackel* erschienenen Aufsätze zu diesem Themenkomplex zusammenfassen und Sidonie Nádherný gewidmet werden sollte. Das Vorhaben blieb zunächst unausgeführt. Anfang der 1930er Jahre kündigte Kraus erneut das Erscheinen des Bandes an, nunmehr unter dem Titel »Die Sprache«, jedoch verzögerten andere Projekte, darunter die Nachdichtung von Shakespeares *Sonetten*, aber vor allem die Reaktion auf die Zeitereignisse *(Die Dritte Walpurgisnacht; Warum die Fackel nicht erscheint)* die Publikation; sie versammelt Beiträge aus der *Fackel* der Jahre 1903–1932.

Kraus' Auffassung von der Sprache ist aufs engste verbunden mit seiner Kritik des Journalismus, jenes »Phrasensumpfes«, in dem nicht nur Moral und Ethik der Sensation und der schnellen Verwertung geopfert werden, sondern auch jene Abstumpfung sich breit macht, die für Kraus eine der Voraussetzungen des Krieges ist – so die Anklage in *Die letzten Tage der Menschheit:* »Nicht daß die Presse die Maschinen des Todes in Bewegung setzte – aber daß sie unser Herz ausgehöhlt hat, uns nicht mehr vorstellen zu können, wie das wäre: das ist ihre Kriegsschuld!« Der Kampf, den Kraus mit der Presse Wiens führt, ist vor allem ein Kampf um die Sprache, denn vehement postuliert Kraus den Zusammenhang zwischen Sprachgebrauch und der Fähigkeit zu differenzieren; der falsche Sprachgebrauch ist für Kraus stets Indiz für ein ebenso falsches Denken, seine Sprachkritik ist immer auch Ideologiekritik an jenen, deren Rede vom »Beherrschen der Sprache« unfreiwillig vom eigentlichen Drang nach Verfügungsgewalt und Manipulation kündet: »Der richtige Anschluß, den ich den deutschen Brudervölkern mein Lebtag gewünscht habe, wäre der an die Sprache, die sie im Munde führen.«

Sprache in ihrer eigentlichen, in ihrer vollendeten Form ist für Kraus der Gegenentwurf zum bestehenden Schlechten, ohne dass es ihm um die Etablierung einer modernen Sprachtheorie gegangen wäre; seine Anstöße findet er in der Kritik der journalistischen Sprache, die sich nicht auf das Konstatieren grammatikalischer Verstöße beschränkt. Auch für Kraus ist die Grammatik lediglich ein Regelwerk, an das ein authentischer Ausdruck, ein Stil, nicht notwendig gebunden ist: »Der Stil holt sich seine Erlaubnisse nicht vom grammatikalischen Aufpasser.« Richtschnur in jener Sprachverwendung, die über die bloße Verständigung hinausgeht, ist für Kraus vor allem sein Sprachempfinden, wobei er selbst von »Sprachdenken« oder von einer »sprachlichen Denkform« spricht und dabei das Gespür für die vielfältigen Beziehungen meint, die Worte in einem Satz zueinander aufbauen: »Worte, die schon allen möglichen Verrichtungen und Beziehungen gedient haben, sind so gesetzt, daß sie das Ineinander ergeben, in welchem Ding und Klang, Idee und Bild nicht ohne einander und nicht vor einander da sein konnten.« Das, was Kraus als »Wortgestalt« bezeichnet, meint letztlich eine poetische Dimension der Sprache, die vor jeder nur informativen liegt (»Jedes Wort ist ursprünglich ein Gedicht, und was den Vollbegriff des Dings umfaßt, ist ihm nur abgelallt«) und einen inneren Zusammenhang zwischen dem Wort, seiner Gestalt und der gemeinten Sache mit einschließt; in seinem Epigramm »Sprachschöpfung« formuliert Kraus, in Umkehrung zum bekannten Faust-Zitat: »Ich kann aufs Wort in allen Lagen zählen, / es führt zum Wesen fort mich aus dem Schein, / und stellt es sich zur rechten Zeit mir ein, / so wird auch der Begriff nicht fehlen / [...].« Im Reim des Gedichts kann dies seine intensivste Ausprägung erfahren: »Denn reimen kann sich nur, was sich reimt; was von innen dazu angetan ist und was wie zum Siegel tieferen Einverständnisses nach jenem Einklang ruft, der sich aus der metaphysischen Notwendigkeit worthaltender Vorstellungen ergeben muß.« Der Reim ist mehr als nur die Wiederkehr einer identischen oder ähnlichen Lautung, wie auch die Sprache mehr ist als lediglich ein Informationssystem. So wenig sich das einzelne Wort im Satz losgelöst vom syntaktischen Umfeld betrachten lässt, so wenig ist der Satz losgelöst von seinem ideologischen Kontext.

Zweifellos bestimmen idealistische Prämissen die Sprachtheorie von Kraus, schließlich ist ihm die Sprache eher ein eigengesetzlicher, geistiger Organismus denn ein bloßes, auf Konvention beruhendes Zeichensystem; dennoch bleibt der ideologiekritische Impuls stets vorherrschend: »Wenn die Menschheit keine Phrasen hätte, brauchte sie keine Waffen. Man muß damit anfangen, sich sprechen zu hören, darüber nachdenken, und alles Verlorene wird sich finden [...]. Jede Gedankenlosigkeit, die man spricht, war einmal ein Gedanke.« Erst mit der Machtübernahme Hitlers sieht Kraus sich der Möglichkeit beraubt, Ideologiekritik als Sprachkritik zu betreiben.

Meinhard Prill

Aus Kindlers Literatur Lexikon: Karl Kraus, ›Die dritte Walpurgisnacht‹

Die 1933 entstandene zeitkritische Schrift erschien postum erst 1952. – »Mir fällt zu Hitler nichts ein.« Mit diesem berühmt gewordenen Satz beginnt das Buch, in dem Karl Kraus dann doch sehr ausführlich zu den Ereignissen in Deutschland während der ersten Monate des ›Dritten Reichs‹ (aber auch zur Situation in Österreich) Stellung nimmt. Der Text verbindet die bewegende Klage über die Opfer der Untaten mit vehementer Anklage der Täter, aber auch der indirekt Verantwortlichen, wozu Kraus insbesondere die »Worthelfer der Gewalt« zählt. Ausgangspunkt und Informationsgrundlage sind zahlreiche Zitate aus Berichten deutscher und ausländischer Zeitungen, die Kraus sprachkritisch analysiert und satirisch kommentiert. Durch diese in den mehr als dreißig Jahrgängen seiner Zeitschrift *Die Fackel* entwickelte Betrachtungsweise wird es ihm möglich, Zeugnis zu geben von Ereignissen, die »rings nichts als Stupor« auslösten, »Gebanntsein vor dem betörenden Zauber der Idee, keine zu haben«. Seine Einsicht in Zusammenhänge und seine Voraussicht muten heute geradezu prophetisch an; seine »Dokumentation« zeigt aber auch, dass vieles, was man später angeblich nicht wusste, schon 1933 in den Zeitungen gestanden hat. Kraus nimmt in dem Werk vieles vorweg. So untersucht er bereits die Sprache des Nationalsozialismus, analysiert die ersten Beiträge zum »Wörterbuch des Unmenschen«, insbesondere die Sprache und Mentalität von Goebbels, zeigt den gespenstischen »Aufbruch der Phrase zur Tat« und erörtert die Erklärungen und Bekenntnisse zum ›Dritten Reich‹ von Gottfried Benn, Wilhelm Furtwängler, Rudolf G. Binding und Martin Heidegger, »der seinen blauen Dunst dem braunen gleichgeschaltet hat«.

Der Maßstab, an dem Kraus die Gegenwart misst und verurteilt, ist der Geist der Klassiker. In der *Dritten Walpurgisnacht* sind es vor allem Goethe (mit seiner »klassischen Walpurgisnacht«), Schiller, Nestroy, Hölderlin, Platen, Lichtenberg und Gogol, aber auch Gerhart Hauptmann. Und aus ihren Schriften gewinnt er die Hoffnung, dass dereinst, »nach schmählicher Bewältigung der anderen Parole, Deutschland erwachen wird«, wenn »die guten Geister einer Menschenwelt aufleben zur Tat der Vergeltung«. Dieser Maßstab impliziert, dass die Kritik weit vor dem Jahre 1933 ansetzt und auch mit dem Ende des Nationalsozialismus nicht als abgeschlossen gelten kann. Dies gilt insbesondere für die auch in der *Dritten Walpurgisnacht* im Mittelpunkt stehende Medienkritik.

Die Dritte Walpurgisnacht ist ein Buch von hoher sprachlicher Verdichtung, voll von direkten und indirekten Anspielungen, die vom Leser kaum je vollständig entschlüsselt werden können. Auch sind manche Einschätzungen der politischen Verhältnisse in Österreich heute nur noch schwer nachzuvollziehen: so die erbarmungslose Kritik an der Führung der austromarxistischen Sozialdemokratie einerseits und die Rechtfertigung der Politik des klerikal-faschistischen Bundeskanzlers Engelbert Dollfuß andererseits.

Kraus schrieb den Text im Sommer 1933, ursprünglich für *Die Fackel* (vorgesehen als Nr. 888–907). Obwohl das Heft schon gesetzt war, entschied sich Kraus gegen die Veröffentlichung und setzte stattdessen sein demonstratives Schweigen fort, das er sich nach Hitlers Machtergreifung auferlegt hatte. Erst im Juli 1934 erschienen Teile des Werks im Rahmen des umfangreicheren Textes »Warum die Fackel nicht erscheint« (*Die Fackel*, Nr. 890–905).

Johannes Feest

Sämtliche Artikel aus: Kindlers Literatur Lexikon. 3., völlig neu bearbeitete Auflage. Herausgegeben von Heinz Ludwig Arnold (ISBN 978-3-476-04000-8). –

Nachweise

Die hier abgedruckten Texte – mit Ausnahme der beiden Kapitel *Glossen* und *Warum die Fackel nicht erscheint*, die direkt aus der ›Fackel‹ entnommen wurden – folgen den Textfassungen der Werkausgabe von Karl Kraus, die Heinrich Fischer herausgegeben hat (Karl Kraus: Werke. München: Kösel Verlag, 1952–1967).

In den folgenden Einzelnachweisen wird in eckigen Klammern das Erscheinungsdatum der Texte in der ›Fackel‹ angegeben; die Seitenangaben in den runden Klammern beziehen sich auf die Bände der genannten Werkausgabe.

Die in den Kapitelüberschriften zitierten Bände entsprechen den von Kraus selbst zusammengestellten Bänden gleichen Titels, deren Ersterscheinungsjahr in Klammern vermerkt ist. Der Band *Worte in Versen* der Ausgabe Fischers folgt den neun 1916–1930 von Karl Kraus publizierten gleichnamigen Gedichtbänden; hier bezeichnen die Jahresangaben das Ersterscheinungsjahr des Bandes, dem die Gedichte entnommen wurden.

I. Aus: Sittlichkeit und Kriminalität (1908)

Sittlichkeit und Kriminalität [September 1902] (9–28)
Ein Unhold [März 1904] (41–51)
Ethik und Strafgesetz [April 1904] (66–70)
Diskrete Zusammenkünfte [Dezember 1905] (205–207)
Ein Überfall der Justiz [Oktober 1906] (211–214)
Der Fall Riehl [November 1906] (226–250)
Wegen Bedenklichkeit [November 1906] (251–254)
Aus dem dunkelsten Österreich [Dezember 1906] (255–260)
Die Ära nach dem Prozeß Riehl [Januar 1907] (261–270)

II. Aus: Die chinesische Mauer (1910)

Die chinesische Mauer [Juni 1909] (279–292)
Das Erdbeben [Februar 1908 (128–135)
Das Ehrenkreuz [Februar 1909] (50–52)
Die Entdeckung des Nordpols [September 1909] (263–274)
Der Biberpelz [Mai 1910] (248–255)

III. Aus: Literatur und Lüge (1929)

Literatur [März 1909] (38–43)
Übersetzung aus Harden [April/Mai 1908] (79–85)
Aus dem Papierkorb [Oktober 1909] (44–56)
Razzia auf Literarhistoriker [Januar 1912] (275–291)
Notizen [Mai bis Oktober 1913] (173–185)

IV. Aus: Untergang der Welt durch schwarze Magie (1922)

Druck und Nachdruck [Dezember 1909] (108–114)
Heine und die Folgen [April 1910] (188–213)
Nachwort zu Heine und die Folgen [August 1911] (214–218)
Nestroy und die Nachwelt [Mai 1912] (223–243)
Plan einer Razzia auf Literarhistoriker [April 1911/Februar 1912] (100–103)
Und Hauptmann dankt [Juli 1913] (250–256)

V. Aus: Worte in Versen (1916–1930)

Leben ohne Eitelkeit [1916] (12)
Bekenntnis [1917] (79)
Der Irrgarten [1917] (83)
Goethe-Ähnlichkeit [1918] (176)
Dichterschule [1920] (268–269)
Definition [1922] (361)
Arbeit [1922] (373)

VI. Aus: Weltgericht (1919)

In dieser großen Zeit [Dezember 1914] (9–19)
Der soziale Standpunkt vor Tieren [Oktober 1916] (181–183)
Die Gerüchte [September 1918] (246–249)
Weltgericht [Oktober 1918] (265–268)
Die Sintflut [November 1918] (268–273)

VII. Aus: Die letzten Tage der Menschheit [1922]

V. Akt: 54. Szene (670–681)

VIII. Glossen 1911–1931

Ein weitverbreitetes Mißverständnis, in: Die Fackel Nr. 338, 6. Dezember 1911, , S. 1–2.
Ich weiß schon, was meine Eitelkeit ist, in: Die Fackel Nr. 374/375, 8. Mai 1913, S. 56.
In den ›Süddeutschen Monatsheften‹, in: Die Fackel Nr. 395/396/397, März 1914, S. 25–27.
Blutunterlaufungen, in: Die Fackel Nr. 426–430, 15. Juni 1916, S. 86–87.
Fanatismus, in: Die Fackel Nr. 462–471, 9. Oktober 1917, S. 119.
Der Praeceptor Germaniae, in: Die Fackel Nr. 474–483, 23. Mai 1918, S. 39–40.
Berichtigung eines sinnstörenden Druckfehlers, in: Die Fackel Nr. 561–567, März 1921, S. 51–52.
An Frau Grete Urbanitzky, in: Die Fackel Nr. 640–648, Mitte Januar 1924, S. 66–69.
Die Auswirkungen und Folgen der russischen Revolution für die Weltkultur, in: Die Fackel 668–675, Dezember 1924, S. 80–81.
Und 's is alles nicht wahr, und 's is alles nicht wahr!, in: Die Fackel Nr. 852–856, Mitte Mai 1931, S. 96.

IX. Aus: Die Sprache (1937)

Druckfehler ([November 1920] (48–53)
An die Anschrift der Sprachreiniger [Juni 1921] (16–20)

Das Komma [Juni 1921] (62–65)
Der Apostroph [Dezember 1925] (60–61)
Vom Plagiat [Juni 1921] (149–152)
Überführung eines Plagiators [November 1921] (214–221)
Eine Richtigstellung [Juni 1921] (82–90)
Von Humor und Lyrik [November 1921] (201–213)
Dichters Klage [Juni 1923] (248–252)
Die Sprache [Dezember 1932) (436–438)

X. Warum die Fackel nicht erscheint

Man frage nicht [Die Fackel Nr. 888, Oktober 1933]
Warum die Fackel nicht erscheint – Auszüge aus: Die Fackel Nr. 890–905, Ende Juni 1934 (S. 1–10; –; 53/54; 62–68)